Melanie Metzenthin
Die Reise der Sündenheilerin

PIPER

Zu diesem Buch

Frühling, 1231: Nach kalten, schneereichen Tagen im Harz brechen Philip und Lena nach Ägypten auf. Ein Jahr nach ihrer Hochzeit wird Lena nun endlich Philips alexandrinische Verwandtschaft kennenlernen. Bei ihrer Ankunft ist die Freude groß: Prachtvolle orientalische Bauten und die Herzlichkeit, mit der Philips Familie die beiden empfängt, entschädigen für die lange und schwere Überfahrt. Alles scheint perfekt, wäre da nicht die rote Thea, Tochter eines gefürchteten Räuberhauptmanns und Philips einstige Geliebte, die ihnen nach Ägypten gefolgt ist. Seit Philip ihren Vater dem Henker auslieferte, sinnt sie auf Rache. Was hat sie nun vor? Unterdessen wird Lena von ihrer Schwiegermutter in ein seit Generationen gehütetes Familiengeheimnis eingeweiht: Eine verborgene Stadt in der Wüste versammelt das gesamte Wissen der Alten Welt, und nur die Frauen aus Philips Familie kennen den Weg dorthin. Doch als ein tot geglaubter Feind sich mit Thea verbündet, droht dieser heilige Ort entweiht zu werden …

Melanie Metzenthin wurde 1969 in Hamburg geboren, wo sie auch heute noch lebt. Als Fachärztin für Psychiatrie und Psychotherapie hat sie einen ganz besonderen Einblick in die Psyche ihrer Patienten, zu denen sowohl Traumatisierte als auch Straftäter gehören. Nach ihrem Debüt »Die Sündenheilerin« erschien zuletzt ihr zweiter historischer Roman »Schicksalsstürme«.

Melanie Metzenthin

Die Reise der Sündenheilerin

Historischer Roman

Piper München Zürich

Mehr über unsere Autoren und Bücher:
www.piper.de

Von Melanie Metzenthin liegen bei Piper vor:
Die Sündenheilerin
Schicksalsstürme
Die Reise der Sündenheilerin

Originalausgabe
September 2013

Umschlaggestaltung und -motiv: Hauptmann & Kompanie Werbeagentur, Zürich, unter Verwendung eines Fotos von Irene Lamprakou/Arcangel Images
Satz: Kösel, Krugzell
Gesetzt aus der Bembo
Papier: Pamo Super von Arctic Paper Mochenwangen GmbH, Deutschland
Druck und Bindung: CPI – Clausen & Bosse, Leck
Printed in Germany ISBN 978-3-492-30070-4

In Erinnerung an meinen Vater
Horst Metzenthin
09.08.1932 – 09.10.2011,
der am vorletzten Tag seines Lebens noch erfahren durfte,
dass es dieses Buch eines Tages geben würde.

Prolog

»Erhabener!« Yusuf warf sich vor seinem Herrn zu Boden, als würde er zu Allah beten. Khalil lächelte. Er liebte es, wenn seine Männer ihm die rechte Demut zeigten. Dafür war er sogar geneigt, Yusuf die frühe Störung zu verzeihen. Durch die Fenster des Palastes fielen die ersten hellen Sonnenstrahlen herein und spiegelten sich in den kostbaren Gläsern und goldenen Schüsseln, die vor Khalil aufgereiht auf einem Tischchen standen. Das Frühgebet lag hinter ihm, nun wollte er sich dem Morgenmahl widmen. Ein schwarzer Sklave stand in der Ecke und schwenkte einen großen Fächer aus Straußenfedern. Zu Khalils Füßen kniete ein junges Mädchen, das ihm Tee einschenkte.

»Bringst du gute Neuigkeiten?«

Yusuf richtete den Oberkörper auf, blieb aber auf den Knien. »Es gibt eine Spur nach Djeseru-Sutech.«

Khalils Lächeln schwand. Seit Jahren wartete er darauf. Träumte davon, die verborgene Stadt in der Wüste zu finden, in der heidnische Völker seit Jahrhunderten unermessliche Schätze angehäuft haben sollten. Jedenfalls versprachen das die Legenden, und Khalil war geneigt, ihnen zu glauben. Es gab viele Hinweise, auch wenn ihn bislang keines dieser Gerüchte zum Ziel geführt hatte.

»Wo?«

»Im Haus des Mikhail von Alexandria.«

»Im Haus des Mikhail«, wiederholte Khalil bedächtig. Er griff nach dem Teeglas und trank einen Schluck. »Zu dumm, dass sein Anwesen so gut geschützt ist. Es wird uns schwerfallen, unbemerkt dort einzudringen. Und für einen Überfall ist es noch zu früh. Mikhail hat viele einflussreiche Freunde.«

»Ja, Herr. Und es gibt eine weitere Schwierigkeit.« Yusuf bedachte seinen Herrn mit einem sorgenvollen Blick. »Es heißt, Mikhails Enkel werde in nächster Zeit zurückerwartet.«

»Philip!« Khalil sprang auf und schleuderte sein Teeglas gegen die Wand. Die kleine Sklavin zu seinen Füßen zuckte zusammen, der fächelnde Mohr geriet ins Stocken, nur Yusuf kniete weiterhin unbeeindruckt vor seinem Herrn.

»Ist dieser ungläubige Hund etwa am Leben?«, brüllte Khalil. »Ich dachte, die Geier hätten ihn geholt, nachdem seine Schande durch alle Gassen und Basare getragen wurde! Wieso weilt er noch unter den Menschen?« Der Tee lief an der Wand herunter und hinterließ dunkle Flecken auf dem Teppich.

»Herr, vielleicht ist es Allahs Wille, dass er noch lebt, damit du deine Rache vollenden kannst.«

Khalil sank zurück auf sein Sitzkissen. »Möglicherweise hast du recht, und es ist ein Zeichen Allahs. Mit dieser Ausgeburt der Dschehenna und seinem verdammungswürdigen Freund Said al-Musawar, den der Dscheitan fressen soll, wollte ich längst abrechnen. Erheb dich, Yusuf! Du bist mein Auge und mein Ohr. Ich muss alles erfahren, was im Haus des Mikhail vor sich geht. Ich will als Erster wissen, wann dieser ungläubige Bastard und sein nichtswürdiger Gefährte den Boden Alexandrias betreten.«

»Ja, Herr.« Yusuf stand auf. »Und wenn sie zurück sind? Schlagen wir dann zu?«

»Nein.« Khalils Lächeln war zurückgekehrt. »Erst will ich Philip leiden sehen. Ihn und alle, die ihm teuer sind. Der Windhauch der Verdammnis soll ihn treffen, die Hölle, der er entkam, in seiner Erinnerung zum Paradies werden, denn die Qualen, die ich ihm zugedacht habe, werden unermesslich sein.«

1. Kapitel

»Du sagtest, Hamburg sei eine große Hafenstadt.« Lena musterte Philip mit zweifelnder Miene, während sie auf ihren Pferden am östlichen Stadttor warteten. Händler drängten sich in beide Richtungen, die Torwächter überprüften einzelne Wagenladungen und Reisende.

»So ist es«, bestätigte Philip. »Johann sagte mir, Hamburg sei ein großer Flusshafen.«

»Ich dachte, die Stadt liege am Meer.«

»Bist du enttäuscht?« Philip lächelte sie liebevoll an. »Keine Sorge, du siehst das Meer noch früh genug.«

In der Reihe vor ihnen fluchte ein Händler gotteslästerlich. Die Sonne brannte an diesem Apriltag wieder einmal besonders heiß vom Himmel herab und machte das Warten nicht angenehmer. Allerdings war es Lena lieber als die schneereichen kalten Tage, die hinter ihnen lagen.

»Eins verstehe ich nicht.« Said lenkte sein Pferd neben Philips Rappen. »Warum überprüfen die Stadtwachen Reisende am helllichten Tag? Das haben wir bislang noch nirgendwo erlebt.«

»Vielleicht suchen sie jemanden.«

»In den Wagen der Händler?« Said verdrehte die Augen.

Hinter ihnen hatte sich schon eine beachtliche Schlange gebildet. Witold und Rupert, Philips Waffenknechte, achteten sehr genau darauf, dass sich niemand dem Packpferd näherte und lange Finger machte.

Lenas Blick fiel auf eine junge Frau, die einen Säugling an der Brust trug und einen Handkarren zog, auf dem mehrere Körbe mit Eiern standen. Die Frau sah müde aus. Plötzlich fing das Kind laut an zu schreien. Doch die Mutter wurde nicht ungeduldig. Sie ließ ihren Karren los, knüpfte das Brusttuch auf, in dem das Kind geruht hatte, und wiegte es sanft. Dazu summte sie eine zärtliche Melodie. Lena wurde das Herz schwer. Was hätte sie darum gegeben, ein eigenes Kind zu haben …

»Bertram sorgt gewiss dafür, dass wir ohne längeren Aufenthalt durchkommen«, hörte sie Philip sagen. »Für irgendetwas muss es doch gut sein, dass ich der Graf von Birkenfeld bin.« Er lachte.

»Ich glaube, deine Silberstücke sind da wirkungsvoller«, entgegnete Said, denn Philip hatte seinen Knappen mit einem Beutel klingender Münzen losgeschickt, um ihnen einen schnellen Einlass zu verschaffen.

Tatsächlich kehrte Bertram kurz darauf zurück.

»Wir können passieren!«, rief er und reichte Philip den Geldbeutel. Philip wog ihn in der Hand. »Er fühlt sich noch immer schwer an. Wie viel hast du gezahlt?«

»Einen Silberdenar. Daraufhin hätten sie sich fast vor mir verbeugt.« Der junge Mann grinste. Lena mochte Bertram, auch wenn sich hinter seinem fröhlichen Wesen noch etwas anderes zu verbergen schien. Irgendein Kummer, den er mit niemandem teilen mochte. Aber war er darin so anders als sie selbst? Sie warf einen letzten Blick auf die Mutter mit dem Kind, dann schüttelte sie die trübsinnigen Gedanken ab.

»Los, kommt!«, rief Philip den beiden Waffenknechten zu. Die Händler, die vor ihnen standen, murrten zwar, als sie mit ihren Wagen beiseitefahren mussten, um Philip und seinem Gefolge Platz zu machen, aber nicht allzu laut.

»Und, hast du inzwischen herausgefunden, warum die Wächter alle überprüfen?«, fragte Philip Bertram. Der schüttelte nur den Kopf.

Nachdem sie das Tor hinter sich gelassen hatten, sah Lena sich neugierig um.

Zunächst kam ihr Hamburg nicht viel anders vor als Halberstadt oder Quedlinburg. Kleine Fachwerkhäuser schmiegten sich eng aneinander, und nur die Hauptstraße war mit Kopfsteinen gepflastert. Auf den übrigen Wegen standen Schlamm und Dreck zum Teil knöchelhoch, und Lena war froh, auf einem Pferd zu sitzen. Am meisten wunderte sie sich aber über die vielen Schweine, die allenthalben frei herumliefen und im Unrat nach Fressbarem wühlten. So etwas kannte sie nur aus den Dörfern. Dazwischen drängten sich zahlreiche Menschen. Gassenjungen, Mägde mit Körben, eilende Boten und tatsächlich auch der eine oder andere besser gekleidete Bürger.

Trotz des Durcheinanders kostete es die kleine Gruppe wenig Mühe, sich Platz in den überfüllten Gassen zu verschaffen. Die Leute traten beinahe ehrfürchtig beiseite. Allerdings war Lena nicht sicher, ob es nur aus Achtung vor ihrem Auftreten geschah oder vielmehr aus Angst. Sie wusste, dass mancher Adlige sich nicht scheute, die Menschen durch seine Knechte aus dem Weg prügeln zu lassen. Das wurde ihr besonders bewusst, als ihnen ein schwerer Wagen entgegenkam, der Fässer geladen hatte und von zwei mächtigen Kaltblütern gezogen wurde. Lena sah den verunsicherten Blick des Wagenführers, der vor allem Witold und Rupert galt. Fürchtete er wirklich, dass sie ihn mit Gewalt zurückdrängen würden? Philip nahm die Bedenken des Mannes gar nicht wahr. Völlig selbstverständlich wich er aus und lenkte seinen Rappen behutsam an dem schweren Gefährt vorbei. Der Wagenführer atmete erleichtert auf, und Lena fragte sich, welche Demütigungen er wohl schon erlebt haben mochte.

Der Weg zum Hafen führte über zahlreiche Brücken. Manche waren breit, andere schmal, sodass sie nur hintereinander reiten konnten. Ganz Hamburg war von kleinen Kanälen durchzogen, die die Einheimischen Fleete nannten. Lena wagte sich kaum vorzustellen, wie es hier wohl im Hochsommer sein mochte. Schon jetzt stanken diese Fleete schlimmer als manche Abwassergrube. Den Bewohnern der Stadt schien der üble Geruch indes nichts auszumachen. Kinder spielten im Uferschlamm, Männer stakten Boote mit hochgestapelter Ladung, und zerlumpte Frauen schöpften ihr Wasser aus den trüben Fluten.

Erst als sie das Nikolaifleet erreichten, das die Hafenmündung bildete, wurde die Luft wieder besser.

Zahlreiche Möwen umschwirrten die Schiffe, die am Kai lagen. Kleine Ewer, die überwiegend in der Flussschifffahrt eingesetzt wurden, und große Koggen, die gewiss schon die halbe Welt bereist hatten. Männer schrien sich gegenseitig Anweisungen zu, Schiffe wurden entladen und schwere Säcke an den Lastkränen in die Speicher gezogen, die den Hafen säumten.

»Johann behauptete, das Haus von Wolfram Säckerling liege unmittelbar am Nikolaifleet«, sagte Philip, während er den Blick über die Hafenanlage schweifen ließ. Lena sah sich ebenfalls um. Hier sollte ein wohlhabender Kaufmann wohnen? Zwischen Speichern und Hafenlärm? Keines der Häuser machte einen wohnlichen Eindruck.

»He du!«, sprach Philip einen der Arbeiter an. »Wir suchen das Haus von Wolfram Säckerling.«

Der Angesprochene zuckte zusammen und wandte sich zu Philip um.

»Der hat sein Kontor da vorn an der Deichstraße.« Er wies in die entsprechende Richtung. »Das Haus mit dem roten Ziegeldach und dem Löwenkopf an der Tür.«

»Vielen Dank.« Philip warf dem Mann eine kleine Kupfermünze zu.

Die Deichstraße unterschied sich erkennbar vom übrigen Hafenrand. Sämtliche Häuser machten den Eindruck, als seien sie erst in den letzten Jahren erbaut worden. Das Haus von Wolfram Säckerling war das größte am Platz. Drei Stockwerke hoch, wobei der Dachstock als Lager diente, denn ein Lastarm und ein großes Holztor bildeten den Abschluss des Dachstuhles.

Ein Mann schob einen Handkarren vor sich her und blieb verwundert stehen, als er die sechsköpfige Reiterschar mit dem Packpferd entdeckte. Es erheiterte Lena immer wieder, wie die Menschen ihnen nachstarrten. Said in seiner morgenländischen Kleidung fiel jedem auf. Aber auch Philips Gestalt galten viele Blicke, obwohl er wie ein deutscher Edelmann gekleidet war. Er war ein ansehnlicher Mann, und das umso mehr, als sich in ihm die Züge seines deutschen Vaters und seiner ägyptischen Mutter vereinten. Sein Haar war pechschwarz, und seine Haut erinnerte Lena immer wieder an einen sonnengebräunten Tagelöhner. Er fiel unter all den bleichen Gesichtern und den vielen hellhaarigen Männern ganz besonders auf. Wie ein kostbares Juwel, dachte sie und musste lächeln. Er selbst hatte sie ein Juwel genannt, bis sie ihm widersprochen hatte, wie wenig schmeichelhaft es sei, mit einem toten Gegenstand verglichen zu werden. Und nun kam ihr der gleiche Gedanke …

Vor dem Tor mit dem Türklopfer, der wie ein Löwenkopf gearbeitet war, stieg Philip vom Pferd und half danach Lena aus dem Sattel. Erleichtert drückte sie die Knie durch. Die letzten Tage waren anstrengend gewesen. Vor einer Woche waren sie von Burg Birkenfeld aufgebrochen und hatten die Tage fast nur im Sattel verbracht. Ihr Weg hatte sie durch einsame Wälder geführt, und die Rasthäuser, in denen sie die Nächte verbracht hatten, entsprachen nicht gerade Lenas Vorstellung von angemessenen Unterkünften. Einmal hätte sie fast den Heuboden der Bettstatt vorgezogen, die man ihr angeboten hatte. Philips entschlossenes Auftreten hatte dann doch noch zu einem annehmbaren Obdach geführt, jedenfalls ohne Flöhe und Wanzen, aber allmählich begriff Lena, dass Reisen kein vergnügliches Abenteuer war.

Philip betätigte den Türklopfer.

Eine ältere Magd mit tadellos weißer Haube öffnete ihnen.

»Ihr wünscht, edler Herr?«, fragte sie Philip mit gleichmütiger Miene, so als sei sie es gewohnt, täglich mit Männern vornehmer Abkunft zu verkehren.

»Mein Name ist Philip Graf von Birkenfeld, und dies ist meine Gattin Helena. Ich habe ein Empfehlungsschreiben von Johann von Hohnstein, der mich dem Herrn Wolfram empfiehlt.«

Er zog Johanns Brief hervor.

Die Magd nahm ihm das Schreiben aus der Hand und forderte ihn und Lena zum Eintreten auf.

Das Haus schien noch neu zu sein. Lena roch das frische Holz der Dielen. Auch die Wände waren mit Holz vertäfelt. Sie hatte in ihrem Leben bislang erst ein Kaufmannshaus betreten, und das hatte Martin gehört, ihrem ersten Gatten. Doch dessen Haus war viel kleiner gewesen, und im Eingang hatten sich Berge von Waren gestapelt. Er hatte überwiegend mit Wolle und Tuchen gehandelt. Lena erinnerte sich noch genau an den Geruch der Wolle, die oftmals auf der langen Reise feucht geworden war und vor dem Verkauf erst wieder getrocknet werden musste. Im Haus von Wolfram Säckerling roch es ganz anders. Sie brauchte eine Weile, bis sie die Gerüche zuordnen konnte, die sich mit dem Duft der frischen Hölzer mischten. Säckerling hatte sich zweifelsohne dem Gewürzhandel verschrieben.

Die Besucher mussten nicht lange in der Diele warten. Noch während Philip die kunstvollen Kerzenhalter betrachtete, die an der Wand befestigt waren, kehrte die Magd zurück und bat die Besucher ins Kontor.

Lena hatte sich unter dem Namen Wolfram Säckerling immer einen schwergewichtigen alten Mann vorgestellt. Umso erstaunter war sie, als die Magd sie dem Hausherrn vorstellte. Säckerling war vermutlich nur unwesentlich älter als Philip, bestimmt noch keine dreißig. Für jemanden, der den ganzen Tag in seinem Kontor verbrachte, hatte er erstaunlich breite Schultern, beinahe so, als würde er selbst die Säcke mit seiner Ware von den Schiffen ins Lager schleppen.

»Seid mir willkommen«, begrüßte Wolfram seine Gäste und wies ihnen mit einer Handbewegung Platz auf den beiden Stühlen an, die vor seinem Schreibpult standen.

»Mein Vetter schreibt, Ihr wollt nach Venedig.«

»Nach Alexandria. Aber von Venedig aus dürfte es keine Schwierigkeiten bereiten, ein Schiff nach Ägypten zu finden.«

Säckerling nickte. »Meine Schiffe steuern Venedig regelmäßig an. Die *Windsbraut* wird in zwei Tagen auslaufen. Wie viel Gefolge habt Ihr dabei?«

»Wir sind zu sechst und haben sieben Pferde.«

»Sieben Pferde? Die wollt Ihr doch nicht etwa mitnehmen!«

»Gewiss wollen wir das.«

»Sechs Reisende lassen sich ohne Weiteres befördern. Aber sieben Pferde? Da bliebe kein Raum mehr für die Ladung.«

»Das heißt, Ihr könnt uns keine Passage anbieten?«

»Nur für die Menschen. Nicht für die Pferde.«

»Und wenn ich Euch den Ladeverlust bezahle?«

»Es ist weniger eine Frage des Geldes als die der Kaufmannsehre. Ich habe Verpflichtungen zu erfüllen und kann's mir nicht erlauben, meinen guten Ruf zu verlieren, wenn meine Kunden vergebens auf ihre Lieferungen warten.«

Philips Miene verdüsterte sich. Sie hatten unnötig viel Zeit verloren, indem sie dem Seeweg gegenüber der Reise über die Alpen den Vorzug geben wollten.

»Vielleicht ist es möglich, die Pferde hier irgendwo unterzustellen«, schlug Lena vor. »Für die Reise nach Alexandria brauchen wir sie doch nicht, und vor Ort können wir auf das Gestüt deines Großvaters zugreifen.«

»Und das Packpferd?«

»Ein Pferd wäre möglich«, erklärte Säckerling. »Vielleicht sogar zwei. Aber nicht sieben.«

»Was meinst du, Philip? Saids Pferd und das Packpferd? Und wir stellen unsere Tiere bis zu unserer Rückkehr hier unter?«

Philip schwieg.

»Oder wir lassen das Packpferd hier und nehmen nur deinen Rappen und Saids Fuchs mit. Und das Gepäck verteilen wir auf euren Pferden.«

»Das könnte ich mir schon eher vorstellen«, brummte Philip. Lena lächelte. Sie hätte es wissen müssen. Ohne sein Pferd kam ihr Gatte sich nackt vor.

»Kennt Ihr einen zuverlässigen Mann, dem wir unsere Pferde für lange Zeit guten Gewissens anvertrauen können?«, fragte Philip den Kaufmann.

»Ihr solltet Hartmut von Viersen fragen. Er hat ein Gestüt vor den Toren der Stadt. Ich tätige oft Geschäfte mit ihm.«

»Also gut«, stimmte Philip zu. »Sechs Personen und zwei Pferde. Was verlangt Ihr für die Überfahrt nach Venedig?«

»Nun, da Ihr auf Empfehlung meines Vetters kommt, berechne ich Euch für die Pferde nur den Ladeverlust, den ich habe. Für die Überfahrt je Person einen Silberdenar, zwei, wenn Ihr eine eigene Kajüte beansprucht.«

»Einverstanden. Und nun noch eine Frage. Könnt Ihr uns ein gutes Gasthaus mit genießbarem Essen und sauberen Betten empfehlen?«

Wolfram schmunzelte. »Mein Schwager führt ein gehobenes Gasthaus. Es heißt *Zur Eule*. Nebenan findet Ihr auch eine gut beleumundete Badestube, die ich selbst vornehmen Frauen empfehlen kann.«

Bei dem Gedanken an ein heißes Bad seufzte Lena sehnsuchtsvoll auf. Philip schenkte ihr daraufhin ein Lächeln.

»Ich danke Euch, Herr Wolfram. Wir werden uns bei Eurem Schwager einquartieren, bis die *Windsbraut* in See sticht.«

Das Gasthaus *Zur Eule* hielt, was Wolfram Säckerling versprochen hatte. Es gab saubere Gästestuben, in denen frische Laken auf die Betten gezogen waren. Eine Annehmlichkeit, die nicht selbstverständlich war, wie Lena inzwischen erfahren hatte. Zudem genoss sie es, mit Philip allein eine Kammer zu teilen. Bei ihrer letzten Unterkunft hatte es nur eine große Schlafstube für alle Reisenden gegeben, und obwohl sie und Philip sich mittels eines Vorhanges aus Pferdedecken einen persönlichen Bereich geschaffen hatten, war es ihr unangenehm gewesen, zusammen mit so vielen Fremden zu nächtigen.

»Wollen wir gleich die Badestube aufsuchen?«, fragte sie, nachdem sie ihre Kammer in Augenschein genommen und für gut befunden hatten.

»Das hört sich verlockend an«, erwiderte Philip.

Das Badehaus lag unmittelbar neben dem Gasthof. Lena erkannte sofort, dass es überwiegend von wohlhabenden Gästen aufgesucht wurde, und die Frauen, die sie sah, machten allesamt einen gesitteten Eindruck, auch die Bademägde. Lena war noch nie in einem öffentlichen Badehaus gewesen, sie kannte diese Einrichtungen nur aus Erzählungen. Und manche dieser Erzählungen waren äußerst pikant, gab es doch auch Badestuben, die eher Freudenhäusern glichen. Aber auch in den ehrbaren Häusern herrschte keine Trennung der Geschlechter, und Lena fragte sich, ob sie sich wohl hierhergewagt hätte, auch wenn es noch so vornehm war, wäre Philip nicht an ihrer Seite gewesen.

Eine der Mägde empfing sie freundlich und fragte nach ihren Wünschen. Frisches Wasser oder für den günstigeren Preis ein altes Bad ausbaden? Philip konnte sich ein Lächeln nicht verkneifen.

»Frisches Wasser, echte Seife und alles, was dazugehört. Nur für meine Frau und mich.«

Die Bademagd verneigte sich leicht und bat die beiden, ihr zu folgen. Erleichtert stellte Lena fest, dass ihr Ziel ein Bereich war, in dem kleinere Zuber standen, ausreichend gerade einmal für zwei Personen. Jeder dieser Zuber war von den übrigen durch geflochtene Trennwände abgeschirmt, und es konnte auch ein Vorhang vorgezogen werden. Lena erinnerte sich, was sie alles darüber gehört hatte. Manchmal trafen sich Kaufleute oder Ratsherren, um Geschäfte im Badehaus zu tätigen. Und die wollten natürlich ungestört sein.

Die Magd füllte einen der Zuber mit Wasser und brachte dann ein großes Tablett, auf dem nicht nur Seife und trockene Tücher lagen, sondern auf dem auch ein kleiner Krug mit Wein und zwei Becher standen. Sie stellte das Tablett quer über die Mitte des Zubers und hakte es fest, sodass es als Tisch dienen konnte.

»Das schätze ich immer besonders«, sagte Philip mit Blick auf den Wein und entkleidete sich. Die Magd lächelte, dann verschwand sie und zog den Vorhang zu. Erst jetzt legte auch Lena ihre Kleidung ab.

Das Bad war angenehm warm. Lena rekelte sich wohlig in dem duftenden Wasser. Philip saß ihr gegenüber und goss sich einen Becher Wein ein.

»Du hättest Said sehen sollen, als wir das erste Mal eine Badestube aufgesucht haben«, sagte er lachend, während sich ihre Beine unter Wasser berührten. »Er war entsetzt angesichts dieser Freizügigkeit.«

»Dann war es wohl ein lockeres Haus?«

»Nein, ganz ähnlich wie dieses. In Ägypten herrschen völlig andere Sitten. Dort würde eine anständige Frau niemals eine Badestube aufsuchen. Zuerst dachten wir auch, es seien Huren, aber dann mussten wir erkennen, dass die Männer hier anscheinend keine Eifersucht kennen, wenn sie zusammen mit ihren Ehefrauen die Badehäuser aufsuchen.«

»Jedenfalls nicht die, die es ihren Frauen erlauben.« Lena lehnte sich zurück und tauchte ihr langes blondes Haar unter, bevor sie nach der Seife griff. »Ich war noch nie in einer öffentlichen Badestube.«

»Weil jemand etwas dagegen gehabt hätte?«

»Nein, weil es einfacher war, daheim ein Bad zu nehmen.« Sie lächelte ihn an. Es gefiel ihr, mit ihrem Gatten in dem großen Zuber zu sitzen, sich vom Staub der langen Reise zu reinigen und ihn dabei zu betrachten. Ihr Blick fiel auf die alte Narbe über seinem Herzen. An der gleichen Stelle war auch sie gezeichnet. Durchbohrt von Barbarossas Schwert, das ihr Herz nur knapp verfehlt hatte. Damals, als er ihren Hochzeitszug überfallen und ihren Bräutigam Martin getötet hatte. War es wirklich erst zwei Jahre her?

»Du hast mir nie erzählt, woher die Narbe auf deiner Brust stammt«, sagte sie zu Philip.

»Du hast mich nie gefragt.«

»Weil ich weiß, wie schwer es ist, über manche Ereignisse zu sprechen.«

»Ich war damals neunzehn.« Er trank einen Schluck Wein. »Du kennst ja das *Buch des Wissens*, aus dem ich meine Kenntnisse über das schwarze Pulver und einiges andere habe.«

Lena nickte. Er hatte ihr das kostbare Buch vor Langem gezeigt, aber es war in arabischer Sprache verfasst, sodass sie es seinerzeit noch nicht lesen konnte. Es enthielt geheimnisvolles

Wissen, Rezepturen, mit deren Hilfe alles mit Rauch und Schwefel in die Luft fliegen konnte. Philip hatte ihr erklärt, es handle sich um keine Zauberei, sondern nur um die genaue Anwendung ausgeklügelter Wissenschaften.

»Das Buch gehörte einst dem alten Kadir. Einem Muslim, den ich wie meinen eigenen Großvater liebte und für den ich wohl wie ein Enkel war. Deshalb vermachte er es mir kurz vor seinem Tod. Damit es seinem leiblichen Sohn, einem gewissen Khalil, niemals in die Hände fiel.«

»Warum nicht?«

»Khalil war von grausamem Wesen und ging keinem ehrbaren Handwerk nach. Kadir hatte ihn deshalb verstoßen. Doch Khalil wusste von dem Buch. Und er erfuhr, dass ich es bekommen hatte. Deshalb lauerte er mir eines Abends in einer engen Gasse vor unserem Haus auf. Drei gegen einen. Zwei habe ich erwischt, aber Khalil war schneller als ich.« Gedankenverloren strich Philip mit der Hand über die alte Narbe. »Bevor er mir den endgültigen Todesstreich versetzen konnte, sank er selbst zusammen. Said hatte meine Schreie gehört und war nach draußen gestürmt. Er streckte Khalil von hinten nieder und rettete mir so das Leben. Seither trage ich diese Narbe als Erinnerung an den Tag, da Said und ich das erste Mal menschliches Blut vergossen haben.« Er stellte den Weinbecher ab. »Reichst du mir die Seife?«

Lena kam seiner Aufforderung nach. »Du hast einen hohen Preis für das Buch gezahlt.«

»Ich habe den Preis nicht für das Buch gezahlt, sondern für meine Freundschaft zu Kadir. Sein Sohn war einer jener verbohrten Männer, die es für gottlos halten, wenn ein Christ und ein Muslim befreundet sind.«

»Wie Ulf von Regenstein«, merkte Lena in Erinnerung an Philips ärgsten Widersacher an.

»Gegen Khalil ist Ulf von Regenstein zahm wie eine blumenpflückende Jungfer. Ich bin froh, dass Said Khalil damals getötet hat.«

»Immerhin hat Ulf von Regenstein dir die rote Thea auf den Hals gehetzt, um dich zu töten.«

»Das behauptete sie doch nur, um mich um den Finger zu wickeln.« Philip tauchte kurz unter, um die Seife abzuspülen. »Du hast sie doch gesehen«, fuhr er fort. »Sie hatte alles verloren und war verwundet. Wenn wir ihr nicht geholfen hätten, wäre sie jetzt tot.«

Lena nickte. »Ich frage mich nur, warum sie dein Angebot nicht angenommen hat und auf Burg Birkenfeld geblieben ist.«

Ein flüchtiges Lächeln huschte über Philips Züge. »Weil sie nicht bekommen hat, was sie wollte.« Er trank einen weiteren Schluck Wein.

»Und was wollte sie?«

»Dass ich sie nach Ägypten mitnehme.«

»*Was*? Warum hast du mir das nicht früher erzählt?«

»Wozu? Glaubst du, ich hätte auch nur einen Augenblick lang ernsthaft darüber nachgedacht?«

Lena lehnte sich in dem Zuber zurück. Sie erinnerte sich an ihre Eifersucht, als sie die rote Thea vor über einem Monat im Wald gefunden hatten. Bewusstlos im Schnee, mit einem Armbrustbolzen in der linken Schulter. Als Philip sie hochgehoben hatte, beinahe zärtlich. Und obwohl der Verstand ihr sagte, dass er Thea nur aus christlicher Nächstenliebe half, war ein winziger Stachel in ihrem Herzen zurückgeblieben. Philip hatte nie einen Hehl daraus gemacht, dass Thea seine Geliebte gewesen war. Lena hatte sich immer eingebildet, daran würde sie sich nicht stören. Was vor ihrer Ehe mit Philip geschehen war, sollte keine Bedeutung haben, schließlich nahm er seinen Treueschwur sehr ernst und hatte ihr bislang keinen Grund zur Eifersucht gegeben. Dennoch … was der Verstand sagte, war etwas ganz anderes als das, was ihr Herz fühlte.

»Nein, gewiss nicht«, antwortete sie ihm. »Was sollte Thea auch in Ägypten? Karawanen überfallen?«

Sie lachten beide.

2. Kapitel

Die Lichtung war dunkler, als Thea sie in Erinnerung hatte. Der Wald holte sich den Ort ihrer Kindheit zurück. Überall wucherten Farne und die Schösslinge junger Bäume. Ein zerbrochenes Bierfass lag noch herum, aber das Holz war schwarz geworden und von Moos überzogen. Thea seufzte. Nur der heilige Stein war ganz geblieben, das Heiligtum der Ahnen mit seinen Spiralen, die in die Ewigkeit führten. Sie erinnerte sich an den Tag, als ihr Blut durch die Rillen geflossen war. Auf der Suche nach dem von Philip. Ihre Blutlinien hatten sich nicht getroffen. Die Götter hatten entschieden. *Er wird nicht an deiner Seite bleiben.*

Theas Blick fiel auf die verkohlten Balken. Mehr war von den Hütten nicht übrig geblieben. Für einen Augenblick hörte sie wieder das Lachen, das diesen Platz seinerzeit erfüllt hatte. Meist nach einem gelungenen Überfall, wenn das Bier in Strömen geflossen oder die Jagd erfolgreich gewesen war. Dann brannten die vier großen Feuer, über denen Wildschweine und Hirsche gebraten wurden. Die Männer zeigten sich gegenseitig ihre Beute, und an manchen Tagen sah es in dem Räuberlager aus wie im Kontor eines reichen Kaufmannes. Einmal war sie sogar auf Seidenballen herumgeklettert. Drei oder vier Jahre alt war sie da gewesen. Zu jener Zeit hatte ihr Vater ihr noch Geschichten am Feuer erzählt. Damals, bevor ihre Mutter ihn endgültig zurückgewiesen und seine Seele vergiftet hatte. Es waren glückliche Erinnerungen. Nur die wollte sie sich ins Gedächtnis zurückrufen. Nicht die bitteren Momente, die später folgen sollten.

Thea stieg wieder in den Sattel ihres Pferdes. Es war das letzte Mal, dass sie zurückgekehrt war. Ihr Vater, der gefürchtete Räuber Barbarossa, war nur noch eine Legende. Eine vergessene Legende. Von seiner Bande war nichts geblieben. Nur sie und ihre Ziehmutter Gundula. Heidnisch durch und durch, hatte

Gundula Thea von frühester Kindheit an zur Ablehnung jener Lehren angehalten, welche die christliche Kirche predigte. Wodan und Freya waren Gundulas Götter. Ihnen opferte sie, von ihnen erhielt sie ihre Macht. Und Thea, die sich von der eigenen Mutter verraten gefühlt hatte, war nur allzu bereit gewesen, sich Gundulas Glauben anzuschließen. Der christliche Himmel kümmerte sie nicht. Eine Schwertmaid gehörte nach Walhalla.

Gundulas Hütte lag eine gute Reitstunde von den Überresten des alten Räuberlagers entfernt, am Rand einer Lichtung inmitten der dichten Wälder, aber doch noch so nahe an der Bode, dass bei günstigem Wind das Rauschen des Flusses zu hören war.

Aus der Esse der kleinen Kate stieg Rauch auf. Thea zügelte ihr Pferd, sprang aus dem Sattel und band das Tier fest.

Gundula hatte ihr Kommen bemerkt und trat aus der Tür.

»Thea! Ich dachte schon, du seist tot!«

»Nicht vor meiner Zeit.« Thea lachte und schüttelte ihr langes rotes Haar. »Du hast mir doch geweissagt, ich würde das Erbe des Löwen antreten.«

»Aber nicht so, wie du es dir erträumst.«

»Und nicht an seiner Seite, ich weiß.« Thea seufzte. Dann folgte sie Gundula in die Hütte. Über dem Herdfeuer brodelte ein Kessel, aus dem ein seltsamer Geruch aufstieg. Vermutlich wieder einer dieser Zaubertränke, die Gundula so gern an abergläubische Bauern verkaufte. Die meisten dieser Tränke waren wirkungslos. Allerdings war die Alte dafür bekannt, gefährliche Gifte und Tränke brauen zu können, mit denen sich Frauen vor Empfängnis schützten oder die ungewollte Leibesfrucht abtöteten.

»Du hast gewiss Hunger, Kind.« Ohne Theas Antwort abzuwarten, setzte Gundula ihr eine Schüssel Linsensuppe und einen Kanten Brot vor. Gierig griff Thea zu. »Hast du noch, was ich dir zur Verwahrung gab?«, fragte sie, während sie ein Stück Brot abbrach und in die Suppe tunkte.

»Was glaubst denn du? Natürlich, Thea.« Die alte Frau schlurfte in eine Ecke der Hütte und öffnete eine Holztruhe. »Wie viel brauchst du?« Gundula hob einen prall gefüllten Geldbeutel heraus.

»Alles.«

»Alles?«

»Ich will das Land verlassen.«

»Das Land? Bist du närrisch?«

»Nein, ganz im Gegenteil. Ich habe einen Auftrag.«

Gundula musterte Thea mit scharfem Blick. »Hast du dich wieder mit Ulf von Regenstein eingelassen? Ich habe dir doch schon so oft gesagt, dass der Mann nichts taugt.«

Thea hasste es, wenn Gundula sie durchschaute.

»So? Warum hast du meinem Vater dann nicht widersprochen, als er mich ihm als Frau zur linken Hand gab?«

»Weil ich damals noch annahm, es sei das Beste für dich.« Gundula reichte Thea den Geldbeutel. »Du warst doch völlig verwildert. Ich dachte, es täte dir gut, wie eine Frau zu leben und nicht ganz zum Jungen zu werden.«

»Als Liebhaber ist er nicht zu verachten«, sagte Thea lächelnd. »Wer weiß, was aus mir geworden wäre, wenn er nicht mit der grässlichen Irmela verheiratet wäre.«

»Du hast dich also wieder mit ihm eingelassen.«

»Warum nicht? Er ist ein einflussreicher Verbündeter.«

»Aber auch einer ohne Skrupel.«

»Darin gleichen wir uns.«

Die Alte schüttelte den Kopf. »Nein, Thea. Du hast ein Herz, auch wenn du nur selten darauf hörst.«

»Das hat der Regensteiner auch.« Thea dachte daran, wie Ulf sich verstohlen eine Träne aus dem Augenwinkel gewischt hatte. Damals, vor Jahren, als … Sofort unterdrückte sie die Erinnerung. Es gab vieles, woran sie nie mehr denken wollte. Und schon gar nicht daran.

»Was hast du mit ihm ausgemacht?«

»Nichts, das dich kümmern sollte.«

»Du weißt, mir liegt dein Wohl am Herzen.«

»Dann gib mir noch etwas von deinen Tränken mit auf die Reise. Du weißt schon, welche ich meine.«

»Sagst du mir wenigstens, wohin es gehen soll?«

»Zunächst nach Hamburg. Wie ich hörte, schiffen sich dort gute Bekannte von mir nach Venedig ein.«

»Du willst Graf Philip nachreisen? Warum?«

»Wie kommst du denn darauf?«

»Thea, für wie dumm hältst du mich? Die ganze Gegend spricht davon, dass der Graf mit seiner Frau und seinem heidnischen Freund nach Ägypten reisen will. Von Hamburg nach Venedig und dann nach Ägypten.«

»In dieser Gegend wird ein bisschen zu viel geschwatzt. Nun ja, das ist auch Hinnerk zum Verhängnis geworden.« Thea schlürfte die Suppe. »Hätte er's Maul gehalten, hätten sie uns keine Falle stellen können.«

»Ich habe mich schon gewundert, wo du so lange warst. Die Bauern erzählen, dass Joachim letzte Woche hingerichtet wurde.«

»Kann schon sein.«

»Kann schon sein, kann schon sein«, äffte Gundula ihre Besucherin nach. »Red gefälligst anständig mit mir! Also, was ist geschehen?«

»Wenn du es unbedingt willst. Du gibst sonst ja keine Ruhe.«

»So ist es, Kind.«

»Du kennst doch den Hohlweg, der von Alvelingeroth in Richtung Halberstadt führt, nicht wahr?«

Gundula nickte.

»Wir haben dort gewartet. Stundenlang. Die Kälte war kaum noch auszuhalten. Meine Zehen waren schon taub gefroren, und dann fing es auch noch an zu schneien. Ich habe Hinnerk gefragt, ob er sich sicher sei, dass die Kaufleute wirklich hier vorbeikämen.

Selbstverständlich, meinte er. Er habe die reichen Pfeffersäcke in der Dorfschenke beobachtet. Sein Gesicht war stark gerötet. Vermutlich hatte er wieder zu viel getrunken. Da hätte ich schon misstrauisch werden müssen. Aber als der Kaufmannswagen kurz darauf in den Hohlweg einbog, war ich beruhigt. Auf dem Bock saß ein einzelner Mann. Ich dachte, was für ein leichtsinniger Narr, und gab das Zeichen.

Hinnerk und Fritho griffen dem Gespann von vorn in die Zügel. Die drei anderen sprangen von hinten auf den Wagen. Hinnerk lachte noch, doch dann traf ihn ein Pfeil in die Brust. Unter der Wagenplane hatten sich Waffenknechte mit Armbrüsten verborgen. Wir waren hoffnungslos unterlegen. Fritho fiel als Nächster, dann Gero und Hannes. Nur der kleine Joachim wurde lebend überwältigt. Tja, und ich war zu langsam. Einer der Mistkerle sah mich, als ich mein Pferd herumriss, und traf mich mit seiner verfluchten Armbrust in die Schulter.« Thea bewegte die Finger der linken Hand. Immerhin war das Gefühl nach einigen Tagen zurückgekehrt. Anfangs hatte sie noch befürchtet, dauerhafte Folgen davongetragen zu haben.

»Wer hat dir geholfen?«

Thea schnaubte. »Unser edelmütiger Graf Philip von Birkenfeld. An Einzelheiten kann ich mich nicht mehr erinnern. Irgendwann stürzte ich erschöpft vom Pferd, und als ich wieder zu mir kam, war ich auf Burg Birkenfeld, und Philips arabischer Freund entfernte gerade den Pfeil aus meiner Schulter. Sie hatten mich im Wald aufgelesen und mitgenommen.«

»Philip ist ein anständiger Mann.«

»Anständig, ja? Er hat uns verraten, Gundula! Er ist schuld daran, dass mein Vater tot ist.«

»Ich wusste gar nicht, dass du deinen Vater so sehr geliebt hast«, bemerkte die Alte spöttisch. »Hat es dich nicht viel eher gekränkt, dass Philip eine andere geheiratet hat?«

»Ich hasse es, wenn du alles besser weißt!«

»Und warum willst du ihm dann nachreisen?«

»Ich habe meine Gründe.«

»Die du mir natürlich nicht verrätst. Ich weiß. Ich könnte sie dir ja ausreden.«

»Nein. Aber das ist eine Angelegenheit, die dich nichts angeht.«

Gundula seufzte. »Es ist gefährlich für eine Frau, allein auf eine so weite Reise zu gehen.«

Auf einmal fiel Thea auf, wie alt ihre Ziehmutter geworden war. Das Haar, das unter ihrer Haube hervorblitzte, war schneeweiß geworden. Im letzten Sommer war es noch blond gewesen.

»Für mich nicht.« Thea berührte den Knauf ihres Schwertes. »Mach dir keine Sorgen. Ich weiß mich zu wehren.«

»Es ist auch für einen alleinreisenden Mann gefährlich.«

»Möglicherweise. Aber ich beherrsche alle Waffen. Die der Männer und die der Frauen. Was soll mir da schon widerfahren?«

Gundula schüttelte den Kopf. »Ich kann dich also nicht davon abbringen?«

»Nein.«

»Dann lege ich dir wenigstens die Runen, damit du weißt, was dich erwartet.«

Darauf hatte Thea gehofft. Sie gab viel auf Gundulas Weissagungen, auch wenn jene, deren Erfüllung sie sich am meisten wünschte, vermutlich nie eintreten würde. Thea schob ihre Schüssel fort, und Gundula holte ein ledernes Säckchen hervor, das mit geheimnisvollen Symbolen bestickt war.

»Lieder kenn ich, die kann die Königin nicht«, murmelte die Alte, während sie das Säckchen behutsam schüttelte. »Und keines Menschen Kind. Hilfe verheißt mir eins, denn helfen mag es in Streiten und Zwisten und in allen Sorgen.«

Thea kannte die Worte. Sie entstammten Wodans Runenlied. Gundula hielt Thea das Säckchen hin und ließ sie eine verdeckte Rune ziehen. Es war Raido, das Sonnenrad. Wieder einmal, dachte Thea, denn es war nicht das erste Mal.

»Du kennst das Sonnenrad bereits«, sagte Gundula. »Es steht für Kampf und Entscheidung. Wähle weise. Alles hat sein Gegenteil, und Herausforderungen bringen ihren gerechten Lohn. So wie damals, als du Ulf von Regenstein verlassen hast und zur Bande deines Vaters zurückgekehrt bist.«

Thea nickte, obwohl es sie störte, dass Gundula sie an die alte Zeit erinnerte. Schweigend zog sie die zweite Rune.

»Kenaz, die Flamme. Du hast die Kraft, dich allem zu stellen, was dir widerfährt. Aber auch Kenaz steht für Entscheidungen. Du musst eine Wahl treffen, um wirklich frei zu werden.«

»Ich bin längst frei«, widersprach Thea, doch Gundula schüttelte nur den Kopf und ließ Thea die dritte und letzte Rune ziehen.

»Naudhiz, das Schicksal«, sagte sie und sah Thea tief in die Augen. »Du wirst ernten, was du gesät hast. Sorg dafür, dass die Aussaat gut war, dann wirst du finden, was du dir immer erträumt hast.«

»Und wenn meine Aussaat schlecht war? Werde ich dann sterben?«

Die alte Frau schob die Runen zusammen. »Jeder Mensch muss sterben. Aber du wirst nicht eher sterben, bis du das Erbe des Löwen angetreten hast.«

Thea erhob sich. »Ich danke dir, Gundula.«

»Du musst mir nicht danken.« Auch die Alte stand auf und holte ein Fläschchen hervor. »Für deine Reise«, sagte sie und drückte es Thea in die Hand. »Leb wohl, mein Kind.«

Ein Schauer rieselte Thea über den Rücken. Es klang so endgültig, ganz so, als werde sie ihre Ziehmutter niemals wiedersehen. Entgegen ihrer sonstigen Gewohnheit zog sie Gundula in die Arme und drückte sie fest an sich.

»Du warst mir mehr Mutter als meine leibliche Mutter«, flüsterte sie. »Ich liebe dich.«

»Ich weiß, mein Kind. Ich werde zu den Göttern beten, dass du bekommst, was du dir wünschst.«

»Wirst du ihnen ein Huhn opfern?«

»Drei Hühner, wenn es sein muss. Und nun geh. Das Leben erwartet dich, nicht der Tod.«

3. Kapitel

Endlich!«, begrüßte Said Philip und Lena, als sie in den Gasthof zurückkehrten. »Wir dachten schon, ihr wärt ertrunken.«

»Ihr hättet die Zeit ebenso gut nutzen können«, hielt Philip ihm entgegen. »Ein Bad hätte euch auch nicht geschadet.«

»Das ist also der Dank dafür, dass wir die Pferde schon bei Hartmut von Viersen untergestellt haben?« Said musterte Philip angriffslustig.

»Zu einem äußerst geringen Preis«, fügte Bertram hinzu. »Ich war tief beeindruckt, wie Said ihn heruntergehandelt hat.«

»Ja, von Said kann man in dieser Hinsicht viel lernen«, gab Philip zu. »Obwohl ich mich da an eine Geschichte erinnere, als …«

»Verschon uns damit!«, unterbrach Said ihn. »Wir sind hungrig und warten die ganze Zeit nur auf euch.«

In der Wirtsstube hatten sich zahlreiche Gäste eingefunden. Überwiegend waren es Männer in vornehmer Kleidung, aber Lena entdeckte auch einige Frauen. Das Gasthaus *Zur Eule* schien nicht nur bei Durchreisenden, sondern auch bei den Einheimischen beliebt zu sein. Hier wurden Geschäftsabschlüsse getätigt und über die Politik der Stadt gesprochen, wie Lena den Wortfetzen, die zu ihr herüberwehten, entnehmen konnte.

Sie saßen zu sechst am Tisch, denn für Philip war es selbstverständlich, dass Witold und Rupert während der Reise mit ihnen speisten. Lena schätzte diese Eigenschaft, erinnerte es sie doch an ihren Vater, der stets gefordert hatte, wer gemeinsam arbeite, solle auch gemeinsam essen.

Zu Beginn der Reise waren die beiden Waffenknechte noch sehr zurückhaltend gewesen. Sie waren es nicht gewohnt, beinahe gleichberechtigt an der gräflichen Tafel zu sitzen, auch wenn sie aus ritterbürtigen Familien stammten. Witold und Rupert teilten das Schicksal vieler nachgeborener Söhne. Ihre Väter hatten nicht das Geld, allen ihren Söhnen die kostspielige Ausbildung zum Ritter zu ermöglichen, und so mussten sie sich bei hohen Herrschaften als Waffenknechte verdingen. Ein Los, mit dem sie jedoch recht zufrieden waren, zumal es sie mit Stolz erfüllte, dass ausgerechnet sie ihren Grafen nach Ägypten begleiten durften.

Philip ließ sich nicht lumpen – er bestellte für alle Lammbraten und zwei Krüge Wein. Nur Said hielt sich seines Glaubens wegen an gesäuertes Wasser.

Es war eine lustige Tischgesellschaft. Witold und Rupert hatten in den letzten Tagen ihre Schüchternheit verloren und beteiligten sich rege an der Unterhaltung, auch wenn Philip das Wort führte und von den Wundern Alexandrias sprach, die sie alle bald mit eigenen Augen sehen würden. Einzig Bertram wirkte in sich gekehrt. Zunächst war es Lena gar nicht aufgefallen, aber dann bemerkte sie, dass er stumm auf die Mahlzeit vor sich starrte und ihrem Blick auswich. Sie wollte ihn schon darauf ansprechen, als sie von der Straße her Geschrei hörte.

»Packt sie! Für loses Gelichter haben wir hier einen eigenen Ort!«

»Fass mich nicht an, oder ich reiß dir die Eier ab!«, brüllte eine Frau. Lena zuckte zusammen. Diese Stimme … Nein, das konnte nicht sein! Oder etwa doch?

Sie sprang auf und eilte zur Tür. Philip war gleichzeitig mit ihr hochgefahren. Natürlich hatte auch er die Stimme sofort erkannt.

Lena riss die Tür auf und erkannte Thea im Handgemenge mit drei Bütteln. Ringsum hatten sich Neugierige versammelt und starrten gebannt auf das Geschehen. Eine Frau mit einem Korb spie verächtlich auf den Boden. »An den Pranger mit ihr!«, kreischte sie.

Mehrere Männer klatschten Beifall.

»Was tut ihr da?«, rief Lena, ohne nachzudenken. »Lasst sie los!«

Beim Anblick der jungen Frau hielten die Büttel inne. Die Rufe der armen Bevölkerung waren sie gewohnt, aber dass sich eine vornehme Dame einmischte, versetzte sie in Erstaunen.

Wie um alles in der Welt war Thea hierhergekommen? Und auf welche Weise hatte sie die Aufmerksamkeit der Büttel auf sich gezogen? Ob es ihre seltsame Kleidung war, die Anstoß erregt hatte? Zwar trug sie ein Kleid, das allerdings an der Seite geschlitzt war, und darunter waren Beinlinge zu erkennen. Zu allem Überfluss hatte Thea ihr Schwert wie ein Ritter um die Hüften gegürtet.

»Mischt Euch nicht ein! Diese streunende Diebin bekommt nur, was ihr zusteht.«

»Hat sie Euch bestohlen?«, fragte Lena.

»Nein, aber ... aber woher sollte sie sonst ein Pferd haben?« Der Büttel wies auf Theas Schimmel. »Außerdem trägt sie ein Schwert. Das ist Weibsbildern verboten!«

»An den Pranger mit ihr!«, schrien inzwischen schon mehrere Zuschauer. Ein Gassenjunge hob einen Pferdeapfel auf und zielte auf Thea, doch die wich geschickt aus, und das Geschoss prallte gegen eine Mauer.

»Ihr müsst meiner Base vergeben, sie ist nicht ganz richtig im Kopf, aber sie ist von vornehmem Geblüt«, entgegnete Lena, der in der Eile nichts Besseres einfiel.

»Eure Base?«

»Ganz recht, sie ist die Base meiner Gattin«, sprang Philip ihr bei. »Und auch wenn sie sich seltsam gebärdet, so ist sie doch alles andere als eine Diebin.«

»Hört Ihr? Er muss es ja wissen.« Thea lächelte die Büttel schadenfroh an. »Und nun lasst mich in Ruhe!«

»So einfach ist das nicht«, wandte einer der Männer ein. »Eure Base hat nicht nur gegen die Kleiderordnung verstoßen, sondern trägt außerdem ein Schwert. So etwas wird nicht geduldet und zieht schwere Bestrafung nach sich.«

Philip griff nach seinem Geldbeutel. »Hier, nimm das – als Entschädigung für eure Mühen.« Er reichte dem Mann einen Silberdenar. Vermutlich mehr, als alle drei Büttel in einem Monat verdienten. »Ich kümmere mich selbst um die Base meiner Frau.«

»So einfach ist das nicht, Herr«, wiederholte der Büttel. »Wir haben unsere Pflichten und müssen für Ordnung sorgen.«

Philip zog einen zweiten Silberdenar hervor. »Wir werden die Stadt übermorgen verlassen, und ich verspreche, dass sie euch bis dahin nicht mehr unter die Augen tritt. Genügt das?«

»Nun ja, aber …«

Philip zog einen dritten Silberdenar hervor. Die Augen der Männer leuchteten auf. Ein Silberdenar für jeden!

»Ja, Herr! Wenn Ihr versichert, dass Ihr in zwei Tagen die Stadt verlasst und wir dieses Weib nicht wieder zu Gesicht bekommen, wollen wir die Sache vergessen.«

Die alte Frau mit dem Korb schrie noch einmal nach dem Pranger, doch die Silberdenare hatten ihre Wirkung erzielt.

»Halt's Maul, alte Vettel, sonst wirst *du* für dein Gebrüll an den Pranger gestellt!«, rief der Büttel. »Und ihr anderen verschwindet auf der Stelle! Es gibt nichts mehr zu gaffen.«

»Nun, dann komm, *Base*!«, zischte Philip und zog Thea am Oberarm in die Gaststube. Lena zögerte. Hatte sie ihren Gatten durch ihr eigenmächtiges Handeln verärgert? Zwar war er ihr zu Hilfe geeilt, aber sie wusste, dass er vor Fremden immer zu ihr stehen würde, ganz gleich, was er wirklich dachte.

Philip rief nach dem Schankjungen und befahl ihm, Theas Pferd in den Stall zu bringen. Dann führte er die Räuberin an den Tisch, und auch Lena nahm ihren Platz wieder ein. Sie suchte Philips Blick, doch seine ganze Aufmerksamkeit galt Thea.

»Das ist nicht dein Ernst!«, rief Said, als er Thea sah. Die zog sich mit einem Lächeln einen Stuhl heran.

»So, und nun erzähl uns, was du angestellt hast!«, forderte Philip sie auf. Der Zorn in seiner Stimme war nicht zu überhören, aber Thea ließ sich nicht aus der Ruhe bringen. Lena hatte es nicht anders erwartet. Vermutlich fand die Räuberin Philips Zorn sogar noch unterhaltsam.

»Nichts.« Thea setzte den treuherzigen Blick einer unerfahrenen Jungfer beim Kirchgang auf. »Die Kerle sind zudringlich geworden.«

»Die Kerle, wie du sie nennst, sind städtische Büttel. Sie vertreten das Gesetz in dieser Stadt.«

Thea hob die Schultern. »Wenn du meinst. Bekomme ich auch ein Stück vom Braten und einen Becher Wein?«

»Nur wenn du mir endlich antwortest.«

»Aber das habe ich doch schon getan.« Ein Blick aus unschuldigen Augen traf Philip. »Ich weiß auch nicht, warum die Büttel so hässlich zu mir waren.«

Said machte ein Geräusch, das sowohl ein Niesen als auch ein unterdrücktes Lachen sein konnte.

»Vermutlich war es dumm von mir, dich freizukaufen«, knurrte Philip. »Zwanzig Rutenschläge und der Pranger hätten dir nicht geschadet.«

»Nur hättest du es nicht mit ansehen können, habe ich recht?« Sie griff nach Philips Becher und nahm einen tiefen Schluck.

»Was fangen wir mit ihr an?«, fragte Said auf Arabisch.

»Ich habe keine Ahnung«, antwortete Philip in derselben Sprache. »Aber wir können sie schlecht hierlassen, sie wird nur wieder in Schwierigkeiten geraten.«

»Was ganz allein ihre Schuld wäre, nicht unsere.«

»Nur wird es diesmal auf uns zurückfallen, schließlich glauben die Büttel, sie sei Lenas Base. Und ich will meinen Ruf in dieser Stadt nicht verlieren.«

»Bist du mir böse?«, fragte Lena. Die arabischen Worte kamen ihr dank Saids Unterricht in den letzten Monaten erstaunlich leicht über die Lippen, und auch dem kurzen Gespräch hatte sie mühelos folgen können.

Philip schüttelte den Kopf. »Nein. Wenn du nicht eingeschritten wärst, hätte ich es getan.«

»Redet ihr über mich?«, mischte Thea sich ein. »Das könnt ihr auch gern in einer verständlichen Sprache tun.«

»Also gut. Als Erstes wirst du dich wie eine anständige Frau kleiden, und das Schwert verschwindet.«

»Wenn du es so möchtest. Und als Zweites?«

»Wirst du endlich den Mund halten!«

»Und wenn nicht?«

»Dann wird mir der Wirt behilflich sein, die irrsinnige Base meiner Gattin in seinem Keller einzusperren, damit sie uns nicht länger stört.«

Der drohende Ausdruck in Philips Blick brachte Thea zum Verstummen. Vermutlich hatte sie endlich begriffen, dass er es bitterernst meinte. Immerhin bekam sie doch noch ein Stück vom Braten und einen eigenen Weinbecher. Sie aß so schnell, als habe sie seit Tagen nichts bekommen.

»Warum bist du uns nachgereist?«, fragte Philip schließlich.

»Du wolltest doch, dass ich den Mund halte.«

»Nur wenn du nicht gefragt wirst.«

»Oh, der Herr Graf hat heute seinen strengen Tag!« Sie funkelte ihn spöttisch an.

»Wir nehmen dich nicht mit nach Ägypten, falls du dir das so vorgestellt hast.«

»Das verlange ich auch gar nicht. Allerdings war ich schon bei einem gewissen Wolfram Säckerling, ehe mir diese ungehobelten Kerle über den Weg gelaufen sind. Und habe ihm zwei Silberdenare für eine Überfahrt nach Venedig auf seiner *Windsbraut* übergeben.«

»Du hast *was*?«, brüllte Philip. »Das glaube ich einfach nicht! Woher hattest du das Geld?«

Etliche Köpfe an den Nachbartischen wandten sich zu Philip um. Lena stieß ihn an. »Nicht so laut!«, raunte sie. Er nickte kaum merklich.

»Du hast also doch gestohlen!«

»Nein.« Thea griff unter ihr Gewand und zog einen Lederbeutel hervor. »Kennst du den?«

»Das Geld, das ich dir im letzten Jahr gegeben habe? Aber du hast doch gesagt …«

»Ja, ich rede manchmal viel.« Sie lächelte ihn liebenswürdig an. »Ich hatte es gut versteckt, damit meine Männer es nicht finden und versaufen konnten.«

»Du bist wirklich …« Philip brach ab und schüttelte den Kopf.

Lena schob das Holzbrett von sich, auf dem das Bratenstück gelegen hatte. »Komm, Thea, du solltest dir eine Kammer nehmen, und dann helfe ich dir, dich vernünftig zu kleiden, damit du keinen Anstoß mehr erregst.«

»Wie edelmütig!« Spott leuchtete aus Theas Augen, und zum wiederholten Mal fragte Lena sich, was die Räuberin wohl über sie dachte. Ein Hauch von Verachtung war immer spürbar, aber dahinter lag noch etwas anderes. Lena hatte es schon auf Burg Birkenfeld gespürt. Hinter dem Panzer aus Verachtung und Überheblichkeit verbarg sich eine verletzliche Frau. Eine Frau, die sich von Philip verraten und zutiefst gedemütigt fühlte. Er hatte nicht nur das Räuberlager ihres Vaters ausgehoben, sondern sich vor allem auch einer anderen Frau zugewandt. Dennoch folgte Thea Lena ohne Widerworte. Der Gastwirt hatte eine freie Kammer übrig, die er Thea gegen gute Bezahlung bereitwillig vermietete.

»Hast du noch ein anderes Kleid als dieses?«, fragte Lena, nachdem Thea ihr Bündel geholt und auf die Bettstatt geworfen hatte.

»Was ist daran auszusetzen?«

»Beispielsweise der weite Schlitz, durch den deine Männerkleidung zu sehen ist.« Lena wies auf die Beinlinge.

»Wie hätte ich wohl sonst reiten sollen? Ich bin eben keine feine Dame wie du, die sich wie ein Pfaffe im Seitsattel führen lässt.«

Lena lächelte. »Mein Sambue ist ein besonderer Sattel. In der Stadt nutze ich ihn wie die edlen Damen, aber im Gelände wird die Fußstütze entfernt, und stattdessen werden Steigbügel angeschnallt, damit ich rittlings sitzen kann.«

»Und wie gelingt dir das mit deinem Kleid?«

»Es gibt auch schickliche Beinkleider für Damen. Sie erinnern ein wenig an die Hosen der einfachen Bauern, sind aber aus besserem Stoff gefertigt und weiter geschnitten.«

»Warum mutest du dir dann in der Stadt diesen lächerlichen Aufzug zu?«

»Damit die Büttel höflich bleiben.« Lena zwinkerte Thea zu und beobachtete, wie diese ein Lächeln zu unterdrücken versuchte.

»Dass du Krallen hast, habe ich schon gemerkt«, gab die Räuberin zu. »Auch wenn du sie viel zu selten benutzt.«

»Meinst du?«

»Du bist immer so edelmütig. Grauenhaft! Wie hält Philip es nur mit dir aus?«

»Vermutlich bin ich ihm lieber als eine Frau, die ihm im Schlaf die Kehle durchbeißen könnte, falls sie schlechte Laune hat.«

»Ist er deshalb so garstig zu mir? Weil er Angst hat?« Theas Augen leuchteten.

»Er hat keine Angst vor dir«, widersprach Lena. »Aber genug davon. Hast du nun andere Kleidung dabei oder nicht?«

Thea ergriff das Bündel und reichte es Lena.

»Sieh selbst nach!«

»Bin ich deine Magd?«

»Das wäre keine üble Vorstellung.«

Lena ließ das Bündel fallen. »Weißt du was, Thea? Es ist mir gleich, wie du herumläufst, solange du nicht nackt bist. Schließlich wissen alle, dass du meine irrsinnige Base bist. Ich wollte dir nur eine Gefälligkeit erweisen.«

»Ich bin auf deine Gefälligkeiten nicht angewiesen.«

»Ach nein? Was wäre geschehen, hätte ich vorhin nicht eingegriffen?«

Thea schnaubte verächtlich. »Die drei hätten ein paar kräftige Tritte in die Weichteile bekommen, und dann wäre Ruhe gewesen. Ich weiß, wie man mit solchem Geschmeiß umgeht.«

»Es sah aber ganz anders aus.«

»Manches sieht anders aus, als es ist.« Dann maß die Räuberin Lena mit prüfendem Blick. »Wie ist es eigentlich zu erklären, dass du seit bald einem Jahr Philips Frau bist und noch kein Kind hast? Bist du unfruchtbar, oder meidet er dein Bett?«

Heißes Blut stieg Lena in die Wangen, als Thea diesen wunden Punkt berührte, doch sie beherrschte sich. »Das hättest du wohl gern. Wie kommt es, dass du bei deinem Lebenswandel noch kein halbes Dutzend Bankerte hast?«

Thea lachte nur und hob ihr Bündel auf. »Du machst mir immer mehr Spaß. Dabei dachte ich bisher, Philip sei von euch beiden der Meister des Wortes.« Sie schnürte das Bündel auf und zog ein dunkles Reisekleid hervor. »Findest du, das ist besser geeignet?«

Theas rascher Umschwung verwirrte Lena. Meinte die Räuberin es wirklich ernst? Oder musste sie sich auf einen weiteren Angriff gefasst machen, der auf ihre verletzbarsten Stellen abzielte? Dennoch sah sie zu, wie Thea ihr Kleid auseinanderfaltete. Es war eine schlichte Suckenie, ein Oberkleid ohne Ärmel.

»Das ist annehmbar, wenn du eine passende Cotte dazu hast.«

»Habe ich.« Thea zog ein hellgraues Untergewand hervor, dessen Ärmel mit einer grünen Borte gesäumt waren. Recht ungewöhnlich, befand Lena, aber schicklich.

»Woher hast du diese Kleider?«, fragte sie.

»Die lagen dort, wo auch mein Geld versteckt war.«

»Ich kann mir nicht vorstellen, dass du oft in Frauenkleidern unterwegs bist.«

»Wozu auch? Sie sind hinderlich bei meinem Handwerk. Es sei denn, es gilt einen Mann auszuhorchen.«

»Ich wusste gar nicht, dass du dazu überhaupt Kleider brauchst.«

Thea zog die Brauen hoch. »Gräfin Helena, Ihr werdet übermütig und verlasst den Boden der Schicklichkeit.«

»In deiner Gegenwart ist weder das eine noch das andere möglich.«

Thea schwieg. Lena sah ihr deutlich an, dass sie über eine schlagfertige Erwiderung nachdachte, doch anscheinend fielen ihr keine passenden Worte ein.

4. Kapitel

Philips Stimmung hatte ihren Tiefpunkt erreicht. Dabei hatte er sich so darauf gefreut, nach den langen Tagen der Reise endlich wieder eine ungestörte Nacht mit Lena verbringen zu können. Ihre Blicke im Bad waren vielversprechend gewesen – er wusste, dass es ihr genauso erging. Das Feuer zwischen ihnen brannte noch immer so heiß wie zu Beginn ihrer Ehe. Und doch konnte er nicht verhindern, dass sich Theas Bild vor sein inneres Auge schob. Dass sich die Erinnerung an ihren sündigen Leib und die leidenschaftlichen Stunden, die sie miteinander verbracht hatten, in seine Seele krallte. So heftig, dass er fast das Gefühl hatte, Lena in Gedanken zu betrügen. Und zu allem Überfluss schien Thea es zu wissen. Die Art, wie sie ihn angesehen hatte, wie sie einfach nach seinem Weinbecher gegriffen hatte. Herausfordernd und verführerisch zugleich. Philip hatte geglaubt, es sei vorbei, aber nun spürte er, dass Thea seine Gefühle noch immer beherrschte.

Zum Glück war es einfacher als gedacht, Lena etwas vorzumachen. Sie glaubte, er sei wütend auf Thea, ahnte nicht, dass er sich selbst für sein verbotenes Verlangen verachtete. Immerhin kam er in ihren Armen zur Ruhe und fand bei ihr die Erfüllung, nach der er sich gesehnt hatte. Vergessen konnte er Thea dennoch nicht, sosehr er sich auch bemühte.

Am nächsten Morgen schien ihm Thea schon vor seiner Kammer aufgelauert zu haben. Sie war erstaunlich schicklich gekleidet, trug eine dunkle Suckenie und darunter eine schlichte Cotte. Gelang Lena doch noch das Wunder, aus Thea eine anständige Frau zu machen? Schon bevor er den Gedanken zu Ende gebracht hatte, erkannte er, welch abwegige Vorstellung dies war.

»Ich brauche deine Hilfe«, sagte Thea und sah ihn wieder mit diesem unschuldigen Kinderblick an.

»So?« Philip verschränkte die Arme vor der Brust.

»Ich kann mein Pferd nicht mit auf die Reise nehmen, deshalb wollte ich es verkaufen. Aber ich fürchte, die Händler hauen eine schwache Frau wie mich gnadenlos übers Ohr.«

Vermutlich würdest eher du den Händlern die Ohren abhauen, dachte er. »Halt dich an Said, der wird das für dich regeln.«

»Ich verstehe.« Sie lächelte. »Du bist noch allzu erschöpft. Nun, das wundert mich nicht, schließlich war nicht zu überhören, dass du dich letzte Nacht am gräflichen Nachwuchs versucht hast.«

Er wusste, dass sie ihn reizen, ihn zu einer unbedachten Bemerkung verleiten wollte, die sie dann gegen ihn verwenden konnte.

»So etwas soll vorkommen«, entgegnete er gelassen.

Thea blieb vor ihm stehen, hielt seinem Blick stand und wich keinen Zoll zurück. Nun gut, dieses Spiel beherrschte er, er würde nicht nachgeben. Einige Augenblicke verstrichen, bis Thea begriffen hatte, dass sie an diesem Tag nicht gewinnen würde.

»Dann frage ich eben Said«, murmelte sie und ging an ihm vorbei. Natürlich nicht, ohne ihn dabei wie absichtslos zu berühren. Teufelsweib.

Zumindest ließ sie ihn für den Rest des Tages in Ruhe. Dennoch überlegte Philip, wie er sie loswerden konnte, aber ihm fiel keine Lösung ein. Wenn sie erst in Venedig wären, müsste er weiter die Verantwortung für sie übernehmen, ob er wollte oder nicht. Diese Vorstellung beunruhigte ihn ebenso wie sein unerwünschtes Verlangen nach ihr.

Die *Windsbraut* war eine mächtige Kogge, dennoch war der Raum knapp bemessen. Philip begriff, warum sie nur zwei

Pferde mitführen durften. Sieben Rosse hätten den gesamten Laderaum beansprucht. So aber hatte der Kapitän des Schiffes, Godfryd Dührsen, eine Ecke des Laderaumes mithilfe von Strohballen in einen halbwegs annehmbaren Stall verwandeln lassen. Saids Fuchs scheute, als er über den Landesteg geführt wurde, aber der Araber hatte sein Tier fest im Griff. Philips Rappe folgte ohne Widerstand.

Während die Pferde gut versorgt waren, sah es für die Reisenden erheblich anders aus. Zwar hatte Wolfram Säckerling Philip und Lena eine eigene Kajüte zugesagt, aber was sie vorfanden, war ein winziger fensterloser Verschlag am Ende des Schiffes, unmittelbar unter der Kapitänskajüte. Er war so eng, dass nur eine Bettstatt Platz darin fand und man bei geschlossener Tür kaum vor dem Bett stehen konnte. Fast beneidete Philip die Gefährten, die es sich im Laderaum bei den Tieren gemütlich machten. Thea hatte sich dort sogar ein eigenes Reich geschaffen, indem sie etwas abseits hinter einigen Fässern ihre Schlafstatt aufgeschlagen hatte.

»Was ist?«, fragte Lena ihn, nachdem sie ihre Unterkunft in Augenschein genommen hatten. »Gefällt es dir nicht? Wenigstens stört uns hier niemand.« Sie warf ihm einen verführerischen Blick zu und dachte vermutlich an die leidenschaftliche Nacht, die hinter ihnen lag.

»Wenn du es so siehst«, erwiderte er und lächelte leicht gequält.

»Wir wussten, dass wir uns mit wenig Platz begnügen müssen«, sagte sie. »Immerhin sind die Laken sauber, und der Strohsack riecht frisch. Wer weiß, mit welchen Spelunken wir auf einer Reise über die Alpen hätten vorliebnehmen müssen.«

»Du bist eine bemerkenswerte Frau, Lena.«

Sie lachte. »Ich weiß.«

Zunächst ging es vom Nikolaifleet aus auf die Elbe. Die Sonne schien vom strahlend blauen Himmel, und so nutzten alle die Gelegenheit, sich an Deck aufzuhalten und die vorbeiziehende

Landschaft zu betrachten. Nachdem sie die Stadt hinter sich gelassen hatten, waren überwiegend Wiesen zu sehen, und nur am Horizont zeigte sich der eine oder andere dunkle Streif, der einen Wald andeutete. Sie sahen Kühe und Schafe, aber keine Häuser.

»Warum haben sich keine Menschen am Fluss angesiedelt?«, fragte Lena Kapitän Godfryd, der sich zu ihnen gesellt hatte.

»Die Elbe ist ein launischer Fluss«, antwortete er. »Die Gezeiten machen sich schon hier bemerkbar. Im Frühling und Sommer ist es trügerisch ruhig, aber im Herbst und Winter tritt der Fluss oft über die Ufer, und die Sturmfluten sind überaus gefürchtet. Ihr habt gewiss die Deiche in Hamburg gesehen.«

»Ihr meint die grasbewachsenen Erdwälle? Ich hielt sie für Verteidigungsanlagen.«

»Das sind sie auch. Sie verteidigen die Stadt gegen die Kraft des Wassers. Irgendwann werden wir dem Fluss wohl auch dieses Land abtrotzen, aber bis es so weit ist, wird es nur für Viehweiden genutzt. Kein Bauer, der halbwegs bei Verstand ist, würde in Sichtweite des Flusses, ohne den Schutz eines Deiches, sein Haus errichten.«

»Wird das Land nicht fruchtbar durch die Überschwemmungen?«, fragte Philip. »In Ägypten feiern die Menschen die Nilschwemme, denn der Nilschlamm verspricht fette Ernten.«

»Die Sturmfluten pressen das Nordseewasser in den Fluss. Das Salzwasser ist schädlich für die Ernten.«

»Dann sind wir der Nordsee schon nahe?« Philip spähte in Fahrtrichtung des Schiffes, doch der Fluss zog sich vor ihnen her, so weit sein Blick reichte.

»Das dauert noch ein Weilchen. Die *Windsbraut* ist nicht so schnell wie ihr stürmischer Bräutigam.« Der Kapitän lächelte gutmütig, und zum ersten Mal fragte Philip sich, wie alt der Mann wohl sein mochte. Dreißig? Oder gar schon fünfzig? Wind und Wetter hatten sein Gesicht gezeichnet, aber in seinen Augen blitzte noch immer der Schalk der Jugend. »Wir werden Hadeln in etwa einer Stunde erreichen.«

»Hadeln?«

»Das Land um die Elbmündung. Jetzt ist's wieder friedlich, aber vor Jahren haben sich noch die Askanier mit den Herzögen von Lauenburg um die Gegend gestritten. War keine schöne Zeit, um Waren zu verschiffen. Jeder wollte seinen Anteil abbekommen.«

»Ja, ja, die Askanier«, hörte Philip Thea hinter seinem Rücken flöten. »Hoffentlich hat der hochmütige Herzog von den Lauenburgern ordentlich was auf die Finger gekriegt.«

»Ihr seid nicht gut auf die Askanier zu sprechen?« Der Kapitän musterte Thea. Er schien nicht recht zu wissen, was er von ihr zu halten hatte.

»Der alte Herzog von Askanien war mein Großvater«, antwortete sie. Philip wunderte sich, dass Thea so freimütig über ihre Herkunft sprach. Godfryd hob überrascht die Brauen.

»Aber wir waren uns nie sonderlich zugetan«, fuhr Thea fort. »Im Gegenteil. Es gibt Männer, die lieben ihre Kinder und Enkel, ganz gleich, ob diese ehelich geboren wurden oder nicht. Und es gibt Männer, die ihre Bastarde am liebsten ersäufen würden. Der alte Herzog gehörte zu dieser Sorte.«

»Immerhin hat er Euch nicht ersäuft.« Der Kapitän kratzte sich verlegen am Hinterkopf.

»Ich kann schwimmen.« Thea lächelte.

Wider Willen zollte Philip Thea im Stillen Respekt dafür, wie sie den Kapitän nahezu beiläufig von ihrer edlen Abstammung in Kenntnis zu setzen verstand. Wenngleich aus einer Bastardlinie, aber das scherte das einfache Volk in diesem Land wenig, wie er inzwischen gelernt hatte.

Sie erreichten die Elbmündung eine gute Stunde später, so wie Godfryd es vorausgesagt hatte. Vor ihnen lag die Nordsee. Philip hatte bislang nur das Mittelmeer gesehen, das an hellen Sommertagen so grün leuchtete wie ein kostbarer Edelstein. Die Nordsee war anders, das Blau des Meeres wirkte bleiern und viel dunkler. Vielleicht lag es auch daran, dass der Himmel sich langsam mit schwarzen Wolken bezog und ein scharfer Wind die Wellen an den Strand peitschte.

»Wird es ein Unwetter geben?«, fragte er den Kapitän.

»Ich denke nicht. Höchstens leichten Wind und Regen.« Godfryd lachte, als freue er sich über die aufkommenden Winde.

Als die *Windsbraut* mit der Flut auf die Nordsee hinaussegelte, blieb sie immer in Sichtweite der Küste, aber weit genug entfernt, um auf den sicheren Schifffahrtslinien fern der Gezeiten zu reisen. Die See war heftiger geworden, und die Pferde wurden unruhig. Philip begleitete seine Männer unter Deck. Saids Fuchs versuchte sich loszureißen und musste kürzer angebunden werden, während Philips Rappe mit den Hufen nach hinten auskeilte und um ein Haar Witold getroffen hätte.

»Nun, das kann ja heiter werden«, stöhnte Said. »Wenn es erst so richtig stürmt.«

»Nun sieh doch nicht gleich schwarz! Godfryd meint, es gebe kein Unwetter.«

Said verzog das Gesicht. »Vermutlich hat der Kapitän eine andere Vorstellung von Unwettern als unsere Pferde. Wir hätten sie doch zurücklassen sollen.«

»Warum? Damals haben sie die Überfahrt von Alexandria nach Ostia doch auch unbeschadet überstanden.«

»An hellen Tagen, als die Sonne die Wellen liebkoste, die am Bug des Schiffes mit den Delfinen um die Wette schwammen. Aber nicht an Tagen, da sich der Himmel verfinstert, als sei der Jüngste Tag angebrochen.«

»Du übertreibst wie immer maßlos.«

»So, meinst du? Nun denn, warten wir's ab.«

Der Seegang wurde tatsächlich noch stärker, und das Schiff tanzte so lebhaft auf den Wellen, dass die Seile, die die Ladung hielten, in ihren Halterungen ächzten. Die Pferde mussten die ganze Zeit über beruhigt werden. Bertram saß zusammengekauert in einer Ecke. Sein Gesicht hatte eine ungesunde Farbe angenommen. Aber verglichen mit Rupert sah er noch gut aus. Der

Waffenknecht hatte es nicht mehr rechtzeitig an Deck geschafft und sich im Laderaum erbrochen.

Thea, der der Seegang nichts ausmachte, wurde wütend. »Du da, du machst das weg!«, schrie sie Witold an. »Das stinkt ja widerwärtig! Und du«, herrschte sie den armen Rupert in seinem Leid an, »du verschwindest an Deck, bis du dich ausgekotzt hast!«

»Ich würde ihr lieber gehorchen«, riet Philip seinen Waffenknechten. Dann verließ er den Laderaum und war zum ersten Mal froh, dass er und Lena nicht hier schlafen mussten.

Das Meer tobte und brodelte nicht nur die ganze Nacht über, sondern auch bis zum Mittag des darauffolgenden Tages. Den Seeleuten machte die raue See natürlich nichts aus, und auch Lena und Thea kamen gut mit dem Wetter zurecht. Said war etwas wortkarger als gewöhnlich, aber das war mehr dem Zustand seiner Gefährten geschuldet als den hohen Wellen. Bertram kauerte immer noch in derselben Ecke, wo Philip ihn am Abend zuvor gesehen hatte, während Rupert sich an Deck an der Reling festklammerte und würgende Geräusche von sich gab, obwohl sein Magen längst leer sein musste. Nur Witold war erstaunlich munter und versorgte fröhlich pfeifend die Pferde.

»Eine Seereise ist doch unterhaltsam, nicht wahr?« Thea strahlte Philip an, als er unter Deck kam. »Auch wenn es einige deiner Begleiter arg beutelt.«

»Nur dich kann nichts erschüttern, ich weiß.«

»Wie geht es deiner Frau?« Sie trat einen Schritt näher auf ihn zu. So nahe, dass er ihre Wärme spürte. Am liebsten wäre er einen Schritt zurückgewichen, aber die Blöße wollte er sich nicht geben.

»Die kann auch nichts erschüttern.«

»Das hatte ich befürchtet …« Thea seufzte. »Und dich?« Ihre Hand berührte wie absichtslos die seine, und er trat nun doch einen Schritt zurück.

»Mir macht die See nichts aus. Wer tagelang auf einem Dromedar gesessen hat, dem kann der Tanz der Wellen nichts mehr anhaben.«

»Was ist ein Dromedar?«

»Ein Reittier. Man nennt es auch Kamel. Die heiligen drei Könige ritten auf solchen Tieren. Wenn du dir die Zeit genommen hättest, die Kapelle von Sankt Michaelis zu besuchen, hättest du sie auf dem Altarbild betrachten können.«

»Ich habe in Sankt Michaelis nichts verloren«, zischte Thea.

Philip lächelte. Es freute ihn diebisch, Thea mit diesem Hinweis zum Verstummen gebracht zu haben. Er musste sie nur irgendwie an ihre Mutter erinnern, die ehrwürdige Äbtissin von Sankt Michaelis, und schon war sie still. Jedenfalls für kurze Zeit.

Von der hölzernen Leiter, die an Deck führte, hörten sie Schritte. Es war einer der Seeleute. »Wir legen in Kürze in Geestendorf an. Wenn Ihr wollt, könnt Ihr eine Weile an Land gehen. Wird etwas dauern, bis der Käpt'n alle Waren an Bord hat.«

»Hier will er noch Waren aufnehmen?« Philip war erstaunt. Vom Deck aus hatte er nur vereinzelte Fischerhütten und wenige Bauernhöfe gesehen.

»Geestendorf ist ein wichtiger Umschlagplatz für Bremer Handelsgut«, klärte der Mann ihn auf. »Die Geeste mündet hier. Aber groß ist der Ort nicht. Da gibt's nicht mal 'n anständiges Wirtshaus für feine Leute. Nur so'n paar Hafenschenken.«

»Vielleicht könnten wir die Pferde etwas bewegen«, schlug Said vor. »Es täte ihnen gut.«

Philip nickte. »Kümmere dich mit Bertram darum! Ihm könnte ein wenig Abwechslung nicht schaden.«

Geestendorf war der erste von vielen langweiligen kleinen Orten, in denen das Schiff regelmäßig anlegte, um die Vorräte zu ergänzen oder Waren zu entladen oder aufzunehmen. So ganz durchschaute Philip nie, wie Wolfram Säckerlings Handelsunternehmen aufgebaut war, aber das war ihm auch gleich.

Damit die Zeit an Bord nicht zu langweilig wurde, unterrichtete Said nicht nur Lena und Bertram, sondern auch die beiden Waffenknechte und – nach einigem Zögern – auch Thea in der arabischen Sprache. Abends gab Philip unter Deck oft Geschichten aus der märchenhaften Welt des Orients zum Besten. Anfangs auf Deutsch, aber je weiter sich ihr Schiff dem Ziel näherte, versuchte er die eine oder andere Begebenheit auf Arabisch so zu erzählen, dass Saids Schüler ihm folgen konnten. Lena, die bereits während des ganzen letzten Jahres Arabisch gelernt hatte, hatte die geringsten Schwierigkeiten. Zu Philips Erstaunen erwies sich ausgerechnet Thea als gelehrigste Schülerin und stellte die drei Männer mit ihren Sprachkenntnissen in den Schatten. Philip zweifelte keinen Augenblick lang daran, dass die Räuberin ihren Wortschatz auf den Basaren Alexandrias schon bald vervollkommnen würde.

Nachdem sie die flandrische Küste hinter sich gelassen hatten, wurden die Landgänge seltener. Der einzige Hafen, der mehr Abwechslung bot, war Brest. Allerdings wurde Philips Hoffnung auf eine anständige Badestube enttäuscht. Das einzige Haus dieser Art hatte einen so schlechten Ruf, dass er es Lena auf keinen Fall zumuten wollte, aber immerhin gab es ein gutes Gasthaus, in dem sie angemessen speisten.

In Brest war bereits ein Hauch südlicher Lebensart zu spüren. Im Hafen lag sogar eine venezianische Galeere vor Anker, und Said wurde nicht mehr wie ein seltenes Tier angegafft, denn hier waren einige andere Männer ähnlich gekleidet wie er.

Thea verhielt sich in diesen Tagen so wohlgefällig, dass es Philip unheimlich wurde. Mit ihren Aufdringlichkeiten hatte er umzugehen gelernt, doch ein solches Wohlverhalten erinnerte ihn an die trügerische Ruhe vor dem Sturm.

5. Kapitel

»Heute Nachmittag legen wir in Gigia[1] an«, verkündete Kapitän Godfryd eines Morgens. »Wir bleiben die ganze Nacht im Hafen. Es lohnt sich, denn die Stadt hat einiges zu bieten. Außerdem wird es der letzte Landgang für lange Zeit sein.«

»Warum?«, fragte Lena. Sie stand neben Philip an der Reling und schaute auf die See hinaus. Seit sie die Nordsee hinter sich gelassen hatten, kam ihr das Meer viel blauer und weiter vor.

»Weil wir danach in maurische Gewässer gelangen. Und dort gibt es nur wenige Häfen, die für christliche Seefahrer sicher sind.«

»Tatsächlich?« Philip hob die Brauen. »Ich bin im Orient aufgewachsen und habe nur selten erlebt, dass sich Kaufleute um den Glauben ihrer Handelspartner kümmerten.«

»Es sind nicht die Kaufleute«, entgegnete Godfryd. »In den maurischen Hafenstädten treibt sich allerhand Gelichter herum, das den Piraten Hinweise auf lohnende Beute gibt. Und die sind nicht nur auf die Ladung aus, sondern auch auf die Mannschaften. Besonders erfreut sind sie, wenn sich weiße Frauen an Bord befinden. Die erbringen höchste Preise auf den Sklavenmärkten.«

Lena warf Philip einen erschrockenen Blick zu. Er griff nach ihrer Hand und fragte sich offenbar, ob die Wahl des Seeweges die richtige Entscheidung gewesen war.

»Macht Euch keine Sorgen«, beruhigte Godfryd sie. »Ich fahre diese Strecke schon seit Jahren. Zweimal haben es die Seeräuber versucht, aber wir sind ihnen stets entkommen. Und im schlimmsten Fall können wir uns wehren.« Seine Hand strich über das Holz einer kleinen Blide, die hinter der Reling stand und mit der Brandsätze und Steine geschleudert werden konnten. »Wir haben vier an jeder Seite. Das sollte die Halunken auf Abstand halten.«

---

[1] Gijón

»Was höre ich da?« Thea war an Deck gekommen. »In dieser Gegend gibt es Seeräuber?« Ihre Augen leuchteten. »Die würde ich gar zu gern kennenlernen.«

»Auch wenn sie dich auf dem Sklavenmarkt verkaufen wollen?«, fragte Lena.

»Glaubst du wirklich, die würden mich zwischen die Finger kriegen?«

»Deine Überheblichkeit ist erschreckend«, bemerkte Philip.

Thea lachte nur.

Am späten Nachmittag legte die *Windsbraut* wie angekündigt in Gigia an. Thea stand an der Reling und beobachtete die Seeleute, wie sie das Schiff am Kai vertäuten. Lena gesellte sich zu ihr. Das Gespräch vom Morgen war ihr nicht aus dem Sinn gegangen.

»Hast du eigentlich niemals Angst, Thea?«

»Du meinst wegen der Geschichten über die Piraten?«

»Ja, aber nicht nur deshalb. Du bist uns ganz allein bis nach Hamburg gefolgt. Dir hätte alles Mögliche zustoßen können.«

»Ich weiß mich meiner Haut zu wehren.«

»Und was tust du, wenn die Feinde in der Überzahl sind?«

»Hoffen, dass es Männer sind.« Ein vieldeutiges Lächeln huschte über Theas Gesicht.

»Weil du glaubst, dass sie lieber Unzucht mit dir treiben, statt dich zu töten?«

»Nein. Ich habe schon zu oft erlebt, dass Frauen dennoch getötet wurden.« Theas Züge wurden wieder hart. »Aber ein wohlgeformter Busen lenkt sie ab. Soll ich es dir zeigen?«

»Ich verstehe nicht ganz …«

»Ganz einfach. Der böse Bube kommt auf dich zu, Mord und Schändung stehen ihm ins Gesicht geschrieben. Was tust du?«

»Weglaufen.«

»Er ist schneller. Also, wie verhältst du dich?«

»Ich rufe um Hilfe.«

»Wenn du aber allein bist?«

»Was tätest du? Dein Schwert ziehen?«

»Ich komme auch ohne Waffe zurecht.« Thea lachte. »Das klingt vielleicht ein wenig unschicklich für deine Ohren. Es gibt zwei einfache Möglichkeiten. Wenn er dich packen will, rammst du ihm dein Knie ins Gemächt. Dann krümmt er sich, und anschließend schlägst du ihm beide Fäuste in den Nacken. Sobald er am Boden liegt, genügt ein Tritt ins Genick, es knackt, und er ist hinüber.«

»Oh!«

»Die andere Möglichkeit kannst du nutzen, wenn du zu zaghaft bist, ihm das Knie in die Männlichkeit zu rammen. Dann nimmst du die Hand.«

»Wie?«

»Nun, du packst ordentlich zwischen seinen Beinen zu und drehst ihm die Eier um. Was meinst du, wie schön er dann singt!« Thea lachte. »Bis er wieder auf böse Gedanken kommt, vergeht eine Weile, und in dieser Zeit stößt du ihm ein Messer in den Nacken. Genau hier.« Sie berührte Lenas Nacken unterhalb des Schädels und bohrte den Mittelfinger in die kleine Mulde.

Lena zog den Kopf weg. »Das ist widerwärtig.«

»Aber wirkungsvoll.«

»Gibt es noch andere Möglichkeiten?«

»Du meinst solche, die einer vornehmen Frau wie dir angemessen sind?«

»Ja.«

»Schwierig. Weißt du, Edelmut zahlt sich im Kampf nicht aus. Ritterliche Tugenden sind nichts für uns Frauen, denn die Feinde bringen uns auch keine Ritterlichkeit entgegen. Du kannst dem Gegner aber die Finger in die Augen bohren. Ist aber nicht besonders angenehm, wenn der Augapfel unter deinen Fingernägeln platzt und dir über den Händen ausläuft.«

»Igitt! Hast du so etwas schon einmal getan?«

»Was glaubst du wohl?«

»Was ich glaube? Nun, du versuchst mich zu brüskieren.«

»Und, ist es mir gelungen?«

»Nein.«

»Schade.«

Lena sah den Schalk in Theas Augen und musste lachen. Trotzdem vermutete sie, dass Thea alle diese Methoden zur Genüge beherrschte.

»Pass auf, es gibt noch etwas«, fuhr die Räuberin fort. »Das wäre sogar einer vornehmen Dame angemessen. Ich zeig's dir.« Sie ließ den Blick über das Deck schweifen, bis sie Witold entdeckte.

»Witold!«, rief sie dem Waffenknecht zu. »Tust du mir einen Gefallen?«

Arglos kam der Mann näher. »Was gibt's?«

»Ich möchte Frau Helena zeigen, wie sich eine Dame zu wehren versteht. Greifst du mich an? So wie ein Bösewicht, der Übles im Sinn hat?«

»Nein, so etwas tue ich nicht.«

»Feigling!«

»Ach, bitte, Witold!«, bat Lena. »Ich möchte sehen, wie Thea das macht.«

»Ich … nein, ich greif kein Weibsvolk an. Nicht einmal zum Spaß.«

»Du möchtest also, dass Frau Helena nicht weiß, wie sie sich im Notfall ihrer Haut erwehren kann?«

»Nun, für den Notfall bin ich ja da. Und Rupert.«

»Und wenn ihr beide schon tot seid?« Thea stieß ungeduldig mit dem Fuß auf den Boden.

»Du scheinst nicht viel von uns zu halten.«

»Dann zeig mir doch, was du kannst!«

Witold holte tief Luft. »Also gut, meinetwegen!«

Er sprang vor und wollte Thea packen, doch im gleichen Augenblick trat sie ihm gegen das Schienbein und stieß ihm die Faust in die Magengrube. Witold schrie auf und sank in die Knie. »Das war gemein!«, stöhnte er.

»Je nun, hätte ich dich vorgewarnt, dann wäre meine Vorführung nicht so wirkungsvoll gewesen.« Sie lächelte ihn entschuldigend an. »Hast du's gesehen?«, fragte sie Lena. »Oder soll ich es dir noch einmal vormachen?«

»Aber nicht mit mir!« Witold rappelte sich mühsam auf. Durch den Lärm waren seine Gefährten an Deck gelockt worden.

»Was geht hier vor?«, fragte Philip.

»Ich zeige deiner Frau nur, wie sie sich gegen böse Männer wehren kann. Witold war so nett, den Schurken zu spielen. Aber nun will er nicht mehr. Springst du für ihn ein, damit ich es ihr noch einmal vorführen kann?«

Philip warf Witold, der sich noch immer den Leib hielt, einen prüfenden Blick zu.

»Lieber nicht. Ich hänge an meinem Leben.«

»Dabei hättest du doch keinen Grund, dich zu fürchten. Ich wette, dich könnte ich gar nicht überlisten.« Theas Augen blitzten herausfordernd.

»Würde ich dir zustimmen, wäre es dir schon gelungen.« Philip lachte.

Das Anlegemanöver war inzwischen abgeschlossen.

»Witold, wenn du dich erholt hast, kümmere dich mit Rupert und Bertram um die Pferde!«, verlangte Philip. »Ich möchte, dass sie noch bewegt werden.«

Gigia war eine beeindruckende Stadt mit einem natürlichen Hafen, der von steilen Klippen umrahmt wurde. Sie galt als eines der letzten Bollwerke der Christenheit vor dem maurischen Hoheitsgebiet. Dennoch sah man hier Menschen aus allen Teilen der Welt. Besonders lange blickte Lena zwei Männern nach, die in ähnliche Gewänder gehüllt waren wie Said. Allerdings waren die Gesichter der beiden pechschwarz. Nie zuvor hatte sie dergleichen gesehen. Philip bemerkte ihr Erstaunen.

»In Alexandria leben viele Schwarze«, erklärte er. »Einige wenige sind stolze Söhne der Nubischen Wüste, aber die meisten sind Sklaven.«

»Diese Männer auch?«

»Wer weiß?« Philip hob die Schultern. »Eher nicht, denn dazu waren sie zu vornehm gekleidet.«

In Gigia wurde Okzitanisch gesprochen, eine Sprache, die niemand von ihnen beherrschte. Aber es gelang Philip, sich mit einigen lateinischen Worten verständlich zu machen, sodass sie in einem der zahlreichen Gasthäuser eine Mahlzeit bestellen konnten.

Auch Bertram und die beiden Waffenknechte hatten sich in der Schenke eingefunden, nachdem sie sich ausreichend um das Wohl der Pferde gekümmert hatten. Während sie zu siebt am Tisch saßen, die Genüsse der asturischen Küche kennenlernten und Witold nach und nach seine mürrische Miene ablegte, die er seit seiner Niederlage gegen Thea zur Schau getragen hatte, bemerkte Lena, dass auch Kapitän Godfryd anwesend war. Er saß etwas abseits mit einem Mann zusammen, den sie nicht kannte. Die beiden schienen sich ausnehmend gut zu verstehen, Lena hörte sie mit den Weinbechern anstoßen und lachen. Aus irgendeinem Grund konnte sie den Blick kaum von ihnen lassen, obwohl Philip gerade eine seiner Geschichten zum Besten gab.

Zunächst waren die zwei Männer noch guter Stimmung, aber dann wurden sie immer ernster. Lena beobachtete, wie Godfryd heftig gestikulierte, ganz so, als wolle er seinen Gesprächspartner von irgendetwas abhalten. Der andere machte eine wegwerfende Handbewegung. Schließlich stand er auf und ging. Godfryd blieb noch eine Weile sitzen und leerte seinen Weinbecher. Dann erhob er sich und kam an ihren Tisch.

»Herr Philip, ich hoffe, Ihr gestattet eine kurze Störung.«

Philip hielt in seiner Erzählung inne. »Was gibt es, Godfryd?«

»Wir werden erst übermorgen auslaufen«, antwortete der Kapitän.

»Warum?«

»Es wurden Piraten gesichtet.«

»Hat Euch das der Mann erzählt, mit dem Ihr dort gesessen habt?«, fragte Lena.

Godfryd schüttelte den Kopf. »Nein, *ich* habe es ihm erzählt.

Kapitän Ludger stammt aus Lübeck, wir kennen uns seit Jahren. Aber er will nicht warten. Er wird morgen früh wie geplant auslaufen.«

»Und wie habt Ihr von den Piraten erfahren?«, wollte Philip wissen.

»Ich habe meine Gewährsleute in allen Häfen, die ich regelmäßig anlaufe. Deshalb ist mir bislang auch noch nichts Schlimmes widerfahren.«

»Ihr macht Euch Sorgen um Ludger«, stellte Lena fest.

»Er muss selbst wissen, was er tut. Ich habe ihm abgeraten, mehr konnte ich nicht tun.«

Als sie später am Abend zum Hafen zurückkehrten, fiel Lena eine Kogge auf, die ganz in der Nähe der *Windsbraut* ankerte. Am Bug war der Schiffsname zu lesen. *Lübischer Adler*. Ein seltsames Gefühl überkam sie, hier in der Fremde ein heimatliches Schiff anzutreffen.

»Ich verstehe nicht recht, warum Godfryd warten will«, hörte sie Said zu Philip sagen. »Wenn dieser Ludger morgen ausläuft, könnten wir doch mit ihm gemeinsam segeln. Zwei Schiffe sind stärker als eines, wenn es gegen Seeräuber geht.«

Philip hob die Schultern. »Godfryd wird schon wissen, was richtig ist.«

Lena griff nach Philips Hand.

»Hab keine Angst!«, raunte er ihr zu. »Ich lasse niemals zu, dass dir etwas geschieht.«

Am nächsten Morgen erwachte Lena durch die Geräusche des Hafens. Die Sonne war noch nicht aufgegangen, aber sie hörte Rufe in einer fremden Sprache, Wind, der Segel fasste, knarrendes Holz. Philip schlief noch. Kein Wunder nach der letzten Nacht. Sie lächelte vor sich hin. Vielleicht würde sich ihr Wunsch nach einem Kind endlich erfüllen. Andererseits – sie wartete seit bald einem Jahr vergeblich auf eine Schwangerschaft, und das lag gewiss nicht daran, dass Philip seinen Pflichten nicht nachgekommen wäre. Behutsam, damit sie ihn nicht weckte, stieg sie aus dem Bett und zog sich an. Insgeheim hatte sie gehofft, dass es in Gigia ein anständiges Badehaus gab, aber auch diesmal war ihre Hoffnung enttäuscht worden. Je weiter sie sich von ihrer Heimat entfernten, umso weniger Möglichkeiten gab es für ehrbare Frauen, sich frei zu bewegen, ohne ihren Ruf zu gefährden. Aber da sie nun noch einen weiteren Tag im Hafen verbringen mussten, wollte Lena die Gelegenheit wenigstens nutzen, ihr Haar mit frischem Wasser zu waschen. Sie wies Rupert an, ihr einen Zuber zu bringen und am Achterdeck einige Decken aufzuhängen, die sie vor Blicken schützten. Ein Bad wagte sie dennoch nicht zu nehmen.

Noch während sie damit beschäftigt war, sich die Seife mithilfe eines Wasserkruges aus dem Haar zu spülen, hörte sie, wie jemand den behelfsmäßigen Vorhang beiseiteschob. Erschrocken fuhr sie hoch, doch es war nur Thea.

»Warte, ich helfe dir«, sagte die Räuberin und nahm den Krug zur Hand.

»So edelmütig?«, fragte Lena. Thea goss ihr vorsichtig das Wasser über die Haare.

»Reiner Eigennutz. Ich hoffe, du erweist mir danach denselben Dienst.«

Lena fuhr sich mit den Fingern durchs Haar, bis der letzte Seifenrest ausgespült war. Thea reichte ihr ein Leinentuch, mit dem sie sich abtrocknete und das sie dann wie einen Turban um den Kopf schlang.

»Ich bin an der Reihe«, sagte Thea und schüttelte die rote Mähne.

Lena leistete ihr die gewünschte Hilfe. Nachdem auch Thea fertig war, wickelte sie ihr feuchtes Haar ebenso wie Lena in ein sauberes Leinentuch.

»Warum starrst du mich so an?«, fragte sie Lena.

»Ich habe gerade darüber nachgedacht, wie anders du mit einer Kopfbedeckung aussiehst. Ich habe dich bislang immer nur mit offenem Haar gesehen.«

»Und du versteckst deines stets züchtig unter einer Haube.

Ganz so, wie es sich für eine gute Ehefrau geziemt. Hast du dich noch nie gefragt, warum diese Verhüllung von den sogenannten anständigen Frauen erwartet wird, sobald sie keine unschuldigen Jungfern mehr sind?«

Lena schüttelte den Kopf. Es war für sie eine Selbstverständlichkeit gewesen. Ihr Haar mit einer Haube zu bedecken, galt für sie als ein Zeichen von Würde, bezeugte es doch den Schritt in einen neuen Lebensabschnitt.

»Weil das Haar einer Frau eine starke Macht ausübt«, antwortete Thea. »Es raubt den Männern den Verstand und macht sie zu willenlosen Sklaven. Deshalb haben sie Angst vor Frauen wie mir.«

»Glaubst du nicht, dass sie eher Angst vor dir haben, weil du so brutal sein kannst?«

»Das erregt sie doch nur. Hast du eigentlich nie die Blicke wahrgenommen, mit denen dein Mann mich misst, wenn er glaubt, du merkst es nicht?«

Lena senkte die Lider. Sie wusste genau, was Thea meinte.

»Dennoch wird er dir widerstehen«, sagte sie mit Nachdruck.

»Wie kannst du dir so sicher sein?«

»Er mag dich ansehen, es mag ihn auch erregen, aber die Früchte ernte ich. Jede Nacht, falls du es genau wissen willst.« Sie lächelte die Räuberin überlegen an.

»Du tust so unschuldig, bist aber zweideutiger als manche Hure«, bemerkte Thea.

»So? Ich dachte, meine Worte seien eindeutig.«

»Das schätzt er wohl an dir, wie? Dass du ihm an Redegewandtheit gewachsen bist.«

»Vielleicht.«

»Nein«, entschied Thea. »Das allein kann es nicht sein. Das hätte ich auch zuwege gebracht. Was ist so besonders an dir? Wie konntest du ihn für dich gewinnen?«

»Das willst du von mir wissen?«

Thea nickte.

»Wozu?«

»Er war einmal mein. Du hast ihn mir weggenommen. Mir hat noch nie jemand etwas weggenommen.«

»Glaubst du wirklich, er hätte dir jemals gehört? Er ist auch nicht mein. Er gehört nur sich selbst.«

Thea schwieg.

»Ich glaube auch nicht, dass dir noch niemals jemand etwas weggenommen hat«, fuhr Lena fort.

»Wie meinst du das?« Thea runzelte misstrauisch die Stirn.

»Wer so hart erscheint wie du, wer so unerbittlich kämpfen kann, dem muss einmal großes Unrecht widerfahren sein. Ein Unrecht, so schwer und so groß, dass es sich niemals wiederholen darf.« Lena sah Thea unverwandt an. Sie hatte erwartet, dass Thea ihrem Blick auswich, doch sie hielt stand. In den Augen der Räuberin loderte eine starke Seelenflamme. Gelb wie bei allen, die mit sich im Reinen waren, aber mit einem leichten Rotstich, den Lena immer nur in den Augen der Heißblütigen wahrnahm.

»Was siehst du?«, fragte Thea. »Es heißt doch, du könntest die Seelen der Menschen in ihren Augen erkennen. Entdeckst du etwa Leid und Schwäche?«

»Nein, du bist eine starke Frau«, gab Lena zu. »Aber das Feuer der Seele kann auch hell lodern, wenn man voller Zorn ist. Ich habe es einst in den Augen deines Vaters gesehen. Seine Seelenflamme loderte blutrot, aber dann, als ich an seine schlimmste Wunde rührte, verlosch sie zu einem schwachen Glimmen.«

»Du wirst meine Mutter erwähnt haben«, stellte Thea gleichmütig fest. »Das ist keine Kunst. Jeder, der ihn besser kannte, wusste, dass er sich niemals von ihrem Verrat erholt hatte.«

»Sie hat ihn nicht verraten. Er hat sie verraten.«

»Das ist nicht wahr!«, brauste Thea auf. »Er wollte sie zu uns zurückholen, aber sie ist lieber in ihrem Kloster geblieben, hat sich hinter den anderen Betschwestern versteckt, anstatt zu dem Mann, der sie liebte, und zu ihrem Kind zurückzukehren.«

»Sie wollte nicht das Leben einer Gesetzlosen führen.«

Thea sprang auf, riss sich das Tuch vom Haar und schüttelte ihre Mähne, bis sie nicht mehr tropfte.

»Ja, nimm sie nur in Schutz! Du hast dich ja auch bei ihr im Kloster verkrochen, weil du zu feige warst, dich dem Leben zu stellen.«

Auch Lena erhob sich. »Du hast recht«, sagte sie. »Ich war lange Zeit zu feige. Aber dann habe ich meine Furcht überwunden.« Sie trat einen Schritt auf Thea zu. »Weißt du, was echter Mut ist, Thea? Wenn man die Angst nicht verleugnet, wie du es tust, sondern sich ihr stellt und sie überwindet.«

Thea schnaubte verächtlich und ließ Lena einfach stehen.

Die *Windsbraut* legte am folgenden Tag bereits vor Sonnenaufgang ab. Solange sie noch im Hafen gewesen waren, hatte Lena sich sicher gefühlt, aber dann, auf dem Meer, kehrte ihre Besorgnis zurück. Sie wünschte, Godfryd hätte ihnen nichts von den maurischen Piraten erzählt. Ihr fiel auf, dass die *Windsbraut* nicht mehr wie sonst in Sichtweite der Küste segelte, sondern auf dem offenen Meer. Sie fragte den Kapitän, ob der Grund dafür die Piraten waren, und er nickte.

»Die meisten Handelsschiffe segeln nahe der Küste. Es ist sicherer als auf dem offenen Meer – wenn es keine Piraten gäbe. Aber die Seeräuber wissen das und lauern oft an den üblichen Handelsrouten. Deshalb meide ich jene Strecken, wenn ich in diesen Gewässern unterwegs bin.«

»Und Ludger?« Lena dachte an die stolze lübische Kogge.

»Der auch, deshalb fühlte er sich gestern ja so sicher.« Godfryd atmete tief durch. »Woll'n wir hoffen, dass seine Nase ihn nicht getrogen hat.«

Gegen Mittag flaute der Wind ab, und die See war so glatt, dass sich die Wolken darin spiegelten. Godfryd fluchte. Eine Flaute war das Letzte, was er sich in maurischen Gewässern wünschte.

»Schiff voraus!«, brüllte der Ausguck aus dem Krähennest.

»Kannst du es genau erkennen?«, rief Godfryd zurück.

»Ein Mast – könnte eine Kogge sein.«

»Der *Lübische Adler*?«

»Vielleicht.«

»Nun, da hat es dem Schiff nicht viel genützt, gestern schon auszulaufen«, meinte Godfryd. »Ist wohl geradewegs in die Flaute hineingesegelt.«

Zum Erstaunen aller holten sie das fremde Schiff rasch ein. Es war tatsächlich der *Lübische Adler,* und er hatte das Segel eingeholt. Die *Windsbraut* ging längsseits.

»Seid ihr müde geworden?«, rief Godfryd hinüber. Kapitän Ludger trat an die Reling.

»Du hattest recht«, antwortete er. »Sind Piraten unterwegs.«

»Hattet ihr Ärger?«

»Nein, wir nicht, aber gestern Abend hat uns eine venezianische Galeere überholt. So'n richtiger Prunkaufzug, beleuchtet und alle Ruderer schön im Takt. Schrie geradewegs danach, überfallen zu werden. Da sind wir lieber auf diese Strecke ausgewichen und haben abgewartet.«

»Und?«

»Vor drei Stunden konnten wir die Schreie noch hören, und der Himmel war voller Rauch. Wahrscheinlich hat es sie dort vorn erwischt.«

»Und worauf wartet ihr noch?«

»Auf euch.« Ludger grinste. »Dachte mir, zwei Schiffe sind sicherer als eins und sechzehn Bliden stärker als acht. Aber vermutlich sind die Piraten längst auf und davon. Sie haben ja fette Beute gemacht.«

Die beiden Schiffsherren hatten sich so laut unterhalten, dass jeder an Bord ihrem Gespräch folgen konnte. Thea schob sich zwischen Lena und Philip. »Vielleicht treiben sich noch irgendwelche Piraten in der Nähe herum«, meinte sie. »Dann wird's lustig.«

»Ganz sicher«, antwortete Lena scheinbar gleichmütig, denn sie wollte ihre Unsicherheit nicht zeigen. »Ich lehne mich zurück und erfreue mich daran, wie du den Seeräubern mit bloßen Fingern die Augen ausstichst. Wirst du ihnen vorher noch die Eier umdrehen, damit sie schön singen?«

Thea lachte und versetzte Lena einen leichten Schlag auf die Schulter, wie es befreundete Männer untereinander zu tun pflegten. Dann ging sie zum Bug, um nach den Piraten Ausschau zu halten.

Philip hob die Brauen. »Mir scheint, ihr versteht euch bestens.«

»Wäre es dir lieber, wir würden uns zanken?«

»Das nicht, aber deine neue Ausdrucksweise gibt mir zu denken.«

»Auf Reisen lernt man neue Sprachen.« Sie zwinkerte ihm zu, und endlich schenkte er ihr sein unvergleichliches Lächeln.

Auf Piraten trafen sie nicht mehr. Aber auf die Überreste der Galeere. Überall im Wasser trieben geborstene Holzteile, verkohlte Schiffsbohlen, zerbrochene Ruder.

»Seht besser nicht zu genau hin!«, warnte Kapitän Godfryd Lena.

»Ich habe schon Tote gesehen«, entgegnete sie. Doch gleich darauf bereute sie, den Rat des Kapitäns nicht befolgt zu haben. Von den Toten selbst war nicht mehr viel übrig. Haie schwammen zwischen den Trümmern umher. An einer Planke hing noch eine Kette, daran in einer Fußschelle ein blutiger Beinstumpf.

»Die armen Teufel werden an ihre Ruderbänke gefesselt und gehen mit dem Schiff unter.« Godfryd schlug das Kreuz und sprach ein kurzes Gebet. Auch Lena bekreuzigte sich. »Ein grauenvoller Tod«, flüsterte sie. Es war still auf dem Schiff geworden. Sogar Thea schwieg.

»Ob es noch Überlebende gibt?«, fragte Philip. Lena beobachtete, wie er über das Trümmerfeld spähte.

»Wenn's welche gab, dann haben die Haie sie geholt.« Kapitän Godfryd wies auf die Flossen der Raubfische, die überall zu sehen waren. »Beten wir, dass es unsere einzige Begegnung mit dem Piratenpack bleibt.«

Die *Windsbraut* und der *Lübische Adler* segelten in den nächsten Tagen dicht nebeneinander. Sie hielten sich von der Küste fern und mieden andere Schiffe. Einmal sahen sie von ferne eine byzantinische Dromone, eine Galeere mit einem Rammsporn. Sogleich ließ Godfryd den Kurs ändern, denn die Piraten hatten eine Vorliebe für diese Schiffe. Wie es hieß, konnten manche von ihnen sogar griechisches Feuer schleudern.

»Morgen erreichen wir die Meerenge von Gibraltar«, erklärte Godfryd eines Abends. Seit sie die Überreste der venezianischen Galeere entdeckt hatten, war mehr als eine Woche vergangen. Allmählich wurden die Wasservorräte knapp. Es war dringend nötig, bald an Land zu gehen. »Wenn wir die hinter uns haben, wird es wieder sicherer, aber dort ist es noch einmal gefährlich.«

»Was hat es mit dieser Meerenge auf sich?«, wollte Philip wissen. Lena griff unwillkürlich nach seiner Hand.

»Dort geht's ins Mittelmeer. Auf der einen Seite liegt das Reich des Sultans von Granada, auf der anderen die afrikanische Küste. Und die Durchfahrt ist so schmal, dass man von Granada bis nach Afrika blicken kann. Dort können wir uns nicht mehr verstecken. Ein Ort, wie geschaffen für Seeräuber.«

Niemand sagte ein Wort. Nicht einmal Thea. Überhaupt war die Räuberin während der letzten Tage recht still geworden und hatte selten die Nähe ihrer Reisegefährten gesucht. Sie hatte sogar jeden Versuch unterlassen, Philip mit ihrer Weiblichkeit in Bedrängnis zu bringen. Lena fragte sich, was wohl in Thea vorging. Hatte der Anblick der zerstörten Galeere sie an die eigene Sterblichkeit erinnert? Obwohl – das konnte Lena sich nicht vorstellen. Thea war Blut und Mord gewohnt. Zerfetzte Körperteile, die im Wasser trieben, vermochten die Räuberin wohl kaum zum Verstummen zu bringen.

6. Kapitel

Du solltest ein Auge auf Bertram haben«, sagte Said. Philip sah seinen Freund überrascht an. »Was meinst du damit?« Er war noch einmal kurz an Deck gekommen, um die frische Abendluft zu genießen, bevor er zu Bett ging. Lena wartete bereits in ihrer kleinen Koje auf ihn.

»Nun, er zieht sich seit Tagen zurück und betet viel.«

»Die Überreste der Venezianer waren kein schöner Anblick. So etwas kann einen jungen Mann schon Demut lehren«, meinte Philip.

»Ich glaube nicht, dass es daran liegt.«

»So? Woran dann?«

Said hob die Schultern. »Ich weiß es nicht. Aber du solltest mit ihm sprechen. Du hast dich in der letzten Zeit kaum um ihn gekümmert.«

Saids leiser Vorwurf befremdete Philip. Er hatte Bertram dieselbe Aufmerksamkeit zukommen lassen wie allen anderen Männern. War es verwunderlich, dass er sich in diesen schweren Tagen lieber seiner Frau widmete, die angesichts drohender Gefahren seinen Zuspruch brauchte? Und die ich brauche, fügte er in Gedanken hinzu, denn noch immer hielt ihn die Erinnerung an Thea in ihren Fesseln. Er hatte gelernt, sein Verlangen tief in sich zu verschließen, Thea gleichmütig gegenüberzutreten. Aber irgendwo musste er mit seinem Begehren bleiben.

»Was ist so schlimm daran, wenn Bertram viel betet? *Du* betest fünfmal am Tag.«

»Das ist etwas anderes.«

»So?«

»Ich bete nicht darum, dass der Herr die Versuchung von mir nimmt.«

»Welche Versuchung?«

»Eine rothaarige Versuchung, die ganz in seiner Nähe schläft, nur durch einige Fässer von ihm getrennt.«

»Du meinst, er begehrt Thea? Verdenken kann ich es ihm nicht.« Philip grinste. »Worüber soll ich mit Bertram reden? Wie er sich ihr gegenüber im besten Licht zeigt?«

Said verdrehte die Augen. »Du begreifst es nicht. Er leidet darunter.«

Da ist er nicht der Einzige, dachte Philip. Allerdings war Bertram jung und keiner Frau verpflichtet. Was hinderte ihn daran, sich das Bedürfnis zu erfüllen? Oder hatte Thea ihn abgewiesen? Das wäre eine Erklärung gewesen. Ja, so musste es wohl sein.

»Was erwartest du von mir?«

Said seufzte. »Du hast Johann versprochen, dich um Bertram zu kümmern.«

»Das tue ich doch. Ich habe ihn zu meinem Knappen gemacht, obwohl ich vor unserer Reise eigentlich keine derartige Verpflichtung eingehen wollte.«

Philips Gedanken schweiften zurück. Er hatte es als regelrechten Überfall empfunden, als Johann von Hohnstein ihn Anfang März gebeten hatte, seinen jüngeren Bruder Bertram als Knappen zu nehmen. Ursprünglich waren Philip und Lena nur nach Burg Hohnstein gereist, um Johann und Mechthild zur Geburt ihrer Tochter zu beglückwünschen. Doch bereits am ersten Abend erzählte Johann ihnen von Bertram. Bald ein Jahr war sein Bruder der Knappe des Ritters Hermann gewesen, aber den hatte wenige Tage zuvor der Schlag getroffen. Da Hermann sich nicht mehr um Bertrams Ausbildung kümmern konnte, galt es, einen neuen Platz für den Jungen zu finden. An sich hätte das keine Schwierigkeiten bereiten sollen, denn die Hohnsteiner Grafen waren hoch angesehen. Doch es gab einen Pferdefuß …

»Mein Bruder ist ein junger Mann von wachem Verstand, der dir gefallen wird«, hatte Johann erklärt. »Leider ist er kein so begnadeter Kämpfer wie die meisten Jünglinge seines Alters, was ihm schon einigen Spott eingetragen hat. Bertrams Fähigkeiten liegen auf anderem Gebiet. Du bist ein Mann der Wissenschaft, Philip. Du weißt den Geist eines Menschen zu schätzen, aber du bist auch der einzige Ritter, der Ulf von Regenstein jemals im Turnier geschlagen hat.«

»Und deshalb willst du, dass ich deinen Bruder in meine Dienste nehme?«

»Du würdest mir damit eine große Gefälligkeit erweisen«, bestätigte Johann. »Zumal die Regensteiner dann nicht länger den Ruf unseres Hauses beschmutzen könnten, da jeder junge Mann froh wäre, von dir erwählt zu werden. Von jenem Mann, der Ulf von Regenstein schon einmal in den Staub gestoßen hat.«

Die Erwähnung der Regensteiner hatte letztlich den Ausschlag gegeben. Mehr noch als die Freundschaft zu Johann. Philip verachtete die Regensteiner, die seiner Familie schon so oft geschadet hatten. So war Bertram in Philips Dienste getreten, und trotz anfänglicher Vorbehalte hatte Philip bald Gefallen an dem Jungen gefunden, denn er hatte denselben Witz wie sein Bruder Johann.

»Es wäre mir lieb, wenn du mit ihm sprechen könntest«, betonte Said noch einmal.

»An diesem Abend?« Philip blickte zum Himmel hinauf. Es war bereits dunkel geworden, aber die Luft war so klar, dass sie die Sterne sahen, und die Positionslichter der beiden Koggen spendeten ausreichend Licht.

»Es genügt, wenn du es morgen tust. Ich sehe doch, wie es dich zu deiner Frau drängt.« Said versetzte seinem Freund einen leichten Schlag auf die Schulter. »Ich wünsche dir eine gute Nacht.«

Am folgenden Morgen wachte Philip auf, als ein heftiger Ruck durch das Schiff ging. Beinahe wäre er aus dem Bett gefallen. Lena rollte gegen ihn, klammerte sich an ihm fest.

»Was ist das?«, rief sie.

»Ich weiß es nicht.« Er sprang auf und zog sich hastig an. Auch Lena griff nach ihren Kleidern, warf ihr Hemd noch halb im

Liegen über, denn die Koje war zu eng, als dass beide bei geschlossener Tür stehen konnten. Während Lena ihre Suckenie schnürte, gürtete Philip sein Schwert.

»Du glaubst, es kommt zu einem Kampf?« Lena starrte ihren Gatten erschrocken an. Es war lange her, dass er an Bord des Schiffes seinen Schwertgurt angelegt hatte.

»Es hört sich jedenfalls nicht gut an«, antwortete er. »Aber vielleicht ist es ja harmlos. Ich sehe nach.«

Die Sonne war gerade erst aufgegangen, aber an Bord schlief niemand mehr. Aus dem Laderaum hörte Philip das Wiehern seiner Pferde. Mehrere Seeleute machten sich an den Bliden zu schaffen. Plötzlich begriff er, was der Ruck zu bedeuten gehabt hatte, durch den er geweckt worden war. Das Schiff hatte hart gewendet. Die *Windsbraut* lag unmittelbar neben dem *Lübischen Adler* und versuchte ebenso wie dieser, den Kurs zu wechseln. Hinter dem Küstenstreifen steuerte eine riesige Galeere auf die beiden Koggen zu.

Kapitän Godfryds Befehle hallten durch die Luft. Lena war Philip nachgeeilt. »Piraten?«, hauchte sie. Er sah die Furcht in ihren Augen.

»Vermutlich.« Beschützend legte er ihr den Arm um die Schultern. »Wir werden es überstehen.«

Die Unruhe hatte alle Reisegefährten an Deck gelockt. Auch Thea. Mit ihrem Schwert.

»Jetzt wird es also ernst«, sagte die Räuberin.

»Erweist du mir einen Gefallen, Thea?« Philip ließ Lena los.

»Das kommt darauf an.«

»Geh mit Lena unter Deck. Es ist besser, wenn die Piraten euch nicht sofort sehen.«

»Du glaubst also, ich kann nicht kämpfen?«

»Du kämpfst besser als die meisten Männer auf diesem Schiff. Deshalb bitte ich dich, Lena zu beschützen.«

»Ausgerechnet *ich* soll deine Frau beschützen?«

»Ja. Und du wirst es tun, dessen bin ich mir gewiss.«

Zu seiner eigenen Überraschung nickte Thea ohne weitere Widerworte und begab sich mit Lena unter Deck.

»Bertram, du begleitest sie.«

»Ich bin ein Mann!«

»Deshalb wirst du die Frauen verteidigen, was auch geschehen mag. Ich vertraue dir.«

Philip sah das kurze stolze Aufblitzen in Bertrams Augen, bevor der Junge seinem Befehl folgte.

Said hatte inzwischen seine Säbel geholt. Er beherrschte die Kunst, mit einem Säbel in jeder Hand gleichzeitig zu fechten.

»Sie sind uns deutlich überlegen.« Eine tiefe Falte stand zwischen den Brauen des Arabers.

»Ja, aber das bedeutet nicht, dass sie auch siegen werden.«

»Hast du noch einen Vorrat des schwarzen Pulvers?«

Philip schüttelte den Kopf. »Nein. Hätte ich geahnt, was auf uns zukommt, hätte ich es säckeweise mitgenommen.«

Rupert und Witold hatten sich gleichfalls bewaffnet.

»Nun, immerhin werden wir mit Aussicht auf die afrikanische Küste sterben«, meinte Rupert und wies auf den Landstreifen der Meerenge.

»Das ist die spanische Seite«, verbesserte ihn einer der Seeleute. »Wir haben hart gewendet. Vielleicht geht es glücklich aus.«

Die feindliche Dromone holte rasch auf. Sie war schwerer als die beiden Koggen, aber ihr mächtiges Segel fing den Wind und wurde von der Kraft der Rudersklaven vorwärtsgetrieben. Philip erkannte den großen Rammsporn am Bug. Eine teuflische Erfindung.

Noch war der Abstand zu groß, als dass die Bliden zum Einsatz kommen konnten. Godfryds Männer hatten ölgefüllte Tonkrüge als Geschosse geladen, aus denen Dochte herausragten, die kurz vor dem Abschießen angezündet werden sollten.

»Ihr zielt auf die Segel?«, fragte Philip.

»Beim ersten Ansturm, bis sie brennen.« Der Kapitän nickte.

»Danach gibt's das hier.« Er trat gegen einen Korb mit großen Steinen, der neben den Bliden stand.

»Wie schätzt Ihr unsere Möglichkeiten ein, Godfryd?«

»Wenn wir heute Abend noch leben, haben wir Glück. Und wenn wir noch dazu frei sind, ist es ein Wunder des Herrn.« Der Kapitän bekreuzigte sich.

»Ihr seht uns also schon auf dem Sklavenmarkt?«

»Mich nicht. Ich gehe mit der *Windsbraut* unter, bevor ich mich ergebe. Und jetzt entschuldigt mich, ich muss mit Ludger klären, wie wir diese Teufel doch noch in die Hölle zurückschicken können.«

Er ging an Philip vorbei zur anderen Seite, wo der *Lübische Adler* längsseits lag.

»Wenn sie kommen, du Steuerbord, ich Backbord?«, rief er Ludger zu.

»Ich Steuerbord, du Backbord!«, bestätigte dieser und zog ein Gesicht, in dem sich Grimm mit Zuversicht mischte. Erstaunlicherweise war es gerade dieser Blick, der Philip das Gefühl gab, noch sei nicht alles verloren.

Das feindliche Schiff war mittlerweile bedrohlich nahe gekommen.

Abermals ging ein Ruck durch die *Windsbraut*. Kapitän Godfryd ließ sein Schiff hart nach Osten wenden, gleichzeitig führte der *Lübische Adler* dasselbe Manöver in entgegengesetzter Richtung aus, sodass die beiden Schiffe sich voneinander trennten und die feindliche Galeere auf die Lücke zuhielt, die zwischen den Schiffen entstanden war.

»Jetzt muss er sich entscheiden, wen er will.« Ein böses Lächeln huschte über Godfryds Gesicht.

Die Galeere hatte deutlich mehr Fahrt als die beiden Koggen, aber der Pirat handelte schnell. Er glich seinen Kurs der *Windsbraut* an.

»Hoffentlich hat Ludger genügend Futter für die Bliden.« Godfryd bekreuzigte sich noch einmal, dann gab er den Befehl, die Lunten zu zünden. Kaum brannten die Dochte, da lösten die

Seeleute schon die Seile, die die Schwenkarme hielten. Die Schleudern hatten eine erstaunliche Reichweite, die Philip diesen kleinen Waffen nicht zugetraut hätte. Vier Ölkrüge flogen über das Meer, einer zerschellte am Bug des Feindes, zwei an Deck, der vierte traf den Mast, aber das feindliche Segel blieb unversehrt.

Sofort zogen Godfryds Männer die Schwenkarme zurück in die Ausgangsstellung und luden nach. Von der anderen Seite zielte der *Lübische Adler*. Er traf besser – von unten fing das feindliche Segel Feuer. In der Zwischenzeit hatten auch die Piraten ihre Geschütze geladen, und während sie die *Windsbraut* noch einzuholen versuchten, trafen mehrere Geschosse Ludgers Kogge. Philip hörte die Schreie der Männer. Auch das Segel des *Lübischen Adlers* brannte. Ein Mann kletterte in die Wanten, um das brennende Stück aus dem Segel zu schneiden, als ein Steinhagel auf den *Lübischen Adler* niederging. Der Mann wurde getroffen und stürzte auf die Planken.

Die *Windsbraut* hatte nachgeladen, aber die feindliche Galeere war unmittelbar hinter ihnen und bot den Geschützen keinen Angriffswinkel mehr. Philip beobachtete, wie zwei der Seeräuber das Segel der Galeere erfolgreich löschten, indem sie das brennende Stück ebenso herausschnitten, wie es Ludgers Mann auf dem *Lübischen Adler* vergeblich versucht hatte. Es würde nicht mehr lange dauern, dann hätte sich der Rammsporn der Piraten in das Heck der *Windsbraut* gebohrt. Sie waren ihnen so nahe, dass Philip das Trommeln des Schlagmannes zu hören glaubte, der die Rudersklaven antrieb.

Der *Lübische Adler* war zurückgeblieben. Immer noch hallten Ludgers Befehle über das Meer, aber es ging nicht mehr um Angriff, sondern lediglich um die Rettung des Schiffes. Das Segel brannte immer noch. Verzweifelt bemühten sich die Lübecker, ein Übergreifen des Feuers zu verhindern.

Philip langte nach seinem Schwert. Der Griff lag warm und sicher in seiner Hand. Ein Blick zu Said.

»Immerhin werden wir mit Aussicht auf die afrikanische

Küste sterben«, wiederholte der Araber Ruperts Worte von vorhin mit einem Lächeln.

»Und auf die spanische«, antwortete Philip und wandte den Kopf zur anderen Seite der Meerenge. »Verdammt!«

»Was?«

»Da kommt ein zweites Piratenschiff!« Philip deutete auf eine Galeere, größer noch als die erste, die sich mit weit geblähtem Segel näherte.

»Das wird sich wie ein Geier auf den *Lübischen Adler* stürzen!«, stieß Said hervor und griff nach dem goldenen Medaillon um seinen Hals. Dem Medaillon mit Sophias Haarlocke …

»Und dann auf uns«, bestätigte Philip.

Said warf seinem Freund einen sorgenvollen Blick zu. »Was soll aus Lena werden?«

Eine eiskalte Faust drosch in Philips Magen.

»Ich werde sie schützen, solange ich atme!«

»Und danach?«

Philip starrte Said wortlos an.

»Willst du wirklich, dass sie den Piraten lebend in die Hände fällt? Möglicherweise ist der Tod gnädiger als das Schicksal, das sie dann erwartet.«

»Hör auf damit!«, brüllte Philip. »Das werde ich niemals tun! Ich werde sie schützen, wie ich es ihr versprochen habe.«

»Und wenn …«

»Nein! Ich will davon nichts hören!«

Der Araber schwieg.

Die erste Dromone lag zwei Schiffslängen hinter ihnen, mit jedem Ruderschlag verringerte sich der Abstand. Einen Moment lang war Philip versucht, ein kurzes Gebet zu sprechen, aber er war kein großer Beter. Einmal hatte er den Herrn voller Verzweiflung angefleht, doch seine Wünsche waren unerfüllt geblieben. Vermutlich hörte Gott nicht auf Menschen, die sich nur in höchster Not an ihn wandten. Philips Hand krampfte sich noch fester um den Schwertgriff. Er war sich sicher, dass Lena unter Deck den Schutz der heiligen Jungfrau erflehte. Sie war eine fromme Frau. Auf sie würde der Allmächtige eher hören. Ihm selbst blieb nur die Aufgabe, das Schwert zu sein, durch das der Wille des Herrn entschieden wurde. Für oder gegen sie. Aber niemals, das wusste Gott, niemals würde er seine Frau töten, damit sie nicht in Gefangenschaft geriet. Nur Gott oblag es, über den Werdegang eines Menschen zu entscheiden, ihn zu retten oder zu verderben.

Und dann betete er doch, ganz im Stillen, damit es niemand bemerkte. Jenes Gebet, das er so oft von Lena gehört hatte.

Unter deinen Schutz und Schirm fliehen wir,
o heilige Gottesgebärerin.
Verschmähe nicht unser Gebet in unsern Nöten,
sondern erlöse uns jederzeit von allen Gefahren,
o du glorreiche und gebenedeite Jungfrau.
Unsere Frau, unsere Mittlerin, unsere Fürsprecherin.
Versöhne uns mit deinem Sohne,
empfiehl uns deinem Sohne,
stelle uns vor deinem Sohne.
Amen.

Als er den Blick hob, sah er, wie ein Feuerball über den Himmel zog. Die zweite Galeere hatte ihre Bliden abgeschossen, und das Segel der Galeere hinter ihnen stand in Flammen.

Er bekreuzigte sich.

»Es gibt keinen Gott außer Gott«, hörte er seinen Freund neben sich murmeln. Ihre Blicke trafen sich. »Streiten sie sich um die Beute, oder kommt uns die zweite Galeere tatsächlich zu Hilfe?«, fragte Said.

»Ich weiß es nicht.«

Der Abstand vergrößerte sich wieder. Das brennende Segel hatte auf der Galeere für Unruhe gesorgt. Und nun wendete sie gar den Kurs.

»Sie fliehen!«, rief Kapitän Godfryd. »Aber wer weiß, ob wir nicht vom Regen in die Traufe kommen?«

»Ihr glaubt an einen Streit unter Seeräubern?«

Der Kapitän schüttelte den Kopf. »Das Schiff fährt unter der Flagge des Sultans von Granada. Nun ja, warten wir ab. Entkommen können wir ihnen ohnehin nicht. Und Ludger lasse ich nicht im Stich.« Er warf einen Blick auf den *Lübischen Adler.* Dessen Segel war vollständig verbrannt, aber das Schiff weitestgehend gerettet.

»Eigentlich müsste es doch im Sinne des Sultans von Granada sein, Kaufleuten sichere Fahrt zu gewähren«, gab Philip zu bedenken.

»Nur leider liegen die Mauren mit dem christlichen König Ferdinand von Kastilien im Krieg«, entgegnete Godfryd. Er musterte Said. »Möglicherweise könnt Ihr unsere Rettung sein, Said al-Musawar.«

»Wie stellt Ihr Euch das vor?« Said steckte seine beiden Säbel zurück in den Waffengurt.

»Immerhin reist Ihr auf diesem Schiff, um in Eure Heimat zurückzukehren. Ein Glaubensbruder des Sultans. Das könnte für unsere friedlichen Absichten sprechen und dass wir nichts mit König Ferdinand zu schaffen haben.«

»Und schlimmstenfalls verkaufen sie uns als Sklaven, was?«, warf Philip ein.

Godfryd schüttelte den Kopf. »Nein, Herr Philip. Vornehmen Gefangenen ist ein anderes Schicksal bestimmt. Sie werden gegen Lösegeld freigelassen.«

»Das klingt kaum besser.«

»Ist es aber, glaubt es mir. Vor allem für Eure Frau.«

Die *Windsbraut* blieb in der Nähe des angeschlagenen *Lübischen Adlers*, während sich die fremde Galeere rasch näherte. Philip sah, dass der Kapitän recht hatte. Selbst wenn sie es gewollt hätten – diesem Schiff hätten sie ebenso wenig wie den Piraten entgehen können.

Thea schob den Kopf aus der Luke, die unter Deck führte.

»Was gibt's?«, fragte sie.

»Wir wissen es nicht so genau«, erwiderte Philip. »Bleibt noch unten!«

Die Räuberin verzog unwillig das Gesicht, gehorchte aber.

Inzwischen hatte die arabische Galeere die hanseatischen Schiffe erreicht, ging längsseits und zog die Riemen ein.

Philips Blick fiel auf ein grünes Banner, das am Mast wehte. Dort standen in arabischer Schrift die Worte *Wa lâ gâliba illâ-llâh* – Es gibt keinen Sieger außer Allah.

Auf dem Aufbau über dem Achterdeck stand ein Araber in strahlend weißer Kleidung, die mit goldenen Stickereien verziert war. Sein weißer Turban war von einer ebenfalls goldenen Schnur umwunden. Philip hegte keinen Zweifel, dass er der Schiffsherr war. An der Reling erschien gleich darauf ein zweiter Araber. Er war ähnlich gekleidet wie der Mann auf dem Achterdeck, allerdings waren die Stickereien auf seiner Kleidung silberfarben, ebenso die Schnur um seinen Turban.

»As-sâlam aleikum. Ich grüße Euch im Namen des allmächtigen Sultans Muhammad Yusuf ben Nasri, den man auch Alhamar nennt«, wurden sie von dem Mann angeredet. »Mein Name ist Ahmad ben Umar, ich bin die Zunge und das Ohr des ehrwürdigen Murad Reïs.« Er wies auf den Mann mit der goldenen Schnur. Philip wunderte sich, dass der Fremde des Deutschen mächtig war, er hätte eher mit einer lateinischen Begrüßung gerechnet. Aber wenn Ahmad ben Umar sich die Zunge und das Ohr nannte, war er gewiss vieler Sprachen mächtig und hatte die beiden Koggen anhand ihrer Namen und Beflaggung als hanseatischer Herkunft erkannt.

Said trat einen Schritt vor.

»Wa aleikum as-sâlam«, antwortete Said auf Arabisch. »Wir danken dir für deinen Gruß, Ahmad ben Umar. Möge Allah mit dem verehrungswürdigen Sultan Muhammad Yusuf ben Nasri, den man Alhamar nennt, auf allen seinen Wegen sein. Und möge er dir, Ahmad ben Umar, und dem ehrwürdigen Murad Reïs unsere Rettung aus Todesnot tausendfach im Paradies vergelten. Mein Name ist Said al-Musawar, und ich bin gemeinsam mit meinem Freund, dem edlen Emir Philip von Birkenfeld, und seinem Gefolge auf dem Weg in die Heimat Alexandria.«

»Allah sei gepriesen!«, rief Ahmad voller Freude auf Arabisch zurück. »Es war uns nicht nur vergönnt, den Abschaum der Meere, der unsere Handelswege unsicher macht, in die Flucht zu schlagen, sondern auch so vornehme Männer und einen Anhänger des Propheten zu retten.«

Philip und Said tauschten einen kurzen Blick. Die Freude des Mannes klang echt, aber noch waren sie misstrauisch. Konnten sie sich wirklich in Sicherheit wiegen?

»Ihr seid unterwegs gewesen, die Piraten zu jagen?«, fragte Said vorsichtig zurück.

»Wir hüten die Seewege«, bestätigte Ahmad. »Nicht nur für Kaufleute, sondern auch um die Angriffe Ibn Huds zu verhindern.«

»Ibn Hud?«

Bevor Ahmad antworten konnte, war Murad Reïs an die Reling getreten.

»Eure Schiffe haben Schaden erlitten«, sagte er für einen Araber erstaunlich knapp. »Wir bieten Euch unsere Gastfreundschaft an. Unser vielgerühmter Sultan Muhammad Alhamar hat vor wenigen Tagen einen Friedensvertrag mit dem König von Kastilien geschlossen. Es wäre uns eine Freude, wenn wir Euch bis nach Marbilha[2] geleiten dürften, damit Ihr dort unsere Gastfreundschaft genießen könnt, ehe Eure Reise Euch weiterführt.«

Kapitän Godfryd hatte einige Schritte hinter Philip und Said gestanden. Philip wusste nicht, wie viel Arabisch der Kapitän verstand.

»Sie bieten uns ihre Gastfreundschaft an«, erklärte er deshalb. »Sie wollen uns bis nach Marbilha geleiten.«

»Wir müssen dringend Vorräte an Bord nehmen, und der *Lübische Adler* kommt allein ohnehin nicht weiter«, antwortete der Kapitän. »Traut Ihr den Arabern?«

---

2 Marbella

»Sie sagten, sie hätten vor wenigen Tagen einen Friedensvertrag mit Ferdinand von Kastilien geschlossen. Warum sollten sie uns belügen? Sie sind uns an Waffen und Männern turmhoch überlegen.«

»Dann nehmen wir ihre Gastfreundschaft an«, erklärte Godfryd.

Nachdem Said in blumenreichen Worten seinen Dank ausgedrückt hatte, hielt die maurische Galeere auf den *Lübischen Adler* zu, der nicht mehr manövrierfähig war. Seile wurden geworfen, das Schiff vertäut und dann einfach von der Galeere in Schlepp genommen.

»Das glaubt uns in Lübeck kein Mensch!«, rief Ludger Godfryd zu.

»Och, bei den Geschichten, die du schon erzählt hast, wird man dir auch das abkaufen.« Godfryd lachte. Die Anspannung war von allen Gesichtern gewichen. Philip ging unter Deck zu Lena und Thea.

Lena lief ihm entgegen. Er nahm sie in die Arme und drückte sie an sich. »Wir sind in Sicherheit«, beruhigte er sie und erzählte von dem Gespräch mit Ahmad ben Umar und Murad Reïs.

»Aber ich halte es dennoch für besser, ihr lasst euch nicht sehen, ehe wir in Marbilha sind. Und dort geben wir Thea als meine Schwester aus.«

»Ich weiß nicht so recht, ob ich dich als Bruder haben möchte«, entgegnete die Räuberin. »Welch abwegiger Gedanke!«

»Dabei nicht einmal so weit hergeholt«, erwiderte Philip. »Immerhin war mein Vater einst deiner Mutter versprochen.«

»Wie gut, dass unsere Eltern ungehorsam waren, nicht wahr?« Thea strich ihm über die Wange. »Großer Bruder.« Sie lachte.

Philip wich einen Schritt zurück. Die Berührung weckte alte Erinnerungen. Erinnerungen und Begierden. Und die durften nicht mehr die Oberhand gewinnen. »Ich gehe wieder an Deck«, sagte er mit so viel Gleichmut, wie er gerade noch aufbringen konnte. Auf dem Weg zur Luke fiel sein Blick auf Bertram, der gedankenverloren an der Wand lehnte. Philip erinnerte sich an das gestrige Gespräch mit Said. Eine weitere unangenehme Angelegenheit, die er möglichst bald hinter sich bringen musste.

»Bertram, komm mit, ich muss mit dir sprechen.«

»Was gibt's?«, fragte der Junge, während er ihm folgte.

»Mir scheint, als hätte ich mich in letzter Zeit zu wenig um dich gekümmert«, sagte Philip, nachdem sie den Laderaum verlassen hatten.

»Wie kommt Ihr darauf? Wir haben doch fast jeden Abend beisammengesessen, wenn Ihr und Said uns die arabische Sprache nahegebracht habt.«

»Gewiss.« Philip verschränkte die Hände hinter dem Rücken und überlegte, wie er das Gespräch in die gewünschte Richtung lenken konnte. Schließlich entschloss er sich zur Ehrlichkeit.

»Said hat mich gestern Abend angesprochen«, sagte er. »Er hielt es für wichtig, dass ich mit dir rede, denn er macht sich Sorgen um dich.«

»Sorgen?« Bertram wirkte aufrichtig überrascht.

»Weil ...« Philip räusperte sich. »Weil er gehört hat, wie sehr du dich in deinen Gebeten quälst.«

Flammende Röte übergoss Bertrams Gesicht. Für einen Moment erinnerte er Philip wieder an den Jungen, der hilflos auf seine Stiefelspitzen gestarrt hatte, während sein Vater und sein Bruder ihn Philip angepriesen hatten. Zum Glück hatte sich diese Schüchternheit bald gelegt.

»Weißt du, Bertram, solche ... Gefühle sind ganz normal für einen jungen Mann.«

»Ich werde widerstehen. So wie es vom heiligen Augustinus gelehrt wird.«

Philip hob die Brauen. »Du hast die Schriften des heiligen Augustinus studiert?«

»Bruder Albert brachte mir anhand der Übersetzung die lateinische Sprache bei.«

»Nicht anhand der Werke Caesars oder der antiken Klassiker?«

»Nein, er meinte, die Schriften der Heiden seien nicht geeignet für den Geist eines Knaben.«

»Wie alt warst du damals?«

»Zehn.«

Philip erinnerte sich an die Schriften des heiligen Augustinus. Auch er hatte schon im Alter von zehn Jahren lateinischen Unterricht erhalten, denn sein Vater, der selbst nicht lesen und schreiben konnte, war der Meinung gewesen, dies sei eine würdigere Kunst als irgendwelche Pagendienste, wie man sie in seiner alten Heimat von den Knaben forderte. Auch Philip war von einem Mönch unterrichtet worden, doch der gute Bruder Eustache war eher dem weltlichen Leben zugetan gewesen. Ein gutmütiger Mann, in jeder Hinsicht, dem es darum gegangen war, Philips Freude an der fremden Sprache zu wecken, und der ihm deshalb unterhaltsame Klassiker vorgelegt hatte. Erst viel später, als Philip schon fast ein Mann war, hatte Eustache ihm die Schriften des heiligen Augustinus gezeigt, der predigte, nur ein asketisches Leben könne den in Sünde geborenen Menschen vor der ewigen Verdammnis bewahren und ihm Gottes Gnade schenken. Bruder Eustache gehörte zu jenen, die Augustinus gern widerlegten, denn er war ein Anhänger des Julianus von Eclanum, der einst gelehrt hatte, der Mensch sei als Ebenbild Gottes frei von der Erbsünde und treffe selbst die Wahl zwischen Gut und Böse. So hatten die Höllenvisionen des heiligen Augustinus Philip nie geschreckt. Aber wie wäre es wohl gewesen, wenn man ihm diese Lehren schon mit zehn Jahren als die einzig rechte Wahrheit eingehämmert hätte?

»Bertram, wenn dich solche Fragen beschäftigen …«, setzte Philip noch einmal an. »Ich glaube nicht, dass der Herr die Männer grundsätzlich dafür verurteilen würde, wenn …« Er brach ab, als er Bertrams entsetztes Gesicht sah.

»Schon gut, vergiss es!«, beschwichtigte er rasch.

»Ihr wollt doch nicht etwa behaupten, dass Unzucht außerhalb der Ehe Gnade fände?«

»Ähm … ich glaube, du findest nur wenige Männer, die so rein sind, dass sie sich dieser Sünde niemals schuldig gemacht hätten.«

Bertrams Augen wurden noch größer, und plötzlich kam Philip sich vor, als stünde er am Pranger.

»Weißt du, Bertram, eine unverzeihliche Sünde wäre es nur dann, wenn es gegen den Willen der Frau geschähe. Mit ihrem Einverständnis ist es eigentlich« – er räusperte sich – »ein beiderseitig durchaus angenehmes Erlebnis.«

»Es ist Ehebruch!«

»Wenn keiner von beiden verheiratet ist ...«

»Das Sakrament der heiligen Ehe würde in den Schmutz gezogen«, ereiferte sich Bertram, und Philip hatte den Eindruck, nicht sein Knappe, sondern jener Mönch, der ihn einst unterrichtet hatte, spräche zu ihm.

»Nun ja, wenn du meinst.« Philip räusperte sich noch einmal. »Vielleicht ist Beten doch gar nicht so schlecht.« Er klopfte Bertram kurz auf die Schulter. Dann fiel sein Blick auf Said, der an der Reling lehnte und die Augen verdrehte. Wie viel mochte sein Freund von dem Gespräch wohl mitbekommen haben?

Philip ließ Bertram stehen und ging auf Said zu.

»Was hast du?«, fragte er den Araber.

»Ich hätte nie gedacht, dass ausgerechnet du, dem für gewöhnlich die Rede wie feiner Honig von den Lippen tropft und dessen Worte unerschöpflich sind wie der Quell einer fruchtbaren Oase, so herumstammeln würdest.«

»Ja, aber ...«, setzte Philip an, doch Said unterbrach ihn sogleich.

»Du solltest dich der Sorgen des Jungen annehmen und ihm nicht schönzureden versuchen, was er so hart bekämpft.«

»Wenn du alles besser weißt, dann sprich du doch mit ihm!«

»Er ist dein Knappe. Die Aufgabe kommt einzig dir zu.«

»Du machst es dir leicht.«

»Tja, vermutlich komme ich nach Bertrams Weltvorstellung ohnehin in die Hölle, warum sollte er also auf mich hören?«

»Hattest du bislang den Eindruck?« Philips Zorn wandelte sich in Erstaunen. »Er hat sich dir gegenüber doch nicht anders verhalten als gegen mich.«

»Nun, nach allem, was du ihm gerade erzählt hast, kommst *du* seiner Meinung nach ohne Zweifel ebenfalls in die Hölle.«

»Ich glaube, dann treffen wir dort recht viele Bekannte. Das könnte durchaus lustig werden.«

»Nur auf deine Frau musst du wohl verzichten, denn ich kann mir nicht vorstellen, dass Lena Sünden auf ihr Haupt geladen hat.«

»Wenn ich mir ihre Wortwahl in den letzten Wochen anhöre … Ich glaube, auch eine spitze Zunge kann ein Weib ins Verderben führen.«

Ihr gemeinsames Lachen war befreiend.

Am frühen Abend erreichten sie die maurische Hafenstadt Marbilha. Das Meer glitzerte grün im Schein der langsam untergehenden Sonne. Am Horizont ragte ein Berg auf, dessen Namen Philip nicht kannte. Nun, da sie fast im Hafen waren, hatte es Lena und Thea nicht mehr unter Deck gehalten.

»Oh, ist das schön!«, rief Lena. Philip sah, wie sie die kleinen Häuser in ihrer typisch arabischen Bauweise musterte, die ihr überaus fremdartig vorkommen mussten. Im Hintergrund ragte die mächtige Stadtmauer auf, aus riesigen hellen Steinquadern gemauert, so massiv, dass sie alle Befestigungen, die sie bislang auf ihrer Reise gesehen hatten, in den Schatten stellte.

»Mir kommt es so vor, als wäre ich bereits im Heiligen Land und dies seien die Tore von Jerusalem«, sagte Lena und lehnte sich an Philip. Er legte ihr den Arm um die Schultern. Zwar war diese Vertraulichkeit in einem arabischen Hafen nicht unbedingt schicklich, aber das war ihm gleich. Man wusste, dass er Christ war, und Lena war seine Frau. Das sollte ruhig jeder wissen und sehen.

»Ist es in Alexandria ähnlich?«, fragte sie weiter.

»Ja. Allerdings ist Alexandria noch viel größer und lauter.«

»Noch lauter?« Lena lächelte ihn ungläubig an, denn das Geschrei der Hafenarbeiter und Händler war schon hier unüberhörbar.

»So ist es. Auch wenn du es kaum glauben magst.«

Die *Windsbraut* legte am Kai an, während Murad Reïs' Galeere zunächst die Taue löste, mit denen sie bis dahin den flügellahmen *Lübischen Adler* gezogen hatte. Den Rest des Weges mussten ihn Ruderboote in den Hafen schleppen.

Zahlreiche Schaulustige, unter ihnen viele zerlumpte Kinder, hatten sich am Hafen versammelt, um die fremden Schiffe zu betrachten. Jungen in hemdartigen weiten Gewändern, barfüßig, die braunen Hände zum Betteln ausgestreckt. Auf einmal fühlte Philip sich zurückversetzt in seine Heimat. Auch in den Gassen Alexandrias hatte er solche Kinder gesehen. Man musste sich vor ihnen hüten, denn gab man einem etwas, hatte man eine ganze Horde auf den Fersen und manchmal sogar eine schmutzige kleine Hand im Geldbeutel, die sich selbst bedienen wollte. Dennoch erfüllte ihn der Anblick des Hafens von Marbilha mit seltsamer Zufriedenheit. Beinahe so, als wäre er nach Hause zurückgekehrt.

7. Kapitel

»Wie wird es nun weitergehen?«, fragte Lena, nachdem die *Windsbraut* im Hafen festgemacht hatte.

»Das wird uns Ahmad ben Umar gewiss gleich mitteilen.« Philip wies auf die Galeere, die gerade neben ihnen anlegte.

Beeindruckt betrachtete Lena, wie alle Ruder der Galeere gleichzeitig eingezogen wurden, so als würde ein Vogel seine Flügel zusammenlegen. In den letzten Stunden war sie zwischen Hölle und Himmel gewandelt, zwischen Todesangst und Hoffnung. Und nun blickte sie auf eine fremde Stadt, die sie an die Altarbilder in Sankt Michaelis und im Dom zu Halberstadt erinnerte. Sogar Palmen wuchsen hier.

»Thea, tust du mir einen Gefallen?«, hörte sie Philip fragen.

»Noch einen? Das wird wohl langsam zur Gewohnheit.«

Thea verzog das Gesicht. »Soll ich wieder jemanden beschützen?«

»Ja, dich selbst. Würdest du dein Haar bedecken? Nur solange wir hier sind?«

Die Räuberin schnaubte verächtlich. »Bist du noch ganz bei Trost?«

»Mit diesem Auftreten hält man dich für eine Hure. Es ist mir wichtig, dass du mit Hochachtung behandelt wirst.«

»Weil du mich als deine Schwester ausgibst?«

»Nein, weil ich nicht möchte, dass dir etwas geschieht.«

»Wie edel.«

»Tust du mir den Gefallen?«

»Soll ich mir vielleicht ein Laken um den Kopf wickeln?«

»Ich gebe dir eine Haube von mir«, bot Lena an. »Komm, such dir eine aus!«

Sie ging in den Laderaum voraus, wo sie einen großen Teil ihrer Habe aufbewahrte. Thea folgte erstaunlich willig.

Lena schnürte eines der Bündel auf, in dem ihre Kleider verstaut waren.

»Wie wäre es mit dieser?« Sie zog eine hellblaue Haube hervor, die mit einem goldenen Netz verziert war. »Du könntest auch das dazugehörige Kleid bekommen.« Sie reichte Thea die Kopfbedeckung und suchte dann die passende Suckenie heraus.

Die Blicke der beiden Frauen trafen sich, und Lena hatte den Eindruck, dass Theas Seelenflamme ins Flackern geriet.

»Magst du es anprobieren?«

Die Räuberin senkte die Lider. Einen Moment lang befürchtete Lena, Thea werde die Haube einfach zu Boden fallen lassen. Doch dann hob die Räuberin den Blick, und das kräftige Strahlen ihrer Seelenflamme war zurückgekehrt.

»Warum nicht?«, sagte sie. »Wenn Philip dich gern darin sieht, weshalb sollte ich ihm nicht gefallen?«

»Weil du ab jetzt seine Schwester bist.«

»Welch ein Pech, dass ich eine so böszüngige Schwägerin habe!«

»Ja, nicht wahr?« Lena lachte, und zu ihrer Erleichterung stimmte Thea in ihr Gelächter mit ein.

Bertram fielen schier die Augen aus dem Kopf, als er Thea in Lenas hellblauem Gewand mit der vornehmen Haube sah. Aber auch Philip kniff die Augen zusammen, als traue er seiner Wahrnehmung nicht.

»Jetzt siehst du wahrlich aus wie die Enkelin des Herzogs von Sachsen«, stellte er fest.

»Gefalle ich dir?« Thea drehte sich leichtfüßig im Kreis.

»Ich bin stolz auf meine schöne Schwester.« Philip deutete eine galante Verbeugung an.

»Dummbeutel«, brummelte Thea. Lena kicherte.

Die Galeere hatte inzwischen ihr Anlegemanöver beendet, und Ahmad ben Umar kam zu ihnen auf die *Windsbraut*.

Er sagte etwas, doch sein Arabisch war so schnell, dass Lena nur die Worte *Murad Reïs*, *Haus* und *eingeladen* verstand. Said antwortete mit einem ähnlichen Wortschwall. Sie erriet eher, was er meinte, als dass sie ihn verstand. Dabei hatte sie sich eingebildet, des Arabischen mittlerweile mächtig zu sein. Als nun auch noch Philip an der Unterhaltung teilnahm, verlor sie vollends den Glauben an ihre sprachlichen Fähigkeiten. Wenn Philip des Abends arabische Märchen erzählt hatte, war seine Aussprache langsam und genau gewesen, jetzt hörte sich seine Stimme wie die eines Fremden an. Ratternd schnell und kehlig, dabei von seltsamen Schnalzlauten unterbrochen. Ahmad ben Umar lachte, Said stimmte mit ein. Sie tauschten noch einige Sätze aus, aber Lena hatte den Versuch aufgegeben, den Sinn der Unterhaltung zu erfassen.

Schließlich wandte Philip sich zu ihr um.

»Ahmad hat uns ins Haus von Murad Reïs eingeladen. Said und ich werden mit ihm speisen, während ihr die Möglichkeit habt, den Hamam aufzusuchen.«

»Wer ist das?«, fragte Thea.

»Ein arabisches Badehaus.«

»Gibt es dort auch schöne Männer?« Thea lächelte anzüglich.

»Nein. Sollte sich ein Mann in den Frauenhamam verirren, würde er eine solche Ungehörigkeit mit dem Leben bezahlen.«

»Welch ein Land!«, seufzte Thea.

Während Godfryd und seine Männer sich um die Ergänzung der Vorräte kümmerten, hatte Ahmad ben Umar dafür gesorgt, dass zwei edle Pferde für Philip und Said bereitgestellt wurden. Auf Lena und Thea wartete eine Sänfte, die von vier schwarzen Sklaven getragen wurde.

»Murad Reïs scheint ein einflussreicher Mann zu sein«, bemerkte Said.

»Und ein reicher noch dazu«, ergänzte Philip. Lena sah die Vorfreude auf den Abend in seinen Augen blitzen.

»Du hast keine Furcht, es könnte eine Falle sein?«

»Nein. Das Gastrecht ist den Muslimen heilig. Wir haben nichts zu befürchten. Du kannst dich mit Thea ruhig den Sänftenträgern anvertrauen.«

»Obwohl sie so schwarz sind, sind sie recht ansehnlich«, stellte Thea fest.

»Ja, allerdings befürchte ich, dass du wenig Freude an ihnen haben wirst«, bemerkte Philip. »Ihnen fehlt der gleiche Körperteil wie meinem Wallach.«

Thea riss die Augen auf. »Welche Verschwendung!«

Angesichts der bedauernden Blicke, mit denen Thea die vier Sklaven musterte, konnte Lena ein vergnügtes Schmunzeln nicht unterdrücken. Dann stiegen die beiden Frauen in die Sänfte und nahmen auf den weichen Daunenkissen Platz.

»Welch ein Prunk!« Thea strich über den samtenen Stoff, mit dem die Sänfte ausgeschlagen war. »Wenn man das ganze Gelumpe gut verkauft, bringt es mindestens zwanzig Silberdenare.«

»Musst du alles so betrachten, als wäre es Diebesgut?« Lena schob sich ein zweites Kissen in den Rücken und lehnte sich zurück. Sie zog die Vorhänge der Sänfte nicht zu, damit sie die

Sehenswürdigkeiten der Stadt bestaunen konnte. Neben ihnen schwangen sich Said und Philip in die Sättel der Pferde. Es waren zierliche Füchse, deren Körperbau Lenas Zelter ähnelte, aber sie waren nicht ruhig und gutmütig, sondern voller Feuer. Vermutlich waren dies die berühmten arabischen Vollblüter, von denen Philip ihr erzählt hatte und die auch sein Großvater in Alexandria züchtete.

Die zerlumpten Kinder hielten gebührenden Abstand und erinnerten Lena an die Bürger in Hamburg, die ihnen aus Furcht vor Schlägen ausgewichen waren.

Ein Ruck, und die Sänfte wurde angehoben.

»Ein Pferd wäre mir lieber«, murrte Thea.

»Murad Reïs erweist uns damit seine Ehre.«

»Ehre!« Thea spie das Wort förmlich aus. »Was gibt es Überflüssigeres als Ehre? Ohne diesen Zwang lebt es sich doch wesentlich angenehmer.«

»Hast du's jemals mit einem ehrenwerten Leben versucht?«

»Einmal. Es war ein Reinfall.«

Erstaunt wandte Lena den Kopf. »Du hast tatsächlich einmal wie eine anständige Frau gelebt?«

»Was man so anständig nennt.« Thea schob den Vorhang noch weiter zurück und beobachtete die Menschen in den Gassen. Lena hätte gar zu gern nachgefragt, doch Theas Körperhaltung war eindeutig. Sie wollte nicht weiter darüber sprechen.

Ihr Ziel lag innerhalb der mächtigen Stadtmauern. Begeistert nahm Lena alle Bilder in sich auf, die sich ihr darboten. Menschen in langen Gewändern, weitaus auffälliger noch als Said in seiner Kleidung. Manche Frauen hatten ihr Gesicht verschleiert, vor allem jene, die in kostbare Stoffe gehüllt waren. Die ärmeren begnügten sich damit, ihr Haar zu bedecken, und gemahnten Lena mit ihren Tüchern an Darstellungen der heiligen Jungfrau. Sie begriff, warum Philip darauf bestanden hatte, dass Thea eine Haube trug. Keine Frau zeigte ihr Haar, ganz gleich, ob junges Mädchen oder reife Matrone.

Die Häuser, an denen sie vorbeikamen, waren überwiegend aus hellem Stein gemauert, aber es gab auch solche, die nur aus Holz und Lehm zu bestehen schienen. Die vornehmen großen Gebäude waren mit seltsamen Holzfenstern ausgestattet, in die vielfältige Muster und Ornamente gesägt waren, die das Licht einließen, aber von außen keinen Blick ins Innere gewährten. Dennoch hatte Lena immer wieder den Eindruck, einen Schatten zu erkennen, ein neugieriges Augenpaar zu erahnen, welches das Treiben in den Gassen beobachtete.

Am meisten wunderte sie sich über die zahlreichen verkrüppelten Bettler, die im Straßenstaub hockten und um Almosen flehten. Auch aus ihrer Heimat waren ihr derartige Anblicke vertraut, doch nicht in dieser Häufung. Ob es wohl daran lag, dass es in diesem Land keine christlichen Klöster und Spitäler gab, in denen sich fromme Männer und Frauen der Ärmsten annahmen?

Der Hamam lag ganz in der Nähe von Murad Reïs' Haus. Philip warf einen letzten Blick in die Sänfte, ehe sich ihre Wege trennten.

»Die Diener werden euch in Murad Reïs' Frauengemächer bringen, sobald ihr euer Bad beendet habt. Es ist üblich, dass Männer und Frauen getrennt speisen.«

»Unternehmen in diesem Land Männer und Frauen eigentlich irgendetwas Gemeinsames?«, fragte Thea missmutig.

Philip grinste und schwieg.

Der Hamam war die seltsamste Einrichtung, die Lena jemals betreten hatte. Gleich neben dem Eingang wurden sie von einem jungen Mädchen empfangen und in einen Raum geführt, in dem sie sich ihrer Gewandung entledigen konnten. Auf den hölzernen Bänken häuften sich bereits mehrere Kleidungsstücke. Das Mädchen wies ihnen eine eigene Bank zu. Dann erhielten sie ein blaues Seidentuch, mit dem sie ihre Nacktheit bedecken konnten. Zudem gab man ihnen hohe hölzerne Pantinen. Lena fragte, welchen Nutzen sie hätten, doch die Antwort wurde in so raschen Worten erteilt, dass sie nur *heißer Boden* verstand.

Das Mädchen führte sie in den eigentlichen Baderaum. Feuchtwarme Luft strömte ihnen entgegen, sie hörten Gelächter und so schnell hervorgestoßene Wortfetzen, dass sie deren Sinn nicht verstehen konnten. Vergeblich suchte Lena nach Wannen oder Zubern. Sie entdeckte nur eine zwei Fuß hohe Erhebung in der Mitte des Raumes, die ebenso wie der Boden aus weißem Marmor bestand. Drei Frauen rekelten sich darauf und tuschelten. Ihnen gehörte die Kleidung, die im Vorraum auf den Bänken abgelegt worden war. Ringsum waren mehrere kleine Nischen mit Steinsitzen in die Wände eingelassen, neben denen Krüge mit Wasser standen. Das Mädchen wies die Besucherinnen an, sich auf dem Podest in der Mitte niederzulassen. Die drei Frauen, die dort schon lagen, verstummten und musterten die beiden Neuankömmlinge neugierig.

»Masâ al-chair«, grüßte Lena sie.

»Masâ an-nûr«, antworteten die Frauen und kicherten.

Thea würdigte sie keines Blickes. Ihre Aufmerksamkeit galt dem Stein, auf dem sie sich niedergelassen hatten.

»Er ist ganz warm«, stellte sie überrascht fest und strich sich eine rote Haarsträhne aus dem Gesicht.

Noch während sie sich auf dem Stein ausstreckten und die Wärme genossen, erschienen zwei weitere Mädchen. Sie waren so dunkelhäutig wie die Sänftenträger und hatten ihr langes Haar zu unzähligen dünnen Zöpfen geflochten. Die schwarzen Mädchen trugen lediglich blaue Tücher um die Hüften. Überhaupt wunderte Lena sich, wie selbstverständlich diese Frauen, die sich außerhalb des Hauses so streng verhüllten, hier ihre Nacktheit zeigten.

Mehr durch Zeichen als durch Worte forderten die Mädchen Lena und Thea auf, sich auf den Bauch zu drehen.

»Seltsame Sitten.« Thea schüttelte den Kopf. »Ein Badehaus ohne Zuber.«

Lena spürte, wie das Mädchen das blaue Tuch löste, in das sie sich gehüllt hatte. Dann rieb die Schwarze Lenas Körper, streckte und walkte alle ihre Muskeln. Erstaunlicherweise war es eine ausgesprochen angenehme Prozedur, denn das Mädchen schien genau zu wissen, nach welchen Berührungen sich Lenas Körperteile sehnten, obgleich ihre Knochen, ja selbst das Genick unter der Massage knackten. Sie wandte den Kopf und blinzelte zu Thea hinüber. Die Räuberin hatte die Augen geschlossen und schien die Behandlung gleichfalls zu genießen. Danach wurden sie aufgefordert, in einer der kleinen Nischen Platz zu nehmen.

»Das eigentümlichste Bad, das ich jemals genommen habe«, meinte Thea, während sie sich auf dem warmen Stein in der Nische niederließ. »Ich wüsste gern, wie die Steine beheizt werden.«

»Und, gefällt es dir?«, fragte Lena.

»Das sage ich dir erst, wenn wir es hinter uns haben.«

Nun begann die eigentliche Waschung. Sie wurden mit einem Handschuh aus Ziegenhaar gerieben und gerubbelt, anschließend von Kopf bis Fuß mit duftendem Seifenschaum eingerieben. Danach füllten die Mädchen die Krüge, die neben den steinernen Sitzen standen, mit warmem und kaltem Wasser, das Lena und Thea sich über den Kopf und Körper gießen ließen, bis die letzte Seife abgespült war. Anschließend kehrten sie zu dem angewärmten Podest zurück, auf dem die drei Araberinnen noch immer lagen und schwatzten.

Kurz darauf näherten sich die beiden schwarzen Mädchen mit einem tönernen Krug und Leinenstreifen. Eine von ihnen wies auf Lenas Beine. Lena verstand nur das Wort *Halawa*.

»Was will sie?«, fragte Thea.

»Ich weiß es nicht.«

Ohne auf eine Antwort zu warten, bestrich das Mädchen Lenas Beine mit der zuckerigen Masse, die der Tonkrug enthielt.

»Ich glaube, jetzt weiß ich's«, sagte Lena, nachdem das Mädchen mit dem Einstreichen fertig war und die Leinenstreifen auf die Masse drückte.

»So?« Thea zog ein zweifelndes Gesicht, denn das zweite

Mädchen hatte sich mittlerweile auf die gleiche Weise an ihr zu schaffen gemacht.

»So entfernen sie die Körperbehaarung.«

»Was? Wozu soll das gut sein?«

»Das ist hier so üblich.« Lena legte den Kopf schief und bedachte Thea mit einem herausfordernden Blick. »Sag nur, dir ist niemals aufgefallen, dass Philip keine Brusthaare hat.«

»Du meinst, er hat … autsch!« Das Mädchen hatte den ersten Stoffstreifen mit einem Ruck abgezogen. Die drei Araberinnen kicherten. Lena fragte sich, was sie wohl von ihnen dachten. Sie starrten sie an und tuschelten, aber den Versuch eines Gespräches unternahmen sie nicht. Dabei hätten sie doch merken müssen, dass Lena die Grundzüge der arabischen Sprache beherrschte, als sie ihnen einen guten Abend gewünscht hatte.

»Was will sie denn nun noch?«, fragte Thea, nachdem das Mädchen die Behaarung an ihren Schenkeln entfernt hatte und erneut in den Topf mit Halawa griff.

»Ich glaube, sie will dir die Schamhaare entfernen.«

»Nein!«, schrie Thea. Dann noch einmal auf Arabisch »Lâ!«

Die kleine Schwarze starrte sie verwundert an.

»Sag ihr, sie fängt sich eine Ohrfeige, dass sie ans andere Ende des Bades fliegt, wenn sie mir mit dem Zeug an dieser Stelle zu nahe kommt!«

Lena lachte. »Lâ«, wiederholte sie Theas Ablehnung. »Ich kenne das Wort für Ohrfeige nicht.«

Aber das Mädchen verstand trotzdem. Schüchtern verneigte sie sich und ging.

»Unmögliche Sitten!« Thea schüttelte den Kopf und rieb sich die enthaarten Beine. »Das sind doch Wilde.«

»Vermutlich denken sie über uns das Gleiche«, bemerkte Lena und wies auf die drei tuschelnden Frauen.

Während Lena und Thea die Annehmlichkeiten eines arabischen Hamams kennenlernten, saßen Philip und Said gemeinsam mit Murad Reïs und Ahmad ben Umar beim Mahl.

Philip freute sich, nach so langer Zeit wieder einmal die arabische Küche zu genießen, Hammelfleisch mit Reis und Fladenbrot, dazu die Früchte seiner Kindheit, die weiter nördlich eine Seltenheit darstellten, sofern man sie dort überhaupt kannte. Orangen, Feigen und Datteln, Stücke von Honigmelonen und der süße Kuchen, wie ihn nur die Frauen des Morgenlandes zu backen verstanden. Murad Reïs war ein aufmerksamer Gastgeber, und ganz offenbar gehörte er zu Marbilhas wohlhabendsten Bürgern. Rings um den niedrigen Tisch, auf dem die Speisen standen, türmten sich daunengefüllte Samtkissen. Den Boden bedeckten kostbare Teppiche mit orientalischen Ornamenten, vorwiegend in blauen und roten Tönen.

»Du sprichst das Arabische wie ein Sohn der Wüste«, sagte Murad Reïs. Philip lächelte. Auf Arabisch war vieles einfacher. Es gab keinen Unterschied zwischen Du und Ihr. Die Ehrerbietung lag einzig in der Benutzung der Titel. Diese einfache Art des Umganges hatte er im letzten Jahr häufig vermisst.

»Ich wurde in Alexandria geboren«, erwiderte er. »Meine Mutter ist Ägypterin, mein Vater war der Sohn eines deutschen Emirs. Ich war in seine Heimat gereist, um sein Erbe anzutreten und mein Weib heimzuführen.«

Murad Reïs senkte kurz die Lider, als sei es ihm unangenehm, Philip zu einer solchen Erklärung genötigt zu haben. Unter gläubigen Muslimen war es nicht üblich, einen Fremden nach seinem Weib zu fragen. Philip erinnerte sich gut an die vielen Umschreibungen, wenn man sich nach dem Wohlbefinden der Familie erkundigte, aber niemals nach der Frau.

Said nutzte die kurze Stille, die entstanden war, um nach dem Friedensvertrag mit König Ferdinand zu fragen. Dankbar ging Murad Reïs darauf ein.

»Es gibt Männer, die lieben den Krieg«, erklärte er. »Und es gibt Männer, die lieben den Frieden, damit ihre Felder bestellt werden, der Handel blüht und die Familien wachsen. Der ehrwürdige Sultan Muhammad Alhamar ist ein solcher Mann. Er hat erkannt, dass der Krieg Ibn Huds nicht geeignet ist, den

Ruhm des Propheten zu mehren. Und so entschloss er sich, dem König von Kastilien ein Friedensangebot zu übersenden. Es gibt Zeiten, da ist es angeraten, sich selbst mit den Christen zu verbünden, um den Frieden wiederherzustellen.«

»Wer ist dieser Ibn Hud?«, fragte Philip.

»Man kennt ihn auch unter dem Namen al-Mutawakkil.«

»Der Herr von al-Andalus?« Said hob die Brauen.

»Du hast von ihm gehört?« Murad Reïs schob sich ein Stück Honigmelone in den Mund.

»Auf unserer Reise von Alexandria nach Deutschland hörten wir von seinen Kämpfen gegen die Christen. Selbst seine eigenen Leute waren unzufrieden mit ihm, nachdem er die muslimische Bevölkerung trotz seiner Kriegsmacht nicht ausreichend zu schützen vermochte.«

»So ist es«, bestätigte der Hausherr. »Deshalb rief sich Muhammad Alhamar zum Sultan von Granada aus und bemühte sich, die Kämpfe zu beenden. Was ihm nun auch gelungen ist.« Er griff nach seinem Teeglas und trank einen Schluck. »Was ich gern wüsste«, sagte er dann mit Blick auf Philip. »Wie ist es für einen Franken, der im Orient aufgewachsen ist, wenn er die Heimat seines Vaters sieht? Was fühlt er? Ist er eher ein Sohn der Wüste oder des Abendlandes?«

»Eine bedenkenswerte Frage«, entgegnete Philip. »Ich glaubte, alle Sitten der Franken zu kennen, und war doch erstaunt, als ich ihre Stätten betrat. Auch wenn es sich für einen Gläubigen nicht schickt, so habe ich doch den Eindruck, du wüsstest gern etwas über die Kultur und ihren Umgang mit den Frauen.«

Murad Reïs senkte erneut kurz die Lider.

»Es muss dir nicht unangenehm sein, für mich als Christen ist es ohne Gesichtsverlust möglich, dir davon zu erzählen. Nun, es tut der Schicklichkeit der christlichen Frauen keinen Abbruch, dass sie alles mit ihren Männern teilen. Sie sind nicht weniger ehrbar als die Anhängerinnen des Propheten. Im Übrigen glaube ich nicht, dass die Frauen des Orients zurückhaltender sind. Denn wer erinnert sich nicht an die kluge Scheherazade, die einen Sultan mit List und Weisheit auf den rechten Weg zurückführte? Die Unterschiede sind vermutlich gar nicht so groß, wenn man die Menschen kennt. Nur die Gebräuche sind anders.«

»Und welche Gebräuche ziehst du vor?«

»Von allem das Beste. Nach meiner Überzeugung können Morgenland und Abendland viel voneinander lernen. So wie es Kaiser Friedrich auf Sizilien bereits handhabt.«

»Du kennst Federico?«

»Ich weilte zweimal an seinem Hof«, antwortete Philip, verriet aber nicht, dass er nur wegen der Übergabe der Pferde dort gewesen war, die der Kaiser von Philips Großvater erworben hatte.

»Federico ist ein großer Mann, er wird auch bei uns sehr geschätzt, denn er ist anders.«

»Er hat das Herz eines Orientalen«, bestätigte Philip. »Aber die Seele eines Christen.«

»Wirst du ihn wiedersehen, wenn du auf Sizilien bist?«

»Der Zeitpunkt, wann ich wieder dort sein werde, steht noch nicht fest.«

»Nicht?« Murad Reïs schüttelte erstaunt den Kopf. »Wäre nicht Ragusa der geeignete Hafen, um von dort ein Schiff nach Alexandria zu nehmen?«

»Die *Windsbraut* hat das Ziel Venedig.«

»Venedig – welch ein Umweg! Reist über Ragusa, sprecht mit eurem Kapitän. Ihr werdet viele Tage sparen.«

Philip tauschte einen Blick mit Said.

»Auf den Gedanken hätten wir auch früher kommen können«, meinte Said. »Immerhin könnten wir in Ragusa bei Benedetto unterkommen, bis ein Schiff nach Alexandria segelt.«

Philip nickte. Benedetto war der wichtigste Handelspartner seines Großvaters auf Sizilien.

»Ich rede noch heute mit Kapitän Godfryd.«

8. Kapitel

Voller Leidenschaft drückte sie ihn in die Kissen, nahm ihn in ihrem Schoß gefangen. Ulf von Regenstein stöhnte. »Du hast dazugelernt, seit wir uns das letzte Mal begegnet sind«, keuchte er.

Thea lachte. »Hast du etwas anderes erwartet?« Ihre Bewegungen wurden schneller, heftiger. Als sie endlich von ihm abließ, seufzte er tief befriedigt auf.

»Ich hätte nicht damit gerechnet, dich jemals wieder in den Armen zu halten.« Er zog sie an sich. »Vielleicht sollten wir noch einmal dort beginnen, wo wir damals aufgehört haben.«

Glaubte er das wirklich? Nach allem, was geschehen war? »Damals war ich jung und dumm«, entgegnete sie. »Und ich habe dir vertraut. Das war ein Fehler.«

»Es war nicht meine Schuld, dass unsere Tochter starb.« Er sah sie an wie ein geprügelter Hund. Einen Moment lang überlegte sie, ob sie ihm ins Gesicht schlagen sollte, doch sie wusste, dass es nichts nutzte. Er würde den Schlag hinnehmen und sich besser fühlen. So wie damals. Er war ein Schwächling. Das würde er immer bleiben.

»Warum hast du mich zu dir gerufen, Ulf? Doch wohl kaum, um ein paar schöne Stunden mit mir zu erleben.«

»Wäre daran etwas auszusetzen?« Seine Hände spielten mit ihren langen roten Haaren. Er küsste ihren Hals und ließ die Lippen weiter zu ihren Brüsten wandern. Thea atmete schwer. Wenigstens das beherrschte er noch. Ihre Hände krallten sich in seinen Haarschopf, während seine Zunge mit ihren Brustwarzen spielte. Sie schloss die Augen, wollte sich ganz seinen Liebkosungen hingeben, doch plötzlich ließ er von ihr ab.

»Du bist mir noch eine kleine Gefälligkeit schuldig, Thea.«

»Eine Gefälligkeit?« Was maßte dieser Kerl sich an? Sie schuldete ihm überhaupt nichts.

Er schob sich weiter über sie. »Ich möchte, dass du den Ägypter tötest.«

»Du meinst Philip von Birkenfeld?« Sie hatte Ulf vieles zugetraut, aber keinen Mordauftrag.

»Du hast doch allen Grund, ihn zu hassen.« Ulf küsste ihr Ohrläppchen, dann ihre Halsbeuge. »Er hat dich verraten. Deinen Vater dem Henker ausgeliefert. Alles zerstört, was dir einmal wichtig war.«

»Vor allem aber sitzt er auf der Burg, die du so gern besäßest, nicht wahr?« Sie blitzte ihn zornig an. »Ich soll die Drecksarbeit erledigen, und du willst Graf von Birkenfeld werden. Warum bringst du ihn nicht selbst um?«

Er überging ihren Einwand, wusste wohl, dass sie ihn um ein Haar einen Feigling genannt hätte.

»Für dich wäre immer ein Platz an meiner Seite, Thea.«

»Und was ist mit deinem Weib?«

Ulf schnaubte verächtlich. »Das hat dich früher auch nicht gestört. Ich habe deine Tochter als natürliches Kind anerkannt. Das würde ich mit weiteren Kindern ebenso halten.«

»Ja, weil du dann eine Schar legitimierter Bastardtöchter für den Heiratsmarkt hättest. Du denkst doch nur an dich.«

»Bin ich da so anders als du?« Er streichelte ihr über das Gesicht. »Du weißt, dass ich dir gewogen bin. Aber du solltest meine Geduld nicht über Gebühr beanspruchen.«

»Das klingt fast, als wolltest du mir drohen.«

»Es ist nur eine freundschaftliche Warnung. Also, wirst du den Ägypter töten?«

Thea lächelte. »Wie du schon sagtest, ich habe allen Grund, ihn zu hassen.«

Schweißgebadet schreckte Thea aus ihrem Traum auf. Die Erinnerung an die letzte Liebesnacht mit Ulf war erneut lebendig geworden. Ihr Körper sehnte sich nach seinen Berührungen, nach Lust und Leidenschaft. Viel zu lange hatte sie sich zurückgehalten. In jeder Hinsicht. Was war nur aus ihr geworden? Eine brave, anständige Frau, die sogleich tat, was immer Philip von ihr verlangte? Sie war kein Mitglied seiner Familie und ihre Reise kein trauter Ausflug unter Freunden. Sie hatte einen Auftrag.

Doch der ließ sich nicht so ohne Weiteres ausführen. Philip

war ein Gegner, den sie nicht unterschätzen durfte. Einmal hatte sie es getan. Hatte zugelassen, dass er sich in ihr Herz schlich, ihre Seele dort berührte, wo sie es nie jemandem mehr erlauben wollte. Und dann hatte er sie ausgenutzt, verraten und ihren Vater dem Henker überantwortet, ganz so, wie Ulf gesagt hatte. Es gab nur eine Strafe dafür. Philip musste sterben!

Und warum hast du es nicht längst getan, du dummes Ding?, schalt sie sich in Gedanken. Rede dir nicht ein, es habe keine Gelegenheit gegeben. Du hast sie nur nicht ergriffen.

Vielleicht weil sie Ulf diesen Triumph nicht gönnte? Auch Ulf hatte sie verraten. Nicht aus Berechnung, nur aus Schwäche, aber das war genauso schlimm.

Thea richtete sich auf, schwang die Füße aus der schmalen Bettstatt und trat ans Fenster. Seit zwei Tagen waren sie nun schon in Ragusa, morgen früh würden sie endlich ein Schiff nach Alexandria besteigen. Sie öffnete den Fensterladen und blickte hinaus in die Dunkelheit. Von hier aus sah sie den Hafen, die Positionslichter der Schiffe. Aus einer Taverne drang leise Musik, ansonsten war es still geworden, die Stadt schlief.

Vielleicht war dies die letzte Möglichkeit, Philip zu töten. Er hatte sich gewiss wieder mit Lena zwischen den Laken gewälzt und war danach selig eingeschlummert. Ihm im Schlaf die Kehle durchzuschneiden, würde sie keine Mühe kosten. Sie wusste, wo seine Kammer lag, und Lena würde sie kaum daran hindern können, falls sie es überhaupt bemerkte.

Und dann? Wenn sie es getan hätte? Wäre es nicht doch besser, bis Alexandria zu warten? Auf Sizilien würde der Verdacht viel zu schnell auf sie fallen, und wie sollte sie von der Insel entkommen? Sie verstand ja kaum die Sprache der Einheimischen. Nein, besser, sie wartete, bis sie Alexandria erreicht hatten. Keine übereilten Handlungen. Wen scherten schon einige Wochen mehr oder weniger?

Weil du schon wieder zulässt, dass er sich in dein Herz schleicht. Und sein Weib gleich mit dazu, zischte ihre innere Stimme. Du bist schwach geworden. Ein richtiges Weibchen.

Hastig schüttelte sie den Gedanken ab, wollte die boshafte Stimme zum Schweigen bringen. Keine übereilten Handlungen, mahnte sie sich immer wieder. Ich habe Zeit.

Aus der Diele drang leises Stimmengemurmel in ihre Kammer.

»... und erlöse uns von allem Bösen, nimm die Versuchung von uns ...«

Thea seufzte. Wie oft hatte sie Bertram schon so beten gehört! Vielleicht war es an der Zeit, den kleinen Knappen endlich zum Mann zu machen, wenn sein Ritter schon so schmählich darin versagte. Der Traum hatte ihre Lust geweckt, das Verlangen geschürt, das sie viel zu lange unterdrückt hatte. Und so öffnete sie leise die Tür und schlich sich in die Diele. Bertram kniete in einer Ecke, wiederholte immer wieder dieselben Worte. Sanft legte Thea ihm die Hände von hinten auf die Schultern. O ja, sie konnte sehr sanft sein, wenn sie wollte.

Der Junge zuckte zusammen.

»Fräulein Thea!«

Thea lächelte. Welch eine Anrede! So unschuldig und völlig fehl am Platz.

»Komm, Bertram, ich muss dir etwas zeigen!«

»Was wollt Ihr mir zeigen?«

»Komm einfach!« Sie strich ihm über die Schultern, streichelte seine Arme, ergriff seine Hände und lächelte ihm aufmunternd zu, bis er sich erhob und gehorsam folgte ...

9. Kapitel

Es war noch dunkel, als Lena am folgenden Morgen erwachte. Philip war bereits aufgestanden und vollständig angekleidet.

»Du hättest mich wecken sollen«, sagte sie und reckte sich.

»Warum? Du bist doch rechtzeitig wach geworden.« Er

lächelte sie an. »Ich habe heißes Wasser geholt.« Er berührte den Krug, der neben der Waschschüssel stand. »Noch ist es warm.«

Sie schwang sich aus dem Bett. »Ich liebe dich, Philip.«

Kurz darauf trafen sich die Reisegefährten vor der Herberge und brachen gemeinsam zum Hafen auf. Die *Al-Kabîr*, ein schneller ägyptischer Segler, sollte beim ersten Tageslicht auslaufen. Es war ein Glücksfall gewesen, ausgerechnet dieses Schiff tags zuvor im Hafen anzutreffen, denn sein Eigner Mustafa ibn Abdallâh war Philip gut bekannt und bot ihnen gern eine Passage nach Alexandria an.

Alle waren pünktlich, einzig Bertram fehlte.

»Wo ist er?« Philip wandte sich zu Said um, doch der hob nur die Schultern. Auch Witold und Rupert, die die Pferde mit dem Gepäck führten, schüttelten die Köpfe. Lenas Blick fiel auf Thea. Die Räuberin betrachtete ihre Fingernägel und lächelte still vor sich hin.

»Wann hast du ihn zuletzt gesehen?«, fragte Philip weiter.

»Gestern Abend, als wir schlafen gingen. Heute Morgen war sein Lager leer«, erwiderte Witold.

»Geht schon vor!«, forderte Philip seine Begleiter auf. »Ich warte hier. Er müsste gleich kommen, wo immer er sein mag.«

»Ich bleibe bei dir«, verkündete Lena, ohne Thea aus den Augen zu lassen. Aus irgendeinem Grund erinnerte die Räuberin sie an ein Kind, das heimlich vom Honig genascht hat.

Erst als Thea gemeinsam mit Said und den beiden Waffenknechten verschwunden war, wandte Lena sich wieder an Philip.

»Ist dir an Thea etwas aufgefallen?«

Er blickte überrascht auf. »Was meinst du?«

»Sie wirkte irgendwie … seltsam.«

»Seltsam?« Philip hob die Brauen.

»Nun, schuldig und zufrieden zugleich. Ob sie etwas mit Bertrams Verschwinden zu tun hat?«

»Wie kommst du auf diesen Gedanken?«

»Du hast mir doch erzählt, gegen welche Versuchung Bertram ankämpft. Was wäre, wenn er ihr erlegen ist? Heute Nacht?«

»Du meinst …« Philip räusperte sich. »Nun ja, er ist ein junger Bursche, da mag das schon … Aber wieso sollte er deshalb verschwinden?«

Da hörten sie ganz aus der Nähe das Morgenläuten einer kleinen Kirche.

Lena warf Philip einen vielsagenden Blick zu. »Vielleicht ist er zur Beichte gegangen. Das wäre doch verständlich, oder nicht?«

»Damit hätte er noch warten können«, brummte Philip. »Für einmal lohnt es sich doch gar nicht.«

»Philip, ich bin entsetzt!«

Einen Moment lang blitzte ein Anschein von Unsicherheit in seinen Augen auf, bis er begriff, dass sie einen Scherz gemacht hatte.

»Wollen wir in der Kirche nachsehen?«, fragte er.

Lena nickte.

Das Gotteshaus war um diese frühe Stunde noch leer. Lena entdeckte nur einige alte Frauen, die vor dem Bild des heiligen Nikolaus Kerzen entzündet hatten und ins Gebet versunken waren.

Philip stieß sie an und wies auf den kleinen Marienaltar. Vor dem Abbild der Muttergottes kauerte Bertram, zusammengekrümmt wie unter Schmerzen, die Hände zum Gebet gefaltet.

Sie gingen auf den Jungen zu, und Philip berührte ihn an der Schulter. Bertram zuckte zusammen, fuhr herum und starrte die beiden mit weit aufgerissenen Augen an. Lena erschrak. Bertrams Seelenflamme war nur noch ein schwaches Glimmen, ganz so, als stünde sie kurz vor dem Verlöschen. Nie zuvor hatte sie solches Leid in den Augen eines jungen Menschen gesehen.

»Bertram, was ist geschehen?«, hauchte sie.

Er antwortete nicht, starrte sie nur weiter an.

»Komm, unser Schiff wartet, und hier wird gleich die heilige

Messe gelesen, da wollen wir doch nicht stören.« Philip ergriff Bertrams rechte Hand und zog ihn auf die Füße. Der Junge stand auf, doch er schien sich in einer ganz anderen Welt zu befinden, fernab jeder Tröstung und aller Hoffnung.

»Willst du uns nicht sagen, was dir widerfahren ist?«, versuchte Lena es noch einmal, nachdem sie die Kirche verlassen hatten. »Wir haben uns große Sorgen um dich gemacht, weil du einfach verschwunden bist.«

Bertram senkte den Kopf. »Ich habe furchtbare Schuld auf mich geladen«, flüsterte er.

»Furchtbare Schuld oder nur die übliche Sünde, die jeder Jüngling irgendwann einmal begeht?« Philip zwinkerte ihm verständnisvoll zu.

Bertram errötete. »Mein Vergehen wiegt schwerer.«

»Was hast du getan? Ich dachte, du und Thea ...«

Bertram riss den Kopf hoch. »Hat sie das gesagt?«

»Nein, natürlich nicht, aber ...«

»Ihr hättet mich einfach hierlassen sollen. Ich bin mit einem Fluch beladen. Ich bringe allen Unglück!«

Lena und Philip tauschten ratlose Blicke.

»Wie kommst du darauf, dass du mit einem Fluch beladen bist?«, wollte Lena wissen. »Bislang hatte ich nicht den Eindruck, dass du uns Unglück gebracht hättest. Ganz im Gegenteil. Haben wir bisher nicht alle Widrigkeiten der Reise ohne Not überstanden?«

»Ich habe Sünde und Schuld auf mich geladen«, wiederholte Bertram.

»Ich nehme nicht an, dass du heute Nacht irgendeinen Menschen unglücklich gemacht hast, nur dich selbst.« Philip musterte Bertram mit einer Mischung aus Strenge und Fürsorge.

Bertram schluckte. »Ich weiß es nicht. Ich ... ich hätte es nicht tun dürfen. Ich hätte stärker sein müssen. Nun bin ich endgültig der Gnade Gottes verlustig gegangen.«

»Ist Thea der Grund?«, bohrte Philip nach. Das erneute Erröten des Knaben war Antwort genug.

»Da gibt es weitaus schlimmere Verfehlungen. Hast du dem Pfarrer gebeichtet?«

Bertram nickte. »Es war nicht einfach, er sprach nicht so gut Lateinisch, wie ich es von einem Geistlichen erwartet hätte.«

»Und – hat er dir die Absolution erteilt?«

»Er sagte, ich solle drei Ave-Maria beten, dann sei mir vergeben.«

»Hast du das getan?«

»Ich habe dreißig gebetet.«

»Nun, dann ist doch alles wieder gut, nicht wahr?« Philip klopfte Bertram auf die Schulter.

»Ihr versteht nicht, was ich meine! Auf mir lastet ein Fluch.«

Philip sah Lena an. Sie bemerkte, dass er zunehmend die Geduld mit seinem Knappen verlor.

»Bertram«, sagte sie sanft, »vielleicht sollten wir uns später einmal in Ruhe über den Fluch unterhalten. Möglicherweise kann ich dir helfen.«

Der Junge senkte den Blick, sagte aber nichts mehr.

Die *Al-Kabîr* war ein schönes Schiff, wenngleich etwas kleiner und zierlicher als die *Windsbraut*. Ein wenig vermisste Philip Godfryds ruhige, gelassene Art, allen Widrigkeiten zu trotzen. Aus Erfahrung wusste er, dass Mustafa das genaue Gegenteil des deutschen Kapitäns war. Aufbrausend, redselig, manchmal sogar ein wenig pathetisch. Dennoch hatte der Ägypter das Herz auf dem rechten Fleck und war in schwierigen Lagen ein verlässlicher Partner.

Schwierige Lagen … Unwillkürlich dachte Philip an Thea. Er musste mit ihr reden. Es ging nicht an, dass sie seinen Knappen derartig aus der Fassung brachte, auch wenn Bertram ein wenig übertrieb. Philip erinnerte sich daran, wie er seine Unschuld verloren hatte. Er war etwa in Bertrams Alter gewesen. Vielleicht war er ebenfalls ein Opfer gewesen, aber er hatte sich nicht so gefühlt. Alida war gut zehn Jahre älter als er und hatte den Ruf, ihrem alten Gatten, der längst taub und senil war, zuweilen Hörner aufzusetzen. Sie suchte sich die Liebhaber aus, und nachdem ihr Blick auf Philip gefallen war, hatte er keine Möglichkeit gesehen, ihren Fängen zu entkommen. Und das hätte er auch gar nicht gewollt. Alida war eine wunderbare Frau, die er auch in den kommenden Jahren immer wieder gern besucht hatte. In gewisser Weise glich sie Thea. Allerdings war sie nie darauf bedacht gewesen, ihre Liebhaber wie willenlose Sklaven zu beherrschen.

Thea stand an der Reling und betrachtete das Treiben im Hafen.

»Ich muss mit dir sprechen«, sagte er.

»So ernst, schöner Mann?«

Philip schluckte. Es war lange her, dass sie ihn so genannt hatte. Diese Worte hatten zum Vorspiel ihrer leidenschaftlichen Begegnungen gehört.

»Was hast du mit Bertram angestellt?«

Sie lächelte. »Das solltest du doch am besten wissen.«

»Du hast ihn gegen seinen Willen verführt.«

»So? Ich wusste gar nicht, dass sich Männer gegen ihren Willen verführen lassen.«

»Warum Bertram?«

»Nun, wenn der Ritter nicht zur Verfügung steht, dann muss eben der Knappe ran.« Sie zwinkerte ihm zu.

»Du wusstest ganz genau, wie verzweifelt Bertram gegen die Versuchung ankämpfte. Es war nur ein Machtspiel, nicht wahr?« Er funkelte sie zornig an.

»Ja, steinigt mich, ich habe eine Jungfrau geschändet!«, rief Thea pathetisch aus. »Meine Güte, was hast du für einen Jämmerling als Knappen!«

»Halt dich das nächste Mal an Witold oder Rupert, wenn du wieder gewisse Bedürfnisse hast. Die würden sich freuen.«

»Bin ich etwa eine Hure, die du an deine Waffenknechte vermieten darfst?«, fauchte sie.

»Wieso? Von Bezahlung war nicht die Rede.«

»Mistkerl!« Sie wollte ihm ins Gesicht schlagen, doch Philip war schneller und hielt ihre Hand fest.

»Versuch es gar nicht erst!«, mahnte er sie. »Du weißt, ich bin stärker.«

Ihre Augen blitzten, ganz offensichtlich überlegte sie, ob sie ihm einen Tritt verpassen sollte oder nicht. Doch sie beherrschte sich. Vermutlich wollte sie sich die Demütigung ersparen, ihm zu unterliegen. Sie riss die Hand los und ließ ihn wortlos stehen.

Lena war derweil Bertram unter Deck gefolgt. Der Junge hätte sich wohl am liebsten in einer dunklen Ecke verkrochen, blieb aber stehen, als er sah, dass Lena ihm nachgeeilt war. Der Laderaum war deutlich enger als der Bauch der *Windsbraut,* und es gab kaum Platz für eine ungestörte Unterhaltung. Witold und Rupert kümmerten sich ums Gepäck und um die Pferde, zwei ägyptische Seeleute waren noch mit dem Festzurren der Waren beschäftigt. Da entdeckte Lena im hintersten Winkel des Laderaumes mehrere Taurollen, die als Sitzgelegenheiten geeignet schienen.

»Komm, Bertram!«, bat sie den Jungen. Er blieb unsicher, wollte sich zunächst nicht zu ihr setzen. Erst als sie ihn nochmals ansprach, folgte er ihrer Aufforderung.

»So, und nun erzählst du mir, warum angeblich ein Fluch auf dir lastet.« Sie suchte seinen Blick, doch er senkte die Lider. Natürlich, er wusste um ihren Ruf, in den Augen der Menschen die Seelenflamme zu erkennen.

»Ihr würdet mich verachten, Frau Helena.«

Für einen Augenblick schweiften ihre Gedanken zurück zu einem anderen Ort, in eine andere Zeit, zu einem anderen Mann. Philip hatte fast dieselben Worte gebraucht wie Bertram. Geglaubt, sie werde ihn verachten, wenn sie erführe, was er getan hatte. Und doch war gerade dies der Beginn ihrer großen Liebe gewesen. Damals, unter den Kirschbäumen. Sein Vertrauen, sich ihr völlig auszuliefern, hatte sie stärker für ihn eingenommen als alles zuvor gemeinsam Erlebte.

»Ganz gleich, was deine Seele belasten mag, niemals würde ich dich dafür verachten.«

Trotz dieser Zusicherung zögerte Bertram. Lena sah deutlich, wie er mit sich rang. Wie er darum kämpfte, Worte für etwas Unsagbares zu finden. Genau wie Philip damals. Eine warme Welle der Zuneigung durchströmte sie, und sie ergriff Bertrams Hände. Er ließ es geschehen, auch wenn er sie ihr wohl am liebsten entzogen hätte.

»Welche Schuld hast du auf dich geladen?«

Es dauerte eine ganze Weile, bis Bertram den Blick hob.

»Habt Ihr schon einmal jemandem im Zorn etwas Böses gewünscht, Frau Helena?« Er sah sie unsicher an.

»Das hat wohl jeder schon einmal.«

»Aber es ist nicht eingetreten, oder?«

»Nein.«

»Bei mir ist es anders. Wenn ich jemandem Böses wünsche, wird es wahr.«

Lena erschrak. Der Knappe schien von der Wahrheit seiner Worte vollkommen überzeugt. So sehr, dass Lena selbst unsicher wurde. Sollte es so etwas tatsächlich geben? Oder spielte sich diese Vorstellung nur in Bertrams Kopf ab?

»Wem hast du Böses gewünscht? Thea?«

Nachdrücklich schüttelte er den Kopf. »Nein, niemals. Ich war ja der Sünder.«

»Wem dann?«

Bertram atmete tief durch. Setzte an, versuchte zu sprechen. Stockte. Holte erneut Luft.

»Es ist meine Schuld, dass …« Er würgte so sehr an den Worten, dass Lena schon befürchtete, er werde sich übergeben. »… dass Ritter Hermann der Schlag traf. Ich habe ihn verflucht. Habe gesagt, ihn solle der Schlag treffen. Und dann ist es geschehen.« Er entzog Lena die Hände und stürzte an Deck. Sie eilte ihm nach, argwöhnte schon das Schlimmste, doch er versuchte nicht, sich ins Meer zu stürzen, sondern klammerte sich an der Reling fest und übergab sich lautstark.

»Seekrankheit ist etwas Schlimmes«, hörte sie Thea sagen. »Vor allem, wenn das Schiff noch im Hafen liegt.«

»Halt doch einfach den Mund!«, fuhr Lena die Räuberin an.

»Ach, keine Seekrankheit? Was dann? Gewöhnlich werden ehemalige Jungfrauen frühestens zwei Monate nach einem gewissen Ereignis von Übelkeit befallen.« Thea lächelte böse. »Jedenfalls jene, die nicht mit Unfruchtbarkeit geschlagen sind. Ein Leiden, das unter Gräfinnen häufig vorkommen soll. Das erzählt man sich so …«

Lena fuhr herum. »So, das erzählt man sich so! Nun, dann solltest du wissen, dass das Märchen sind, die manche Grafen und deren kleine Brüder, vor allem wenn sie Regenstein heißen, gern rothaarigen Schlampen erzählen, damit die sich mit ihnen im Heu wälzen und sie das Geld für eine ehrbare Hure sparen!«

»Oh, da ist jemand wütend geworden!« Thea verzog den Mund, dennoch entging Lena das kurze Flackern ihrer Seelenflamme nicht. Sie hatte die Räuberin an einer empfindlichen Stelle getroffen.

Bertram ließ die Reling los. Seine Züge waren bleich wie Kalk, die Augen leer. Wortlos hastete er unter Deck.

Philip war von dem heftigen Wortwechsel angelockt worden. Als Thea ihn sah, wandte sie sich um und ging zum anderen Ende des Schiffes.

»Was ist geschehen?«, fragte er Lena.

»Ach, nichts.«

»Deine neuerliche Ausdrucksweise versetzt mich immer wieder in Erstaunen.« Obwohl Philip sie dabei liebevoll anlächelte, verrauchte Lenas Ärger nicht. War es ihr so deutlich anzusehen, wie sehr sie sich nach einem eigenen Kind sehnte? Thea hatte es jedenfalls von Anfang an bemerkt. Dabei gab es eigentlich keinen Grund, mit dem Schicksal zu hadern. Sie hatte einen kleinen Sohn, auch wenn sie ihm nicht selbst das Leben geschenkt hatte. Bei dem Gedanken an ihren Ziehsohn Rudolf wurde ihr das Herz schwer. Wie gern hätte sie ihn mitgenommen. Aber Philip hatte sich dagegen ausgesprochen, und wenn sie sich alle Beschwernisse vergegenwärtigte, mit denen sie zu kämpfen hatten, fand sie die Entscheidung richtig. Für ein knapp zweijähriges Kind wäre die Reise eine unzumutbare Strapaze gewesen.

»Willst du es mir nicht sagen?« Er zog sie an sich. »Was ist mit dir, Lena?«

»Kannst du es dir nicht denken?«

»Hat Thea dich gekränkt?«

»Thea kann mich gar nicht kränken.«

»Warum bist du dann so wütend geworden?«

Sie atmete tief durch. »Hast du dich eigentlich nie gefragt, warum ich noch nicht guter Hoffnung bin?«

»Ehrlich gesagt, bin ich ganz froh, dass unser Nachwuchs noch auf sich warten lässt. Eine Schwangerschaft oder gar ein Säugling hätten unsere Unternehmung sehr erschwert oder gar unmöglich gemacht.«

»Es mag sein, dass unsere Kinderlosigkeit dir derzeit gelegen kommt. Aber woher willst du wissen, dass sich das jemals ändert?«

Er ließ sie los.

»Das ist es also? Du hast Angst, unfruchtbar zu sein?«

Sie nickte stumm.

»Dass ihr Frauen immer gleich vom Schlimmsten ausgeht!« Er lachte und machte sie nur noch wütender.

»Was sollte denn sonst der Grund sein?«

»Weiß ich es? Da gäbe es viele Möglichkeiten. Du wärst übrigens nicht die Erste, die erst im zweiten oder dritten Jahr ein Kind bekommt. Meine Eltern waren bereits zwei Jahre verheiratet, als ich geboren wurde. Und meine Schwester kam acht Jahre nach mir. Aber es lag ganz sicher nicht daran, dass meine Eltern sich gemieden hätten.«

Lena schwieg.

»Und vielleicht ist die Ursache auch bei mir und gar nicht bei dir zu suchen«, fuhr er fort.

»Bei dir? Das glaubst du doch selbst nicht.«

»Wissen wir's? Aber wie auch immer, Lena, ich liebe dich, und daran ändert sich nichts. Ganz gleich, ob du zehn Kindern oder keinem das Leben schenkst. Außerdem haben wir Rudolf.«

Er gab ihr einen Kuss auf die Wange, und Lena wusste nicht, ob sie sich getröstet oder völlig unverstanden fühlen sollte …

Niemals hätte Lena gedacht, dass sie sich einmal nach ihrer kleinen, engen Koje an Bord der *Windsbraut* zurücksehnen würde. Auf der *Al-Kabîr* stand ihnen nur ein Winkel im Laderaum zur Verfügung. Zwar teilten sie ihre Schlafecke mit einem Vorhang aus Pferdedecken ab, dennoch blieb das Gefühl, in aller Öffentlichkeit zu leben. Zumal die Seeleute ebenfalls im Laderaum schliefen und die ganze Nacht über nichts als lautes Schnarchen und Stöhnen zu hören war. Auch die Pferde waren oft unruhig, schnaubten, wieherten, rissen an den Halfterstricken. Und zu allem Überfluss schwirrten ständig Bertrams Gebete um Vergebung durch den Laderaum.

Am folgenden Morgen fragte Lena Mustafa, wie lange die Überfahrt bis nach Alexandria noch dauern werde.

»Wenn es Allah gefällt, eine Woche. Vielleicht gefallen ihm aber auch zwei Wochen.« Mustafa hob die Schultern. »Inschallah.«

Lena seufzte. Sie sehnte sich nach Godfryds eindeutigen Erklärungen zurück. Der hatte ihr fast immer auf den Tag genau die richtigen Auskünfte erteilt.

»Gibt es in diesen Gewässern auch Piraten?«, fragte sie weiter.

»Piraten, o ja, und Meeresungeheuer. Monster mit riesigen Mäulern, die ein ganzes Schiff verschlingen können.« Er zeigte es ihr lebhaft mit Händen und Grimassen. Vermutlich sollte es furchterregend wirken, aber Lena konnte sich nur mit Mühe das Lachen verbeißen.

Schritte, eine Hand, die sich sanft auf ihre Schulter legte.

»Mustafa, du sollst meiner Frau keine Schauermärchen erzählen.«

»Das sind keine Märchen. Jeder kennt die Gefahren der Tiefe. Die vielarmigen Kraken, die Schiffe in den Abgrund reißen, dreiköpfige Seeschlangen und natürlich blutrünstige Piraten, die mit dem Dscheitan im Bunde stehen.«

Philip lachte. »Diese Märchen erzähle ich auch immer gern.«

»Seht her!«, rief Witold vom Bug aus. »Hier schwimmen große Fische mit uns um die Wette!«

»Vermutlich Delfine.« Philip ergriff Lenas Hand. »Komm, das musst du dir ansehen. Man sagt, sie bringen Glück.« Er zog sie mit sich, bis sie neben Witold standen. Tatsächlich, drei Fische, die Lena beim ersten Anblick mit ihren Rückenflossen an die Haie erinnerten, die sie bei den Überresten der Venezianer gesehen hatten, begleiteten das Schiff. Doch bei genauerem Hinsehen erkannte sie den Unterschied. Die Tiere sprangen in hohem Bogen aus dem Wasser, und sie schienen zu lachen.

»Sind das Delfine?«

Philip nickte. »Ja. Man nennt sie auch die guten Geister des Meeres. Es gibt sogar Geschichten, denen zufolge sie Haie vertreiben und Schiffbrüchige retten.«

Mustafa hatte sich zu ihnen gesellt.

»Wenn uns Delfine begleiten, sind uns die Winde gewogen«, bemerkte er. »Eine Woche, dann schauen wir die Herrlichkeiten Alexandrias. Inschallah.«

10. Kapitel

Alexandria empfing die Ankömmlinge bei strahlendem Sonnenschein. Schon von Weitem erkannte Philip den großen Leuchtturm, der über dem Hafen thronte. Oft hatte er sich gefragt, wie der Turm wohl ausgesehen haben mochte, bevor Erdbeben und Stürme ihn im Lauf der Jahrhunderte seiner Pracht beraubt hatten. Es hieß, einst sei er doppelt so hoch gewesen, und sein Feuer habe bereits vor mehr als tausend Jahren das Meer bis zu den griechischen Inseln erleuchtet. Geblieben war ein baufälliges Mahnmal der Vergänglichkeit. Und doch hatte

Philip bei diesem Anblick das Gefühl, nach Hause zurückzukehren.

Lena stand neben ihm und betrachtete staunend das breite Hafenbecken und die vielen Schiffe aus aller Herren Länder, die hier vor Anker lagen. Koggen, venezianische Galeeren, Dromonen, einfache Segler. Sogar eine Dhau, die eigentlich nur für die Flussschifffahrt geeignet war.

Möwen schwärmten über die Köpfe der Menschen hinweg, fanden auf den Fischerbooten leichte Beute. Schiffe wurden beladen und entladen. Am erstaunlichsten aber war das Stimmengewirr, das durch den Hafen schwirrte. Hier mischten sich die Sprachen aller Länder, auch wenn das Arabische vorherrschte. Und ebenso sahen die Menschen höchst unterschiedlich aus. Männer, schwarz wie das Pech, mit dem die Schiffe abgedichtet wurden, drängten sich an olivhäutigen Arabern und Fußgängern in italienischer Tracht vorbei. Vereinzelt leuchtete sogar ein blonder Schopf aus der Menge hervor, vor allem in der Nähe der großen Koggen.

Auf ihrer Reise hatten sie in vielen Häfen angelegt, aber keiner konnte sich mit dem von Alexandria messen. Fast schien es Philip, als sei diese Stadt der Nabel der Welt.

»Du hattest recht«, hörte er Lena sagen. Sie hatte beide Hände auf die Reling gelegt. »Es ist lauter als in Marbilha. Und viel größer.«

»Gefällt es dir hier?« Er legte seine Rechte über die ihre. Sie wandte ihm das Gesicht zu. Das Strahlen ihrer Augen war Antwort genug. »Ich finde es wundervoll. Ich habe versucht, mir diesen Ort in meinen Träumen vorzustellen, aber die Wirklichkeit übertrifft alles.«

Die *Al-Kabîr* ging am Rand des Hafenbeckens vor Anker. Mustafa befahl, das Beiboot zu Wasser zu lassen, dann stieg er ein, und zwei seiner Männer ruderten ihn an den Kai.

»Warum legen wir nicht an?«, wollte Lena wissen.

»Du siehst, wie voll der Hafen ist und wie begehrt die wenigen Landeplätze sind. Mustafa muss erst bei der Hafenmeisterei vorsprechen, um einen Liegeplatz zu bekommen. Natürlich gegen ein kleines Bakschisch.« Philip machte mit der rechten Hand die Geste des Geldzählens.

Anscheinend fiel das Bakschisch üppig genug aus, denn Mustafa kehrte schon bald zurück, und die *Al-Kabîr* durfte anlegen.

Inzwischen hatten sich alle an Deck versammelt und verfolgten das Anlegemanöver. Rupert und Witold waren ebenso begeistert wie Lena, Bertram hielt sich eher im Hintergrund. Er wirkte noch immer sehr in sich gekehrt. Philip wusste, dass Lena bislang nicht herausgefunden hatte, was zwischen dem Jungen und Ritter Hermann vorgefallen war. Indes zweifelte er nicht daran, dass sie das Geheimnis lösen und Bertram seinen Seelenfrieden zurückgeben würde. Mehr Sorgen bereitete ihm Thea. Seit er sie zur Rede gestellt hatte, wich sie ihm aus. Doch dann und wann spürte er noch ihre Blicke. Nur waren die nicht mehr verlangend, und es lag auch kein mutwilliges Blitzen mehr darin, das seiner fleischlichen Schwäche galt. Nein, diese Blicke waren von völlig anderer Art. Fast so, als beobachte ein Jäger ein Wild, bevor er seinen Pfeil zum tödlichen Schuss von der Sehne lässt.

Philip schüttelte den unangenehmen Gedanken ab. Mit Thea würde er sich später befassen. Jetzt wollte er sich ganz der Freude hingeben, endlich heimgekehrt zu sein. Said stand neben ihm.

»Wir sind wieder zu Hause!«, rief Philip und klopfte Said auf die Schulter, doch der Araber blieb seltsam ernst.

»Ich bin zu Hause. Du hast dir eine andere Heimat gewählt.«

Mit einem Schlag erlosch Philips Glücksgefühl. Warum musste Said ausgerechnet in diesem Augenblick damit anfangen?

»Es ist immer noch meine Heimat«, fuhr er seinen Freund heftiger als beabsichtigt an. »Genau wie Burg Birkenfeld. Oder willst du mir zum Vorwurf machen, dass ich das Kind zweier Welten bin?«

»Nein, natürlich nicht.« Said hob beschwichtigend die Hände. »Es tut mir leid.«

Philip schwieg. Er wusste, was Said zu der bissigen Bemerkung verleitet hatte. Der Araber fürchtete genau wie er selbst den Zeitpunkt, da sie sich endgültig trennen würden. Sie hatten ihr ganzes Leben miteinander geteilt, waren gemeinsam zu Männern geworden, hatten zusammen die Welt bereist. Sie waren wie die beiden Seiten einer Münze. Doch das sollte schon bald der Vergangenheit angehören. Und ihre Ankunft in Alexandria läutete das Ende ihrer Unzertrennlichkeit ein.

Philip atmete tief durch. Niemals hätte er gedacht, dass er mit so vielen Sorgen im Gepäck zurückkehren würde. Bertram, Thea, die bevorstehende Trennung von Said …

Lena fühlte sich wie benommen von den zahllosen Eindrücken, die im Hafen auf sie einstürmten. Zudem war es heiß geworden. In Marbilha und Ragusa hatte sie das Wetter an die Sommertage im Harz erinnert. Hier in Alexandria hingegen empfand sie die Luft als drückend, fast so, als hinge ein Gewitter über der Stadt. Dabei war der Himmel strahlend blau. Die Sonne brannte erbarmungslos auf sie herab, trieb ihr den Schweiß aus jeder Pore. War sie die Einzige, der es so erging? Sie wandte den Blick zu Thea hinüber. Die Räuberin strich sich eine feuchte Haarsträhne aus der schweißnassen Stirn. Ihr Nasenrücken war stark gerötet. Aber nicht nur Thea hatte sich in den letzten Tagen an Bord einen Sonnenbrand zugezogen. Auch Lena hatte die Kraft der Sonne zu spüren bekommen. Nicht im Gesicht, sondern im Nacken. Mit einem Gebände wäre sie geschützt gewesen, aber die Haube und ihr Kleid hatten diesen Teil der Haut unbedeckt gelassen. Auch der blonde Witold trug ein verbranntes Gesicht zur Schau, während Rupert und Bertram erstaunlicherweise verschont geblieben waren, von Philip und Said gar nicht zu reden. Suchte die Sonne sich gern hellhaarige Opfer? Wobei Lena sich ziemlich sicher war, weshalb Bertram noch immer so blass war. Der Junge hatte sich fast nur unter Deck aufgehalten. Als müsse er sich für seine Schuld selbst kasteien. Immer wieder hatte sie versucht, mit ihm zu sprechen, herauszufinden, was ihn quälte. Doch mehr als das Geständnis, zu dem sie ihn am Morgen bewegt hatte, war ihm nicht zu entlocken gewesen.

Das Anlegemanöver riss Lena aus ihren Betrachtungen. Die *Al-Kabîr* wurde am Kai vertäut, der Landesteg ausgefahren. Witold und Rupert gingen unter Deck, um die Pferde mit dem Gepäck zu beladen und an Land zu führen.

»Ist es weit bis zum Hause deines Großvaters?« Lena warf Philip einen fragenden Blick zu. Der schüttelte den Kopf. »Nur einige Straßenzüge, gerade so weit, dass wir dem Lärm und Gestank des Hafens entkommen.«

»Wie mag deine Familie mich wohl aufnehmen?«

»Mit offenen Armen.« Er lächelte sie liebevoll an. »Mehr Sorgen mache ich mir darum, wie ich ihnen Thea vorstellen soll …«

Lena wandte sich zu der Räuberin um. Sie stand am Heck des Schiffes.

»Sie geht dir aus dem Weg, seit du sie wegen Bertram zur Rede gestellt hast.«

»Wenn es nur das wäre. Ich fürchte, ich habe mir endgültig ihre Feindschaft zugezogen.«

»Vielleicht solltest du mit ihr sprechen.«

»Nein.«

»Warum nicht?«

»Weil … ach, reden wir später darüber!«

Das Haus von Philips Familie befand sich wie erwähnt in der Nähe des Hafens. Es war ein seltsames Anwesen, in dem sich verschiedene Stilrichtungen mischten. Von der Straße aus wirkte es wie eine Festung, denn eine hohe Mauer aus hellem Sandstein umgab das Grundstück. Allerdings stand das zweiflügelige Tor weit offen. Nachdem sie das Gut betreten hatten, fiel Lenas Blick auf das Wohnhaus. Es besaß einen großen Vorbau, getragen von sechs marmornen Säulen, zu denen sieben Stufen emporführten. Am Giebel waren halb verwitterte lateinische Inschriften zu erkennen. Philip hatte ihr erzählt, dass das Haus seines Großvaters in römischer Zeit errichtet worden war. Waren diese Säulen wirklich mehr als tausend Jahre alt? Allerdings schien nur das Portal aus jener Zeit zu stammen. Das Gebäude dahinter erinnerte an die prächtigen Häuser, die sie in Marbilha gesehen hatte. In die hölzernen Fenster waren zahlreiche Ornamente eingeschnitzt, sodass die Bewohner von drinnen nach draußen sehen konnten, während kein ungebetener Blick ins Innere zu dringen vermochte.

Das Wohnhaus lag inmitten eines großen Gartens, in dem ein Springbrunnen sprudelte. Ringsum standen Bäume, an denen noch unreife Früchte hingen, die Lena nicht kannte. Dahinter entdeckte sie Stallungen und die große Reitbahn, von der Philip ihr erzählt hatte. Die schlichte Mauer, die Mikhails Gut schützte, verbarg ein kleines Paradies. Kein Wunder, dass Philip im vergangenen Winter so oft mit Heimweh zu kämpfen gehabt hatte. In dieser Welt konnte sich wohl niemand das winterliche Leben in einer Harzer Burg vorstellen. Wenn einem der Atem gefror, obwohl Kamin und Kohlebecken tagaus, tagein befeuert wurden. Wenn der Schnee alles unter seiner Last begrub und die Zehen selbst in dicken Stiefeln vor Kälte ganz taub wurden.

»Herr Philip!« Ein alter Mann, der in der Nähe des Springbrunnens ein Blumenbeet geharkt hatte, war als Erster auf die Ankömmlinge aufmerksam geworden. »Ihr seid zurück!«

»Cyril!«, rief Philip. »Du hast hier schon geharkt, als wir aufgebrochen sind. Bist du immer noch nicht fertig?«

Der Alte lachte. Seine Rufe und das Gelächter hatten die anderen Bewohner des Anwesens aufmerksam gemacht. Lena sah, wie mehrere Menschen aus dem Haus kamen. Vorneweg ein junges Mädchen, das sein langes schwarzes Haar offen trug. Sie stürmte auf Philip zu. Lena fiel sofort die Ähnlichkeit zwischen den beiden ins Auge. Das Mädchen hatte die gleiche Nase, den gleichen Bogen des Mundes wie Philip. Nur ihre Augen waren im Gegensatz zu seinen strahlend blau. So blau, wie man es den Birkenfelder Grafen einst nachgesagt hatte.

»Philip!«, rief sie und fiel ihrem Bruder um den Hals.

»Sophia!« Er fasste seine Schwester um die Taille und schwenkte sie durch die Luft, als wäre sie ein kleines Mädchen und keine junge Frau von achtzehn Jahren.

Inzwischen waren auch die anderen Bewohner herbeigeeilt. Philip ließ Sophia los, um die Umarmung einer zweiten Frau zu empfangen. Sie war etwa Mitte vierzig und um einiges kleiner als Philip. Während sie ihn an sich drückte, redete sie ununterbrochen auf Arabisch auf ihn ein, so schnell, dass Lena nur die Worte *Mein Sohn! Mein lieber Sohn* verstehen konnte, die sie fortwährend wiederholte. Es schien, als wolle sie ihn gar nicht mehr loslassen, bis der weißbärtige Mann, der neben ihr stand, sie sacht an der Schulter berührte. Erst da ließ sie von Philip ab. Sophia hatte die Zeit genutzt, war neben Said getreten und wechselte leise Worte mit ihm.

»Du bist zurück«, sagte der alte Mann und ergriff Philips Hände. »Endlich! Du siehst gut aus. Die Dämonen sind fort, nicht wahr?« Er sprach so langsam und würdevoll, dass Lena sein Arabisch ohne Mühe verstand.

»So ist es, Großvater.«

Der alte Mann drückte Philip kurz an sich, dann fiel sein Blick auf Lena und das übrige Gefolge.

»Willst du mir deine Begleiter nicht vorstellen?«, fragte er nun auf Deutsch.

»Das ist meine Frau Helena. Lena, mein Großvater Mikhail von Alexandria.«

Mikhail reichte Lena die Hand.

»Philip hat dich in seinem Brief mit den edelsten Worten beschrieben, aber sie wurden deinem Glanz nicht gerecht. Sei mir willkommen.«

»Ich danke dir.«

»Und das ist meine Mutter«, fuhr Philip mit der Vorstellung fort. Doch die wartete kaum ab, sondern riss Lena in die Arme und küsste sie auf beide Wangen, als wäre sie selbst die seit Langem verlorene Tochter.

»Er schrieb, du tust ihm gut«, sagte sie. »Du hast ihm seine Seele zurückgegeben. Dafür sind wir dir ewig dankbar.«

Lena spürte, wie ihr das Blut in die Wangen schoss. Vielleicht hätte sie Philip doch bitten sollen, ihr den Brief vorzulesen, den er kurz nach ihrer Hochzeit an seine Familie geschrieben hatte. Anscheinend hatte er sich mit blumigen Worten nicht zurückgehalten.

Auch die Begrüßung durch Philips Schwester Sophia fiel warm und herzlich aus.

Bertram und die beiden Waffenknechte wurden ebenfalls willkommen geheißen, aber als die Vorstellung an Thea kam, spürte Lena Philips Unsicherheit.

»Thea hat uns begleitet, weil sie nicht wusste, wo sie nach dem Tod ihres Vaters bleiben sollte«, begann er vorsichtig. »Ihr Vater war ein Jugendfreund meines Vaters und ihre Mutter einst meinem Vater versprochen. Als sie mich um Hilfe bat, fühlte ich mich für sie verantwortlich.«

Lena beobachtete das spöttische Blitzen in Theas Augen, doch die Gastgeber schienen nichts zu bemerken. Mikhail begrüßte sie ebenso herzlich wie alle anderen.

»Es gibt gewiss einiges zu erzählen«, sagte Mikhail schließlich zu Philip. »Du hast viel erlebt, aber auch hier ist so manches vorgefallen, während du mit Said fernab der Heimat geweilt hast.«

»Du klingst so ernst, Großvater.«

»Wir haben ernste Zeiten durchlebt. Aber davon später mehr. Ihr habt eine lange Reise hinter euch. Amnet soll das Bad beheizen und die Stuben richten. Wir sprechen ausführlich beim Nachtmahl.«

»Die Worte deines Großvaters klingen besorgniserregend«, hörte Lena Said sagen.

»Darüber mache ich mir erst Gedanken, wenn ich ein heißes Bad genommen habe«, entgegnete Philip leichthin. »Komm, Lena! Dir wird es gefallen.«

Schon die Eingangshalle des Hauses wirkte beeindruckend. Der Boden bestand aus weißem Marmor, so glatt poliert, dass man sich fast darin spiegeln konnte. Von hier aus gingen mehrere

Türen ab. Die größte führte in einen Innenhof, der von außen nicht sichtbar war. Noch konnte Lena nicht viel erkennen, nur dass dort Bäume und Blumen wuchsen, die sie noch nie gesehen hatte.

»Die Schlafgemächer befinden sich im oberen Stockwerk«, erklärte Philip. »Was möchtest du zuerst? Das Haus sehen oder ein Bad nehmen?«

»Ist das Bad denn schon beheizt?«

Philip nickte. »Es gibt im Keller mehrere Kessel, die das Bad und die Fußbodenheizung erwärmen. Ursprünglich stammt die Anlage aus römischer Zeit, aber sie wurde im Lauf der Jahrhunderte vielfach umgebaut und verbessert.«

»Ich möchte dennoch zunächst das Haus sehen.«

Er lächelte. »Dann komm!«

Lena hatte gewusst, dass Philips Großvater ein wohlhabender Mann war. Dennoch verschlug ihr die Pracht des Hauses schier den Atem. Hinter der großen Halle lag ein kleinerer Raum, dessen Boden mit kostbaren Teppichen ausgelegt war. Mehrere Polsterbänke umstanden einen niedrigen Tisch. Dazwischen häuften sich Sitzkissen. Eine sandgelbe Katze hatte sich auf dem größten Polster schlafend zusammengerollt, ganz so, als wäre sie die Königin und dies ihr Thron. An der anderen Seite stand ein Tisch aus dunklem Holz, dessen Beine wie Löwenpranken gestaltet waren. Ringsum waren acht fein gedrechselte Stühle gruppiert. Lena fiel auf, dass alle Stuhlbeine wie Tierläufe gearbeitet waren und kein Stuhl dem anderen glich. Da gab es Löwenpranken und Pferdehufe, die samtenen Pfoten einer Katze, die stämmigen Beine eines Elefanten und noch andere, die Lena keinem Tier zuordnen konnte. An der Wand hinter der Sitzgruppe hing ein großer Bildteppich, der das letzte Abendmahl darstellte. Die übrigen Wände waren mit bunten Blütenranken bemalt.

»So leben wohl Könige«, hauchte Lena.

Philip lachte. »Wenn du jemals den Palast des Emirs betreten solltest, wirst du den Unterschied sogleich bemerken.«

Er führte sie ins obere Stockwerk, wo sich die Zimmerfluchten der Familie erstreckten. Oft hatte Lena sich ausgemalt, wie Philip wohl in seiner Heimat leben mochte. Ihr Vater hatte ihr als Kind allerlei wundersame Geschichten und Märchen von den Reisen erzählt, die er als junger Mann unternommen hatte. Doch alle Berichte hatten sie nicht auf den Anblick vorbereitet, der sich ihr hier bot. Sie war kleine Kammern gewohnt, in denen lediglich ein Bett und ein Waschtisch Platz fanden. Philips Zimmer war mehr als viermal so groß wie alle Schlafstuben, die sie jemals gesehen hatte. Ein riesiger roter Teppich mit orientalischen Ornamenten aus blauer, gelber und grüner Wolle bedeckte den Boden. Das eine Ende des Raumes beherrschte ein großes Himmelbett, dessen Vorhänge aus einem zarten dunkelblauen Seidenstoff gefertigt waren. Daneben gab es einen kleinen Waschtisch mit einer Zinnkanne und einer irdenen Waschschüssel. Schräg gegenüber stand ein niedriger runder Tisch, um den vier Sitzkissen angeordnet waren. Vor dem Fenster entdeckte Lena ein Schreibpult, an der Wand daneben waren Bücherborde befestigt, die sich unter der Last der ledergebundenen schweren Werke durchbogen. Lenas Blick wanderte weiter. An der Wand, die den Bücherregalen gegenüberlag, waren zwei große Löcher im Putz zu sehen. Es schien, als hätte jemand ein Bord von der Wand gerissen. Philip bemerkte, dass ihr Blick auf jener Stelle verharrte.

»Ich hatte gehofft, die Stellen seien inzwischen ausgebessert oder mit einem Wandteppich verhängt worden«, sagte er seufzend.

»Wie sind diese Löcher entstanden?«

»Dort hing ein prächtiges Schwert. Ein deutscher Zweihänder. Mein Vater hatte ihn für mich in Auftrag gegeben. Nach seinem Tod wurde mir alles zuwider, was an das Rittertum erinnerte. Meine Mutter indes weigerte sich, das Schwert zu entfernen. Da warf ich es aus dem Fenster und riss die Halterung aus der Wand.«

»Du warst zutiefst verzweifelt.«

»Ich war nicht mehr ich selbst.«

Einen Augenblick lang vermochte Lena Philips damaligen Seelenzustand geradezu körperlich zu spüren. Die Gefühle der Schuld, der Scham und der Trauer, die alles in eine Wüste der Hoffnungslosigkeit verwandelt hatten.

Philip atmete tief durch. »Es ist vorbei«, sagte er. »Ich werde veranlassen, dass die Löcher verputzt werden.«

Lena sah ihm in die Augen. Seine Seelenflamme strahlte hell und kräftig. Er war mit sich im Reinen. Trotz der kurzen bitteren Erinnerung.

»Wollen wir nun ein Bad nehmen?«, fragte er. Lena nickte.

Das Bad erwies sich als völlig anders als alle Bäder, die Lena jemals gesehen hatte. Kein Vergleich mit den Zubern in den Badestuben ihrer Heimat. Auch der Hamam zeigte keinerlei Ähnlichkeit mit den Räumlichkeiten, die sie hier erwarteten. Der Boden war ähnlich wie die Halle mit weißem Marmor gefliest, das Bad selbst bestand aus drei quadratischen Becken, die in den Boden eingelassen waren – zwei kleinen und einem großen in der Mitte. Am Rand der Badestube standen hölzerne Bänke, auf denen sich saubere Tücher stapelten. Der Duft kostbarer Öle erfüllte die warme Luft. Als Lena die Schuhe auszog, wunderte sie sich, wie warm sich die Marmorfliesen anfühlten.

»Das ist die Fußbodenheizung«, erklärte Philip.

»Wenn ich bedenke, wie heiß die Sonne brennt, ist es erstaunlich, dass man dieses Haus beheizen kann.«

»Du solltest die Nächte nicht unterschätzen. So heiß die Tage auch sein mögen, die Nächte können bitterkalt werden.«

»So kalt wie die Winternächte auf Burg Birkenfeld?« Sie warf Philip einen kecken Blick zu, erinnerte sich an die Nächte, in denen sie sich nur allzu gern an seinen warmen Leib geschmiegt hatte.

»Das wage ich zu bezweifeln«, gab er zu. »Aber immerhin kühl genug, um die Annehmlichkeit einer Heizung zu schätzen.«

Philip entkleidete sich, und Lena folgte seinem Beispiel. Dann stieg er ins größte der drei Becken. Lena war erstaunt, wie tief es war. Es reichte Philip bis zu den Oberschenkeln.

»Als kleiner Junge habe ich hier schwimmen gelernt«, sagte er lächelnd. »Ich bevorzuge noch immer dieses Badebecken, meine Schwester zieht die kleinen flachen vor, in denen sie stundenlang liegen kann.«

Am Rand des tiefen Beckens befand sich unter der Wasseroberfläche eine umlaufende Stufe, die zum Sitzen einlud, während das warme Wasser den Körper umspülte.

»Ich kann es kaum glauben«, sagte Lena, während sie sich im Wasser zurücklehnte und die Deckenmalerei betrachtete, die das Firmament und die Sternzeichen darstellte. »Ein schöneres Bad habe ich noch nie gesehen. Erzähl mir nicht, dass der Sultan über größere Pracht verfügt!«

»Vermutlich würde dieses Haus ihm kaum als kleine Sommerresidenz genügen.« Philip lachte. »Mein Großvater ist ein wohlhabender Mann, aber er gehört nicht zu den reichsten Bürgern der Stadt.«

»Aber er ist bestimmt hoch angesehen.«

»Er wird für seine edlen Pferde geschätzt. Und er genießt das Wohlwollen des Emirs, weil er pünktlich seine Abgaben zahlt. Die nicht ganz niedrig sind.«

»Abgaben? Du meinst Steuern?«

»In gewisser Weise.« Philip tauchte kurz im Wasser unter, bevor er weitersprach. »Hier gelten ganz andere Gesetze als in deiner Heimat. Der Islam regiert, aber Christen und Juden werden nach dem Ahkâm ahl adh-dhîmma geduldet.«

»Was heißt das?«

»Wenn Muslime ein Gebiet beherrschen, gilt das Gesetz des Islam. Heiden werden vertrieben, getötet oder müssen sich zum Islam bekennen. Christen und Juden hingegen gelten als Schriftbesitzer, weil die Muslime auch an die Propheten des Alten und Neuen Testamentes glauben. Sie haben die Wahl, zum Islam überzutreten oder aber im Status als Dhimmi zu leben. Das heißt, sie stehen unter dem Schutz des Herrschers, niemand darf ihnen etwas antun oder sie an der Ausübung ihrer Religion hindern. Dafür müssen sie eine besondere Abgabe zahlen. Und es gibt noch weitere Einschränkungen. So dürfen Dhimmi keine Muslime als Dienstboten beschäftigen.«

»Aber was ist dann mit Said und seinem Vater? Ich dachte, sie stehen in Diensten deines Großvaters.«

»Es gibt für alles Möglichkeiten, das Recht ein wenig zu beugen. Saids Vater Harun war mit meinem Vater so eng befreundet wie Said mit mir. Die beiden genießen unsere Gastfreundschaft – was erlaubt ist. Und als gute Gäste machen sie sich nützlich, während wir dafür sorgen, dass sie alles bekommen, was sie benötigen.«

»Und das wird geduldet?«

»Ja. Warum sollte der Emir meinem Großvater Steine in den Weg legen, wenn doch alle zufrieden sind? Außerdem hoffe ich, dass dieser Status meinen Großvater eher davon überzeugen wird, Sophia die Erlaubnis zur Heirat mit Said zu erteilen.«

»Sophia liebt ihn sehr, nicht wahr?«

»Du hast doch gesehen, dass sie kaum den Blick von ihm wenden konnte, nachdem sie mich begrüßt hatte.« Philip lächelte. »Ich hoffe, mein Großvater macht es ihr nicht zu schwer.«

Lena nickte. Sie erinnerte sich an Philips Erzählungen. Said und Sophia hatten ihre Liebe lange vor allen geheim gehalten, weil sie um deren Unmöglichkeit wussten. Zwar war es einem Muslim erlaubt, eine Christin zu heiraten und ihr weiterhin zu gestatten, ihren Glauben zu leben, aber die Kinder mussten muslimisch erzogen werden. Das wiederum würde Sophia aus der christlichen Gemeinde ausstoßen. Es war kein einfacher Weg, aber er war gangbar. Und Lena wusste, dass Philip alles dafür tat, seine Schwester und seinen besten Freund in ihrem Herzenswunsch zu unterstützen.

Ungefähr eine Stunde nachdem Lena und Philip das Bad verlassen hatten, traf sich die Familie zum gemeinsamen Nachtmahl in dem großen Wohnraum mit den tierfüßigen Stühlen. Nun lernte

Lena auch Saids Vater Harun kennen, einen Mann von Ende vierzig. Selbst wenn sie ihm nicht vorgestellt worden wäre, hätte sie ihn sofort erkannt. Said sah seinem Vater ungemein ähnlich, wenngleich dessen kurzer Vollbart schon von silbernen Fäden durchzogen war. In seinen Augen leuchtete dieselbe kräftige Seelenflamme wie in denen seines Sohnes. Er war ein Mensch, der mit sich im Reinen war. Lena mochte ihn auf Anhieb.

Bertram und Thea waren ebenfalls zu Tisch gebeten worden, allerdings war die Räuberin noch nicht erschienen, obwohl die Mägde bereits die Speisen auftrugen. Lena bemerkte, dass Philip ungeduldig wurde. Es war ihm unangenehm genug, Thea wie ein Familienmitglied eingeführt zu haben, nun hoffte er natürlich, dass sie ihn nicht bloßstellte. Als ihr roter Schopf in der Türöffnung aufleuchtete, seufzte er erleichtert auf. Doch nur bis zu dem Augenblick, als Thea einen blutigen Hühnerkopf hochhielt.

»Ihr habt seltsame Sitten«, sagte sie. »Irgendjemand hat die Türschwelle mit Hühnerblut besudelt, den Kopf liegen gelassen und eine Hundepfote ans Tor genagelt.«

Philip erblasste. »Eine Hundepfote? Oder die eines Schakals?«

»Eine Schakalpfote«, hörte Lena Mikhail antworten. »Dies ist bereits das dritte Mal.«

»Khalil!«, rief Philip.

Sein Großvater nickte. »Wie ich schon sagte, auch hier ist viel geschehen.«

11. Kapitel

Es war still geworden am Tisch. Mit vielen Widrigkeiten hatte Philip gerechnet, aber nicht damit, in seinem Leben noch einmal die Schakalpfote zu sehen.

Säbel sirren, Metall schlägt auf Metall. Drei gegen einen. Schreie, ein scharfer Schmerz in der Brust, der ihn zu Boden reißt. Ein bärtiges

Gesicht über ihm, hassverzerrt, der erhobene Säbel bereit zum Todesstoß. Plötzlich sinkt die tödliche Waffe kraftlos nieder, Blut strömt aus dem Mund des Gegners. Hinter ihm steht Said, blass, die Klinge rot vom Blut des Feindes.

»Philip?« Lenas Stimme und die Berührung ihrer Hand holten ihn in die Gegenwart zurück. »Fühlst du dich nicht wohl?« Sorge stand in ihren Augen.

»Doch.« Er legte seine Hand über die ihre. »Ich dachte nur an meine letzte Begegnung mit Khalil.«

»Es kann nicht Khalil sein, der ist tot!«, rief Said.

»Du hast ihn niedergestochen, das stimmt«, bestätigte Philip. »Aber weißt du auch, was danach mit seinem Leichnam geschah?«

»Die Stadtwächter oder seine Freunde haben ihn vermutlich fortgeschafft, was weiß denn ich!« Der Araber hob unwillig die Schultern. »Ich musste mich um dich kümmern.«

»Könnte er überlebt haben?«

»Das glaube ich nicht«, beharrte Said. »Ich habe ihn genau getroffen und seine Lungen von hinten durchbohrt.«

»Du warst erst siebzehn«, bemerkte sein Vater Harun. »Und du hattest nie zuvor einen Menschen getötet. Könnte es sein, dass deinem Säbel vielleicht doch die nötige Sicherheit fehlte und du ihn nur schwer verwundet hast?«

»Und warum sollte er dann sieben Jahre lang Ruhe bewahren, statt viel früher Rache zu üben?«, widersprach Said. Seiner Stimme war deutlich anzuhören, dass er sich über die Zweifel ärgerte.

Thea hatte sich inzwischen mit an den Tisch gesetzt.

»Ein Schwert kann leicht sein Ziel verfehlen«, erklärte sie. »Ich nehme an, Khalil ist der Mann, dem du die Narbe auf der Brust verdankst.«

Philip nickte stumm.

»Woher weißt du von der Narbe?«, mischte Sophia sich ein. Am liebsten hätte Philip seiner Schwester unter dem Tisch gegen das Schienbein getreten, leider saß sie am anderen Ende.

»Ich habe sie zufällig einmal gesehen«, entgegnete die Räuberin betont gleichmütig. »Willst du mir etwa unterstellen, ich hätte Unzucht mit deinem Bruder getrieben?«

»*Ihm* würde ich das durchaus zutrauen.«

»Sophia!«, rief ihre Mutter streng. Thea lachte.

»Lasst uns essen, bevor die Speisen kalt werden.« Auf Mikhails gelassene Mahnung hin kehrte wieder Ruhe ein. »Und danach sprechen wir über ernste Angelegenheiten.«

Obwohl Philips Lieblingsgericht aufgetischt worden war, köstliche Lammspieße mit Sesambrot, dazu Reis mit Früchten, war sein Magen wie zugeschnürt. Wenn Khalil wirklich noch lebte, schwebten alle in Gefahr, die ihm jemals etwas bedeutet hatten. Dennoch bemühte er sich, so unbeteiligt wie möglich zu wirken, schließlich wollte er seiner Familie die Wiedersehensfreude nicht verderben.

Seine Mutter hatte sich wirklich alle Mühe gegeben, denn nach dem Hauptgang wurde noch ein großer Honigkuchen auftragen. Philip aß auch hiervon ein Stück und bemühte sich, seine tiefe Beunruhigung zu verbergen. Umso erleichterter war er, als das Mahl vorüber war und sein Großvater mit ihm, Said und Harun allein sprechen wollte. Lena warf ihm einen hilflosen Blick zu, doch ehe sie etwas sagen konnte, hatte Sophia ihre Hand ergriffen und sie mit sich gezogen. Philips zweiter Blick galt Thea, aber die Räuberin hatte den Speisesaal bereits verlassen.

Die Männer nahmen auf den Polsterbänken rings um den niedrigen Tisch am anderen Ende des Raumes Platz.

»Ihr habt also schon länger Ärger«, stellte Philip fest, kaum dass sie saßen. »Seit wann?«

Mikhail lehnte sich zurück und kraulte die sandgelbe Katze, die sich auf seinem Schoß zusammengerollt hatte.

»Es begann kurz nach dem Eintreffen deines Briefes, in dem du uns deine Rückkehr ankündigtest. Der alte Cyril war der Erste, der die Schakalpfote an der Tür fand. Das ist inzwischen knapp vier Monate her.«

»Was ist sonst noch geschehen?«

»Uns nichts, aber Ritter Heinrichs Stallungen wurden angezündet. Sechs Pferde kamen dabei um. Und er hatte Glück, dass die Flammen nicht aufs Wohnhaus übergriffen.«

Philip atmete tief durch. Ritter Heinrich war einer der besten Freunde seines Vaters. Er selbst war Heinrichs Knappe gewesen.

»Fand man die Brandursache heraus?«

Philips Großvater schüttelte den Kopf. »Es gab vielerlei Vermutungen. Dass das Feuer ausbrach, nachdem Heinrichs Sohn um Sophia angehalten hatte, fällt allerdings besonders ins Auge.«

Ein Ruck ging durch Saids Körper, aber er schwieg.

»Guntram hat um Sophia angehalten?«, fragte Philip an seiner statt.

»Ja«, antwortete Mikhail, dem Saids Verhalten nicht weiter aufgefallen war. »Und er hat mich damit sehr glücklich gemacht. Guntram ist eine gute Partie. Leider ist Sophia derzeit noch ein wenig widerspenstig, aber ich hoffe, dass du sie zum Einlenken bewegst, Philip. Du hast einen günstigen Einfluss auf sie.«

»Ausgerechnet ich? Das wäre mir neu.«

»Sie hat dich immer geliebt und bewundert. Auf dich wird sie hören. Guntram ist ein guter Mann.«

Saids Hände verkrallten sich im Stoff seiner weiten Hose.

»Gewiss ist Guntram ein guter Mann«, bestätigte Philip. »Aber vielleicht hat Sophia ihr Herz einem besseren Mann geschenkt. Dann könnte ich reden, so viel ich wollte, sie würde nicht auf mich hören.«

»Und an wen denkst du?«

»Vielleicht sollten wir Sophia selbst fragen«, wich Philip aus, denn der Zeitpunkt erschien ihm denkbar ungeeignet, Said als künftigen Schwager zu empfehlen. »Im Augenblick gibt es wohl auch Wichtigeres. Kam es sonst zu irgendwelchen Angriffen auf die christliche Gemeinde? Khalils Bande war bekannt für solche Überfälle.«

»Nur die üblichen Schwierigkeiten, kaum der Rede wert.«

»Nimm's mir nicht übel, Großvater, aber ich würde gern selbst beurteilen, ob die üblichen Schwierigkeiten der Rede wert sind oder nicht.«

»Junge Männer aus beiden Lagern, die sich Schlägereien liefern. Nichts von Bedeutung.« Mikhail machte eine wegwerfende Handbewegung und scheuchte damit die Katze von seinem Schoß.

»Erzähl uns lieber von dir! Ihr beide seid lange Zeit fort gewesen, du hast geheiratet. Was habt ihr alles erlebt?«

Einen Augenblick lang zögerte Philip. Er hätte gern noch mehr über die Schwierigkeiten seiner Familie in Alexandria gehört, andererseits konnte er seinen Großvater und Harun gut verstehen. Die beiden brannten natürlich darauf, die Erlebnisse ihres Enkels und Sohnes zu erfahren. Und so kam er ihrem Wunsch nach und berichtete von den ungewöhnlichen Abenteuern, die ihn zum Grafen von Birkenfeld gemacht hatten.

Lena war in der Zwischenzeit mit Meret und Sophia ins obere Stockwerk hinaufgestiegen. Dort gab es einen Raum, nicht ganz so groß wie der Speisesaal im Erdgeschoss, der aber nicht weniger vornehm eingerichtet war. Hier empfingen die Frauen des Hauses ihre Gäste. Wie unten lagen auch hier viele Sitzkissen um ein rundes Tischchen. Philips Mutter Meret nahm Platz, Lena tat es ihr nach, nur Sophia blieb unschlüssig stehen.

»Wo ist Thea?«, fragte sie.

»Thea geht im Allgemeinen ihre eigene Wege«, antwortete Lena. »Sie ist anders als die meisten Frauen.«

»Anders?« Sophia ließ sich neben Lena nieder und blickte sie voller Neugier an.

»Nun ja …« Lena zögerte. Sie wollte Thea keinesfalls bloßstellen, aber über kurz oder lang würden Sophia und Meret ohnehin bemerken, dass Thea keinerlei Benehmen hatte. »Sie ist bei ihrem Vater aufgewachsen, und der hat sie wie einen Sohn erzogen. Sie weiß das Schwert zu führen, aber die Gepflogenheiten, die von einer vornehmen Frau erwartet werden, sind ihr fremd, obwohl sie die Enkelin eines Herzogs ist.«

»Sie kann mit dem Schwert umgehen?« Sophias Augen wurden immer größer. »Du musst uns alles erzählen!«

Lena lachte. »Keine Sorge, ich lasse nichts aus. Aber ich wüsste auch gern mehr über das Leben in Alexandria. Was hat es mit diesem Khalil auf sich? Philip hat mir nur erzählt, dass er mit dessen Vater befreundet war und sich deshalb den Hass des Sohnes zuzog.«

»Khalil ist tot«, wiederholte Philips Mutter Saids Aussage. »Said hat ihn vor sieben Jahren getötet, als er Philip umbringen wollte. Es war eine grauenvolle Nacht, beinahe hätten wir Philip verloren.« Meret bekreuzigte sich. »Hätte Khalil überlebt, dann hätte er sich viel früher gerächt.«

»Also benutzt ein Unbekannter seinen Namen?«

Philips Mutter nickte. »Davon gehen wir aus. Khalils Bande war gefürchtet, und die Schakalpfote galt als ihr Zeichen. Eine Drohung, die niemand unterschätzen sollte.«

»Eine Kriegserklärung?«

»So kann man sagen, ja. Und ich fürchte, diese Kriegserklärung gilt Philip. Sie tauchte zum ersten Mal auf, nachdem wir den Brief erhalten hatten, in dem er seine Rückkehr ankündigte. Es war kein Geheimnis, wir haben uns sehr gefreut und es überall erzählt.«

»Aber warum kommen diese Drohungen erst jetzt? Warum nicht schon viel früher?«

Philips Mutter hob die Schultern. »Ich weiß es nicht. Vermutlich wagte sich die Bande nicht ans Licht, solange Otto noch lebte.« Meret seufzte. »Philips Vater war ein großartiger Mann. Als Khalil Philip beinahe getötet hätte, wurde Otto so zornig, dass er den Emir selbst aufsuchte und diesen um Männer bat, die mit ihm das Raubgesindel ausräuchern sollten. Sein Auftritt beeindruckte den Herrscher, denn Otto hatte vor nichts und niemandem Angst, und er vermochte sowohl Christen als auch Muslime zu einen, um Khalils Bande zu vernichten. Otto führte die Männer an, die in den Gassen für Ruhe und Ordnung sorgten, und das trug ihm die Achtung und Freundschaft des Emirs ein. Seither herrschte Frieden, und die Schakalpfote verschwand. Aber dann kam es zu diesem tragischen Unglück. Otto starb, und Philip, der eigentlich die Stärke und die Tatkraft seines Vaters geerbt hatte, verlor jeglichen Lebensmut. Philip liebte seinen Vater, er hätte alles für ihn getan.« Meret seufzte abermals. »Dass ausgerechnet er die Schuld am Tod seines Vaters auf sich geladen hatte, war mehr, als er ertragen konnte. Es gab eine Zeit, da fürchteten wir, Philip würde vor Gram sterben.«

Lena nickte. Sie erinnerte sich an ihre erste Begegnung mit Philip. Nach außen hin ein Mann voller Kraft und Selbstsicherheit, aber sie hatte von Anfang an gespürt, dass noch etwas anderes dahintersteckte. Dass er einen tiefen Schmerz in sich trug, den er mit aller Macht vor sich selbst und der Welt zu verbergen trachtete.

»Du hast ihm seine Seele zurückgegeben.« Meret griff nach der Hand ihrer Schwiegertochter. »Dafür werden wir dir ewig dankbar sein.«

Lena spürte, wie ihr das Blut in die Wangen schoss.

»Er hat auch mich gerettet«, sagte sie leise. »Ohne ihn wäre ich einem heimtückischen Mordanschlag zum Opfer gefallen. Und das konnte er nur, weil er den Kampf um seine Seele längst gewonnen hatte.«

»Ein Mordanschlag!« Merets Finger krampften sich fester um Lenas Hand. »Davon hat er uns natürlich nichts geschrieben. Kind, was habt ihr alles erlebt?«

Merets Erschrecken war so echt wie ihre Herzlichkeit. Eine Frau, die ihre Gefühle offen zur Schau trug, ohne jede falsche Scham. Lena unterdrückte ein Lächeln, denn das wäre in diesem Augenblick nicht angemessen gewesen. Stattdessen kam sie Merets und Sophias Wunsch nach und erzählte von ihren Abenteuern mit Philip.

Sie saßen bis spät in die Nacht beisammen. Erst als vor der Tür Schritte und die Stimmen von Said und Mikhail zu hören waren, mahnte Meret, es sei wohl an der Zeit, zu Bett zu gehen. Lena und Sophia erhoben sich und wünschten Meret eine gute Nacht. Während Sophia in ihrem Zimmer verschwand, das gleich neben dem der Mutter lag, ging Lena über die Diele zu Philips Schlafgemach. Doch als sie die Tür öffnete, stellte sie fest, dass der Raum leer war. Ein Öllämpchen brannte in einer Wandhalterung. War Philip schon hier gewesen, oder hatte ein Diener das Licht entzündet?

Sie trat ans Fenster und blickte nach draußen. Von hier aus konnte sie die Reitbahn sehen, dahinter die Stallungen. Kleine Fackeln steckten am Rand der Einfriedung und spendeten ein schwaches Licht. Lena bemerkte eine Gestalt, die mitten auf der Reitbahn stand und plötzlich in die Knie brach. Philip!

Eilig verließ sie das Gemach, hastete die Stufen hinunter und lief durch den Garten zu ihm. Philip kniete noch immer am Boden, die Hände im Sand vergraben. Er schien ringsum nichts wahrzunehmen. Sie trat näher und legte ihm die Hände sanft von hinten auf die Schultern. Er rührte sich nicht. Sie sank neben ihm in die Knie.

Er hob den Kopf und sah sie an.

»Hier ist es geschehen, nicht wahr?«, fragte sie.

»Ja«, flüsterte er. »Hier hat die Erde sein Blut getrunken.«

Sie schloss ihn in die Arme, zog ihn an sich, als wäre er nicht ihr Gatte, sondern ein Kind, das Trost braucht. Für einen Moment dachte sie wieder an die beiden Kirschbäume im Garten ihres Vaters. An den Platz, an dem Philip zum ersten Mal Worte für das Unaussprechliche gefunden hatte. An dem er mit den Tränen gekämpft hatte, voller Verzweiflung, er, der sonst immer so stark und mutig war. Von jenem Augenblick an hatte sie gewusst, dass sie ihn liebte. Mehr als jeden anderen Menschen auf der Welt.

»Wie anrührend! Ist das schon wieder ein ägyptischer Brauch?«

Theas spöttische Stimme durchschnitt die Dunkelheit. Philip erstarrte in Lenas Armen, dann sprang er auf.

»Was treibst du hier um diese Stunde? Warum liegst du nicht längst im Bett?«

»Herr Graf, vergebt mir, ich wusste nicht, dass es hier bestimmte Stunden gibt, da die Gäste des Hauses im Bett liegen müssen.«

»Niemand hat dich eingeladen«, fuhr Philip sie an. »Also sei wenigstens so höflich, dich etwas mehr zurückzuhalten.«

»Warum?« Sie trat einen Schritt näher auf ihn zu. »Ich kenne dein Geheimnis inzwischen. Es war nicht schwer herauszufinden, die Dienstboten plaudern gern. Du hast also deinen eigenen Vater umgebracht. Wer hätte das gedacht …«

Philips Hände ballten sich zu Fäusten. Lena spürte, wie er zitterte. Begütigend legte sie ihm die Hand auf den Arm.

»Thea, du gehst besser«, mahnte sie.

»Ist es hier geschehen?« Thea lächelte Philip herausfordernd an, ohne auf Lenas Worte zu achten. »Ich habe es dir von Anfang an angemerkt, Philip. Du bist nicht besser als die Männer, die in den Diensten meines Vaters standen. Du stehst sogar noch unter ihnen.« Sie spie ihm die Worte geradezu vor die Füße.

Philip atmete tief durch, löste die Fäuste, straffte sich.

»Es war ein Unfall«, sagte er. »Und du solltest lieber den Mund halten. Immerhin hast du mich darum gebeten, deinen Vater zu töten und seinen Platz einzunehmen. Erinnerst du dich, Thea?«

»Ich wollte, dass du seinen Platz einnimmst. Du hast mich gefragt, ob du ihn töten sollst.«

»Was? Du verdrehst die Tatsachen, wie es dir gefällt.«

»Ich sage nur, wie es war. Immerhin weiß ich inzwischen, warum dir so rasch der Gedanke kam.« Sie lachte höhnisch.

Lena merkte, wie Philip erneut erstarrte.

»Verschwinde!«, stieß er hervor. »Und hör auf, dich weiterhin wie eine billige, eifersüchtige Hafendirne aufzuführen!«

»Du nennst mich eine billige Hafendirne?« Thea funkelte ihn böse an, und schneller, als er hätte handeln können, rammte sie ihm ein Knie in die Männlichkeit. Philip schrie auf und sank zusammen.

»So führen sich billige Hafendirnen auf«, zischte Thea.

Philip stöhnte.

»Thea!«, schrie Lena voller Zorn, doch die Räuberin war längst im Haus verschwunden.

Lena beugte sich zu Philip hinunter. Noch nie hatte sie ihn so gesehen, schmerzverkrümmt, vollkommen unfähig zu jeglicher Handlung.

»Ist es sehr schlimm?«, fragte sie und schalt sich zugleich in Gedanken für ihre dumme Frage.

Er brauchte eine ganze Weile, bis er antworten konnte. »Ach was«, keuchte er schließlich. »Ich bin ja selbst schuld, ich hätte sie nicht unterschätzen dürfen.« Er atmete mehrmals tief durch, dann erhob er sich mühsam. »Es geht mir schon besser.«

»Du musst morgen mit Thea reden. Ihr Verhalten ist eine Schande!«

»Glaubst du wirklich, sie wird noch auf mich hören? Warum redest du nicht mit ihr? Du sprichst doch mittlerweile ihre Sprache.«

»Oh, da hat sie nicht nur deine Männlichkeit, sondern auch deine Eitelkeit getroffen!«

»Schlag du auch noch auf mich ein!«

»Das täte ich nie.« Lena schmiegte sich an ihn. »Ich brauche dich doch noch. Ich hoffe, du hast keine bleibenden Schäden davongetragen.«

»Soll ich es dir beweisen?« Er schenkte ihr ein liebevolles Lächeln.

»Ich bitte darum«, entgegnete Lena, glücklich darüber, dass er wieder mit ihr scherzen konnte.

12. Kapitel

In dieser Nacht fand Thea keinen Schlaf. Sie war hin und her gerissen zwischen ihrem Hass auf Philip und dem dankbaren Gefühl, so überaus herzlich in seine Familie aufgenommen worden zu sein. Was sie indes weit stärker verunsicherte: Es hatte ihr keine Genugtuung verschafft, Philip schmerzverkrümmt am Boden liegen zu sehen. Sie hatte ihn getroffen, ihn seelisch und körperlich verletzt, doch sie empfand weder Triumph noch Freude angesichts seiner Niederlage. In ihr blieb alles leer.

Wollte sie Philip wirklich vernichten? Ihre Gedanken kehrten zurück zu den Tagen, da er jeden Morgen auf sie gewartet hatte. Sie hatte viele Männer gekannt, aber keinen hatte sie so heftig begehrt wie ihn.

Stets hatte er sie mit Respekt behandelt, ihr das Gefühl gegeben, sie zu achten. Dennoch hatte er sie verraten, des Herzogs Männer in das Räuberlager geführt, alles zerstört, was ihr etwas bedeutet hatte. Sogar das Gefühl, einen Menschen wieder lieben zu können …

Ihre Hände ballten sich zu Fäusten. Dieser verdammte Heuchler! Er hatte sie benutzt, verraten und dann versucht, sich mit einem Beutel Gold freizukaufen. Als wäre sie eine billige Hure. Und gerade hatte er sie wieder so genannt!

Was er nicht getan hätte, wenn du ihn nicht Vatermörder genannt hättest, schlich sich eine dünne Stimme in ihre Gedanken. *Die Diener haben dir erzählt, wie sehr er unter dem tragischen Unglücksfall gelitten hat.*

Mit einer entschlossenen Handbewegung brachte Thea die Stimme ihres Gewissens zum Schweigen und schwang sich aus dem Bett. Es war ein schönes Zimmer, das man ihr zugewiesen hatte. Nicht besonders groß, aber auf dem Boden lag ein weicher Teppich, das Waschgeschirr auf dem Tischchen war aus Zinn gefertigt. Auch dieser Umstand erschwerte es ihr, in ihrem Hass zu verharren. Man brachte sie unter wie einen geschätzten Gast – aber vielleicht gab es gar keine schlichteren Kammern? Philips Familie wusste zu leben. Derartiger Reichtum war Thea nicht einmal auf Ulf von Regensteins Burg begegnet.

Sie trat ans Fenster, öffnete den hölzernen Laden und spähte hinaus. Von hier aus konnte sie über die Mauer sehen, die das Gut umgab, hatte die Straße und die kleinen Häuser im Blick, die an Mikhails Grund grenzten.

Die Nachtluft war erstaunlich kühl. Von der schweren Hitze des Tages, bei der es ihr anfangs fast den Atem verschlagen hatte, war nichts mehr geblieben. Dieses Ägypten war eine seltsame Welt, so ganz anders als alles, was sie bisher gesehen hatte. Der Himmel war sternenklar. Gundula hätte ihr sicher sagen können, ob es dieselben Sternbilder waren, die sie in klaren Vollmondnächten in ihrer Heimat beobachtet hatten. Theas Blick schweifte weiter, blieb an dem großen Tor zu Mikhails Anwesen hängen. Dort hatte sie die Schakalpfote und den Hühnerkopf gefunden. Philip schien ein Händchen dafür zu haben, sich gefährliche Feinde zu machen.

Vom Hafen her hörte sie die Geräusche von Wind, Wasser und menschlichen Stimmen. Bis diese Laute den Weg zu ihrem Ohr fanden, hatten sie sich allerdings zu dem sanften Flüstern einer Stadt vermischt, die nie zur Ruhe kam. Die Bewohner von Mikhails Haus lebten weit genug entfernt, um noch das tosende Leben wahrzunehmen, aber dennoch die Ruhe der Abgeschiedenheit zu genießen.

Noch während Thea in die Nacht hinein lauschte, hörte sie etwas anderes – Schritte, ganz in der Nähe. Ein Schatten huschte vor das Tor, ein Mann hustete. Wieder eine Warnung? Hastig zog Thea ihr Kleid an, warf sich den Umhang über, schlüpfte in die Schuhe und verließ das Gemach. Wenn es wirklich Philips Feinde waren, konnte es nur von Vorteil sein, mehr über sie in Erfahrung zu bringen.

Als sie das Tor erreichte, hörte sie noch die Schritte. Vorsichtig öffnete sie die kleine Seitentür, die sie an das Manntor der Burgen erinnerte, das nach dem spätabendlichen Schließen des großen Tores geöffnet wurde.

Tatsächlich, an der Tür hing etwas. Ein Stück Pergament, auf das seltsame Zeichen gemalt waren. Der Täter huschte bereits durch die kleinen Gassen davon. Ohne weiter nachzudenken, folgte ihm Thea. Sie hatte schon oft heimlich Männer verfolgt, vor allem als Kind, wenn sie im Auftrag ihres Vaters unauffällig reichen Kaufleuten nachgeschlichen war und sich vergewissert hatte, ob sie in ihren Taschen Gold mit sich herumtrugen. Niemand hatte damals das kleine Mädchen beachtet, aber inzwischen war sie eine erwachsene Frau, die noch dazu durch ihre Haarfarbe auffiel. Sie zog die Kapuze ihres Umhanges über den Kopf und schnürte sie fest.

Der Mann schien sie nicht zu bemerken. Sein Weg führte ihn durch zahlreiche Gässchen, in denen es nahezu finster war und wo nur der dünne Lichtschein, der durch die Fensterritzen fiel, ein wenig Helligkeit spendete. Thea störte die Dunkelheit nicht. Sie war es gewohnt, sich durch nächtliche Wälder und Städte zu bewegen. Doch dann betrat der Fremde eine breite Straße, die zu Theas Erstaunen von Laternen erleuchtet wurde, die an den Wänden der Häuser hingen. Hier schienen vornehme Leute zu wohnen, die Häuser wirkten so prunkvoll wie die Prachtbauten in Marbilha.

Vor dem größten Haus in der Straße blieb der Mann stehen, klopfte an die Tür und wartete, bis er eingelassen wurde.

Thea atmete tief durch. Das Haus erinnerte von außen an einen jener märchenhaften Paläste, von denen Philip abends an Bord der *Windsbraut* erzählt hatte. Bei der Erinnerung daran verspürte sie einen Stich. Sie hatte sich auf der Seereise wohlgefühlt, hatte das Gefühl genossen, Teil der Gemeinschaft zu sein. Doch sie durfte sich nicht wohlfühlen. Durfte nicht dazugehören. Sie hatte einen Auftrag. Nicht von Ulf von Regenstein, sondern von ihrem eigenen Stolz. Kein Mann, der sie verraten hatte, durfte am Leben bleiben. Und Philip hatte sie doppelt verraten. Erst ihre Liebe, dann ihren Vater …

Sie hatte es bereits als Kind von ihrem Vater gelernt. *Die Feinde unserer Feinde sind unsere Freunde.* Thea lehnte sich an eine Hauswand und betrachtete das Gebäude, in dem der Mann verschwunden war. Lebte hier Philips größter Feind? Lohnte es sich, seine Freundschaft zu suchen? Nun, zunächst würde sie abwarten und herausfinden, wem das Haus gehörte. Aber vor allem musste sie die Sprache besser verstehen. Wer verhandeln wollte, brauchte die Macht der Worte.

13. Kapitel

Die Nacht war kühler gewesen, als Lena es nach der Hitze des Tages erwartet hatte. Inzwischen fielen die ersten Sonnenstrahlen durch das Fenster, und die Wärme kehrte zurück. Philip schlief tief und fest neben ihr. Er rührte sich nicht einmal, als sie sich aus dem Bett erhob. Es war lange her, dass er zuletzt so tief geschlafen hatte. Während der Reise hatte meist eine Bewegung von ihr genügt, um ihn zu wecken. Lena hatte den Eindruck, als sei ein Teil von ihm nie zur Ruhe gekommen und jederzeit auf dem Sprung gewesen, wenn irgendeine Unbill drohte. Nun war er zu Hause, und obwohl hier nicht alles zum Besten stand, fühlte er sich doch sicher. Er schlief noch, als sie sich längst angezogen hatte und das Zimmer verließ.

Am Tag zuvor hatten die vielen neuen Eindrücke Lena geradezu erschlagen, aber nun stellte sie fest, wie wenig sie bislang wusste und vom Haus gesehen hatte. Nahmen alle Bewohner das Morgenmahl zusammen ein? Oder bediente sich jeder selbst, so wie es auf Burg Birkenfeld in der Frühe üblich war? Und wo befand sich die Küche?

Während sie über die Stufen ins untere Stockwerk stieg, fiel ihr Blick auf die weit geöffnete Tür, die in den Garten führte, der wie ein Hof geschützt zwischen den Gebäuden lag. Schon tags zuvor hatte sie einen kurzen Blick auf die fremdartigen Blumen und Bäume erhascht, jetzt beschloss sie, sich etwas genauer umzusehen.

In der Mitte des Gartens stand eine Marmorbank, die von vier Bäumen umgeben war. Die roten Blüten an den Ästen erinnerten an Sterne. Nie zuvor hatte Lena ähnliche Pflanzen gesehen. Neugierig trat sie näher. Dabei fiel ihr Blick auf ein uraltes Mosaik im Boden. Es zeigte einen Mann mit dem Unterleib einer Seeschlange. In den Händen hielt er einen Dreizack, und ringsum waren die Früchte des Meeres abgebildet, Fische, Muscheln, Krebse und seltsame vielarmige Wesen.

»Gefällt es dir?«

Lena zuckte zusammen. Meret stand hinter ihr.

»Ich … ich habe dich gar nicht kommen hören«, stammelte sie. »Ja, es gefällt mir. Philip hat mir schon davon erzählt. Er sagte, dieses Mosaik sei viele hundert Jahre alt.«

»So ist es«, bestätigte Meret und ließ sich auf der Bank nieder. »Komm, setz dich zu mir!«

Lena folgte der Aufforderung. Die Bank fühlte sich angenehm kühl an.

»Was sind das für Bäume?«, fragte sie, kaum dass sie saß. »Ich habe noch nie solche Blüten gesehen.«

»Es sind Granatapfelblüten. Der Granatapfel ist ein wahres Gottesgeschenk. Er ist mehr als nur eine schmackhafte Frucht. Ihm wohnen Heilkräfte inne, die manches Leiden lindern. Zudem wird ihm nachgesagt, dass er Frauen fruchtbar macht. Und aus seiner Schale lassen sich die herrlichsten Farben herstellen, mit denen die Wolle gefärbt wird, aus der man Teppiche knüpft.«

Lena merkte auf. »Der Granatapfel macht die Frauen fruchtbar?«

»Ja, so heißt es. Hegst du diesbezüglich einen geheimen Kummer?«

Lena zögerte eine Weile, dann nickte sie. »Ich bin seit einem Jahr Philips Frau, aber ich habe noch kein Kind.«

»Und was sagt Philip dazu?«

»Dass ich mir unnötig Sorgen mache. Er ist ganz froh, dass ich noch nicht schwanger bin, denn das hätte unsere Reise stark behindert.« Sie schluckte. »Ich weiß nicht, ob er euch in seinen Briefen von Rudolf berichtet hat, unserem Ziehsohn. Seine Mutter hatte Furcht, ihm nicht die Liebe schenken zu können, die er braucht, und zog sich in ein Kloster zurück. Rudolf ist ein liebreizendes Kind, noch keine zwei Jahre alt, und hängt an mir, als wäre ich seine Mutter. Jedenfalls vor unserem Aufbruch. Ich hätte ihn so gern mitgenommen, damit er mich nicht vergisst, aber Philip meinte, eine solche Reise sei zu anstrengend für ihn.«

»Männer haben nur ein begrenztes Verständnis für die Liebe, mit der eine Frau an einem Kind hängt«, erklärte Meret. »Aber das ändert sich, wenn sie den eigenen Nachwuchs zum ersten Mal in den Armen halten.«

»Und wenn gerade das niemals geschieht?«

»Du fürchtest, kein Kind empfangen zu können?«

»Wir sind seit einem Jahr verheiratet. Ich hätte längst schwanger sein müssen, wenn alles seine Ordnung hätte. Aber Philip nimmt mich nicht ernst. Er meint, es werde sich von selbst ergeben, und wenn nicht, dann hätten wir immer noch Rudolf.«

Ein flüchtiges Lächeln huschte über Merets Züge. »Das kann ich mir lebhaft vorstellen. Philip liebt das Leben, er ist kein Mensch, der den Sinn des Seins nur darin sieht, Nachkommen zu zeugen. Er will, dass du glücklich wirst.«

»Ich bin mit ihm sehr glücklich.«

»Und doch schwebt ein Schatten über dir. Nun, wir werden sehen, es gibt vielleicht Mittel und Wege …«

»Ja?« Lena schaute Meret erwartungsvoll an.

»Nicht alles am ersten Tag. Hast du schon gefrühstückt?«

»Nein. Ich war mir nicht sicher, wie es hier üblich ist. Auf Burg Birkenfeld isst morgens jeder, wenn er Hunger hat. Nur abends speisen alle gemeinsam.«

»Das ist hier ähnlich. Ich nehme an, Philip hat versäumt, dir alles zu erklären, nicht wahr?«

»Er hat mir viel gezeigt, allerdings weiß ich nicht, wie ich zur Küche finde.«

»Komm, ich zeige dir alles, was wir Frauen wissen müssen.« Sie erhob sich und reichte Lena die Hand.

Die Küche lag am anderen Ende des Hauses, ganz in der Nähe der Tür, die zum Bad führte. Sie unterschied sich kaum von der Küche auf Burg Birkenfeld. Eine große Herdstelle, über der schwere Töpfe hingen, ein Ofen, aus dem es verführerisch duftete, und in der Mitte ein einfacher Holztisch mit zwei Bänken. Eine Magd war mit dem Kneten eines großen Batzens Teig beschäftigt. Neben dem Ofen lagen mehrere frische Fladenbrote, die mit Sesam bestreut waren.

Die Magd grüßte Meret freundlich. Sie sprach nicht schnell, und dennoch verstand Lena die Worte nicht. Arabisch schien es nicht zu sein. Verwundert sah sie ihre Schwiegermutter an, die sich an den Tisch setzte und Lena aufforderte, es ihr gleichzutun.

»Welche Sprache ist das?«

Meret lächelte und erinnerte Lena dabei stark an Philip.

»Koptisch. Die Sprache der ersten Christen und Nachfahren der Pharaonen.«

»Ich dachte, ihr sprecht Arabisch.«

»Ja, außerhalb dieser Mauern, denn es wird nicht gern gesehen, wenn wir untereinander in der Sprache unserer Vorfahren reden. Aber zu Hause pflegen wir das alte Erbe. Ich habe als Kind beides gelernt.«

»Und Philip?«

»Natürlich spricht er Koptisch. Hat er dir nie davon erzählt? Vom Unterschied, der die Christen des Westens und des Ostens trennt?«

Verwundert schüttelte Lena den Kopf.

»Nun, mein Sohn ist auch in Alexandria ein Wanderer zwischen den Welten. Otto legte Wert darauf, dass Philip nach dem römischen Brauch getauft wurde. So halten es die meisten der deutschstämmigen Ritter, die hier leben. Dennoch nahm Otto regelmäßig an koptischen Gottesdiensten teil und beging auch unsere Feiertage.«

»Ihr habt andere Feiertage?«

»Es liegt an unserem Kalender«, erläuterte Meret. »Er stammt noch aus den alten Zeiten Ägyptens. Unser Jahr beginnt mit dem Monat Thout, das entspricht eurem September, und endet mit Mesori, eurem August. Jedes Jahr hat zwölf Monate und jeder unserer Monate dreißig Tage. Deshalb gibt es einen Unterschied in der Datierung der hohen Feste, auch wenn wir dieselben Feiertage begehen.«

»Gibt es noch weitere Unterschiede?«

»Einige, aber sie sind für wahre Christen nicht von Belang. Es sind Worte, über die sich Gelehrte streiten. Für uns ist Jesus Gott und nicht Mensch. Er ist die göttliche Fleischwerdung.«

»Aber das ist er auch für mich.«

»Du siehst, die Unterschiede sind nicht bedeutsam.«

»Warum wollte Otto dann, dass Philip nach römischem Brauch getauft wurde?«

»Er wollte seinen Sohn nicht beschneiden lassen, wie es bei koptischen Knaben vor der Taufe üblich ist.«

Philips Mutter griff nach einem warmen Fladenbrot und brach es auseinander. Dann reichte sie Lena eine der beiden Hälften.

»Trotz aller Gemeinsamkeiten blieb es schwierig«, erzählte Meret weiter. »Es begann bereits, als Otto um meine Hand anhielt. Es kostete meinen Vater viel Überredungskunst und eine großzügige Spende, damit wir mit dem Segen der koptischen Gemeinde heiraten konnten. Obgleich wir alle Christen sind, wurde die Tatsache, dass Otto der römischen Kirche angehörte, mit gewissem Missbehagen betrachtet. Gewöhnlich heiraten wir nur Angehörige der eigenen Gemeinde.«

»Immerhin war Otto ein Christ. Was wäre, wenn du einen Muslim zum Mann begehrt hättest?«

Meret lachte laut auf. »Das wäre vollkommen unmöglich gewesen. Es sei denn, der Mann wäre zum Christentum konvertiert. Aber kein Muslim täte das, denn das gälte als todeswürdiges Verbrechen.«

»Said sagt, der Koran erlaube es den Frauen, so sie denn Christinnen oder Jüdinnen sind, ihren Glauben beizubehalten, wenn sie einen Muslim zum Mann nehmen. Der Mann darf sie nicht an der Ausübung ihres Glaubens hindern.«

»Aber wer sollte eine solche Ehe schließen? Sie wäre vor Gott ungültig, denn kein Priester würde einem Ungläubigen das Sakrament der Ehe gewähren. Und in der Heiligen Schrift steht geschrieben: *Wer ein Wort hinzufügt zu dem, das geschrieben ist, über den kommen die Plagen, die prophezeit sind.*«

Meret hatte mit freundlichem Lächeln gesprochen, aber die letzten Worte mit ernster Miene ausgestoßen. Ob sie wohl ahnte, was ihre Tochter für Said empfand?

Auf einmal wurde auch Lena unsicher. Sie mochte Said, schätzte ihn nicht nur als Philips Freund, sondern inzwischen auch als den ihren. Er war ein guter Mensch, freundlich, verlässlich, gottesfürchtig. Auf seine Weise. Aber in den Augen der Kirche hing er einem Irrglauben an, der ihm für alle Ewigkeiten das Paradies rauben würde. Wie wäre ihr Urteil wohl ausgefallen, hätte ihre eigene Tochter sich einem solchen Mann anvermählen wollen?

Philips Worte kamen ihr in den Sinn. Er war der Meinung, Gott beurteile die Menschen nach ihren Taten, nicht nach ihrem Bekenntnis. Als er dies zum ersten Mal in ihrer Gegenwart ausgesprochen hatte, war sie erschrocken. Damals kannte sie ihn noch nicht gut, wusste nicht, was von ihm zu halten war. War er ein Ketzer oder gar ein Heide? Und doch hatte sie immer wieder über seine Worte nachgedacht. Meret hatte die Heilige Schrift erwähnt. Wer den Worten des Herrn etwas hinzufüge, den würden die Plagen treffen, die in der Bibel benannt wurden ... Wenn es so war, wie konnten dann die Ungläubigen die heiligen Stätten und Ägypten beherrschen? Hätte der Zorn des Herrn sie nicht längst vernichten müssen? Hatte Philip sich diese Fragen auch gestellt und war für sich deshalb zu jener Antwort gelangt?

»Du bist so schweigsam«, stellte Meret fest. »Worüber denkst du nach?«

»Über alles Mögliche«, antwortete Lena ausweichend. »Es sind so viele neue Eindrücke. Alles ist hier anders als das Gewohnte. Aber es ist wunderschön. Ich komme mir vor wie in einem Traum.«

Meret strahlte. Lenas Antwort schien ihr zu gefallen.

»Du wirst noch viel Neues kennenlernen«, sagte sie. »Ich sehe, du trägst das Zeichen der Isis.« Sie betrachtete die goldene Kette, die Lena um den Hals trug. An der Kette hing ein schwerer goldener Anhänger, der eine geflügelte Frau darstellte. Für Lena war es ein Engel, ein Liebesbeweis Philips, dessen Familie die Kostbarkeit seit Jahrhunderten hütete. Dass es zugleich eine heidnische Göttin war, konnte sie nur deshalb mit ihrem Gewissen vereinbaren, da das Geschmeide zu einer Zeit geschaffen worden war, als der Herr seinen Fuß noch nicht auf die Erde gesetzt hatte.

»Philip überreichte mir diesen Schmuck als Hochzeitsgabe.«

»Ich weiß«, antwortete Meret. »Es heißt, die große Mutter halte seit Jahrhunderten ihre Hände schützend über unser Haus. Auch wenn wir nicht mehr an ihre Macht glauben, so ist der Gedanke doch tröstlich, dass uns etwas mit unserer Vergangenheit verbindet. Die Isis hält die Erinnerung an Djeseru-Sutech aufrecht.«

»Philip erwähnte diesen Namen schon einmal. Er sagte, es sei der Mythos einer verborgenen Stadt in der Wüste. Und er habe den Wunsch, diese Stadt eines Tages zu entdecken.«

»Djeseru-Sutech ist mehr als ein Mythos«, entgegnete Meret. »Aber davon erzähle ich dir später einmal.«

Als Philip erwachte, war der Platz neben ihm leer, und die Sonne stand bereits hoch am Himmel. Er fühlte sich so frisch und ausgeruht wie schon lange nicht mehr. Trotz der unerfreulichen Begegnung mit Thea am vergangenen Abend. Oder vielleicht gerade deshalb. Zum ersten Mal, seit er sie kannte, hatte sie ihre Macht über ihn verloren. Er konnte an sie denken, ohne sie unwillkürlich zu begehren. Ihr Tritt war schmerzhaft, aber zugleich auch heilsam gewesen. Eigentlich sollte er ihr dankbar dafür sein.

Noch während er sich Wasser in die Waschschüssel goss, klopfte es an der Tür. Es war Said.

»Bist du endlich aufgewacht?« Der Araber musterte ihn mit einem kritischen Blick.

»Was gibt's?«

»Mancherlei. Sieh zu, dass du fertig wirst, ich muss dringend mit dir sprechen.«

»Ich höre dir zu«, erwiderte Philip, während er sich kühles Wasser ins Gesicht sprengte. »Also?«

»Cyril hat heute Morgen eine weitere Botschaft an der Tür gefunden.«

Philip hielt inne. »Wieder eine Schakalpfote?«

»Nein, diesmal eine schriftliche Drohung. *Tod allen Ungläubigen.*«

»Ich hoffe, die Drohung war unterzeichnet, sonst wissen wir nicht einmal, wem von uns beiden sie gilt.«

»Das ist nicht lustig.«

Philip griff nach dem Handtuch. »Wäre es dir lieber, wenn ich in lautes Jammern ausbräche?«

»Nein.« Said nahm auf einem der Sitzkissen Platz, während Philip sich anzog. »Aber hier liegt mehr im Argen, als sich auf den ersten Blick offenbart.«

»Wir sollten Heinrich einen Besuch abstatten«, schlug Philip vor. »Immerhin haben die Schurken seine Stallungen angezündet.«

»Nachdem sein Sohn Sophia einen Antrag gemacht hat«, bemerkte der Araber bissig.

»Oh, das klingt, als hättest du die Gebäude selbst gern angezündet.«

Said schnaubte. »Deine Scherze waren schon besser.«

»*Du* wirst Sophia bekommen, nicht Guntram.«

»Dann verrat mir, wie du deinen Großvater davon überzeugen willst.«

»Ich denke darüber nach.«

»Dir sind also noch keine triftigen Gründe eingefallen, oder?«

»Wir sind erst gestern angekommen. Gib mir Zeit!«

»Mir bleibt wohl nichts anderes übrig.«

»Doch.«

»Und was?«

»Lass dich taufen.«

Said griff nach einem Kissen und schleuderte es in Philips Richtung. Der wich geschickt aus.

»Daneben!«

Said seufzte. »Du bist ein Kindskopf.«

»Genau. Und deshalb wollen wir es Guntram ersparen, einen Kindskopf zum Schwager zu bekommen, nicht wahr?«

Endlich lachte Said.

»Wann suchen wir Heinrich und Guntram auf?«, fragte er.

»Warum nicht gleich?«, schlug Philip vor. »Oder will mein Großvater mich vorher noch sprechen?«

»Er hat nichts davon gesagt. Aber vielleicht deine Frau?«

»Ach, um Lena mache ich mir keine Gedanken. Meine Mutter lässt es sich gewiss nicht nehmen, ihre Schwiegertochter selbst in alles einzuführen. Vermutlich sitzen die beiden längst irgendwo zusammen, sonst wäre Lena bestimmt schon wieder hier.«

»Und Thea?« Ein anzügliches Lächeln huschte über Saids Züge. Sofort wurde Philip ernst.

»Auf Thea bin ich derzeit nicht gut zu sprechen. Die sollte mir vorläufig lieber aus den Augen bleiben.«

»Oha, was hat dir die Räuberbraut denn angetan?«

»Frag sie, sie zeigt es dir bestimmt gern.«

»Ich glaube nicht, dass ich mir von ihr irgendwelche unzüchtigen Dinge zeigen lassen möchte.«

»Keine Sorge, mit Unzucht hat das nichts zu tun, ganz im Gegenteil.«

»Oh!« Said verzog das Gesicht. »Hat sie etwa …?«

»Sie hat«, bestätigte Philip.

»Welch bösartiges Weib!«

»Hör auf, so dämlich zu grinsen, Said!«

Heinrichs Anwesen lag am anderen Ende der Stadt. Während Philip und Said im Stall ihre Pferde sattelten, bemerkten sie Bertram, der sich unschlüssig bei der Tür herumdrückte. Der Anflug eines schlechten Gewissens überkam Philip. Er hatte sich seit der Ankunft in Alexandria nicht mehr um seinen Knappen gekümmert.

»Bertram, magst du uns begleiten?«, fragte er deshalb.

Zum ersten Mal seit jener denkwürdigen Nacht auf Sizilien leuchteten die Augen des Jungen auf.

»Gern. Wohin reiten wir?«

»Wir besuchen einen alten Freund, Ritter Heinrich, bei dem ich selbst Knappe war.«

»Welches Pferd soll ich nehmen?«

»Du darfst es dir aussuchen«, antwortete Philip. »Aber ich empfehle dir die Schimmelstute dort. Sie hat arabisches Feuer.«

»Sie sieht aus wie ein Zelter.«

»So sind die arabischen Vollblüter. Aber wenn du auf ihrem Rücken sitzt, spürst du den Unterschied zu einem braven Damenpferd schon bald.« Er lächelte Bertram aufmunternd zu. »Zu dieser Stute gehört das rote Zaumzeug mit den Quasten und der rote Sattel.«

»Hat sie auch einen Namen?«

»Hayet«, erwiderte Philip. »Das Leben.«

»Hayet«, flüsterte Bertram, während er der Stute das Zaumzeug über den Kopf schob. Dann wandte er sich wieder an Philip. »Ich habe Euch noch nie den Namen Eures Rappen sagen hören. Hat er keinen?«

Philip zuckte zusammen. Unheilvolle Bilder, die er längst überwunden glaubte, erschienen vor seinem inneren Auge. Er sitzt im Sattel seines Pferdes, klopft ihm den Hals, ruft seinen Namen, lobt es. Nicht ahnend, dass dieser Sieg der bitterste seines Lebens sein wird …

Niemals wieder seit jenem schrecklichen Tag hatte er den Namen seines Pferdes ausgesprochen. Ganz so, als trüge der Rappe die gleiche Schuld wie er selbst.

Er atmete tief durch. Es gab keinen Grund mehr, den Namen seines treuen Tieres für immer in seiner Brust zu verschließen.

»Aswad.«

»Der Schwarze?«, fragte Bertram. Philip nickte.

»Er war nie besonders einfallsreich beim Erfinden von Pferdenamen«, spottete Said.

»Das sagt einer, der seine Stute Bunnîya – die Braune – nennt.«
Said lachte. »Wahrscheinlich färbt der Umgang mit dir ab.«

Zu Philips Erstaunen zeigte sich auch auf Bertrams Gesicht zum ersten Mal seit Langem ein Lächeln.

Während sie zu dritt durch die Stadt ritten, hatte Philip das Gefühl, niemals fort gewesen zu sein. In den Straßen Alexandrias blühte das Leben wie vor ihrer Reise. Erst als sie Heinrichs Gut erreichten, bemerkte er einen Unterschied. Die Mauer, die den Besitz der Familie umgab, war erneuert worden. Früher war sie kaum mehr als eine Einfriedung gewesen, die Straßenkinder und streunende Hunde ferngehalten hatte. Inzwischen war geradezu eine Festungsmauer daraus geworden. Es gab sogar Schießscharten, obgleich sie auf den ersten Blick wie orientalische Verzierungen auf der weiß gekalkten Mauer wirkten. Philip und Said tauschten einen vielsagenden Blick. Sie hatten gewusst, dass sich die Lage in Alexandria zugespitzt hatte. Aber so sehr, dass ein christlicher Ritter sein Heim in eine Burg verwandeln musste?

Trotz der unüberwindlichen Mauer stand der Eingang weit offen. Es war ein massives Holztor mit Eisenbeschlägen, das von drei schweren Riegeln verschlossen werden konnte und einer Burg alle Ehre gemacht hätte.

Die Ankömmlinge lenkten ihre Pferde in den Hof. Sofort kamen ihnen mehrere Diener entgegen. Philip kannte die meisten von ihnen noch aus der Zeit, da er als Knappe bei Heinrich gelebt hatte. Allerdings waren sie damals nicht bewaffnet ihrem Tagewerk nachgegangen. In ihren Gürteln steckten lange Messer und Krummsäbel. Erneut warf Philip seinem Freund einen Blick zu, und der schüttelte kaum merklich den Kopf. Konnte sich in nur einem Jahr so viel verändert haben?

»Herr Philip«, wurde er von Amin begrüßt, dem einzigen Knecht, der deutsch sprach und sich damit immer gern vor den übrigen Dienstboten hervortat.

»Sei mir gegrüßt, Amin«, antwortete Philip auf Deutsch, nur

um dann ins Arabische zu wechseln. »Sag, ist der Hausherr für uns zu sprechen?«

Amin deutete eine leichte Verbeugung an. »Jawohl, ich setze ihn sogleich in Kenntnis. Und die anderen kümmern sich um die Pferde.«

»Ich danke dir.« Philip stieg vom Pferd, Said und Bertram folgten seinem Beispiel.

»Seit wann tragt ihr Waffen bei der Arbeit?«, fragte Philip den Knecht, der ihm Aswad abnahm.

»Seit der Nacht des Feuers.«

»Gab es danach weitere Übergriffe?«

Einen Lidschlag lang flackerte der Blick des Mannes, als müsse er sich seine Worte genau überlegen.

»Wir haben die Mauer erhöht, wie du gewiss gesehen hast.«

Philip stutzte. Warum wich der Mann ihm aus? Hatte er Anweisung erhalten, über bestimmte Geschehnisse nicht zu sprechen? Ehe er weiter nachfragen konnte, erschienen Ritter Heinrich und sein Sohn Guntram im Hof.

»Philip!«, rief Heinrich. »Wie ich hörte, bist du gestern mit Said zurückgekehrt. Schön, dass euer erster Besuch euch zu uns führt!«

Philip fühlte sich vom besten Freund seines Vaters mit der gewohnten Wärme begrüßt. Heinrich hatte sich kaum verändert. Ein hochgewachsener Mann, der die meisten Einheimischen um Haupteslänge überragte. In seinen hellen Augen strahlte noch immer die Kraft der Jugend, auch wenn sein Haar seit der letzten Begegnung von zahlreichen weißen Strähnen durchzogen war. Heinrich drückte seinen ehemaligen Knappen an sich, dann begrüßte er Said und ließ sich Bertram vorstellen.

Guntrams Begrüßung war nicht weniger herzlich, und doch fiel es Philip schwer, ihm so unbefangen wie früher entgegenzutreten. Sie waren beide im gleichen Alter, hatten die gleiche Ausbildung zum Ritter durchlaufen. Guntram war Knappe bei Philips Vater gewesen. Damals hatte Otto gehofft, Philip werde zu Guntram das gleiche innige Verhältnis entwickeln wie zu Said.

Aber das war nie geschehen. Philip schätzte Guntram als guten Freund. Aber Said war ihm wie ein Bruder. Niemand kannte ihn so gut wie Said.

Für einen Moment kehrte eine alte Erinnerung zurück. Vierzehn war er damals gewesen, hatte bald darauf Heinrichs Knappe werden sollen. Es war am Abend gewesen, bevor er in Heinrichs Haus hatte ziehen sollen, so wie es üblich war unter Knappen.

»Du wirst nun ein Mann«, hatte sein Vater gesagt. »Am Ende dieser Zeit wirst du in die Ritterschaft aufgenommen werden. Das ist eine große Ehre, der du dir immer bewusst sein solltest.«

»Das bin ich, Vater.«

»Deine Kindheit ist vorbei, deshalb solltest du nun Freundschaften eingehen, die dir dein Leben lang von Nutzen sind.«

Philip hatte seinen Vater angesehen und nicht begriffen, was dieser ihm damit sagen wollte.

»Du weißt, ich liebe Said wie einen eigenen Sohn«, war sein Vater fortgefahren. »Aber es ist nicht gut für dich, wenn du deine Freundschaft ausschließlich auf ihn beschränkst.«

»Das tue ich doch gar nicht«, hatte er heftig widersprochen. Doch zugleich hatte er gewusst, dass seine Worte nicht der Wahrheit entsprachen.

Sein Vater hatte die Stirn gerunzelt. »Ihr habt nicht denselben Glauben. Das könnte euch irgendwann in Schwierigkeiten bringen. Ich würde es begrüßen, wenn du dich in nächster Zeit mehr an Guntram hieltest.«

»Warum?«

»Dafür gibt es viele Gründe. Die Zeiten sind nicht einfach für uns Christen. Wir müssen zusammenhalten.«

»Bin ich ein schlechterer Christ, nur weil ich mit Said befreundet bin?«

»Nein, natürlich nicht, mein Sohn«, hatte sein Vater geantwortet und ihm dabei auf die Schulter geklopft. Es war das einzige Mal gewesen, dass Otto etwas gegen seine Freundschaft zu Said gesagt hatte, und jetzt fragte Philip sich, was wohl der wahre Grund gewesen sein mochte. Er konnte sich an keine Konflikte zwischen Christen und Muslimen erinnern, aber sein Vater war ein Mann, dem stets daran gelegen war, alle Sorgen von seiner Familie fernzuhalten. Gab es schon früher einmal derartige Schwierigkeiten wie in diesen Tagen?

»Ich beneide dich«, sagte Guntram, während sie gemeinsam das Haus betraten. Ritter Heinrich rief einige befehlende Worte, und sofort erschienen dienstbare Mägde und stellten Erfrischungen auf den kleinen Tisch im Empfangssaal.

»Du beneidest ausgerechnet mich?« Philip musterte Guntram mit erstauntem Blick. Hatte sein Freund etwa vergessen, unter welchen Umständen Philips Vater gestorben war? Vermutlich wurde auch Guntram sofort bewusst, wie seine Worte auf Philip wirken mussten, denn er senkte die Lider.

»Nun, ich beneide dich darum, dass du das Land unserer Väter kennenlernen durftest. Du musst mir alles erzählen.«

Sie setzten sich an den Tisch. Eine Dienerin brachte eine Kanne mit dunklem Tee.

»Wie lange habe ich das vermisst!«, seufzte Said, während er einen Schluck trank. Der Araber bevorzugte das Getränk ungesüßt, während Philip, Heinrich und Guntram viel Zucker nahmen. Bertram kostete einen Schluck und verzog das Gesicht.

»Man gewöhnt sich daran«, sagte Philip. »Versuch es mit etwas Zucker.« Philip hielt ihm das Schälchen entgegen.

»Zucker?« Zögernd griff der Junge zu. »Ich habe noch nie welchen probiert. Mein Vater meint, es sei ein unerhörter Luxus, denn Honig erfülle den gleichen Zweck.«

»Du wirst den Unterschied schon merken.« Philip lächelte ihm aufmunternd zu. Dann wandte er sich wieder an Heinrich.

»Ich hörte, ihr hattet Ärger?«

Der Ritter nickte. »Jemand hatte es darauf angelegt, unseren Besitz zu vernichten. Zum Glück griff das Feuer von der Scheune nicht aufs Haus über.«

»Wurden die Schuldigen gefasst?«

Ein bitteres Lächeln breitete sich auf Heinrichs Zügen aus. »Glaubst du, wir hätten sonst die Mauern verstärkt?«

»Weiß man wenigstens, wer dahintersteckt?«

»Es gibt Gerüchte.«

»Erzähl uns davon!«

Heinrich trank einen weiteren Schluck Tee.

»Er nennt sich Abd al-Hisâb.«

Philip stutzte. »Der Diener der Rechnung? Was soll das heißen?«

»Möglicherweise hat er eine alte Rechnung zu begleichen«, meinte Said.

»Also doch Khalil?«

Said verzog unwillig das Gesicht. »Der Mann ist tot!«, wiederholte er so nachdrücklich wie am Abend zuvor.

»Ich bin mir da nicht so sicher«, warf Heinrich ein. »Wir haben Abd al-Hisâb bislang nicht zu Gesicht bekommen. Aber seit er in Erscheinung tritt, haben die Übergriffe auf Christen und Juden zugenommen. So wie damals, als Khalil noch lebte.«

»Aber wenn es Khalil wäre, warum sollte er so lange im Verborgenen gelauert haben? Er hätte sich doch viel früher rächen können«, beharrte Said auf seiner Meinung.

»Solange Otto noch lebte, wäre ihm das schwergefallen. Und nach Ottos Tod …« Heinrich räusperte sich, ehe er fortfuhr. »Nach Ottos Tod verschaffte es ihm gewiss größere Genugtuung, Philip leiden zu sehen, als ihn zu töten. Keine Rache hätte süßer sein können.«

»Und nun?«

»Abd al-Hisâb gilt als wohlhabender Mann. Sein Geschäft soll blühen – er handelt mit allem, was Geld einbringt. Unter der Hand heißt es, auch mit verbotener Ware. Aber niemand spricht offen darüber, denn er genießt das Wohlwollen des Emirs.«

»Das genoss auch mein Vater«, gab Philip zu bedenken.

»Aber dein Vater ist tot. Und mit ihm der einzige Christ, den der Emir achtete. Ich kann mir vorstellen, dass Abd al-Hisâb Ottos Tod zu seinem Vorteil nutzte. Vor allem, da er durch deine Hand starb.«

Aus den Augenwinkeln bemerkte Philip, wie Bertram zusammenzuckte.

»Es war ein Unfall«, sagte er deshalb rasch, obwohl es alle anderen im Raum wussten.

»Natürlich war es ein Unfall«, bestätigte Heinrich. »Dennoch … wer den Christen übelwill, der hat damit eine Waffe in der Hand.«

Philip senkte den Blick. Er hatte geglaubt, den alten Schmerz endgültig überwunden zu haben, doch plötzlich senkte sich der Stachel der Selbstzerfleischung abermals in seine Brust. Es war viel mehr als ein tragischer Unfall gewesen. Seine Schuld war zu groß, als dass er sie jemals abtragen konnte. Und nun mussten auch noch Unschuldige wegen seiner Dummheit leiden …

»Dann glaubst du auch, es sei Khalil?«, fragte er schließlich.

Heinrich hob die Schultern. »Ich halte es nicht für ausgeschlossen. Zumal die Angriffe stets Freunden deines Großvaters galten.«

»Und euer Stall wurde erst angezündet, nachdem Guntram um die Hand meiner Schwester angehalten hatte.«

Guntram nickte. »Leider hat Sophia sich noch nicht zu meiner Werbung geäußert. Ich hoffe, ich kann auf deine Hilfe bauen.« Er warf Philip einen verschwörerischen Blick zu. Saids Hände verkrampften sich im Stoff seiner weiten Hose.

»Du weißt, dass Sophia noch nie auf mich gehört hat«, entgegnete Philip. »Und wenn ich ganz ehrlich bin, Guntram, ich glaube, du hättest eine sanftmütigere Frau verdient als meine Schwester.«

»Ich mag ihre Krallen.«

»Ab und an kann es ganz lustig sein, aber auf Dauer …« Philip seufzte. »Hör lieber auf mich, Guntram! Ich dachte immer, du hättest ein Auge auf die sanfte Aglaia geworfen.«

Guntram senkte den Blick und schwieg. Sein Vater antwortete statt seiner. »Aglaia ist tot. Ebenso wie ihre ganze Familie.«

Philip fuhr zusammen. »Wie kann das sein?«

»Es geschah kurz nach eurem Aufbruch. Damals tauchte die

Schakalpfote zum ersten Mal auf. Wenige Nächte später wurde das Haus von Aglaias Familie von einem wütenden Pöbel gestürmt. Noch bevor ihnen jemand zu Hilfe eilen konnte, waren sie tot. Abgeschlachtet und grauenvoll zugerichtet.«

Philip schluckte. Davon hatte sein Großvater ihm nichts erzählt. »Aber warum?«, fragte er fassungslos.

»Man munkelt, es sei eine Warnung gewesen. Andere Stimmen behaupten, Aglaias Vater habe Schulden bei Abd al-Hisâb gehabt.«

»Deshalb habt ihr eure Mauer erhöht und die Knechte bewaffnet.«

Heinrich nickte. »Und es gibt seit einiger Zeit ein Warnsystem. Jedes Gut hat einen Turm, auf dem ein Signalfeuer angezündet werden kann. Hat dein Großvater dir nichts davon erzählt?«

Philip schüttelte den Kopf. »Vermutlich wollte er mir die Ankunft nicht gleich mit seinen Sorgen verderben.«

»Was sagt der Emir dazu?«, fragte Said. »Er ist auch den Christen gegenüber verpflichtet.«

»Gewiss. Aber die Stadtwache kann nicht überall sein. Und so helfen wir uns lieber selbst.«

»Vielleicht sollten wir uns diesen Abd al-Hisâb ansehen«, schlug Said vor. »Nur um Gewissheit zu haben. Wo liegt sein Haus?«

»In der Straße der Laternen«, antwortete Heinrich. »Aber ich fürchte, ihr werdet kein Glück haben. Er führt ein sehr zurückgezogenes Leben. Glaubst du, wir hätten noch nicht versucht, ihn zu beobachten?«

»In der Straße der Laternen«, wiederholte Philip. »Die grenzt doch an die Straße der Wollhändler. Und dort lebt Eustache. Habt ihr ihn nach diesem Mann gefragt?«

»Du meinst den alten Benediktiner?« Heinrich hob überrascht die Brauen. »Nein, darauf sind wir noch nicht gekommen.«

»Dann werden wir es tun«, sagte Philip. »Ich danke euch für

die Gastfreundschaft.« Er erhob sich. »Wir halten euch auf dem Laufenden«, versprach er zum Abschied.

Sie ritten schweigend durch die Straßen. Philips Gedanken schweiften zurück in die Vergangenheit. Er hatte geglaubt, den Schmerz an jenem Tag endgültig überwunden zu haben, als er wieder mit der Lanze im Sattel seines Pferdes saß. Doch nun begriff er, dass er ihn niemals ganz überwinden würde. Die Wunde war vernarbt, aber die Narbe schmerzte noch immer, wenn in seiner Seele Stürme aufzogen.

»Darf ich Euch eine Frage stellen?«, fragte Bertram, während sie sich der Straße der Laternen näherten.

Philip nickte.

»Mein Bruder Johann erzählte mir, dass Ihr im letzten Jahr nicht am Turnier teilnehmen wolltet. Hatte Eure Weigerung etwas mit dem Unfall zu tun, bei dem Euer Vater starb?«

»Ja«, sagte Philip knapp und wunderte sich, dass der zurückhaltende Bertram eine so unverblümte Frage wagte. »Allerdings spreche ich nicht gern darüber.«

»Das kann ich verstehen«, entgegnete der Junge. »Für manches gibt es keine Worte.«

Philip zügelte sein Pferd und musterte seinen Knappen prüfend. »So wie für den Kummer, der dein Herz beschwert?«

Bertram senkte den Blick.

»Ich dachte auch lange, ich könnte niemals Worte für meinen inneren Aufruhr finden«, sagte Philip. »Aber ich fand sie. Lena half mir und gab mir damit den Frieden meiner Seele zurück. Du solltest mit ihr sprechen, Bertram. Sie wird dir gewiss helfen. Und ganz gleich, was dein Herz bedrückt – kann es schlimmer sein als das, was ich getan habe?«

»Ich weiß es nicht«, antwortete der Junge.

»Wirst du mit ihr sprechen?«, versuchte Philip es noch einmal, und schließlich nickte Bertram.

Das Haus von Abd al-Hisâb sah aus wie die meisten Häuser wohlhabender Muslime. Eine weiß gekalkte hohe Mauer, hinter der die Pracht des Wohngebäudes nur zu erahnen war.

»Sehr viel weiter bringt uns das nicht«, meinte Said.

»Nein, solange wir den Hausherrn nicht kennen, wohl kaum«, bestätigte Philip. »Was meinst du? Ob es sich lohnen würde, ihm heute Nacht einen Besuch abzustatten?«

»Du meinst doch nicht etwa, wir sollten einbrechen?«

»Das ist ein hässliches Wort. Heimlicher Besuch trifft es besser.«

»Du bist wahnsinnig! Wenn man uns erwischt, sind wir des Todes.«

»Es war nur so ein Gedanke«, beschwichtigte Philip seinen Freund. »Du hast recht, dafür ist es vermutlich noch zu früh. Lass uns zu Eustache reiten. Vielleicht weiß er mehr, und außerdem freue ich mich auf ein Wiedersehen mit ihm.«

Er warf seinem Knappen einen kurzen Blick zu. »Bruder Eustache wird dir gefallen, Bertram. Ich kenne ihn schon, seit ich ein Knabe war, und er lehrte mich Latein und einiges mehr.«

»Herr Heinrich sagte, er sei ein Benediktiner«, wiederholte Bertram die Worte, die er aufgeschnappt hatte. »Gibt es hier ein Kloster?«

»Nein, nicht mehr. Es ist wohl mehr als dreißig Jahre her, jedenfalls lange vor meiner Geburt, als das Kloster zerstört wurde und die meisten Mönche den Tod fanden. Es waren unruhige Zeiten damals. Die meisten Überlebenden flohen, aber Bruder Eustache ließ sich hier nieder, lebt von den Spenden der Christen und kümmert sich seit vielen Jahren in der Straße der Wollhändler um Waisenkinder und Bedürftige.«

Das Haus von Bruder Eustache hatte sich während der Jahre, seit Philip es kannte, nie verändert. Ein kleiner heller Lehmziegelbau, vor den eine Markise aus verblichenem Stoff gespannt war. Schon als Junge hatte Philip sich gefragt, welche Farbe der Stoff wohl einmal gehabt haben mochte, inzwischen war er grau wie der Staub, der vom Wind durch die Straßen getragen wurde.

Wie immer standen zahlreiche Kinder vor dem Haus und hielten Bettelschalen in den Händen. Bruder Eustache hatte für jeden etwas. Nur eines fiel Philip auf. Früher waren die Kinder nur zerlumpt und mager gewesen, aber heute entdeckte er besonders viele Verkrüppelte unter ihnen.

Der Bruder war damit beschäftigt, den Kindern aus einem riesigen Suppenkessel die Schalen aufzufüllen. Als er die Ankömmlinge auf ihren Pferden hörte, hielt er kurz inne und kniff die Augen zusammen, als müsse er schärfer hinsehen.

»Philip! Du bist zurück, mein Sohn!«, rief er auf Arabisch und ließ die Schöpfkelle in den Kessel sinken.

Philip sprang vom Pferd und ging dem kleinen Mönch entgegen. Bruder Eustache war beinahe so überschwänglich wie Philips Mutter, als er ihn an sich drückte. Philip ließ es sich lachend gefallen. Er schätzte seinen alten Lehrer, der trotz seines geistlichen Standes so ganz anders war als sämtliche Kirchenmänner, denen er gewöhnlich begegnete. Bruder Eustache war ein Mann voll menschlicher Wärme, Güte und Verständnis. Und doch auch jemand, der recht handfest seine Meinung zu vertreten wusste. Für einen Moment fühlte Philip sich an Lenas Tante erinnert, die Nonne Margarita. Sie besaß dieselbe fröhliche Art, ihren Glauben zu leben. Gütig und bodenständig zugleich, nie um eine Antwort verlegen.

Auch Said wurde von Bruder Eustache herzlich begrüßt, dann stellte Philip ihm Bertram vor.

»Mittlerweile hast du also schon einen Knappen«, sagte der Mönch. »Die Zeit bleibt nicht stehen. Wenn du dich eine Weile geduldest, bis ich meine Kinder versorgt habe, lausche ich mit Freude deinen Geschichten.«

Philip nickte lächelnd und sah zu, wie Bruder Eustache den Kindern die Suppenschüsseln füllte.

»Es scheint hier viele Krüppel zu geben«, raunte Bertram Philip zu. »Sind sie Opfer der Kämpfe?«

»Ich glaube nicht«, antwortete Philip ebenso leise. »Der Koran gebietet den Gläubigen, einen Teil ihres Einkommens als Almosen zu geben. Dieser lobenswerte Grundsatz treibt zuweilen giftige Blüten. Es gibt Verbrecherbanden, die sich der streunenden Kinder annehmen und sie zu Bettlern abrichten. Die Knaben werden oft absichtlich verkrüppelt, damit die Menschen Mitleid haben und ihnen reichlicher Almosen geben. Nur haben die Kinder nichts davon, weil sie alles an ihre Herren abliefern müssen.«

»Und die Mädchen?«

»Die betteln nur, solange sie zu klein sind, um in Freudenhäuser gesteckt zu werden. Sie zu verkrüppeln, würde ihre späteren Einkünfte schmälern.«

Bertrams Augen wurden groß wie Suppenschüsseln.

»Das ist widerwärtig! Man merkt, dass hier die Heiden regieren!«

Philip legte Bertram eine Hand auf die Schulter. »Ach, Bertram, leider hat das alles überhaupt nichts mit dem Glauben der Menschen zu tun. Du wirst auch in den Städten der Christen auf solche Auswüchse stoßen. Als wir damals aufbrachen, um die Heimat meines Vaters kennenzulernen, reisten wir durch Rom. Ich war neugierig auf das Zentrum der Christenheit, aber als ich die Stadt betrat, war ich erschüttert. Nie sah ich eine Stadt, in der so viele Huren lebten und selbst Priester, die doch Keuschheit gelobt hatten, ganz offen ihre Dienste in Anspruch nahmen.«

»Hurerei und Unzucht sind die Wurzeln allen Übels«, deklamierte Bertram. Philip schwieg. Was hätte er auch sagen sollen? Er war vor seiner Ehe mit Lena kein Unschuldsengel gewesen, hatte viele Frauen gekannt. Zwar hatte er niemals die verrufenen Hurenhäuser aufgesucht, aber die Badestuben, in denen er damals verkehrt war, stellten im Grunde nichts anderes dar. Ehrbare Frauen waren dort nicht anzutreffen. Und entschuldigte es ihn wirklich, dass er den Bademägden stets mit Freundlichkeit und großzügigen Trinkgeldern begegnet war? Er hatte sich früher nichts dabei gedacht, zumal er ein gern gesehener Gast gewesen war. Ja, er war sogar davon überzeugt gewesen, dass die Frauen ihr Vergnügen mit ihm hatten.

Nachdem das letzte Kind von Bruder Eustache verköstigt worden war, lud der Mönch die drei Besucher in sein Haus. Auch hier hatte sich nichts verändert. Ein einzelner großer Raum, der Boden aus gestampftem Lehm, in einer Ecke eine karge Bettstatt, in der Mitte ein einfacher Tisch mit zwei langen harten Bänken zu beiden Seiten.

»Nehmt doch Platz!«, bat der Bruder seine Gäste. »So, und nun erzählt!«, forderte er sie auf, als alle saßen. »Wie ist es euch ergangen? Hast du deinen Onkel gefunden, Philip?«

Philip nickte. »Ja, das habe ich. Aber es war keine freudige Begegnung. Es ist eine sehr lange Geschichte, und die möchte ich dir in Ruhe erzählen. Doch heute fehlt uns die Muße.«

»So ernst? Was ist geschehen?«

»Das hofften wir eigentlich von dir zu erfahren. Wir sind gestern zurückgekehrt. Noch am selben Abend wurde eine Schakalpfote ans Tor meines Großvaters genagelt und die Schwelle mit Hühnerblut besudelt. Heute hing erneut eine Warnung an der Tür. Und Ritter Heinrich berichtete uns von Gräueltaten, die an den Christen verübt wurden. Aglaias Familie …«

Bruder Eustache bekreuzigte sich. »Ein grauenvolles Verbrechen. Leider wurden die Täter nicht gefasst.«

»Warum nicht?«, bohrte Philip nach. »Wie kann es angehen, dass der Emir seiner Pflicht nicht nachkommt, die Christen zu schützen? Als wir abreisten, herrschte noch Frieden. Was ist geschehen?«

»Hast du die vielen Krüppel unter den Jungen gesehen?«, fragte der Mönch statt einer Antwort. »Das ist das Werk von Abd al-Hisâb. Aber niemand kann es ihm beweisen. Er ist der Herr der Unterwelt, nach außen hin jedoch ein Mann, der sich in das weiße Gewand der Unschuld hüllt.«

»Heinrich hatte den Verdacht, Abd al-Hisâb könne Khalil sein.«

»Khalil ist tot«, erklärte Bruder Eustache mit derselben Sicherheit wie Said. »Zudem war Khalil auch ein Feind des Emirs, aber Abd al-Hisâb ist der Freund des Emirs.«

»Wie kann der Emir einen Mann, den man den Herrn der Unterwelt nennt, als Freund bezeichnen?«

»Er weiß es nicht. Wie ich dir schon sagte, es sind Gerüchte, die auf den Straßen im Umlauf sind. Der Emir hat mit den armen Menschen nichts zu schaffen. Und auch nicht mit den Christen, seit dein Vater tot ist.«

»Aber wer ist dieser Abd al-Hisâb dann? Wann hat er das erste Mal von sich reden gemacht?«

»Das weiß ich nicht«, gestand Bruder Eustache. »Er muss schon eine Weile in dem prächtigen Haus in der Straße der Laternen gelebt haben, ehe die ersten Gerüchte zu mir flogen. Es waren vor allem die Kinder, die mir von ihm erzählten. Und einige Frauen. Aber wie du selbst weißt, hat das Wort von Kindern kein Gewicht. Ebenso wenig wie das der Frauen. Und kein Mann würde Abd al-Hisâb offen anklagen.«

»Was war mit Aglaias Vater?«

Bruder Eustache hob die Schultern. »Niemand weiß es. Bemerkenswert in diesem Fall ist nur der Umstand, dass alle Gerüchte den Ruf seiner Familie schädigten. So als wolle man den Überfall als Racheakt hinstellen.«

»Tust du mir einen Gefallen, Bruder Eustache?«

»Das weißt du doch.«

»Halt die Ohren offen! Ich will alles über diesen Abd al-Hisâb erfahren. Und wenn er wirklich Khalil sein sollte, dann Gnade ihm Gott.«

14. Kapitel

Thea hatte in ihrem Leben schon viele Märkte besucht. Als Kind hatte sie ihre Geschicklichkeit gern mithilfe kleiner Diebstähle erprobt. Später wickelte ihr Vater auf Märkten seine heimlichen Geschäfte ab und traf sich mit seinen Hehlern. Aber alle diese Erfahrungen ließen sich nicht mit den Eindrücken vergleichen, die ihr der Basar von Alexandria bot. Händler schrien und feilschten aufdringlicher, als Thea es jemals in ihrer Heimat erlebt hatte. Allenthalben zupfte sie jemand am Ärmel, um ihr lautstark seine Waren anzupreisen. Einmal erwischte sie sogar eine kleine Hand unter ihrem Gewand und verpasste dem kindlichen Dieb eine so heftige Ohrfeige, dass er der Länge nach hinschlug.

Sie hatte immer noch Mühe, sich mit den Einheimischen zu verständigen. Wenn ihr Gegenüber allerdings langsam sprach, gelang es ihr besser als erwartet.

Die Menschen starrten ihr nach. Vermutlich, weil sie ihr Haar wieder offen trug. Sie kannte solche Blicke. Früher hatte sie dieses Aufsehen genossen und sich als etwas Besonderes gefühlt. Aber mittlerweile ärgerte es sie, einen Rattenschwanz neugieriger Kinder hinter sich herzuziehen. Einige gut gezielte Backpfeifen schafften wirkungsvolle Abhilfe.

Die Menge der feilgebotenen Waren überraschte Thea. Früchte, die sie noch nie gesehen hatte, Fleisch, Geflügel, Fisch. Dazu gab es kostbare Seidenstoffe, kunstvoll geknüpfte Teppiche, ja, sogar Goldschmuck. Noch während sie an einem Stand stehen blieb, an dem massive Goldreifen feilgeboten wurden, bemerkte sie, dass ihr erneut jemand folgte. Doch diesmal war es kein vorwitziges Kind, sondern ein erwachsener Mann. Er bemühte sich, unauffällig zu bleiben, aber durch ihr bisheriges Leben waren Theas Sinne aufs Äußerste geschärft. Sie beschloss, den Unbekannten auf die Probe zu stellen. War er aufgrund ihrer fremdländischen Erscheinung einfach nur neugierig, oder verfolgte er eine bestimmte Absicht?

Sie verließ den Stand und ging auf den nächsten zu. Der fremde Schatten blieb hinter ihr.

Das werde ich dir schon austreiben, dachte sie bei sich. Sie verließ den Markt und bog in ein dunkles Gässchen ein. Der Mann folgte ihr noch immer. Thea zog das Messer, das sie unter dem Gewand trug, verbarg sich in einer Ecke und wartete. Die Schritte kamen rasch näher, wurden langsamer. Thea lächelte still vor sich hin. Der Verfolger schien verunsichert.

Ein kurzer Blick nach vorn. Noch zwei Schritte, dann hätte er sich auf Reichweite genähert. Und tatsächlich – der Mann kam auf Thea zu und ging an ihr vorbei. Sogleich sprang sie vor, packte ihn von hinten und setzte ihm das Messer an die Kehle.

»Was willst du von mir?«, zischte sie ihm ins Ohr, froh, dass ihr die arabischen Worte so leicht über die Lippen kamen.

Ihr Gegner erstarrte und schwieg. Thea verstärkte den Druck des Messers und ritzte seine Haut.

»Was willst du?«, wiederholte sie ihre Frage mit Nachdruck.

»Vergib, Herrin!«, keuchte er. »Mein Herr verlangte, dass ich dir folge.«

»Wer ist dein Herr?«

»Der bin ich«, hörte sie eine zweite Stimme aus der Dunkelheit der Gasse. »Und ich muss sagen – ich bin beeindruckt.«

Thea spähte über die Schulter ihres Gefangenen hinweg in die Richtung, aus der die Stimme gekommen war.

»Wer bist du?«

»Jemand, dem du aufgefallen bist.«

»Nenn mir deinen Namen!« Am liebsten hätte sie noch hinzugefügt: *Wenn du nicht willst, dass ich deinem Handlanger die Kehle aufschlitze und dir seine Eingeweide vor die Füße werfe.* Leider war ihr Wortschatz dafür allzu begrenzt.

Der Mann trat aus dem Schatten hervor. Er war in einen hellblauen Kaftan gekleidet und trug einen gleichfarbigen Turban. Seine Augen waren dunkel wie die von Said, und sein Gesicht wurde von einem gepflegten, kurzen schwarzen Vollbart umrahmt.

»Du kannst mich Omar nennen«, sagte er.

»Ist das dein Name?«

»Du kannst mich so nennen«, wiederholte er. Also ein Deckname, dachte Thea bei sich.

»Hättest du nun die Güte, meinen Untergebenen loszulassen?«

»Um meinen Vorteil aufzugeben?«

»Du traust mir nicht?« Er sprach sehr langsam, denn er hatte offenbar begriffen, dass sie das Arabische nur unzulänglich beherrschte.

»Warum sollte ich?«

»Vielleicht weil du ihn nicht ewig bedrohen kannst. Und wenn du ihn tötest, hast du keinen Schutzschild mehr.«

Thea musterte den Mann. Bis auf einen Krummdolch schien er unbewaffnet. Sie senkte die Klinge und stieß ihr Opfer von sich.

»Was willst du von mir?«, fragte sie Omar und hielt das Messer weiterhin umklammert.

»Ich wollte dich kennenlernen.«

»Warum?«

Er trat einen Schritt auf sie zu. Sofort richtete sie die Waffe auf ihn. »Bleib stehen!«

Beschwichtigend hob er die Hände.

»Vielleicht weil ich noch nie eine Frau wie dich gesehen habe. Aber vor allem hast du meine Neugier erregt.«

»Habe ich das?«

Er nickte. »Wie ich hörte, bist du gestern mit der *Al-Kâbir* im Gefolge des Enkels von Mikhail in Alexandria angekommen.«

»Bist du ein Freund von Mikhail?«

»Bist du seinem Enkel wohlgesinnt?«

Nun war es an Thea, überrascht zu sein. »Was soll die Frage?«

»In diesem Land haben die Mauern Ohren. Ich habe erfahren, auf welche Weise du Philip gestern Abend … getroffen hast.« Ein dünnes Lächeln umspielte seine Lippen. »Das machte mich neugierig.«

Thea musterte Omar eingehend. Er mochte zwar wie ein arabischer Edelmann gekleidet sein, aber seine Ausstrahlung verriet ihn eindeutig als Schurken. Wobei sie nichts gegen Schurken hatte, erst recht nicht, wenn sie so ansehnlich aussahen wie Omar. Vielleicht nutzte es, wenn sie sich dumm stellte. Womöglich gehörte Omar das Haus in der Straße der Laternen …

»Das machte dich also neugierig«, wiederholte sie. »Inzwischen hast du mich gesehen. Genügt dir das?«

»Nein. Ich möchte mich bei dir dafür entschuldigen, dass mein ungeschickter Diener dir solche Umstände bereitete. Darf ich dich als Entschädigung zu einer kleinen Erfrischung in mein Haus einladen?«

In sein Haus … Eine gute Möglichkeit, ihren Verdacht zu überprüfen. Andererseits wäre das fast zu einfach gewesen. Wenn der Mann derjenige war, für den sie ihn hielt, konnte es gefährlich werden. Was, wenn er sie als Geisel nehmen wollte, um Philips Familie zu erpressen?

»Eine ehrbare Frau folgt keinem unbekannten Mann«, erklärte sie und war froh, dass ihr das Arabische mittlerweile so geläufig war.

»Das spricht für dich.« Er deutete eine höfliche Verbeugung an. »Darf ich dich dennoch wiedersehen?«

»Warum nicht?«, antwortete sie. »Ich bin morgen wieder hier. Wenn du allein kommst, ohne deinen Handlanger, sehen wir weiter.«

»Und du? Wirst du auch allein sein?«

Seine Frage bestätigte ihre Vermutung. Er hatte ebensolche Bedenken wie sie. Zwei Menschen, die noch nicht wussten, ob sie Freunde oder Feinde waren.

Sie lächelte ihm aufmunternd zu. »Glaubst du, ich gefährde meinen Ruf und erzähle überall herum, dass ich mich mit einem Mann treffe?«

»Dann erwarte ich dich morgen um die nämliche Stunde«, sagte er. Thea nickte. Sie würde schon zwei Stunden vor ihm zur Stelle sein, nur um sicherzugehen, dass er wirklich allein kam …

15. Kapitel

»Der Wert eines Teppichs bemisst sich danach, was er verbirgt«, sagte Meret, während ihre Hände geschickt die kleinen Knoten am Webrahmen knüpften.

Lena war ihrer Schwiegermutter während des ganzen Tages bereitwillig gefolgt und hatte viel über das Leben der ägyptischen Christen erfahren. Meret hatte ihr auch gezeigt, wie einige einfache Speisen zubereitet wurden. An diesem Tag, einem Mittwoch, aßen die Kopten nur Obst und Gemüse. So lernte Lena, dass deren Speisevorschriften weitaus strenger waren als die ihrer Heimat. Jeden Mittwoch und Freitag waren tierische Erzeugnisse verboten, selbst Milch, Eier oder Fisch. Dies solle die Menschen daran erinnern, wie Adam und Eva einst im Paradies gelebt hätten, hatte Meret ihr erklärt.

Jetzt sah sie ihrer Schwiegermutter dabei zu, wie diese an einem prächtigen Teppich arbeitete.

»Ein Teppich ist umso wertvoller, je enger die Knoten geknüpft sind«, fuhr Meret fort. »Aber auch seine Symbole sind von Bedeutung. Es gibt Teppiche, die erzählen Geschichten, andere sehen einfach nur hübsch aus, und manche hüten gar Geheimnisse. Dieses Stück wird ein Geheimnisträger sein.«

»Was ist sein Geheimnis?«

»Siehst du diese Zeichen?« Meret wies auf das untere Drittel des Teppichs, das bereits fertiggestellt war.

Lena nickte. »Sind es arabische Schriftzeichen?«

»Nein, das ist die demotische Schrift, ein Erbe der alten Ägypter, deren Nachfahren wir sind. Sie hält die Worte unserer Sprache fest.«

»Und was steht dort?«

»Mancherlei.« Meret lächelte. »Für einen Fremden ist es einfach nur ein Teppich mit einem besonderen Muster. Ein Kopte würde ein Zitat aus der Heiligen Schrift entziffern. Aber für die Hüterinnen ist es ein Hinweis auf Djeseru-Sutech.«

Wieder der Name dieser geheimnisvollen Stadt, von der ihr Philip bereits am Tag ihrer Hochzeit erzählt hatte!

»Du sprichst in der Mehrzahl. Wer sind die Hüterinnen?«

»Die Frauen unseres Hauses. Schon seit Generationen. Mittlerweile sind nur noch Sophia und ich übrig geblieben. Und da du inzwischen zur Familie gehörst, sollst auch du zur Hüterin des Geheimnisses werden.«

Überrascht hob Lena den Blick. »Die Männer kennen es nicht?«

Meret schüttelte den Kopf. »Sie kennen nur den Mythos.«

Lena erinnerte sich an Philips Erzählung, dass er als Junge davon geträumt hatte, irgendwann die verborgene Stadt in der Wüste zu finden.

»Warum werden die Männer nicht eingeweiht?«

»Das ist eine lange Geschichte, die ihren Ursprung in den alten Zeiten hat, bevor das Christentum seinen Weg in die Herzen der Menschen fand.«

Meret ließ von ihrem Teppich ab und erhob sich.

»Komm, Lena, ich zeige dir den Anbeginn!«

Neugierig folgte Lena ihrer Schwiegermutter. Ihr Weg führte sie nach ganz unten, vorbei am Bad, zu einer eisenbeschlagenen kleinen Tür. Meret stieß sie auf. Ein seltsamer Geruch schlug ihnen entgegen. Kein Moder, aber doch irgendwie alt. Meret nahm ein Öllämpchen, das an einem Haken hing, und entzündete es. Dann ging sie voraus. Die Stufen waren uralt, die grauen Steine in Jahrhunderten blank getreten. Unwillkürlich griff Lena nach dem eisernen Handlauf, um auf den glatten Stufen nicht auszurutschen. Als sie unten angelangt waren, entdeckte sie weitere Türen.

»Dahinter befinden sich die Heizkessel«, erläuterte ihre Schwiegermutter und wies auf eine der Türen. »Aber unser Ziel liegt noch tiefer.« Sie gingen bis zum Ende eines Korridors. Dort befand sich ein großes Portal. Die Türeinfassung wurde von römischen Säulen gebildet, und die Tür selbst war mit Kupferbeschlägen verziert, die menschlich anmutende Masken zeigten. Im Lauf der Jahrhunderte hatte sich eine grüne Patina über die seltsamen Gesichter gelegt und verlieh ihnen etwas Unheimliches, beinahe so, als würden sich ihre Mienen im Schein der Öllampe verändern.

»Eine erstaunliche Pracht für einen dunklen Keller«, meinte Lena.

»Ja. Aber das hat seinen Grund.« Meret öffnete die Tür. Dahinter führten weitere Stufen in die Tiefe. Schließlich hatten sie ihr Ziel erreicht. Im kühlen Luftzug flackerte das Öllicht, während Meret weitere Lampen entzündete. Lena fragte sich, woher der Windhauch so tief unter der Erde wohl kommen mochte. Erst als es heller geworden war, erkannte sie, an welchen Ort Meret sie geführt hatte. Dies war die Gruft der einstigen Hausbewohner. Philip hatte ihr davon erzählt – von seinen Vorfahren aus römischer Zeit.

Meret trat an den größten Sarkophag in der Mitte. Er war aus grauem Stein gehauen, verziert mit Ornamenten und Fabelwesen, die Lena nicht kannte. Ihre Schwiegermutter leuchtete auf den Sarkophag.

»Siehst du die Inschriften?«, fragte sie.

Lena ließ ihre Hand über die uralten Buchstaben gleiten. PUBLIUS AQUILIANUS PERTINAX war in den Stein eingemeißelt.

»Er lebte vor mehr als tausend Jahren«, erläuterte Meret. »Der männliche Urahn, der unsere Familie begründete. Aber er war nicht der Träger des Erbes von Djeseru-Sutech. Das oblag seiner Frau.« Meret näherte sich dem zweiten Sarkophag.

»Meret Aquiliana«, las Lena und hob den Kopf. »Sie trug denselben Namen wie du.«

Meret nickte. »Seit jener Zeit wurden viele Mädchen nach ihr benannt. Der Legende zufolge war die erste Meret die älteste Tochter von Talonas, dem Herrn von Djeseru-Sutech. Ihre Aufgabe wäre es gewesen, die Stadt auf ewig in der Wüste zu behüten, doch sie folgte ihrem Herzen und verließ Djeseru-Sutech.«

»Um mit Publius Aquilianus Pertinax zu leben?«

»So war es. Doch das galt in den Augen ihres Vaters als Verrat, denn Pertinax war ein römischer Offizier, und Talonas hasste alles Römische.« Lenas Schwiegermutter atmete tief durch. »Männer führen Kriege, um ihre Macht zu festigen. Frauen kennen andere Möglichkeiten, und wenn eine kluge Frau über das Herz eines Mannes herrscht, verlieren Kriege ihre Bedeutung. Viele Legenden ranken sich darum, wie Pertinax und Meret sich kennenlernten und wie erbost Talonas war, als seine Tochter aus Djeseru-Sutech floh. Letztlich siegte die Liebe, und die Familien versöhnten sich. Merets Töchter wurden zu den ersten Hüterinnen, denn so konnten sie ihr Erbe weitertragen, auch wenn sie nicht mehr in Djeseru-Sutech lebten. Meret Aquilianas erstgeborene Tochter liegt hier.« Meret deutete auf den dritten Sarkophag.

»Maharet«, las Lena. »Warum wurden nur die Töchter zu Hüterinnen, warum nicht die Söhne?«

»Weil die Söhne im römischen Heer dienten. Niemals sollten sie in Versuchung geraten, gegen das mütterliche Erbe zu Felde zu ziehen. Die Söhne erfuhren nur vom Mythos. Eine spannende Geschichte, nicht mehr. So wird es noch heute weitergegeben, und sei es nur, um die Abenteuerlust der Jungen zu zügeln. Töchter können ein Geheimnis wahren, ohne es ans Licht zerren zu wollen. Aber wenn ich an Philip denke ... Wenn er wüsste, dass es diese Stadt wirklich gibt, hätte er längst danach gesucht. Dann hätten sich womöglich Schakale in Menschengestalt an seine Fährte geheftet und den Ort entweiht.«

»Du hast diese Stadt also niemals gesehen? Warum bist du dir dann so sicher, dass sie mehr als ein Mythos ist?«

»Wenn du dir die Sarkophage ansiehst, findest du die Hinweise. Sie wurden jedoch bereits vor Jahrhunderten entfernt. Sieh her!« Meret beleuchtete den Rand von Pertinax' Sarg. Was Lena im Halbdunkel für Ornamente gehalten hatte, waren in Wirklichkeit die Spuren eines Meißels, der irgendetwas fein säuberlich herausgeschlagen hatte.

»Hier wäre das Geheimnis allzu leicht zu lüften gewesen«, erklärte Meret. »Deshalb haben die Hüterinnen die Symbole entfernt und eine andere Möglichkeit gefunden, den Weg nach Djeseru-Sutech in unserem Gedächtnis zu erhalten. Jede Hüterin webt im Lauf ihres Lebens drei Teppiche, die das Geheimnis dieser Stadt in sich tragen. Wenn der dritte Teppich vollendet ist, werden die alten Geheimnisträger zerstört. So bleibt der Weg in unseren Herzen und Köpfen, ist aber den Uneingeweihten für alle Ewigkeiten versperrt.«

»Aber wozu?«, fragte Lena. »Wozu wird dieses Wissen weitergegeben, wenn sich nie jemand nach Djeseru-Sutech aufmacht? Vielleicht gibt es die Stadt gar nicht mehr. Und wenn sie nicht gefunden werden soll, wäre es dann nicht besser, ihr Geheimnis ganz dem Vergessen anheimzugeben?«

»Es heißt, irgendwann werde Djeseru-Sutech sich wieder zeigen, denn an diesem Ort werde das gesamte Wissen der Alten Welt gehütet. Weiter heißt es, in Djeseru-Sutech gebe es Ärzte, die jede Krankheit heilen könnten, Gelehrte, die Antworten auf alle Fragen wüssten. Soll der Weg zu diesem Quell des Wissens wirklich für immer versperrt sein?«

Das gesamte Wissen der alten Welt … Ärzte, die jede Krankheit heilen können, schoss es Lena durch den Kopf. Auf einmal fühlte sie sich schmerzhaft an ihren leeren Schoß erinnert. Ob es an einem Ort wie Djeseru-Sutech wohl Heilung gab?

»Nein, gewiss nicht«, antwortete sie nach einer Weile und spürte zugleich, wie ein neuer Gedanke von ihr Besitz ergriff. Wenn es diese Stadt wirklich gab, wäre es dann nicht an der Zeit gewesen, sie erneut zu suchen? Wie von selbst glitt ihre Hand zu dem goldenen Anhänger der Göttin Isis. Meret hatte recht, Philip hatte immer davon geträumt, die Stadt irgendwann zu finden, das hatte er ihr am Tag ihrer Hochzeit gesagt. Damals hatte sie es für eine seiner Geschichten gehalten, doch inzwischen war alles anders geworden. Das Wissen der alten Welt … Der Gedanke ließ sie nicht mehr los.

Sie dachte noch darüber nach, als es längst Abend geworden war und die Großfamilie sich zum Essen versammelte. Thea war diesmal pünktlich, aber sehr schweigsam. Ob sie wohl Schuldgefühle wegen ihres Übergriffes letzte Nacht hatte? Doch sofort verwarf Lena den Gedanken wieder. Sie konnte sich nicht vorstellen, dass Thea so etwas wie ein schlechtes Gewissen überhaupt kannte. Im Gegenteil – obwohl die Räuberin so still war, wirkte sie zufrieden wie ein Kind, dem jemand ein wundervolles Geschenk gemacht hat. Lenas Blick wanderte weiter zu Philip. Seine Aufmerksamkeit galt Bertram. Fast kam es ihr so vor, als führe der Ritter ein wortloses Zwiegespräch mit seinem Knappen. Sie hatte ihren Gatten während des ganzen Tages nicht gesehen, wusste nicht, was derweil geschehen war. Hatte Bertram sich geöffnet? Wusste Philip, was den Jungen quälte?

Said saß Sophia gegenüber. Die beiden warfen sich so innige Blicke zu, dass Lena sich fragte, ob Meret die Gefühle ihrer Tochter tatsächlich noch nicht bemerkt hatte.

»Ich habe nachgedacht«, begann Philips Großvater das Tischgespräch, nachdem die Mägde ihnen aufgetragen hatten. Gefüllte Teigtaschen, Reis mit Früchten, dazu Fladenbrot.

Philip hob den Blick. »Worüber, Großvater?«

»Du hast Thea in unser Haus gebracht, da du dich für sie verantwortlich fühlst. Das ist lobenswert, aber auf Dauer kannst du die Verantwortung für eine unverheiratete Frau nicht übernehmen. Wir sollten eine vorteilhafte Verbindung für sie finden.«

Ruckartig hob die Genannte den Kopf.

»Ich habe es nicht nötig, dass jemand eine vorteilhafte Verbindung für mich findet!«

»Das Feuer der Jugend erkennt oft nicht die Notwendigkeiten, die das Leben mit sich bringt«, erwiderte Mikhail gelassen. »Eine Frau braucht einen Mann, um ihren eigenen Haushalt zu gründen und in Sicherheit zu leben.«

Fast befürchtete Lena, Thea werde Mikhail ihren Becher an den Kopf werfen, aber die Räuberin beherrschte sich.

»Ist das so?«, fragte sie stattdessen und verschränkte die Arme vor der Brust. »Hast du mir auch schon einen passenden Mann ausgesucht?«

»Am besten jemanden, den wir nicht leiden können«, murmelte Philip so leise, dass nur Lena ihn verstand. Sie verbiss sich ein Lächeln.

»Es gäbe mehrere geeignete Bewerber«, fuhr Philips Großvater fort. Theas Verhalten beeindruckte ihn nicht im Geringsten. »Zum einen wäre da Ritter Raymond.«

»Der ist doch längst verheiratet«, warf Philip ein.

Mikhail runzelte die Stirn. »Raymonds Weib starb letztes Jahr.«

»Und nun sucht er für einen Haufen Bälger eine neue Mutter!«, fauchte Thea. »Ich danke bestens.«

»Zwei Söhne«, fuhr Philips Großvater fort. »Zwei und sechs Jahre alt. Reizende Kinder.«

»Dann findet er bestimmt eine reizende, kinderliebe Frau und braucht mich nicht.«

»Er hätte gern wieder eine Frau mit deutschen Wurzeln. Zudem würde er als Witwer nicht so genau auf das Vorleben seiner künftigen Gattin achten.«

»Das wird ja immer schöner! Was soll das heißen?«

»Nun ja«, Mikhail räusperte sich. »Gewisse … Mängel in der Erziehung überginge er großzügig.«

»Ich glaube nicht, dass Thea die Richtige für Raymond wäre«, warf Philip ein.

»Weshalb nicht?«, fragte sein Großvater.

»Zweifellos würde er mit ihr nicht glücklich. Dafür kenne ich Thea mittlerweile zu gut.«

»Hm, dann käme noch Friedrich in Frage.«

»Friedrich der Kurze?«, rief Philip. »Das ist wohl ein Scherz!«

Theas Augen weiteten sich. »Etwa ein Zwerg?«, fragte sie.

»Das wäre übertrieben«, antwortete Philip. »Aber er ist schon recht … handlich. Er reicht dir ungefähr bis zur Nase.«

»Die Vorzüge eines Mannes bemessen sich nicht in seiner Körpergröße«, sagte Mikhail streng.

»O ja, er ist sicher recht brauchbar, wenn ich meinen Bierhumpen auf seinem Kopf abstellen kann«, bemerkte Thea trocken. Sophia brach in Gelächter aus, und auch Lena musste unwillkürlich lächeln.

»Und was hast du sonst noch im Angebot? Da es sich anscheinend um minderwertige Ware handelt, hätte ich gern einen Stummen. Der würde mich wenigstens mit solch dummem Gerede verschonen, wie ich es gerade zur Genüge ertragen muss.«

»Raymond ist keine minderwertige Ware«, widersprach Philip. »Der Mann ist eigentlich viel zu schade für dich.«

Unvermittelt sprang Thea von ihrem Sitz auf. »Danke, das reicht mir!«, schrie sie und verließ den Speisesaal.

Mikhail runzelte die Stirn. »Philip, das wäre nicht nötig gewesen. Was sollen wir mit Thea anfangen, wenn sie zu keiner Heirat bereit ist?«

»Sie wird schon für sich sorgen.«

»Und dabei den Ruf unseres Hauses beschmutzen? Denk daran, sie ist unser Gast. Was immer sie tut, es fällt auf uns zurück.«

»Thea lässt sich nicht verheiraten«, beharrte Philip.

»Dann solltest du mit ihr sprechen«, entgegnete sein Großvater. »Du musst sie überzeugen – zu ihrem eigenen Wohl.«

Philip zog ein Gesicht, als hätte er soeben einen weiteren Tritt unterhalb der Gürtellinie abbekommen.

»Wirst du mit ihr sprechen?«, wiederholte sein Großvater, und es klang weniger nach einer Frage als nach einer strikten Anweisung. Widerwillig nickte Philip.

Kurz bevor die Tafel aufgehoben wurde, wandte er sich unbemerkt an Lena. »Ich würde mich freuen, wenn du mit Bertram reden könntest«, raunte er ihr zu. »Ich glaube, er ist bereit, seine Bedrängnis zu offenbaren.«

»Weißt du inzwischen, was ihm widerfahren ist?«

»Nein, aber du bekommst es gewiss heraus.«

»So gewiss, wie du Thea zur Heirat mit Friedrich dem Kurzen bewegst?«

Philip verzog das Gesicht. »Du klingst schon fast wie Said.«

Lena lächelte. »Missfällt dir das?«

Er erwiderte ihr Lächeln, sagte aber nichts mehr.

Bertram schien Lenas Vorhaben zu erahnen und wollte möglichst unauffällig von der Tafel verschwinden. Doch Lena war schneller und hielt ihn zurück.

»Bertram, ich möchte mit dir reden.«

»Ja, Frau Helena.« Er senkte den Kopf, als würde er wie ein armer Sünder vor Gericht geführt.

»Suchen wir uns einen Platz im Innengarten!«, schlug Lena vor. Bertram nickte schwach. Vermutlich hätte er genauso genickt, wenn sie ihm befohlen hätte, ins Fegefeuer hinabzusteigen.

Zielstrebig ging sie auf die kleine Bank zwischen den blühenden Granatapfelbäumen zu. Wie sehr sich die Bilder glichen! Philip hatte ihr zwischen zwei blühenden Kirschbäumen sein Herz geöffnet. Ob es ihr wohl gelang, endlich hinter Bertrams Geheimnis zu kommen?

Zögernd nahm der Junge neben ihr Platz.

»Philip bat mich, mit dir zu sprechen«, begann sie.

»Ich weiß, er bat auch mich darum«, lautete die Antwort.

»Keine Schuld wiegt so schwer, als dass sie durch eine Aussprache nicht leichter würde.« Lena sah Bertram aufmunternd an. »Du hast mir erzählt, du hättest Ritter Hermann verflucht, auf dass ihn der Schlag treffe. Und dann traf ihn tatsächlich der Schlag, und seither glaubst du, deine Flüche würden wahr.«

Bertram schwieg.

»Ich kann mir nicht vorstellen, dass du grundlos geflucht hast. Nicht du, Bertram. Ich habe selten einen jungen Mann deines Alters getroffen, der so zurückhaltend und feinfühlig ist. Wenn du die Beherrschung verloren hast, dann muss etwas Schlimmes geschehen sein.«

Bertram schluckte, schwieg aber noch immer.

»Glaubst du, Ritter Hermann hat deinen Fluch verdient?«

»Ich … ich wollte nicht, dass das geschieht!«

»Natürlich nicht.« Lena wartete ab, ob Bertram wohl von sich aus weitersprach. Doch nichts geschah. Der Junge saß steif neben ihr und starrte auf die gegenüberliegende Gartenmauer. Ein kleiner Vogel saß darauf, doch kaum hatte Lena ihn bemerkt, flog er davon, so als hätte ihn allein ihr Blick vertrieben.

»Wir Menschen sind schon sonderbar«, ergriff sie schließlich abermals das Wort. Ihr war klar geworden, dass Bertram sonst bis zum Jüngsten Tag schweigend neben ihr sitzen geblieben wäre. »Ich bin einmal einem Mann begegnet, den ebenfalls der Schlag getroffen hatte. Es war geschehen, nachdem seine einzige Tochter sich von einem Nichtsnutz hatte schwängern lassen, der sie dann sitzen ließ. Seine Angehörigen meinten, die plötzliche Nachricht über jenes Unheil sei die Ursache gewesen.«

Bertram erwiderte nichts, schien Lena aber aufmerksam zuzuhören.

»Traf Ritter Hermann der Schlag etwa gar nicht wegen deines Fluches, sondern wegen der Sache, für die du ihn verflucht hast?«

Bertram schluckte erst, dann würgte er.

»Was hat Ritter Hermann getan?«, bohrte Lena entschlossen nach.

»Er … er … Nein! Das kann ich nicht sagen! Nicht vor einer ehrbaren Frau wie Euch.« Er wollte aufspringen, doch Lena erhob sich rasch und packte ihn mit aller Kraft am rechten Handgelenk.

»Du ahnst nicht, was eine ehrbare Frau wie ich schon alles gehört und gesehen hat. Also, was war es?«

Ganz kurz blitzte Zorn in Bertrams Augen auf. Lena hielt sein Gelenk fest umklammert, dennoch hätte er sich losreißen können, allerdings nur mit Gewalt.

Der Knappe atmete mehrfach tief durch, dann setzte er sich wieder.

»Wenn Ihr es unbedingt hören wollt …«, flüsterte er. »Ich mochte Ritter Hermann. Ich fühlte mich stets wohl bei ihm. Er ging nicht mit Härte und Strenge vor, sondern war immer väterlich.« Bertram schluckte erneut, und Lena ließ ihn los. »Allerdings war ich verwirrt, als ich mehr über ihn erfuhr. Wisst Ihr, bei uns auf Burg Hohnstein wird die Moral hochgehalten. Mein Bruder Johann käme niemals auf den Gedanken, seiner Mechthild untreu zu werden, und mein Vater trägt seine Witwerschaft mit Würde. Bei Ritter Hermann war das anders …«

»Er hatte eine Geliebte?«

»Eine Kebse«, verbesserte Bertram. »Zunächst habe ich mir nichts dabei gedacht, auch wenn es für mich ungewohnt war und allem widersprach, was man mich an Tugend gelehrt hatte. Doch ich wusste, dass viele Ritter derart handeln, und tröstete mich damit, dass auch Hermann Witwer war und ein anderes Verhältnis als das einer Kebse mit seiner Magd nicht möglich war. Zudem hatte ich den Eindruck, dass er sie aufrichtig liebte.«

»Was geschah dann?«

»Nun, mein Eindruck, dass er Agatha liebte, wurde bestätigt. Ich bin mir sicher, dass er sie geheiratet hätte, wenn es nicht die Standesschranken zwischen ihnen gegeben hätte. Das versöhnte mich mit dem Verhältnis. Dann wurde Agatha schwanger, und Hermann war überglücklich. Sein verstorbenes Weib hatte ihm niemals einen Sohn geschenkt, nun hoffte er auf einen männlichen Nachfolger und wollte alles in die Wege leiten, ihn als natürlichen Sohn anzuerkennen und seinen Stand gesetzmäßig festlegen zu lassen.«

»Das ist lobenswert.«

»Gewiss, und zu dem Zeitpunkt gab es auch noch keinen Hader. Aber dann erlitt Agatha eine Fehlgeburt und starb einige Tage später an den Folgen.« Bertram brach ab, sein Gesicht war kalkweiß geworden.

»Ich nehme an, das war ein schwerer Schlag für Ritter Hermann.«

»Das war es. Er war verzweifelt, nicht mehr er selbst. Und dann begann es …«

»Was begann?«

Bertrams Hände ballten sich zu Fäusten, so fest, dass die Fingerknöchel weiß hervortraten.

»Er ließ sie aufgebahrt liegen, tat aber nichts, um sie bestatten zu lassen. Und dann, am dritten Tag nach ihrem Tod, da hörte ich seltsame Laute aus der Kammer der Toten. Einen merkwürdigen Gesang und …« Er brach ab. Lena erwartete, dass er weitersprach wie schon zuvor, doch plötzlich sprang er auf und rannte davon. So schnell, dass sie ihn nicht halten konnte.

»Bertram!«, rief sie ihm hinterher, doch er war längst verschwunden.

16. Kapitel

Um diese frühe Stunde war der Basar noch nahezu menschenleer, nur die Händler beluden bereits ihre Stände. Für Thea ein guter Zeitpunkt, sich einen unauffälligen Platz zu suchen und darauf zu achten, ob Omar tatsächlich allein kam. Während sie die Gassen und Marktbuden im Auge behielt, schweiften ihre Gedanken zurück in die Vergangenheit. Mehr als ein Jahr war es nun her, seit sie das letzte Mal auf der Lauer gelegen hatte. Seinerzeit war Philip ihre Beute gewesen. Ohne dass sie es wollte, stiegen alte Bilder auf. Und nicht nur Bilder. Auch der Geruch der feuchten Frühlingswälder kehrte zurück und versetzte ihr einen schmerzhaften Stich in der Brust. Der Wald war ihr Reich gewesen. Dort kannte sie jeden Winkel, wusste, wo sie Schutz und Nahrung fand. Hastig versuchte sie, das aufsteigende Heimweh fortzublinzeln, doch die Bilder blieben. An jenem Tag hatte es geregnet. Philip hatte sie hoch zu Ross unter den überhängenden Ästen einer Eiche erwartet, die ihm kaum Schutz vor der Nässe geboten hatte. Sein Rappe war unruhig gewesen, hatte immer wieder den Kopf hochgeworfen. Sie hatte ihn eine ganze Weile beobachtet, bevor sie sich ihm gezeigt und ihn in ihre kleine Liebeshütte geführt hatte. Doch damals hatte sie sich in ihrem Jagdgebiet aufgehalten, und Philip war der Fremde gewesen. Eine echte Gefahr hatte nie bestanden. Hier jedoch hatte sie Omars Revier betreten, beherrschte die Sprache nur mangelhaft und wusste wenig über die Gebräuche dieses Landes. Was, wenn Omar tatsächlich Khalil war? Oder einer seiner Vertrauten? Die Gefahr, dass er sie als Geisel nahm, um Philip zu schaden, schwebte nach wie vor über ihr. Andererseits war es dringend notwendig, dass sie eigene Verbündete gewann. Und wie man mit Schurken umging, wusste sie seit frühester Jugend. Sie vereinte die Macht der Weiblichkeit mit der Gewalt der Waffen. Wenn sie einen Mann begehrte, dann hatte dieser schon in dem Augenblick verloren, da sie ihren Entschluss fasste.

Bis auf Philip …, schlich sich der unerträgliche Gedanke erneut in ihren Kopf. Sie atmete tief durch. Kein Mann durfte am Leben bleiben, der sie verraten hatte!

Langsam belebte sich der Markt. Thea verharrte in ihrer verborgenen Ecke und hielt die Augen weiterhin offen. Noch war es zu früh, aber falls Omar sie überlisten wollte, stellte er vielleicht schon jetzt seine Männer auf. Es gab nicht viele Winkel, in denen er sich vor der Zeit verstecken konnte. Einen davon besetzte sie.

Eine Gestalt näherte sich zielstrebig der dunklen Nische, in der sie lauerte. Der Mann hatte die Kapuze seines Burnus tief ins Gesicht gezogen und schien Mund und Nase mit einem Tuch zu verhüllen. Unwillkürlich presste Thea sich noch fester gegen die Wand und griff nach ihrem Dolch.

An der Art, wie der Mann sich bewegte, erkannte sie, dass er nichts von ihrer Anwesenheit ahnte. Er schien ebenfalls darauf bedacht, nicht gesehen zu werden. Diesen Umstand nutzte Thea. Kaum befand er sich in Reichweite, sprang sie aus der Deckung hervor, packte ihn von hinten und hielt ihm den Dolch an die Kehle.

»Was willst du hier?«, zischte sie.

Zu ihrer Überraschung lachte ihr Gefangener.

»Die rote Thea – sie wird ihrem Ruf gerecht«, sagte er und betonte jede Silbe. Es war Omar selbst. »Wirst du mich nun erstechen?«

»Wir sind erst in einer Stunde verabredet«, wandte sie ein, ohne den Griff zu lockern.

»Ich wolle sichergehen, dass du allein kommst. So wie du anscheinend auch.«

Endlich senkte Thea ihre Waffe und gab ihn frei.

»Ich bin allein.«

»So wie ich.« Er schlug die Kapuze zurück und löste das lange Ende seines Turbans, das er wie einen Schleier vors Gesicht geschlagen hatte.

Er war ein ansehnlicher Mann, das hatte Thea schon bei der ersten Begegnung mit innerer Genugtuung festgestellt. In ihren heimatlichen Wäldern hätte sie genau gewusst, wie und wo sie ihre Beute schlagen konnte. Doch hier herrschten andere Sitten.

»Und was geschieht nun?« Sie blickte ihn mit unschuldigem Augenaufschlag an. Eine Kunst, die sie meisterhaft beherrschte, wenn sie es darauf anlegte.

»Vermutlich hast du bislang nicht viel von Alexandria gesehen.«

»Den Hafen und den Basar.«

»Und das auch nur, weil du eine eigenständige Frau bist.« Er lächelte sie an. »Die Frauen aus Mikhails Haus verlassen sein Anwesen gewöhnlich nicht allein.«

»Bist du schlecht auf Mikhails Haus zu sprechen?«

»Wie kommst du darauf?«

»Warum solltest du sonst so vorsichtig sein? Und warum solltest du sonst deine Spione hinter seinen Mauern in Stellung bringen?«

»Und du? Mir scheint, Mikhails Enkel Philip hat deinen Zorn erregt.«

»Er hat meinen Vater dem Tod überantwortet.«

»Und dennoch hast du ihn begleitet.«

»Ich sinne auf Rache.«

»Rache«, wiederholte Omar. »Ein Wort, das aus dem Mund einer Frau tödlicher klingt als bei einem Mann.«

»Und was willst du?«

»Dir die Stadt zeigen.« Er schenkte ihr erneut ein Lächeln, und ganz gegen ihren Willen wurde Thea auf einmal warm ums Herz. Sofort kämpfte sie gegen das Gefühl an. Begehren ja, aber niemals wieder Zuneigung!

Omar war ein angenehmer Begleiter. Er bemühte sich, langsam und deutlich zu sprechen, und Thea war erstaunt, wie viel sie schon von der arabischen Sprache verstand. Er stieg mit ihr auf den alten Leuchtturm, den sie bereits vom Meer aus gesehen hatte. Einstmals, so berichtete er, sei der Turm viel höher gewesen, aber ein Erdbeben habe die Spitze zum Einsturz gebracht. Von dort oben zeigte er ihr die Stadt, wies auf die prächtigsten Gebäude, den Palast des Emirs, die große Moschee, die Reste des römischen Theaters. Thea genoss das Zusammensein mit dem Ägypter. So wie sie damals Philips Gegenwart genossen hatte. Endlich wieder ein Mann, der mehr als Raufereien und Völlerei im Sinn hatte.

»Siehst du die Mündung des Nildeltas?«, fragte er. Thea folgte seinem ausgestreckten Arm mit dem Blick. Viel war nicht zu erkennen, da der Hafen mit seinen Schiffen die Sicht verdeckte. Dennoch nickte sie.

»Dort liegt meine Barke. Möchtest du sie sehen?«

»Barke?«

»Ein Schiff. Anders als die Koggen oder Segler, die hier ankern. Eine Barke ist ein Schiff, das den Reichtum seines Besitzers zeigen soll und der Freude dient.« Seine Augen blitzten sie voller Feuer an.

»Etwa der Sinnenfreude?« Sie hob die Brauen. »Ich weiß nicht recht, ob das schicklich wäre …«

»Wenn ich meiner Göttin huldigen möchte, ist das immer schicklich.« Er legte ihr die Hände auf die Hüften. Ein angenehmes Prickeln durchzog ihren Leib. Es war viel zu lange her, dass sie einen echten Mann besessen hatte. Der kleine Bertram zählte nicht.

»Ich dachte, der muslimische Glaube verbietet fremde Götter.«

»Aber er ist nicht so sinnenfeindlich wie das Christentum. In unserem Paradies leben schöne Jungfrauen, die den Gläubigen alle Wünsche erfüllen.«

»Alle wohl kaum, sonst wären sie keine Jungfrauen mehr«, gab Thea keck zurück.

Omar lachte. »Das Feuer deines Haares spiegelt sich in deinem Mundwerk wider.«

»Und nicht nur dort«, gab Thea zurück. »Ich brenne darauf, deine Barke kennenzulernen.«

Omars Barke lag im Delta des Nils vor Anker, weit vor der eigentlichen Hafenmündung. An dieser Stelle war der Fluss so breit, dass es eines Bootes bedurfte, um an Bord zu gelangen.

Nie zuvor hatte Thea ein solches Schiff gesehen. Es hatte Ruder wie eine Galeere, ein quadratisches Segel wie die *Windsbraut*, aber am erstaunlichsten war seine Form. Bug und Heck glichen einander, und das Deck sah aus, als wäre es nur das Fundament für den hölzernen Palast, der sich darauf erhob.

»Segelst du damit auch über die Meere?«, wollte sie wissen.

»Nein, eine Barke ist nur für die Flussschifffahrt gedacht oder um nahe der Küste entlangzusegeln. Sie wäre ein allzu leichtes Opfer für Piraten.«

Omar rief einen jungen Burschen herbei, der ein seltsames schmales Boot führte, so klein, dass höchstens vier Personen hintereinander Platz nehmen konnten. Es schwankte bedrohlich, als Thea einsteigen wollte. Sie zögerte kurz.

»Hast du Angst?«, fragte Omar.

Welch dumme Frage!, dachte sie. Sie hatte schon als Kind das Schwimmen erlernt. Doch da kam ihr ein Gedanke. Es war vermutlich günstig, wenn Omar nichts davon wusste. Die Barke konnte sich für Nichtschwimmer als ein Gefängnis erweisen. In dem Fall hätte sie sich ihm ausgeliefert. Und es war gewiss äußerst aufschlussreich, wie er mit ihrer scheinbaren Schwäche umging.

»Ich habe keine Angst«, entgegnete sie. »Aber ich kann nicht schwimmen.«

»Hab keine Sorge, ich gebe gut auf dich acht.« Er griff nach ihrer Hand, fest und beschützend zugleich, und betrat mit ihr gemeinsam das schwankende Boot.

Der Jüngling brachte sie wohlbehalten zur Barke.

Von oben wurde ein Seil heruntergelassen, an dem ein seltsames Gestell hing.

Omar bemerkte ihren zweifelnden Blick.

»Ich zeige es dir«, sagte er. »Dir wird nichts geschehen.«

Das Gestell erwies sich als gepolsterte Sitzbank mit Haltegriffen an beiden Seiten, auf der Omar Platz nahm. Kaum saß er, da wurde er wie von selbst hinaufgezogen. Thea fühlte sich an die Lastenaufzüge erinnert, die sie an den Speichern der Hafenstädte gesehen hatte. Der Herr des Schiffes ließ sich also wie ein Sack Getreide an Bord hieven. Sie unterdrückte ein spöttisches Lächeln.

Nachdem Omar an Bord gezogen worden war, wurde der Aufzug erneut heruntergelassen, und Thea nahm Platz. Omar erwartete sie oben und reichte ihr die Hand, damit sie aussteigen konnte. Ein überflüssiges Hilfsangebot, dennoch nahm Thea es als Zeichen seiner Wertschätzung gern an.

Kaum stand sie neben ihm an Deck, da zogen auch schon zwei schwarzhäutige Sklaven einen schweren Vorhang zur Seite und gaben den Blick ins Innere der großen Deckaufbauten frei. Thea stockte der Atem. Sie hatte inzwischen viele prächtige Häuser betreten und erfahren, dass der Orient seinen ganz eigenen Zauber entfaltete. Aber nie zuvor hatte sie einen schwimmenden Palast gesehen. Auf dem Boden lagen kostbare Teppiche und unzählige Sitzkissen. Omar hatte ihre Hand nicht losgelassen und führte sie weiter. Achtlos schritt er über die wertvollen Teppiche, und Thea begriff, dass sie sich erst in der Vorhalle aufhielten. An einem Ort, von dem aus das Treiben auf dem Fluss zu beobachten war, sobald sich der Vorhang geöffnet hatte.

Am Ende des saalartigen Raumes befand sich eine reich verzierte kleine Holztür. Dahinter erstreckte sich der eigentliche Wohnbereich.

»Nun, was sagst du?«, fragte Omar, nachdem er sie in sein Gemach geführt hatte.

»Ein bemerkenswertes Schiff. Hat es noch andere Aufgaben, als Fremde zu beeindrucken?«

Er lächelte. »Es trägt mich von einem Ziel zum nächsten.«

Theas Blick schweifte über die bunten Wandteppiche und das goldene Geschirr, das auf einem kleinen Tisch stand. Ob es wohl echtes Gold war? Sie war sich nicht sicher. Schließlich entdeckte sie das riesige Himmelbett.

»Ich bin neugierig, ob sich deine Gesellschaft als lohnenswert erweist«, sagte sie.

»Du siehst, ich bin nicht gerade arm.« Seine Augen glänzten.

»Das mag sein. Aber ich bewerte Männer nicht nach ihrem Vermögen.« Thea schob sich hinter Omar und streifte ihm den Burnus von den Schultern.

»Wonach dann?«

»Das kannst du dir gewiss denken.« Ihre Hände glitten unter seine Kleidung. »Du bist ein ansehnlicher Mann. Ein schöner Körper beeindruckt mich weitaus mehr als das prächtigste Schiff.«

Er wandte sich zu ihr um und zog sie an sich. »Ich habe schon gehört, dass die Franken lockere Sitten haben.«

»Sag nicht, du hättest es noch nicht erprobt!«

»Nicht mit einer Frau wie dir.«

»Dann wird es höchste Zeit.«

Zielstrebig lösten ihre Hände seine Gewänder, und dort, wo sie stockte, weil sie sich in den Stoffbahnen verfing, half er ihr bereitwillig. Es schien ihm zu gefallen, dass sie die Führung übernahm. Thea lächelte. So ähnlich war es auch bei Philip gewesen. Sie erinnerte sich noch gut an die Überraschung in seinen Augen, als sie ihn zu ihrer Beute gemacht hatte. Seltsam, dass ihr das bislang nur bei Philip und Omar aufgefallen war. Zwei Männern aus dem Orient. Alle anderen, mit denen sie bislang das Lager geteilt hatte, waren über ihr Ungestüm nicht überrascht, sondern höchst erfreut gewesen. Sogar der kleine Bertram, auch wenn er sich überaus scheu gebärdet hatte.

Omars Körper hielt, was sie sich von ihm versprochen hatte. Er war ein schöner, wohlgestalteter Mann.

»Willst du mir nicht auch behilflich sein?«, fragte sie ihn mit unschuldigem Augenaufschlag.

»Du bist ein hinreißendes Geschöpf, Thea«, murmelte er, während seine Finger geschickt die Verschnürungen ihrer Suckenie lösten.

Sie strich ihm über die warme Haut, glitt mit den Händen über seinen Rücken. An einer Stelle hielt sie inne. Ihre Finger hatten eine alte Narbe ertastet. Sofort war die Erinnerung an Saids Worte wieder gegenwärtig: Er habe Khalil getötet. Die Narbe war breit und zweifellos auf eine schwere Verletzung zurückzuführen.

»Du hast schon manchen Kampf ausgefochten, nicht wahr?«, flüsterte sie, während er ihr das Kleid von den Schultern streifte und seine Hände über ihren nackten Leib wandern ließ.

»Ein feiger Hund, der sich nicht von Angesicht zu Angesicht heranwagte«, lautete die Antwort.

»Davon gibt es viele, wie du sehen kannst.« Thea drehte sich in seinen Armen, bis sie ihm den Rücken zuwandte.

Sie spürte seine Hand auf der Narbe, die der Armbrustbolzen in ihrer Schulter hinterlassen hatte.

»Wer hat dir das angetan?«

»Feige Hunde gibt es überall. Aber die eigentliche Schuld trägt Philip. Ohne seinen Verrat hätte ich nicht den Schutz meiner Familie verloren. Er hat meinen Vater auf dem Gewissen.«

Omar riss sie zu sich herum. Betrachtete das Feuer in ihren Augen.

»Du hasst ihn?«

»So wie du«, erwiderte sie und schmiegte sich in seine Arme. Mit einer Leichtigkeit, die sie ihm niemals zugetraut hätte, hob er sie hoch und trug sie zu seinem Bett.

»Du wirst deine Rache bekommen«, flüsterte er, während

er sich über sie schob. »Und du wirst mir bei meiner Suche helfen.«

Sie schlang ihm die Arme um den Nacken.

»Was suchst du?«

»Hast du schon einmal etwas von einer Stadt namens Djeseru-Sutech gehört?«

Sie schüttelte den Kopf. »Was hat es mit diesem Ort auf sich?«

»Das, meine rothaarige Schönheit, verrate ich dir, wenn ich das Verlangen gestillt habe, das aus deinen Augen leuchtet.«

Thea lachte. »Dann gib dir Mühe! Ich bin anspruchsvoll.«

17. Kapitel

Ich fürchte, es hat keinen Zweck«, sagte Lena zu Philip. Sie saßen in der Küche und teilten sich ein frisches Fladenbrot. Der Tag war noch jung, und Philip hatte seiner Frau versprochen, ihr an diesem Tag die Stadt zu zeigen.

»Was hat keinen Zweck?« Philip riss ein Stück vom Brot ab und tauchte es in den Honigtopf, der vor ihm stand.

»Dass ich versuche, die Ursache für Bertrams Schuldgefühle herauszufinden. Er schämt sich so sehr, vor allem weil ich eine Frau bin. Es wäre besser, wenn du mit ihm redest.«

»Aber mir fehlt deine Gabe. Du bist die Frau, die den Seelenschmerz der Menschen lindern kann.«

»Wenn sich die Seele öffnet. Vielleicht wäre es leichter für Bertram, wenn er sich dir schon einmal anvertraut hätte.« Sie erzählte Philip von dem Gespräch im Garten und Bertrams überstürzter Flucht.

»Ich wusste gar nicht, dass Johanns Familie so sittsam ist.«

»Schenk dir deine spöttischen Bemerkungen, Philip! Ich finde diese Einstellung äußerst lobenswert.«

»Nun ja, man sieht, wohin das führt.« Er schob sich das Honigbrot in den Mund und brach ein weiteres Stück vom Fladen ab.

»Solche Schwierigkeiten hast *du* nie gehabt«, entgegnete Lena spitz.

»Was meinst du damit?«

»Nun, glaub nicht, ich würde nicht bemerken, wie du Thea ansiehst.«

Philip zuckte zusammen. Hatte er sich doch eingebildet, es erfolgreich vor ihr zu verbergen. Welch ein Dummkopf er doch war!

»Das ist vorbei!«, sagte er entschiedener, als er eigentlich wollte.

»Ich weiß.« Seine erhobene Stimme beeindruckte sie keineswegs. »Aber du begehrst sie nach wie vor.«

»Nun sag nicht, du bist eifersüchtig!«

»Nein, das bin ich nicht«, gab sie zu. »Weil ich weiß, wie sehr du dagegen ankämpfst.«

»Aber?«

»Was – aber?«

»Ich höre doch ein großes Aber in deinen Worten mitschwingen. Was stört dich?«

»Du schaffst keine klaren Verhältnisse. Dein Großvater will auch, dass du endlich mit Thea sprichst.«

Philip seufzte. »Mit wem soll ich sonst noch reden? Mit Bertram, mit Thea …«

»Es ist deine Pflicht«, schnitt Lena ihm das Wort ab.

Philip legte sein Brotstück auf den Tisch. Zum ersten Mal in ihrer Ehe trat ihm Lena derart gebieterisch entgegen. Wo war die sanftmütige Frau geblieben, die er geheiratet hatte? Obwohl – war sie jemals sanftmütig gewesen? Dass sie Krallen hatte, wusste er längst. Seit jener Nacht auf Burg Birkenfeld, als er sie vor Graf Dietmar warnen wollte und sie ihm nicht geglaubt hatte. Damals war er noch ein Fremder für sie gewesen und hatte Verständnis für ihr Misstrauen ihm gegenüber gehabt. Allerdings hatte sie ihn bereits damals damit zur Weißglut getrieben, dass sie seinen Namen so betonte, als wäre er eine Krankheit. O ja, seine Frau hatte Krallen und Zähne. Zum Glück benutzte sie sie nur selten.

»Keine Sorge, ich erfülle meine Pflichten«, grummelte er.

»Wann?« Schon wieder dieser scharfe Ton, der keine Gnade kannte.

»Heute Nachmittag. Erst Thea, dann Bertram.«

»Thea hat sich gestern den ganzen Tag herumgetrieben. Sie kehrte erst spät zurück. Wer weiß, wann sie heute kommt …«

»Dann eben erst Bertram und dann Thea.« Er holte tief Luft. »Bist du nun zufrieden?«

»Mir scheint, du hast schlechte Laune.«

»Und du verwandelst dich gerade in eine nörgelnde Ehefrau.«

»Weil ich dich an unangenehme Pflichten erinnere?« Wieder dieser strenge Blick. »Denk daran, Bertram ist dein Knappe, und du hast für Thea die Verantwortung übernommen.«

»Wie wäre es, wenn *du* mit Thea sprichst? Von Frau zu Frau?«

»Und du glaubst, sie hört auf mich?«

»Immerhin wird sie dir nicht in den Unterleib treten.«

»Das hat dich wohl erheblich in deiner Eitelkeit verletzt.« Ein Lächeln huschte über Lenas Lippen, und auf einmal war alle Strenge verschwunden. Liebevoll strich sie ihm über die Hand. »Also schön. Ich rede mit Thea, und du kümmerst dich um deinen Knappen.«

Philip atmete erleichtert auf und griff abermals nach dem Brot. Er wollte es gerade in den Honig tauchen, als ein lauter Schrei die Luft zerriss. Das Brot fiel ihm aus der Hand. »Sophia!«, rief er, sprang auf und hastete aus der Küche hinaus. Dass Lena ihm folgte, bemerkte er kaum.

Er fand seine Schwester kniend am Tor des Gutes.

»Sophia! Was ist geschehen?«

Wortlos wies sie auf ein sandgelbes Fellbündel in einer Blutlache.

Philip schluckte. Seshat! Am Abend zuvor war sie ihm noch um die Beine gestrichen, ehe sie im Dunkel der Nacht verschwunden war, um Mäuse zu jagen. Sie war keine junge Katze mehr. Er erinnerte sich daran, wie Sophia vor bald zehn Jahren mit der Katze im Arm erschienen war. Ein winziges, hilflos maunzendes Knäuel, verletzt und voller Flöhe. Niemand außer Sophia hatte daran geglaubt, dass das Tierchen überleben würde. Aber Sophia hatte beharrlich für ihren Schützling gekämpft, durchgesetzt, dass sie ihn in ihrem Gemach gesund pflegen durfte und nicht im Stall. Nach und nach hatte Seshat die Herzen aller Hausbewohner und sogar Mikhails Zuneigung gewonnen, der ursprünglich nichts von Tieren in den Wohnbereichen der Menschen gehalten hatte. Philip erinnerte sich daran, wie die Katze am Abend ihrer Ankunft schnurrend auf dem Schoß seines Großvaters gelegen hatte. Nun war sie tot. Irgendjemand hatte ihr die Kehle durchgeschnitten und sie für alle sichtbar auf der Schwelle liegen gelassen. Erst die Schakalpfote, dann die schriftliche Warnung, jetzt das Haustier …

Sophia hob den Blick, Tränen standen ihr in den Augen.

»Warum tun sie so etwas?«, stieß sie hervor. Sie deutete auf das Tor. Der Täter hatte mit dem Blut der Katze arabische Schriftzeichen auf dem Tor hinterlassen. Dieselben Worte wie tags zuvor: *Tod allen Ungläubigen!*

»Warum Seshat?« Tränen liefen Sophia über die Wangen. Wortlos half Philip seiner Schwester auf, drückte sie an sich, strich ihr über das Haar, während ihm ihre Tränen ins Hemd sickerten. Mittlerweile waren auch die übrigen Familienmitglieder herbeigeeilt.

Philips Mutter schlug vor Schreck die Hand vor den Mund, sein Großvater runzelte besorgt die Stirn. Als Said hinzukam, ließ Philip seine Schwester los.

»Dieselbe Warnung wie gestern«, erklärte er. »Nur ist sie diesmal mit Blut geschrieben.«

»In diesem Land herrschen seltsame Sitten«, hörte er Theas Stimme hinter sich. Zu seinem Erstaunen klang sie weder kalt noch spöttisch. Er glaubte sogar einen Hauch von Betroffenheit in ihren Worten zu hören, aber er musste sich irren. Einer Frau, die bedenkenlos einem Mann den Kopf abschlagen konnte, war ein totes Tier ganz gewiss gleichgültig.

»Kommt hinein!«, sagte Mikhail. »Wir sollten hier nicht zu lange verweilen.«

»Was ist mit Seshat?« Sophia wies auf die tote Katze.

»Ich bitte Cyril, sie im Garten zu begraben«, antwortete ihr Großvater.

»Was gedenkst du zu tun?«, fragte Philip seinen Großvater, nachdem sie alle gemeinsam um den Tisch saßen, der für gewöhnlich den Mahlzeiten vorbehalten war.

»Wir müssen Stärke zeigen«, lautete die Antwort. »Ich werde beim Emir vorsprechen. Er muss seinen Verpflichtungen den Christen gegenüber nachkommen.«

»Soll ich dich begleiten, Großvater?«

Mikhail schüttelte den Kopf. »Das wäre eher hinderlich.«

»Warum?«

»Der Emir war ein Freund deines Vaters …« Der alte Mann atmete tief durch. »Und seit dem Tod deines Vaters hat dein Ruf Schaden genommen.«

»Es war ein Unfall.«

»Ja, das war es. Aber du weißt selbst, wie schnell das Ansehen eines Mannes leidet. Vor allem, wenn ihm böse Zungen Übles nachsagen.«

Philip senkte den Blick.

»Zudem«, fuhr Mikhail fort, »sollten wir auch noch auf andere Weise Stärke zeigen. Sophia, du hast dich inzwischen gewiss an den Gedanken gewöhnt, Guntrams Frau zu werden. Die christlichen Familien müssen zusammenhalten. Eine Verbindung mit Guntram stärkt uns.«

»Nein!«, rief Sophia. »Nie im Leben heirate ich Guntram! Das habe ich dir wiederholt gesagt. Und dabei bleibe ich.«

»Es geht um das Wohl der Familie. Du wirst gehorchen!«

»Es gibt nur einen Mann, dem ich meine Hand gewähre. Und nachdem er zurückgekehrt ist, gibt es keinen Grund mehr, seinen Namen noch zu verschweigen.« Sophias Augen blitzten. »Mein Herz gehört Said. Lange schon. Entweder er oder keiner!«

Ausgerechnet in diesem Augenblick!, dachte Philip bei sich. Einen schlechteren Zeitpunkt hätte meine Schwester sich nicht aussuchen können.

»Sophia, du redest irre!«, schrie ihr Großvater. »Du kannst nicht Saids Frau werden.«

»Warum nicht?«

»Das weißt du ganz genau.«

»Aber vielleicht wäre es eine gute Gelegenheit, den Emir auf unsere Seite zu ziehen«, warf Philip ein. »Wenn du deine eigene Enkeltochter einem Muslim zur Frau gibst, ist er in der Pflicht, seine Hand besonders schützend über unser Haus zu halten.«

»Philip, ist dir klar, was du da sagst?« Mikhail funkelte seinen Enkel zornig an.

»Ja. Und du weißt selbst, dass Said die beste Wahl als Schwiegersohn wäre. Ungeachtet seines Glaubens. Für mich ist Said seit jeher wie ein Bruder.« Er legte dem Araber, der die ganze Zeit schweigend neben ihm gesessen hatte, eine Hand auf die Schulter.

»Es reicht!«, rief Mikhail. »Ihr seid anscheinend alle irrsinnig geworden.« Er erhob sich. »Sophia, du gehst auf dein Zimmer. Du wirst Guntram heiraten, das ist mein letztes Wort.«

»Aber nicht meines«, zischte Philips Schwester, ehe sie verschwand.

Auch die Übrigen erhoben sich vom Tisch.

»Said, warte!«, rief Mikhail, als er sah, dass Said sich ebenfalls zurückziehen wollte. »Du weißt, ich schätze dich ebenso wie meinen leiblichen Enkel. Aber gerade deshalb solltest du die Liebe, die ich dir entgegenbringe, nicht ausnutzen. Sophia würde an deiner Seite nicht glücklich.«

Said schwieg. Dafür antwortete Philip. »Glaubst du, sie wird an Guntrams Seite glücklich? Sie liebt Said.«

»Ehen werden nicht aus Liebe geschlossen«, widersprach Mikhail.

»Seltsam, dass es immer hieß, mein Vater habe meine Mutter aus Liebe geheiratet. Und auch ich habe Lena zur Frau genommen, weil sie mein Herz besitzt.«

»Wenn zwei Menschen von gleichem Stand sich einander verbunden fühlen, ist es das schönste Geschenk«, antwortete Mikhail, mittlerweile deutlich sanfter. »Aber Sophia und Said trennen Welten. Es ist unmöglich.«

»Es gab schon Mischehen.«

»Aber nicht in meinem Haus!«

Philip wollte abermals widersprechen, doch da fühlte er, dass Said ihn sacht am Arm berührte und kaum merklich den Kopf schüttelte.

Also schwieg er. Natürlich hatte Said recht. Dies war nicht der rechte Augenblick, den Streit bis zum Ende auszufechten.

Nach und nach leerte sich der Saal, bis nur noch Philip und Lena zurückgeblieben waren.

»Das war ja ein Morgen«, seufzte Lena. »Sophia hat sich keinen guten Zeitpunkt ausgesucht, ihre Liebe in die Welt hinauszurufen.«

»So ist sie«, entgegnete Philip. »Es fällt ihr schwer, ihre Gefühle im Zaum zu halten. Ich glaube, das liegt in der Familie.«

»Du kannst dich sehr gut beherrschen.«

»Als ich in Sophias Alter war, sah es anders aus. Da bin ich keinem Streit ausgewichen.«

»Gibt es eine Möglichkeit, deinen Großvater zum Nachgeben zu bewegen?«

»Ich hoffe es. Aber es wird schwierig werden«, gestand Philip. Die Stille, die daraufhin folgte, war schier unerträglich. Lena schien es ebenso zu spüren. Sie atmete tief durch. »Und was jetzt? Bleibst du dabei, mir Alexandria zu zeigen?«

Erleichtert ergriff er ihre Hand. »Natürlich. Wir wollen uns doch nicht den gesamten Tag verderben lassen.« Er zwang sich zu einem versöhnlichen Lächeln.

»So hattest du es dir nicht vorgestellt, nicht wahr? Du kehrst heim, und alles liegt in Scherben.«

»Es lag schon in Scherben, als ich ging.« Er seufzte. »Nur hatte ich gehofft, dass die Scherben längst fortgeräumt wären.«

»Der Tod deines Vaters hat alles verändert.«

Er nickte. »Du hast gehört, was Großvater sagte. Mein Ruf ist dahin. Der Ruch des Vatermordes wird mir für immer anhaften.«

»Aber du selbst hast inzwischen erkannt, dass es ein Unfall war. Und das ist das Wichtigste.«

»So ist es«, bestätigte er. »Und weißt du, was seltsam ist?«

»Verrat es mir!«

»Nach seinem Tod war alles leer in mir. Das blieb auch so, bis ich dir erstmals mein Leid anvertraute. Aber auch unmittelbar danach wollte die Leere noch nicht weichen. Bis zu dem Tag, als ich mich dem Turnier stellte und Ulf von Regenstein aus dem Sattel stieß. An jenem Tag geschah etwas Wunderbares. Es war, als würde mich die Liebe meines Vaters umhüllen, so wie damals, als er noch lebte. Und ein Teil von ihm kehrte zu mir zurück. Ein Teil, den ich nie mehr loslassen werde.«

»Weil er dich immer geliebt hat und weiter über dir wacht«, bestätigte Lena. »Manchmal fühle ich dasselbe, wenn ich an meinen Vater denke. Eine seltsame Wärme, die meinen Leib und mein Herz erfüllt, und dann weiß ich, er ist bei mir.«

Er drückte sie an sich. »Du bist das Beste, was mir jemals widerfuhr«, flüsterte er ihr ins Ohr.

»So wie du das Beste für mich bist.« Sie strich ihm zärtlich über die Wange. »Wollen wir uns die Stadt ansehen, Philip?«

Er nickte.

Es gab vieles, was er Lena zeigen wollte. Schon auf Burg Birkenfeld hatte er sich immer wieder vorgestellt, wie es wohl wäre, mit ihr über den großen Basar zu schlendern, ihr die Körbe mit Früchten zu zeigen, die sie nicht kannte. Oder wie es wäre, mit ihr auf den großen Leuchtturm zu steigen und an ihrer Seite über seine Heimat zu blicken. Nun hatte sich der Wunsch erfüllt, und doch war es ganz anders, als er es sich ausgemalt hatte. Seine Gedanken schweiften zu dem Gespräch mit Heinrich und Guntram zurück. Immer wieder dachte er über den geheimnisvollen Abd al-Hisâb nach, von dem sie ihm erzählt hatten. Ob es sich lohnte, vor dem Basarbesuch einen Umweg durch die Straße der

Laternen zu machen? Lena würde sich gewiss freuen, einen möglichst ausgedehnten Rundgang zu unternehmen, und über seine tatsächlichen Gründe, gerade diese Richtung einzuschlagen, würde er Stillschweigen bewahren. Sonst machte sie sich nur unnötige Sorgen.

Es gelang ihm vortrefflich, seine wahren Gefühle zu verbergen. Lena genoss es, an seiner Seite durch die Straßen Alexandrias zu schlendern. Es war ihr Einfall gewesen, die Stadt zu Fuß und nicht hoch zu Ross oder gar in einer Sänfte zu erkunden, und er war froh darüber. Auf diese Weise zogen sie kaum Blicke auf sich, und er hatte Zeit für seine Beobachtungen.

»Welch beeindruckende Ansammlung prächtiger Häuser!«, stellte Lena fest, als sie in die Straße der Laternen einbogen. »Wer lebt hier?«

»Die reichsten Bürger der Stadt, allesamt Muslime«, erwiderte er. »Ich erwähnte schon, dass mein Großvater nicht gerade arm ist, aber er zählt nicht zu den reichsten Männern.«

In der Straße der Laternen ging es ruhiger und gesitteter zu. Es waren weniger Menschen unterwegs, vorwiegend Boten oder Mägde, selten ein vornehmer Mann. Auch Bettler sah man in diesem Teil der Stadt kaum. Vermutlich wurden sie recht schnell vertrieben, ganz gleich, was über das Almosenspenden im Koran stand. Der Bibelspruch von dem Kamel und dem Nadelöhr schien auch für Muslime zu gelten.

Während Lenas Blicke neugierig zwischen Häusern und fremdländischen Menschen hin und her schweiften, betrachtete Philip das Haus von Abd al-Hisâb. War der Diener der Rechnung wirklich sein alter Widersacher Khalil? Konnte er Saids Säbelhieb überlebt haben? Damals hatte er geglaubt, Khalils Lunge sei durchbohrt worden, er erinnerte sich an das Blut, das ihm aus dem Mund geflossen war, ehe er fiel. Aber hatte er es wirklich gesehen? Es war dunkel gewesen, er selbst war schwer verletzt worden. Hatten seine Sinne ihn getrogen? Ihm mehr gezeigt, als tatsächlich geschehen war? Die bisherigen Anschläge passten zu Khalil, und außer ihm hatte Philip niemals ernst zu nehmende Feinde in Alexandria gehabt. Plötzlich öffnete sich das Tor zum Anwesen des Abd al-Hisâb. Philip zog Lena ein Stück zur Seite. Mehrere Reiter trabten durch das große Tor. »Macht Platz für den ehrwürdigen Abd al-Hisâb!«, riefen sie. Die Menschen auf der Straße wichen zurück. Philip hielt Lenas Hand, seine Augen waren auf die Reiter gerichtet. Vor allem auf den Mann, der einen prächtigen Schimmel mit goldverziertem Zaum und Sattel ritt. Abd al-Hisâb. Philip sah ihn und wusste sofort, dass er ihm noch nie zuvor begegnet war. Abd al-Hisâb war alt, hatte einen grauen Bart und einen stattlichen Wanst.

Hatte dieser Mann Khalils zerschlagenem Verbrecherreich zu neuer Blüte verholfen?

Philip starrte den Reitern noch hinterher, als sie längst seinem Blickfeld entschwunden waren.

»Was ist mit dir?« Lenas Frage holte ihn in die Gegenwart zurück.

»Nichts weiter«, murmelte er. »Ich dachte nur an einen alten Bekannten. Dieser Abd al-Hisâb erinnerte mich an ihn.«

Sie musterte ihn zweifelnd, ließ es jedoch bei seiner Erklärung bewenden. »Zeigst du mir nun den Basar, oder wollen wir hier Wurzeln schlagen?«, fragte sie stattdessen.

»Natürlich. Komm, hier geht's entlang.«

Zunächst erinnerte der Basar Lena an die Märkte ihrer Heimat, auch wenn sie die meisten der feilgebotenen Früchte noch nie gesehen hatte. Ja, selbst bei den Meeresfrüchten war sie erstaunt, was alles als essbar angeboten wurde. Vor allem die Tintenfische, die hier im Orient eine Delikatesse zu sein schienen, erregten mit ihren Armen und Saugnäpfen eher Abscheu in ihr. Philip beobachtete es und grinste. »Richtig zubereitet, schmecken sie recht gut.«

Lena räusperte sich.

»Doch, wirklich«, bestätigte er. »Vor allem ist nach dem Garen nicht mehr zu erkennen, wie das Getier einmal ausgesehen hat.«

»Dann warn mich bitte, falls mir jemals so etwas vorgesetzt wird.«

»Oder lieber so etwas?« Philip deutete auf einen Seeigel.

»Mach dich nur über mich lustig!«

»Nein, gewiss nicht. Komm, ich zeige dir, was die orientalischen Basare von allen dir vertrauten Märkten unterscheidet!«

Er ergriff ihre Hand und ging mit ihr zum Rand des Basars. Zu ihrer Überraschung führte er sie in eine schmale Gasse.

»Gleich siehst du Ali Babas Schatzhöhle«, sagte er. Und wirklich – es schien, als hätten sie eine andere Welt betreten. Das Reich jener Märchen und Geschichten, die Philip so gern erzählte. Jede noch so kleine Wandnische in dieser Straße beherbergte ein Geschäft. Da gab es Teppiche, Stoffe, Polsterkissen, Kamelsättel, ja, sogar Sitzmöbel und Truhen. Bei einem Schmuckhändler blieb Lena stehen, doch Philip winkte ab. »Nicht hier, das ist billiger Tand. Komm, die wahren Schätze findest du anderswo.«

Er führte sie vorbei an Nischen, in denen Gewürze angeboten wurden, ein buntes Durcheinander, das an Berge geriebener Farben erinnerte. Ein anderer Händler bot Lampen an, so seltsam geformt, wie Lena sie nie gesehen hatte. Aber Philip zog sie weiter, bis sie ein Gebäude betraten. Doch war es ein Gebäude? Oder war die Gasse einfach nur mit hohen Kuppeln überdacht worden? Aus den Nischen funkelte es tausendfach, und Lena begriff, warum Philip von einer Schatzhöhle gesprochen hatte. Hier saßen die Goldhändler. An ihren Ständen boten sie schwere Armreifen feil, manche waren mit feinen Gravuren verziert, andere dick und solide. Es gab goldene Ketten, so schwer, als wolle man damit einen Ochsen anbinden. Dann wieder zarte, filigrane Kostbarkeiten, die ein Windhauch davongetragen hätte. Vor allem fiel Lena auf, dass die meisten Schmuckstücke einen leicht rötlichen Schimmer hatten, ganz anders als das Gold, aus dem ihr eigener Schmuck gefertigt war. Sie fragte Philip danach.

»Das ist das rote Gold der Wüste«, antwortete er. »Den Händlern zufolge hat Gold eine Heimat, und man sieht ihm an, woher es stammt.«

Lena griff nach dem goldenen Anhänger, den Philip ihr zur Hochzeit geschenkt hatte. Die kleine geflügelte Göttin war so hell, wie sie es von ihrem anderen Schmuck kannte.

»Stammt dieses Geschmeide nicht aus der Wüste?«, fragte sie.

»Ich nehme es an, aber niemand weiß es genau. Dafür ist es zu alt.«

Vor einem der Stände blieb Philip schließlich stehen. Der Händler schien ihn gut zu kennen, denn er begrüßte ihn überschwänglich und mit einem solchen Wortschwall, dass Lena dessen Sinn nur erahnte. Es fiel ihr sogar schwer, Philips schnelle Antwort zu verstehen. Wie schon so oft, wenn er alte Bekannte traf, hatte sie das Gefühl, er wäre ein anderer. Ein Fremder, der in die Welt des Morgenlandes gehörte und niemals anderswo heimisch werden konnte.

Noch während sie in ihre Betrachtungen versunken war, holte der Händler ein kleines Tablett hervor, das mit dunkelblauem Samt ausgeschlagen war. Darauf lagen goldene Armreife.

»Es gibt einen sehr schönen Brauch im Orient«, sagte Philip, ergriff Lenas Hand und schob ihr eines der Schmuckstücke über das Handgelenk. »Zur Hochzeit schenkt der Bräutigam seiner Braut Gold, damit sie versorgt ist, falls ihm etwas zustößt.«

»Unsere Hochzeit liegt schon einige Zeit zurück.«

»Wir waren eben nicht im Orient.« Er lächelte sie liebevoll an. »Such dir aus, was dir gefällt!«

Er wies den Händler an, weitere Arbeiten zu zeigen. Es gab nicht nur Armreife, sondern auch Ketten aus Gold und Perlen, Fingerringe, Ohrgehänge, alles, was eine Frau sich wünschen konnte. Noch während Lena den Schmuck begutachtete, bemerkte sie aus den Augenwinkeln, dass Philip plötzlich abgelenkt war.

»Was ist?«, fragte sie und folgte seinem Blick. Er beobachtete einen jungen Mann, der an einem weiter entfernten Stand mit einem Goldschmied feilschte.

»Ich wundere mich nur«, erwiderte er. »Da vorn steht Cyrils Sohn. Du weißt doch, Cyril, unser Gärtner. Sein Sohn Constantin arbeitet in den Stallungen. Ich frage mich, woher er das Geld hat, um Schmuck zu kaufen.«

»Vielleicht hat er seit Jahren gespart.«

»Womöglich«, entgegnete Philip, aber sein Tonfall klang zweifelnd.

18. Kapitel

Zum ersten Mal seit langer Zeit war Thea mit sich und ihrem Leben wieder zufrieden. Omar erwies sich als höchst angenehmer Gesellschafter. Er war gebildet, behandelte sie mit Achtung und zeigte sich geschickt auf dem Liebeslager. Einen Mann wie ihn hatte sie lange gesucht, auch wenn sie seine Jagd nach der verborgenen Stadt Djeseru-Sutech zunächst belächelt hatte. Eine Stadt, seit Jahrtausenden verborgen in der Wüste, in der angeblich kostbare Schätze gehütet wurden. In Theas Ohren klang das nicht viel anders als die Geschichten, die Philip an Bord der *Windsbraut* zum Besten gegeben hatte, um die langen Tage auf See zu verkürzen. Doch Omar war kein Geschichtenerzähler. Er hatte das Herz eines Schurken. Seinen Untergebenen gegenüber war er hart und unnachgiebig. Widerspruch duldete er nicht. Und an der Art, wie die Männer sich vor ihm zu Boden warfen, erkannte Thea, dass sie weit mehr als Schläge zu befürchten hatten.

Nun, Thea war es gleichgültig, solange er sie wie eine Königin behandelte. Und genau das tat er. Er erwartete sie stets wie einen besonderen Gast auf seiner Barke, verwöhnte sie mit erlesensten Geschenken, meist Schmuckstücken, die sie gern annahm, ließen sie sich im Notfall doch mühelos verkaufen.

An diesem Tag überraschte er sie mit einem Kleid aus Seide. Eigentlich wollte Thea sich nicht davon verführen lassen. Seide mochte ein kostbarer Stoff sein, sich auch angenehm an die Haut schmiegen, aber für das Leben, das sie bis vor Kurzem geführt hatte, taugte Seide nicht. Eine falsche Bewegung, und sie zerriss. Ein Gewebe, das schmeichelte, den Körper jedoch in gewisser Weise fesselte. War dies Omars Hintergedanke? So, wie er sie ansah, nachdem sie das Gewand anprobiert hatte, schien er eher darüber nachzudenken, wie er es ihr möglichst schnell wieder ausziehen konnte. Nun, dagegen war nichts einzuwenden, aber an diesem Tag sollte er nicht nur zu ihrer Beute werden, sondern sie wollte auch mehr über ihn erfahren.

»Du weißt inzwischen, warum ich Philip hasse«, sagte sie, während sie sich vor ihm drehte und wendete. »Womit hat Mikhails Enkel deinen Zorn erregt?«

Omar nahm sie in die Arme.

»Was glaubst du wohl, meine schöne nordische Blume?«

»Verdankst du ihm die Narbe auf dem Rücken?«

»Nein.« Er küsste ihre Halsbeuge.

»Wem dann?«

»Das tut nichts zur Sache.«

»Vermutlich hast du recht.« Derweil wusste sie, dass der Name Khalil auch das arabische Wort für Freund war. Ein harmloser kleiner Versuch sollte ihr endlich Gewissheit bringen.

»Du bist ein begehrenswerter Mann, mein Khalil«, flüsterte sie. Er zuckte zusammen. Thea lächelte. Männer waren so leicht zu überlisten.

»Du bist doch mein Freund, oder nicht?« Sie musterte ihn mit unschuldigem Augenaufschlag.

Sofort entspannte er sich. »Das weißt du doch, Geliebte meines Herzens.«

Es klopfte an der Tür.

»Was ist?«, rief Omar.

Ein schwarzer Sklave trat ein und warf sich vor seinem Herrn auf die Knie. »Gebieter, der edle Abd al-Hisâb bittet, mit dir sprechen zu dürfen.«

»Ich habe ihm untersagt, sich jemals auf meiner Barke blicken zu lassen.«

»Er sagt, es sei dringend.«

»Schick ihn fort! Ich befasse mich später mit ihm.«

Der Sklave machte keine Anstalten, sich zu erheben.

»Was gibt es noch?«

»Herr, er sagt, es sei dringend und du müsstest ihn sofort anhören.«

»Ich entscheide, was dringend ist. Schick ihn fort! Auf der Stelle, oder ich werfe dich den Krokodilen zum Fraß vor.«

Hastig sprang der Sklave auf und verließ die Kajüte.

Thea strich Omar sanft über den rechten Unterarm. »Gute Männer sind wertvoll, pflegte mein Vater zu sagen. Hättest du ihn wirklich den Krokodilen vorwerfen lassen?«

»Sklaven sind nur dann wertvoll, wenn sie Achtung vor ihrem Herrn haben.«

»Das ist nicht von der Hand zu weisen«, gab sie zu. »Du hast mir übrigens versprochen, mir heute mehr über das Geheimnis von Djeseru-Sutech zu erzählen.«

»Es gibt viele Mythen, die sich um die verborgene Stadt ranken«, erklärte Omar, während seine Hände den Seidenstoff von Theas Schultern streiften. »Die meisten Menschen glauben, es sei nur eine Legende.« Seine Hände wanderten weiter an ihrem Körper hinab, lösten das Gewand von ihrer Haut, umfassten ihre nackten Brüste. Sie spürte seinen heißen Atem. Natürlich hatte er anderes im Sinn, als ihr von jenem sagenumwobenen Ort zu berichten.

»Erst wirst du meine Neugier stillen und dann meine Lust«, raunte sie und wand sich aus seinen Armen.

Er lachte. »Du spielst mit mir wie die Katze mit der Maus.«

»Fühlst du dich in meinen Fängen wie eine Maus, mein Khalil?«

»Du solltest es bei Omar belassen.«

»Ist es dir unangenehm, wenn ich dich meinen Freund nenne?«

»Mein Name ist Omar«, beharrte er. Ob er sie durchschaut hatte?

»Also schön, Omar. Und nun verrat mir, was genau es mit deiner Wüstenstadt auf sich hat.«

»Man trug mir zu, es gebe eine Karte oder Wegbeschreibung nach Djeseru-Sutech. Und sie werde im Haus des Mikhail gehütet.«

»Im Haus des Mikhail«, wiederholte Thea. »Bist du dir sicher?«

Omar nickte. »Ganz sicher.«

»Woher weißt du das?«

»Ich habe meine Augen und Ohren überall.«

»Dann dürfte es dir nicht schwerfallen, in den Besitz der Karte zu gelangen.«

»So einfach ist das nicht, meine Schöne. Jemand, der dort ein und aus geht, muss mir helfen. Jemand, der unverdächtig ist, aber genügend Verstand hat, auf alles zu achten.«

»Du möchtest also, dass ich es für dich herausfinde?«

Er nickte. »Genau das soll deine Aufgabe sein.« Er zog sie an sich und fuhr fort, ihre Brüste zu liebkosen. »Ich will wissen, ob Mikhails Familie tatsächlich zu den geheimnisvollen Hütern gehört. Wirst du das für mich in Erfahrung bringen?«

»Die Hüter? Darüber muss ich alles wissen. Was hat es mit diesen Hütern auf sich?«

»Ich bin noch nicht ganz im Bilde, aber immerhin ist mir bekannt, dass die Frauen des Hauses das Geheimnis bewahren. Du bist ihr Gast. Du bist eine Frau. Eine ganz besondere Frau.« Seine Hände strichen unentwegt über ihren Körper. »Wirst du das Rätsel für mich lösen, meine rote Schönheit?«

Thea entledigte sich ihres Kleides und ließ es zu Boden fallen. »Warum nicht?« Sie lächelte Omar verführerisch an. »Sofern dabei etwas für mich herausspringt.«

»Ich werde dich mit Reichtümern überhäufen«, flüsterte er. »Jedes deiner Bedürfnisse stillen.«

Thea warf den Kopf zurück und lachte. »Dann fang damit an!«

Als der wilde Rausch verflogen war, wollte sie sich eng an ihn schmiegen und noch eine Weile neben ihm ruhen, so wie sie es bisher immer getan hatte. Doch diesmal schob er sie von sich und stand auf.

»Ich muss fort.«

»Wohin?« Sie sah zu, wie er sich anzog.

»Das braucht dich nicht zu kümmern.«

»Abd al-Hisâb?«

Er tat, als hätte er den Namen nicht gehört. »Ich erwarte dich morgen um dieselbe Zeit«, beschied er sie und eilte aus dem Schlafgemach.

Sein Verhalten weckte Theas Misstrauen. Hastig schlüpfte sie in ihre gewohnte Kleidung und lief ihm nach. Das neue Seidengewand ließ sie achtlos zurück.

»Warte, der Junge kann mich gleich mit ans Ufer rudern!«

Omar schwieg. Es schien ihm nicht zu gefallen, dass sie die Barke zeitgleich mit ihm verließ, aber er widersprach ihr nicht.

Sein Blick blieb ernst, während der Knabe sie übersetzte. Am Ufer erwartete ihn ein Mann, der einen prächtigen Fuchs am Zügel hielt. Omar schwang sich in den Sattel und galoppierte in Richtung des Hauses von Abd al-Hisâb, ohne seine Geliebte noch eines Blickes zu würdigen. Thea zögerte nicht lange. Omar mochte auf dem Rücken seines Pferdes schnell sein, aber sie hatte inzwischen genügend Zeit gehabt, die verwinkelten Gassen kennenzulernen, die zu eng für einen Reiter waren. Und sie wusste seit ihrem nächtlichen Ausflug in die Straße der Laternen, wo der Besitz von Abd al-Hisâb lag. Wenn sie sich beeilte, wäre sie vor Omar dort. Sie schob die Kapuze ihres Umhanges über ihr auffälliges Haar und rannte los. Vorbei an spielenden Kindern, die ihr nachstarrten, durch schmale Gassen und über düstere Hinterhöfe. Etwas klapperte, eine Frau kreischte und schickte ihr arabische Flüche hinterher, die Thea kaum wahrnahm. Sie war auf der Jagd. So wie in ihrer Jugend, wenn ihr Vater sie vorausgeschickt hatte, wenn ein Überfall geplant gewesen war. Ihr Herz schlug schneller, passte seinen Takt ihrem Lauf an. Aber vor allem war es die Vorfreude auf das Ziel. Omar glaubte, er könne sie benutzen, sie dumm halten. Er hatte sich getäuscht. Wenn jemand benutzt wurde, dann er. Noch zwei Hinterhöfe, eine weitere Gasse, dann hatte sie die Straße der Laternen erreicht.

Das Haus des Abd al-Hisâb war ebenso gut geschützt wie das von Philips Großvater. Es gab nur zwei Tore, die auf das Anwesen führten, beide waren verschlossen. Thea warf einen Blick auf die Mauer. Zu hoch, als dass sie mit ihrer Suckenie hinüberklettern konnte. Sie hörte Hufschläge und drängte sich in eine dunkle Ecke. Tatsächlich, es war Omar. Das Tor wurde geöffnet, er trabte hindurch, dann schloss sich die Pforte wieder. Keine Möglichkeit, ihn zu belauschen. Thea atmete tief durch, unterdrückte ihre Enttäuschung.

Immerhin hatte sie zweierlei erfahren. Omar arbeitete mit Abd al-Hisâb zusammen. Und er war der Herr, vor dem Abd al-Hisâb kuschte. Nun galt es herauszufinden, womit Omar ihn in der Hand hatte. Das sollte nur eine Frage der Zeit sein, schwor Thea sich. Sie würde wiederkommen, in zweckdienlicher Kleidung, und dann wäre diese Mauer kein Hindernis mehr für sie.

19. Kapitel

Als Lena und Philip um die Mittagsstunde vom Basar zurückkehrten, nutzte Bertram gerade die Reitbahn, um eines der Araberpferde zu erproben.

Lena versetzte Philip einen leichten Stoß mit dem Ellbogen. »Du solltest die Gelegenheit wahrnehmen und ein unverfängliches Gespräch mit deinem Knappen beginnen.«

»Und was tust du derweil?«

»Ich zeige meine Schätze herum.« Sie klimperte mit den goldenen Armreifen, die er ihr gekauft hatte.

»Wie wäre es, wenn du mit Bertram redest und ich deine Schätze herumzeige?«

»Das könnte dir so passen. Demnächst verfällst du noch auf den Gedanken, ich solle deinen Knappen im Umgang mit der Lanze unterweisen.«

Ein Lächeln huschte über seine Lippen. »Keine Sorge, das erledige ich selbst.« Er hauchte seiner Frau einen Kuss auf die Wange, dann ging er zur Reitbahn.

Beim Näherkommen bemerkte Philip, dass seine Waffenknechte Rupert und Witold an der Einfriedung der Reitbahn standen und Bertram zusahen. Seit ihrer Ankunft in Alexandria hatte er den beiden freigegeben, sie aber ermahnt, sich an die Sitten des Orients zu halten, und ihnen einige Ratschläge mit auf den Weg gegeben. Vor allem was den Umgang mit Frauen betraf. Danach hatte er sie eine ganze Weile nicht mehr gesehen, aber inzwischen schien es, als seien sie der exotischen Abenteuer in den Gassen Alexandrias überdrüssig geworden und sehnten sich nach sinnvoller Beschäftigung.

»Nun, was hältst du von unseren arabischen Vollblütern?«, rief Philip seinem Knappen zu. Bertram zügelte sein Pferd und lenkte es auf Philip zu.

»Sie sind sehr schnell und feurig«, antwortete er und stieg aus dem Sattel. »Aber einen gerüsteten Ritter könnten sie nicht tragen.«

»Du solltest sie nicht unterschätzen. Doch in einem hast du recht, ihre Fähigkeiten liegen auf anderem Gebiet. Keine Rasse nimmt es an Schnelligkeit mit ihnen auf. In den vergangenen Schlachten haben die leicht gepanzerten Sarazenen den Rittern auf ihren kräftigen Schlachtrossen oft aufgelauert und aus dem Sattel mit Pfeil und Bogen auf sie geschossen. Die schnellen, wendigen Pferde waren eine gefährliche Waffe, wenn sie von den rechten Männern geritten wurden.«

»Und wer hat gesiegt?«

»Teils die einen, teils die anderen. Die Sarazenen in der Wüste, die Ritter in den Wäldern. Jeder in der Umgebung, die seiner Heimat am ähnlichsten war.«

»Ich habe schon viel über die Wüste gehört. Aber hier grünt

und blüht alles. Dabei hatte ich gehofft, jene Gegend zu sehen, in der der Herr sich seinen Kindern so oft offenbarte.«

»Du möchtest die Wüste sehen, Bertram?«

Der Junge nickte.

»Ich werde sie dir zeigen. Aber eigentlich wollte ich dir heute etwas anderes beibringen.«

»Was?«

»Dein Bruder Johann meint, du hättest Schwierigkeiten mit der Lanze. Ich denke, es ist an der Zeit, dass wir uns dieser Waffe zuwenden.«

Bertram bekam glänzende Augen. »Johann hat immer wieder erwähnt, wie meisterhaft Ihr mit der Lanze umgeht. Ach, wäre ich doch dabei gewesen, als Ihr Ulf von Regenstein aus dem Sattel gestoßen habt!«

»Irgendwann wirst du das selbst tun, Bertram. Ihn oder seinen Sohn Eberhard.«

Bertram senkte den Blick. »Ihr habt nie gesehen, wie ungeschickt ich mich dabei anstelle.«

»Wie hat Ritter Hermann dich bislang unterrichtet?«

»Er ließ mich mit der Lanze auf Strohpuppen zielen.«

»Von Anfang an?«

»Ja. Wie hätte ich es sonst lernen sollen?«

»Niemals von Anfang an mit der Lanze! Wenn du erst einmal ein Gefühl für die Verlängerung deines Armes hast … Komm mit!«

Bertram band sein Pferd an der Einfriedung der Reitbahn fest und folgte Philip. Witold und Rupert blickten ihnen sehnsüchtig hinterher.

»Ihr könnt uns begleiten!«, rief Philip ihnen zu. »Ich habe Arbeit für euch.« Erstaunlich flink folgten die Waffenknechte ihrem Dienstherrn.

Neben der Sattelkammer stand ein kleiner Schuppen. Hier hatte Philips Vater seine Übungswaffen aufbewahrt. Es gab hölzerne Lanzen in allen Längen. Eine Schleuderpuppe, die sich, wenn man sie richtig traf, so drehte, dass man einer eisernen

Kugel ausweichen musste, um nicht vom Pferd geschlagen zu werden. Gestelle, an denen man Ringe in verschiedenen Größen aufhängen konnte, und mehrere hölzerne Säulen, die sich in die Mitte der Reitbahn stellen und mit verschiedenen Zielen beladen ließen. In einer Ecke lag ein alter lederner Ball, der oft genug dafür herhalten musste, den Kopf eines Gegners darzustellen. Philip hob den Ball auf und warf ihn Bertram zu. Dann wies er auf eine der hölzernen Säulen und befahl Witold und Rupert, sie in der Mitte der Reitbahn aufzustellen. Er selbst griff nach zwei Lanzen: einer gewöhnlichen und einer nur halb so langen und deutlich dünneren.

Nachdem die Säule in der Mitte errichtet worden war, legte Bertram den Ball in die dafür vorgesehene Mulde.

»Sehr schön«, sagte Philip. »Und nun nimmst du zunächst die gewöhnliche Lanze und stößt das Ziel aus vollem Galopp heraus aus der Halterung.

»Auf diesem Pferd?« Bertram wies auf das arabische Vollblut, das noch immer dort stand, wo er es angebunden hatte.

»Warum nicht? Unsere Pferde kennen diese Spiele.«

»Gut.« Bertram holte das Pferd, stieg in den Sattel, und Philip reichte ihm die Lanze hinauf.

»Dann los! Zeig uns, was du kannst!«

Bertram galoppierte an, die Lanze in richtiger Haltung, hielt auf das Ziel zu und traf. Der Ball wurde weit über das Feld geschleudert.

»Das war ausgezeichnet«, lobte Philip. »Wie kommst du darauf, dass du nicht mit der Lanze umgehen kannst?«

Bertram errötete. »Es war ein großes Ziel, das ich nicht verfehlen konnte.«

»Gut, dann nehmen wir die Ringe. Witold, Rupert, schafft das Gestell mit den sechs Ringen in unterschiedlicher Höhe herbei!«

Kaum waren die Waffenknechte verschwunden, wandte Philip sich wieder an seinen Knappen. »Bertram, ich verstehe dich nicht. Du behauptest, du könntest nicht mit der Lanze umgehen, aber du hältst sie genau richtig. Du beherrschst dein Pferd. Du triffst dein Ziel. Warum um alles in der Welt stellst du dich so dar, als hättest du kein Talent?«

Der Junge senkte den Blick. »Ihr werdet es bei den Ringen sehen.«

»Was hat es mit den Ringen auf sich?«

»Ich treffe sie nicht. Der Ball war groß, den konnte ich gut sehen. Außerdem bewegte er sich nicht.«

Philip stutzte. »Sehen?«, hakte er nach. »Hast du damit Schwierigkeiten?«

Bertram presste die Lippen aufeinander. »Ich sehe alles, was mir nahe ist, ganz scharf. Aber auf zehn Schritte kann ich die Gesichter der Menschen nicht mehr unterscheiden. Dann muss ich mich auf ihre Kleidung oder Bewegungen verlassen.«

»Aber dein Bruder sagte, du seist ein guter Bogenschütze.«

»Das bin ich. Wenn es auf die Zielscheibe mit den gelben und schwarzen Ringen geht. Die erkenne ich scharf genug. Aber ich träfe niemals einen Vogel im Flug.«

»Wusste Ritter Hermann, dass du kurzsichtig bist?«

Bertram schüttelte den Kopf. »Nicht einmal Johann weiß es. Nur mein Vater. Und der meint, ich solle mich nicht so anstellen, den Blick könne man schärfen, wenn man fleißig übe.«

Mittlerweile waren Witold und Rupert mit den Ringen zurückgekehrt und hatten die Gestelle aufgebaut.

»Versuch es!«, befahl Philip. Bertram nickte und stieg in den Sattel.

Wieder hielt er die Lanze richtig, doch nun, da Philip um die Schwäche seines Knappen wusste, achtete er genau auf dessen Lanzenführung. Bertram traf nur einen der sechs Ringe.

»Das ist mehr, als mir gewöhnlich gelingt«, sagte er leise. »Ich sehe die Öffnungen nur sehr ungenau und muss mich auf mein Gefühl verlassen.«

Philip nickte. Dann wandte er sich den beiden Waffenknechten zu. »Wenn ihr mögt, könnt ihr auch ein wenig üben. Ich muss mit Bertram etwas Dringendes erledigen.«

Die Waffenknechte sahen Philip verblüfft an, wirkten zugleich aber erfreut, dass er ihnen die Reitbahn überließ. Bertram hingegen erinnerte Philip an einen geprügelten Hund.

»Wohin gehen wir, Herr Philip?«

»Eine Lösung für deine Schwierigkeiten suchen. Und dabei können wir uns gleich über deine zweite Kümmernis unterhalten.«

»Meine zweite Kümmernis?« Bertram schluckte. »Hat Frau Helena Euch erzählt, was …«

»Sie hat es mir erzählt und mich dazu verdonnert, mit dir zu reden. Frau Helena hofft, dass du dich einem Mann gegenüber eher äußerst. Sie versteht nämlich, dass du lieber mit einem Mann darüber sprichst.«

»Sie hat Euch verdonnert?«

»Mit allem Nachdruck. Und glaub mir, man sieht es ihr zwar nicht an, aber sie kann sehr gebieterisch werden.«

»Ich weiß.« Wider Willen huschte ein Lächeln über Bertrams Züge.

»Also, was ist bei Ritter Hermann geschehen?«

»Wie viel hat Frau Helena Euch erzählt?«

»Alles, was du ihr berichtet hast. Von seiner Kebse, ihrem Tod und von den seltsamen Geräuschen, die aus ihrer Totenkammer drangen. Was hast du gehört?«

»Sagt mir bitte erst, wohin wir gehen!«

»Wir besuchen einen alten Mann. Abu al-Uyûn, den Vater der Augen.«

Bertram hob die Brauen. »Den Vater der Augen? Was heißt das?«

»Er beherrscht eine seltene Kunst, die hoch geschätzt wird. Im Alter schwindet die Schärfe des menschlichen Auges. Mein Großvater benutzt seit Jahren Abu al-Uyûns Lesesteine. Sie ermöglichen es ihm, kleine Schriften zu entziffern. Vielleicht kann Abu al-Uyûn auch die Schwäche deiner Augen ausgleichen.«

»Ein Lesestein wird mir kaum helfen. Wie soll ich ihn halten und mit der anderen Hand die Lanze führen? Oder meint Ihr, ich gewinne dann sämtliche Turniere, weil meine Gegner vor lauter Lachen aus dem Sattel stürzen?«

»Was ist deine Schwierigkeit im Tjost? Den Ball hast du getroffen. Ein menschlicher Gegner ist noch weniger zu verfehlen.«

»Aber er bewegt sich, und ich erkenne seine Lanze nur mit Mühe.«

Philip nickte. Zwar war die Sehfähigkeit unter dem Helm auch für einen Mann mit gesunden Augen eingeschränkt, aber für einen Kurzsichtigen war es nahezu unmöglich, der gegnerischen Lanze zu entkommen.

Die Sehfähigkeit ... Philip erinnerte sich an das Gefühl des Helmes auf dem eigenen Kopf. Das Rasseln des Atems unter dem Metall des Helmes. Und dann kam ihm ein Gedanke. Wenn Abu al-Uyûn tatsächlich in der Lage wäre, die Unschärfe von Bertrams Augen auszugleichen, dann sollte es doch auch möglich sein, entsprechend geschliffene Gläser in die Schlitze eines Helmvisiers einzuarbeiten. Die arabischen Kunsthandwerker waren geschickt.

Das Haus des Vaters der Augen lag nur wenige Straßen von Philips Heim entfernt. Die Tür des Ladens stand weit offen, und aus dem Innern hörte man das Gelächter mehrerer Männer.

Es war der Hausherr mit zwei Gästen, die an einem kleinen Tisch saßen, Tee tranken und Neuigkeiten austauschten. Philip kannte Abu al-Uyûns Gäste. Der eine war Bassam, der Goldschmied, der oft kunstvolle Einfassungen für die Lesesteine herstellte, der andere hieß Arif, ein Händler, von dem Philips Mutter die Wolle für ihre Teppiche bezog.

»Der Morgen der Güte sei mit euch, ehrwürdige Herren«, begrüßte Philip die drei älteren Männer.

»Al-hamdulillâh!« Abu al-Uyûn sprang auf. »Philip, du bist heimgekehrt!«

»Schon vor Tagen. Hat es sich etwa noch nicht bis zu dir herumgesprochen?« Philip lachte und ergriff die ausgestreckten

Hände des Alten. Er kannte ihn bereits seit seiner Kindheit. Beinahe ebenso lange, wie er den Kadir, seinen großväterlichen Freund, gekannt hatte, von dem er das *Buch des Wissens* geerbt hatte. Und die Feindschaft zu dessen Sohn Khalil. Philip holte tief Luft. Es gab keinen Beweis dafür, dass Khalil noch lebte. Er hatte Abd al-Hisâb gesehen, und der Diener der Rechnung war nicht Khalil. Jeder konnte hinter den Drohungen der letzten Tage stecken.

»Was kann ich für dich tun? Braucht dein Großvater einen neuen Lesestein?«

»Nein, er ist bestens versorgt. Ich habe eine andere Bitte. Dieser junge Mann ist mein Knappe Bertram. Und er ist mit einem Leiden geschlagen, das für einen künftigen Ritter eine schwere Bürde darstellt.«

Abu al-Uyûn musterte Bertram aufmerksam.

»Was fehlt dem Jüngling?«

»Die Schärfe des Blickes auf weite Sicht. Bis auf zehn Schritte sieht er alles scharf, danach verschwimmen die Umrisse.«

Abu al-Uyûn seufzte. »Ein schweres Los für einen jungen Mann. Aber ich fürchte, ich kann kaum etwas für ihn tun.«

»Warum nicht? Deine kunstvoll geschliffenen Lesesteine helfen auch anderen Menschen. Warum nicht Bertram?«

»Das wirst du gleich sehen. Folgt mir bitte!«

Der alte Mann führte sie in das Hinterzimmer, das als Werkstatt diente. Zahlreiche gläserne Halbkugeln, sogenannte Lesesteine, welche die Macht hatten, Schriften zu vergrößern, lagen überall herum. Auch einige schmäler geschliffene Linsen, mit denen Abu al-Uyûn seit Jahren experimentierte, um Fernes nahe zu sehen. Seine Ferngläser waren begehrte, kostbare Objekte.

»Was ist mit diesen Linsen?«, fragte Philip.

»Das wirst du sehen, wenn dein Knappe sie vor die Augen hält. Hier, mein Junge, sieh hindurch! Wird das Ferne schärfer?«

Bertram ergriff die Linse und folgte der Aufforderung.

»Es sieht größer aus, aber die Unschärfe bleibt.«

Abu al-Uyûn nickte. »Darin liegt die Schwierigkeit. Es ist nicht damit getan, etwas zu vergrößern.«

Bertram legte die Linse zurück auf das samtene Tuch. Dabei fiel sein Blick auf eine zweite Linse, die wie eine beiderseitig hohle Schüssel geschliffen war.

»Was ist das?«, fragte er und nahm sie zur Hand, ohne Abu al-Uyûns Erlaubnis abzuwarten.

»Eine Spielerei, mehr nicht. Durch diese Linse sieht man alles kleiner, als es ist.«

Bertram hielt sie sich vors Auge.

»Heilige Muttergottes!«

»Was ist?«, fragte Philip. Der heftige Ausruf seines Knappen beunruhigte ihn.

»Seht einmal hindurch, Herr Philip!«

Philip folgte der Aufforderung. Die Welt dahinter sah kleiner aus, ganz so, wie der Vater der Augen es gemutmaßt hatte.

»Nein, haltet sie Euch dichter vors Auge!«, verlangte Bertram.

Er tat es und sah plötzlich alles verschwommen.

»Je dichter ich sie mir vors Auge halte, umso undeutlicher sehe ich alles.« Philip legte die Linse zurück.

»Ja, Ihr! Aber ich habe es scharf gesehen! So scharf, wie es sein sollte. Und nicht mehr kleiner.«

»Das ist außergewöhnlich!«, rief Abu al-Uyûn. »Junger Mann, du bist auf etwas gestoßen, das genauer Untersuchung bedarf. Bist du zu dem einen oder anderen Experiment bereit?«

»Experiment?« Auf einmal klang Bertrams Stimme unsicher.

»Verschieden geschliffene Linsen, durch die du hindurchsiehst. Wer weiß? Vielleicht gibt es einen Weg, das Übel der Kurzsichtigkeit zu bekämpfen.«

»Sehr gern«, antwortete Bertram. »Nur wird es mir nicht viel nutzen, da ich kaum ein Turnier reiten kann, wenn ich mir diese Linsen vor die Augen halte.«

»Darüber habe ich schon unterwegs nachgedacht«, mischte sich Philip ein. »Es müsste doch möglich sein, diese Gläser ins Visier eines Helmes einzupassen …«

»Kein Visier«, unterbrach ihn Abu al-Uyûn. »Du hast doch selbst gehört, dass er die Gläser dicht vor den Augen tragen muss. Eine lederne Kappe mit Augenschlitzen, in die die Gläser eingefasst werden, wäre besser geeignet.«

»Und ich könnte sie unter jedem Helm tragen, und niemand wüsste von meiner Schwäche!« Bertrams Augen leuchteten.

»Überlässt du mir deinen Knappen in den nächsten Tagen?« Abu al-Uyûn lächelte Philip gutmütig an.

»Selbstverständlich«, lautete die Antwort. »Da ich inzwischen weiß, dass Bertram die Lanze ausgezeichnet zu führen versteht und seine mangelnde Treffsicherheit einzig dem Unvermögen seiner Augen geschuldet ist, bin ich dankbar, wenn dieser Makel möglichst bald behoben wird.«

»Darf ich gleich bei Abu al-Uyûn bleiben?« Bertram sah Philip bittend an, und der nickte.

Erst auf dem Weg nach Hause fiel Philip ein, dass er über all die neuen Erkenntnisse hinweg vergessen hatte, mit Bertram über Ritter Hermann und das geheimnisvolle Geschehen in der Totenkammer zu sprechen …

20. Kapitel

Lena fand ihre Schwiegermutter am Knüpfrahmen. Seit ihrem letzten Besuch hatte der Teppich sichtbare Fortschritte gemacht.

Meret hielt in der Arbeit inne, als sie Lena bemerkte.

»Hat dir der Basar gefallen?« Wie stets schenkte sie ihrer Schwiegertochter ein gütiges Lächeln.

»Ich war begeistert. Und vor allem weiß ich nach dem Rundgang, woher Philip die Bilder nimmt, wenn er seine farbenprächtigen Geschichten erzählt. Wir waren in Ali Babas Schatzhöhle.« Sie hob die Handgelenke, an denen zahlreiche goldene Armreifen klimperten.

»Wie ich sehe, ist mein Sohn seinen Pflichten nachgekommen. Je mehr Gold eine Frau besitzt, umso höher ist ihr Ansehen.«

Lena zog sich ein Sitzkissen heran und nahm neben ihrer Schwiegermutter Platz.

»Wie geht es Sophia?«, fragte sie.

»Sie hat ihre Kammer nicht verlassen, seit sie mit ihrem Großvater aneinandergeriet.«

»Grollt er ihr?«

»Nein, er schiebt es auf den Schrecken, ihre Katze tot aufgefunden zu haben, und hält ihre Schwärmerei für Said für kindliche Narretei.«

»Sie liebt Said.«

»Ich weiß.« Meret seufzte. »Ich habe lange versucht, die Augen zu verschließen. Eigentlich wusste ich es längst. Schon bevor sich Philip und Said auf die Reise begaben. Aber ich habe mir immer eingeredet, Sophia und Said empfänden nicht mehr als Geschwister füreinander.«

»Philip sähe es gern, wenn sein bester Freund seine Schwester zur Frau nehmen dürfte«, sagte Lena vorsichtig.

»Philip sieht nur den Menschen. Niemals das große Ganze. Ich fürchte, daran ist Bruder Eustache schuld.«

»Bruder Eustache?«

»Ein Mönch, den Otto seinerzeit in unser Haus holte, damit er Philip Latein beibrachte. Meinem Vater war es nicht recht. Ihn störte es schon, dass Philip und Sophia römisch getauft wurden. Er hätte sie gern in unsere eigene Gemeinde eingeführt. Aber Otto hatte eine unvergleichliche Art, seinen Willen durchzusetzen. Er vermochte seine Worte so geschickt zu wählen, dass man am Schluss selbst seiner Meinung zu sein glaubte.«

»Und was missfiel deinem Vater an Bruder Eustache?«

»Missfallen ist nicht das rechte Wort. Bruder Eustache ist ein guter Mensch. Er kümmert sich um verlassene Kinder. Aber er legt Gottes Wort so aus, wie es ihm in den Sinn kommt. Für ihn gibt es nur wenige unabänderliche Regeln. Er hat Philip gelehrt, dass Gott die Menschen an ihren Taten und nicht an ihrem Bekenntnis misst. So als wäre es gleichgültig, welchem Glauben ein Mensch anhängt. Bei manchen dieser Reden geriet ich schon in Sorge um Philips Seelenheil. Ich sprach mit Otto darüber, doch der lachte nur und fragte mich, ob es Gottes Wille sein könne, dass so gute Menschen wie Said oder sein Vater Harun in der Hölle schmoren müssten, nur weil sie dem Herrn anders dienen als wir.«

»Und was ist deine Ansicht dazu?«

»Wer an Gott glaubt, soll es so tun, wie er es von seinen Eltern gelernt hat. Dann wird Gott ihm immer beistehen. Aber wenn Sophia Saids Frau wird, dann kann sie ihre Kinder niemals anleiten, so an Gott zu glauben wie alle ihre Vorfahren. Sie dürfte Christin bleiben, aber ihre Söhne und Töchter würden Muslime.«

»Und doch wären sie gute Menschen, denen Gott sein Reich gewiss nicht verschließt.«

»Was hätten deine Eltern gesagt, wenn du dich einem Mann fremden Glaubens anvermählt hättest?«

Lena senkte den Blick. »Ich weiß es nicht. Mein Vater war ein großherziger Mann, der ganz ähnlich wie Philip erst den Menschen und danach sein Bekenntnis betrachtete. Er verkehrte oft mit jüdischen Gelehrten und behandelte sie mit Hochachtung.«

»Anderen Menschen mit Achtung zu begegnen, ist christlich. Aber seinen eigenen Glauben nicht an die nächste Generation weiterzugeben, führt zum Untergang.«

»Dabei hast du doch das Gegenteil bewiesen.«

Meret hob erstaunt den Blick. »Wie kommst du auf diesen Gedanken?«

»Du hast mir die Sarkophage deiner Vorfahren gezeigt. Du bist eine Hüterin. Die Hüterin eines Erbes aus alter Zeit, lange bevor der Herr über die Erde wandelte. Deine Vorfahren glaubten noch an heidnische Götter.« Lena berührte den goldenen Anhänger mit der Isis, der auf ihrer Brust ruhte. »Dennoch ehrst du diese Vorfahren und hütest ihr Vermächtnis. Weil sie gute Menschen waren.«

»Das ist nicht dasselbe. Sie haben den Weg zum rechten Glauben gefunden. Sonst wären wir keine Christen.«

»Würdest du Sophia jemals deinen Segen erteilen, Saids Ehefrau zu werden?«

Meret atmete tief durch. »Das könnte ich nur, wenn Said Christ würde.«

»Du hast mir erklärt, dass ein Muslim, der in diesem Land seinem Glauben abschwört, dem Tod geweiht ist.«

Lena wunderte sich über sich selbst. Noch vor einem Jahr hätte sie Meret in jeder Hinsicht recht gegeben und eher versucht, auf Sophia einzuwirken. Doch seit sie mit Philip verheiratet war und täglichen Umgang mit Said pflegte, hatte sich ihr Weltbild kaum merklich immer mehr verändert. Gott war allmächtig. Wenn ihm die Lehren eines Propheten zuwider waren, dann hätte doch ein einziger göttlicher Handstreich genügt und die Ungläubigen hinfortgefegt. Aber nichts dergleichen geschah. Es waren die Menschen, die sich gegenseitig zerfleischten, und jeder berief sich dabei auf Gott. Aber nachdem sie alle, Juden wie Christen und Muslime, nach wie vor auf Erden wandelten – begleitete Gott dann nicht jeden von ihnen und ließ ihnen den freien Willen, Gutes zu tun oder Sünden zu begehen?

Unwillkürlich bekreuzigte Lena sich. Eine gute Christin durfte nicht so denken. Nur der Herr und sein Sohn Jesus Christus verhießen ewiges Heil. Doch obwohl sie sich zwang, sich diesen Glaubensgrundsatz immer wieder einzuhämmern, wollten die ketzerischen Gedanken nicht weichen.

»Ja, er wäre des Todes.« Merets Stimme holte Lena zurück in die Gegenwart. »Und deshalb kann ich Said niemals als Schwiegersohn dulden, sosehr ich ihn auch liebe. Denn du musst wissen, er war für mich immer ein Sohn – seit jener furchtbaren Nacht, als seine Mutter starb.«

»Philip hat mir davon erzählt. Betrunkene Ritter töteten seine

Mutter und verletzten seinen Vater schwer. Otto rettete Harun und Said.«

Meret nickte. »Said war noch ein kleiner Knabe von drei Jahren. Ich schloss ihn von Anfang an ins Herz. Vermutlich habe ich nur deshalb geduldet, dass er Sophia so nahe kam, sah ich in ihm doch immer nur einen Bruder für sie. Niemals einen Mann.«

»Hast du mit Sophia gesprochen?«

»Sie will keinen sehen. Sie kann sehr trotzig sein, aber dieser Zustand hält nie lange an. Morgen ist er vermutlich vorüber.«

Von draußen hörten sie einen Wortwechsel – den Stimmen nach zwischen einer Magd und Thea. Thea! Plötzlich fiel Lena wieder ein, dass sie Philip zugesichert hatte, mit der Räuberin zu sprechen. Im Gegensatz zu ihm beschloss sie, die Gelegenheit nicht länger hinauszuzögern.

»Entschuldige mich bitte, Meret! Thea scheint zurückgekehrt zu sein, und ich muss dringend mit ihr reden.«

Meret lächelte und nickte wohlwollend. Dann wandte sie sich wieder ihrem Teppich zu, und Lena verließ die Stube.

»Worum geht es?«, fragte Lena, als sie Thea heftig mit der Magd gestikulieren sah.

»Sie hat sich einfach an mein Eigentum gewagt!«, schrie Thea.

»Ich wollte doch nur die Wäsche waschen«, verteidigte sich die junge Frau. In ihren Händen entdeckte Lena Theas Beinlinge und die geschlitzte Suckenie, mit der die Räuberin bereits den Hamburger Bütteln aufgefallen war.

»Du hast hier nichts zu waschen, wenn ich es dir nicht aushändige.« Mit raschem Griff entwand Thea der Magd die Kleidung. Erschrocken wandte diese sich um, hastete den langen Flur entlang und die Treppe hinunter zur Gesindestube.

»Du hättest deinen Tadel auch freundlicher ausdrücken können.«

»Hätte ich. Aber so wirkt es nachhaltiger.«

»Und warum soll sie deine Kleidung nicht waschen?«

»Das geht dich nichts an.«

»Hast du etwa schlechte Laune?«

»Was willst du von mir?«, fragte Thea statt einer Antwort. »Wenn du mich so ansiehst, willst du immer etwas. Also, spuck's aus, und lass mich dann in Ruhe!«

»Ich muss mit dir reden.«

Thea verdrehte die Augen. »Dann fang an! Umso schneller sind wir fertig.«

»Nicht hier.«

»Auch noch Ansprüche. Nun gut, komm!« Thea stieß eine Tür auf. Bislang hatte Lena die Kammer der Räuberin noch nicht betreten. Sie war nicht sonderlich groß, aber ebenso behaglich eingerichtet wie die übrigen Räume des Hauses.

»Also?« Thea machte keine Anstalten, sich zu setzen, sondern warf die Kleidung, die sie der Magd entrissen hatte, aufs Bett und verschränkte die Arme vor der Brust. Ganz wie ein kämpferischer Ritter, der mit seinem Feind verhandelt, dachte Lena. Doch sie war nicht in böswilliger Absicht gekommen, und so schenkte sie Theas abweisender Haltung keine Beachtung, sondern ließ sich auf einem Sitzkissen nieder.

»Willst du dich nicht auch setzen?«

»Anders werde ich dich wohl nicht los«, brummte Thea und nahm ihrem ungebetenen Gast gegenüber Platz. »Also, was gibt's?«

»Philip hat mich gebeten, mit dir zu sprechen«, begann Lena.

»Ach, wagt er es nicht selbst?« Ein böses Lächeln breitete sich auf Theas Gesicht aus.

»Vermutlich fürchtet er deine spitzen Knie.«

»Der kleine Zwischenfall scheint dich zu erheitern.«

»Manchmal ernten Männer, was sie gesät haben. Und wer sich mit dir einlässt, muss damit rechnen, dass du ihm wehtust.«

»Sag bloß, du hättest kein Mitleid mit deinem Mann.«

»Mitleid …« Lena dehnte das Wort. »In einem sind Philip und ich uns einig. Mitleid ist die böse Stiefschwester des wahren Mitgefühls. Wer mit dir fühlt, der ist dir nahe. Aber das Wort Mitleid wurde allzu oft missbraucht, um zu heucheln. Wer dir nur im

Leid nahe ist, aber nicht in der Freude, der überschreitet rasch die Grenze und ergötzt sich heimlich am Leid des anderen.«

»Wolltest du mir einen Vortrag über Wortspiele halten? Das hast du getan und kannst nun gehen.«

»Nein, das war nur ein kleiner Schlenker. Philips Großvater macht sich Sorgen um dich. Er will wissen, wie es mit dir weitergehen soll. Philip hat dich fast wie ein Familienmitglied eingeführt, und Mikhail fühlt sich für dich verantwortlich.«

»Ach so, seine Heiratspläne!« Thea lachte. »Da kann er ewig warten. Der gute Mikhail scheint ohnehin kein geschicktes Händchen zu haben, wenn selbst seine Enkelin nichts von den Bewerbern hält, die er ihr aussucht.«

»Aber sieh doch ein, dass es auf Dauer keine andere Lösung gibt! Er hat auf den Ruf seines Hauses zu achten. Du kannst in Ägypten nicht so weiterleben wie in deinen heimischen Wäldern.«

Lenas Blick streifte einen goldenen Fingerring, der ihr bisher an Theas Hand noch nicht aufgefallen war. Thea war dem Blick gefolgt.

»Glaubst du, ich stehle?«

»Nein, für so dumm halte ich dich nicht. Hier hackt man Dieben die rechte Hand ab.«

»Ich kann auf mich aufpassen.«

»So gut wie in Hamburg?«

»Besser.«

»Das will ich hoffen. Du solltest die Gefahren in diesem Land nicht unterschätzen.«

»Du redest, als wärst du eine Einheimische. Dabei hast du bislang vermutlich weniger von Alexandria gesehen als ich.«

»Magst du mir erzählen, wo du deine Tage verbringst?«

Theas Finger spielten eine Weile mit dem Ring, dann blickte sie Lena herausfordernd an. »Gewiss. Ich habe mir einen Liebhaber gesucht.«

Lena schluckte. Auch wenn sie eine ähnliche Antwort erwartet hatte, so erschreckte es sie doch, mit welcher Offenheit Thea über ihren unschicklichen Lebenswandel sprach. Sollte Mikhail davon erfahren, würde er dies als Schande für sein Haus betrachten.

»Wird er dich heiraten?«

Thea lachte. »Ich hoffe nicht. Erfahrungsgemäß werden Männer langweilig, wenn eine Frau ihnen länger verbunden ist.«

»Das klingt, als seist du schon einmal verheiratet gewesen.«

»Du bist sehr neugierig.«

»Das bin ich. Also?« Lena hielt Theas Blick ebenso herausfordernd stand.

»Ich war eine Zeit lang so etwas wie die Gattin zur linken Hand. Nun ja, nicht ganz, der gute Ulf von Regenstein war schon mit Irmela zur rechten Hand verheiratet. Aber ich bedeutete ihm mehr als eine gewöhnliche Geliebte.«

Lena stockte der Atem. »Du warst mit Ulf von Regenstein verbunden?«

»Ich habe ihn nach zwei Jahren verlassen.«

»Weil er dir zu langweilig wurde?« Lena sah Thea unverwandt in die Augen. Für einen Moment hatte sie wieder den Eindruck, die starke Seelenflamme der Räuberin flackere.

»Ich glaube nicht, dass du das wirklich wissen willst.«

»Ich glaube, du willst es nur nicht erzählen.«

Auf einmal war der helle Funken in Theas Augen zurückgekehrt. Doch zugleich mischte sich ein roter Strahl in das reine Gelb der Seelenflamme. So wie Lena es nur bei Heißblütigen wahrnahm. Oder bei jenen, in denen wilder Zorn das Blut in Wallung brachte.

»Dann hör gut zu, Gräfin Helena! Du glaubst, dein Seelenheil hänge davon ab, ein Kind von Philip zu empfangen, und du haderst mit deiner Unfruchtbarkeit. Aber ich versichere dir, es gibt Schlimmeres. Nämlich die Erfüllung deines Wunsches.«

Die Flamme in Theas Augen leuchtete blutrot.

»Ja, ich habe mit Ulf von Regenstein gelebt. Fast wie eine ehrbare Frau. Wir hatten sogar eine gemeinsame Tochter. Aber ich war eben nur beinahe seine Frau. Da gab es immer noch

Irmela, den bösen Geist auf Regenstein. Und obwohl sie Ulf einen Sohn geschenkt hatte, neidete sie mir meine Tochter. Vielleicht weil ich viel jünger war und sie fürchtete, ich könne weitere Kinder zur Welt bringen, denn Ulf hatte meine Tochter als natürliches Kind anerkannt. Vor allem aber hatte sie schon mehrere Fehlgeburten erlitten und zwei weitere Söhne im Kindbett verloren. Wie auch immer. Eines Morgens fand ich mein Kind tot in der Wiege. Ich konnte es mir nicht erklären, denn Julia war ein kräftiges, gesundes Mädchen. Ich war verzweifelt, wollte das Unglück nicht wahrhaben. Da trat Irmela hinter mich und flüsterte mir zu, ich solle mich nicht wundern – keiner meiner Bastarde werde auf Burg Regenstein länger als wenige Wochen überleben. Ich wollte mich auf das Weibsstück stürzen, es mit eigenen Händen erwürgen, doch Ulf warf sich dazwischen. Es sei nichts Ungewöhnliches, wenn Kinder früh stürben, auch wenn es noch so schrecklich sei!, rief er immer wieder. Ich solle mich beruhigen. Ich habe nie erfahren, ob Irmela mein Kind wirklich getötet hat oder ob es eines natürlichen Todes gestorben ist. Für einige Monate blieb ich noch auf Burg Regenstein, immer in der Hoffnung, Irmela allein zu erwischen und Julias Tod zu rächen. Doch sie hielt sich von mir fern. Es war unmöglich, sie zu fassen. Und da beschloss ich, Ulf zu verlassen und zu meinem Vater zurückzukehren. Wenn ich Irmela schon nicht auf ihrer Burg packen konnte, dann vielleicht wenn sie Regenstein einmal verließ. Jahre vergingen, aber ich bekam sie nie zu Gesicht. Vermutlich fürchtete sie mich ebenso, wie ich sie hasste, und sie wurde zu einer Gefangenen auf ihrer eigenen Burg, die sie höchstens zweimal im Jahr verließ und dann auch nur in großer Begleitung. Früher hatte sie ihren Gatten regelmäßig zu Turnieren begleitet und ihm zugejubelt. Aber seit sie sich vor meiner Rache fürchten musste, war es damit vorbei. Und letztlich freute ich mich darüber. Sollte sie ihr Leben doch in steter Furcht vor mir fristen! Das war allemal schlimmer als der Tod. Ulf nahm es seinem Weib übel, dass es sich anscheinend zu fein geworden war, in einem Zelt zu nächtigen. Doch so, wie er mir nicht glaubte, dass Irmela die Schuld an Julias Tod trug, glaubte er seinem Weib nicht, dass der Tod in meiner Gestalt über ihr schwebte.«

Die blutrote Flamme erlosch, und zurück blieb der helle gelbe Schein des Seelenfeuers in Theas Augen.

Lena schwieg, denn was hätte sie auf diesen Bericht hin erwidern sollen? Thea fiel das Schweigen auf.

»Bist du sprachlos?«

»Ja, denn es gibt keine Worte, mit denen ich dir angemessen antworten könnte.«

»Keine großartigen Reden über Verzeihen, Schuld und Sühne?«

Lena schüttelte den Kopf. »Du hattest keinen Grund, deiner Feindin zu vergeben, aber du hast sie nachhaltiger gestraft als mit dem Tod. Du hast sie gezwungen, damit zu leben. Mit ihrer Tat und deren Folgen.«

»So glaubst auch du, dass sie Julia getötet hat?«

»Das kann ich nicht beurteilen. Aber sie hat die Seele einer trauernden Mutter vergiftet, statt ihr Trost zu spenden. Das ist Irmelas schwerste Sünde. Ihre Worte waren wie der Mord an deiner Seele. Seither hast du die Liebe gemieden, weil du nie wieder so stark verletzt werden wolltest.«

»Liebe ist ein Gefühl für Schwächlinge«, zischte Thea, doch Lena schüttelte den Kopf.

»Nein. Liebe erfordert Mut und Vertrauen. Nur wer mutig ist, lässt sich darauf ein, dem anderen vollständig zu vertrauen und womöglich verletzt zu werden.«

»Verwechsle Mut nicht mit Dummheit!«, fauchte Thea zurück. »Ich war jung und dumm. Zum Glück bin ich erwachsen geworden.«

»Aber umso einsamer.«

Ein Lächeln zuckte um Theas Mundwinkel, und sie schwenkte die Rechte mit dem Fingerring. »Wie du siehst, weiß ich der Einsamkeit zu entkommen. Und dafür bedarf ich nicht Mikhails Kuppelei. Wenn es ihm nicht gefällt, dann kann er mich aus seinem Haus weisen.«

»Das wird er nicht tun.«

»Dann muss er damit leben, dass ich so bin, wie ich bin.« Thea erhob sich. »Und nun möchte ich dich höflich bitten, mich allein zu lassen.«

»Du kannst höflich bitten?« Auch Lena stand auf.

»Kann ich. Aber nur einmal. Danach werde ich unhöflich.« Trotz dieser Worte wirkte Theas Gesichtsausdruck versöhnlich.

»Ich danke dir.«

»Für meine Höflichkeit?«

»Für deine Offenheit. Ich habe heute einiges über dich gelernt, Thea.«

»Dann pass nur auf, dass du irgendwann auch etwas über dich selbst lernst.«

»Über mich?« Lena hielt inne. »Wie meinst du das?«

»Das wirst du schon noch merken.« Thea öffnete die Tür und gab Lena durch ein Handzeichen zu verstehen, dass sie nun endgültig gehen solle. Mit einem leisen Seufzer folgte Lena der Aufforderung.

21. Kapitel

Sehnsüchtig erwartete Thea den Einbruch der Dunkelheit. Es war ihr schwergefallen, nach dem Gespräch mit Lena ruhig zu bleiben, sich abends zur gemeinsamen Mahlzeit mit der Familie an den Tisch zu setzen und Mikhails dummes Geschwätz über vorteilhafte Eheverbindungen zu ertragen. Immerhin galt es diesmal nicht ihr, sondern Sophia. Doch die war klug genug gewesen, sich von der Tafel fernzuhalten. Wider Willen fühlte sich Thea Philips Schwester auf einmal eng verbunden. Sie hatte die Leidenschaft in Sophias Augen erkannt, die Trauer um ihre Katze und zugleich den Kampfeswillen um den Mann, den sie liebte. Vielleicht war Sophia die geeignete Person, die ihr etwas über die geheimnisvollen Hüterinnen verraten konnte.

Aber das hatte Zeit. Erst galt es, das Haus von Abd al-Hisâb zu erkunden. Bei den letzten roten Strahlen der Abendsonne schlüpfte Thea in ihre Beinlinge und zog die geschlitzte Suckenie über. Eine äußerst zweckdienliche Kleidung. Sie erweckte den Anschein eines züchtig gekleideten Weibes, engte aber die Bewegungsfreiheit nicht ein. Thea schlang sich noch ein Tuch um das Haar, warf ihren Umhang über und steckte den Dolch in den Gürtel. Ihr Schwert blieb unangetastet zurück. Seit dem Vorfall in Hamburg wusste sie, dass diese Waffe sie außerhalb der Wälder verwundbar machte, statt ihr Stärke zu verleihen. Dann durchwühlte sie ihre Habe nach dem Seil mit dem kleinen Mauerhaken und schob es ebenfalls in den Gürtel.

Sie hätte Mikhails Grundstück auch durch die Pforte verlassen können, aber sie sah es als gute Übung, die Mauer nach Art der Einbrecher zu überwinden. Niemand bemerkte, wie sie das Seil über die Mauerkrone warf, oder hörte gar, wie sich der Haken im Stein festkrallte. Noch während sie die Mauer erklomm, dachte sie an das Räuberlager. Ihr Vater hatte den gleichen Fehler begangen wie Mikhail. Die Einfriedungen mochten hoch sein, aber sie waren nicht unüberwindlich. Zwei Männer hatten genügt, sich Einlass zu verschaffen und das Tor zu öffnen. Philip war einer von ihnen gewesen … Bei der Erinnerung durchfuhr Thea eine heiße Welle des Zornes. Sie hatte ihm vertraut, hatte ihn zu ihrem Gefährten machen wollen. Und er hatte sie verraten! Sich einer anderen zugewandt und alles vernichtet, was ihr einst teuer gewesen war.

Sie schwang sich über die Mauerkrone, rollte das Seil ein und sprang auf der anderen Seite hinunter. Dann atmete sie mehrfach tief durch. Sie musste ihren Zorn bezwingen, kühl und überlegt handeln. In dieser Nacht gab es Wesentliches zu klären. Und doch blieben die Bilder. Zum Hass auf Philip gesellte sich der alte Zorn auf Ulf von Regenstein und seine verdammte Schwäche. Wieder sah sie ihn vor sich, am Tag, als Julia beerdigt worden war. Sie hatte das feuchte Schimmern in Ulfs Augen gesehen, seinen Schmerz. Auch er hatte um die Kleine getrauert, vielleicht mehr als um jene Kinder, die Irmela ihm geschenkt hatte. Und dennoch war er zu schwach gewesen, den Tod seiner Tochter zu rächen. Dabei hätte es nur einer Bewegung bedurft.

Und dann? Wärst du bei ihm geblieben und sein rechtmäßiges Weib geworden? Immer wieder hatte Thea sich früher diese Frage gestellt, aber inzwischen wusste sie, dass es so war. Hätte Ulf von Regenstein wahren Mut besessen und sein Weib davongejagt oder – besser noch – ersäuft, dann wäre sie bei ihm geblieben. Denn es gab eine Zeit, da hatte sie auch für ihn mehr als nur Leidenschaft empfunden. Doch alle Liebe, die sie ihm jemals entgegengebracht hatte, war gemeinsam mit ihrer Tochter zu Grabe getragen worden. Ulf von Regenstein war ihrer Liebe nicht wert. Ebenso wenig wie Philip, der sie nur für seine eigenen Ziele benutzt und dann verraten hatte. Alle übrigen Männer, denen sie begegnet war, taugten ohnehin nur fürs Bett. Und manche nicht einmal dafür. Umso dringlicher musste sie mehr über Omar erfahren. Thea war sich vollkommen sicher, Khalil vor sich zu haben. Und sie wusste inzwischen durch Nachforschungen unter dem Gesinde, warum Khalil Philip so hasste. In gewisser Weise fühlte Thea sich Khalil deshalb nahe, denn auch er war ein Betrogener. Philip hatte ihm die Liebe des Vaters gestohlen und von Khalils Vater das geheimnisvolle *Buch des Wissens* geerbt. Thea erinnerte sich noch gut daran, wie Philip ihr die Macht des schwarzen Pulvers vorgeführt hatte. Kein Wunder, dass Khalil Philip mit tödlichem Hass verfolgte, wenn dieser ein so machtvolles Geschenk erhielt, während der leibliche Sohn leer ausging.

Andererseits blieb Thea argwöhnisch. Ein Mann, der von seinem eigenen Vater verstoßen wurde, war mit Vorsicht zu genießen. Wer konnte schon wissen, warum der alte Kadir Philip seinem eigenen Sohn vorgezogen hatte?

Genug der Gedanken!, ermahnte sie sich und richtete ihr Augenmerk wieder auf ihr Vorhaben. Es gelang ihr, unbemerkt bis zur Straße der Laternen zu gelangen. Irgendwo bellte ein

Hund, sonst war es erstaunlich still für eine Stadt, die tagsüber nie zur Ruhe zu kommen schien.

Thea näherte sich dem Haus des Abd al-Hisâb von hinten. Es gab einen Winkel, der vermutlich von niemandem eingesehen werden konnte. Genau der richtige Platz für ihre Pläne. Sie warf den Mauerhaken, hörte, wie er sich verfing, und zog das Seil an. Keine drei Herzschläge später saß sie rittlings auf der Mauerkrone, rollte das Seil ein und sprang in den Garten hinunter. Ganz in der Nähe wuchs ein Busch. Sie wusste nicht, um welche Pflanze es sich handelte, aber die Blätter wuchsen dicht an dicht und boten gute Deckung. Eine Weile blieb sie in dem Gesträuch hocken und wartete ab. Liefen Hunde umher? Gab es Wächter? Ein so vornehmer Mann wie Abd al-Hisâb würde sein Anwesen doch nicht so ungeschützt lassen, dass jeder dreiste Dieb eindringen konnte. Die Zeit verging, nichts rührte sich. Im Haus brannten nur hinter wenigen Fenstern Lichter. Theas Blick fiel auf ein Fenster zu ebener Erde, das leicht offen stand. Dahinter war alles dunkel. Sie lächelte. Ein Eingang, wie für sie gemacht. Es war lange her, seit sie das letzte Mal in ein Haus eingestiegen war. Kurz zuvor hatte sie Ulf von Regenstein verlassen. Ein reicher Kaufmann, den sie ausgeplündert hatten, während er ahnungslos im oberen Stockwerk seines Hauses schlief.

Das Fenster führte in einen dunklen Raum. Thea lauschte, doch nichts war zu hören. Kein Atemzug eines Schlafenden, kein Anzeichen auf menschliche Gegenwart. Behutsam tastete sie sich vorwärts, stieß gegen einen harten Gegenstand, der sich als Hammelhälfte entpuppte. Anscheinend war sie geradewegs in die Speisekammer geklettert. Umso besser, dann wusste sie, wo sie sich verbergen konnte, falls sie Schwierigkeiten bekam und den Garten schnell verlassen musste.

Die Tür zur Speisekammer stand offen. Dahinter lag die Küche. Im Herd glomm die letzte Glut und erhellte den Raum mit schwachem Schein. Ein rascher Blick. Manchmal pflegte das Gesinde in der Küche zu übernachten, doch ringsum war niemand zu sehen. Also weiter. Etwas huschte ihr an den Beinen vorbei. Fast wäre sie einen Schritt zurückgetaumelt und gegen ein Bord mit Töpfen gestolpert, doch sie fing sich noch rechtzeitig. Es war nur eine Katze, kein Grund zur Sorge.

Von der Küche aus ging es in die Diele. Hier hörte Thea erstmals menschliche Laute. Hinter einer Tür lachten zwei Männer. Leises Geklapper auf dem Holz des Tisches. Vermutlich Würfel. Thea lächelte zufrieden. Männer beim Spiel waren keine Gefahr, die vergaßen die Welt um sich herum. Abd al-Hisâb musste sich sehr sicher fühlen, wenn einem Eindringling der Zugang zum Haus so leicht gemacht wurde. Sie schlich weiter. Hin und wieder nahm sie hinter einer Tür oder einem Vorhang Laute wahr, die auf die Anwesenheit von Menschen hindeuteten.

Plötzlich hörte sie Schritte. Hastig drückte sie sich in eine Ecke, doch es war zu spät! Der Mann hatte sie bereits bemerkt.

»Was treibst du hier?«, sprach er sie an. »Ich habe dich noch nie gesehen.«

Ganz kurz überlegte Thea, ob sie den Kerl mit einem raschen Tritt ins Gemächt unschädlich machen sollte, aber dann besann sie sich.

»Vergib mir, ich bin neu im Haus des großmütigen Herrn«, ahmte sie den unterwürfigen Tonfall der Sklaven nach. »Man hat mir aufgetragen, das schmutzige Geschirr aus den Kammern zu holen.«

»Neu hier?« Der Mann musterte sie eingehend. Nicht misstrauisch, sondern gierig. »Komm nachher zu mir, wenn du mit deiner Arbeit fertig bist!«

»Ja, Herr.« Thea senkte ergeben den Kopf. »Wo finde ich dich?«

»Dort hinten.« Er deutete in Richtung der Räume, aus denen das Würfelklappern drang. »Frag nach Hassan!«

»Ich werde nach dir fragen«, antwortete sie. Hassan grinste und verschwand. Thea atmete auf. Manchmal war es von Vorteil, eine Frau zu sein. Sie tastete nach dem Tuch, mit dem sie ihr Haar verhüllt hatte, um sicherzugehen, dass keine verräterische rote Haarsträhne heraushing.

Immerhin blieb die Begegnung mit Hassan die einzige, und sie erreichte wohlbehalten das obere Stockwerk. Von draußen hatte sie gesehen, dass hier oben hinter mehreren Fenstern noch Licht brannte. Hinter einer Tür hörte sie Frauen lachen. Sie hielt kurz inne und lauschte. Die Frauen sprachen schnell, kicherten, dann redeten sie wieder. Thea entnahm den wenigen Wortfetzen, die sie verstand, dass es offenbar die Frauen von Abd al-Hisâb waren, die sich über die Vorzüge männlicher Geschlechtsmerkmale und kostbarer Seidenstoffe austauschten. Dumme Gänse, nichts, womit sie ihre Zeit verschwenden wollte.

Einige Türen weiter klang es vielversprechender. Männliche Stimmen. Ernste Stimmen, kein Würfelklappern. Und eine der Stimmen erkannte sie sofort. Es war Omar! Weilte er immer noch als Gast bei Abd al-Hisâb? Oder verbrachte er die Nacht immer hier und nicht auf seiner Barke?

Thea drückte sich näher an die Tür, damit sie gleichzeitig lauschen und den Flur im Blick behalten konnte. Obwohl sie Omars Stimme kannte, kam sie ihr doch fremd vor, denn gewöhnlich sprach er mit ihr sehr langsam, stets darum bemüht, dass sie seinen Worten in der für sie noch fremden Sprache folgen konnte. Hier redete er so schnell, wie es seinem Naturell entsprach. Schnell und entschieden. Irgendetwas missfiel ihm. Zwischendurch hörte sie Abd al-Hisâb Worte der Beschwichtigung ausrufen, doch Omar wollte nicht beschwichtigt werden. Thea verstand nicht alles, aber je länger sie lauschte, umso besser vermochte sie dem Gespräch zu folgen.

»Du hast mich heute Vormittag belogen!«, schrie Omar. Es folgten Verwünschungen, die Theas Wortschatz überstiegen. »Wie konntest du das Siegel verwenden?«

»Herr, du weißt, ich habe es doch nur in unserem Sinn …«

»Schweig, du Narr! Wenn der Emir Wind davon bekommt, ist alles verloren. Niemand darf von dem Siegel wissen. Und du Dummkopf nutzt es für deinen eigenen Vorteil!«

»Es hätte uns viel Geld gebracht«, winselte Abd al-Hisâb. »Die Christen …«

»Die Christen sollen dich nicht kümmern. Wenn du die Dhimmi-Abgabe eigenmächtig erhöhst, sind sie sofort beim Emir. Und was wird der wohl sagen, wenn sie ihm ein Dokument vorlegen, das angeblich vom Sultan von Kairo gesiegelt wurde und von dem er nichts weiß?«

»Aber …«

»Sohn eines Esels und Enkel eines Esels! Sei froh, dass ich es rechtzeitig erfahren habe! Wenn du mich noch einmal belügst, stirbst du. Und wehe dir, ich sehe dich noch einmal auf meiner Barke!«

Thea hörte ein klatschendes Geräusch. Abd al-Hisâb wimmerte.

»Ich habe genug von dir und deinen Eigenmächtigkeiten! Die Krokodile freuen sich über einen fetten Bissen wie dich.« Schritte näherten sich der Tür. Thea hatte gerade noch Zeit, sich in eine Nische vor dem Frauengemach zu ducken, als die Tür aufflog und Omar herausstürmte. Abd al-Hisâb rannte ihm mit geröteter Wange nach und flehte wie ein erbärmlicher Wurm um Verzeihung. Thea wurde übel bei so viel Unterwürfigkeit. Die Tür zu Abd al-Hisâbs Gemach stand offen. Ob es sich wohl lohnte, sich dort umzusehen? Gewiss, es war gefährlich, aber Thea traute sich zu, mit dem dicken Diener der Rechnung mühelos fertigzuwerden, falls er sie entdecken sollte.

Das Zimmer erinnerte sie an die Räumlichkeiten in Mikhails Haus. Ein großes Bett stand in einer Ecke, in der anderen entdeckte sie gepolsterte Bänke und Sitzkissen. Auf dem kleinen Tisch befanden sich noch zwei Teegläser, eines war umgestoßen und hatte Flecken auf dem Teppich hinterlassen. Theas Blick schweifte weiter durch das Zimmer. Neben dem Bett stand eine Truhe, die sonst mit drei Schlössern gesichert war, doch nun stand sie offen, und der Schlüssel steckte. Darin befanden sich mehrere Pergamente und zwei Siegelstempel. Thea nahm ein Siegel in die Hand. Sie konnte die arabischen Zeichen nicht deuten. Waren es die herrschaftlichen Siegel, um die es bei dem

Streitgespräch gegangen war? Im Flur hörte sie erneut Schritte. Sofort legte sie das Siegel zurück und rollte sich unter das Bett.

Abd al-Hisâb schlurfte in seine Stube. Allein. Thea hörte ihn tief einatmen, so als sei er erleichtert, dann rülpste er laut. Von ihrem Versteck aus sah sie seine Füße, die in dunkelblauen Samtpantoffeln steckten. Er trat an die Truhe heran, klappte den Deckel zu und drehte den Schlüssel nacheinander in jedem der drei Schlösser. Danach hörte sie ein Klirren – er schien den Schlüssel in ein Gefäß geworfen zu haben.

Es dauerte noch eine Weile, bis sich der dicke Diener der Rechnung zur Ruhe begab. Es knarrte und ächzte, einen Moment lang befürchtete Thea, in ihrem Versteck womöglich erdrückt zu werden, doch das Bett war stabil genug. Es verging noch einmal eine halbe Ewigkeit, bis der Fettkloß über ihr schnarchte. Dann erst rutschte Thea unter dem Bett hervor, richtete sich vorsichtig auf und huschte zur Tür. Im Flur war niemand zu sehen. Sie lauschte auf Geräusche. Nichts. Auch die Frauen schienen inzwischen zu schlafen. Bis auf eine kleine Öllampe, die als Nachtlicht diente, war es stockdunkel.

Thea schlich zurück zur Speisekammer. Vorbei an den Stuben der Bediensteten. Die Männer würfelten noch immer. Diesmal hörte sie auch Weiber kreischen und lachen. Vermutlich vergnügten sich die Wächter gern mit den Mägden. Die Begegnung mit Hassan sprach dafür. Hier fehlte die rechte Zucht, jemand, der dafür sorgte, dass die Männer ihren Pflichten nachkamen. Aber darüber wollte Thea sich nicht beschweren. Dennoch war sie vorsichtig, als sie die Küche betrat. Womöglich hatte der eine oder andere noch Hunger und bediente sich hier freimütig. Das war zum Glück nicht der Fall. Dafür stieß Thea auf etwas anderes. Die Katze, die ihr bei ihrer Ankunft einen Schrecken eingejagt hatte, zog Junge auf. Nahe der erloschenen Feuerstelle schliefen mehrere winzige Katzenkinder. Ihre Mutter schien sich der Mäusejagd zu widmen und hatte die Kleinen allein gelassen. Manchmal macht einem das Leben unverhoffte Geschenke, dachte Thea, griff nach einem der Katzenkinder und steckte es unter ihr Kleid. Es wehrte sich nicht, sondern schmiegte sich eng an Theas warmen Körper. Unbemerkt kletterte Thea aus dem Fenster der Speisekammer und überwand mühelos die Mauer.

Auf dem Weg zurück zu Mikhails Haus versuchte sie ihre Gedanken zu ordnen. Omar war Khalil. Abd al-Hisâb war sein Untergebener. Beide versuchten, die Christen einzuschüchtern. Omar war Philips Feind. Er suchte nach Djeseru-Sutech. Die Frauen aus Philips Familie hüteten angeblich das Geheimnis. Omar schien über alle Geschehnisse in Philips Familie genau Bescheid zu wissen. Also gab es einen Verräter. Einen Verräter oder aber einen Dummkopf, der sich leicht aushorchen ließ. Auf diese Weise hatte Omar auch von ihr selbst erfahren. Der Verräter war Zeuge gewesen, wie sie Philip auf der Reitbahn ins Gemächt getreten hatte. Wer kam infrage? Am ehesten einer der Stallknechte. Ein Mann. Dafür sprach auch, dass Omar sich an sie herangemacht hatte. Er brauchte eine Frau, die mehr als eine Dienstbotin war. Eine Frau, die beinahe zur Familie gehörte und die bereit war, das Geheimnis für ihn zu lüften.

Die kleine Katze maunzte. Zärtlich strich Thea ihr über das Köpfchen.

Als sie Mikhails Haus erreichte, dämmerte es schon. Das Tor zum Anwesen war noch verschlossen, aber zum ersten Mal seit ihrer Ankunft in Alexandria war die Tür nicht mit Drohungen beschmiert. Bekanntlich hatten Abd al-Hisâb und Omar am Abend zuvor wichtigere Fragen zu klären gehabt, als sich um die Einschüchterung ihrer Feinde zu kümmern.

Thea überlegte, ob sie über die Mauer klettern sollte, aber dann beschloss sie, laut gegen das Tor zu pochen und zu rufen. Sie hatte Erfolg, ein alter Mann schlurfte herbei und öffnete ihr.

»Was treibst du um diese Stunde vor dem Tor?«, fragte er mit verhaltenem Unwillen.

»Ich hörte ein hilfloses Wimmern.« Thea zog das Kätzchen unter dem Kleid hervor. »Ich habe das arme Tier vor einem

Rudel halbwilder Hunde gerettet. Und inzwischen muss irgendjemand das Tor verschlossen haben.«

»Es ist gefährlich, nachts das Tor zu öffnen«, tadelte der Alte, sagte aber sonst nichts weiter. Thea nahm es mit einem Schulterzucken hin und verschwand in ihrer Kammer. Hier tauschte sie die verräterischen Beinlinge und die geschlitzte Suckenie gegen ein schickliches Kleid. Dann nahm sie die kleine Katze und suchte Sophias Gemach auf.

Philips Schwester schlief offenbar noch, als Thea an die Tür klopfte, denn es dauerte eine Weile, bis sie öffnete. Sie sah die Überraschung in Sophias Augen, als sie ihr Zimmer betrat.

»Thea? Was willst du um diese frühe Stunde von mir?«

Die Räuberin hielt Sophia das Kätzchen entgegen. »Ich habe es auf der Straße gefunden, hilflos und allein, als es von wilden Hunden gejagt wurde. Ich dachte, du könntest ihm am ehesten helfen.«

Sophia nahm Thea das Katzenkind ab.

»Es sieht fast so aus wie Seshat als junge Katze«, flüsterte Philips Schwester und streichelte über das sandgelbe Fell.

»Ja, das habe ich auch gedacht«, antwortete Thea. »Es tut mir sehr leid, was mit deiner Seshat geschehen ist. Doch ich will dich nicht länger stören.« Sie schickte sich an, das Zimmer zu verlassen.

»Warte!«, rief Sophia, und Thea blieb stehen. Genauso hatte sie sich das vorgestellt. Ein Kätzchen war der geeignete Schlüssel zu Sophias Herzen.

»Kann ich noch etwas für dich tun?«, fragte Thea liebenswürdig.

»Ja, nimm doch Platz!« Sophia wies auf die Polsterbank. Thea folgte der Aufforderung, und Sophia setzte sich zu ihr, das Kätzchen noch immer im Arm.

»Es ist gut genährt«, stellte sie fest. »Seshat war damals völlig abgemagert und voller Ungeziefer.«

»Vermutlich stammt die Katze aus einem guten Haus und hat neugierig Ecken erkundet, die nicht für sie geschaffen waren.«

»Das Gleiche sagt man über dich«, erwiderte Sophia keck. Thea entdeckte Neugier in den Augen des Mädchens. Sehr schön.

»So? Was wird denn über mich geklatscht?«

»Oh, kein Klatsch. Lena erzählte nur, du seist bei deinem Vater aufgewachsen und hättest deshalb nicht das feine, höfische Benehmen, könntest dafür aber mit dem Schwert kämpfen.«

»Und Philip? Was sagt er über mich?«

»Das weiß ich nicht. Ich habe mit ihm nicht über dich gesprochen.«

»Zürnt er dir, weil du dein Herz seinem besten Freund geschenkt hast?«

Sophia schüttelte den Kopf. »Nein. Said sagt, Philip stehe auf unserer Seite. Aber es ist schwierig. Vielleicht war es dumm von mir, meinen Großvater so zu reizen.«

»Man kann den Segen der Eltern zu einer Eheschließung nicht erzwingen.« Thea seufzte. »Meine Eltern haben es versucht. Vermutlich wäre es besser gewesen, sie hätten geheiratet und den Vater meiner Mutter vor vollendete Tatsachen gestellt.«

»Deine Eltern waren nicht verheiratet?« Sophia errötete, als hätte sie etwas Unanständiges gefragt.

»Meine Mutter war die Tochter des Herzogs von Sachsen. Leider verliebte sie sich in den falschen Mann. In einen Ritter, der seinen Lebensunterhalt durch die Teilnahme an Turnieren bestritt und von den Siegprämien lebte. Mein Vater war ein ausgezeichneter Kämpfer, aber er war dem Herzog nicht gut genug. Nachdem alles Bitten und Werben nicht geholfen hatte, fassten meine Eltern einen Entschluss. Meine Mutter ließ sich von meinem Vater entführen. Durch eine Schwangerschaft wollten sie das Einverständnis ihres Vaters zur Eheschließung erzwingen. Leider zeigte der alte Herzog von Askanien sich nicht als verständnisvoller Vater, sondern als Machtmensch. Er ließ meine Mutter nach meiner Geburt in ein Kloster schaffen. Da lebt sie noch immer, auch wenn sie es inzwischen bis zur Äbtissin gebracht hat.«

»Und dein Vater?«

»Der Herzog von Askanien sorgte dafür, dass mein Vater aus der Ritterschaft ausgestoßen wurde. Damit war ihm jede Grundlage für ein ehrbares Leben genommen. Fortan war er vom Wunsch nach Rache erfüllt. Er wurde zu einem gefürchteten Räuberhauptmann.«

Sophia schlug die Hände vor den Mund. »Und du hast bei ihm gelebt?«

Thea nickte. »Das habe ich.«

»Und Leute überfallen?«

»So geht ein jeder dem Handwerk nach, das er von seinen Eltern erlernt, nicht wahr?«

»Weiß Philip davon?«

Thea lachte. »Natürlich weiß er es. Er beobachtete uns, als wir eine Eisenerzlieferung des Grafen von Birkenfeld an den Herzog von Halberstadt raubten. Und er erkannte mich dabei. Ich konnte keine Zeugen gebrauchen. Eigentlich hätte ich ihn töten müssen, aber dazu gefiel er mir zu gut.«

Sophias Augen wurden noch größer.

»Fällst du nun vor Entsetzen in Ohnmacht, Sophia?«

»Ich weiß nicht … Ich bin noch nie einer Frau wie dir begegnet. Ich kann kaum glauben, was du da erzählst.«

Die kleine Katze löste sich aus Sophias Armen und lief zu Thea. Lächelnd kraulte die Räuberin das Tierchen, das sich schnurrend an sie schmiegte.

»Ich wollte es dir lieber selbst erzählen, ehe du es von anderen erfährst«, erklärte Thea. »Lena kennt meine Geschichte ebenfalls. Genau wie Said.«

»Und es ist dir nicht unangenehm?«

Thea schüttelte den Kopf. »Mir ist nie etwas unangenehm. Menschen, die ihre Vergangenheit verbergen wollen, sind erpressbar.«

»Aber wenn deine Geschichte bekannt würde, verlörst du deine Ehre.«

»Besser das, als von der Furcht zerfressen, andere könnten

einem die Ehre rauben.« Thea musterte Sophia. »Sag, was wäre dir lieber? Ehrenvoll als Guntrams Eheweib zu leben oder das Schicksal in die eigene Hand zu nehmen und die Ehe mit Said zu erzwingen?«

»Said tut nie etwas Unrechtes.«

»Wer spricht von Unrecht?« Die Räuberin lehnte sich entspannt auf der Polsterbank zurück, während sie unentwegt die Katze kraulte. »Sag, was gefällt dir so an Said, dass du deinem Großvater zu trotzen wagst?«

»Er ist ein guter Mensch, fürsorglich, beschützend …«

»Das klingt nach einem Bruder«, unterbrach Thea sie. »Nicht nach einem Liebhaber. Was gefällt dir an ihm als Mann? Hast du ihn jemals begehrt? Dir vorgestellt, wie es ist, wenn seine Finger zärtlich über deine Haut streichen? Seine Lippen deinen Körper erkunden? Oder ihn selbst zu berühren, seine Wärme zu spüren, seine Muskeln, seine Männlichkeit?«

Sophia senkte den Blick.

»Ist es dir peinlich, über solche Vertraulichkeiten zu sprechen?«, fragte Thea mit Unschuldsmiene.

»Nun ja, ich … ich weiß nicht recht …«

»Männer reden von nichts anderem. Nur wir Frauen sollen uns keusch zurückhalten, ahnungslose Mäuschen bleiben und darauf hoffen, dass die Männer schon wissen, wie sie vorgehen müssen. Aber ich sage dir eins: Die wahre Macht besitzen wir, wenn wir nicht länger schamvoll schweigen. Also nutz die Gelegenheit, mit einer erfahrenen Frau zu plaudern.« Thea zwinkerte Sophia verschwörerisch zu.

»Und was wirst du dann von mir denken?«

»Dass du das gleiche Anrecht auf Erfüllung hast wie dein Bruder Philip. Glaub mir, der weiß recht gut über die Beziehungen zwischen Männern und Frauen Bescheid. Besser als die meisten anderen.«

»Du hast also tatsächlich mit ihm …«

»Natürlich. Das hast du doch gleich vermutet, nicht wahr?«

»Weiß Lena davon?«

»Es war lange vorbei, als sie seine Frau wurde. In dieser Hinsicht bemüht Philip sich, ein Ehrenmann zu sein. Man kann ihm nichts Schlechtes nachsagen.« Thea lachte. »Und ja, Lena weiß Bescheid. Philip ist einer jener Männer, die keine Geheimnisse vor ihrer Frau haben. Eine Seltenheit, das kann ich dir verraten. Aber vielleicht sieht er es auch so wie ich – wer keine Geheimnisse hütet, ist nicht erpressbar.«

Sophia senkte erneut die Lider. »Philip war den Frauen schon immer zugetan. Aber er war niemand, der Herzen brach. Seine Liebeleien waren harmloser Natur.«

»Wie willst du das wissen? Ich meine, dass er keine Herzen brach?«

»Weil … weil er niemals in Schwierigkeiten geriet. Es gab keine erbosten Väter, die an unsere Tür klopften und verlangten, dass er ihre Töchter heiraten solle.«

Natürlich nicht, dachte Thea. Vermutlich hat sich der Mistkerl immer nur an Frauen herangemacht, die ohnehin als ehrlos galten. Frauen wie mich … Eine Woge heißer Wut erfüllte ihre Seele, doch sie beherrschte sich. Sophia durfte nicht merken, was in ihr vorging.

»Lass uns nicht länger über Philip sprechen! Du wolltest mir doch von Said erzählen. Also, was fesselt dich an ihm? Hast du ihn jemals geküsst?«

Sophia schluckte. »Du bist sehr neugierig.«

»Du musst nicht antworten, wenn du nicht magst.« Thea lächelte der jungen Frau gutmütig zu.

»Ja, einige Male vor seiner Abreise«, erwiderte Sophia leise. »Als ich ihm das Medaillon mit meiner Haarlocke schenkte.«

»Schenkte er dir etwas im Gegenzug?«

Sophia nickte und zog einen goldenen Armreif vom rechten Handgelenk. Thea erkannte die arabischen Schriftzeichen, die in das Gold getrieben waren.

»Was steht dort?«

»Hüterin meines Herzens.«

Beinahe hätte Thea laut aufgelacht. So viel lächerliche Wortkunst hatte sie nicht erwartet. Zum Glück bemerkte Sophia ihre Heiterkeit nicht, sondern starrte mit verliebtem Blick auf die Inschrift. Dann erhob sie sich und zeigte Thea einen gewirkten kleinen Wandbehang, nicht größer als die Sitzfläche eines Stuhles.

»Den hat Said mir von seiner Reise mitgebracht.«

Thea erkannte eine jener Handarbeiten, für die das Harzgebirge berühmt war. Meist zeigten diese Gewirke religiöse Szenen und wurden sowohl in Klöstern als auch in weltlichen Werkstätten hergestellt. Doch auf diesem Stück war keine fromme Darstellung zu sehen, sondern ein Garten mit üppigen Blumen hinter dichten Hecken.

»Oh«, stellte die Räuberin mit anzüglichem Augenzwinkern fest. »Er hat dir ein Bildnis des verschlossenen Gartens geschenkt? Ich glaube, dann wird es höchste Zeit, dass du ihn einlässt.«

Sophia errötete abermals, denn der verschlossene Garten galt als Symbol der Jungfräulichkeit.

»Aber er tut niemals etwas Unrechtes«, beteuerte Sophia.

»Was ist unrecht daran, der Liebe zu huldigen?«

»Es heißt, der Weg zur Hölle beginnt mit der Fleischeslust.«

»Es heißt auch, Gott ist die Liebe und Vergebung, nicht wahr?«

Sophia nickte.

»Und Gott sprach zum Menschen: Seid fruchtbar und mehret euch! Richtig?«

Wieder nickte Sophia.

»Warum sollte dann etwas Gottgewolltes in die Hölle führen?«

»Weil … weil nur der Segen der Ehe die …« Sophia brach ab und wich Theas Blick aus.

»Waren Adam und Eva verheiratet?«, bohrte Thea nach.

»Gott gab Eva dem Adam zur Gefährtin.«

»Adam und Eva gehörten vor Gott zusammen, weil Gott es so beschlossen hatte. Gott schenkt die Liebe, nicht der Satan. Wenn zwei Menschen sich lieben, dann hat Gott sie schon gesegnet, denn vor ihm sind sie ein Paar. So wie Adam und Eva.«

»Du legst die biblische Geschichte sonderbar aus.«

Thea lächelte. »Denk einmal darüber nach, Sophia! Es ist nichts Schlimmes daran, einen Menschen körperlich zu lieben. Im Gegenteil, es war Gottes Wille, sonst hätte er die Menschen doch nicht als Mann und Frau erschaffen und ihnen die Fähigkeit gegeben, Lust zu empfinden.«

»Aber ... aber warum heißt es dann immer, Unzucht sei der Weg zur Hölle?«

»Wenn ein Mann einer Frau Gewalt antut, so tritt er Gottes Gabe mit Füßen. Und dieser Mann ist damit der Hölle verfallen. So einfach ist das. Aber was aus Liebe geschieht, ist gottgefällig.«

»Die Priester sprechen anders.«

»Ein klares Verbot ist leichter einzuhalten, als den Verstand zu gebrauchen. Männer haben damit oftmals ihre Schwierigkeiten. Aber du bist doch klug, Sophia. Du weißt, dass Said in deinem Herzen längst dein Mann ist.«

Sophia schwieg, und Thea beobachtete, wie der Keim, den sie in die Seele des Mädchens gepflanzt hatte, langsam aufging. Sie hatte es schon öfter beobachtet. Auf diese Weise hatte die alte Gundula über die Seelen der Christenmenschen Macht gewonnen. Obwohl Gundula eine Heidin war, kannte sie die biblische Geschichte, aber sie wusste auch um deren Schwachstellen.

Der kleinen Katze war es inzwischen auf der Polsterbank zu langweilig geworden, und mit erstaunlichem Geschick sprang sie hinunter und sah sich in Sophias Gemach um. Während Sophia noch über Theas Worte nachsann, hatte es einen geeigneten Spielplatz gefunden – Sophias Knüpfrahmen, auf dem ein halb fertiger Teppich aufgespannt war.

»O nein!« Sophia sprang auf, als sie sah, wie das Kätzchen die Krallen am Teppich wetzte und sich dabei in dem Gewebe verfing. Hastig zog sie es zurück.

»Das darfst du nie wieder tun!«, tadelte sie, als spräche sie mit einem Kind. »Dieser Teppich ist heilig.«

»Seit wann sind Teppiche heilig?« Thea trat neugierig näher.

»Nun, er ist ... etwas Besonderes.«

»Ein Geschenk für deinen Liebsten?« Thea betrachtete die

seltsamen Schriftzeichen, die in die Wolle eingewebt waren. »Für den Hüter deines Herzens?«

»Nein.« Sophia schüttelte heftig den Kopf. »Es ist nur eine alte Familientradition.«

»Mit erbaulichen Sinnsprüchen? Oder was steht dort geschrieben?« Thea ließ die Finger über die schon fertiggestellten Symbole gleiten. Ihr fiel auf, dass ein Teil dieser Symbole mit roter Wolle herausgearbeitet waren, während die übrigen in Blau gehalten waren.

»Nein, keine erbaulichen Sprüche. Jede Frau unseres Hauses knüpft im Lauf ihres Lebens drei solcher Teppiche.«

»Und was hat es damit auf sich?«

»Es ist ein alter Mythos. Meine Mutter behauptet, wir seien die letzten Hüterinnen einer verborgenen Welt.« Sophia lachte. »Sie berichtet gern über solche Legenden.«

»Ich liebe Sagen und Märchen. Philip hat uns einige an Bord der *Windsbraut* erzählt, um unser Arabisch zu verbessern. Verrätst du mir die Geschichte deines Teppichs?«

»Du wirst uns auslachen, es ist auch ein bisschen seltsam, aber die Frauen meiner Familie glauben fest daran.«

»Warum sollte ich dich auslachen?«, fragte Thea. »Ich mag dich, Sophia, und ich vertraue dir. Glaubst du, ich hätte dir sonst so viel von mir preisgegeben?«

»Nein, das hättest du gewiss nicht«, antwortete Sophia völlig arglos. »Also gut. Es heißt, in diesen Teppichen sei eine Karte verborgen, die zu einem mystischen Ort führe.«

»Zu einem mystischen Ort? Was gibt es dort? Fabelwesen? Schätze?«

Sophia schüttelte den Kopf. »Man sagt, in Djeseru-Sutech werde das gesamte Wissen der Menschheit gehütet.«

»Das klingt aufregend. Erzähl mir mehr davon!«

Und Sophia erzählte mehr …

22. Kapitel

Das Gespräch mit Thea hatte Sophia nach der Verzweiflung der letzten Tage gutgetan. Nie zuvor war sie einer Frau begegnet, die so offen war, so völlig ohne falsche Scham. Und dass sie ein guter Mensch war, hatte Sophia an dem zärtlichen Umgang mit der jungen Katze erkannt. Sophia hatte schon früh erfahren, dass Menschen sich vor ihresgleichen oft verstellten, Tieren gegenüber jedoch aufrichtig und glaubwürdig blieben. Vermutlich aus diesem Grund hatte sie ihre Bedenken, Thea in den alten Familienmythos einzuweihen, so rasch verworfen. Philip vertraute Thea, sonst hätte er sie nicht wie ein Familienmitglied in Mikhails Haus eingeführt. Selbst wenn Thea nicht mehr seine Geliebte war, so gab es doch noch eine enge Bindung zwischen den beiden, auch wenn Sophia noch nicht ganz durchschaute, worin diese bestand.

Viel mehr aber beschäftigte sie sich in Gedanken mit Theas Worten über die Leidenschaft des Körpers. Konnte es wirklich so sein, wie Thea behauptete? Dass eine Liebe vor Gott rein blieb, auch wenn sie ihre körperliche Erfüllung ohne den Segen der Ehe fand? Oder war die Liebe damit schon gesegnet? Weil Gott sie schenkte? Sophia musste unbedingt mit Said sprechen. Seit dem vergangenen Tag wich er ihr aus, ganz so, als wolle er ihrem Großvater seine Standhaftigkeit beweisen. Und fällt mir damit in den Rücken, dachte Sophia mit leichter Bitterkeit. Gewiss, Said war klug, er wusste, wann es zu reden galt und wann er schweigen sollte, aber ein wenig mehr Unterstützung hätte sie sich doch gewünscht.

Es war noch früh am Tag, nachdem Thea Sophias Zimmer verlassen hatte. Zu früh, um Said aufzusuchen? Oder gerade die richtige Zeit, um neugierigen Dienstboten aus dem Weg zu gehen, die alles der Mutter oder gar dem Großvater zutrugen?

Vom Hof her hörte sie Stimmen und blickte aus dem Fenster. Philip wies seine Waffenknechte an, die Reitbahn vorzubereiten.

Anscheinend wollte er sich wieder der Ausbildung seines Knappen widmen. Diesmal hatte sich auch Saids Vater Harun eingefunden. Als Kind hatte Sophia oft zugesehen, wie Harun Philip und Said beibrachte, mit zwei Säbeln zugleich zu fechten. Sie hatte es genossen, vor allem wenn Said ihrem Bruder zeigte, dass er nicht unbesiegbar war. In den Tagen, als ihr Vater noch lebte, war Philip oft ein wenig zu großspurig und selbstherrlich gewesen. Den Begriff der Demut hatte er nur aus Büchern gekannt. Sophia schüttelte die unwillkommenen Gedanken ab, führten sie doch unweigerlich zu jenen schrecklichen Bildern, die ihren Vater das Leben und Philip fast die Seele gekostet hatten.

Sie beobachtete das Treiben auf der Reitbahn, sah, wie Harun dem jungen Bertram und Philips Waffenknechten zeigte, wie man eine schmale arabische Lanze in vollem Galopp auf ein Ziel schleuderte. Hörte den Beifall der Zuschauer. Harun war trotz seiner fünfzig Jahre noch immer ein wieselflinker Mann, der es an Geschicklichkeit mit jedem Jüngeren aufnahm.

Irgendwann bemerkte sie, dass sie in Wirklichkeit nach Said Ausschau hielt, aber sie entdeckte ihn nirgends. Vielleicht war es doch die rechte Zeit, ihn in seinem Gemach aufzusuchen? Bevor sie ihre Kammer verließ, schaffte sie den Knüpfrahmen aus der Reichweite des Kätzchens und stellte eine Schale mit Milch auf den Fußboden.

»Bleib schön brav!«, ermahnte sie die neue Hausgenossin und kraulte sie zum Abschied.

Said war nicht in seiner Stube anzutreffen. Sophia seufzte. Er konnte überall sein. Am besten nahm sie erst einmal ein Bad, bevor sie weiter nach ihm suchte. Das Wasser würde ihre trüben Gedanken fortspülen und ihr neue Kraft schenken. Sie besorgte sich rasch zwei Badetücher, stieg nach unten und fragte Amnet, ob das Bad schon beheizt sei.

»Ja, Herrin«, antwortete die Magd. »Aber es ist besetzt.«

»Wer ist dort?«

»Said.«

Said! Sophias Hände krampften sich in den Stoff der Badetücher. Ohne es zu wollen, stellte sie sich vor, wie das warme Wasser an seinem Körper hinabrann, seine Muskeln nachzeichnete. Sie hatte ihn vor langer Zeit schon einmal im Bad gesehen. Er hatte es nicht bemerkt, und sie war schnell wieder davongelaufen. Die Gefühle, die sein Anblick in ihr ausgelöst hatte, waren zu verwirrend gewesen. Damals war sie zwölf gewesen, er achtzehn. Aber seit jenem Tag hatte sie sich immer wieder daran erinnert, wie das Wasser über seinen Oberkörper geperlt, an den Rückenmuskeln entlanggelaufen war, bis hin zu … Sophia schluckte.

»Danke, Amnet«, sagte sie. »Ich komme später wieder.«

Die Magd nickte gleichgültig und kehrte in den kleinen Raum mit den Heizkesseln zurück, für die sie zuständig war. Sophias Blicke streiften sehnsüchtig die Tür zum Bad. Wenn sie hineinhuschte, würde es niemand bemerken. Nur Said …

Und dann? Theas Worte kamen ihr in den Sinn. *Vor Gott ist er schon dein Mann.* Vielleicht war es ein Fingerzeig des Herrn, dass sie ihn hier und jetzt antraf, ohne es darauf angelegt zu haben. Er wird nichts Unrechtes tun, dachte sie bei sich. Wenn er meint, dass es unrecht ist, wird er mich schon zurückhalten. Und wenn er es nicht tut, dann hat er mich als sein Weib erkannt. So wie er es mir schon lange zuvor geschworen hat.

Leise öffnete sie die Tür und trat ein. Ihr Herz klopfte so laut, dass sie fürchtete, es sei überdeutlich zu hören.

Said bemerkte nichts. Er lag im größten Becken, das er ebenso wie Philip bevorzugte, und hatte der Tür den Rücken zugewandt. Auf einer Holzbank lagen seine Kleidung und zwei Badetücher. Sophia atmete noch einmal tief durch. Sollte sie es wirklich wagen? Es widersprach allem, was sie jemals gelernt hatte, und doch wünschte sie sich genau das. Mehr als alles andere. Seit sie Said im Bad gesehen hatte und verschüchtert geflohen war. Doch damals war sie noch ein Kind gewesen. Inzwischen war sie kein Kind mehr. Theas Worte hatten ihre Lust geweckt, ihr den Mut gegeben, sich ihre geheimsten Wünsche einzugestehen. So lange schon. Sie wollte Said. Sie wollte ihn auf der Stelle. Wollte alle Welt zwingen, ihn als ihren Gatten anzuerkennen, ganz gleich, was ihre Mutter, ihr Großvater oder die Priester sagten. Thea hatte recht. Wie konnte ein Geschenk Gottes Sünde sein? Sie legte ihre Badetücher auf die zweite Holzbank, schlüpfte lautlos aus ihren Kleidern und schlich auf das Badebecken zu, in dem Said noch immer ahnungslos ruhte. Eigentlich hätte sie vor Scham und Furcht vergehen müssen, doch das Gegenteil war der Fall. Sie sehnte sich danach, Said zu berühren, seine Haut zu streicheln, ganz so, wie Thea es nur wenige Stunden zuvor beschrieben hatte. Nie mehr würde sie darauf warten, dass andere Entscheidungen für sie trafen. Sie hatte die Stärke in Thea gespürt, die Macht einer Frau, die sich nahm, was sie wollte.

Der ganze Zorn, der Schmerz und die Furcht der letzten Tage verwandelten sich plötzlich in eine Entschlossenheit, die jede Unsicherheit hinwegfegte.

Als sie ins Bad stieg, fuhr Said herum. Starrte sie mit großen Augen an. Seine Blicke verharrten etwas zu lange auf ihren nackten Brüsten, ehe er die Lider senkte. »Sophia, was willst du hier?«, keuchte er.

»Baden.« Sie lächelte ihn an und stieg noch tiefer ins Wasser. Er zog sich hastig zurück.

»Das ist ganz und gar unpassend. Bitte geh, ehe uns jemand entdeckt!«

Einen Moment lang war Sophia verunsichert. Sollte sie auf ihn hören? Andererseits klangen seine Worte eher halbherzig, und seine Augen verrieten etwas anderes als sein Mund.

»Warum?« Sie glitt unter die Wasseroberfläche und näherte sich ihm. Er wich so weit zurück, dass seine Schultern gegen den Beckenrand stießen.

»Das weißt du doch genau! Was wird dein Großvater sagen, wenn er erfährt, dass du hier bist?«

»Das ist mir gleich.« Sie legte Said beide Hände auf die Schultern. Sein Zaudern nahm ihr jede Furcht. »Said, wir haben lange genug gewartet. Mein Großvater weiß, was ich will. Und Guntram wird mich nicht mehr heiraten, wenn ich keine Jungfrau mehr bin.«

»Aber doch nicht hier und jetzt!« Said entwand sich ihrer Umarmung. »Sophia, das ist unmöglich! Wir würden alles zerstören.«

»Nein. Indem wir warten, zerstören wir alles.« Sie schloss ihn abermals in die Arme, presste sich fest an seinen Leib. Said stöhnte auf. »Sophia, lass es! Bitte.«

Sie küsste ihn. Spürte seinen hilflosen Versuch, ihr Widerstand zu leisten, doch der brach im nächsten Augenblick. Auch er hatte lange auf sie gewartet, von ihr geträumt, sich von anderen Frauen ferngehalten, seit er ihr sein Herz geschenkt hatte. Das alles begriff Sophia, als sie seine Hände auf ihrem Körper fühlte, als er gierig und doch zärtlich nach ihren Brüsten griff, als seine Lippen an ihrem Hals entlangfuhren, ihren Körper erforschten, sie an den unmöglichsten Stellen küssten. Sie musste nichts mehr tun, einfach nur genießen, ihn gewähren lassen. Und da wusste sie, dass Thea recht hatte. Es konnte keine Sünde sein, wenn Gott den Liebenden so viel Lust schenkte, wenn sie seinem Gebot nachkamen. Er küsste ihre Brüste, seine Zunge spielte mit ihren Brustwarzen. Sophia stöhnte, krallte ihre Finger in seinen Rücken. Im warmen Wasser spürte sie, wie seine Erregung anschwoll. Ganz kurz schreckte sie zurück, merkte, dass sie gegen alle Regeln verstieß, die ihre Mutter sie gelehrt hatte. Doch zugleich kostete sie den Triumph aus. Sie würde nicht feige zurückstehen und andere über ihr Leben entscheiden lassen. Und so bog sie sich ihm entgegen, war bereit, ihn aufzunehmen. Alle hinderlichen Gedanken verflogen, sie empfand nur noch die Liebe für ihn, hatte nur noch den Wunsch nach Vereinigung. Dann ein kurzer Ruck, sie nahm kaum mehr als einen leichten Stich wahr, und er war in ihr. Sie küsste ihn, während er sich vorsichtig in ihr bewegte und sie dabei gegen die Wand des Badebeckens presste. Seine Bewegungen wurden heftiger, er keuchte. Sophia öffnete die Augen und sah ihn an. Seine Lider waren geschlossen, Anspannung lag auf seinem Gesicht. Doch plötzlich wurden seine Züge ganz sanft, und er erschlaffte in ihr. Sein eben noch steinhartes Glied fühlte sich weich an, geradezu verletzlich. Schwer atmend zog er sich aus ihr zurück, doch sie ließ ihn nicht los, hielt ihn weiterhin umklammert, streichelte seinen Rücken, küsste ihn.

»Ich liebe dich, Said«, flüsterte sie. »Wir gehören für immer zusammen.«

Er strich ihr eine feuchte Strähne aus dem Gesicht. »Für alle Zeiten, Hüterin meines Herzens«, flüsterte er und küsste sie wieder.

Beim Klappen der Tür fuhr Sophia in Saids Armen zusammen. Fast gleichzeitig wandten sie sich um. Philip stand im Türrahmen, verschwitzt, staubbedeckt, ein großes Badetuch in der Hand. Noch nie hatte Sophia ihren Bruder so gesehen. Seine Augen waren aufgerissen, sein Mund stand offen, das Badetuch war ihm halb aus der Hand geglitten, und er hielt es nur noch an einem Zipfel fest.

»Was treibt ihr da?«, hauchte er mit tonloser Stimme.

Said erstarrte in Sophias Armen, unfähig, ein Wort zu sagen. Wieder war es ausgerechnet seine Schwäche, die Sophia ermutigte. Sie hatte das Spiel begonnen, sie musste es zu Ende führen. »Manchmal stellst du wirklich dumme Fragen, Philip«, antwortete sie. »Ich dachte, das wüsstest du.«

»Wenn unser Großvater davon erfährt, bringt er Said um.«

»Dann schweig doch einfach«, entgegnete Sophia. »Und nun sei so freundlich und warte draußen, bis wir das Bad für dich geräumt haben.«

Zu ihrem Erstaunen folgte Philip ihrer Aufforderung widerspruchslos. Hatte Thea ebendiese Haltung gemeint? Sich niemals für seine Taten zu schämen? Beschwingt stieg Sophia aus dem Bad und trocknete sich ab. Said folgte ihr viel langsamer und wirkte wie ein geprügelter Hund. Sophia seufzte. Männer …

23. Kapitel

Lena war höchst verwundert über die Stimmung, die am Abend über der Tafel schwebte. Saids sonst so lichte Seelenflamme war zu einem schwachen Glimmen verkümmert. Dafür strahlte Sophia umso heller. Aber am meisten stutzte Lena, als sie Philip beobachtete. Sie hatte schon viel in seinen Augen gesehen: ein fast erloschenes Feuer, aber auch bunte, strahlende Funken. Doch noch nie eine hellrote Seelenflamme, wie sie sonst nur heißblütige oder zornige Menschen in sich trugen. Bei Thea hätte sie das nicht gewundert, doch die schien völlig mit sich im Reinen zu sein. Das erstaunte Lena nach allem, was sie inzwischen über die Räuberin wusste. Deren Stärke war beachtlich. Sie verkraftete offenbar mühelos Schicksalsschläge, an denen andere zerbrochen wären. Seit Lena wusste, dass Thea ein Kind verloren hatte, neigte sie zu einer milderen Beurteilung ihres harten Wesens. Zu deutlich hatte sie erkannt, wie erfolgreich Thea sich selbst damit schützte.

»Warum wird das Mahl nicht aufgetragen?« Philip wurde ungeduldig.

»Wir erwarten noch Gäste«, antwortete sein Großvater. »Ritter Heinrich und seinen Sohn Guntram.«

Sophia verzog das Gesicht und erntete einen tadelnden Blick ihrer Mutter. Said schien in sich zusammenzusinken, und Philip ballte die Hände unwillkürlich zu Fäusten.

»Gibt es Schwierigkeiten?«, raunte Lena ihrem Gatten zu.

»Ich hoffe nicht«, flüsterte er zurück.

Gerade wollte sie fragen, ob etwas vorgefallen sei, als die Tür zum Speisesaal geöffnet wurde und die beiden Gäste eintraten. Lena kannte Heinrich und Guntram bislang nur aus Erzählungen. Sie wusste, dass Heinrich deutscher Abstammung war und ebenso wie Philips Vater eine christliche Ägypterin zum Weib genommen hatte. Ritter Heinrich war um die fünfzig, aber er strahlte noch immer viel Kraft aus. Nur die grauen Strähnen in seinem Haupthaar verrieten sein wahres Alter. Sein Sohn Guntram hatte pechschwarzes Haar, und seine Hautfarbe erinnerte an Philip – sie war etwas dunkler als die der blonden Europäer, aber heller als die der Einheimischen. Seine Augen waren beinahe schwarz, und in ihnen leuchtete eine helle Seelenflamme. Lena war auf der Stelle von beiden Männern eingenommen, und sie verstand, warum Philips Großvater sich eine Verbindung zwischen Guntram und Sophia wünschte. Guntram würde sich gewiss als aufrechter Ehemann und zuverlässiger Gefährte erweisen. Zudem gäbe es keinerlei Schwierigkeiten mit dem Glauben. Aber was nutzten diese Erwägungen, wenn Sophias Herz längst einem anderen gehörte?

Lena dachte an Martin, ihren ersten Bräutigam. Sie hatte geglaubt, ihn zu lieben. Doch erst nachdem sie Philip kennengelernt hatte, begriff sie, dass sie damals kaum mehr als eine mädchenhafte Schwärmerei für Martin empfunden hatte. Keine Liebe, allenfalls Zuneigung. Und doch hätte es für eine Ehe gereicht, denn damals war ihr Herz noch frei.

»Bitte, entschuldigt unsere Verspätung!« Ritter Heinrich neigte artig das Haupt. »Wir wurden aufgehalten. Eine seltsame Geschichte.« Er zog sich einen Stuhl heran und nahm am Tisch Platz. Sein Sohn tat es ihm gleich.

»Eine seltsame Geschichte?« Mikhail musterte Heinrich aufmerksam und gab zugleich den Mägden mit einer Handbewegung zu verstehen, dass sie das Mahl auftragen sollten.

»O ja«, bestätigte Heinrich. »Heute Vormittag erschien ein Bote des Emirs mit einem amtlichen Dokument auf unserem Gut. Es hieß, die Abgaben seien erhöht worden. Wir waren empört, denn das widersprach allen Vereinbarungen. Ich war schon drauf und dran, mich beim Emir selbst zu beschweren, als ein weiterer Bote erschien und uns in blumenreichen Worten mitteilte, dass es sich um einen bedauerlichen Irrtum gehandelt habe.«

»So war es wohl«, meinte Mikhail. »Bei uns wurde kein Bote vorstellig.«

»Aber merkwürdig ist es. Bislang sind wir mit dem Emir gut ausgekommen.«

»Ich wollte mich ohnehin um eine Audienz bei ihm bemühen«, erklärte Mikhail. »Wegen der Übergriffe in den letzten Monaten. Wie wäre es, wenn du dich anschließt?«

Die Mägde kehrten zurück und trugen das Mahl auf. Es gab Reis und gebratene Täubchen, dazu gefüllte Teigtaschen und allerlei Salate.

»Ihr wisst noch immer zu leben.« Heinrich griff beherzt zu.

»Willst du damit sagen, dass es bei euch bescheidener zugeht?«, entgegnete Philip mit einem Augenzwinkern.

»Nun, man merkt, dass Jasmin seit drei Jahren nicht mehr unter uns weilt.« Der alte Ritter senkte den Blick.

»Warum heiratest du nicht wieder?« Mikhail griff nach der Reisschüssel. »Es gäbe genügend Frauen, die liebend gern die neue Herrin deines Hauses würden.«

Heinrich schüttelte den Kopf. »Mir steht nicht der Sinn danach, mich erneut zu binden. Zumal es bald eine neue Herrin des Hauses geben wird, nicht wahr?« Er wandte den Kopf in Sophias Richtung. »Wir müssen an die junge Generation denken.«

Sophia wich Heinrichs Blick aus und sah flehentlich zu Said hinüber. Der Araber hob den Kopf und betrachtete Guntram, der bislang geschwiegen hatte und gerade nach der Soße langte, die am anderen Ende des Tisches stand. Said war schneller. Für einen Moment sah es aus, als wolle er Guntram fürsorglich die Schüssel reichen, doch dann rutschte sie ihm aus der Hand. Guntram schrie auf, denn die heiße Soße ergoss sich über seine Beinkleider.

»Oh, das tut mir aufrichtig leid!« Said zeigte ein betroffenes Gesicht, doch Lena hatte den Eindruck, als strahle seine Seelenflamme um einiges heller als zuvor.

»Wie ungeschickt!« Philip schüttelte den Kopf. Zu allem Überfluss brach Thea in Gelächter aus, und Sophia stimmte mit ein. Meret runzelte die Stirn. »Ammon!«, rief sie laut, doch der

Diener erschien nicht. »Der liegt wohl wieder auf den Ohren«, murmelte sie. »Dem mache ich Beine! Komm, Guntram! Ammon bringt das rasch in Ordnung.« Sie stand auf. Guntram folgte ihr, während er fahrig über die Flecken strich.

»Wenn du ihm die Ohren nicht zu lang ziehst!«, rief Ritter Heinrich hinterher. »Soweit ich weiß, hat euer Ammon die Arbeit nicht erfunden.« Ihn schien das Missgeschick auch eher zu belustigen als zu erzürnen. Vermutlich weil niemand Said eine Absicht unterstellte. Aber warum hatte sich dessen Laune plötzlich so aufgehellt?

»Und lass uns neue Soße bringen!«, rief Mikhail.

»Ja, ja«, kam es gedämpft von Meret hinter der Tür zurück. Vermutlich würde sie dem Diener tatsächlich beide Ohren lang ziehen, damit er sich künftig nicht mehr taub stellte.

»Was die Herrin des Hauses angeht …«, mischte Thea sich ein. »Ich frage mich, warum nicht das nächstliegende Bündnis geschlossen wird.«

Mikhail und Philip starrten Thea erstaunt an.

»Das nächstliegende Bündnis?«, fragte Ritter Heinrich.

»Nun, die ehrenwerte Meret ist ebenfalls Witwe und noch dazu im geeigneten Alter. Was spricht gegen eine Verbindung zwischen ihr und Heinrich?«

Das rote Feuer in Philips Augen wurde noch tiefer. »Thea, ich glaube, du solltest dich aus unseren Familienangelegenheiten heraushalten.«

»Warum? Dein Großvater hält sich doch auch nicht aus meinen Familienangelegenheiten heraus, sondern überlegt, an wen er mich verkuppeln kann.«

Ritter Heinrich räusperte sich. »Eigentlich ist das gar kein so dummer Gedanke. Wir könnten die Macht unserer beiden Familien verdoppeln.«

Lena fragte sich, was Meret wohl dazu gesagt hätte, doch sie war noch immer nicht mit Guntram zurückgekehrt.

»Natürlich könnte Sophia dann nicht mehr Guntram zum Mann nehmen«, fuhr Thea fort. »Denn dann wärst du ihr Stiefvater, und dadurch gälte Guntram als ihr Bruder. Andererseits wird es sicher noch andere vorteilhafte Verbindungen für einen jungen Mann wie Guntram geben, nicht wahr?«

»Ich wäre sofort bereit, zum Wohl meiner Mutter zurückzutreten«, sagte Sophia. »Auch für mich wird es andere vorteilhafte Verbindungen geben.«

»Sophia!« Mikhail funkelte seine Enkelin erbost an.

»Großvater, du weißt, dass ich Guntram sehr schätze, aber eben doch wie einen Bruder, nicht wie einen Gatten. Das ist der Grund, weshalb ich nicht sein Weib werden möchte.«

Mikhail schnaubte.

»Ist das so?«, fragte Heinrich. Sophia errötete und nickte.

»Wir sollten Meret fragen, was sie davon hält«, schlug Heinrich vor. Lena sah, dass Philip den Kopf schüttelte. Allerdings war das rote Feuer aus seinen Augen verschwunden. Er schien eher fassungslos angesichts der Entwicklung, die das Gespräch nahm. Thea lächelte und zwinkerte Sophia kaum merklich zu.

»Ich finde den Gedanken nicht schlecht.« Saids Vater Harun hatte bislang geschwiegen. »Wir sollten Sophia zu keiner Ehe nötigen, die sie nicht wünscht, wenn es andere Wege gibt, die Familien zu vereinen.«

Heinrich nickte. Der Gedanke, Meret zu heiraten, schien ihm immer besser zu gefallen.

Meret und Guntram kehrten zurück. Bis auf einige Flecken waren kaum noch Soßenspuren auf Guntrams Kleidung zu erkennen.

Lena wartete darauf, was Ritter Heinrich wohl zu Meret sagen würde, doch er wandte sich stumm seinem Mahl zu. Auch Philip und sein Großvater sprachen kein Wort.

»Was ist mit euch?«, fragte Meret, nachdem sie und Guntram sich wieder gesetzt hatten. »Ihr seid so schweigsam.«

»Sie suchen noch nach den rechten Worten«, antwortete Thea. »Vermutlich ist es ihnen unangenehm, dich zu überfallen.«

»Mich zu überfallen?« Meret blickte sich in der Runde um. Heinrich räusperte sich erneut.

»Nun ja«, begann er. »Wir sprachen über Verbindungen unserer Häuser.«

»Ich weiß, Sophia und Guntram werden heiraten.«

»Nein!«, rief Sophia. »Ich kann Guntram nicht heiraten.«

Jetzt wurde auch Guntram aufmerksam. »Warum nicht?«

»Weil du für mich wie ein Bruder bist, nicht wie ein Gatte. Deshalb.«

»Ja, aber ...«

»Und deshalb«, fuhr Thea fort, »überlegt dein Vater, ob er es wagen darf, Meret einen Antrag zu machen.«

Guntrams Augen wurden groß, während Meret erstaunlich ruhig blieb. Erfolglos versuchte Lena ihr anzusehen, was in ihr vorging.

»Und so etwas überlegt ihr eben kurz, während Guntram und ich ein Missgeschick beheben?« Meret hob die Brauen und erinnerte Lena plötzlich stark an Philip.

»Nun ja«, stammelte Heinrich. »Es war nur ein Gedanke. Aber ein Gedanke, der mir immer besser gefällt, je länger ich darüber nachsinne.«

»Ich dachte, du wolltest nach Jasmins Tod nicht mehr heiraten.« Meret maß Heinrich mit einem durchdringenden Blick, dem er kaum standzuhalten vermochte.

»Der Gedanke wäre dir zuwider?«, fragte er kleinlaut.

»Ich muss darüber nachdenken«, beschied Meret. »Und nun sollten wir essen, bevor alles ganz kalt wird.«

»Aber wenn du Meret heiratest, gilt Sophia als meine Schwester!«, rief Guntram. »Und das wäre ein Ehehindernis.«

»Mein Junge, hast du nicht gehört, dass sie dich ohnehin als Bruder ansieht und deshalb nicht heiraten will?«

»Ja, aber Vater, ich ...« Der nächste Blick seines Vaters brachte ihn zum Verstummen. Lena warf Said einen kurzen Blick zu. Seine Seelenflamme strahlte wieder hell und leuchtend. Ebenso wie die von Sophia. Ein Hindernis schien aus der Welt geschafft. Aber das weitaus größere blieb bestehen. Mikhail und Meret würden keine Mischehe dulden.

»Verrätst du mir, was heute zwischen dir und Said vorgefallen ist?«, fragte Lena Philip später, nachdem sie sich in ihre Schlafstube zurückgezogen hatten.

»Wie kommst du darauf, dass etwas zwischen uns vorgefallen ist?« Er zog das Hemd aus und hängte es über die Truhe.

»Stell dich nicht dumm – das glaube ich dir ohnehin nicht. Ich habe es in euren Gesichtern gelesen. Du warst wütend auf ihn.«

Philip nuschelte etwas Unverständliches vor sich hin.

»Sprich bitte deutlich mit mir!«

»Ich habe sie im Bad ertappt.«

»Wen?«

»Sophia und Said.«

»Oh!«

»Ja, genau.«

»Das hätte ich nicht von Said gedacht.«

»Eben.« Philip knirschte mit den Zähnen.

»Hast du ihn zur Rede gestellt?«

»Nein.«

»Warum nicht?«

»Was ändert das?«

»Sophia leuchtete innerlich, Said hingegen wirkte bedrückt.«

»Das sollte er auch. Er hat Sophias Arglosigkeit ausgenutzt.«

Lena lachte. »Philip, du kannst mir viel erzählen, aber nicht, dass deine Schwester arglos ist.«

»Was willst du damit sagen?«

»Vielleicht siehst du in ihr immer noch das Kind, aber das ist sie längst nicht mehr. Sie ist eine junge Frau, die weiß, was sie will. Und wenn sie nur ein Fünkchen deines Temperaments in sich trägt, könnte eher Said der Arglose von beiden sein. Und deshalb schämt er sich, während Sophia ihren Sieg feiert.«

Philips Seelenflamme leuchtete noch immer hellrot.

»Was hat dich so verärgert?«, fragte Lena. »Ich dachte, du bist einverstanden, dass sie Saids Frau wird. Es ist geschehen. Was ist schlimm daran? Du weißt, dass Said Sophia niemals in Schwierigkeiten brächte.«

»Nicht absichtlich«, bestätigte Philip. »Aber was ist, wenn Sophia schwanger wird? Damit wäre ihr Ruf für alle Ewigkeiten dahin. Er hätte sich beherrschen müssen. Es wird ohnehin schwer genug werden, meinen Großvater dazu zu bewegen, ihm Sophia zur Frau zu geben.«

»Wenn Sophia wirklich schwanger wäre, hätte sie einen Grund, das Einverständnis eures Großvaters zu erzwingen.«

»Eben nicht!«, rief Philip. »Die Sache ist weitaus komplizierter, als du denkst. Wenn zwei vom gleichen Stand wären, gäbe es keine Schwierigkeit. Aber Said ist Muslim. Und wenn Sophia von ihm schwanger wird, ohne sein Weib zu sein, könnte mein Großvater ihr erst recht keine Erlaubnis mehr erteilen, Saids Frau zu werden. Besser einen christlichen Bastard als einen Enkel, der muslimisch erzogen wird. Mein Großvater verlöre sonst das Gesicht vor der Gemeinde. Und das kann er sich aus vielerlei Gründen nicht leisten. Möglicherweise müsste er Sophia sogar so bald wie möglich mit einem Christen verheiraten, der aufgrund der Mitgift über den kleinen Makel hinwegsieht.«

Lena senkte den Blick. »Das wusste ich nicht. Sophia scheint sich ausnehmend gut mit Thea zu verstehen. Wer weiß, ob nicht Thea ihr diesen Floh ins Ohr gesetzt hat.«

»Thea!«, zischte Philip. »Genau, da haben wir's! Es wird höchste Zeit, dass ich sie hinauswerfe!« Er wollte zur Tür eilen, doch Lena hielt ihn zurück.

»Das wirst du nicht tun.«

»Dann nenn mir dafür einen Grund!«

»Ich nenne dir gleich drei Gründe. Zum Ersten bist du wütend, und heißer Zorn ist ein schlechter Ratgeber. Zum Zweiten wirft es ein schlechtes Licht auf dich und das Haus deines Großvaters, wenn du eine hilflose Frau aus dem Haus weist.«

»Thea ist nicht hilflos.«

»Das mag sein, aber außer uns weiß das niemand. Und ich dachte immer, du bist so auf den Ruf des Hauses bedacht. Aber es gibt noch einen dritten Grund. Und der ist der gewichtigste.«

»So?«

Lena nickte. »Du bist der dritte Grund. Du hast Thea schon einmal enttäuscht und ihrer Ansicht nach verraten. Das solltest du nicht wiederholen. Auch wenn du es nicht glaubst – sie ist eine Frau mit einem Herzen, das wiederholt gebrochen wurde. Von mehreren Menschen. Und einer davon bist du.«

Das hellrote Feuer seiner Augen erlosch. Lena wusste, dass sie einen seiner wundesten Punkte berührt hatte. Er hatte Thea gegenüber noch immer ein schlechtes Gewissen, selbst wenn sein heißer Zorn dieses Gefühl für eine Weile hinweggefegt hatte.

»Ich habe mich gestern Abend ausführlich mit Thea unterhalten, so wie ich es dir versprochen hatte«, fuhr Lena fort. »Und seither sehe ich sie mit anderen Augen.«

»Was hat sie dir erzählt?«

»So einiges. Nichts über dich, aber viel über sich selbst.«

»Sie hat dich um den Finger gewickelt.«

»Nein, im Gegenteil – sie hat versucht, ihre Offenbarungen als Waffe einzusetzen. Dabei ließ sie mich ungewollt in ihr Herz blicken.«

Philip seufzte. »Und wie ich dich kenne, wirst du ihre Geständnisse für dich behalten, so wie du alles für dich behältst, was die Menschen dir anvertrauen.«

»So ist es«, bestätigte sie. »Aber du solltest mir glauben, Thea ist kein schlechter Mensch. Das weißt du auch, sonst hättest du ihr gegenüber keine Schuldgefühle. Und immerhin war sie heute diejenige, die Sophia und Said am meisten geholfen hat.«

»Indem sie Ritter Heinrich mit meiner Mutter verkuppeln möchte«, zischte er.

»Wäre das eine so schlechte Verbindung? Deine Mutter schien nicht abgeneigt. Und durch Guntram hätte sie neben ihrem neuen Gatten einen weiteren männlichen Angehörigen, der sie nach außen hin schützt, wenn wir längst wieder auf Burg Birkenfeld sind. Dein Großvater ist nicht unsterblich. Für eine Frau allein kann es sehr schwer werden.«

Philip seufzte, und Lena fragte sich, ob er gerade zu der Einsicht gelangte, dass sie wieder einmal das letzte Wort behalten hatte. Oder fiel ihm der Gedanke schwer, seine Familie bald endgültig zu verlassen, um für immer mit ihr nach Burg Birkenfeld zurückzukehren?

24. Kapitel

Du hast sehr schöne Teppiche.« Thea lächelte Omar herausfordernd an und streckte sich auf dem größten Teppich aus, der fast den gesamten Raum bis zu seinem Bett ausfüllte. »Sehr schöne Teppiche.« Sie streichelte mit verführerischer Geste über das feine Knüpfwerk.

»Ziehst du heute den Boden dem Bett vor?« Er ließ sich neben ihr nieder und versuchte sie in die Arme zu nehmen. Doch sie entzog sich ihm.

»Wusstest du, dass manche Teppiche ein Geheimnis hüten?« Sie blickte ihn mit großen, unschuldigen Augen an.

Er lachte, dieser Blick gefiel ihm. »Du willst spielen?«

»Nein, ich will dir das Geheimnis von Djeseru-Sutech verraten. Allerdings nur, wenn mir der Preis zusagt, den du dafür zahlen wirst.«

Sofort wurde er ernst. »Du hast etwas herausgefunden?«

Thea nickte. »Also, was ist dir mein Wissen wert?«

»Mehr Gold, als du tragen kannst.«

»Ich bin eine schwache, hilflose Frau. Es wäre nicht viel Gold nötig, bis meine Kraft versiegen würde. Nein, ich dachte an etwas anderes.«

»Woran?«

»An das Gleiche, das du Abd al-Hisâb gegeben hast.«

Omar runzelte die Stirn. »Ich verstehe nicht ganz …«

»Macht«, antwortete Thea. »Ich will Macht. Gib mir ein Haus und zuverlässige Dienstboten. Das sollte dir nicht zum Nachteil gereichen.«

»Wie kommst du darauf, dass ich das alles Abd al-Hisâb gegeben haben sollte?«

»Ich weiß, dass es so ist.«

Die Furche in Omars Stirn vertiefte sich. »Du bist eine Schlange!«

»Mit einer Schlange würde ich mich nicht vergleichen.« Thea betrachtete gelangweilt ihre Fingernägel. »Also, was ist?«

»Was willst du mit einem Haus und Dienstboten?«

»Ein wenig Einfluss ausüben, ein eigenes Heim besitzen … Ich will nicht länger von einem Mann abhängig sein, dem ich Rache geschworen habe.«

»Was hast du erfahren?«

»Die Hüterinnen von Djeseru-Sutech weben das Geheimnis in ihre Teppiche ein. So geschickt, dass es kein Uneingeweihter jemals fände.«

»Aber du weißt, wie man es entschlüsseln kann?«

Thea nickte. »Ich weiß es, aber ich kann die Schrift nicht lesen. Du brauchst einen Kenner, der demotische Zeichen entziffern kann.«

»Demotisch …«, murmelte Omar nachdenklich. »Es gibt nicht mehr viele, die die verbotene Schrift beherrschen.«

»Verboten?«

»Schon lange. Das Schwert des Islam duldet keine fremden Sprachen, die fremde Götter preisen.«

»Also wirst du niemanden finden?«

»Doch, das werde ich. Wenn du mir einen dieser Teppiche bringst.«

»Dazu benötige ich ein wenig Zeit. Philips Schwester schenkt mir nach und nach ihr Vertrauen. Wenn ich es geschickt anfange, bemerkt sie gar nicht …«

»Heute Nacht«, schnitt Omar ihr das Wort ab. »Morgen will ich den Teppich haben.«

»Das ist zu früh. Ich …«

»Heute Nacht«, wiederholte er in scharfem Ton. »Du wirst mir gehorchen!«

Thea fuhr hoch.

»Ich entscheide, ob und wann ich dir diesen Teppich bringe!«, zischte sie. »Du hast zunächst einmal dafür zu sorgen, dass ich das Verlangte bekomme.«

Auch Omar erhob sich. »Bring mir den Teppich! Dann entscheide ich, wie ich dich belohne.«

»O nein, mein Freund! Ich bin keine deiner Sklavinnen, die du nach Belieben herumscheuchen kannst. Ich gehorche niemandem. Ich bin es gewohnt, dass man mir gehorcht.«

Omars Hand zuckte. Schon erwartete Thea einen Schlag, doch sie war gewappnet. Er würde seine Tat bereuen. Omar deutete das gefährliche Blitzen ihrer Augen richtig, und er entspannte sich.

»Ich erwarte dich morgen. Mit dem Teppich«, sagte er kurz angebunden. »Und jetzt geh!«

»Oh, so verärgert? Hat mein Widerspruch deine Männlichkeit zum Schrumpfen gebracht?«

»Verschwinde! Und wag es nicht, mir ohne den Teppich unter die Augen zu treten.«

Thea griff nach ihrem Umhang. »Ich gehe. Aber so wirst du niemals an den Teppich kommen. Gehab dich wohl, mein *Khalil.*«

25. Kapitel

In dieser Nacht wurde Sophia von wirren Träumen heimgesucht. Lustvollen Träume, in denen sie sich mit Said im Bad aufhielt und zu Handlungen hinreißen ließ, die außerhalb der Ehe als schwere Sünde galten. Und doch genoss Sophia ihren Traum, so sehr, dass sie sich erst zurechtfinden musste, als ein Klappern sie in die Wirklichkeit zurückholte. Sie lag in ihrem Bett, es war dunkel. Dunkel? Wieso fiel ihr dann ein heller Schein in die Augen? Sogleich richtete sie sich auf, hörte das

Kätzchen maunzen, das sich unbemerkt an ihren Körper geschmiegt hatte und durch ihre heftige Bewegung aufgeschreckt worden war.

Im Zimmer standen drei fremde Männer, die eine kleine Öllampe bei sich trugen.

Sophia schrie.

»Bringt sie zum Schweigen!«, zischte einer, während er ungerührt ihre Habe durchwühlte. Die beiden anderen stürzten auf sie zu. Ein metallisches Geräusch, eine kurze Lichtspiegelung, eine Hand mit einem Krummdolch. Sophia sprang aus dem Bett, stieß dabei einen Wasserkrug um. Die beiden Männer schnitten ihr den Weg ab. Sie konnte das Zimmer nicht verlassen. In ihrer Not stürzte sie zum Fenster, doch sie schaffte es nicht, den hölzernen Laden schnell genug zu öffnen. Einer ihrer Verfolger wollte sie packen, doch sie konnte sich ihm entwinden, hörte, wie der Stoff ihres Nachthemdes zerriss. Im Flur flackerten weitere Lichter auf. Ein Mann stürzte durch die Tür. Harun! Er warf sich einem der Männer entgegen, rang ihn zu Boden. Sophia presste sich angstvoll an die Wand, unfähig, sich zu bewegen. Der Kerl, der ihr Nachtgewand zerrissen hatte, ließ von ihr ab, sprang seinem Kumpan bei und stieß Harun das Messer in den Nacken. Saids Vater sank ohne einen Laut in sich zusammen. Der Mann, der eben noch unter ihm gelegen hatte, rappelte sich auf und trat Harun in die Seite. Doch der regte sich nicht mehr. Sophia wollte wieder schreien, aber da hatte sie der Mörder schon gepackt und drückte ihr mit der Rechten die Kehle zu. Sie roch seinen fauligen Atem, ihre Schreie verkamen zu einem stummen Krächzen, die Luft blieb ihr weg.

»Eigentlich eine Verschwendung, dich zu töten!« Er grinste. »Aber leider unumgänglich.« Er hob den Dolch.

Sophia schloss die Augen, schickte ein letztes Gebet an die heilige Jungfrau, erwartete den tödlichen Stich.

Plötzlich hörte sie ihn fluchen. Hinter ihm stand Thea. Ihr Haar leuchtete wie das Höllenfeuer. Sie hatte den Waffenarm des Angreifers gepackt und ihn herumgerissen. Im nächsten

Augenblick sank er winselnd zu Boden und hielt sich die Männlichkeit. Thea versetzte ihm einen Tritt in den Nacken. Sophia hörte Knochen knacken, dann regte er sich nicht mehr. Gleichzeitig stürmten Philip und Said in die Kammer. Der verbliebene Schurke versuchte zu fliehen, doch Philip war schneller. Sophia hörte den Mann schreien, dann brach er zusammen.

»Wo ist der … Dritte?«, stieß sie hervor. Ihre Kehle brannte noch von dem festen Griff des Mordbuben, sie vermochte kaum einen klaren Satz hervorzubringen.

»Es waren drei?« Trotz des Halbdunkels sah Sophia, dass Philip blass geworden war.

»Vater!« Saids schmerzvoller Schrei schnitt ihr ins Herz. »Macht Licht, schnell!«

Sophia versuchte die große Öllampe zu entzünden, doch ihre Hände zitterten zu heftig. Philip nahm sie seiner Schwester ab und erledigte es selbst.

Said kniete vor dem leblosen Leib seines Vaters.

»Ist er … lebt er noch?«, fragte Philip mit bebender Stimme. Said antwortete nicht.

»Sie haben ihm ein Messer in den Nacken gestoßen, als er mir helfen wollte«, flüsterte Sophia. »Und wäre Thea nicht rechtzeitig gekommen, dann wäre ich auch tot.«

Philips Blick fiel auf den reglosen Körper, der vor Thea lag.

»Ich hoffe, ich habe ihm das Genick gebrochen. Geknackt hat es jedenfalls«, erklärte die Räuberin mit gleichmütiger Stimme.

»Danke, dass du meine Schwester gerettet hast.« Sophia hörte das Zittern in Philips Stimme. Dann wandte er sich Said zu, suchte den Blick des Freundes. Der schüttelte nur den Kopf und schloss seinem Vater mit sanften Fingern die Augen. Sophia konnte ihre Tränen nicht länger zurückhalten. Die Furcht, die zuvor alle anderen Gefühle gelähmt hatte, wich tiefer Verzweiflung, und sie brach zusammen. Es war Thea, die sie festhielt, schweigend an sich zog und ihr allein durch ihre Gegenwart

Trost spendete, während Philip nach den Knechten rief, um den Flüchtigen zu verfolgen.

Philip verfluchte sich selbst. Er war zu langsam gewesen. Gewiss, seine Kammer lag am anderen Ende des langen Flures, aber das hätte nicht geschehen dürfen! Harun war tot, er hatte es nicht verhindern können. Nun wollte er wenigstens den dritten Verbrecher fassen. Lebend.

Mittlerweile brannten überall im Garten Fackeln, aber von dem Übeltäter fehlte jede Spur. Das Tor war verschlossen, an den Mauern hingen keine Seile – es fehlte jeder Hinweis darauf, wie die Verbrecher unbemerkt Einlass gefunden hatten. Und warum waren sie so gezielt in Sophias Gemach eingedrungen? Woher wussten sie, wo seine Schwester zu finden gewesen war? Entführer waren es nicht, der Mann hätte sie getötet, wäre Thea nicht gewesen. Thea … verdammt, inzwischen war er ihr noch mehr schuldig. Gott sei Dank hatte sie eingegriffen!

Man durchsuchte das Anwesen bis in den letzten Winkel, doch der dritte Mann war ebenso unbemerkt verschwunden, wie er mit seinen Mordkumpanen gekommen war.

Verbittert kehrte Philip ins Haus zurück. Man hatte Harun mittlerweile in seiner Kammer aufgebahrt, und Said hatte die rituellen Waschungen vorgenommen. Nach islamischer Vorschrift musste der Tote innerhalb von vierundzwanzig Stunden der Erde übergeben werden.

Said saß neben seinem toten Vater, mit düsterem Blick. Philip spürte den Schmerz seines Freundes beinahe körperlich. Befürchtete, dass dieser sich ebenso mit Selbstvorwürfen zerfleischen werde, wie er selbst es nach dem Tod seines eigenen Vaters getan hatte.

»Es tut mir so leid«, flüsterte Philip und legte Said die Rechte auf die Schulter. Said nickte kaum merklich, legte aber seine Hand über die von Philip. Dann hob er den Blick.

»Habt ihr den dritten Schurken gefasst?«

Beschämt schüttelte Philip den Kopf.

»Es ist nicht dein Versagen«, antwortete Said. »Mein Vater gab sein Leben, um Sophia zu schützen. Das hätte jeder von uns getan.«

»Wir werden den dritten Mörder kriegen. Und seinen Auftraggeber. Das verspreche ich dir.«

»Hast du dir die beiden Toten schon genauer angesehen?«, fragte Said.

»Nein, bislang noch nicht.«

»Dann tu es! Finde heraus, woher sie stammen. Nutz die Zeit. Ich schließe mich dir an, sobald mein Vater bestattet ist.«

»Ich fange sofort damit an«, versprach Philip, klopfte Said noch einmal auf die Schulter und verließ die Totenkammer.

Sophia wollte den Rest der Nacht nicht mehr in ihrem Bett verbringen. Zitternd saß sie im Zimmer der Mutter, hatte die kleine Katze auf dem Schoß und versuchte sich zu beruhigen. Thea war bei ihr geblieben und legte ihr schützend den Arm um die Schultern. Sie spürte, wie Sophia sich an sie presste und durch ihre Nähe getröstet fühlte. Ohne dass Thea es wollte, drängten sich alte Bilder in ihre Erinnerung. Bilder aus Zeiten, da sie selbst vergeblich auf Trost gehofft hatte. Bilder vom Grab ihrer Tochter … Ulf von Regenstein war ein Schwächling!

Auch Lena hatte sich mittlerweile eingefunden. »Ich verstehe das alles nicht«, meinte sie. »Was wollten die Männer?«

»Sophia töten«, lautete Merets Antwort, doch Lena schüttelte den Kopf.

»Sie waren bereit, Sophia zu töten, aber das war nicht ihre eigentliche Absicht. Wäre es um Mord gegangen, dann wäre ein Einzeltäter, der überraschend zuschlägt, erfolgreicher gewesen.«

»Das stimmt«, gab Thea zu. Auf einmal stieg ein furchtbarer Verdacht in ihr auf. Omar hatte nicht länger warten wollen. Er hatte die Männer geschickt, um in den Besitz des Teppichs zu gelangen.

»Wurde etwas gestohlen?«, fragte sie deshalb.

»Ich weiß nicht … ich glaube nicht«, antwortete Sophia noch immer zitternd.

»Etwas gestohlen?« Lena horchte auf. Thea hatte den Eindruck, von ihren Blicken durchbohrt zu werden. Doch sie wandte die Augen nicht ab – sie fürchtete sich nicht vor Lenas Gabe.

»Nur so ein Gedanke.«

»Aber warum ausgerechnet in Sophias Zimmer?«

Weil sie dort den Teppich vermuteten, dachte Thea. Doch zugleich fiel ihr etwas anderes auf. Sie hatte zwar den Namen Sophia vor Omar erwähnt, aber sie hatte ihm nicht verraten, wo deren Kammer lag. Er habe seine Augen und Ohren überall, hatte er ihr zu Beginn ihrer Bekanntschaft verraten. Er hatte gewusst, dass sie Philip ins Gemächt getreten hatte. Irgendwer hatte es ihm zugetragen. Jemand, der sich im Haushalt Mikhails bestens auskannte.

»Habt ihr schon einmal daran gedacht, dass es in diesem Haus vielleicht einen Verräter gibt?«, fragte sie.

Meret wurde blass. »Was meinst du damit?«

»Nun, die Täter drangen unbemerkt ein. Einer konnte fliehen. Sie fanden Sophias Zimmer ohne Mühe. Ist der Gedanke so abwegig, dass sie eingelassen wurden? Dass jemand unserem unbekannten Feind alles zuträgt, was hier geschieht?« Noch während Thea sprach, kam ihr ein weiterer Gedanke.

»Sag, Sophia, war deine Katze Seshat eine Streunerin? Streifte sie allein durch die Gassen Alexandrias?«

»Als sie noch jünger war. Aber in den letzten Jahren reichte ihr unser Anwesen als Auslauf.«

»War sie in der Nacht bevor ihr die Kehle durchgeschnitten wurde, draußen unterwegs?«

Sophia erblasste. »Nein, sie war abends noch bei mir. Erst morgens vermisste ich sie.«

»Aber sie wurde draußen vor dem verschlossenen Tor gefunden. Sie war keine besonders auffällige Katze, sie sah aus wie Hunderte anderer ihrer Artgenossen. Dennoch wusste der Täter, was sie dir, ja, was sie dem ganzen Haushalt bedeutete. Ich halte es durchaus für möglich, dass jemand aus der Dienerschaft sie tötete und dafür bezahlt wurde.«

Thea sah, wie sich Lenas Haltung versteifte.

»Du hast einen Verdacht, Lena?«, fragte sie.

»Nein, aber …« Lena sprang auf. »Bitte entschuldigt mich, ich muss Philip etwas fragen!«

»Was denn?«, rief Meret ihr hinterher, doch Lena verließ das Gemach, ohne zu antworten.

Lena fand Philip in einem Nebengebäude der Stallungen. Hierher hatte man die Leichen der Verbrecher geschafft und wartete darauf, dass die Stadtwache erschien.

»Kann ich dich kurz sprechen?«, fragte sie leise. Philip nickte. »Worum geht es?«

»Nicht hier«, sagte sie mit Blick auf die Stallknechte, die neben Philip standen.

»Nicht?« Er sah sie überrascht an. »Komm!«, sagte er dann und führte sie zurück ins Haus. Der Sonnenaufgang lag noch in weiter Ferne, doch im Haus des Mikhail schlief niemand mehr. Dennoch war der große Saal leer. Philip nahm auf der Polsterbank Platz, und Lena setzte sich zu ihm.

»Also, was gibt es?«, fragte er.

Lena erzählte ihm von Theas Verdacht. »Dabei musste ich an deinen misstrauischen Blick in Ali Babas Schatzhöhle denken, als du Cyrils Sohn entdeckt hattest«, schloss sie ihren Bericht.

»Constantin?« Eine Falte bildete sich zwischen Philips Brauen.

Lena nickte. »Vielleicht solltest du ihm auf den Zahn fühlen.«

»Ich kenne ihn schon sein ganzes Leben lang. Er wurde auf dem Gut geboren.«

»Du hältst es also für unwahrscheinlich?«

Philip senkte den Blick. »Ich weiß es nicht. Er war von jeher ein Bruder Leichtfuß, dem das Geld zwischen den Fingern zerrann. Aber deshalb muss er noch längst kein Verräter sein, der sich mit Mördern einlässt.«

»Vielleicht hat er sich zunächst nichts dabei gedacht, einige harmlose Beobachtungen gegen Geld weiterzugeben. Und plötzlich steckte er zu tief drinnen …«

Philip nickte. »Du hast recht. Ich werde gleich mit ihm sprechen.«

Er erhob sich.

»Hast du etwas dagegen, wenn ich dich begleite?«, fragte Lena.

»Wie könnte ich? Ich bin gespannt, was du in seinen Augen siehst.«

Constantin war nicht in seiner Kammer. Auch sonst hatte ihn seit dem vergangenen Abend niemand gesehen, nicht einmal sein Vater Cyril, der plötzlich sehr beunruhigt wirkte.

»Hast du eine Vorstellung, wo er sein könnte?«, fragte Philip nach, doch der Alte schüttelte nur den Kopf.

»Keine heimliche Liebschaft, für die er teure Geschenke kauft?«

»Constantin ist gewiss kein Engel«, gab Cyril zu. »Aber von einem Mädchen wüsste ich.«

»Auch dann, wenn sie einen schlechten Ruf hätte?«

»Auch dann. Er sucht ab und an *Die goldene Gazelle* auf, wenn er Geld hat.«

Aus der Art, wie Philip nickte, schloss Lena, dass es sich um ein billiges Hurenhaus handelte.

»Sag ihm, er soll zu mir kommen, sobald er zurück ist.«

Cyril nickte.

26. Kapitel

Als die Sonne aufging und die Schatten der blutigen Nacht verdrängte, fasste Thea einen Entschluss. Lange hatte sie mit sich gerungen, sich überlegt, ob sie Omar zur Rede stellen sollte oder ob ein solcher Schritt zu gefährlich wäre. Schließlich schob sie ihre Zweifel beiseite. Der Schurke war ihr eine Antwort schuldig! Sie hätte niemals einen Mord an Sophia gebilligt. Auch nicht an Harun, obwohl ein Mann, der sich in den Kampf stürzte, dem Tod stets ins Auge sehen musste. Genau wie eine Frau. Aber Sophia war ein hilfloses Mädchen. Beim Gedanken an Sophias entsetzliche Furcht überkam Thea eine Welle heißer Wut. Sie hatte schon ganz anderen Männern die Köpfe abgeschlagen, wenn sie sich an wehrlosen Frauen vergriffen hatten. Außerdem mochte sie Philips Schwester.

Es war gefährlich, Omar mit Zorn im Herzen entgegenzutreten, aber Thea konnte nicht anders. Die Zeit der Seidengewänder und zierlichen Sandalen war vorüber. Sie schlüpfte in ihre Beinlinge und zog die geschlitzte Suckenie über, die ihr mehr Bewegungsfreiheit bot. Außerdem suchte sie ihre festen Lederstiefel hervor und steckte ein kleines Messer in die eingenähte Scheide des rechten Stiefels. Damit rechnete Omar gewiss nicht. Letztendlich war er nur ein Mann. Ein gefährlicher Mann zwar, aber auch er ließ sich allzu leicht von weiblichen Reizen blenden.

Omars Barke lag friedlich vor Anker, so wie alle Tage zuvor. Ein prächtiges Schiff, auf dem sie so manche lustvolle Stunde verbracht hatte. Doch inzwischen sah sie die Barke nur noch als feindliche Festung. Ein letztes Mal überlegte sie, ob sie sich wirklich der Gefahr aussetzen sollte. Vielleicht wäre es das Klügste, einfach wieder umzukehren?

Klug vielleicht, aber auch feige. Und für Feiglinge hatte Thea nichts übrig. Sie rief nach dem Jungen, der sie in den vergangenen Tagen immer übergesetzt hatte.

Die Männer auf Omars Barke behandelten sie so höflich wie stets. Sie schienen nichts von ihrem Streit mit dem Schiffsherrn am vergangenen Tag zu wissen.

»Du bist heute früh«, sagte einer von ihnen. »Der Herr ist noch beschäftigt. Willst du in seinem Gemach warten?«

Thea nickte. »Womit ist er beschäftigt?«

Der Mann grinste. »Geschäfte.«

Ob es wohl etwas mit dem Teppich zu tun hatte? War es dem verbliebenen Mann gelungen, einen von Sophias Teppichen zu entwenden? In Mikhails Haus standen noch immer alle unter dem Eindruck des schrecklichen Geschehens. Niemand hätte einen Diebstahl bemerkt, und Thea hatte sich gehütet, die Sprache darauf zu bringen. Zu leicht hätte man sie mit dem Überfall in Verbindung gebracht.

Ohne ein weiteres Wort suchte sie Omars großes Schlafgemach auf und wartete. Was sollte sie ihm sagen? Ihn sogleich zornig zur Rede stellen oder sich lieber zurückhaltend und vorsichtig verhalten? Vermutlich war das der bessere Weg, auch wenn sie allen Grund hatte, ihm ihren Abscheu entgegenzuschleudern. Vor einem Jahr hätte sie es noch getan, aber mittlerweile wusste sie sich zu beherrschen. Das Jahr ohne den Schutz ihres Vaters hatte sie Besonnenheit gelehrt, denn ein offener Angriff ohne nötige Rückendeckung war lebensgefährlich.

Während sie auf dem breiten Bett saß und wartete, lauschte sie den Geräuschen auf dem Schiff. Sie waren ihr mittlerweile vertraut. Die Rufe der Männer, die an Deck ihrer Arbeit nachgingen, das leise Plätschern der Wellen, die sanft gegen die Schiffswand schlugen. Aber unter die bekannten Laute mischte sich Stimmengewirr, das aus der Tiefe des Schiffsbauches zu ihr heraufdrang. Ein unterdrückter Schrei. Hilfloses Winseln. Sie erhob sich, um besser horchen zu können. Tatsächlich, irgendwo jammerte eine geschundene Kreatur, unterbrochen von scharfen Ausrufen, hart, ohne jedes Mitleid. Thea hörte nur den Klang, nicht die Worte, aber sie war überzeugt, dass sich auch Omar dort unten aufhielt. Ging er gerade seinen *Geschäften* nach? Indem er einen Menschen quälte? Warum? War es ein ungehorsamer Handlanger, der abgestraft wurde? Oder war dies Omars Art, Neuigkeiten in Erfahrung zu bringen?

Auf leisen Sohlen verließ Thea Omars Gemach und folgte den Klagelauten. Zum Glück waren die meisten Männer an Deck beschäftigt, und sie begegnete niemandem, bis die Stimmen und Schreie hinter einer schweren Luke immer lauter wurden.

»Gnade, Herr!«, winselte ein Mann. »Ich verspreche dir, ich trete dir nie mehr unter die Augen. Nie mehr belästige ich dich!«

Jemand lachte laut.

»Gnade!«, hörte sie Omar zischen. »Glaubst du wirklich, Verräter verdienen Gnade? Vor allem, wenn sie ein doppeltes Spiel im Sinn haben?« Der Knall eines Peitschenriemens zerschnitt die Luft, ein lauter Aufschrei, der in ein Heulen überging. »Du wirst uns noch auf ganz andere Weise dienlich sein.« Omar lachte.

»Ich tue alles, was du verlangst, Herr!«, wimmerte der Gefolterte. Irgendwie kam Thea die Stimme bekannt vor. Vorsichtig schob sie die Luke auf und wagte einen Blick nach unten.

Sie erkannte Omar und zwei weitere Männer, die einen Nackten umstanden, der mit den Händen an einen Deckenbalken gefesselt war, so hoch, dass er nur mit den Zehenspitzen den Boden erreichte. Sein Leib war von Peitschenstriemen übersät, aber das war noch nicht alles. Seine Hände waren blutig. Thea erkannte, dass man ihm die beiden kleinen Finger abgeschnitten hatte. Obwohl sie hart im Nehmen war und selbst erlebt hatte, wie ihr Vater mit Verrätern umgegangen war, musste sie gegen aufkommende Übelkeit ankämpfen. Erst recht, als sie dem Mann ins Gesicht sah. Es war einer der Stallknechte aus Mikhails Haus. Ihr Verdacht bestätigte sich – es gab einen Verräter. Die Frage war nur, warum Omar ihn derart bestrafte und damit wertlos machte. Peitschenstriemen ließen sich unter der Kleidung verbergen, aber zwei fehlende Finger fielen sofort ins Auge. Der Bedienstete konnte nie mehr in Mikhails Haus zurückkehren, ohne sich bohrenden Fragen stellen zu müssen.

Behutsam schloss Thea die Luke wieder. Sie hatte genug gesehen. Genug, um zu wissen, dass sie Omar lieber freundlich und scheinbar unwissend begegnen sollte …

Vorsichtig schlich sie zurück in sein Schlafgemach und wartete.

Nachdem sie nun wusste, was zwei Decks unter ihr geschah, hörte sich das Wimmern und Schreien ganz anders an. Thea ertappte sich dabei, wie sie auf Veränderungen lauschte. Irgendwann verebbten die Schreie, und Thea fragte sich, ob der Gefangene tot oder nur bewusstlos war.

Kurz darauf hörte sie Schritte vor der Tür. Omar trat ein. Er musterte sie von oben bis unten. Grimmig.

»Du weißt, was ich von dir erwarte«, herrschte er sie an. »Wo ist der Teppich?«

»Ich dachte, den hättest du dir in der letzten Nacht selbst geholt«, antwortete Thea gelassen.

Der Anflug eines Lächelns huschte über Omars Gesicht.

»Sehr scharfsinnig.«

»Warum hast du nicht gewartet?«

Er setzte sich zu ihr aufs Bett, fuhr ihr mit der rechten Hand ungewöhnlich grob durchs Haar, packte ihren Schopf und zog ihren Kopf nach hinten.

»Weil ich immer bekomme, was ich will und wann ich es will. Hast du das verstanden?«

Thea ließ sich nicht aus der Ruhe bringen, obgleich es sie ärgerte, dass er sie wie ein ungezogenes Kind festhielt.

»Dann hast du den Teppich also?«

»Ja.« Er ließ sie los.

»Und jemanden, der die demotischen Schriftzeichen für dich zu deuten vermag?«

»Auch das.«

»Dann kennst du den Weg nach Djeseru-Sutech?«

Er antwortete ihr nicht, sondern machte sich an der Schnürung ihrer Suckenie zu schaffen. Kurz überlegte Thea, ob sie ihn zurückstoßen, ihm deutlich machen sollte, dass er nicht nach

Belieben über sie verfügen konnte. Aber dann gab sie nach. Omar war voller Anspannung, die Misshandlung des Mannes schien ihn ebenso erregt zu haben wie der Anblick ihres verführerischen Körpers. Eine gefährliche Mischung. Thea war genügend Männern begegnet, deren Wollust durch Mord und Gewalt angeheizt worden war. Es mochte durchaus reizvoll sein, mit einem solchen Mann das Liebeslager zu teilen. Dennoch hatte Thea diese Männer allesamt verachtet. Genauso, wie sie Omar inzwischen verachtete.

Noch während Omar damit beschäftigt war, ihre Kleidung zu öffnen, und sich zu Theas Erheiterung darüber beschwerte, dass sie wieder diese ärmlichen Fetzen trug und nicht die kostbaren Seidengewänder, die er ihr geschenkt hatte, wurde plötzlich die Tür aufgerissen.

»Erhabener Khalil!« Ein schmächtiger weißbärtiger Greis mit grünem Turban stürmte für sein Alter erstaunlich leichtfüßig in den Raum. »Ich habe das Rätsel gelöst! Es heißt, man müsse dem Pfad der Gazelle folgen, bis man an den Brunnen der …«

Omar sprang auf »Schweig, du Narr!«

»Aber ehrwürdiger Khalil …«

Thea raffte hastig ihre Kleidung zusammen. Omar sah es.

»Wakur, Abbas, Faris!«, brüllte er.

Drei Männer erschienen.

Omar wies auf Thea. »Bringt sie in Rasuls Reich!«

»Was soll das?«, rief Thea aufgebracht. Doch gleichzeitig begriff sie: Der närrische Greis hatte nicht nur Omars wahren Namen ausgesprochen, sondern in ihrer Gegenwart auch den Weg nach Djeseru-Sutech ausgeplaudert.

Die drei Wächter zögerten nicht, sondern griffen nach Thea. Einem von ihnen konnte sie zwar das Knie in die Männlichkeit rammen, doch die beiden anderen waren stärker, rangen sie nieder und zwangen ihr die Arme auf den Rücken.

Omar zog ihr das Messer aus dem Gürtel. Thea überlegte, ob sie ihm ins Gesicht spucken sollte, hielt sich aber zurück. Besser, sie stellte sich dumm.

»Was soll das?«, wiederholte sie ihre Frage und wand sich nicht länger im Griff der beiden Männer. Der dritte kauerte immer noch stöhnend am Boden.

»Leider, meine schöne Löwin, kann ich dir nicht mehr trauen. Aber vielleicht tröstet es dich, dass ich dich ohnehin nicht mehr hätte gehen lassen.«

»Und warum kannst du mir nicht mehr trauen? Ohne mich wüsstest du gar nicht, wo du Djeseru-Sutech suchen müsstest.«

»Dafür bin ich dir dankbar. Wer weiß, vielleicht lasse ich dich irgendwann sogar wieder frei. Aber vorläufig nicht.« Er streichelte ihr beinahe zärtlich über die Wange. »Ich rate dir, dich gut zu benehmen, denn Rasul ist höchst reizbar.«

Thea blieb nicht lange im Ungewissen, wo Rasuls Reich zu finden war. Es war genau der Ort, an dem Omar Mikhails Stallknecht hatte foltern lassen. Als man sie durch die Luke nach unten zerrte, sah sie, dass der Mann noch am Leben war, denn sein Brustkorb hob und senkte sich schwach.

»Wir bringen dir einen neuen Gast, Rasul.«

Der Genannte trat vor und musterte Thea von oben bis unten.

»Was will der Erhabene von ihr wissen?«

»Nichts, er will nur, dass du sie gut verwahrst. Und ihr ein bisschen Demut beibringst. Aber nicht zu heftig, ich glaube, er möchte sich später noch mit ihr vergnügen.«

Rasul nickte und deutete auf einen Pfahl. »Bindet sie dort fest!«

Erst wollte Thea sich losreißen, erkannte aber rasch, dass dies wenig Sinn gehabt hätte. Die Männer zwangen sie, sich an den Pfahl zu lehnen, und fesselten ihr die Hände hinter dem Rücken. Sie ballte sie zu Fäusten, um den Umfang der Gelenke zu vergrößern. Vielleicht konnte sie auf diese Weise später die Stricke lockern. Außerdem hatte sie noch das Messer im Stiefel. Allerdings war diese Waffe derzeit unerreichbar.

Die beiden Handlanger verschwanden. Rasul betrachtete Thea noch einmal eingehend. Sollte sie ihn mit ihren weiblichen Reizen betören? Ihm Angst vorspielen und sich ihm anbieten, damit er sie schonte? Leider betrachtete der Folterer sie eher so, als wäre er der Metzger und sie das Rind, das er zu zerlegen gedachte.

»Ich mag es, wenn ich Zuschauer habe«, sagte er. »Siehst du den hier?« Er wies auf den geschundenen Stallknecht. »Ein schönes Stück Arbeit, gib's zu!«

Das durfte nicht wahr sein! Statt zu versuchen, Unzucht mit ihr zu treiben und ihr so Gelegenheit zu geben, ihm das Stiefelmesser in den Leib zu stoßen, redete er daher wie ein Schwachsinniger.

»Willst du hören, was ich mit ihm angestellt habe?«

»Ich sehe es«, entgegnete Thea bissig. »Willst du mir erzählen, dass du das auch mit mir anstellen wirst?«

Rasul lachte. »Nein, das will der Erhabene nicht. Aber ich bin noch nicht fertig mit ihm. Du hast die große Ehre, einem Meister seines Faches bei seiner Tätigkeit zuzusehen.«

»Großartig«, zischte Thea. »Wie wäre es, wenn du mir die Hände losbindest, damit ich Beifall klatschen kann?«

So viel zu ihrem Plan, sich ängstlich zu geben.

Rasul starrte sie verunsichert an. Dann schüttelte er sich, als wolle er die wenigen Gedanken in seinem dumpfen Schädel ordnen.

»Ich wecke ihn auf, dann geht's los.« Er nahm einen Eimer Wasser und goss ihn über den geschundenen Leib seines Opfers. Der Mann keuchte und stöhnte, wimmerte allein schon bei Rasuls Anblick. Aber das war nichts gegen die Schreie, die folgten, als Rasul mit seiner Arbeit begann.

Thea schloss die Augen …

27. Kapitel

Harun wurde am späten Nachmittag zu Grabe getragen. Nur selten wohnten Christen muslimischen Bestattungen bei, aber Philip und sein Großvater hätten es sich um nichts in der Welt nehmen lassen, Saids Vater die letzte Ehre zu erweisen. Dem Brauch gemäß nahmen nur Männer an Haruns Beisetzung teil. Philip fiel auf, dass sich die Anzahl von Christen und Muslimen die Waage hielt. Harun war ein Mensch gewesen, der seine Zeitgenossen nach ihrem Charakter und nicht nach ihrem Glauben beurteilt hatte. Sogar der alte Abu al-Uyûn war gekommen.

Der Imam stimmte das Totengebet an, in das die übrigen Gläubigen einfielen, allen voran Said, der damit seine Pflicht als Sohn erfüllte.

»Allahu akbar«, hallte es über den Friedhof. »Gott ist der Größte.«

»Allahu akbar«, stimmten die Gläubigen ein, die Hände zum Kopf erhoben.

»Im Namen des barmherzigen und gnädigen Gottes.
Lob sei Gott, dem Herrn der Welten,
dem Barmherzigen und Gnädigen,
der am Tag des Gerichts regiert.
Dir dienen wir, und dich bitten wir um Hilfe.
Führe uns den geraden Weg,
den Weg derer, denen du Gnade erwiesen hast, nicht derer, die deinem Zorn verfallen sind und irregehen.«

Es war nicht das erste muslimische Begräbnis, an dem Philip teilnahm. Er hatte auch dem alten Kadir die letzte Ehre erwiesen, kannte die Gebete, die nun folgten. Doch sein Blick war nicht auf den Toten gerichtet, sondern auf den Freund. Said hielt sich tapfer, fernab jener Dunkelheit, die Philip nach dem Tod seines eigenen Vaters umfangen hatte. Aber es gab auch einen großen

Unterschied. Said trug keine Schuld an Haruns Tod. Er hatte einen Verlust erlitten, aber ihm blieb der Gedanke an Rache, um seine Seele vor der Düsternis zu schützen. Und genau dieser Wille nach Rache blitzte aus Saids Augen. Der Mörder war zwar tot, gerichtet von Thea, als sie Sophia gerettet hatte, aber der Rädelsführer hinter dem mörderischen Anschlag war nach wie vor unbekannt.

»Allahu akbar«, durchbrach die Stimme des Imams Philips Gedanken.

»Es gibt keinen Gott außer Gott, und Mohammed ist sein Prophet.

O Allah, segne den Toten und nimm ihn in deinen Schutz.

O Allah, verzeihe den Gläubigen.

O Allah, verzeihe diesem Toten.

Allahu akbar.«

Es folgten weitere Segensbekundungen, dann wurde Haruns Leib ins Grab gesenkt, und für einen Augenblick musste Philip doch gegen die Dunkelheit ankämpfen. Seit er zurückgekehrt war, schien ein Fluch auf dem Haus seines Großvaters zu liegen, und eine innere Stimme warnte ihn, dass Harun womöglich nicht das letzte Opfer war …

An diesem Abend aßen Frauen und Männer getrennt voneinander, so wie es den islamischen Totenregeln entsprach. Für Mikhail war es selbstverständlich, dass einem alten Freund der Familie auf diese Weise die letzte Ehre erwiesen wurde. Dennoch sehnte Philip sich danach, mit Lena zu sprechen. Er hatte sie im Lauf des Tages kaum zu Gesicht bekommen, zu sehr war er selbst mit den Folgen des Überfalles befasst gewesen. Am frühen Morgen hatten sie den Angriff der Stadtwache gemeldet, aber der zuständige Hauptmann schien nicht sonderlich diensteifrig. Christliche Häuser scherten ihn wenig, obwohl ein Rechtgläubiger ums Leben gekommen war. Von jener Seite war offenbar keine große Hilfe zu erwarten – trotz des reichlichen Bakschischs, das Mikhail dem Hauptmann hatte zustecken lassen.

Danach hatte Philip sich darum bemüht, Said nach Kräften bei der Vorbereitung der Bestattung zu unterstützen.

»Ist Constantin eigentlich wieder im Haus?«, fragte Philip einen der Dienstboten, die das Essen auftrugen.

»Wir haben ihn schon seit einer ganzen Weile nicht mehr gesehen, Herr«, antwortete der Mann. Philip runzelte die Stirn. Was, wenn sich Theas Verdacht bestätigte? Dass sie einen Verräter im eigenen Haushalt hatten? Aber war Constantin zu solcher Tücke fähig? Philip wollte es nicht glauben, doch immer wieder musste er daran denken, wie er den jungen Stallknecht bei den Goldhändlern beobachtet hatte. Sollte Constantin nicht bald von selbst wieder erscheinen, wollte er nach ihm suchen. Und sei es nur, um ihn zur Rede zu stellen.

Das Mahl verlief in tiefem Schweigen. Auch von den Gästen, Haruns alten Freunden, ergriff keiner das Wort. Philip wurde die Brust eng. Das letzte Mal hatte eine solche Stille beim Tod seines Vaters im Haus geherrscht. Und er war in eine gefühllose Starre verfallen. In einen Zustand, in dem er mehr tot als lebendig gewesen war. Nichts hatte ihn mehr erreicht, keine Trauer, keine Freude. Nur noch Leere und Dunkelheit. Die Erinnerung daran erfüllte ihn mit Furcht, einer überwältigenden Furcht, die ihm schier die Luft zum Atmen nahm. Und so brach er das Schweigen.

»Sag, Abu al-Uyûn«, sprach er seinen Tischnachbarn an, den Vater der Augen, »wie kommst du mit den Augengläsern für meinen Knappen voran?«

»Sie machen Fortschritte«, erklärte der Alte erstaunlich munter. »Ich habe sie so geschliffen, dass er Entferntes scharf sieht, und kleine Löcher in die Ränder gebohrt. Meine Tochter näht sie derzeit in eine lederne Kappe. Morgen kann dein Knappe sie abholen.«

»Das wird ihn gewiss freuen.«

Said starrte schweigend auf die große Reisschüssel. Er hatte kaum etwas gegessen. Nicht nur Philip war das aufgefallen, auch Abu al-Uyûn hatte es bemerkt.

»Alles ist vorherbestimmt«, sagte der alte Mann. »Wenn das Blatt vom Baum des Lebens fällt, der neben Allahs Thron steht, dann geht der Gläubige den Weg des Unvermeidbaren. Dein Vater war ein großartiger Mann. Nun weilt er im Paradies, wo Allah den Rechtgläubigen alle Freuden gewährt.«

»Das mag sein«, antwortete Said. »Aber er fehlt mir hier, auf unserer Erde.«

»Er fehlt uns allen«, bestätigte Philip.

Wieder herrschte Schweigen. Es war so leise, dass die Geräusche der Straße bis zu ihnen hereindrangen. Pferdehufe, Lärm, ein bellender Hund. Und dann ein Schrei! Es war die Stimme des alten Gärtners Cyril.

Sofort waren alle auf den Beinen.

»Was geht da vor?«, rief Mikhail.

Philip verließ eilends den Speisesaal, hastete durch die Diele und sprang die sieben Stufen des Eingangsportals in zwei Sätzen hinunter.

Cyril hatte das Tor zum Gut geöffnet und kniete schluchzend vor der Türöffnung. Philip brauchte einen Moment, bis er erkannte, was den alten Gärtner so aus der Fassung gebracht hatte. Vor dem Tor lag ein nackter Körper, übersät mit grässlichen Wunden. Auch die Züge des Mannes waren fürchterlich entstellt. Man hatte ihm die Augenlider, die Nase und die Lippen abgeschnitten. Und dem Blut nach zu urteilen, das sein Gesicht bedeckte, hatte er bei der Misshandlung noch gelebt. Das war inzwischen allerdings nicht mehr der Fall, denn der Leib war von oben bis unten aufgeschnitten und ausgeweidet worden. Wie ein Schlachttier. Philip erkannte den Toten nur anhand seiner auffälligen Lockenmähne. Constantin! Deshalb war er also nicht zurückgekehrt. Philip kämpfte gegen die aufsteigende Übelkeit an. Cyrils Schrei hatte alle angelockt, auch die Frauen. Als Philip Lena und Sophia entdeckte, stellte er sich ihnen in den Weg.

»Geht nicht weiter! Seht nicht hin!«

Sophia wurde blass, sagte kein Wort, aber ihr Gesicht war Frage genug.

»Constantin«, sagte Philip leise. »Er wurde bestialisch zu Tode gefoltert.«

»O Gott!« Sophia brach in Tränen aus. »Hört das denn niemals auf?«

Philip nahm seine Schwester in die Arme.

»Es wird aufhören. Dafür sorge ich.«

Noch während er Sophia an sich drückte, hielt er nach Thea Ausschau. Sie war nirgends zu entdecken.

»Ist Thea noch nicht zurück?«, fragte er Lena. Die schüttelte den Kopf.

»Seit wann ist sie fort?«

»Kurz nach Sonnenaufgang verließ sie das Haus.«

»Sonst kehrte sie immer rechtzeitig zum Abendessen zurück«, stellte Philip fest. Ein Verdacht beschlich ihn – konnte Thea mit den Tätern gemeinsame Sache gemacht haben?

Sophia hörte auf zu weinen und hob den Kopf.

»Philip, meinst du, sie schwebt in Gefahr?«, fragte sie mit kreidebleichem Gesicht.

Die Verzweiflung seiner Schwester zerstreute Philips Zweifel. Thea hatte Sophia gerettet. Sie hatte einen der Täter getötet. Das hätte sie gewiss nicht getan, wenn sie mit ihnen unter einer Decke gesteckt hätte.

»Ich glaube nicht«, antwortete er. »Sie kann gut auf sich selbst aufpassen.«

Doch obwohl er sich bemühte, Zuversicht auszustrahlen, krallte sich die Sorge um Thea auch in seiner Brust fest.

28. Kapitel

Thea hatte sich für abgebrüht gehalten, aber es kostete sie ihre ganze Kraft, die Grausamkeiten auszuhalten, die Rasul seinem Opfer antat. In Gedanken floh sie in die duftenden Frühlingswälder ihrer Heimat, auch wenn der Gestank nach Blut,

Schweiß, Urin und Kot ihr den Atem raubte. Eine Zeit lang malte sie sich aus, all das Schreckliche widerführe Omar, doch spätestens als Rasul den Mann bei lebendigem Leib ausweidete und ihr das blutige Gedärm triumphierend unter die Nase hielt, wurde ihr klar, dass sie an einem solchen Schauspiel niemals Gefallen fände. Selbst wenn es den abgefeimtesten Schurken träfe. Sie konnte den Würgereiz kaum noch unterdrücken, aber sie riss sich zusammen. Niemals würde sie diesem schwachsinnigen Scheusal die Genugtuung gönnen und Schwäche zeigen.

Endlich begriff sie, warum Omar ihr das antat. Körperlich sollte sie unversehrt bleiben, aber ihren Geist wollte er brechen. Zugegeben, bei den meisten Frauen wäre ihm das mithilfe einer solchen Vorstellung gelungen. Doch nicht bei ihr.

»Weißt du, warum ich ihn so zugerichtet habe?« Rasul grinste sie dümmlich an, nachdem der Tote von zwei Männern fortgeschafft worden war.

»Weil es dir Freude bereitet?«

Der Folterknecht starrte sie an. »Weil der Herr es mir befohlen hat.«

»Also macht es dir gar keine Freude?«

»O doch.« Er lachte. »Ich liebe es, wenn Verräter um ihr Leben schreien.«

Thea zerrte an ihren Fesseln, versuchte die Stricke unauffällig zu lockern. Vergeblich.

»Was hat sich dieser Verräter zuschulden kommen lassen?« Wenn sie sich schon nicht befreien konnte, so wollte sie den Folterknecht zumindest aushorchen.

»Er wollte mehr Goldstücke.«

»Hat er sie nicht verdient?«

Rasul schüttelte so heftig den Kopf, dass Thea sein bisschen Verstand förmlich rasseln hörte. »Er hat dem Herrn gedroht.«

»Das war dumm von ihm.«

»Sehr dumm«, bestätigte Rasul.

»Womit hat er dem Herrn denn gedroht?« Thea versuchte

erneut, die Fesseln zu lockern. Mit dem Erfolg, dass sie ihr in die Handgelenke schnitten.

»Er wollte Mikhail verraten, was er dem Herrn gesagt hatte.«

Thea kam zu dem Schluss, dass der Stallknecht genauso dumm gewesen war wie sein Peiniger.

»Er hat deinem Herrn alles zugetragen, was im Haus des Mikhail vor sich ging, nicht wahr?«

»O ja. Und er war recht brauchbar.«

»Hat er auch der Katze von Mikhails Enkelin die Kehle durchgeschnitten und die Drohung an die Tür geschmiert?«

Bevor Rasul antworten konnte, wurde die Luke geöffnet. Es war Omar.

»Ich hoffe, die kleine Darbietung hat dir gefallen.« Er strich Thea über die rechte Wange.

»Ich bin beeindruckt, mit welcher Anmut Rasul Gedärme entfernt«, entgegnete Thea. »Er sollte Arzt werden.«

Rasul grunzte geschmeichelt und erntete dafür einen bösen Blick seines Herrn. Thea lächelte.

»Du wirst hier noch Demut lernen«, sagte Omar zu ihr. »Spätestens wenn ich aus Djeseru-Sutech zurück bin, wirst du wissen, wo dein Platz ist.«

»Ich dachte, der sei in deinem Bett. Oder hat dir unser Zusammensein nicht gefallen?«

»Es wird mir noch große Freude bereiten, dich zu brechen. Aber dafür habe ich erst einmal keine Zeit.«

»Weil du nach Djeseru-Sutech aufbrichst?«

»Rasul, sperr sie weg!«

»Ja, Herr.«

Wegsperren ... Dafür musste er ihr auf jeden Fall die Fesseln abnehmen. Wenn sie sich einigermaßen gefügig zeigte, glaubte der Dummkopf vermutlich, sie wäre eine harmlose Frau, mit der er allein fertig wurde.

Wie erhofft, machte Rasul sich an ihren Fesseln zu schaffen.

»Rasul, sei vorsichtig!«, warnte Omar ihn noch einmal. »Das Weib hat den Dscheitan im Leib.«

Der Folterknecht stieß abermals sein dümmliches Lachen aus. Vermutlich überstieg die Warnung seinen Verstand.

Dennoch ließ er Thea keine Möglichkeit, ihre Glieder zu dehnen. Er packte sie fest an den Handgelenken und zerrte sie zu einem kleinen, so engen Verschlag am Ende seiner Folterkammer, dass ein Mensch sich gerade eben darin ausstrecken und gleichzeitig mit beiden Ellbogen die Seitenwände berühren konnte. Rasul stieß sie in die Öffnung und verriegelte die Tür von außen. Anfangs war es stockfinster, doch allmählich gewöhnten Theas Augen sich an die Dunkelheit, und mithilfe des Lichtes, das aus der Folterkammer durch die Ritzen drang, konnte sie ihre Umgebung schwach wahrnehmen. Die Luft war stickig, und zu allem Überfluss machte ihre Blase sich bemerkbar. Natürlich gab es kein Nachtgeschirr, und der Raum war so eng, dass ihr nichts anderes übrig bleiben würde, als in ihren eigenen Ausscheidungen zu schlafen. Noch konnte sie den Drang beherrschen, aber allzu lange würde sie es nicht mehr aushalten. Von draußen hörte sie schrubbende Geräusche und Rasuls fröhliches Pfeifen. Sie stellte sich vor, wie er wohl gerade die Überreste seiner Arbeit aufwischte, und bei dem Gedanken, wie er eine abgeschnittene Nase, Finger und Lippen auffegte, überkam sie ein zwanghafter Lachanfall. Es war so absurd, so aberwitzig, aber sie konnte nicht anders, als immer weiter zu lachen. So lange, bis das Pfeifen draußen verstummte und der Riegel zu ihrer Zelle aufgeschoben wurde.

»Bist du irrsinnig geworden?«, fuhr Rasul sie an.

Thea lachte noch immer, aber beim Anblick des Scheusals kehrte ihre Selbstbeherrschung zurück. Sie sank auf die Knie wie ein Ritter, der den Lehnseid ableistet, und tastete nach dem Messer im rechten Stiefel.

»Großer Meister«, sagte sie, »ich bin beeindruckt von deiner Kunst. Sie hat mir wirklich große Freude bereitet.«

Rasul starrte sie entgeistert an. Da sprang Thea auf, das Messer in der Rechten, und rammte es Rasul in den Kehlkopf. Ohne einen Laut brach er zusammen.

»Und das war das Ende des großen Meisters«, sagte Thea zu sich selbst, zog das Messer zurück, wischte es an Rasuls Kittel sauber und schob es wieder in den Stiefel. Dann zerrte sie den Leichnam in den Verschlag und verriegelte die Tür.

Sie wandte sich der Luke zu. Ob sich dort jemand aufhielt? Sie lauschte. Undeutliche Worte, offenbar auf dem Oberdeck gewechselt, drangen ihr ans Ohr. Sollte sie es wagen, die Luke zu öffnen? Vorsichtig hob sie sie an und spähte in den dunklen Gang. Niemand war zu sehen. Sie stieß die Luke ganz auf und kletterte hinaus.

Ein leichter Ruck ging durch das Schiff. Theas Herz schlug schneller. Genauso hatte es sich jedes Mal angefühlt, wenn der Wind die Segel der *Windsbraut* erfasst hatte.

Das Schiff legte ab! War Omar noch an Bord? Nein, gewiss nicht – wie sollte er die Stadt in der Wüste mit einem Schiff erreichen? Sie atmete mehrmals tief durch. Nur die Ruhe, dachte sie! Ruhe ist alles. Sie zog das Messer wieder aus der Stiefelscheide und hielt es in der Hand. Noch einmal würde sie sich nicht lebend überwältigen lassen. Mit anzusehen, was Rasul diesem Stallknecht angetan hatte, war schlimm genug. Selbst wollte sie es nicht erleben.

Sie schlich weiter zu einer kleinen Treppe, die nach oben führte. Vielleicht konnte sie sich eine Weile in Omars Schlafgemach verstecken.

Schritte!

Thea drückte sich in eine dunkle Ecke, hielt den Atem an. Ihre Faust krampfte sich um das Messer. Der Mann eilte an ihr vorüber, ohne sie zu bemerken.

Weiter zur Treppe. Stimmen! Verdammt, unmittelbar über ihr sprachen zwei Männer miteinander. Thea verharrte und lauschte. Der eine wollte bald heiraten und sparte für den Brautpreis, den sein künftiger Schwiegervater verlangte. Eine belanglose Unterhaltung! Hoffentlich verschwanden die Kerle bald!

Es verging eine gefühlte Ewigkeit, bis die beiden von ihrem Vormann aufgespürt und an die Arbeit gescheucht wurden. Thea atmete auf. Leise stieg sie die Treppe hinauf. Von hier aus gingen zwei weitere Türen ab. Eine führte in Omars Gemächer, die andere an Deck. Sollte sie wirklich noch länger hier verweilen, während das Schiff sich immer weiter von Alexandria entfernte und sie in eine völlig unbekannte Gegend gelangte? Oder einen schnellen Fluchtversuch wagen? Wenn sie an Deck rannte, wären die Männer vermutlich überrascht und würden sie kaum aufhalten, wenn sie über Bord spränge. Andererseits könnte sie dann auch nicht feststellen, wo sie sich befand. Was, wenn das Schiff längst aufs Meer hinausgesegelt war?

Sei nicht so feige!, ermahnte sie sich. Es ist weitaus gefährlicher, noch länger zu warten.

Omar hatte ihr nicht umsonst erzählt, dass sein Schiff fast ausschließlich auf Flüssen oder nahe der Küste segelte. Und schwimmen konnte sie seit ihrer frühesten Kindheit. Darauf hatte ihr Vater Wert gelegt.

Sie steckte das Messer wieder in die Stiefelscheide, holte noch einmal tief Luft und rannte los. Vorbei an zwei Seeleuten, die so verdutzt waren, dass sie zu keiner Bewegung fähig waren, hin zur Reling. Hinter sich hörte sie Rufe, doch sie achtete nicht darauf. Sie waren noch auf dem Nil, vermutlich flussaufwärts ins Landesinnere, denn der Wasserlauf wurde zusehends schmaler. Umso besser. Ein Satz, Thea war auf der Reling und sprang ins Wasser. Die Fluten schlugen über ihr zusammen, verschluckten die überraschten Schreie der Männer.

Das Wasser war nicht so kalt, wie Thea erwartet hatte, im Gegenteil, es war recht angenehm, viel wärmer als die klaren Seen, in denen sie an heißen Sommertagen in ihrer Heimat gebadet hatte. Sie schwamm so weit wie möglich unter der Wasseroberfläche, doch der Nil war kein klarer Bergsee, sondern ein schlammiger Fluss, der ihr die Sicht nahm. Sie tauchte auf. Hinter sich hörte sie die Männer brüllen. Sie waren sich uneins, ob sie das Beiboot zu Wasser lassen sollten oder nicht. Nur zu! Es würde ihnen schwerfallen, sie noch einzuholen, denn mittlerweile hatte sie das Ufer erreicht.

Kinder spielten im Schilf und starrten sie verblüfft an. Thea beachtete sie nicht weiter, sondern verschwand so schnell wie möglich aus dem Sichtfeld der Barke. Ein kurzer Blick zurück verriet ihr, dass die Männer anscheinend keine Anstalten machten, sie zu verfolgen. Ob sie Omar erzählen würden, sie sei ertrunken? Oder glaubten sie, ihre Flucht Rasul in die Schuhe schieben zu können? Seinen Leichnam hatten sie gewiss noch nicht entdeckt. Wie auch immer, es gab Wichtigeres, als sich über Vergangenes den Kopf zu zerbrechen. Sie hatte keine Ahnung, wie weit sie sich inzwischen von Alexandria entfernt hatte, aber das war ihre geringste Sorge. Am Nil entlang fände sie zurück, ganz gleich, wie lange es dauerte. Die Frage blieb, was zu tun war, wenn sie wieder in Alexandria war. Sollte sie Philip die Wahrheit beichten? Nach allem, was er ihr angetan hatte? Angesichts der Rache, die sie ihm geschworen hatte?

Sie strich sich eine feuchte Haarsträhne aus dem Gesicht. Obwohl es warm war, fröstelte sie in der nassen Kleidung. Sie war Omar entkommen, gewiss. So wie sie allen Widrigkeiten des Lebens entkommen war. Niemand vermochte sie auf Dauer zu bezwingen. Und doch spürte sie auf einmal eine tiefe Leere. Ihr Wunsch, sich mächtige Verbündete zu schaffen und selbst Macht zu erringen, hatte ihr bisher Kraft verliehen – und war nun zunichte gemacht worden. Omar war Khalil. Ein niederträchtiger Schurke, dem Menschenleben nichts galten. Gewiss, auch sie tötete ohne Reue, doch hatte sie stets Frauen und Kinder verschont und ihre Feinde schnell und schmerzlos getötet. Niemals hätte sie gehandelt wie Omar.

Ihre Gedanken schweiften zurück in ihre Heimat. Hatte sie die rechte Wahl getroffen, als sie Philip gefolgt war? Ulf von Regenstein hatte sie mit seinem Wunsch ermutigt. Sie sollte Philip töten, damit Ulf Burg Birkenfeld in Besitz nehmen konnte. Eigentlich hätte es auf diese Forderung nur eine Antwort gegeben. Einen Faustschlag in Ulfs Gesicht. Aber sie hatte gelächelt, sich bestärkt gefühlt durch die Lüge, hinter der sie ihre wahren Gefühle verbarg.

Sie zügelte ihren schnellen Gang, schlang die Arme um den Körper, als könne sie die Kälte auf diese Weise vertreiben. Ihre Gedanken flogen zurück zu ihrer Ziehmutter Gundula. Zu ihrer letzten Begegnung, als die Alte ihr die Runen gelegt hatte.

Philip ist ein anständiger Mann, hatte sie gesagt. Bei der Erinnerung an Gundulas Worte stiegen Thea Tränen in die Augen. Nur ein einziges Mal hatte sie geweint, damals an jenem Tag, als sie Philips Hochzeitszug aus dem Dunkel des Waldes heraus beobachtet hatte. Damals hätte sie ihn töten können, wenn sie gewollt hätte. Aber sie hatte nicht gewollt …

Und endlich war sie bereit, sich die Wahrheit einzugestehen. Sie hatte ihn geliebt, die ganze Zeit. Er aber hatte sich für eine andere entschieden, ihr beinahe das Herz aus der Brust gerissen, sie so sehr verletzt, dass nur ihr heißer Zorn verhindern konnte, dass sie daran zerbrach.

Dennoch war er nie ihr Feind gewesen. Im Gegenteil. Er wusste genau, was er ihr angetan hatte. Er hatte Schuldgefühle, und jedes Mal, wenn sie ihn gebraucht hatte, war er zur Stelle gewesen.

Endlich begriff sie, dass sie ihn niemals hatte töten wollen. Sie hatte nur eine Ausrede vor ihrem eigenen Stolz gebraucht. Eine Ausflucht, die es ihr ermöglichte, in seiner Nähe zu bleiben und dennoch das Gesicht zu wahren. Von allen Männern, mit denen sie sich jemals eingelassen hatte, war er mit Sicherheit der anständigste gewesen.

Während sie dem Nillauf zurück nach Alexandria folgte, erinnerte sie sich an ihre ersten Begegnungen mit Philip. Wie falsch hatte sie ihn damals eingeschätzt. Geglaubt, er sei ein mittelloser Herumtreiber, der aus seiner Heimat geflohen sei. Thea seufzte. Sie hatte alles falsch gemacht. Kein Wunder, dass er ihr eine andere vorgezogen hatte. Eine Frau, die in seine Welt passte. Keine Räubertochter, die unter Verbrechern aufgewachsen war. Eigentlich hatte sie ihn nicht viel anders behandelt als Omar sie. Nun gut, sie hatte nicht versucht, ihn durch das Betrachten von

Abscheulichkeiten zu brechen, aber auch sie hatte ihn als Beute, als ihren Besitz angesehen. Als einen Mann, der dankbar sein durfte, dass sie sich ihm zuwandte.

Die Sonne ging bereits unter. Thea ließ den Blick in die Ferne schweifen. Vor Einbruch der Dunkelheit würde sie es nicht mehr nach Alexandria schaffen. Vermutlich war es besser, wenn sie sich ein Versteck für die Nacht suchte, solange das Tageslicht noch ausreichte. Am nächsten Tag würde sie Alexandria erreichen und mit Philip sprechen. Ihm von Khalil erzählen und verraten, dass ihr Feind auf dem Weg nach Djeseru-Sutech war. Natürlich würde sie ihre eigene Rolle in dieser Geschichte nicht ganz so düster schildern, wie sie gewesen war. Denn nun hatte sie einen Grund, Philips Nähe zu suchen – sie hatten einen gemeinsamen Feind, den sie seinem gerechten Ende zuführen mussten.

29. Kapitel

Philips Sorge um Thea nahm zu, je mehr Zeit verging. Kurz bevor die Nacht hereinbrach, hielt er die Ungewissheit nicht länger aus und rief nach Rupert und Witold. Said wollte er an diesem Abend nicht mit seinen Sorgen belasten. Das nochmalige Erscheinen des Hauptmannes der Stadtwache an diesem Tag, nachdem sie ihm die Nachricht von Constantins Tod gemeldet hatten, war belastend genug gewesen.

»Über eurem Haus scheint ein Fluch zu liegen«, hatte der Mann gesagt und Said sogleich geraten, nicht länger in dem Christenhaus zu verweilen, weil es einem wahren Gläubigen nur Tod und Verderben bringe.

»Ohne die Menschen aus diesem Haus wären mein Vater und ich schon vor über zwanzig Jahren dem Tod anheimgefallen«, hatte Said gleichmütig geantwortet.

»Ja, da lebte der alte Hausherr noch. Aber ein ungesühnter Vatermord beschwört alle Plagen auf das Haupt der Schuldigen.«

Es hätte nicht viel gefehlt, und der Hauptmann hätte vor Philip ausgespien. Philip nahm den Auftritt scheinbar gelassen hin, innerlich aber bebte er. Er wusste, dass der Mann keinen Finger rühren würde, um Constantins Mörder zu finden. Oder den Auftraggeber des Überfalls, der Haruns Tod zur Folge gehabt hatte.

Vatermörder … so offen war ihm die Verachtung bislang noch nie entgegengeschleudert worden. Vor einem Jahr hätte es genügt, ihn erneut in tiefe Dunkelheit zu stürzen, doch inzwischen war er mit sich wieder im Reinen. Es war ein Unfall gewesen, ganz gleich, was böse Zungen behaupteten. Und doch machte ihm der Vorfall deutlich, wie wenig sein Ruf in Alexandria noch galt. In den Augen des Hauptmannes war er weniger wert als ein Straßenköter.

»Seid vorsichtig!«, riet Lena zum Abschied.

»Bringt sie sicher zurück!«, bat Sophia.

Philip umarmte seine Frau und küsste seine Schwester auf die Stirn.

»Ich verspreche es euch.«

Zunächst verlief die Suche erfolglos. Philip und seine Männer fragten die wenigen Menschen, die sie um diese Zeit noch auf der Straße trafen, nach einer Frau mit auffallend rotem Haar. Doch niemand hatte Thea gesehen. Nicht einmal die Aussicht auf eine Handvoll Münzen änderte etwas an der Haltung der Angesprochenen.

Bis sie auf jenen zerlumpten Bengel stießen, der sich in der Nähe des Basars herumdrückte und im Schutz der Dunkelheit zwischen den leeren Ständen nach Essbarem suchte.

»Ja, die habe ich schon ein paarmal gesehen«, sagte der Junge. Er war schmächtig, trug einen schmutzigen Kittel, der überall eingerissen und früher wohl einmal weiß gewesen war. Doch seine Augen sprühten vor Lebendigkeit und zeugten von ausgeprägtem Geschäftssinn. Wie alt mochte er wohl sein? Zehn? Oder schon zwölf?

»Wo?«

»Was kriege ich dafür?«

»So viel, wie deine Auskunft wert ist.« Philip zog eine Kupfermünze aus seinem Beutel. Der Junge starrte begehrlich auf das Geldstück. »Ich habe sie einmal mit dem Herrn der Barke gesehen.«

»Dem Herrn der Barke? Wer ist das?«

»Ihm gehört das große Schiff im Nildelta. Soll ich euch hinführen?«

Philip nickte und reichte dem Jungen die Münze. »Du kriegst eine zweite, wenn du uns zur Barke gebracht hast.«

Bei der Aussicht auf weitere Belohnung strahlte der Junge über das ganze Gesicht, so als wäre eine Laterne entzündet worden. Eifrig lief er voran. Philip erinnerte sich an alle diese Wege, die er als Kind so oft gegangen war. Vermutlich ankerte die Barke im großen Delta, dort, wo überwiegend Fischer ihrer Arbeit nachgingen. Einmal hatte er selbst in früheren Jahren ein so prächtiges Schiff gesehen, einen märchenhaften schwimmenden Palast, wie er ihn nur aus Erzählungen gekannt hatte. Doch das war lange her.

»Kennst du den Namen des Herrn der Barke?«, fragte Philip, während er dem Jungen folgte.

»Er nennt sich Omar, aber die Gassen flüstern etwas anderes.«

»So? Was flüstern die Gassen?«

Der Junge hielt in seinem schnellen Schritt inne.

»Was bekomme ich dafür, wenn ich es dir sage?«

Philip lachte und zog eine weitere Kupfermünze hervor. »Du bist sehr geschäftstüchtig.«

Gierig steckte das Kind die Münze ein.

»Die Gassen flüstern, Omar sei der heimliche Herr über die Straßen, und selbst der reiche Abd al-Hisâb fürchte ihn. Man nennt Omar auch den Sohn des Schakals, und noch andere behaupten, er sei jener, den alle für tot halten.«

Philip stockte der Atem.

»Jener, den alle für tot halten? Der Sohn des Schakals? Du

meinst doch nicht etwa den gefürchteten Khalil, der vor sieben Jahren ein gerechtes Ende fand?«

Der Junge hob die Schultern. »Ich wiederhole nur, was die Gassen flüstern. Allah allein weiß, ob es wahr ist.«

Khalil … Philips Hände ballten sich zu Fäusten. Von Anfang an hatte er den Verdacht gehegt, und nun genügten die Worte eines zerlumpten Bengels, ihm Gewissheit zu verschaffen. Ein falscher Name, eine Barke, die Wohlstand und Üppigkeit bezeugte, den Eigner aber auch beweglich machte. Abd al-Hisâb, der Diener der Rechnung … Natürlich, für Khalil gab es viele Rechnungen zu begleichen.

Auf einmal bekam alles einen Sinn. Wenn dieser Herr der Barke in Wirklichkeit Khalil war, hatte er eine Frau wie Thea zweifellos zu betören gewusst. Khalil war ein verachtenswerter Schurke, aber er besaß ein gefälliges Äußeres. Er war ein Meister der Täuschung. Wenn es ihm gelungen war, Theas Vertrauen zu gewinnen, besaß er in ihr ein unschätzbares Faustpfand.

Sie erreichten das Delta, wo die Barke laut Aussage des Jungen liegen sollte. Doch vor ihnen erstreckte sich nur das dunkle Wasser des Nils. Keine Barke.

»Das … das verstehe ich nicht«, stotterte der Junge. Seine Betroffenheit war nicht gespielt. »Heute Mittag ankerte sie noch genau dort.«

Philip legte dem Knaben eine Hand auf die Schulter. »Es ist nicht dein Verschulden. Hier, du sollst deine Belohnung dennoch erhalten.« Er reichte ihm die dritte Kupfermünze. »Und solltest du noch etwas von Bedeutung erfahren, dann melde dich im Haus des Mikhail.«

»Des Pferdezüchters?«

Philip nickte. »Er ist mein Großvater. Für jede Nachricht, die du uns bringst, gibt es eine Kupfermünze.«

»Danke, edler Herr!« Der Junge verbeugte sich vor Philip. »Du kannst dich auf Ali verlassen.« Mit diesen Worten wandte er sich um und flitzte davon.

»Und was nun?«, fragte Rupert. »Folgen wir dem Nillauf?«

Philip schüttelte den Kopf. »Das hat bei Dunkelheit keinen Sinn. Wenn Thea sich an Bord der Barke befindet, holen wir sie zu Fuß ohnehin nicht mehr ein. Wir folgen ihr morgen bei Sonnenaufgang zu Pferd.«

»Wenn sie sich wirklich an Bord aufhält und man ihr etwas antun will, dauert mich der Täter schon jetzt«, meinte Witold.

Philip sah, wie sich der Waffenknecht in Erinnerung an den Schlag, den Thea ihm auf der *Windsbraut* versetzt hatte, über den Leib strich.

»Ja, sie ist schon ein rechtes Teufelsweib, unsere Thea«, bestätigte er. »Aber wenn dieser Omar wirklich Khalil ist, haben wir es mit einem Verbrecher zu tun, der den Satan noch Bosheit lehren könnte. Ihr habt gesehen, wie seine Leute Constantin zugerichtet haben.«

Die Männer schlugen betroffen die Augen nieder.

»Morgen holen wir die Barke ein«, erklärte Philip. »Mit den Pferden sind wir schneller.«

30. Kapitel

In dieser Nacht schlief Lena sehr schlecht. Gemeinsam mit Sophia hatte sie stundenlang auf die Rückkehr der Männer gewartet, nur um dann zu erfahren, dass sie Thea nicht gefunden hatten und alles dafür sprach, dass Khalil noch lebte und sie womöglich in seiner Gewalt hatte. Sophia wäre beinahe in Tränen ausgebrochen, hielt sich jedoch tapfer zurück. Philip selbst wirkte ernst und in sich gekehrt.

»Thea weiß gut auf sich zu achten«, versuchte Lena ihren Gatten zu beruhigen. »Das hast du mir immer wieder versichert.«

Philip nickte nur. So wie jemand nickt, der nicht über seine Sorgen sprechen will. Lena drang nicht weiter in ihn. Und doch war die Beunruhigung im ganzen Haus zu spüren. Tote Tiere, ein

Überfall, zwei Morde, und nun war auch noch Thea verschwunden. Was, wenn am nächsten Morgen ihr geschändeter, zerfleischter Leib auf der Schwelle lag? Nein, denk nicht darüber nach!, mahnte Lena sich. Thea kann auf sich aufpassen. Sie ist schlau, sie hat bisher immer überlebt.

Auch Philip fand in dieser Nacht kaum Ruhe. Lena spürte, wie er sich im Schlaf herumwälzte, sie dabei mehr als einmal aus wirren Träumen riss. Noch bevor die Sonne sich erhob, hielt ihn nichts mehr im Bett.

»Mit wie vielen Männern willst du der Barke folgen?«, fragte Lena, während sie ihm beim Anziehen zusah.

»Mit Witold und Rupert.«

»Nur zu dritt?« Lena runzelte die Stirn. »Könnt ihr es da mit der Besatzung eines ganzen Schiffes aufnehmen?«

»Wir wollen die Barke nicht im Enterkampf erobern. Wir folgen ihr, und wenn sie vor Anker liegt, gehen wir heimlich an Bord.«

»Das ist gefährlich.«

Philip nickte. »Aber die einzige Möglichkeit.«

Alles in ihr schrie danach, Philip in die Arme zu reißen, ihn zurückzuhalten, damit er bei ihr in Sicherheit blieb. Allerdings hätte sie sich nie verziehen, ihn an der Suche nach Thea gehindert zu haben. Also beschränkte sie sich auf ein kurzes Nicken.

Er gürtete sein Schwert, nahm sie in die Arme und küsste sie. »Mir wird nichts geschehen. Heute Abend bin ich wieder bei dir.«

»Warum nimmst du Said nicht mit?«

Philip zögerte mit der Antwort. »Er trauert noch immer um seinen Vater. Ich wollte ihm keine zusätzliche Belastung aufbürden.«

»Das ist nicht die ganze Wahrheit«, stellte Lena mit einem Blick in Philips Augen fest. Ertappt senkte er den Kopf.

»Nein«, gestand er. »Ich habe Said gestern Nacht gemieden. Er weiß nicht, dass Omar vermutlich Khalil ist. Ich wollte nicht, dass er sich in seiner Trauer und seinem Wunsch nach Vergeltung zu unüberlegten Handlungen hinreißen lässt. Im Augenblick geht es nur darum, Thea zu finden.«

»Glaubst du wirklich, Said ließe sich von blinder Rachsucht treiben? Ausgerechnet er?«

»Ich weiß es nicht.« Philip seufzte.

»Ich glaube es nicht. Aber ganz sicher wird er es dir verübeln, wenn du ihm nicht die Wahrheit sagst. Bitte, sprich mit ihm, ehe du aufbrichst! Das bist du ihm schuldig.«

Philip atmete tief durch. »Manchmal kannst du wirklich unerbittlich sein.«

»Weil ich dich bitte, ehrlich zu deinem besten Freund zu sein?« Sie lächelte ihn an.

»Nein, weil du mein erbarmungsloses Gewissen bist. Also gut, ich rede mit Said.«

Nachdem Philip die Kammer verlassen hatte, stand Lena auf und kleidete sich an. Die Sonne war mittlerweile aufgegangen, und vom Hof her hörte sie die Stimmen der Knechte und Mägde, die mit ihrem Tagewerk begannen und dabei den neuesten Klatsch austauschten. Immer wieder wurde der tote Constantin erwähnt, dessen Leichnam noch immer in seiner Kammer aufgebahrt lag, von dicken Leinentüchern verhüllt, um die schrecklichen Verstümmelungen zu verdecken. Bei dem Gedanken daran wurde Lena übel. Sie hatte auf Philip gehört und den Toten nicht angesehen, aber schon die Erwähnung seiner Verletzungen genügte, um ihren Seelenfrieden zu erschüttern.

Wie sehr hatte sie sich darauf gefreut, Philips Heimat kennenzulernen, und nun war fast kein Tag vergangen, an dem nicht irgendetwas Schreckliches geschehen war. Auf einmal hatte sie das unstillbare Bedürfnis, in einer Kirche zu beten. Viel zu lange schon hatte sie keiner heiligen Messe mehr gelauscht. Einmal war sie Meret in die kleine koptische Kirche gefolgt, hatte an der Liturgie teilgenommen. Aber obgleich ihr die Riten feierlich und gottesfürchtig vorgekommen waren, hatte sie sich fremd gefühlt und die Geborgenheit ihrer eigenen Kirche vermisst.

Sie würde Meret fragen, wo sie die römische Kirche fand, in

der Philip und Sophia getauft worden waren. Ihre Schwiegermutter hätte gewiss Verständnis dafür. Meret war um diese frühe Stunde vermutlich in der Küche. Lena wollte sie sogleich aufsuchen. Besser, sie betätigte sich – und wenn sie nur betete –, als den ganzen Tag voller Bangen auf Philips Rückkehr zu warten.

Sie war eben die Stufen hinuntergestiegen, als sie von draußen Stimmen hörte. Und eine davon kannte sie nur zu gut. Thea! Lena rannte zum Tor. Dort stand ein einfacher Leiterwagen. Der Besitzer ließ sich gerade einige Münzen vom Torwächter auszahlen, während Thea vom Wagen stieg. Trotz ihres siegreichen Lächelns sah sie mitgenommen aus. Das Haar fiel ihr strähnig ins Gesicht, und ihre Suckenie starrte vor Schmutz, als sei sie durch einen Morast gewatet.

Philip stand neben dem Wagen. Anscheinend hatte sein Gespräch mit Said doch länger gedauert, sonst wäre er schon längst aufgebrochen gewesen.

»Was ist geschehen?«, fragte er die Räuberin. »Wir wollten gerade nach dir suchen.«

»Wie aufmerksam.« Thea schüttelte ihr Haar. »Ich stehe dir gern Rede und Antwort, aber zuerst möchte ich euer Bad benutzen.«

»Thea!« Sophia stürmte der Räuberin entgegen und fiel ihr in die Arme. »Gott sei Dank, du lebst! Ich hatte solche Angst um dich, nachdem wir Constantins Leichnam auf der Schwelle gefunden hatten.«

Lächelnd erwiderte Thea Sophias Umarmung. »Es ist schön, wenn man vermisst wird«, sagte sie mit einem Augenzwinkern. »Ich erzähle euch später alles. Und glaubt mir, das ist einiges. Aber zuerst muss ich mich säubern.«

Sophia begleitete Thea ins Haus. Philip runzelte die Stirn.

»Was ist mit dir?«, fragte Lena. »Bist du nicht erleichtert, dass Thea wohlbehalten zurückgekehrt ist?«

»Doch. Ich dachte nur daran, was sie uns womöglich gleich berichten wird. Hast du ihre Handgelenke gesehen?«

Lena schüttelte den Kopf.

»Sie waren wund. Wie bei einem Menschen, der gefesselt wurde und sich befreien wollte.«

Thea ließ sich viel Zeit im Bad. Lena nahm Philips Ungeduld wahr, auch wenn er sie zu verbergen suchte. Die gesamte Familie hatte sich im Speisesaal eingefunden und wartete auf Thea. Über Saids Gesicht breitete sich noch immer ein Schatten. Die Zeit der Trauer war längst nicht vorbei, aber es lag auch ein entschlossener Zug um seinen Mund. Philip hatte ihm erzählt, was er erfahren hatte, und nun hofften alle, dass Thea ihnen weitere Einzelheiten mitteilte.

Als die Räuberin schließlich kam, wirkte sie auf den ersten Blick so überlegen und unangreifbar wie stets. Doch Lena fiel auf, dass sich etwas verändert hatte. Die sonst so helle, leuchtende Seelenflamme in Theas Augen war schwächer geworden. Lag es an den Erlebnissen der letzten Stunden?

»Bist du hungrig?«, fragte Meret fürsorglich und schob Thea ein warmes Fladenbrot zu.

»Später«, sagte Thea. »Ich habe einige äußerst …« Sie legte eine kurze Pause ein. »… beunruhigende Neuigkeiten für euch. Khalil, Philips alter Feind, ist tatsächlich noch am Leben. Er nennt sich Omar und besitzt eine prächtige Barke, die bis gestern im Delta vor Anker lag.«

»Das haben wir inzwischen auch herausgefunden«, bestätigte Philip. »In welcher Beziehung stehst du zu ihm?«

»Nun, wie pflegte dein Großvater zu sagen? Was ist eine Frau ohne Mann? Ich fand diesen Omar, so wie er sich mir vorstellte, recht ansehnlich. Zudem war er anfangs zuvorkommend und machte mir hübsche Geschenke. Nach und nach bekam ich jedoch mit, dass er ganz andere Absichten hatte. Er wollte unbedingt etwas über einen Ort namens Djeseru-Sutech erfahren und fand heraus, dass die Frauen dieses Hauses die Hüterinnen des Geheimnisses sind.«

»Die Hüterinnen des Geheimnisses?« Philip hob die Brauen. »Djeseru-Sutech ist ein Mythos, mehr nicht.«

»Das glauben nur Männer«, erwiderte Thea. »Und leider nicht alle. Omar hatte diesen Stallknecht Constantin schon lange bestochen, damit er ihn mit Auskünften versorgte. Irgendwie fand Constantin heraus, dass die Hüterinnen das Geheimnis von Djeseru-Sutech in Teppiche weben. Übrigens war es auch Constantin, der Omars Männern verriet, wo Sophias Gemach liegt. Nur leider beging Constantin dann einen Fehler. Er forderte mehr Geld von Omar und drohte, andernfalls Mikhail die Wahrheit zu gestehen.«

»Und woher weißt du das alles?«, fragte Mikhail.

»Ich hielt Omar nach wie vor für einen Ehrenmann. Ich war regelmäßig ein gern gesehener Gast auf seiner Barke. Als ich gestern auf sein Schiff kam, behaupteten seine Diener, er sei beschäftigt. Ich war neugierig. Tja, und dabei wurde ich Zeugin einer Darbietung, die ich mir besser nicht angesehen hätte. Omar ließ Constantin foltern. Und als er mich bei meiner Beobachtung ertappte, ließ er mich kurzerhand in seiner Folterkammer anbinden, damit ich nichts von dem Geschehen verpasste. Zudem verkündete er voller Schadenfreude, dass er wisse, wo Djeseru-Sutech liegt. Man müsse dem Pfad der Gazelle folgen, und genau das werde er tun. Wenn ihr in Sophias Zimmer nachseht, werdet ihr merken, dass tatsächlich etwas fehlt. Der kleine Teppich, in den der Weg nach Djeseru-Sutech eingewebt ist.«

Eine Weile herrschte Schweigen. Meret und Sophia waren blass geworden, Philip starrte seine Mutter ungläubig an.

»Stimmt das?«, fragte er. »Djeseru-Sutech ist mehr als ein Mythos?«

Meret nickte. »Es ist so, wie Thea sagt. Nur verstehe ich nicht, wie Constantin hinter das Geheimnis kommen konnte. Wir haben es immer tief in unseren Herzen verschlossen.«

»Sogar vor mir«, stellte Philip fest. Lena hörte ihm die Enttäuschung an. Said hingegen hielt sich nicht mit Gefühlsäußerungen auf. »Dann ist Khalil mittlerweile auf dem Weg nach Djeseru-Sutech?«, fragte er. Thea nickte.

»Wir müssen ihm folgen!« Said klang fest entschlossen. Es fehlte nicht viel, und er wäre sogleich aufgesprungen.

»Wartet!«, rief Meret. »Wenn er und seine Helfershelfer nur *einen* Teppich haben, finden sie Djeseru-Sutech nie.«

»Nicht?« Philip runzelte die Stirn.

»Nein. Es gibt drei Teppiche, und nur alle drei zusammen verraten den Weg in die verborgene Stadt. Der Weg der Gazelle ist der mittlere Teppich. Den Männern fehlt der Pfad zum wahren Eingang. Sie kommen nur bis zum alten Brunnen.«

»Dann folgen wir ihnen eben dorthin«, beharrte Said. »Ich bin bereit.«

»Ich ebenso«, beteuerte Philip. »Mutter, erstellst du uns eine Karte des Weges?«

Meret senkte den Blick. »Das ist ein altes Geheimnis. Jede Hüterin schwört Geheimhaltung, bevor sie mit dem Weben der Teppiche beginnt.«

»Für alte Familiengeheimnisse ist nicht die rechte Zeit!« Mikhail schlug mit der flachen Hand auf den Tisch.

»Du hast recht, Vater«, gab Meret zu. »Ich zeichne euch den Weg bis zum alten Brunnen auf.«

»Dann brechen wir noch heute auf!«, verlangte Said. »Wen nehmen wir mit?«

»Rupert, Witold und Bertram«, erklärte Philip. »Damit wird sichergestellt, dass das Geheimnis gewahrt bleibt, denn die drei werden mich später zurück nach Birkenfeld begleiten.«

»Ich komme auch mit!«, rief Thea. »Ich habe mit diesem Mistkerl noch ein ganz eigenes Hühnchen zu rupfen.«

Erst sah es so aus, als wolle Philip ihr widersprechen, doch dann nickte er. Ein Stich durchfuhr Lenas Brust.

»Ich schließe mich euch an«, sagte sie rasch.

»Du?« Philip fuhr herum. »Nein, Lena, das kommt nicht infrage. Der Weg durch die Wüste ist gefährlich.«

»Wenn Thea dabei ist, begleite ich euch ebenfalls.«

»Thea kann kämpfen.«

»Ich kann heilen.«

Selten zuvor hatte sie einen derartigen Kampf mit Blicken gegen Philip ausgefochten. Das letzte Mal war es geschehen, als sie ihren kleinen Ziehsohn Rudolf mit auf die Reise hatte nehmen wollen. Seinerzeit hatte sie eingesehen, dass eine solche Reise für ein Kleinkind zur lebensbedrohlichen Strapaze werden konnte, und nachgegeben. Heute war es anders. Um nichts in der Welt ließ sie zu, dass Philip ohne sie losritt und Thea mitnahm.

Es war Meret, die ihr beisprang.

»Als deine Ehefrau gehört Lena zur Familie und damit zu den Hüterinnen«, erklärte sie. »Sie soll euch begleiten und die Karte bewahren.«

»Mutter, das ist doch …«

»Mein letztes Wort, Philip. Ich vertraue auf Lenas Stärke.«

»Aber …«, versuchte er es noch einmal, doch Meret schnitt ihm abermals das Wort ab. »Du hast geschworen, sie zu schützen, und sie hat geschworen, für dich da zu sein. In guten wie in schlechten Tagen. Du kannst sie nicht zurücklassen, wenn du eine andere Frau an deiner Seite duldest.«

Philip holte tief Luft, ganz so, als wolle er abermals zum Widerspruch ansetzen. Doch dann gab er nach. »Von mir aus«, raunte er.

Meret lächelte. »Komm, Lena, ich fertige die Karte für dich an. Und ihr anderen kümmert euch um die Pferde und die Vorräte. Der Weg nach Djeseru-Sutech ist weit. Wenn die alten Quellen stimmen, seid ihr drei Tage lang unterwegs.«

»Der Pfad der Gazelle ist leicht zu finden«, sagte Meret zu Lena. Vor ihr auf dem flachen Tischchen in ihrem Gemach lag ein Stück Pergament, auf dem sie einige Wege einzeichnete. »Es ist ein alter Handelsweg, der über viele Jahre genutzt wurde. Deshalb traut Khalil sich wohl zu, Djeseru-Sutech zu finden. Doch sobald der alte Brunnen erreicht ist, scheint sich vor dem Betrachter nichts als Wüste zu erstrecken. In der Ferne türmen sich die Schatten einer scheinbar unüberwindlichen Felsenkette auf. Dahinter verbirgt sich Djeseru-Sutech.«

Meret trug die Felsen auf dem Pergament ein.

»Aber dann wird Khalil doch sicher die richtigen Schlüsse ziehen.«

»So einfach ist das nicht. Der Eingang zur Stadt liegt verborgen. Nur Eingeweihte können ihn finden. Und ihm fehlt der letzte Teppich. Der Pfadgeber.«

»Wirst du mir den Weg aufzeichnen?«

»Wenn du den Plan gut hütest.«

»Das verspreche ich dir.«

»Vielleicht ist die Zeit mittlerweile reif, dass sich die alte Prophezeiung erfüllt und Djeseru-Sutech zurück ans Licht der Welt tritt. Pass gut auf, es gibt mehrere verborgene Zeichen in der Wüste. Angefangen bei der Säule des Amun-Ra.«

Nach und nach markierte Meret das Pergament mit verschiedenen Symbolen, natürlichen steinernen Erhebungen sowie von Menschenhand geschaffenen unauffälligen Wegweisern, die nur jenen auffielen, die um ihre Bedeutung wussten.

»Du bist die wichtigste Hüterin«, sagte Meret, nachdem sie fertig war und Lena das zusammengerollte Pergament überreichte. »Du bist der einzige Mensch, der eine gezeichnete Karte nach Djeseru-Sutech besitzt. Nutze sie weise!«

»Das verspreche ich dir. Und danke für deinen Beistand, Meret! Ohne dich hätte Philip mich wohl nicht mitgenommen.«

»Du hast ein Recht darauf, ihn zu begleiten. Und möglicherweise ist es sogar deine Bestimmung, Djeseru-Sutech zu finden. Damit sich dein größter Traum erfüllt.« Merets Blick streifte Lenas flachen Leib, und für einen Augenblick verspürte Lena einen Schauer, der ihr über den Rücken lief.

31. Kapitel

»Was hast du denn da auf dem Kopf?«, fragte Thea und musterte Bertram mit zweifelndem Blick. Der trug eine seltsame hellbraune Lederkappe, die ihm bis über die Augen reichte. Nur waren an der Stelle der Augenschlitze Gläser eingefügt.

»Damit sehe ich Entferntes endlich scharf. Abu al-Uyûn hat die Gläser für mich geschliffen.« Bertram nahm die Kappe ab und faltete sie behutsam zusammen, damit die Gläser nicht zerbrachen.

»Aha.« Thea schüttelte den Kopf. Welch sonderlichen Knappen hatte Philip sich da bloß aufgehalst? Aber ihr sollte es gleich sein. Sie schnallte ihre Packtasche und den Wasserschlauch hinter dem Sattel der zierlichen Araberstute fest, die Philip ihr für den Ritt in die Wüste empfohlen hatte. Zunächst war Thea verärgert gewesen. Sie kam auch mit feurigen Hengsten zurecht, sie brauchte keinen schneeweißen Zelter mit weichem Gang. Genau das hatte sie Philip auch ins Gesicht geschleudert. Er hatte nur gegrinst und gemeint, sie solle das Pferd erst erproben, ehe sie ihn mit ihren Verwünschungen verfolge.

Und tatsächlich, dieses scheinbar so sanfte Tier hatte den Teufel im Leib. Anfangs hatte Thea sich gefragt, ob er ihr die Stute vielleicht doch aus Bosheit angedient hatte, aber ein kurzer Ritt in der Bahn verriet ihr, dass das Pferd zwar einer starken Hand bedurfte, aber dafür auch sehr gut geschult und schnell wie der Wüstenwind war.

An diesem Tag hätte sie gern auf ihre geschlitzte Suckenie und die Beinlinge zurückgegriffen, doch die Kleidungsstücke waren nach der Flucht von der Barke reif für die Wäsche. Umso mehr hatte sie Lenas Anblick am frühen Morgen verblüfft. Philips sonst so schickliche Gattin trug eine arabische Pluderhose und darüber ein weites Hemd, das in der Taille von einem breiten Gürtel zusammengehalten wurde. Um den Kopf hatte sie ein langes Tuch geschlungen, das ihr Haar vollständig verhüllte und dessen unteres Ende sie vor das Gesicht schlagen konnte. Ein strahlend weißer Burnus mit Kapuze vervollständigte ihren Aufzug.

»Du solltest dich ebenfalls so kleiden – das ist in der Wüste überaus dienlich«, hatte Lena ihr geraten und ein Bündel mit der seltsamen Gewandung gereicht.

Inzwischen stand sie mit ihrer weißen Stute am Zügel vor dem Tor und musste sich eingestehen, dass Lena recht hatte. Diese Kleidung war zweckmäßig und wie geschaffen für eine beschwerliche Reise. Sogar das Kopftuch fühlte sich angenehm an, hielt es doch die heiße Sonne ab. Beinahe taten ihr Bertram und die beiden Waffenknechte leid, die neben ihr in dicken Bliauts und Beinlingen schwitzten.

Bei Philips Erscheinen stockte Thea vor Überraschung schier der Atem. Auf den ersten Blick hätte sie ihn für einen Araber gehalten, so fremd kam er ihr vor. Zwar standen ihm Turban und Burnus großartig, machten ihn aber auch unnahbar und abweisend. Ob sie einen ähnlichen Anschein erweckte? Oder eher wie Lena, die trotz der männlichen Kleidung etwas Zierliches und Verletzliches ausstrahlte?

Als sie aufbrachen, ritt Lena an Philips Seite. Natürlich, dachte Thea bitter. Sie ist seine Frau und zudem die Hüterin des Weges.

Doch es war unsinnig, sich länger der Eifersucht hinzugeben. Für Weiberkram blieb keine Zeit. Es galt, einen Verbrecher zu stellen. Theas Hand glitt zum Schwertknauf. Die abendländische Waffe passte nicht so recht zu ihrer übrigen Ausstattung, aber welche Waffe wäre einer Frau schon angemessen gewesen? Sie sah, dass Philip ebenso wie Said zwei krumme Säbel im Gürtel trug.

Zunächst führte der Weg sie durch die bekannten Gassen Alexandrias, dann hinaus durch die mächtigen Tore, die die Stadt vor Angreifern aus dem Hinterland schützen sollten. Vor den Toren der Stadt lebten zahlreiche Bauern und Fischer, der Nil machte das Land reich und fruchtbar. Nichts deutete auf eine Wüste hin.

Wüste … Thea vermochte sich nicht vorzustellen, was sie erwartete. Gewiss, sie kannte Geschichten aus der Bibel, die in der Wüste spielten, aber ein rechtes Bild hatte sie nicht davon.

Stundenlang folgten die Reisenden den Pfaden an den Feldern entlang, beobachteten die Landleute bei ihrem Tagewerk, begegneten auch einmal einer Karawane mit zahlreichen Dromedaren, die mit Lasten beladen waren. Zwei der Tiere trugen weit ausladende Sänften auf dem Rücken, die bedrohlich hin und her schwankten. Aus einer der Sänften beugte sich eine verschleierte Frau, während die Vorhänge der zweiten Sänfte zugezogen waren.

Said war Theas Blick gefolgt.

»Auf diese Weise reisen die Frauen vornehmer Wüstenbewohner«, erklärte er.

»Für mich käme nur ein Pferd infrage«, antwortete Thea. »In einem solchen Verschlag zu sitzen, stelle ich mir unerträglich vor.«

»Diese Frauen sind es gewohnt. Und es gibt durchaus auch Vorteile, denn die Baldachine schützen vor der Sonne.«

»Das wäre allerdings ein Grund«, räumte Thea ein und wischte sich mit dem Handrücken den Schweiß von der Stirn.

»Es wird noch schlimmer«, bemerkte Said. »Wenn wir erst in der Wüste sind.«

»Und wann sind wir dort?«

»Hinter der nächsten Wegbiegung verlassen wir die fruchtbare Ebene. Die Felder verschwinden, karges Gesträuch sucht im trockenen Boden mit langen Wurzeln nach letzten Wasserresten. Irgendwann ist nicht einmal mehr das übrig, dann liegt eine Ebene aus Staub, Sand und Steinen vor uns. Wer da vom Weg abkommt und die Brunnen verfehlt, ist dem Tod ausgeliefert.«

Thea sah sich nach den übrigen Reitern um. Witold hatte sich gegen die Hitze ein Tuch um den Kopf geschlungen. Philip und Lena ritten nach wie vor an der Spitze der kleinen Karawane. Lena hielt sich so aufrecht, als hätte sie ihr Lebtag lang über Stunden wie ein Mann im Sattel gesessen. Zeitweilig tauschte sie einen Blick mit Philip, der so voller Liebe war, dass sich Thea jedes Mal wie von einem Stachel getroffen fühlte. Weiberkram, dachte sie zornig und verbannte die aufsteigende Traurigkeit in die hinterste Kammer ihres Herzens.

Said behielt recht. Je länger sie ritten, umso augenfälliger verwandelte sich die Landschaft. Das Grün wurde spärlicher, die Hütten der Menschen verschwanden, und schon bald befanden sie sich auf einem ausgetretenen Pfad, der ins Nichts zu führen schien. Der Sand knirschte unter den Hufen der Pferde, beinahe wie feuchter Schnee an winterlichen Tagen im Harz.

Die Sonne brannte unbarmherzig vom Himmel. Thea zog das Kopftuch tiefer ins Gesicht, überlegte, ob sie es mit dem Wasser aus ihrem Schlauch befeuchten sollte, nahm dann aber Abstand davon. Trinkwasser war kostbar.

Der Weg war inzwischen nur noch anhand hölzerner Pflöcke zu erkennen, die in regelmäßigen Abständen als Marken in den Sand geschlagen waren.

»Ist dies bereits der Pfad der Gazelle?«, fragte sie Said. Der Araber nickte. »Er ist sehr lang. Den alten Brunnen, von dem Meret sprach, werden wir wohl erst morgen Abend erreichen.«

»Und wo übernachten wir?«

»Unter Allahs Sternen.«

»Das habe ich befürchtet«, murmelte Thea. »Zwischen Sand und Steinen.«

»Keine Sorge, ganz so schlimm ist es nicht«, vernahm sie Philips Stimme. »Es gibt eine Oase, in der Reisende Obdach finden. Wir werden sie kurz nach Sonnenuntergang erreichen.«

Wie Philip versprochen hatte, gelangten sie mit dem letzten Licht des Tages zu einer kleinen Oase, in der mehrere Familien lebten. Zwei Lehmhäuser standen in der Nähe der Quelle, ringsum wuchsen Dattelpalmen. Ein halbes Dutzend Ziegen und ein Esel grasten in ihrem Schatten. Am Rand der Quelle hatten Händler ihre Zelte aufgeschlagen. Kamele lagerten auf der Erde, neben ihnen die Ballen mit Ladung. Vor einem der Zelte brannte ein großes Feuer, an dem ein Hammel gebraten wurde. Ein Mann spielte auf einem Saiteninstrument, das Thea entfernt an eine Laute erinnerte, ein anderer schlug dazu im Takt auf zwei kleine Trommeln.

Philip stieg vom Pferd und trat auf die Männer zu.

»As-sâlam aleikum«, grüßte er sie. »Ist es Reisenden gestattet, in eurer Nähe ihr Lager aufzuschlagen?«

»Wa aleikum as-sâlam«, erwiderte der älteste der Männer auf Philips Gruß. »Wenn sich Fremde in der Wüste begegnen, so ist es Allahs Wunsch, dass sie sich gegenseitig mit Gastfreundschaft und Achtung begegnen. Ihr seid an unserem Feuer willkommen. Ich bin Ibrahim.«

»Ich danke dir, Ibrahim«, antwortete Philip. »Mein Name ist Philip, Enkel des Mikhail von Alexandria.«

»Ah, ihr kommt aus Alexandria. Das ist unser Ziel. Nach zwei Wochen beschwerlicher Reise wird es Zeit, endlich wieder die Freuden einer Stadt zu genießen.«

Inzwischen waren alle von den Pferden gestiegen. Während Rupert und Witold sich um die Tiere kümmerten, nahmen die Übrigen am Feuer der Händler Platz.

»Der Hammel ist gleich gar. Erweist uns die Ehre und seid unsere Gäste!«

»Das ist überaus großzügig, edler Ibrahim.« Philip deutete eine leichte Verbeugung an.

Nach allem, was Thea bislang in Ägypten erlebt hatte, wunderte sie sich, dass niemand an ihr oder Lena Anstoß nahm, obwohl sonst nur Männer am Feuer saßen. Oder waren die Araber mit Blindheit geschlagen und hielten sie aufgrund ihrer Kleidung für Jünglinge? Wie auch immer, Thea war es gleichgültig. Nach einem harten Tag im Sattel stieg ihr der Duft des Fleisches verführerisch in die Nase.

Während sie aßen, nutzte Philip die Gelegenheit, die Händler zu befragen, ob sie auf ihrem Weg auch anderen Reisenden begegnet waren. Der alte Ibrahim erwies sich als ein Mann, der gern und viel redete. So erfuhren sie, dass er eigentlich in Kairo lebte, mit Teppichen und feinen Stoffen handelte, die er den Frauen der Nomaden abkaufte, um sie gewinnbringend zwischen Kairo und Alexandria zu veräußern. Er und seine Begleiter, allesamt seine Söhne und Neffen, unternahmen viermal im Jahr die Reise durch die Wüste und besuchten immer dieselben Stämme.

»Meist werden wir freundlich aufgenommen, und die Weiber warten schon darauf, uns ihre Handarbeiten anzubieten«, sagte er. »Nur die Sethi halten nicht viel vom Umgang mit Händlern.«

»Die Sethi?«, fragte Philip. »Von diesem Stamm hörte ich noch nie.«

»Ein seltsames Volk. Sie haben ihre Zelte in der Nähe des alten Brunnens am Pfad der Gazelle aufgestellt und beherrschen die Wüste von dort bis zu den dunklen Felsen. Bittet man sie um Gastfreundschaft, wird sie gewährt, doch sie bleiben misstrauisch. Und sie scheinen Frauen und Kinder vor Fremden zu verstecken. Wenn wir mit ihnen zu tun hatten, sahen wir immer nur Männer.«

»Nicht einmal Knaben?« Philip wirkte verblüfft. »Für gewöhnlich sind die Kinder der Stämme doch höchst neugierig.«

»Nicht einmal Knaben«, bestätigte Ibrahim. »Manches Mal glaubte ich schon, es gebe in den Lagern der Sethi nur Männer. Dafür spräche auch, dass sie keinerlei Anstalten machen, uns ihre Handarbeiten zu verkaufen. Aber natürlich ist das Unsinn. Wie sollte ein großes Volk überleben, wenn ihm die Weiber fehlen?« Ibrahim lachte.

»So sind die Sethi ein großes Volk?«

»Zumindest trifft man in dem Gebiet allenthalten auf ihresgleichen.«

»Bemerkenswert«, meinte Philip. »Wir sind allerdings auf der Suche nach Männern, die aus Alexandria kommen. Sind euch vielleicht andere Reisende begegnet?«

»Händler?«, fragte Ibrahim.

»Nein, keine Händler. Es sind …« Philip zögerte kurz. »Es sind entfernte Bekannte, die unbedingt die Wüste erkunden wollen. Doch einer der Männer ist krank, und mein Großvater bat uns, ihnen zu folgen, damit wir ihnen im Notfall zur Seite stehen.«

Ibrahim neigte nachdenklich den Kopf. »Ein kranker Mann reitet in die Wüste?«

»Es ist sein Herz«, antwortete Philip. »Aber er hat es sich in den Kopf gesetzt, die Geheimnisse der dunklen Felsen zu erkunden, solange Allah ihm noch Zeit gibt.«

»Wir sind einer Gruppe von fünf Männern begegnet. Die machten allerdings keinen kranken Eindruck. Sie ritten geradewegs in die Richtung, von der du sprachst. Aber sie ließen sich nicht die Zeit, mehr als einen flüchtigen Gruß mit uns auszutauschen.«

»Es waren keine Händler?«

»Zumindest hatten sie keine Waren dabei.«

»Wann seid ihr ihnen begegnet?«

»Gestern.«

Philip nickte nachdenklich. »Nun, wer weiß, ob es unsere Bekannten waren. Wir werden es wohl morgen erfahren.«

32. Kapitel

Sie saßen noch lange mit den Händlern zusammen. Als diese sich in ihre Zelte zurückgezogen hatten, fragte Philip die Bewohner der Oase, ob man ihnen Schlafplätze für die Nacht vermieten könne. Man einigte sich rasch über den Preis, und Lena war dankbar für die Unterkunft, waren die Nächte in der Wüste doch so kalt, wie die Tage heiß waren. Allerdings entsprach die karge Kammer in einem der Lehmhäuser kaum ihren Vorstellungen von Behaglichkeit. Der Boden bestand aus gestampfter Erde, Strohbüschel lagen herum, ansonsten war sie vollständig leer. Und der Raum erwies sich als noch enger als der Laderaum der *Al-Kabîr*. Hier gab es keinen Platz, um mithilfe von Pferdedecken einen geschützten Bereich abzuteilen. Nun, immerhin hatten sie ein Dach über dem Kopf. Aber merkwürdig war es schon, wie gewohnt in Philips Armen zu ruhen, aber bei jeder Bewegung auf der anderen Seite gegen Theas Körper zu stoßen. Zumal Lena die Blicke bemerkt hatte, die Thea ihr und Philip unterwegs zugeworfen hatte. Eine Mischung aus Schmerz und Zorn lag darin, auch wenn die Räuberin sich sichtlich bemüht hatte, ihre Gefühle zu verbergen. Lena seufzte im Stillen. Mittlerweile hatte sie schon viel über Thea erfahren. Genug, um sie zu mögen. Und doch gab es diese Wand zwischen ihnen, geschaffen aus den bitteren Erfahrungen, die Thea immer wieder gemacht hatte. Sie hatten sie nicht gebrochen, und scheinbar war Thea aus jedem Schicksalsschlag noch stärker hervorgegangen – eine Fähigkeit, die Lena bewunderte. Und doch spürte sie, dass es auch in Theas starker Seele Gefühlsregungen gab, die sie nicht zur Ruhe kommen ließen. Ob es ihr an Philips Seite gelungen wäre? Was wäre wohl geschehen, wenn Philip Thea zu seiner Frau gemacht hätte? Warum hatte er es eigentlich nicht getan? Zum ersten Mal stellte Lena sich diese Frage. Lange hatte sie mit ihrer Eifersucht gekämpft, allen Ärger hinuntergeschluckt, dass Philip Thea noch immer körperlich begehrte. Aber niemals hatte sie sich ernsthaft gefragt, warum Philip sich gegen Thea und für sie entschieden hatte. Weil er mich liebt, dachte sie, doch zugleich wusste sie, dass dies nur ein Teil der Wahrheit war. Warum liebte er sie mehr als Thea? Mit welchen Eigenschaften, die Thea nicht besaß, zog sie ihn in Bann?

Sie lauschte Philips ruhigem, gleichmäßigem Atem. Eigentlich kannte sie die Antwort. Es war das tiefe Vertrauen. Er wusste, dass sie ihn niemals verletzen würde. Er hatte viele Frauen gekannt, Frauen, die es an Schönheit und Leidenschaft mit ihr aufnehmen konnten. Aber nur bei ihr fühlte er sich geborgen. Ihr hatte er seine Seele geöffnet, und das hatte sie allen anderen Frauen voraus. Lena wandte den Kopf in Theas Richtung.

Auch die Räuberin schlief bereits. Der Schlaf verlieh ihr etwas Mädchenhaftes, milderte die Härte ihrer Züge. Und plötzlich begriff Lena, was Thea fehlte. Sie hatte gelernt, sich ausschließlich auf sich selbst zu verlassen. Sie war nicht in der Lage, das Heft aus der Hand zu geben, denn das hatte ihr immer nur Leid gebracht. Aber für wahre Liebe bedurfte es der Fähigkeit, dem anderen seine verwundbarste Seite zu zeigen. Thea hatte Philip begehrt, vielleicht sogar geliebt. Aber niemals hätte sie ihm das Vertrauen entgegengebracht, das er brauchte, um sich zu öffnen.

Mit einem tiefen Seufzer drehte Lena sich auf die andere Seite. Vielleicht würde es ihr irgendwann gelingen, Thea so wirkungsvoll zu helfen, wie es ihr bei Philip gelungen war.

Am folgenden Morgen brachen sie kurz nach Sonnenaufgang auf.

»Wie geht die Reise weiter, wenn wir den alten Brunnen erreicht haben?«, fragte Lena Philip. »Glaubst du, Khalil und seine Männer sind noch dort?«

»Wohl eher nicht«, gab er zu. »Wahrscheinlich haben sie inzwischen gemerkt, dass sie nur einen Teil des Geheimnisses kennen. Da sie aber schon so weit gekommen sind, versuchen sie mit Sicherheit, sich Zugang zur verborgenen Stadt zu verschaffen. Sie vermuten zweifellos, dass der zwischen den dunklen Felsen zu finden ist.«

»Ob diese Sethi etwas wissen?«, fragte Thea, die ihr Pferd an Philips Seite gelenkt hatte.

»Möglicherweise«, entgegnete er. »Aber wenn sie so zurückhaltend sind, wie Ibrahim sie schilderte, erteilen sie uns gewiss keine Auskünfte.«

»Angenommen, wir finden Khalil nicht – suchen wir dann selbst nach Djeseru-Sutech?« Lena strich über die kleine Tasche, die sie am Gürtel trug und in der sie das Pergament mit der Wegbeschreibung verwahrte.

Philip nickte. »Ich glaubte bisher, die Stadt sei nichts als ein

Mythos, und träumte davon, diesen Mythos zu entschlüsseln. Hätte ich gewusst, dass meine Mutter den Weg kennt, hätte ich Djeseru-Sutech längst aufgesucht.«

»Und genau deshalb zähltest du nicht zu den Eingeweihten.« Lena lächelte Philip liebevoll an. »Meret meinte, Frauen könnten ein Geheimnis bewahren, ohne es ergründen zu wollen.«

»Sie kennt dich eben noch nicht so gut wie ich«, gab er zurück.

Der Ritt durch die Wüste schien endlos. Nur die Wegmarken verrieten, dass sie sich noch auf dem Pfad der Gazelle befanden. Die Luft flimmerte vor Hitze und vermittelte den Eindruck, der Weg vor ihnen wäre von spiegelnden Wasserflächen bedeckt. Als die Erscheinung zum ersten Mal in ihrem Blickfeld auftauchte, deutete Bertram aufgeregt in die Ferne, doch Philip schüttelte den Kopf. »Luftspiegelungen führten schon viele Wüstenwanderer in die Irre. Man nennt sie auch Fata Morgana. Manche behaupten, böse Dschinnen würden den Menschen Bilder vorgaukeln, üppige Oasen oder endlose Meere. Ich sah bisher immer nur diese scheinbaren Wasserflächen.«

»Wie kann die Luft etwas spiegeln?«, fragte Bertram. »Sie ist doch unsichtbar.«

»Hast du noch nie beobachtet, wie die Hitze eines Feuers die Luft erwärmt und die Menschen, die dahinter sitzen, leicht verschwommen wirken?«

»Das kann ich nicht beurteilen. Ohne die Kappe von Abu al-Uyûn sehe ich alles verschwommen.«

Es gab keinen Schatten, keinen gnädigen Windstoß, nur glühende Hitze. Lena zog ihr Kopftuch tiefer ins Gesicht, um den schmerzenden Nasenrücken vor der Sonne zu schützen. Die Gespräche verstummten, jeder sammelte seine Kräfte, um der völligen Erschöpfung zu trotzen. Philip und Said fiel es noch am leichtesten, sie waren die Wüste gewohnt. Lena erinnerte sich an eine Begebenheit, von der ihr Philip einmal erzählt hatte. Kurz nach dem Tod seines Vaters war er in die Wüste geritten, um dort zu sterben. Bald drei Tage hatte er ausgeharrt, sein Pferd war bereits verendet, als Said ihn schließlich fand. Nun erst konnte sie gänzlich ermessen, wie groß seine Verzweiflung seinerzeit gewesen war.

Als die Schatten länger wurden, erreichten sie ihr Ziel. Eigentlich hatte Lena eine auffällige Landmarke erwartet, auch wenn sie sich den oft erwähnten Brunnen nicht genau hatte vorstellen können. Doch alles, was sie sah, war ein kreisförmiger Steinhaufen. Philip sprang vom Pferd und räumte die Steine beiseite. Darunter wurde ein tiefes Loch sichtbar. Said eilte seinem Freund sogleich zu Hilfe. Vor gut drei Stunden hatten sie zum letzten Mal gerastet und die Pferde getränkt. Seitdem waren die meisten Wasserschläuche leer.

Lena stieg ab und beobachtete Philip, wie er einen der leeren Ziegenlederschläuche an einem langen Seil befestigte und in die Öffnung hinabließ. Es dauerte eine ganze Weile, bevor sie das Plätschern hörte.

»Sie sind auf jeden Fall hier gewesen«, stellte Said fest. Philip nickte. »Ja, der Brunnen führt nicht mehr viel Wasser. Aber für uns wird es noch reichen.«

Das Wasser war nicht so klar und kühl wie das aus der Oase. Es sah trüb aus und schmeckte lehmig. Doch die Kehlen der Reisenden waren so ausgetrocknet, dass keiner den brackigen Trank verweigerte. Nie hätte es Lena für möglich gehalten, freiwillig eine solche Brühe zu schlucken.

Während Philip mithilfe seiner Waffenknechte die Schläuche füllte, sah Said sich im Gelände um. Lena kannte seine Fähigkeiten. Er vermochte Spuren zu deuten und die richtigen Schlüsse hinsichtlich deren Richtung zu ziehen.

»Und? Was verraten dir die Fußabdrücke?«, fragte sie ihn.

»Die Männer waren gestern Abend hier. Das stimmt auch mit den Beobachtungen der Händler überein. Wenn Khalil und seine Handlanger weitergezogen sind, um den Zugang zur verborgenen Stadt in den dunklen Felsen zu suchen, werden sie vermutlich heute Abend zurückkehren, denn sie brauchen Wasser. Dort hinten« – Said wies zum Horizont, wo sich die Gebirgskette erhob – »gibt es keine bekannten Brunnen.«

»Dann sollten wir ihnen hier auflauern!«, rief Thea und streichelte den Griff ihres Schwertes. Lena erkannte das gefährliche Blitzen in den Augen der Räuberin.

»Das wäre kein guter Plan«, widersprach Philip, während er den letzten Wasserschlauch aus der Tiefe heraufzog. »Hier mangelt es an jeglicher Deckung. Wir wären schon von Weitem zu erkennen.«

»Und was dann?« Thea funkelte ihn verärgert an. »Sollen wir uns etwa zurückziehen?«

»Nein. Wir bleiben in der Nähe, halten uns aber weit genug vom Brunnen entfernt, damit sie uns nicht sofort bemerken.«

»Wir könnten versuchen, die Sethi zu finden und auszufragen«, schlug Lena vor.

»Ich möchte Fremde aus unseren Angelegenheiten heraushalten«, erklärte Philip. »Zudem wissen wir nicht, ob Khalil und seine Männer bei den Sethi waren und ihnen Lügenmärchen über uns erzählt haben.«

»Und wohin ziehen wir uns zurück, o großer Weiser aus dem Morgenland?« Thea deutete eine spöttische Verbeugung an. Ganz offensichtlich missfiel ihr Philips Vorhaben.

»Siehst du die Dünen dort drüben? Sie liegen auf dem entgegengesetzten Weg zu den Felsen und sind so hoch, dass wir dahinter lagern können, ohne allzu früh vom Feind entdeckt zu werden.«

»Und wenn du dich irrst und Khalil und seine Kumpane nicht hierher zurückkehren?« Thea spielte noch immer mit dem Knauf ihres Schwertes.

»Dann haben wir es wenigstens nicht weit bis zu einem Brunnen.«

Thea schnaubte und schwieg.

Die Sonne war inzwischen so tief gesunken, dass sich hinter der hohen Düne ein wenig Schatten bildete. Witold holte aus seiner Satteltasche eines der Fladenbrote, mit denen sich die Reisenden vor ihrer Abreise aus der Oase eingedeckt hatten, und kaute lustlos darauf herum. Rupert streckte sich der Länge nach im Schatten aus, während Bertram seine Kappe mit den Augengläsern hervorzog und sie überstreifte.

»Ich hätte sie gern in der Reitbahn erprobt«, sagte er.

»Dazu wirst du noch oft Gelegenheit haben«, versprach Philip. »Wie ist der Blick durch die Gläser?«

»Ich habe erst jetzt begriffen, wie wenig ich eigentlich erkennen konnte«, lautete die Antwort des Jungen.

»Nun, dann kannst du deine neuen Fähigkeiten sogleich in unseren Dienst stellen«, schlug Said vor. »Wir sollten oben auf dem Grat Wache halten, um die Feinde rechtzeitig zu erkennen.«

»Und dann?«, fragte Lena.

»Dann schlagen wir zu.« Philip legte einen Arm um Lenas Schultern. »Wenn der alte Ibrahim recht hat, sind sie uns zahlenmäßig unterlegen.«

»Kommst du mit, Bertram?« Said war aufgestanden und bestieg den Kamm der Düne. Der Knappe folgte ihm. Oben angekommen, legten sich die beiden Männer flach auf den Boden und spähten in die Ferne.

Auch Lena ließ sich in den Sand sinken. Hier, im Schatten der Düne, war er nicht mehr so glutheiß. Sie vergrub die Hände im Sand, doch echte Kühlung spürte sie nicht. Umso angenehmer war der leichte Windzug, der plötzlich aufkam.

»Endlich!« Thea löste das Kopftuch und schüttelte ihr Haar. »Das scheint eine angenehme Brise zu werden.«

Auch Witold und Rupert atmeten erleichtert auf, nur Philip blieb seltsam still und stand langsam auf. Lena sah, wie er den Himmel mit Blicken absuchte.

»Ist etwas nicht in Ordnung?«, fragte sie.

»Womöglich«, antwortete er knapp. Dann ließ er sie einfach sitzen und stieg zu Said und Bertram auf die Düne.

»Vielleicht ist ihm kalt?« Thea blickte Philip spöttisch nach, doch Lena war nicht zum Lachen zumute. Philip wirkte besorgt. Zudem wurden die Pferde unruhig. Vor allem Theas Stute scharrte mit den Hufen, warf den Kopf hoch und wieherte, als der Wind immer stärker wurde.

Philip kehrte zurück, Bertram und Said folgten ihm dichtauf.

»Das wird ein ausgewachsener Samum!«, rief Philip und wies zum Horizont. Lena erstarrte. Nie zuvor hatte sie so etwas gesehen. Eine große rotbraune Wolke wirbelte über den Wüstenboden. So riesig, dass sie den gesamten Horizont ausfüllte. Noch war sie weit entfernt, aber die hohe Geschwindigkeit war bereits zu erahnen.

»Was ist das?«, rief Thea, und zum ersten Mal war auch in ihrem Gesicht so etwas wie Erschrecken zu erkennen.

»Tatsächlich, ein ausgewachsener Samum«, wiederholte Philip. »Ein Sandsturm. Die Araber nennen ihn Giftwind, denn die Luft ist durchsetzt mit heißem Sand, der Mensch und Tier den Atem raubt.«

»Dann lass uns verschwinden!« Thea wollte aufspringen und zu ihrem Pferd eilen, doch Philip hielt sie fest.

»Das hat keinen Sinn. Der Samum ist schneller als jedes Ross. Wir müssen hier ausharren. Zwingt die Tiere, sich niederzulegen, und haltet ihnen Tücher vor Augen und Nüstern! Und bedeckt auch eure Gesichter! Wenn wir Glück haben, zieht der Sturm über uns hinweg.«

»Und wenn wir kein Glück haben?«, fragte Thea.

»Wird man irgendwann unsere Gebeine unter Bergen von Sand ausgraben.«

»Er übertreibt wie immer«, warf Said ein. »Wir haben schon einmal einen solchen Sturm überstanden. Tut einfach, was Philip sagt!«

Es war nicht einfach, die unruhigen Pferde zu beruhigen und sie gar zum Niederlegen zu zwingen. Theas Stute versuchte sich wiederholt loszureißen. Erst als Philip beruhigend auf sie einsprach und ihr die Augen verband, folgte sie seinem Befehl. Thea kauerte sich neben der Stute nieder, hüllte den Kopf des Tieres mit ihrem Burnus ein und zog sich selbst das Kopftuch vors Gesicht.

Bertram und die beiden Waffenknechte wickelten sich und die Tiere in ihre Schlafdecken, während Lena sich ebenso wie Thea an ihr Pferd schmiegte. Glücklicherweise befand sich Philip dicht neben ihr, so nahe, dass sie die Wärme seines Körpers spürte. Es war noch immer unerträglich heiß, dennoch fröstelte Lena. Der Wind wurde stärker, erste Sandkörner wirbelten auf, drangen in jede Öffnung. Doch das war nichts gegen die Urgewalt, die sich schneller als jedes galoppierende Pferd näherte. Die Geister der Wüste schienen zu heulen und an den Lebenden zu zerren, um sie ins Totenreich zu holen.

Philip legte einen Arm um Lena. Er raunte ihr beruhigende Worte zu, doch sie verstand ihn nicht, zu laut tobte der herannahende Sturm.

Als der tosende Windhauch Lena erfasste, wurde es schier unerträglich. Auf einmal wusste sie, warum die Araber diesen Sturm Giftwind nannten. Der feine Sand hüllte alles ein, stach ihr wie mit tausend Nadeln in die bloßen Hände. Sie schob sie rasch unter den Burnus, gleichzeitig darum besorgt, dass der Wind das Tuch nicht vom Kopf ihres Pferdes riss. Das Tier zitterte vor Angst, wollte immer wieder in Panik aufspringen, doch sie drückte seinen Kopf nieder, zwang es zur Ruhe. Theas Stute war unruhiger. Sie wieherte, warf den Kopf hoch. Trotz des heulenden Windes hörte Lena die Räuberin fluchen. Es schien sie alle Kraft zu kosten, das Pferd festzuhalten.

Der glühend heiße Sandsturm raubte allen die Luft zum Atmen. Ähnlich mussten sich die Feuerstürme in der Hölle anfühlen. Immer mehr Sand peitschte über Lenas Rücken, während der Wind an ihren Gewändern zerrte, den feinen Staub durch den Stoff trieb, bis sie die Sandkörner auf der bloßen Haut spürte. Trotz des Tuches vor dem Gesicht kämpfte sie um jeden

Atemzug, glaubte mehr als einmal, ersticken zu müssen. Ihre Stute zitterte immer heftiger. Noch nie hatte Lena ein Pferd so voller Angst erlebt, so furchtsam, dass es nicht einmal mehr zu fliehen versuchte.

Ganz anders Theas Stute. Deren Wiehern wurde immer lauter, fast schon zu einem verzweifelten Geschrei. Und dann, Lena wusste nicht, wie viel Zeit vergangen war, ging ein Ruck durch den Wüstenboden. Thea hatte ihre Stute nicht länger halten können. Das Tier hatte sich losgerissen, war aufgesprungen und galoppierte voller Panik in den Sturm hinein. Thea fluchte. Ein weiteres Pferd wieherte, Lena glaubte, Ruperts Stimme zu hören. Ob es half, ein arabisches Vollblut mit deutschen Verwünschungen zu beruhigen?

Trotz ihrer Kleidung hatte Lena das Gefühl, dem Sand nackt ausgeliefert zu sein. Die feinen Körner scheuerten ihr über die Haut, rieben sie wund. Und der Sturm heulte noch immer. Würde er jemals wieder enden? Sie wandte sich an Philip. »Wie lange noch?«, rief sie durch den tosenden Sturm.

»Das kann Stunden dauern.«

Stunden! Hätte sie ihn nur nicht gefragt! Sie fühlte, wie er seinen Arm fester um sie legte, sie an sich zog.

»Alles wird gut«, hörte sie ihn sagen.

Alles wird gut. Alles wird gut … Sie klammerte sich geradezu an diese Worte. *Alles wird gut …*

Und dann fing sie an zu beten. Still und stumm.

Heilige Mutter Gottes, unter deinen Schutz und Schirm fliehen wir. Sie stellte sich vor, eine schützende Hand breite sich über sie, halte den Sturm ab, schütze sie vor der Gewalt des Höllenwindes. Immerzu wiederholte sie im Geist den Satz *Unter deinen Schutz und Schirm fliehen wir* – so lange, bis der Satz nur noch aus Wortfetzen bestand, ihren Geist lähmte, aber damit auch die Angst vertrieb. Stundenlang kreisten ihre Gedanken um sinnlos gewordene Wendungen, die ihr zwar keinen Trost mehr spendeten, aber ihre Seele betäubten. Sie versetzten sie in einen Zustand zwischen Traum und Wachen und halfen ihr, die Schrecken dieser Hölle zu ertragen. Auch wenn sie die Qualen nicht vergessen konnte und um jeden Luftzug rang.

Als sich der Sturm endlich gelegt hatte, war es bereits dunkel. Philip erhob sich als Erster. Seine Bewegungen holten Lena zurück in die wirkliche Welt, aus der sie sich schon vor Stunden verabschiedet hatte. Er zog eine Pechfackel aus seiner Satteltasche und entzündete sie.

»Wir haben es überstanden«, verkündete er und stieß die Fackel in den Boden. Ihr Schein vertrieb sogleich die Dunkelheit. »Was ist mit den Pferden?«

Überall rührten sich Sandhügel, unter denen die Gefährten mit den Pferden lagerten. Bis auf Theas Stute, die im Sturm davongelaufen war, waren alle Tiere wohlauf. Lenas Pferd zitterte nicht länger, sprang auf und schüttelte sich. Dennoch behielt das einstmals helle Fell der Stute einen rötlichen Schimmer. Lena betrachtete sich selbst. Auch ihr einst strahlend weißer Burnus war von rötlichem Staub bedeckt, der sich kaum abklopfen ließ.

»Was für ein Land!« Thea schüttelte angewidert den Kopf.

Said und Philip lachten.

»Was ist so komisch?«

»Genau die gleichen Worte gebrauchte Said immer, wenn wir durch die dichten Wälder deiner Heimat ritten.«

»Dort erstickt man wenigstens nicht.«

»Ich weiß. Man kann höchstens erfrieren.« Said grinste.

Auf einmal erfüllte ein seltsames Donnern die Luft. Philip fuhr herum, und Lena sah, wie seine Hand zum Säbel glitt. Auf dem Kamm der Düne waren mehrere Reiter aufgetaucht. Sie verharrten, und der schwache Schein der Fackel spiegelte sich in ihren Waffen.

»Auf die Pferde!«, befahl Philip. »Lena, du bleibst bei mir! Thea, du nimmst Lenas Pferd!« Dann sah er Lena an. »Weißt du noch damals, als wir auf Hinnerk trafen? Halt dich gut an mir fest!«

Sie nickte, stieg hinter ihm aufs Pferd und umklammerte seinen Leib, so fest sie konnte. Keinen Augenblick zu früh, denn schon trieben die Fremden ihre Pferde an und ritten die Düne herab. Der Sand und der steile Hang verhinderten, dass sie ihre Tiere zum Galopp zwingen konnten, und gewährten damit einen kleinen Aufschub.

»Wollen wir kämpfen oder fliehen?«, fragte Said.

»Wohin sollten wir fliehen?« Philip wies in die dunkle Wüste. »Außerdem haben wir die ganze Zeit auf sie gewartet.«

»Du meinst, es ist Khalil?«

Lena konnte Saids Zweifel nachvollziehen. Die Reiter waren zwar zu fünft, aber ihre Gesichter waren verhüllt, ihre Gewänder ebenfalls von rotem Staub bedeckt. Auch sie waren Opfer des Sandsturmes geworden. Hatten sie sich bis zum Brunnen geflüchtet und den Schein der Fackel bemerkt? Unwillkürlich krampften sich Lenas Hände fester um Philips Körper. Er strich ihr sanft über die Hände.

»Wir waren doch schon in einer ähnlichen Lage«, flüsterte er. »Keine Sorge, mit denen werden wir fertig!«

Trotz seiner beruhigenden Worte war Philip nicht ganz so gelassen, wie er vorgab. Seine eigene Unruhe schien sich auf das Pferd zu übertragen, das unruhig tänzelte und zurückwich, ganz anders als sein treuer Rappe, den er auf der Reise in den Harz geritten hatte.

Der Angriff erfolgte schnell und voller Heftigkeit. Lena schloss die Augen, als sie den Ruck verspürte, der Philips Leib durchfuhr, bevor das Pferd angaloppierte.

»Seht nur, der Hund lebt noch!«, hörte sie einen Mann schreien.

»Und der dreckige Schakal ebenfalls!« Das war Theas Stimme. Einen Lidschlag lang öffnete Lena die Augen, sah, dass Thea ihr Kopftuch gelöst hatte und mit offenem Haar und gezogenem Schwert auf einen der Männer zugaloppierte.

Metall schlug auf Metall, Flüche, Schreie, Pferde wieherten. Sie spürte, wie sich Philips Muskeln verkrampften, wie er mit seinem Säbel gegnerische Hiebe abfing. Fühlte die Hitze der Feinde, nahm Philips Bemühen wahr, ihnen niemals den Rücken zuzukehren, um sie nicht in Gefahr zu bringen. Und konnte doch nichts anderes tun, als die Augen fest zu schließen und still zu beten. Wie im Sandsturm. Sie versuchte sich klein zu machen, unsichtbar, damit sie ihn nicht behinderte. Und achtete doch auf jedes Zucken seiner Muskeln. Schreie! Ein Mann stürzte zu Boden. Lena wagte nicht hinzusehen, wer es war.

Ein weiterer Schrei! Fast zeitgleich zuckte Philip zusammen, keuchte auf.

»Bist du verletzt?«, rief sie voller Angst. Er antwortete nicht, doch die Anspannung seines Körpers veränderte sich, der aufrechte Sitz, der ihm eine siegessichere Ausstrahlung verliehen hatte, wich einer verkrümmten Haltung. Lena riss die Augen auf, sah, dass vor ihm ein Toter lag, drei Männer waren noch am Leben, einer schien verwundet. Die Feinde wandten sich zur Flucht.

»Setzen wir ihnen nach?«, hörte Lena Said fragen.

Philip keuchte.

»Was ist mit dir?« Saids Stimme bebte vor Besorgnis. »Los, steig ab!«

Lena gehorchte noch vor Philip. Der krampfte sich zusammen, stöhnte. Said musste ihn aus dem Sattel ziehen.

»Mehr Licht!«, rief der Araber.

»Verfolgen wir die Schakale nicht? Ich habe Khalil erwischt, der macht es nicht mehr lange!«, rief Thea.

»Ja, und einer der Angreifer hat Philip getroffen!«, schrie Said. Rupert entfachte eine zweite Fackel. Es grenzte an ein Wunder, dass die erste Fackel noch immer brennend im Boden stak und nicht niedergetrampelt worden war.

Da erst entdeckte Lena den großen Blutfleck auf Philips Kleidung, der sich immer rascher ausbreitete. Said riss Philips Hemd auf. Der Stich hatte ihn im Bauch getroffen.

»Verdammt!« Die Panik in Saids Stimme war für alle hörbar. »Rasch, ich brauche etwas, um die Blutung zu stillen!«

Lena durchwühlte die Satteltaschen nach einem sauberen Tuch und reichte es Said.

Lieber Gott, lass ihn nicht sterben! Lass ihn nicht sterben!, hämmerte es in ihrem Herzen.

Said presste das Tuch auf die Wunde. Philip schrie auf. Der Stoff rötete sich schneller, als Lena Atem holen konnte.

Lass ihn nicht sterben! Lass ihn nicht sterben!

»Ich brauche weitere Tücher!«, schrie Said. Lena klaubte hastig jedes Stück Stoff zusammen, dessen sie habhaft werden konnte. Unbarmherzig drückte Said den Stoff auf Philips Wunde. Der schrie, versuchte sich Saids kundigen Händen zu entwinden. Schweißperlen standen ihm auf der Stirn. Nie zuvor hatte Lena ihn so erlebt, so voller Qual, vor Schmerzen kaum noch Herr seiner Sinne.

»Philip, verdammt, ich muss die Blutung zum Stillstand bringen, auch wenn es schmerzhaft ist.«

Philip stöhnte. Lena sah ihm an, dass er sich ruhig verhalten wollte, aber kaum drückte Said den Stoff in die Wunde, wehrte er sich erneut dagegen.

»Haltet ihn fest!«, befahl Said Witold und Rupert.

Philips Schreie waren schrecklich, erinnerten Lena an andere Schreie, die sie vor einem Jahr gehört hatte, damals, als Burg Birkenfeld belagert worden war und sie sich gemeinsam mit Said um die Verwundeten gekümmert hatte. Die meisten waren irgendwann in eine gnädige Ohnmacht gefallen, aber Philip war stark. Zu stark. Ihre Hände verkrallten sich im Stoff ihres Burnus, bis sie Theas Hand auf der Schulter spürte.

»Sieh dort!«

Unwillkürlich wandte Lena den Kopf in jene Richtung, in die Thea wies. Auf dem Dünenkamm waren weitere Reiter aufgetaucht. Sie zählte sechs Männer.

Thea zog ihr Schwert.

Lena starrte die Räuberin an. »Glaubst du, die Männer gehören zu Khalil?«

»Vermutlich nicht, sonst wären sie ihm vorhin zu Hilfe

geeilt. Aber ich erwarte sie lieber mit dem Schwert in der Hand.«

»Allein wirst du kaum gegen sie bestehen.« Lena spähte zu Witold und Rupert hinüber, die alle Kraft benötigten, um Philip zu bändigen, während Said ihn versorgte. Bertram stand mit bleichem Gesicht daneben.

Einer der Reiter löste sich aus der Gruppe und lenkte sein Pferd langsam die Düne herunter. Immerhin entdeckte Lena keine Waffe in seinen Händen.

Je näher er dem Schein ihrer Fackeln kam, umso deutlicher war er zu erkennen. Sein Umhang war von strahlendem Himmelsblau, frei von jeglichem roten Staub. Wer auch immer dieser Mann war, er hatte dem grauenhaften Sandsturm nicht unter freiem Himmel trotzen müssen.

Kurz bevor er die Lagernden erreichte, verhielt er sein Pferd.

»As-sâlam aleikum«, grüßte er und führte eine Hand zur Stirn. »Braucht ihr unsere Hilfe?«

Lena atmete auf.

»Es kommt darauf an, wer du bist!«, fuhr Thea den Fremden an und schüttelte ihr Haar. Sein Blick fiel auf Theas Waffe, in deren Klinge sich der Feuerschein der Fackeln spiegelte.

»Niemand, der den Kampf mit dir sucht.« Er hob beschwichtigend die Hände, und ein leises Lächeln huschte über seine Züge. Dann stieg er vom Pferd.

»Ihr hattet Ärger?«, fragte er mit Blick auf die beiden Toten.

»Wir wurden überfallen«, zischte Thea.

»Das tut mir leid. Für gewöhnlich sorgen wir für die Sicherheit unserer Pfade. Ich bin der oberste Scheik der Sethi. Ihr befindet euch auf unserem Gebiet.«

»Und wie ist dein Name?«, forschte Thea weiter, ohne ihre Waffe zu senken. Der selbstbewusste Auftritt der Räuberin war Lena ausgesprochen unangenehm. Eigentlich wäre es an ihnen gewesen, sich vorzustellen, doch der Ankömmling lächelte.

»In der Wüste kennt man mich als Tariq.«

»So, so. Und wie heißt du im Gebirge?«

»Thea, das reicht!« Lena funkelte die Räuberin zornig an, Tariq lachte nur. Doch dann richtete er seinen Blick auf Philip, der noch immer von Said und den beiden Waffenknechten versorgt wurde.

»Ihr braucht Hilfe, sonst wird dieser Mann sterben. Soll ich sie euch gewähren?«

»Ja, ich bitte dich darum«, antwortete Lena schnell, ehe Thea wieder eine Unhöflichkeit äußern konnte.

»So sei es.« Der Araber gab seinen Männern ein Zeichen, die Düne hinunterzureiten.

Said ließ kurz von Philip ab, der mittlerweile nur noch leise stöhnte, und maß den Fremden mit einem misstrauischen Blick.

Tariq schien es nicht zu stören, er blieb gelassen, und deshalb übernahm Lena es, sie vorzustellen, auch wenn dies nicht den Gepflogenheiten der Wüste und der Aufgabe einer Frau entsprach. Aber nach Theas widerborstigem Verhalten war Tariq durch solche Kleinigkeiten offenbar nicht aus der Ruhe zu bringen.

»Und die beiden Toten? Gehören die auch zu euch?«

Lena schüttelte den Kopf. »Es waren fünf Angereifer. Drei sind geflohen.«

»Keine Sorge«, mischte Thea sich sogleich ein. »Der mieseste Schakal kommt nicht weit – den habe ich erwischt!«

»Ja, und nun könntest du so freundlich sein, dein Schwert endlich wieder einzustecken«, sagte Lena.

Thea zog eine Grimasse, folgte aber der Aufforderung. Tariq wirkte eher belustigt als verwundert.

Da Philip nicht mehr in der Lage war, sich auf einem Pferd zu halten, gab Tariq einem seiner Männer den Befehl, ins Lager der Sethi zu reiten, um ein Kamel mit einer Sänfte zu holen.

»Er wird nicht lange brauchen«, beruhigte der Scheik Lena. »Unsere Zelte stehen nur unweit des Brunnens.«

»Dann seid ihr unseren Feinden auch begegnet?«, fragte Said.

»Wir haben sie beobachtet. So wie wir jeden beobachten, der sich unserem Brunnen nähert.«

»Auch uns?«

»Auch euch.«

»Warum habt ihr euch nicht früher zu erkennen gegeben?«

»Der Samum näherte sich. Der Mann, der den Brunnen bewacht, zog sich zurück, und wir wollten uns um euch kümmern, sobald der Sturm vorüber war.«

Während Said mit Tariq sprach, war Lena an Philips Seite getreten. Noch immer standen ihm Schweißperlen auf der Stirn, sein Atem war flach, er selbst schien in einer Welt zwischen Bewusstsein und Ohnmacht gefangen. Sie griff nach seiner Hand und spürte, wie er sich an ihr festhielt, so als wolle er sich mit ihrer Hilfe am Leben halten. Immerhin war es Said gelungen, die Blutung vorerst zu stillen, denn der Verband wies nur noch einen kleinen Blutfleck auf. Ganz anders als die dunkelrot verfärbten Tücher, die neben Philip im Wüstensand lagen.

»Du wirst wieder gesund«, flüsterte sie ihm ins Ohr. »Wir tun alles dafür. Und du wirst kämpfen. Du bist stark!«

Er schwieg, aber es kam Lena so vor, als würde er ihre Hand etwas fester umklammern.

33. Kapitel

Der Bote mit der Kamelsänfte war rascher zur Stelle, als Lena zu hoffen gewagt hatte. Vorsichtig wurde Philip in das schwankende Gestell gehoben, dann forderte Tariq Lena auf, neben dem Verwundeten Platz zu nehmen und auf dessen sichere Lagerung zu achten.

»Ist die Last von zwei Menschen nicht zu schwer für das Kamel?«, fragte sie, denn die Sänfte selbst ähnelte schon von der Form her einem Ungetüm.

»Du hast noch nie auf einem Kamel gesessen, nicht wahr?«

»Nein.«

»Keine Sorge, unsere Tiere sind stark.«

Lena kletterte ins Innere der Sänfte und bemühte sich, möglichst wenig Platz einzunehmen, damit Philip ausgestreckt liegen konnte.

»Halt dich gut fest, wenn das Kamel sich erhebt!«, warnte Tariq. Er hatte den Satz kaum zu Ende gesprochen, da schob sich das Tier mit dem Hinterteil voran in die Höhe. Lena wurde nach vorn geworfen, doch Philip blieb ruhig liegen.

Sie griff erneut nach seiner Hand, spürte, wie sich seine Finger um die ihren krampften. Dann verfiel das Kamel in den Passgang. Es war eine seltsame, schaukelnde Bewegung, die an die heftigen Schwankungen der *Windsbraut* erinnerte. Philip schien nichts zu merken, kein Stöhnen oder Wimmern kam über seine Lippen, obwohl Lena überzeugt war, dass er alles mitbekam. Dafür sprach sein fester Händedruck.

Lena hatte noch nie ein Nomadenlager gesehen. Zwischen den Zelten brannten Feuerstellen und spendeten ein gerade ausreichendes Licht. Dazwischen lagerten Kamele, und vor den meisten Zelten standen Pferde. Dennoch wirkte alles erstaunlich still. Bis auf die Stimmen der Männer, das Blöken eines Kamels und das Schnauben der Pferde waren keine weiteren Laute zu hören. Trotz des Halbdunkels erkannte Lena die rotbraunen Staubschichten, die die Zelte bedeckten. Eines der Zelte lag sogar niedergesunken am Boden. Was sie jedoch vermisste, waren Frauen und Kinder, genau wie Ibrahim es erwähnt hatte. Zu so später Stunde wunderte sie sich, dass niemand neugierig aus den Zelten hervorlugte, nirgendwo ein Säugling weinte oder Frauen lachten. Lebten in diesem Lager tatsächlich nur Männer?

Das Kamel blieb vor einem der Zelte stehen und sank in die Knie. Diesmal war Lena besser auf die merkwürdigen Bewegungen des Tieres vorbereitet und hielt sich rechtzeitig fest. Philip stöhnte leise. Wie schwer mochte seine Wunde wohl sein? Hatte der Hieb innere Organe verletzt?

Zwei Männer hoben den Versehrten vorsichtig aus der Sänfte

und trugen ihn in das Zelt. Lena folgte ihnen, und auch Said ließ seinen Freund nicht aus den Augen.

Trotz ihrer Sorge um Philip konnte Lena nicht umhin, über das Zeltinnere zu staunen. Sie hatte mit einem Boden aus Sand gerechnet, mit schäbigen Decken und spärlichen Gerätschaften. Doch überall lagen kostbare Teppiche, reich verzierte Sitzkissen umgaben einen flachen Tisch, ähnlich wie in Mikhails Haus. Und auf diesem Tisch stand tatsächlich eine Schale mit Obst. Die Sethi pflegten anscheinend gute Verbindungen zu den Händlern der Oasen.

Die zwei Helfer trugen Philip zu einer Lagerstatt, die sich im rückwärtigen Bereich des Zeltes hinter einem Vorhang befand. Kurz darauf erschien ein Mann in einem schlichten weißen Hemd, das bis zu den Knien reichte und in der Mitte von einer schwarzen Kordel zusammengehalten wurde. Das Gewand wäre Lena gar nicht aufgefallen, aber es bildete einen seltsamen Gegensatz zu dem prächtigen Halskragen, den der Fremde trug. Der Schmuck reichte bis auf die Brust und war aus bunten Steinen gefertigt. Zudem war der Schädel des Mannes vollständig kahl rasiert.

Tariq stellte ihn als Horeb vor.

»Einen besseren Arzt findet ihr nicht einmal in Alexandria«, versprach er. Said runzelte die Stirn, schwieg aber, als Horeb sich zu Philip niederbeugte und behutsam nach der Wunde tastete.

Immerhin gab Philip nicht mehr als ein leises Stöhnen von sich. Lag es daran, dass er inzwischen zu schwach war, oder war Horeb tatsächlich ein so guter Arzt, wie Tariq behauptete?

Es dauerte eine ganze Weile, bis der Ägypter von Philip abließ.

»Der Stich hat tief getroffen«, erklärte er. »Der Darm ist verletzt, er wird unweigerlich eitern. Dann wird der Kranke innerlich verbrennen und schließlich sterben.«

Eine eisige Faust schien Lenas Eingeweide zusammenzupressen. »Nein!«, rief sie. »Sag, dass es eine Rettung gibt!«

»Nicht hier.« Der Arzt schüttelte betrübt den Kopf.

»Könntest du ihn daheim retten?«, fragte Tariq.

»Möglicherweise«, antwortete Horeb. »Das liegt bei den Göttern.«

»Daheim?« Lena horchte auf. »Was heißt das?«

Tariq schwieg.

»Sprich! Wenn es eine Möglichkeit gibt, und sei sie noch so gering, dann bin ich bereit, jeden Preis zu zahlen, den du verlangst.«

»Jeden Preis?«

»Jeden. Philips Großvater ist ein reicher Mann. Für das Leben seines Enkels wird ihm nichts zu teuer sein.«

Tariq senkte den Blick. »Manche Preise sind nicht mit Gold zu begleichen.«

»Dann nenn mir deinen Preis!«

»Er bedeutet dir viel?«

»Er ist mein Gatte! Er ist mein Leben!«

»Und was ist mit dir?« Tariq blickte Said an. »Bist du ebenfalls bereit, den Preis zu zahlen, den wir für sein Leben fordern werden?«

»Jeden Preis«, antwortete Said mit entschlossener Miene.

»Auch im Namen eurer Gefährten?«

Said nickte.

»So sei es.«

»Dann nenn uns endlich deinen Preis!«, forderte Lena noch einmal.

»Du wirst ihn erfahren, wenn ich meinen Teil der Abmachung eingehalten habe. Ich verspreche dir nicht, dass Horeb ihn retten kann. Den Preis müsst ihr dennoch bezahlen.«

»Wenn es nur die kleinste Hoffnung gibt, versuchen wir es«, bestätigte Lena abermals, ohne den Blick von Philips bleichem Gesicht abzuwenden.

»Also gut.« Tariq sagte etwas zu Horeb, in einer Sprache, die Lena nicht verstand, deren Melodie ihr jedoch seltsam vertraut vorkam. Horeb nickte.

»Hast du verstanden, was sie miteinander geredet haben?«, raunte sie Said zu.

»Nein. Aber ich glaube, es war Koptisch.«

»Koptisch? Glaubst du, die Sethi sind Christen?«

Said hob die Schultern. »Ich habe noch nie von diesem Volk gehört, ehe die Händler es gestern erstmals erwähnten.«

Inzwischen hatte sich auch Thea im Zelt eingefunden.

»Wie geht es ihm?«, fragte sie mit Blick auf Philip.

»Wie der Arzt sagt, wird Philip sterben, wenn er nicht an einen anderen Ort gebracht wird«, erklärte Said.

Lena spürte erneut die Eiseskälte, die in ihre Eingeweide kroch. Sterben … Er könnte sterben … Nein, das ließ sie nicht zu! Niemals.

»Es wird euch allerdings einen hohen Preis kosten.« Tariq war hinter Thea getreten.

»Nun, den bezahlt Philips Großvater doch gern«, entgegnete die Räuberin. »Er ist ein reicher Mann.«

»Ihr alle müsst den Preis zahlen. Auch du.«

Sie fuhr herum. »Ich? Bei mir hast du kein Glück. Ich besitze kein Gold.«

»Es geht mir nicht um Gold.«

»Nicht? Oh, dann handelt es sich wohl um etwas Anstößiges.« Sie maß Tariq mit einem zweideutigen Lächeln von Kopf bis Fuß.

»Nein, nichts Anstößiges«, lautete die gleichmütige Antwort. »Ihr erfahrt den Preis erst, wenn es an der Zeit ist, ihn zu zahlen.«

»Du verstehst es, meine Neugier zu entfachen.«

»Dann bist du einverstanden?«

Thea nickte.

Tariq rief seinen Männern einige kurze Befehle zu und verwendete dabei dieselbe Sprache wie Horeb gegenüber. Lena warf Said einen Blick zu.

»Es klingt zwar wie Koptisch«, raunte er ihr zu, »ist aber ein unbekannter Dialekt. Ich verstehe ihn kaum.«

»Was sagte er?«

»Irgendetwas mit Aufbruch.«

»Aufbruch?« Lena warf Philip einen erschrockenen Blick zu. »Sie können ihn doch nicht schon wieder in diese schaukelnde Sänfte verfrachten. Er braucht Ruhe.« Sie kniete vor dem Lager ihres Gatten nieder und ergriff seine Hände. »Ich liebe dich«, flüsterte sie. »Du wirst wieder gesund.«

Diesmal schien er weit fort zu sein, denn seine Finger erwiderten ihren Druck nicht. Immerhin ging sein Atem ruhiger, und er befand sich offenbar jenseits der Schmerzen.

Dabei blieb es auch, als das Kamel mit der Sänfte erneut vorgeführt wurde und zwei Männer Philip hineinhoben. Horeb reichte Lena eine kleine Phiole.

»Wenn er erwacht und Schmerzen hat, solltest du ihm den Inhalt einflößen. Das nimmt die Schmerzen und schenkt ihm ruhige Träume.« Dann gab er ihr noch einen Wasserschlauch. »Wenn er trinken will, lass ihn trinken! Wasser ist gut, aber immer nur in kleinen Schlucken.«

Lena nickte. »Wie groß ist die Wahrscheinlichkeit, dass er überlebt?«

»Das liegt bei den Göttern.« Der Arzt hob ratlos die Hände. »Ein Stich in den Bauch ist immer schlimm, aber ein verletzter Darm kommt oft einem Todesurteil gleich. Von drei Verwundeten kann ich unter besten Umständen nur einen retten.«

Lena schluckte, dann stieg sie zu Philip in die Sänfte, ahnungslos, wohin man sie wohl brachte, denn auf ihre Fragen hatte Tariq nicht geantwortet.

Nachts war das Reisen in der Wüste angenehmer als bei Tag. Die Schweißperlen auf Philips Stirn waren verschwunden, er atmete nach wie vor ruhig, befand sich aber in tiefer Bewusstlosigkeit. Einerseits war Lena erleichtert, dass er keine Schmerzen litt, andererseits erfüllte sie tiefe Furcht. Als er ihre Hände noch gedrückt hatte, war sie sich sicher gewesen, dass er bei ihr bleiben würde. Mittlerweile kam es ihr so vor, als sei er bereits in eine andere Welt übergewechselt.

Kurz nach Sonnenaufgang legten sie die erste Rast ein. Lena bemerkte, dass sie sich immer mehr den dunklen Felsen genähert hatten. Und noch etwas fiel ihr auf. Ihr Kamel ruhte in unmittelbarer Nähe einer viereckigen Säule, die nach oben hin spitz zulief und mit fremden Symbolen verziert war.

Sie griff in ihre Gürteltasche und zog die zusammengerollte Karte hervor, die Meret gezeichnet hatte. Tatsächlich, sie hatte sich nicht getäuscht – dies musste die Stele des Amun-Ra sein, wie Meret sie genannt hatte. Der zweite Wegweiser nach Djeseru-Sutech! Lenas Herz klopfte schneller. War das ihr Ziel? Die Stadt, in der das geheime Wissen der Menschheit gehütet wurde? Kannten die Sethi das Geheimnis?

Lenas Vermutung schien sich zu bestätigen, je näher sie dem Gebirge kamen. Immer wieder zog sie Merets Karte hervor und verglich die Wegmarken. Kein Zweifel, alle diese Punkte waren auf der Karte eingezeichnet!

Gern hätte sie mit Philip darüber gesprochen, doch er weilte noch immer in der Welt jenseits der Schmerzen. Und die übrigen Gefährten ritten neben den Kriegern der Sethi. Ob das wohl der Preis war? Ewiges Stillschweigen über den Ort, an dem Philip möglicherweise Heilung fand? Wie auch immer, sie wollte jeden Preis zahlen, sofern nur die geringste Hoffnung für Philip bestand.

Als die Sonne abermals sank, hatte Philip das Bewusstsein noch nicht wiedererlangt. Lena wusste nicht, ob sie dankbar oder voller Angst sein sollte. War dies der Anfang vom Ende oder nur eine Flucht vor der Welt der Schmerzen? Trotz der Hitze war ihr seit Philips Verwundung ständig kalt, und die Furcht schnürte ihr so sehr den Magen zu, dass sie nicht einmal Wasser trinken konnte.

Inzwischen waren sie den Felsen so nahe, dass deren Schatten auf die Reisenden fiel. Lena beugte sich aus der Sänfte und sah sich nach Said um, doch der ritt so weit hinten, dass ihn ihr Ruf nicht erreicht hätte. Ob er zum gleichen Schluss gelangt war wie sie selbst?

Die kleine Karawane hielt geradewegs auf einen schmalen Durchlass zwischen den Felsen zu. War dies der Eingang zu der geheimnisvollen Stadt? Trotz ihrer bangen Sorge um Philip vermochte Lena die Augen nicht mehr von der Landschaft ringsum abzuwenden.

Der Weg, den der Führer eingeschlagen hatte, endete im Nirgendwo zwischen den Felsen. Nur graues Gestein, sonst nichts. Was hatte das zu bedeuten? Doch auf einmal rührte sich etwas. Sie hatte nicht darauf geachtet, ob die Männer Hand angelegt hatten, doch zwei der Felsplatten schoben sich plötzlich auseinander. Wie war das möglich? Wer besaß die Macht, den Bergen seinen Willen aufzuzwingen? Oder war es nur eine geschickte Gaukelei, falsche Steine, die Fremde täuschen und den wahren Zugang schützen sollten?

So musste es wohl sein, denn dahinter führte der Pfad weiterhin durch die Felsen. Und als der Gang schließlich endete, blieb Lena schier das Herz stehen.

34. Kapitel

Thea hatte sich während des gesamten Rittes unauffällig in der Nähe der Kamelsänfte aufgehalten. Anfangs war es ihr gar nicht so bewusst gewesen, aber sie machte sich große Sorgen um Philip. Ihre Zuneigung zu ihm war niemals ganz erloschen, obwohl sie nach seinem Verrat mit aller Härte gegen jede versöhnliche Gefühlsregung angekämpft hatte. Immer wieder hatte sie sich in Gedanken ausgemalt, wie er leiden und so an dem Schmerz teilhaben sollte, den sie seinetwegen durchlitt. Sonst wäre sie zerbrochen. Doch je deutlicher sie erkannte, wie sehr er von Schuldgefühlen geplagt wurde, umso weniger Genugtuung boten ihr die alten Rachevorstellungen. Endlich konnte sie sich eingestehen, dass sie ihn noch immer mochte, auch wenn Liebe für dieses Gefühl vielleicht ein zu hehres Wort gewesen wäre. Sie wünschte ihm nur noch Genesung von seiner lebensbedrohlichen Verwundung, auch wenn sie ihn niemals wieder besitzen würde. Jedenfalls nicht so wie Lena … Sie atmete tief durch. Es gab trotz allem ein Band zwischen ihnen. Er war bereit gewesen, nach ihr zu suchen, als sie in Khalils Gewalt gewesen war. Gundulas alte Weissagung kam ihr wieder in den Sinn: *Er wird an deiner Seite kämpfen, wenn du findest, was du dir wünschst. Aber er wird nicht bei dir bleiben.*

Was sie sich wünschte … Ein weiterer tiefer Seufzer entrang sich ihrer Brust. Der einzige Mann, den sie sich jemals dauerhaft an ihrer Seite gewünscht hatte, war Philip gewesen. Aber er hatte sich gegen sie entschieden. Der Stachel saß tief.

Die Sänfte verschwand hinter einer Wegbiegung. Um den Anschluss nicht zu verlieren, trieb Thea ihr Pferd zu einer schnelleren Gangart an. Helles Sonnenlicht blendete ihre Augen, und der Atem stockte ihr. Vor ihr lag eine verzauberte Welt. Eine ganze Stadt aus weiß gekalkten Häusern, gepflasterte Straßen, überall waren Gärten angelegt, und ein ausgeklügeltes Bewässerungssystem führte kleine Gräben durch üppige Anpflanzungen. Auf den Straßen waren seltsam gekleidete Menschen unterwegs. Die Frauen schienen nicht auf Schicklichkeit bedacht zu sein, trugen ärmellose kurze Gewänder, und Thea sah sogar ein junges Mädchen mit entblößter Brust. Wo um alles in der Welt waren sie hier? War dies der verborgene Zugang zum Paradies? Sie wandte den Blick zur Seite. Bertram waren die pikanten Einzelheiten ohne seine Augengläser gewiss entgangen, aber Said starrte auf die fremde Umgebung, als wäre sie ein Trugbild. Die beiden Waffenknechte wirkten nicht minder erstaunt, doch zeichnete sich auf ihren Gesichtern eine fast kindliche Begeisterung ab.

»Dies ist Djeseru-Sutech.« Tariq hatte sein Pferd an Theas linke Seite gelenkt. »Das Erbe meiner Vorfahren.«

»Djeseru-Sutech?« Sie starrte ihn an. »Diese Stadt gibt es wirklich? Und sie wird sogar bewohnt?« Sie hatte immer geglaubt, Khalil spüre einem längst verlassenen Ort nach, in dessen Überresten er die kostbarsten Schätze vermutete.

»So ist es«, bestätigte Tariq. Dann trieb er sein Pferd an und übernahm die Führung. Verblüfft sah Thea ihm nach. Als die Menschen ihn gewahrten, hielten sie in ihren Bewegungen inne, um ihm ihre Ehrfurcht zu bezeugen und sich vor ihm zu verneigen.

Ganz allmählich eröffnete sich ihnen die wahre Größe von Djeseru-Sutech. Die Umgebung des geheimen Zuganges war nur ein kleiner Teil gewesen. Je näher sie zur Stadtmitte gelangten, umso breiter wurden die Straßen. Schließlich erreichten sie einen Prunkweg, der mit weißen Marmorplatten gepflastert war. Die Steine leuchteten so hell in der Sonne, dass Thea die Augen abwenden musste, um nicht geblendet zu werden.

Die Gebäude wurden immer größer und ansehnlicher. Am Ende der Straße erhoben sich zwei eindrucksvolle Paläste, von denen der eine durch seine lebensecht bemalten Fassaden bestach. Halb nackte Menschen mit Tierköpfen waren darauf abgebildet, dazwischen hatte man sonderbare Zeichen in den Stein geritzt. Manche der Tiere erkannte Thea, andere waren ihr völlig unbekannt. Vor dem Prachtbau standen Männer in schlichten weißen Kitteln, die ihnen bis zu den Knien reichten. Ihre Köpfe waren kahl rasiert. Einer der Männer war vornehmer gekleidet – sein Gewand reichte bis zu den Knöcheln, und um den Hals hing ihm ein ähnlicher Kragen, wie Horeb ihn getragen hatte. In der Hand hielt er einen langen Stab, an dessen Spitze die goldene Figur eines liegenden Tieres, vielleicht eines Hundes, angebracht war.

Er trat einen Schritt vor, beugte das Haupt vor Tariq und hob mit feierlicher Stimme an zu sprechen. Seine Gefährten wiederholten die Worte und verneigten sich ebenfalls. Tariq nahm die Ehrbezeugung mit erhabener Handbewegung entgegen.

»Verstehst du, was er sagt?«, erkundigte sich Thea bei Said, der neben ihr auf seinem Reittier saß.

»Ich glaube, so etwas wie: *Ruhm und Ehre dem Sethemhat, dem Herrn der Wüste und Herrscher über Djeseru-Sutech.*«

»Und was hältst du davon?«

Er hob kaum merklich die Schultern. »Ich begnüge mich fürs Erste mit ehrlichem Erstaunen.«

Vor dem zweiten großen Prachtbau hielt die Karawane an. Das Kamel ging in die Knie, Lena sprang aus der Sänfte, und zwei Männer trugen Philip ins Innere des Palastes. Lena folgte ihnen auf dem Fuß. Auch Thea wäre am liebsten umgehend hinterhergeeilt, doch kaum war sie vom Pferd gestiegen, da spürte sie eine Hand auf der Schulter.

»Du wolltest doch wissen, wie man mich im Gebirge nennt.« Tariq lächelte sie herausfordernd an. »Hier bin ich Sethemhat, Verkörperung des Gottes Seth, der über die Wüste herrscht.«

Said hatte die Worte gehört. »Du nennst dich Verkörperung eines Gottes?«

»Ich nenne mich nicht so. Ich bin es«, lautete die Antwort. Said runzelte die Stirn, sagte aber nichts weiter. Für ihn musste es erschreckend sein, mit echten Heiden zusammenzutreffen, doch Thea war begeistert. Hier war also noch jemand, der an alte Götter glaubte oder sie zumindest zu seinem Vorteil nutzte, so wie es Gundula zu tun pflegte.

»Und wie soll ich dich nennen?«, fragte sie. »Tariq, Sethemhat oder gar Erhabener?«

»Wie es dir gefällt.«

»Sethemhat«, wiederholte Thea. »Nennt dein Wüstenstamm sich deshalb Sethi?«

Er schüttelte den Kopf. »Nein, diese Stadt ist dem Gott Seth gewidmet, ihr Name bedeutet *Die Heiligkeit des Seth*. Und seit jeher war es üblich, dass ihre Herrscher Seth in ihrem Namen tragen. Ebenso wie die Krieger, die zu ihrem Schutz bereitstehen.«

»Deshalb gab es also keine Frauen und Kinder in eurem Lager. Es sind vorgelagerte Wachtposten«, entfuhr es Thea.

Sethemhat nickte. »So halten wir es seit Jahrhunderten.«

»Seit Jahrhunderten«, wiederholte Thea. »Wie alt ist diese Stadt tatsächlich?«

»Es heißt, sie wurde zu Anbeginn der Zeiten gegründet und

wird bis zum Ende aller Zeiten fortbestehen. Hier lebt das Erbe der alten Götter weiter, das Erbe Ägyptens und seiner Pharaonen, das ganze Wissen, das unser Volk in Jahrtausenden angesammelt hat und das andernorts Mord und Brandschatzung zum Opfer fiel, weil religiöse Fanatiker meinten, alles im Namen des einen Gottes vernichten zu müssen. Doch hier hat es die Zeiten überdauert, und hier wird es für alle Ewigkeiten bewahrt.«

»Ihr glaubt noch an die alten Götter?«, fragte Said.

»So ist es«, antwortete Sethemhat, ohne zu zögern. »Ich lese deine Gedanken – Götzendiener und Heiden. Aber was bist du als Muslim anderes für die Christen, in deren Begleitung du reist? Oder was sind sie für dich?«

»Der Islam erkennt die Schriftbesitzer an«, widersprach Said. »Christen und Juden sind für uns Muslime keine Heiden.«

»Im Gegensatz zu uns, ich weiß.« Sethemhat rang sich ein schmales Lächeln ab. »Was hast du vor? Wirst du uns mit dem Säbel in der Hand entgegentreten wie so viele deiner Glaubensbrüder?«

»Nein«, erklärte Said. »Meiner Überzeugung nach entscheidet Allah allein darüber, was mit den Ungläubigen geschieht. Ein solches Urteil zu fällen, kann nicht Aufgabe der Menschen sein.«

»Eine höchst seltene Auffassung. Gewöhnlich dient euer Gott doch immer wieder als Vorwand, um anderen den Schädel einzuschlagen und sich ihrer Reichtümer zu bemächtigen.«

»Muss ich alles gutheißen, was Menschen unter dem Deckmantel ihrer Religion tun?«

»Nein«, gestand Sethemhat ein. »Dein schwer verletzter Freund ist Christ, und dennoch bist du bereit, einen hohen Preis für seine Rettung zu zahlen. Das spricht für dich.«

»Du hast uns den Preis noch nicht genannt.«

»Er wird euch kundgetan, wenn es so weit ist. Keine Sorge, er lässt sich begleichen. Die Frage ist nur, wie bereitwillig ihr es tun werdet.«

»Gehört es zu deinem göttlichen Rang, in Rätseln zu sprechen?« Thea verschränkte die Arme vor der Brust und musterte Sethemhat mit strengem Blick. »Kannst du uns nicht einfach sagen, was du von uns willst?«

»Noch ist es zu früh«, lautete die Antwort.

»Göttliches Geheimnis, wie?«

Sethemhat lachte. »Lasst uns lieber nach eurem Freund sehen. Horeb wird alles Menschenmögliche für ihn tun.«

35. Kapitel

Der Palast, in den man Philip trug, war so glanzvoll, dass sein Anblick Lenas Sorgen kurzzeitig in den Hintergrund drängte. Nicht in ihren kühnsten Träumen hätte sie sich Ähnliches ausmalen können. Die Empfangshalle wurde von riesigen Säulen gesäumt, die allesamt mit farbenprächtigen Bildern verziert waren. Frauen und Männer, die seltsamen Wesen mit menschlichen Körpern und Tierköpfen huldigten. Waren es alte Bilder, oder glaubten die Bewohner dieser Stadt noch immer an heidnische Rituale? Einen Moment lang war Lena verunsichert. Was, wenn sie wirklich Heiden waren? Nun, darum würde sie sich später Gedanken machen. Erst einmal galt es, Philips Leben zu retten, und dafür war sie zu jedem Opfer bereit. *Wirklich zu jedem?*, vernahm sie die Stimme ihres Gewissens. *Würdest du ihm auch deine unsterbliche Seele opfern?* Sofort unterdrückte sie den Gedanken und schalt sich eine Närrin. Niemand würde so etwas von ihr verlangen.

Sie folgte den Männern, die Philip trugen, durch weitläufige Flure in einen Nebentrakt des Palastes. Hier reihte sich Tür an Tür zu zahlreichen Zimmerfluchten. In einem dieser Räume wurde Philip auf ein breites Bett gelegt. Die Füße der Liegestatt waren wie Löwenpranken geformt und erinnerten Lena an die Stühle im Haus des Mikhail. War es eine ägyptische Sitte, Betten und Stühle mit Tierfüßen zu versehen?

Nachdem die Männer Philip aufs Bett gelegt hatten, verschwanden sie.

Für eine kurze Weile war Lena mit Philip allein, doch noch ehe sie einen Gedanken fassen konnte, erschien Horeb in Begleitung eines zweiten kahl rasierten Mannes, der genauso gekleidet war wie er. Allerdings wirkte der Fremde deutlich älter als Horeb, und tiefe Falten furchten sein Gesicht.

Hinter den beiden Männern traten zwei junge Mädchen ein. Sie trugen kurze Tuniken, die nicht einmal die Knie bedeckten und auch die Schultern frei ließen. Schon aus der Sänfte heraus hatte Lena einige Blicke auf die Bewohner der Stadt werfen können. Anscheinend störte sich hier niemand daran, dass Frauen und Mädchen sich öffentlich zeigten, als befänden sie sich in einem Badehaus.

»Das ist Amutef, mein hochverehrter Lehrer in der Kunst des Heilens«, stellte Horeb den alten Mann vor. »Wir werden versuchen, deinen Gemahl zu retten, doch dazu musst du uns vertrauen!«

Lena nickte. »Ich bin bereit, alles für Philips Heilung zu tun.«

»Gut.« Horeb wies die Mädchen an, Philip behutsam zu entkleiden. Sie kamen ihrer Aufgabe schweigend und schnell nach. So als wären sie es gewohnt, den Ärzten auf diese Weise zur Hand zu gehen. Philip regte sich nicht, nicht einmal ein Stöhnen kam über seine Lippen.

»Wie lange befindet er sich schon in diesem Zustand?«, wollte Amutef wissen.

»Du meinst, seit wann er bewusstlos ist?«, fragte Lena.

Der alte Arzt nickte.

»Seit dem Aufbruch aus dem Wüstenlager.«

»Das klingt nicht gut. Wenn seine Seele dem Körper zu lange fernbleibt, verliert sie die Bindung und besitzt nicht mehr genügend Kraft, ihn erneut zu beleben.«

Die beiden Ärzte wandten sich nun der Wunde zu. Lena beobachtete, wie Amutef vorsichtig den Verband löste. Dann sagte er etwas zu Horeb, das Lena nicht verstand. Es war dieselbe

Sprache, in der Tariq den Aufbruch befohlen hatte. Ob Philip die Worte wohl verstanden hätte? Said hatte etwas von einem koptischen Dialekt erwähnt. Said ... wo war er eigentlich? Erst jetzt bemerkte Lena, dass ihr keiner der Gefährten gefolgt war. Von Thea hatte sie nichts anderes erwartet, und Bertram und die beiden Waffenknechte hielten sich für gewöhnlich strikt zurück. Aber Said? Warum hatte er den Freund in seinem lebensbedrohlichen Zustand allein gelassen? Er war doch selbst in der Heilkunde bewandert. Am liebsten hätte sie Horeb gefragt, doch sie wagte ihn nicht zu stören, denn soeben hörte sie Philip leise stöhnen.

»Seine Seele ist noch bei ihm«, stellte Amutef erleichtert fest. »Und nun wollen wir dafür sorgen, dass sie bei ihm bleibt, damit er genügend trinkt. Er muss viel trinken.«

Auf einmal schrie Philip laut auf. Lenas Herz drohte stehen zu bleiben. Was hatte man ihm angetan? Vergeblich versuchte sie, an den beiden Ärzten vorbeizuschauen. Philip stöhnte noch einmal, dann hörte sie ihn heftig keuchen. Horeb wandte sich zu ihr um und schob sie an Philips Lager.

»Bleib bei ihm!«, befahl er.

Lena ergriff Philips Hand und erkannte, dass er sie anzusehen versuchte. Sein Blick aber wirkte verschleiert, so als könne er nur Umrisse wahrnehmen, noch halb gefangen in der Welt der Dunkelheit.

»Ich bin bei dir«, flüsterte sie. »Alles wird gut.« Noch während sie sprach, fiel ihr auf, dass er sie während des Sandsturmes mit den gleichen Worten beruhigt hatte. Der rote Staub haftete noch immer an ihrer Kleidung und auf ihrer Haut.

»Bring ihn dazu, ausreichend zu trinken!«, verlangte Amutef. »Es wird ihm schwerfallen, deshalb nimm dies hier.« Er reichte ihr einen kleinen Lederschlauch mit einem schmalen Mundstück, mit dem auch ein Säugling hätte ernährt werden können.

»Wird er wieder gesund?«

»Das wird sich in einigen Tagen entscheiden«, entgegnete Horeb. »Bleib bei ihm, ich sehe später wieder nach ihm. Wenn du etwas brauchst, so sag Anuket Bescheid.« Er wies auf eines der beiden Mädchen. »Sie versteht genügend Arabisch, um deine Wünsche zu erfüllen.«

»In welcher Sprache verständigt ihr euch untereinander?«

»In der unserer Vorfahren. Ägyptisch.«

»Said fühlte sich an das Koptische erinnert. Seid ihr Christen?«

Ein stolzes Lächeln breitete sich auf Horebs Gesicht aus. »Wir sind die letzten Hüter des pharaonischen Wissens. Unser Glaube war schon machtvoll, lange bevor es den Gott der Juden, der Christen und Muslime gab. Warum sollten wir uns von unseren Göttern abwenden, wenn sie uns bislang beschützten?«

Lena erstarrte. Es waren also wirklich Heiden. Echte Heiden. Sofort flammte die Sorge um ihr Seelenheil wieder auf. Durfte sie sich diesen Menschen anvertrauen? Durfte sie ihnen Philip überlassen? Andererseits – er würde sterben, wenn nichts unternommen wurde. *Nur sein Körper*, flüsterte eine innere Stimme. *Seine Seele wäre gerettet.* Aber wäre sie auch noch gefeit, wenn man ihn heidnischen Ritualen unterzöge? Was, wenn er trotz aller Fürsorge stürbe, dann aber ohne den Trost der Kirche? Was wären schon einige Jahre mehr auf Erden im Vergleich zu ewiger Verdammnis? Hör auf!, ermahnte sie sich. Gottes Wege sind unerforschlich. Und wenn er den Seinen Hilfe schickt, ganz gleich durch wen, dann ist es sein Wille.

»Habe ich dich verschreckt?« Horeb sah ihr tief in die Augen. »Für euch, die ihr nur an einen Gott glaubt, muss es schwer sein, die Wahrheit zu erkennen. Wir glauben an viele Götter, und jeder von ihnen hält seine Hand über uns.«

Götter? Nein, Götzen, dachte Lena bitter, doch sie schwieg. Sie wollte den Mann nicht beleidigen, der alles tat, um Philips Leben zu retten. Und da Horeb keine Gedanken lesen konnte, fühlte er sich auch nicht gekränkt, sondern verließ das Krankenzimmer gemeinsam mit Amutef und dem zweiten Mädchen. Das Mädchen, das er Anuket genannt hatte, holte indessen einen Krug mit Wasser.

»Ihr seid in einen Samum geraten, nicht wahr?« Sie wies auf den roten Staub, der noch immer Philips Haut bedeckte. »Wir sollten ihn waschen, und du willst dich gewiss auch reinigen.«

»Ich wasche ihn! Dazu benötige ich deine Hilfe nicht.«

»Bist du dir sicher?« Das Mädchen musterte sie scheu. »Brauchst du niemanden, der ihn hält?«

Lena zögerte mit der Antwort. Sie wollte nicht, dass eine andere Frau – noch dazu eine Heidin – Philip anrührte. Zugleich aber erkannte sie, dass ihre aufkeimende Eifersucht völlig unangebracht war, und so gab sie nach.

Anuket war erfahren darin, Schwerkranke zu waschen und zu versorgen. Philip war nicht ganz bei Bewusstsein, aber er nahm wahr, dass man ihn anfasste und bewegte. Und als Lena ihm schließlich den kleinen Lederschlauch an die Lippen setzte, trank er sogar.

»Nicht zu viel auf einmal!«, mahnte Anuket. »Sonst erbricht er sich womöglich. Lieber viele kleine Schlucke nacheinander.« Sie nahm Lena den Schlauch aus der Hand und unterwies sie in der Handhabung.

»Du hast schon oft Bettlägerige gepflegt, nicht wahr?«

»Ich diene im Tempel der Isis.«

Unwillkürlich griff Lena nach dem goldenen Anhänger der Isis, den sie unter der Kleidung trug.

»Bringt Isis den Menschen Heilung?«

Anuket nickte. »Sie ist die Heilkundige und die große Mutter. Zwar gilt sie auch als Widersacherin ihres Bruders Seth, dem diese Stadt geweiht ist, aber sie genießt dennoch große Verehrung in Djeseru-Sutech.«

Lena zog den Anhänger hervor. »Das ist sie, nicht wahr?«

Anuket starrte auf das Schmuckstück. »Das Zeichen der Isis!«, hauchte sie. »Woher hast du das Amulett?«

Lena wies auf Philip. »Mein Gatte schenkte es mir zu unserer Hochzeit. Er sagte, es befinde sich seit Jahrhunderten im Besitz seiner Familie.«

»Darf ich es genauer betrachten?«

Lena nickte und löste die Kette vom Hals.

Anuket nahm sie beinahe ehrfürchtig in die Hand und betrachtete die kleine geflügelte Göttin von allen Seiten.

»Ich glaube, die Figur ist echt«, sagte sie. »Aber Genaueres wissen wir erst, wenn die Hohepriesterin sie begutachtet hat. Erlaubst du mir, sie ihr zu zeigen?«

»Warum?«

»Weil der Schmuck seit Jahrhunderten als verschollen gilt. Unsere Quellen berichten, dass seine letzte Trägerin die Vereinigung zwischen dem Heiligtum der Isis und Djeseru-Sutech herbeiführte und als Gefährtin an der Seite des damaligen Herrn von Djeseru-Sutech blieb. Diese beiden begründeten die Dynastie, deren letzter Nachkomme unser erhabener Herrscher Sethemhat ist. Er war es, der euch in diese Stadt führte. Es heißt weiter, ein Zweig der Familie habe Djeseru-Sutech später verlassen und sich in Alexandria niedergelassen.«

»Philips Mutter erzählte mir die Geschichte ihrer Familie. Sie sagte, sie alle würden von Meret abstammen, der Tochter des Herrschers von Djeseru-Sutech, die um der Liebe zu einem Römer willen ihre Heimat verließ.«

Die Ägypterin bekam große Augen. »Meret? Ja, das war ihr Name. Bitte, erlaubst du mir, dass ich den Schmuck der Hohepriesterin zeige?«

»Nur wenn ich selbst mit ihr sprechen darf.«

»Wann soll ich dich zu ihr führen?«

»Das hat noch Zeit«, wehrte Lena den Überschwang des Mädchens ab. »Jetzt hat Philips Wohl Vorrang vor allem.«

»Du hast recht. Verzeih, wenn ich ungeduldig war!«

Vom Flur her näherten sich Schritte. Lena wandte sich um. Es war Tariq in Begleitung von Said und Thea. Bei Tariqs Eintreten kreuzte Anuket die Arme vor der Brust und verneigte sich.

»Wie geht es ihm?«

»Erhabener Sethemhat, die Ärzte werden alles für ihn tun«, antwortete das Mädchen und verharrte in demütiger Haltung.

Erhabener Sethemhat? Lena warf Thea und Said einen fragenden Blick zu.

»So nennt er sich hier«, raunte Thea ihr zu. »Wusste ich doch, dass er mehrere Namen verwendet.«

»Danke, Anuket. Bitte, lass uns eine Weile allein!«

Bevor das Mädchen der Aufforderung folgte, gab es Lena den goldenen Schmuck zurück, den es bis dahin noch in der Hand gehalten hatte. Sethemhat bemerkte es.

»Darf ich einmal sehen?« Er hielt ihr die Hand entgegen. Lena reichte ihm die Kette mit dem Anhänger.

»Das Zeichen der Isis!« Sethemhat klang mindestens ebenso überrascht wie Anuket. »Woher hast du die Statuette?«

»Philip hat sie mir zur Hochzeit geschenkt. Sie befindet sich seit Generationen im Besitz seiner Familie«, wiederholte sie die Geschichte noch einmal.

Sethemhat reichte ihr den Schmuck zurück. »Philip stammt aus Alexandria, nicht wahr?«

Lena nickte.

»Bemerkenswert.« Er sagte nur dies eine Wort, nicht mehr.

»Was ist so bemerkenswert?« Thea trat einen Schritt vor und musterte Sethemhat mit forschem Blick. Obwohl er der Herrscher dieser Welt war, schien die Räuberin nicht die mindeste Hochachtung vor seinem Rang zu haben. Sethemhat antwortete nicht, sondern trat näher an Philips Lager und betrachtete dessen Gesicht.

»Wenn die alten Überlieferungen stimmen, gibt es einen gemeinsamen Ursprung«, sagte er schließlich. »Meine Dynastie herrscht seit mehr als tausendzweihundert Jahren in ununterbrochener Folge über Djeseru-Sutech. Vor rund tausendeinhundert Jahren verließ die älteste Tochter des damaligen Herrschers die Stadt, weil sie ihr Herz gegen den Willen ihres Vaters einem Römer geschenkt hatte. Sie lebten in Alexandria.«

Lena dachte an die steinernen Sarkophage, die Meret ihr gezeigt hatte. Meret Aquiliana, Maharet – und wie hatte der Mann noch geheißen? Pertinax, fiel ihr ein.

»Dieser Römer hieß Publius Aquilianus Pertinax, nicht wahr?«, fragte sie. »Ich habe seinen Sarkophag in Philips Haus in Alexandria gesehen.«

»Bemerkenswert«, wiederholte Sethemhat, ohne sich die geringste Regung anmerken zu lassen.

»Welch rührende Familienzusammenführung!«, spottete Thea. »Wie viele Ur... müsst ihr vor euren letzten gemeinsamen Großvater hängen?«

»Thea!«, zischte Lena, denn sie fürchtete, Sethemhat könne sich gekränkt fühlen. Doch der lachte. »Es sind alte Überlieferungen und Legenden. Keiner weiß, wie viel Wahrheit darin steckt.«

»Also kein Preisnachlass für entfernte Verwandte?« Thea musterte Sethemhat mit keckem Augenaufschlag.

Die Veränderung war erschreckend. Hatte er zunächst noch gelacht, so wirkte er auf einmal sehr ernst, beinahe kalt.

»Manche Preise müssen in voller Höhe entrichtet werden«, sagte er.

»Dann solltest du ihn endlich nennen!« Auch Theas Augen blitzten mutwillig.

»Wie du willst. Es ist ohnehin kaum von Belang, ob ihr es früher oder später erfahrt. Das Gesetz unseres Volkes besagt, dass ein Fremder, der einmal seinen Fuß über die Grenzen unserer Stadt gesetzt hat, Djeseru-Sutech nie mehr verlassen darf.«

36. Kapitel

»Was soll das heißen?« Thea verschränkte die Arme vor der Brust. »Willst du uns etwa einsperren?«

Sethemhat hielt ihrem Blick unbeeindruckt stand. »Das liegt nicht in meiner Absicht. Ihr könnt euch frei in der Stadt bewegen. Nur verlassen dürft ihr sie nicht.«

»Wie willst du uns daran hindern?«

»Es gibt nur einen Weg aus Djeseru-Sutech hinaus. Und der wird Tag und Nacht bewacht. Ich warne euch davor, entkommen zu wollen. Die Wächter würden nicht zögern, euch gewaltsam zurückzuhalten.«

Thea wandte sich zu Said und Lena um. Saids Miene blieb undurchdringlich. Lenas Gesicht hatte jede Farbe verloren, aber vielleicht war sie schon während der ganzen Zeit aus Sorge um Philip so blass gewesen.

Sie sollten diese Stadt also nie mehr verlassen dürfen. Nie mehr … Die Botschaft hatte Theas Verstand erreicht, aber nicht ihr Herz. Es war unvorstellbar. Einfach lächerlich. Aber kein Grund, Sethemhat offen den Krieg zu erklären. Solange Philip zwischen Leben und Tod schwebte, waren ihnen ohnehin die Hände gebunden. Erst wenn sich Philips Schicksal entschieden hatte, konnten sie weitere Pläne schmieden. Thea glaubte, in Saids Augen dieselben Überlegungen zu lesen. Ruhig bleiben und kein vorschneller Angriff, der die Lage nur verschlimmert hätte!

Lena hielt Philips Hand und ließ dabei Sethemhat nicht aus den Augen. Ob sie wohl versuchte, seine Seelenflamme zu erkennen? Thea wusste noch immer nicht so recht, was sie von Lenas Gabe halten sollte.

»Ich verstehe nicht, was du davon hast«, sagte Said. Seine Stimme klang erstaunlich ruhig, beinahe beiläufig. »Unsere Freiheit im Tausch gegen Philips Leben. Wie willst du uns jemals trauen?«

»Muss ich das?«, lautete die Antwort.

»Du hast uns in deine Stadt gebracht, verlangst, dass wir den Rest unseres Lebens hier verbringen. Dir muss doch klar sein, dass wir auf Flucht sinnen und dir womöglich Schwierigkeiten bereiten. Warum gehst du dieses Wagnis ein? Das Leben eines dir unbekannten Fremden wird es wohl kaum aufwiegen, oder?«

Im Stillen zollte Thea Said Anerkennung für seine Worte. Er hatte den gleichen Plan wie sie. Möglichst viel herauszufinden, ohne Sethemhat offen anzugreifen. Nicht mit Worten und noch weniger mit Taten.

Zum ersten Mal flackerte Sethemhats göttliche Maske, ganz so, als fühle er sich durchschaut. Thea warf Lena einen Blick zu. Sie hätte zu gern gewusst, ob Philips Frau im Gesicht des Ägypters zu lesen vermochte.

»Ich stelle euch die Zimmerfluchten in diesem Teil des Palastes zur Verfügung«, erklärte Sethemhat statt einer Antwort. »Nehmt dies als Zeichen meines Wohlwollens euch gegenüber. Das ändert jedoch nichts an unseren Gesetzen.«

»An euren Gesetzen?« Lena ließ Philips Hand los und sah Sethemhat so unverwandt in die Augen, dass ein schwächerer Mann ihrem Blick vermutlich ausgewichen wäre. »Du glaubst doch selbst nicht an dein Gesetz. Du weißt, dass du ein Unrecht begehst, und der Schmerz darüber steht in deinen Augen geschrieben. Du tust mir leid.«

Thea beobachtete das kurze Zucken in Sethemhats Hand, so als wolle er sie zur Faust ballen, nur um sie wieder zu lösen. Wortlos wandte er sich um und ging.

»Was hast du in seinen Augen gelesen?«, fragte Thea.

»Seine Seelenflamme leuchtete hell und strahlend, bis er uns den Preis nannte. Danach war sie nur noch ein schwaches Glimmen. So schwach wie bei jenen, die großes Leid mit sich herumtragen.«

»Und was schließt du daraus?«

Lena hob die Schultern. »Ich weiß es nicht. Anfangs erschien er mir wie der unbesiegbare Herrscher dieser Welt. Doch das ist er nicht. Er muss sich an die Gesetze halten, ob er will oder nicht.«

»Er hat es also nicht gern getan.« Said neigte nachdenklich den Kopf. »Wäre ich an seiner Stelle, würde ich jetzt *Bemerkenswert!* sagen.«

Trotz ihres Kummers huschte ein leises Lächeln über Lenas Züge.

»Bemerkenswert …«, wiederholte Thea. »Ja, hier ist einiges

bemerkenswert. Vor allem müssen wir mehr über diese Stadt und ihre Bewohner erfahren. Ich werde mich umsehen. Said, überbringst du Bertram und den Waffenknechten die bittere Nachricht?«

Der Araber nickte. »Ich werde ihnen sagen, dass sie ruhig bleiben sollen. Bis Philip gesund ist, können wir ohnehin nichts unternehmen. Und danach finden wir schon einen Weg nach Hause.«

Nach Hause … Die beiden Worte trafen Thea unerwartet heftig. Alle anderen hatten ein Zuhause, doch sie war heimatlos. Gestrandet in einer fernen Welt. Wohin sollte sie zurückkehren? Die Wälder ihrer Kindheit boten ihr keinen Schutz mehr. In Alexandria wäre sie auf die Gnade von Philips Familie angewiesen. Ihre Versuche, einflussreiche Verbündete und damit Macht zu gewinnen, waren gescheitert. Sie hätte auf Gundula hören sollen. Es war eine Narretei gewesen, Philip zu folgen. Nun hatte sie die Folgen ihrer Unbesonnenheit zu tragen. Gefangen in einer längst vergessenen Welt. Obwohl – war das wirklich so schlimm? Gewiss, es war eine Demütigung, aber was hätte sie wohl gesagt, wenn Sethemhat sie gebeten hätte, freiwillig in Djeseru-Sutech zu bleiben? Hätte sie dann Nein gesagt? Sie wusste es nicht.

37. Kapitel

Die folgende Nacht war schrecklich. Lena wachte an Philips Seite, mochte ihn nicht aus den Augen lassen, während sein Körper glühte. Sie wandte kühle Wadenwickel an, um sein Fieber zu senken, wechselte mehrfach die durchgeschwitzten Laken, aber das alles nutzte wenig. Anuket blieb bei ihr und ging ihr hilfreich zur Hand.

Wiederholt schlug sie Lena vor, ein Bad zu nehmen und sich danach für eine Weile auszuruhen. Versprach ihr, weiter bei Philip zu wachen und sie sofort zu wecken, sofern es eine Veränderung gab. Doch Lena lehnte ab. Um nichts in der Welt wollte sie von Philips Seite weichen. Auch die Speisen, die Anuket ihr gebracht hatte, rührte sie nicht an. Die Sorge schnürte ihr den Magen zu. Selbst wenn sie etwas trank, musste sie mit Übelkeit kämpfen. Wenigstens nahm Philip jedes Mal einige Schlucke zu sich, wenn sie ihm den kleinen Schlauch an die Lippen setzte.

Als der Morgen graute, war Lena am Ende ihrer Kräfte, doch noch immer zu aufgewühlt, um selbst Ruhe zu finden. Philip wurde weiterhin vom Fieber geschüttelt. Wenn sie seine Hände ergriff, krampften sie sich fest um die ihren, so als wolle er sich mit ihrer Hilfe am Leben halten. Die Festigkeit seines Händedruckes erstaunte sie, doch sein Bewusstsein war nach wie vor weit fort.

Sie saß noch so an seinem Lager, als Horeb und Amutef beim ersten Morgenlicht erschienen.

»Er hat die Nacht überstanden«, berichtete Anuket den Ärzten. »Aber das Fieber verbrennt ihn.«

»Wir werden etwas versuchen, um das Fieber zu senken«, erklärte Horeb. Dann sah er Lena an. »Trittst du bitte zur Seite?«

Lena folgte der Aufforderung. »Was habt ihr vor?«

Amutef zog einen kleinen Tiegel aus dem Beutel an seinem Gürtel. »Die Kraft, die ihn verbrennt, muss von einer stärkeren Kraft bezwungen werden.«

Horeb löste behutsam den Verband von Philips Wunde. Diesmal konnte Lena einen Blick auf die Verletzung werfen. Der Stich selbst war nicht sonderlich groß, gerade die Breite einer sarazenischen Säbelklinge. Doch die Wundränder waren stark angeschwollen, Sekret und Eiter mischten sich mit Blut und sickerten aus der Öffnung.

Amutef zog einen kleinen Löffel mit langem Stiel aus seinem Beutel, öffnete den Tiegel und entnahm ihm eine großzügige Portion einer übel riechenden hellgrünen Paste.

Lena rümpfte die Nase. »Was ist das?«, wollte sie wissen, doch die Ärzte antworteten ihr nicht. Amutef führte den Löffel mit der Salbe tief in Philips Wunde ein. Philip stöhnte. Dreimal wiederholte der Arzt die Prozedur.

»Das müsste reichen«, sagte er. »Alles Übrige liegt nun bei den Göttern.«

Bei den Göttern! Heidnischer Aberglaube! Wie sollte Philip Genesung erfahren, wenn diese Menschen Götzen anbeteten? Und sollte eine stinkende Salbe ihm wirklich Hilfe bringen? Lenas Hände ballten sich zu Fäusten, doch sie behielt ihre Gefühle für sich. Hab Gottvertrauen!, mahnte sie sich. Gottes Wege sind vorherbestimmt, und er macht jene zu seinen Werkzeugen, die er für würdig erachtet, ganz gleich, ob sie Götzen anrufen oder nicht.

Kurz nachdem die beiden Ärzte wieder gegangen waren, erschien Said.

Sein erster Blick galt Philip, sein zweiter Lena.

»Du bist völlig erschöpft«, stellte er fest. »Ruh dich aus, ich wache bei ihm.«

»Ich kann nicht«, antwortete Lena. Sie hatte wieder an Philips Bett Platz genommen und hielt seine rechte Hand.

Said betrachtete die unberührten Speisen, die Anuket Lena vergeblich angeboten hatte. »Dann solltest du zumindest etwas essen. Du hilfst Philip nicht, wenn du fastest.«

»Begreif doch, ich kann nicht!«, fuhr sie ungewollt heftig auf. »Ich bekomme keinen Bissen hinunter!«

»Verzeih, ich wollte dir keine Vorhaltungen machen. Aber ich sorge mich um dich.«

»Mir geht es gut. Zwei, drei Tage ohne ausreichenden Schlaf und Appetit bringen mich nicht um.«

»Aber vielleicht möchtest du trotzdem die Kleidung wechseln.« Sein Blick blieb an dem roten Staub hängen, der noch immer in jeder Faser ihres Burnus zu haften schien, obwohl sie ihn sorgfältig ausgeschüttelt hatte. »Ich glaube nicht, dass sich in der nächsten Stunde an Philips Zustand etwas ändert. Und wenn, dann hole ich dich sofort.«

Erst zögerte Lena, doch als Said nach Philips linker Hand griff und dieser sie ebenso fest umklammerte wie die ihre, nickte sie. Wenn es einen Menschen gab, dem Philip so wie ihr vertraute, dann war es Said.

»Anuket, du hattest mir vorgeschlagen, ein Bad zu nehmen. Wo kann ich das tun?«

»Ich führe dich und besorge dir auch frische Kleidung«, sagte das Mädchen eifrig. Da erst fiel Lena auf, dass Anukets Augen von dunklen Schatten umgeben waren. Natürlich, sie hatte genauso lange gewacht wie Lena, an ihrer Seite ausgeharrt und ihr Leid zu lindern versucht.

»Du solltest dich danach auch ausruhen, Anuket. Said wird mir zur Hand gehen.«

»Ich werde wachen, solange du wachst.«

Auf einmal fühlte Lena sich tief beschämt. Eben noch hatte sie über Götzendiener und Heiden nachgesonnen und sie insgeheim verachtet. Dabei hatte sie kein Recht dazu. Was hätte Philip gesagt? *Gott wird die Menschen an ihren Taten messen, nicht an ihrem Bekenntnis.* Worte, so ungeheuerlich, dass Lena erschrocken war, als er sie zum ersten Mal in ihrer Gegenwart ausgesprochen hatte. So redeten Ketzer und Ungläubige. Aber inzwischen wusste sie um die Wahrheit, die sich dahinter verbarg. Die Seligpreisungen der Bergpredigt kamen ihr in den Sinn. *Selig sind die Barmherzigen, denn sie werden Erbarmen finden.* Und war Anuket nicht ein Vorbild an Barmherzigkeit?

»Soll ich dich ins Bad geleiten?« Anukets Frage riss Lena aus ihren Betrachtungen.

»Ja, bitte. Und dann ruhen wir uns beide aus.«

»Sei unbesorgt!«, beschwor Said Lena noch einmal. »Ich hole dich sofort, wenn es Philip besser oder schlechter geht.«

Das Bad befand sich nicht weit von der Zimmerflucht des Kranken entfernt. Es erinnerte Lena an das Bad in Mikhails Haus, auch wenn es nur ein einziges quadratisches Becken gab. Der Boden bestand aus weißem Marmor, das Becken selbst war mit glasierten hellblauen Fliesen gekachelt, die zum Grund hin immer dunkler wurden und somit den Eindruck von Tiefe vermittelten. Die Wände waren mit kunstvollen Wandmalereien und seltsamen Symbolen bedeckt. Diesmal waren es keine Wesen mit Tierköpfen, sondern Menschen, die am Fluss Papyrus schnitten, Nilpferde jagten oder auf kleinen Barken segelten.

»Es ist wunderschön«, hauchte Lena.

»Ja«, bestätigte Anuket. »Die schönsten Bäder gibt es im Palast und im Tempel der Isis.« Dann wies sie auf eine Holzbank, auf der Badetücher, Salbentiegel und sogar ein Stück parfümierte Seife lagen. Ein unerhörter Luxus in einer Stadt inmitten der Wüste!

»Hier kannst du deine Kleidung ablegen. Ich hole dir ein frisches Gewand.« Und schon war das Mädchen verschwunden.

Lena entkleidete sich und löste das Tuch, das ihr Haar verhüllte. Überall haftete der feine rote Staub, der sich nicht abschütteln ließ. Höchste Zeit für ein Bad. Sie griff nach der Seife und stieg ins Wasser. Sehr angenehm, nicht zu heiß, aber auch nicht kalt. Genau richtig, um Entspannung und Erfrischung zu finden. Lena roch an der Seife. Sie duftete nach exotischen Blumen. Eine seltsame Umgebung. So voller Zauber. Auf den ersten Blick mochte sie alle Träume erfüllen, doch dahinter schien sich eine andere Welt zu verbergen. Eine Welt, die deutlich düsterer war. Welchen Grund mochte es sonst geben, dass der strahlende, von allen bejubelte Herrscher Sethemhat gegen das Verlöschen seiner Seelenflamme angekämpft hatte, während er von den Gesetzen Djeseru-Sutechs sprach?

Lena ließ sich im Wasser zurücksinken, tauchte ihr Haar unter und schäumte sich mit der Seife ein. Der angenehme Blütenduft erfüllte die Luft.

Auf schwer zu beschreibende Weise erinnerte Sethemhat sie an Philip. An jenen Philip, wie sie ihn bei ihrer ersten Begegnung erlebt hatte. Ein stolzer, schöner Mann, den scheinbar nichts erschüttern konnte. Doch dahinter verbarg sich ein düsteres Geheimnis, das ihn beinahe zerbrochen hätte. Welches Geheimnis mochte Sethemhat hüten? Lena versuchte sich an alles zu erinnern, was sie über Ägypten wusste. Ihr fiel die Geschichte von Joseph ein, der von seinen Brüdern verkauft wurde und in Ägypten zum engsten Berater des Pharaos aufstieg. Oder die von Moses, der sein Volk aus der Knechtschaft des Pharaos führte. In allen diesen Erzählungen wurden die Ägypter zwar als Götzendiener beschrieben, waren aber dennoch weniger verderbt als die Bewohner anderer heidnischer Städte, die Lena aus dem Alten Testament kannte.

Gottes Wege sind unergründlich, dachte sie noch einmal, ehe sie ihr Haar erneut untertauchte, um den Seifenschaum und den letzten roten Staub herauszuwaschen.

Anuket kehrte zurück, ein Kleiderbündel über dem Arm. Als sie Lena in dem Becken sah, erstarrte sie.

»Was ist mit dir?« Lena fuhr sich mit den Händen durch das nasse Haar.

»Du hast Sonnenhaar! Wie die erste Trägerin des Zeichens der Isis.«

»Sonnenhaar?«, wiederholte Lena erstaunt. »Du meinst, weil es blond ist? Bei uns haben viele Menschen solches Haar. Hast du Witold nicht gesehen?«

Das Mädchen schüttelte den Kopf. »Warum verbirgst du dein Haar dann, wenn es nichts Besonderes ist?«, fragte sie.

»Weil es bei uns üblich ist, dass eine verheiratete Frau ihr Haar verhüllt. Nur Jungfern tragen es offen.«

»Dann möchtest du es weiterhin verbergen?«

Anukets Frage brachte Lena in Verlegenheit. Es war für sie stets selbstverständlich gewesen, aber dem Tonfall des Mädchens entnahm sie, dass sie offenbar etwas Ungehöriges forderte.

»Es ist bei uns so üblich«, wiederholte sie zögernd.

»Bei uns nicht«, entgegnete Anuket. »Jedenfalls nicht in Djeseru-Sutech. In der Wüste, da mag eine Kopfbedeckung Schutz bieten, aber hier gebührt ein Tuch oder eine Haube einzig den Vornehmen, wenn sie zu feierlichen Anlässen erscheinen.«

»Du meinst also, ich maße mir etwas an, das mir in dieser Welt nicht zusteht?«

»Das … das habe ich nicht gesagt.« Anuket trat zwei Schritte zurück und hob beschwichtigend die Hände, doch gerade diese Geste bewies Lena, dass sie genau das dachte.

Eine Weile war sie unschlüssig. Sollte sie sich über die Sitten Djeseru-Sutechs hinwegsetzen und darauf bestehen, was in ihrer Welt üblich war?

Theas Worte an Bord der *Windsbraut* kamen ihr in den Sinn. Die Haare einer Frau sind voller Macht, hatte sie gesagt und dabei ihre rote Mähne geschüttelt. Macht … Anuket hatte Lenas Anhänger als ein lange verschollenes Schmuckstück erkannt. Seine einstige Trägerin war eine Urahnin von Sethemhat und möglicherweise auch von Philip. Und sie hatte blondes Haar gehabt. Sethemhat wollte, dass sie und ihre Gefährten ihr Leben lang in Djeseru-Sutech bleiben sollten. Natürlich war das ausgeschlossen, aber möglicherweise konnte es nicht schaden, auf ihre Verbundenheit zu Djeseru-Sutech hinzuweisen – Philip als Nachfahre, sie als Erbin der alten Herrscherin. Vielleicht wäre es nützlich, die Ähnlichkeit zu betonen und das Haar ebenso offen zu tragen wie den goldenen Anhänger der Isis.

»Kann ich das Badetuch haben?«, bat sie Anuket, und das Mädchen reichte es ihr. Lena stieg aus dem Wasser und hüllte sich in den weichen Stoff ein. Dann warf sie einen Blick auf die Kleidung, die Anuket ihr gebracht hatte. Es war eine Tunika, wie sie alle Frauen in dieser Stadt trugen. Ärmellos und lediglich bis zu den Knien reichend. Lena schluckte. Bei aller Liebe zur Anpassung, dachte sie, aber das geht entschieden zu weit. So konnte sie sich doch nicht in der Öffentlichkeit zeigen. Und schon gar nicht vor den Waffenknechten und vor Bertram.

»Das ziehe ich nicht an!«

»Warum nicht?«

»Weil … weil es nicht schicklich ist. Ich kann doch nicht so viel Bein zeigen. Und die Schultern sollten auch ... bedeckt sein.«

Die junge Ägypterin machte große Augen, doch dann nickte sie. »Ich suche dir etwas Passendes heraus«, versprach sie und ging. Lena hüllte sich noch fester in ihr Badetuch, setzte sich auf die hölzerne Bank und rieb das nasse Haar mit einem zweiten Tuch trocken.

Nachdem Anuket zurückgekehrt war, überreichte sie Lena ein bodenlanges weißes Gewand mit weiten Ärmeln, die bis zu den Ellbogen reichten.

»Entspricht dies eher deinen Wünschen?«, fragte sie beinahe schüchtern.

»Ich danke dir.« Lena schenkte Anuket ein dankbares Lächeln. Dann zog sie das Kleid an und schnürte es an der Taille mit ihrem Gürtel, an dem noch immer die kleine Tasche mit der Karte hing, die sie nach Djeseru-Sutech begleitet hatte.

»Ich habe dir auch ein Paar Sandalen mitgebracht.« Anuket wies auf die dünnen Sohlen mit den zarten Riemchen, die neben der Bank lagen. Lena schlüpfte hinein. Zwischen der großen und der zweiten Zehe befand sich ein Steg. Das ungewohnte Schuhwerk fühlte sich anfangs eher unangenehm an, doch dann beschloss Lena, die Sandalen dennoch zu tragen. Sie wollte die hilfsbereite Anuket nicht schon wieder vor den Kopf stoßen.

Immerhin entsprach das Kleid ihrer Vorstellung von Schicklichkeit, auch wenn ihr Kopf unbedeckt blieb. Sie zog den Anhänger der Isis über das Gewand, damit er sofort zu erkennen war.

»Möchtest du dich zur Ruhe begeben?«, fragte Anuket.

Erstaunlicherweise hatte das Bad Lenas Müdigkeit fortgespült. An Schlaf war nicht zu denken.

»Noch nicht, ich möchte erst nach Philip sehen. Aber ich freue mich, wenn du dich ein wenig erholst und mir später wieder beistehst.«

»Ich habe dir versprochen, so lange zu wachen, wie auch du wachst.«

»Und wenn ich dich von diesem Versprechen entbinde?«

»Befiehlst du es?«

Lena hob die Brauen. Hatte sie Anuket tatsächlich etwas zu befehlen?

»Ja, ich möchte, dass du dich ausruhst. Bitte!«, fügte sie nach kurzer Pause hinzu.

»Wenn du es wünschst.« Das Mädchen verneigte sich leicht. »Ich bin um die Mittagszeit zurück.«

Auf dem Weg zu Philip begegnete Lena der Räuberin.

»Oh, Gräfin Helena zeigt ihr Haar? Ist das schicklich?«

»Schicklicher als das Bein, das du zur Schau trägst«, antwortete Lena mit Blick auf Theas kurze Tunika.

»Das Kleid steht mir gut, nicht wahr?« Thea lächelte und drehte sich um sich selbst. »Immerhin verhüllt es den Busen. Wusstest du, dass es unter den hiesigen jungen Frauen beliebt ist, eine Brust zu entblößen? Diese Gewänder sind geradezu dafür geschaffen, Männer um den Verstand zu bringen.«

»Das ist dir bislang in jeder Aufmachung gelungen«, bemerkte Lena.

Thea lachte. »Aber das ist noch nichts im Vergleich dazu, wie sich Witold und Rupert den Gegebenheiten angepasst haben. Der Einzige, der sich schamvoll zurückhält, ist Philips kleiner Knappe. Ach ja, und Said, der natürlich auch. Aber Said ist ein so vollkommener Mensch – ich frage mich manchmal, ob er wirklich lebendig ist.«

»Witold und Rupert? Was ist mit ihnen?«

»Nun schau nicht streng! Sie haben sich ebenfalls den Wüstenstaub abgewaschen und tragen in Ermangelung schicklicher abendländischer Kleidung das Gleiche wie die Einheimischen.«

»Und was haben sie an?«

»Kurze Tuniken, die viel behaartes, blasses Männerbein zeigen.« Thea lachte. »Allmählich begreife ich, warum die Bewohner von Djeseru-Sutech sich die Körperhaare entfernen.«

»Du scheinst dich jedenfalls bester Laune zu erfreuen.«

»Soll ich mich jammernd in eine Ecke verkriechen?«

»Eine Weile glaubte ich wirklich, du würdest dir Sorgen um Philip machen.«

Auf einmal war die Unbeschwertheit aus Theas Gesicht verschwunden. »Und ob ich mir Sorgen mache«, sagte sie ernst. »Vermutlich mehr, als ich sollte. Aber ganz gleich, was ich auch unternehme, ich ändere nichts an den Gegebenheiten. Diesen Kampf muss er ganz allein gewinnen. Und du sähst es gewiss nicht gern, wenn ich händchenhaltend an seinem Lager wachen würde. Das ist doch der Platz, der dir zukommt.«

Die Bitterkeit in Theas Stimme erschreckte Lena. »Ich weiß, dass du dich von ihm verraten fühlst«, sagte sie leise.

»War es etwa kein Verrat?« Da war es wieder, dieses hellrote Lodern in Theas Seelenflamme. »Er hat mir etwas vorgespielt, mich benutzt. Und dabei ging es ihm die ganze Zeit nur darum, meinen Vater zu vernichten.«

»Glaubst du das wirklich?«, fragte Lena. »Wenn er dich nur benutzt hätte, würdest du dann noch immer so viel Macht über ihn ausüben?«

»Ich besaß nie Macht über ihn.«

»Nicht solange er dein Geliebter war. Die Macht gewannst du erst, nachdem er deinen Vater dem Henker überantwortet hatte. Weil er seither dir gegenüber Schuldgefühle hat. Auch wenn sein Handeln rechtens war. Du weißt selbst, dass dein Vater ein Mörder und Verbrecher war, der den gerechten Lohn für seine grauenvollen Taten erhielt.«

Thea schwieg. Lena glaubte schon, sie würde nichts weiter sagen, aber dann antwortete sie doch.

»Ich habe ihm nicht verübelt, dass er meinen Vater dem Henker auslieferte. Das Beil schwebte immer über uns, das war der Preis für das Räuberleben. Nein, ich verüble Philip etwas ganz anderes.«

»Was denn?«

»Das weißt du genau.« Theas Augen blitzten zornig. »Er benutzte mich, schlich sich in mein Herz, und als er mich nicht mehr brauchte, versuchte er, sein Gewissen mit Geld freizukaufen.«

»Was hätte er stattdessen tun sollen?«

»Es hätte genügt, wenn er ehrlich gewesen wäre. Wenn er erklärt hätte, dass ich nicht gut genug für einen Grafen bin. Wenn er den Mut gehabt hätte, mir die Wahrheit ins Gesicht zu sagen und meinen Zorn zu ertragen. Aber dazu war er zu feige.« Thea wandte sich um und eilte davon. Allerdings war sie nicht schnell genug, denn Lena hatte das feuchte Schimmern in ihren Augen gesehen …

38. Kapitel

Thea ärgerte sich über sich selbst. Wieder einmal hatte Lena sie dazu verleitet, Worte auszusprechen, die sie nicht einmal denken wollte. Hastig wischte sie sich die aufsteigenden Tränen aus den Augen. Ich werde nicht weinen, dachte sie bei sich. Niemals! Aber der Schmerz war spürbar. Und er würde bleiben, solange sie sich nicht endgültig von Philip befreite. Von ihrer Sehnsucht nach ihm. Dem Schmerz, dass er sie verlassen hatte. Aber inzwischen wusste sie, dass dies nicht durch seinen Tod geschehen konnte. Würde er sterben, käme sie erst recht nicht von ihm los. Sein Bild würde sie verfolgen, die Erinnerung ihn größer machen, als er war.

Genug von dem Weiberkram!, mahnte sie sich und straffte die Schultern. Es galt, eine fremde Welt zu erkunden, sich Wissen anzueignen, Neues zu entdecken. Vor allem war es hilfreich, tatkräftig zu bleiben und den alten Schmerz zu betäuben.

Djeseru-Sutech bot am Morgen ein noch eindrucksvolleres Bild als am Abend zuvor. Von den Stufen des Palastes aus konnte Thea einen Großteil der Stadt überblicken. Wie war es möglich, dass eine so große Ansiedlung jahrhundertelang unentdeckt geblieben war? Gewiss, die hohen Felsen boten die beste natürliche Stadtmauer, die man sich wünschen konnte, dennoch war es bemerkenswert. Bemerkenswert ... nun dachte sie schon so, wie Sethemhat redete. Trotz der eben noch trüben Gedanken spielte ein Lächeln um ihre Lippen. Sethemhat ... Sie wusste nicht, wie sie ihn einschätzen sollte. Auf jeden Fall wäre es lohnenswert, sich näher mit ihm zu befassen.

Sie stieg die Stufen hinab und sah sich um. Dem Palast gegenüber hatte sich eine stattliche Menschenmenge versammelt und wartete auf Einlass in das prachtvolle Gebäude, vor dem die kahlköpfigen Männer Sethemhat am Tag zuvor so ehrfürchtig begrüßt hatten. Auch an diesem Morgen standen zwei der Männer vor dem Portal, wirbelten mit seltsamen Rasseln und stimmten einen eigentümlichen Gesang an.

»Sie wollen dem Seth huldigen.« Beim Klang der Stimme fuhr Thea herum. Sethemhat stand hinter ihr, doch beinahe hätte sie ihn nicht erkannt. Er trug ein bodenlanges weißes Gewand, ähnlich jenem, das Lena getragen hatte. Allerdings war das seine mit blauen Borten verziert. Sein Haupt bedeckte ein gefaltetes blau-weiß gestreiftes Kopftuch, und darüber trug er einen Stirnreif, von dem ein Geierkopf und eine aufgerichtete goldene Kobra herabblickten. Am seltsamsten fand Thea jedoch den Goldschmuck auf seiner Brust. Wer war bloß auf den lächerlichen Gedanken verfallen, einen faustgroßen Mistkäfer aus Gold zu gießen?

Sie wollte etwas erwidern, doch da fiel ihr Blick auf Sethemhats Gefolge. Zwei Männer mit großen Fächern aus Straußenfedern standen hinter ihm, und ihnen folgte eine Prozession vornehm gekleideter Frauen und Männer.

»Ich stehe wohl im Weg, wie?«

»Ja«, antwortete er mit ernster Miene, doch in seinen Augen sah sie es blitzen. So ähnlich wie bei Philip, der auch mit den Augen lachen konnte, während seine Miene unbewegt blieb. Gemächlich trat sie zur Seite und ließ die Prozession vorüberschreiten.

Wie schon tags zuvor verneigten sich die Menschen ehrerbietig vor Sethemhat, während er mit seinem Gefolge in den Tempel einzog. Thea überlegte kurz, ob sie ihm folgen sollte, entschied sich dann aber dagegen. Sie hatte schon genügend Aufmerksamkeit erregt, dabei galt es doch, im Hintergrund zu bleiben. Als Letzte betraten die beiden kahl rasierten Männer das Gebäude und schlossen die Türen. Die eben noch überfüllte Straße lag wie ausgestorben vor Thea. Eine Weile blieb sie unschlüssig stehen, lauschte den dumpfen Gesängen, die aus dem Innern des Tempels zu ihr herausdrangen, doch dann machte sie sich auf, die Stadt zu entdecken.

Je weiter sie sich vom Palast entfernte, umso schlichter wurden die Gebäude. Hätte sie nicht gewusst, dass sie sich in einer längst vergessenen Welt mitten in der Wüste befand, hätte sie glauben können, die Gassen Alexandrias zu durchstreifen. Während die edlen Bürger dem Seth huldigten, wie Sethemhat es genannt hatte, nahm das Leben in den weniger vornehmen Gassen seinen gewohnten Gang. Thea sah Handwerker, darunter Schuhmacher und Töpfer, sogar eine Schankstube, die um diese frühe Stunde allerdings noch geschlossen hatte. Hinter dem Viertel der Handwerker erstreckten sich Felder. Jeder Zoll fruchtbarer Erde wurde genutzt, die Äcker reichten bis zu den Felsen. Woher mochte die fruchtbare Erde stammen, wenn es außerhalb der Stadt nur Sand und Staub gab? Es dauerte eine Weile, bis sich Thea das Geheimnis erschloss. Am Rand der Felder befanden sich drei große Schöpfräder, die das Wasser aus der Tiefe der Erde holten. Jedes Rad wurde von vier Eseln bewegt. Ein halbwüchsiger Junge achtete darauf, dass die Tiere nicht stehen blieben, und versetzte ihnen hin und wieder einen Hieb mit der Gerte. Von hier aus wurde das Wasser also in die Kanäle geleitet, die Thea bereits bei der Ankunft aufgefallen waren.

Mittlerweile stand die Sonne schon recht hoch. Thea ließ sich an einer erhöhten Stelle im Schatten der Felswand nieder und beobachtete die Menschen. Ein kleines Mädchen brachte dem jungen Eselstreiber etwas zum Essen. Die beiden lachten und riefen sich vermutlich Neckereien zu, die Thea nicht verstand. Dann lief das Mädchen wieder davon. Etwas weiter entfernt jätete eine alte Frau Unkraut in einem Beet. Was man hier wohl anpflanzte? Auf den meisten Feldern schien Getreide zu wachsen, doch es war noch nicht reif genug, um es anhand der Ähren erkennen zu können.

Eine eigene Welt inmitten der Welt. Für einen Augenblick fühlte Thea sich an ihre Kindheit erinnert. Damals hatte sie das Räuberlager ihres Vaters auch für eine verborgene, sichere Welt gehalten. Ein eigenes Dorf, in dem es sogar eine Schmiede gegeben hatte. Ihr sicherer Ort war auf der einen Seite gleichfalls von einer Felswand geschützt gewesen, während schwere Palisaden die drei übrigen Seiten eingezäunt hatten. Jahrelang hatte niemand das Versteck entdeckt. Bis Philip kam … Philip! Verdammt, warum ging er ihr nicht aus dem Kopf? Warum schlich er sich in jeden ihrer Gedanken ein?

Sie sprang auf – die Zeit der Muße und Ruhe war mit der Erinnerung an ihn vorüber.

Ihr Weg führte sie an den Felsen entlang. Sie wollte erkunden, wie groß die verborgene Stadt tatsächlich war. Sie kam an weiteren Feldern und an einer Mühle vorbei und gelangte schließlich zu einem kleinen See. Ein kleiner See! Hier, inmitten der Wüste? Doch irgendetwas stimmte nicht. Erst bei genauerem Hinsehen erkannte sie, dass er vollkommen rund war. Er war ebenso künstlich angelegt wie die Kanäle! Ein breiter Steg mit goldenen Geländern führte zur Mitte des Sees. Ob er auch einem heiligen Zweck diente? Oder einfach nur der Erbauung? Es musste herrlich sein, in dem Wasser zu schwimmen. Thea seufzte. Viel zu lange war es her, dass sie an heißen Sommertagen in dem klaren See ganz in der Nähe des Räuberlagers gebadet hatte. Am Grund war das Wasser immer kalt, an der Oberfläche im Sommer jedoch angenehm warm gewesen. Sie hatte sich ganz flach gemacht, war dicht unter der Oberfläche geschwommen und hatte sich vorgestellt, in den Sonnenstrahlen wegzutauchen. Thea seufzte. Diese Zeit käme niemals wieder. Sie musste lernen, in der Gegenwart zu leben.

Nicht weit von dem See entfernt befand sich eine Reitbahn, viel größer als die auf Mikhails Gut. Dahinter lagen zahlreiche Stallungen. Sie hörte das Wiehern der Pferde und nahm den Duft der Tiere wahr. Doch da war noch ein anderer Geruch. Beißender, durchdringender, raubtierartig. Neugierig folgte sie ihrer Nase. Der Geruch führte sie hinter die Ställe bis zu einer hohen Mauer, die von einer kleinen Pforte unterbrochen wurde. Thea blickte sich um. Kein Mensch war zu sehen. Sie schob den Riegel auf, trat hinter die Einfriedung … und erstarrte. Sie stand in einem prächtigen Garten. Bäume, die sie nicht kannte, wuchsen um einen kleinen Teich, in dem bunte Fische schwammen. Doch für diese Schönheit hatte sie kaum ein Auge, denn vor ihr lag ein riesiger Löwe mit dunkler Mähne. Er hob den Kopf und starrte sie an. Vorsichtig zog sie sich einen Schritt zurück. Plötzlich erhob er sich und schüttelte die Mähne. Thea hörte etwas klirren und atmete auf – er lag an einer Kette.

Daraufhin betrachtete sie die Raubkatze ein wenig mutiger. Bislang kannte sie solche Tiere nur von Bildern. Ihr Vater hatte sich stets gerühmt, von Heinrich dem Löwen abzustammen. Er hatte einen Wandteppich besessen, der einen aufrecht stehenden Löwen zeigte, aber die Abbildung war nicht mit diesem Anblick zu vergleichen. Wenngleich das Tier nicht gerade kämpferisch, sondern eher leicht gelangweilt dreinschaute. Wie zur Bekräftigung ihrer Gedanken gähnte es und zeigte dabei sein beachtliches Gebiss. Thea wich einen weiteren Schritt zurück, wusste sie doch nicht, wie kurz oder lang die Kette wirklich war.

Beim Klang einer scharfen Stimme fuhr sie herum. Hinter ihr stand ein junger Bursche und redete in einer fremden Sprache auf sie ein.

Er schien höchst aufgebracht, dass sie sich in das Gehege gewagt hatte.

»Kannst du auch Arabisch?«, fragte sie ihn.

Er redete unbeirrt in seiner eigenen Sprache weiter.

»Ich verstehe kein Wort. Aber gut, ich gehe ja schon.« Beschwichtigend hob sie die Hände und versuchte sich an ihm vorbei durch die Pforte zu drängen. Doch das schien ihm auch nicht zu gefallen. Seine Stimme wurde lauter, er fing an zu schreien, fuchtelte mit den Händen und stieß ihr sogar den Zeigefinger gegen den Brustkorb.

»Finger weg!« Nun wurde auch Thea laut. Leider hatte das nur zur Folge, dass ihr Gegenüber noch erregter schrie. Thea spürte die Gartenmauer im Rücken und erneut seinen Finger auf dem Brustbein. Als Nächstes traf den Tierpfleger Theas Faust am Kinn, und er sank wie ein nasser Sack zu Boden. Trotzdem verließ sie den Garten, ehe ihr noch andere aufgebrachte Burschen über den Weg liefen.

Beim Hinauseilen bemerkte sie die Käfige, die am Rand des Gartens aufgestellt waren. Weitere Raubtiere, gefleckte große Katzen, vermutlich Leoparden. Thea kannte sie von heimischen Wappen. Einen Augenblick lang zögerte sie. Gern hätte sie die schönen Geschöpfe näher betrachtet, aber zum einen lag dieser unberechenbare Löwe im Weg, zum anderen wollte sie verschwunden sein, ehe der unhöfliche Kerl sich von dem Kinnhaken erholt hatte.

Als sie zum Palast zurückkehrte, herrschte auf den Straßen wieder das tägliche Leben. Die Zeremonie zu Ehren des Seth schien beendet zu sein. Thea betrat den Palast, vorbei an Dienstboten, die den Boden mit so viel Eifer wischten und polierten, dass sie sich im Marmor spiegeln konnte. Die Tür zu Philips Gemach war nur angelehnt. Sie öffnete sie und wurde von Said sogleich mit einem »Psst!« empfangen. Schweigend wies er auf Lena, die noch immer Philips Hand hielt, aber am Rand des Bettes in sitzender Haltung eingeschlafen war.

»Sie hat die ganze Nacht bei ihm gewacht«, flüsterte Said. »Und wollte nicht von seiner Seite weichen.«

»Wie geht es ihm?«, flüsterte Thea zurück. Er machte ihr ein Zeichen, ihm nach draußen zu folgen.

»Er hat noch immer hohes Fieber«, erklärte er, nachdem sie sich einige Schritte von der Zimmerflucht entfernt hatten. »Die hiesigen Ärzte verwenden seltsame Heilmittel. Ich weiß nicht, ob ich sie weiter gewähren lassen soll oder nicht. Aber welche Hoffnung haben wir sonst?«

»Von welchen Heilmitteln sprichst du? Von Krötenaugen und Salamandern?«

Said verdrehte die Augen. »Fast so schlimm. Sie wollten es mir zunächst nicht verraten, aber ich habe es trotzdem herausbekommen. Sie lassen bestimmte Früchte absichtlich verschimmeln. Wenn der Schimmel eine gewisse Färbung angenommen hat, ein ganz besonderes Grün, dann kratzen sie ihn ab und verrühren ihn zu einer stinkenden Salbe. Und die haben sie Philip in die Wunde gestrichen. Weil sie meinen, Böses könne nur mit Bösem bekämpft werden.«

»Wer weiß, vielleicht nutzt es etwas.«

»Oder es bringt ihm noch schneller den Tod.«

»Kannst *du* ihn retten?«

Said senkte den Blick. »Wenn ich es könnte, hätte ich es längst getan.«

»Also bleibt uns nichts anderes übrig als abzuwarten. Und keine Sorge, so schnell stirbt man nicht an verschimmeltem Obst.«

»Er hat es nicht gegessen, sie haben es ihm in die Wunde gestrichen!«, brauste Said auf.

»Schrei nicht so, sonst weckst du Lena, und das wolltest du doch verhindern!« Thea funkelte Said an, und er schwieg tatsächlich.

»Wo treiben sich eigentlich Bertram und die Waffenknechte herum?«, fragte sie dann.

»Ich glaube, im Garten. Rupert und Witold betrachten unsere derzeitige Lage mit beneidenswerter Gelassenheit.«

»Und Bertram?«

»Zieht ein Gesicht, als wäre er in der Hölle gelandet.«

»Ach, hat er durch seine Augengläser geblickt und erkannt,

wie sich die jungen Mädchen hier kleiden? Dabei sollten Männer bei solchen Anblicken doch eher ans Paradies denken, oder etwa nicht?«

»Lass ihn! Er hat sein eigenes Leid zu tragen.«

Gerade als Thea eine spitze Bemerkung machen wollte, wurde sie von einem Diener angesprochen.

»Du bist Thea, nicht wahr?«

»Ja. Was willst du von mir?«

»Der erhabene Sethemhat verlangt dich zu sprechen.«

»Mich?«

Der Mann nickte. »Bitte folge mir!«

Said sah Thea fragend an, doch sie hob nur die Schultern. Ob Sethemhat wohl erfahren hatte, dass sie den Mann im Raubtiergehege niedergeschlagen hatte? Und wenn ja, war das überhaupt von Bedeutung? Der Bursche war zudringlich geworden, er hatte es nicht anders verdient.

Zu ihrem Erstaunen erwartete Sethemhat sie nicht im Innern des Palastes, sondern im Garten. Wollte er etwa mit ihr lustwandeln?

»Danke, du kannst gehen«, beschied er den Diener, der sich wortlos verneigte und rückwärts entfernte.

Thea verschränkte die Arme vor der Brust. »Was willst du von mir? Du rufst mich einfach so herbei, als wäre ich deine Magd.«

»Deine Art, mit Höhergestellten umzugehen, ist wirklich …«

»Bemerkenswert?«, unterbrach Thea ihn. »Wolltest du das sagen?«

Statt kühler Überlegenheit zeigte seine Miene einen Augenblick lang höchste Verblüffung. »Nein, eigentlich wollte ich es dreist nennen. Aber du hast recht, es ist bemerkenswert dreist.«

»Wenn wir schon bei Dreistigkeiten sind« – Thea sah ihn scharf an –, »wie kommst du überhaupt darauf, du könntest mir gegenüber höhergestellt sein?«

Zu ihrer Überraschung lachte Sethemhat. »Vielleicht, weil ich der Herrscher dieser Stadt bin.«

»Bin ich dein Gast oder deine Gefangene?«

»Eigentlich mein Gast, mit der Ausnahme, dass du nicht selbst entscheidest, wann du gehen kannst.«

»Gut, wenn ich dein Gast bin, erinnere ich dich an das Gesetz der Wüste, demzufolge Gäste wie Könige bewirtet werden.«

Thea ließ sich auf einem der beiden Scherenstühle nieder. »Wir sind uns also gleichgestellt, erhabener Sethemhat.«

»Sind wir das?«

»Bitte, setz dich doch! Ich mag es nicht, wenn du stehen bleibst.«

»Du erlaubst mir, mich zu setzen?« Sethemhats Augen funkelten belustigt.

Thea nickte. »Ich bin ein höflicher Mensch.«

»Wie gut, dass du mich darauf hinweist, sonst hätte ich es nicht bemerkt.« Er setzte sich auf den zweiten Stuhl ihr gegenüber.

»Nachdem du doch sonst alles so bemerkenswert findest, nicht wahr?«

»Gehört es in deiner Heimat zu den guten Sitten, hinter verbotene Türen zu spähen und jene niederzuschlagen, die dich vor Gefahren bewahren wollen?«

Aha, der Bursche hatte geplaudert! »Er hat mich angefasst. Das mag ich nicht.«

»Angefasst?«

»So!« Thea beugte sich vor und stieß Sethemhat den Zeigefinger gegen das Brustbein. Immerhin trug er nicht mehr diesen lächerlichen goldenen Mistkäfer. »Beim ersten Mal habe ich ihn noch gewarnt. Beim zweiten Mal bekam er die passende Antwort.«

Noch während sie sprach, beobachtete sie sein Mienenspiel. Da war es wieder, dieses leicht spöttische Lächeln, das seine Augen beherrschte, während sein Mund ernst blieb. Ganz so, als messe er sich zur Abwechslung gern mit einer Frau, die ihn nicht demütig anhimmelte.

»Dann muss ich dir am Ende gar dankbar sein, dass du ihn

nicht wie diesen feigen Schakal in der Wüste aufgespießt hast, von dem du immer so stolz sprachst.«

»Mein Schwert hebe ich mir für echte Schurken auf.«

»Du bist wirklich …«

»Bemerkenswert?«, fiel sie ihm lächelnd ins Wort.

»So ist es.« Er erwiderte ihr Lächeln. »Ich bin schon einigen Frauen begegnet, aber so eine wie dich habe ich noch nie getroffen.«

»Das liegt wohl daran, dass du in einer abgeschlossenen Welt lebst.«

»Nein, daran liegt es gewiss nicht. Ich kenne die Wüste und die großen Städte. Ich weiß, welchen Religionen die Menschen anhängen, und beherrsche die Kunst, mich anzupassen und unerkannt in den Straßen zu bewegen. Für die Welt dort draußen bin ich Tariq, der Scheik der Sethi. Ein gläubiger Muslim. Aber ich kann dir auch einen frommen Juden oder gottesfürchtigen Christen vorspielen, wenn es sein muss.« Er musterte sie, als erwarte er, sie mit dieser Eröffnung in Verwirrung zu stürzen.

»Dann bist du wohl sehr gewitzt.«

»Und du, schöne Thea?« Er bedachte sie mit einem tiefen Blick. Seine Augen waren etwas dunkler als die von Philip, aber sie hatten den gleichen warmen Braunton, der an uralten Bernstein erinnerte.

»Was glaubst du wohl, schöner Mann?« Noch während sie die Worte aussprach, fühlte sie, wie die alte Bitterkeit von ihr Besitz zu ergreifen drohte. So hatte sie Philip immer genannt. Damals, als er noch ihr Geliebter war.

Sethemhat bemerkte die kurze Unsicherheit nicht.

»Auf jeden Fall bist du sehr direkt.«

»Und das findest du bestimmt bemerkenswert, nicht wahr?« Sie lächelte ihn an.

Er lachte. »Du bist wirklich frech.«

»Du könntest mich in der Wüste aussetzen, wenn ich dir zu frech bin.«

Kaum hatte sie den Satz ausgesprochen, da verschwand die Leichtigkeit aus Sethemhats Zügen.

»Das Gesetz von Djeseru-Sutech verbietet es einem Fremden, der diese Stadt einmal betreten hat, sie jemals wieder lebend zu verlassen.«

»Warum? Befürchtest du, wir könnten das Geheimnis verraten?«

»So ist es.«

»Aber Philip und Lena kannten es längst und haben es bewahrt. Warum willst du uns also festhalten?«

Sethemhat erhob sich. »Meine Vorfahren hüteten und verteidigten diese Stadt, indem sie die Gesetze bewahrten. Nirgendwo sonst auf der Welt wird noch der alten Götter gedacht. Nirgendwo sonst auf der Welt wird das alte Wissen gehütet. Ein Wissen, das auch deinem Freund Philip das Leben retten wird, wenn sein Körper stark genug ist. Wenn die Welt jedoch von Djeseru-Sutech erfährt – glaubst du, wir könnten die Stadt noch länger verteidigen? Unser wirksamster Schutz ist das Vergessen der Menschen. Niemand darf erfahren, dass es uns gibt, und wer den Namen Djeseru-Sutech nennt, soll nur an einen Mythos glauben. Diesem Erbe haben sich alle Herrscher von Djeseru-Sutech verschrieben.«

»Und unserem Schwur würdest du nicht trauen?«

»Worte sind wertlos. Nur Taten zählen. Hätten wir uns damit begnügt, Worten zu glauben, hätten uns der Sturm der Christenheit und das Schwert des Islam längst zu Staub zermahlen.«

»Dann verrat mir nur eines: Warum versuchst du, Philips Leben um den Preis der Freiheit von uns allen zu retten? Warum hast du uns in der Wüste nicht unserem Schicksal überlassen?«

Sethemhat senkte den Blick. Und obwohl Thea nicht über Lenas Fähigkeit verfügte, war sie sich plötzlich sicher, dass seine starke Seelenflamme nur noch ein schwaches Glimmen war.

39. Kapitel

Die zweite Nacht war ebenso schrecklich wie die erste. Lena wachte weiterhin an Philips Seite, hielt seine Hände, die sich um die ihren krampften, wechselte mit Anukets Hilfe die durchgeschwitzten Laken und legte ihm kühle Wickel um die Waden. Horeb und Amutef waren noch zwei weitere Male erschienen und hatten die stinkende Salbe in Philips Wunde gestrichen. Philip hatte es kaum wahrgenommen.

Doch als der Morgen graute, glühte sein Körper nicht mehr, und er atmete ruhig und gleichmäßig. Ob er die Krise überstanden hatte? Oder war nur eine kurze Pause eingetreten, ehe der Tod ihn endgültig holte?

Fragend wandte sich Lena an Said, der gemeinsam mit ihr gewacht hatte. Der legte eine Hand auf Philips Stirn. »Das Fieber ist ein wenig gesunken. Philip ist ein starker Mann – ich glaube, er schafft es.«

Kurz darauf betraten die beiden Ärzte die Krankenstube. Sie schienen durchaus zufrieden mit Philips Zustand.

»Es wirkt«, sagte Amutef und zog erneut den Tiegel mit der grünlichen Salbe hervor. »Aber er muss viel trinken. Setz ihm so oft wie möglich den Wasserschlauch an die Lippen!«

Lena sah, wie Said die Nase rümpfte, als Amutef Philip die Paste in die Wunde rieb. Sie wusste inzwischen, woraus das Mittel bestand. Ein wenig hatte sie sich geekelt, doch zugleich wusste sie, dass Amutef nichts Unbedachtes tat. Vermutlich traf seine Erklärung zu, man müsse Böses mit Bösem bekämpfen. Philip ging es besser – für Lena war dies Beweis genug.

»Aber nun solltest du etwas essen«, schlug Said vor, nachdem die Ärzte gegangen waren. Die hilfreiche Anuket hatte einen Teller mit frischem Fladenbrot und Früchten gebracht, doch Lena hatte noch keinen einzigen Bissen zu sich genommen, seit sie nach Djeseru-Sutech gekommen war.

Auch jetzt schnürte ihr die Sorge um ihren Gatten den Magen

zu. Dabei hatte sie doch allen Grund, erleichtert zu sein. Warum verflog die Übelkeit nicht? Mit einem gewissen Trotz griff sie nach dem frischen Brot, brach ein Stück ab und schob es in den Mund. Noch während sie kaute, rebellierte ihr leerer Magen. Gerade eben schaffte sie es noch, sich über die Waschschüssel zu beugen, ehe sie sich erbrechen musste. Und obwohl ihr Magen leer war und sie nur noch Galle spuckte, dauerte es eine ganze Weile, bis der Würgereiz nachließ.

Said sagte kein Wort, sondern musterte sie nur besorgt. Anuket, die sich still im Hintergrund gehalten hatte, nahm die beschmutzte Schüssel und trug sie fort.

Lena setzte sich auf die Kante von Philips Bett. »Habe ich dir nun auch den Appetit verdorben?«, fragte sie Said.

Er schüttelte den Kopf und griff nach einem Stück Honigmelone. Allerdings kaute er so zögernd, dass Lena den Eindruck gewann, er wollte ihr nur einen Gefallen erweisen.

Am frühen Nachmittag erwachte Philip zum ersten Mal. Er erkannte Lena, trank gierig das Wasser, das sie ihm anbot, und sogar einige Schlucke von der Fleischbrühe, die Anuket ihm brachte. Danach schlief er sofort wieder ein. Immerhin schien er keine Schmerzen zu leiden. Lena war ungemein erleichtert, versuchte selbst noch einmal, ein wenig Brot und Obst zu essen, und konnte die Nahrung diesmal bei sich behalten.

Thea schaute einmal kurz vorbei, blieb aber nicht lange.

Auch Bertram und die beiden Waffenknechte fragten schüchtern an, wie es Philip ergehe, und waren erleichtert zu hören, dass er sich auf dem Weg der Besserung befand.

Doch dann brach die dritte Nacht an, und die Fieberschübe kehrten zurück. Mit aller Gewalt packten sie den Kranken und schüttelten ihn. Sein Körper glühte so stark, dass Anuket mitten in der Nacht zu Horeb eilte und ihn holte.

Der Arzt griff nach Philips Handgelenk und zählte leise vor sich hin. Als er Philips Gelenk wieder losließ, sah er Lena an. Ihr wurde kalt unter seinem Blick, so viel Sorge lag darin.

»Das Herz spricht in allen Gliedern«, sagte der Arzt. »Es schlägt schnell, zu schnell. Er verbrennt.«

»Dann unternimm etwas dagegen!«

Horeb zögerte kurz und befahl Anuket etwas in seiner eigenen Sprache. Das Mädchen rannte davon.

»Was hast du ihr aufgetragen?«

»Wir brauchen kaltes Wasser. Viel Wasser. Es reicht nicht mehr, ihm kühle Umschläge anzulegen. Wir müssen ihn ganz in kalte Laken einwickeln, um das Feuer zu löschen.«

Anuket kehrte zurück, in ihrer Begleitung zwei Diener, die schwere Krüge trugen. Sie selbst hatte die Arme voller Laken. Alles Weitere ging sehr schnell. Sie feuchteten die Laken an und hüllten Philips nackten Leib vollständig darin ein. Er stöhnte, die plötzliche Kälte schien ihm heftiger zuzusetzen als das Fieber. Doch Horeb kannte keine Gnade. Immer wieder wurden die Tücher angefeuchtet, um dem Körper die Hitze zu entziehen. Lena betete stumm zur heiligen Jungfrau, bat um Schutz und Heilung.

Es dauerte die ganze Nacht. Erst als die Sonne sich im Osten erhob, sank das Fieber, und Philips Herz schlug wieder ruhig.

»Hat er es überstanden?«, fragte Said. »Oder schleicht der Tod noch immer um sein Bett?«

Horeb atmete tief durch. »Nicht mehr um sein Bett – wir haben ihn vor die Schwelle des Hauses gejagt.«

Lena war zu Tode erschöpft. Während der letzten Tage hatte sie alle Ängste durchlitten, die einen Menschen heimsuchen konnten. Wie lange sollte dieser Kampf zwischen Hoffen und Bangen noch dauern? Tränen brannten ihr in den Augen, und sie versuchte sie fortzublinzeln. Es gab keinen Anlass für Tränen. Philip lebte. Horeb hatte versichert, der Tod sei ein weiteres Mal vertrieben worden. Aber warum war sie dann so verzweifelt? Wo war ihre Kraft geblieben?

Und dann konnte sie nicht mehr verhindern, dass ihr heiße Tränen über die Wangen liefen.

»Es wird alles gut«, hörte sie Saids Stimme und spürte seine Hand auf der Schulter. »Philip ist stark, er wird es überstehen.«

»Und wenn nicht?«

»Wer diese Nacht überlebt hat, der wird alles überstehen«, entgegnete Said mit fester Stimme. »Und wir helfen ihm dabei.«

Von draußen waren Schritte zu hören. Lena musste sich nicht umdrehen. Sie kannte Theas Schritt.

»Geht es ihm schlechter?«

Lena horchte auf und wischte sich die Tränen aus dem Gesicht. Hörte sie da wirklich ein leichtes Zittern in Theas Stimme?

»Heute Nacht sah es schlecht aus«, antwortete Said. »Aber inzwischen ist die Krise überwunden.«

»Warum habt ihr mich nicht geweckt?«

»Du hättest nichts ausrichten können.«

»Ihr hättet ihn also sterben lassen, ohne nach mir zu rufen?«

»Nein.« Lena wandte sich zu Thea um und sah ihr unverwandt in die Augen. »Wir haben um sein Leben gekämpft. Wäre es dem Ende zugegangen, hätten wir dich geholt. Dann hättest du Abschied nehmen können.« Wieder dieses schreckliche Brennen in den Augen! Lena blinzelte, wollte vor Thea nicht in Tränen ausbrechen. Vergeblich.

»Hier nimmt niemand Abschied!«, rief die Räuberin, schloss Lena in die Arme und drückte sie an sich. »Er wird wieder gesund, da bin ich mir ganz sicher.«

Erstaunlicherweise fühlte Lena sich durch diese Worte getröstet und gestärkt. Mehr als durch Saids Zuspruch. Beinahe so, als könne Thea mit ihrer Wildheit sogar den Tod vertreiben.

Thea ließ Lena los und wandte sich zu Philips Krankenlager um.

»Wehe, du stirbst uns einfach weg! Du bleibst hier, in diesem Leben. Hast du das verstanden?«

Ein leises Stöhnen, flatternde Augenlider. Lena ergriff Philips Hand. Er öffnete die Augen – sein Blick war erstaunlich klar.

»Ich sag's doch!«, rief Thea. »Schließlich weiß ich am besten, wie man mit Männern reden muss.«

Die Anspannung entlud sich in einem gemeinschaftlichen fröhlichen Gelächter, das Lenas letzte Tränen vertrieb. Nur Philip war zu schwach. Mehr als ein flüchtiges Lächeln vermochte er ihr noch nicht zu schenken. Aber es war immerhin ein Anfang, und Lena schwor sich, dass der Tod ihn noch lange nicht bekommen sollte.

40. Kapitel

Nach jener Nacht war die Krise endgültig überstanden. Das Fieber kehrte nicht zurück, und Philip war nun häufiger wach, obwohl er nach wie vor viel schlief. Doch es war der heilsame Schlaf der Genesung. Es dauerte eine Weile, bis Lena wirklich glauben konnte, dass sich Philip außer Lebensgefahr befand. Doch je sicherer sie wurde, umso größer wurde ihre Neugier auf Djeseru-Sutech. Es bereitete ihr kein schlechtes Gewissen mehr, Philip Anukets Obhut zu überlassen und sich in der Stadt umzusehen.

Während Thea die äußersten Bezirke der Stadt erkundete und die Befestigungen nach Schwachstellen absuchte, wollte Lena mehr über die Menschen erfahren. Die Tatsache, dass es Heiden waren, erschreckte sie und schlug sie gleichzeitig in Bann. Vor allem der Tempel des Seth beschäftigte ihre Phantasie. Welchen Kulten mochten die Menschen dort huldigen? Sie erinnerte sich an die biblischen Geschichten von wilden Völkern, die Jünglinge in Feueröfen opferten. Über die Ägypter erzählte die Bibel nichts dergleichen. Nur dass sie Götzen anbeteten und Magie anwandten. Doch war es einer gottesfürchtigen Christin erlaubt, einen heidnischen Tempel zu erkunden, ohne dabei ihr Seelenheil aufs Spiel zu setzen? Ach was, dachte sie. Ich will ja keinem Götzen dienen, sondern nützliche Erfahrungen sammeln, damit wir sicher heimkehren können. Dieser Gedanke beruhigte sie, und so trat sie durch das geöffnete Tor in eine vermeintlich verbotene Welt.

Die Tempelhalle wurde von hohen Säulen getragen. Selbst drei Männer, die Schulter auf Schulter gestanden hätten, wären nicht in die Nähe der oberen Kapitelle gelangt, die in Gestalt von Blüten gearbeitet waren. Dieses Bauwerk zum Ruhm eines Götzen stellte alle Kathedralen in den Schatten, die Lena jemals gesehen hatte. Die Säulen waren über und über mit ägyptischen Schriftzeichen bedeckt, von kundigen Steinmetzen in den hellen Sandstein getrieben und mit verschiedensten Farben ausgefüllt. Dazwischen standen mächtige Statuen, groß wie Riesen aus dem Märchen, lebensecht bemalt. Doch am beeindruckendsten fand sie die große goldene Figur am Ende der Halle. Ein Mensch mit dem Kopf eines Wesens, das auf den ersten Blick einem Hund ähnelte. Allerdings sahen die Ohren aus wie eckig abgeschnittene Eselsohren, und die Schnauze war so lang gezogen, dass Lena sie keinem bekannten Tier zuzuordnen wusste.

Ob die Statue wohl aus massivem Gold bestand oder nur damit überzogen war? Selbst dann wäre sie von ungeheurem Wert gewesen, denn sie erreichte die Höhe von zwei Männern.

»Sei willkommen!« Einer der kahl rasierten Männer trat aus dem Schatten der Säulen auf sie zu. »Du suchst den Rat des Seth?«, fragte er in flüssigem Arabisch.

»Ich … ähm, ich war einfach nur neugierig«, antwortete Lena verlegen. Wie konnte dieser Mann glauben, ihr verlange nach dem Beistand eines heidnischen Gottes? Vermutlich weil das alle tun, mahnte sie sich im Stillen.

»Du stammst von draußen. Du kennst die Geschichte des Seth nicht?«

»Nein, ich kenne sie nicht.«

»Willst du sie hören?«

Lena nickte stumm.

»Wir sind die Söhne des Seth«, begann der Priester. Er trug eine schlichte weiße Tunika, die ihm bis zu den Knien reichte.

Über seiner Brust hing ein kostbares Pektoral, das kleine Abbild der großen goldenen Statue. »Denn Seth ist der Gott der Wüste. Manche nennen ihn auch den Gott des Zornes und des Chaos, aber hier ist er der Schutzherr unserer Welt. Nur ein zorniger Gott, der das Chaos beherrscht, konnte uns so lange vor den Augen der übrigen Welt verbergen.«

»Und warum habt ihr euch aus der Welt zurückgezogen?«

»Es begann schon vor Jahrhunderten. Als die Macht des alten Reiches langsam verfiel, wies Seth seine Kinder an, ihm in die Wüste zu folgen. Er wollte ihnen einen Platz zeigen, an dem sie dem Ursprung nahe waren, dem Quell des Urmeeres. Und so führte er die Ahnen an diesen Ort. Unter Seths weiser Führung entstand unsere Stadt, verborgen vor der Welt, lebendig inmitten der Wüste. Möchtest du die Stätten der Ahnen sehen?«

»Die Stätten der Ahnen? Was meinst du damit?«

»Komm!«, forderte der junge Priester sie auf. »Ich zeige sie dir.« Er schritt weiter in den Tempel hinein, bis zu einer Treppe, die nach unten führte.

Auf einmal fand Lena es befremdlich, nicht einmal den Namen ihres Begleiters zu kennen. »Wie heißt du?«, fragte sie ihn deshalb.

»Cheribakef«, antwortete er. »Ich bin – hinter dem weisen Hohepriester Tenem – der zweite Priester des Seth.« Er wies auf einen Mann, deutlich älter, der in einer anderen Ecke des Tempels geheimnisvolle Riten vollzog, indem er sich in regelmäßigen Abständen vor einem Schrein verbeugte. Gern hätte Lena Cheribakef gefragt, was der Hohepriester dort tat, aber der junge Priester griff unbeirrt nach einer Fackel und entzündete sie. »Das Haus des Seth schützt die Welt der Lebenden ebenso wie die Welt der Toten«, erklärte er.

Lena fühlte sich unbehaglich, während sie dem Priester folgte, denn die Stufen führten so tief hinab, dass sie sich geradewegs dem Schlund der Hölle zu nähern schien. Doch Cheribakefs Seelenflamme war klar und rein, von ihm hatte sie nichts zu befürchten.

Es dauerte lange, bis sie das Ende der Stufen erreichten. Cheribakef entzündete eine weitere Fackel und reichte sie Lena.

»Sieh selbst! Dies ist die Stadt unter der Stadt. Das Erbe der Ahnen und die Heimstatt ihrer Körper, damit ihnen das ewige Leben gewiss ist.«

Der Fackelschein verlor sich in der Tiefe des Raumes. Nie zuvor hatte Lena solche Darstellungen gesehen. Die Wände waren ebenso kunstvoll bemalt wie im Tempel, doch sie erzählten andere Geschichten. Wieder Wesen mit Tierköpfen, eines davon besonders abschreckend. Es hatte den Kopf eines Krokodils, den Vorderleib eines Löwen und das Hinterteil eines Flusspferdes. Es hockte unter einer Waage, auf der ein Herz gegen eine Feder aufgewogen wurde. Dahinter stand ein schakalköpfiger Mann.

Der Priester war Lenas Blick gefolgt.

»Das Totengericht«, erläuterte er. »Nur wenn das Herz des Verstorbenen leichter ist als die Feder der Maat, findet er Einlass in die Ewigkeit. Aber auch dann braucht sein Ba noch die Verbindung zu seinem Körper.« Er schwang die Fackel herum, und Lena entdeckte die vielen geschmückten Sarkophage, die in abgetrennten Nischen standen.

»Früher, in den alten Zeiten des Reiches, erbauten die Herrscher große Grabmäler, in denen ihre Körper für alle Ewigkeit ruhen sollten. Doch die Zeit der großen Monumente ist vorüber. Seit Djeseru-Sutech aus dem Gedächtnis der Menschen geschwunden ist, ruhen die Ahnen hier.«

Lena stockte der Atem. Dabei hatte sie schon die Gruft in Philips Haus für groß gehalten. Dies war wahrlich eine Stadt unter der Stadt.

»Warum zeigst du mir das alles?«

»Du bist fremd hier. Du kamst in den Tempel des Seth, um Antworten zu finden. Der erhabene Sethemhat hat uns aufgetragen, eure Wünsche nach bestem Wissen zu erfüllen, damit ihr euch rascher heimisch fühlt.«

Lena schluckte. Heimisch fühlen … Sie wollte alles tun, um den Rest ihres Lebens nicht hier zu verbringen.

Cheribakef bemerkte nicht, was in ihr vorging. Unbeirrt fuhr er mit seinen Erklärungen fort. »Unsere Tempel bilden den Eingang zur Welt jenseits des Lebens. Nicht nur der Tempel des Seth. Wenn du dem Gewölbe weiter folgen würdest, kämst du zum Heiligtum der Isis und der Nephthys. Und noch weiter bis zum Urmeer.«

»Hier ruhen also die Gebeine längst verstorbener Könige.« Lena trat näher an die Grabnischen heran. Obwohl es ein heidnischer Bestattungsplatz war, zeugten die Gräber von großer Liebe zu den Vorfahren. Lena beschloss, diese Menschen so unvoreingenommen wie möglich zu betrachten. Schließlich war es nicht ihre Schuld, dass niemand sie bislang mit Gottes wahrer Liebe und Güte vertraut gemacht hatte.

»Nicht nur ihre Gebeine, sondern auch ihre unversehrten Leiber«, antwortete der Priester.

»Ihre unversehrten Leiber?« Lena hob die Brauen. Was war das wieder für ein seltsamer Aberglaube?

Cheribakef nickte. »Unsere Totenpriester beherrschen die Kunst, das Fleisch unvergänglich zu machen.«

»Nur Gott hat die Macht, so etwas zu tun«, entfuhr es Lena.

Der junge Priester lächelte. »Es war ein Gott, der es uns lehrte. Anubis, der Wächter des Totenreiches. Die Priester des Anubis beherrschen diese Kunst bis heute. Wenn du mehr darüber erfahren willst, besuch sie in ihrem Tempel.«

Wie kam er darauf, dass sie einen solchen Wunsch hegen sollte? Umso dankbarer war sie, als Cheribakef sich anschickte, die unterirdische Welt der Toten zu verlassen.

Als sie wieder im Tempel des Seth standen, hörten sie laute Stimmen. Zornige Stimmen, die sich in einer fremden Sprache anschrien. Cheribakef nahm Lena die Fackel aus der Hand. »Es ist wohl besser, du gehst.« Er warf einen unsicheren Blick in die Richtung, aus der die Stimmen kamen. Lena nickte und war schon auf dem Weg zum Ausgang, als sie die Streitenden erkannte. Sethemhat und der Hohepriester Tenem, der sich zuvor noch seinen rituellen Verbeugungen hingegeben hatte. War das wirklich der gleiche Mann, der Sethemhat bei ihrer Ankunft in Djeseru-Sutech so ehrerbietig begrüßt hatte? Wo war seine Ehrfurcht geblieben?

»Bitte geh!« Erst als sie Cheribakefs Worte hörte, wurde ihr bewusst, dass sie stehen geblieben war und die beiden Männer anstarrte.

»Verzeih«, sagte sie und hastete aus dem Tempel.

»Eine Welt der Toten unterhalb der Tempel?« Philip hatte ihr aufmerksam zugehört. Er war immer noch schwach und mochte sich kaum bewegen, weil ihm jede Regung unerträgliche Schmerzen bereitete. Da halfen auch die lindernden Tränke nicht, die Horeb ihm verabreichte. Aber sein Geist war wieder wach und begierig nach Neuigkeiten. Und so war seine Krankenstube zu einem Treffpunkt für die Gefährten geworden. Hier trafen sie sich und tauschten ihre Erfahrungen auf Deutsch aus, damit sie niemand belauschen konnte.

Jeder hatte eine andere Aufgabe. Thea, Rupert und Witold erforschten unauffällig die gesamte Stadt, ihre Bewachung und die Befestigungen.

Said nutzte die Gelegenheit, möglichst viel von dem geheimen Wissen in Erfahrung zu bringen, das angeblich in Djeseru-Sutech gehütet wurde. Er war tatsächlich auf eine große Bibliothek gestoßen, in der sich zahlreiche Abschriften bekannter und unbekannter Werke befanden. Man hatte ihm den Zugang ohne Weiteres gewährt, und so verbrachte er täglich viele Stunden in dem Lesesaal. Mittlerweile zahlte es sich aus, dass er als Knabe gemeinsam mit Philip von Bruder Eustache in Latein unterrichtet worden war, denn etliche der Schriftrollen waren in klassischem Latein verfasst, nur wenige in Arabisch, einige auf Griechisch, aber die meisten in der seltsamen ägyptischen Bilderschrift. Bertram war oft an Saids Seite, denn auch ihn begeisterte der Wissensschatz der Ägypter. Doch an jenem Tag, als Lena von ihren Erlebnissen im Tempel des Seth berichtete, wirkte Bertram blass und in sich gekehrt.

Erst als Lena von den Bestattungsriten erzählte und den Tempel des Anubis erwähnte, kehrte Leben in den Jungen zurück.

»Das ist heidnischer Aberglaube!«, rief er. »Asche zu Asche, Staub zu Staub, heißt es.«

»Was hat dich denn gebissen?« Thea stieß ihm den Ellbogen in die Seite. Bertram fuhr herum. Lena erkannte den verzweifelten Ausdruck in den Augen des Jünglings.

»Es ist Sünde, gegen den Tod aufzubegehren.«

»Aber das tun sie doch gar nicht«, beschwichtigte ihn Lena. »Sie haben nur ihre eigene Art, die Toten zu ehren.«

»Warum sollte das Fleisch wohl erhalten bleiben, wenn sie nicht den Tod zu überwinden hoffen? Aber das ist unmöglich! Niemand vermag dem Tod zu trotzen. Erst recht nicht, indem man …« Er brach ab, würgte und rannte aus dem Zimmer.

Lena tauschte einen kurzen Blick mit Philip. Er nickte kaum merklich, und so folgte sie Bertram.

Sie fand ihn im Garten, zusammengekauert hinter einer kleinen Mauer, das Gesicht in den Händen vergraben.

»Bertram«, sagte sie sanft und legte ihm eine Hand auf die Schulter, »was ist mit dir?«

»Bitte geht, Frau Helena!« Seine Stimme war tränenerstickt.

»Nein, ich gehe nicht. Ich will endlich erfahren, was mit dir ist.«

»Nichts.«

»Unsinn! Du bist mir schon einmal ausgewichen. Damals, als du von dem seltsamen Gesang berichtetest, der aus der Totenkammer von Hermanns Geliebter drang. Und hier bringen dich die Totenriten dieses Volkes völlig durcheinander. Was ist damals geschehen? Was hat Ritter Hermann getan? Warum hast du ihn verflucht?«

»Warum wollt Ihr es wissen?«, fragte er mit tonloser Stimme. »Manches spricht man besser nicht aus.«

»Aber wenn man zu lange über geheime Erinnerungen schweigt, zerfressen sie die Seele. Sag es mir, Bertram! Ganz gleich, was es ist, ich werde mich nicht entsetzt abwenden.«

Er hob den Kopf und sah sie an. In seinen Augen war nur noch ein schwaches Glimmen zu erkennen. »Doch, das werdet ihr«, flüsterte er. »Hermann hat Agatha so sehr geliebt, dass er über ihren Tod nicht hinwegkam. Deshalb ließ er sie nach der Totenwache nicht bestatten, sondern holte sich eine Zaubersche ins Haus. Doch das wusste ich noch nicht, als ich den Gesang hinter der Tür hörte. Und dann ein Stöhnen. Ein grässliches Stöhnen, eine Mischung aus Qual und Wollust.« Bertram schloss die Augen. Lena glaubte schon, er wolle ihr erneut ausweichen, doch er sprach weiter. »Ich öffnete die Tür, hörte die alte Vettel im Hintergrund ihre heidnischen Verse singen. Davor Ritter Hermann, mit nacktem Hintern. Und er vollzog den Beischlaf mit der Toten.« Bertram würgte abermals. »Die Zaubersche hatte ihm gesagt, sein Same werde den toten Leib wieder beseelen. Da habe ich ihn verflucht, geschrien, ihn solle der Schlag treffen. Die alte Vettel lachte, doch Ritter Hermann wurde blass, zog sich aus der Toten zurück und sank kurz darauf zusammen. Getroffen von dem Schlag, den ich ihm an den Hals gewünscht hatte. Die Hexe lachte noch immer. ›So ist es, wenn Flüche in Erfüllung gehen, Söhnchen‹, sagte sie. Mir wurde übel, ich wusste nicht, ob ich fortlaufen, die Hexe packen oder Ritter Hermann zu Hilfe kommen sollte. Ich entschied mich für Hermann, versuchte ihm aufzuhelfen, schämte mich, ihn in diese Lage gebracht zu haben. Und doch war es seine eigene Schuld, seine Sünde. Weil er nicht wahrhaben wollte, dass die Toten nur noch Gott gehören, dass sie niemand zurückholen kann.« Er verbarg das Gesicht abermals in den Händen.

Lena nahm Bertram sanft in die Arme. »Es war nicht dein Verschulden, glaub mir. Kein Mensch hat die Macht, einen anderen zu verfluchen. Nur Gott entscheidet. Ritter Hermann missachtete aus Verzweiflung alle göttlichen Gesetze, dafür traf ihn die Strafe. Doch vielleicht war sie auch eine Erlösung.«

»Eine Erlösung? Ist es eine Erlösung für einen Mann, halbseitig gelähmt das Krankenlager nicht mehr verlassen zu können?«

»Manchmal ist es das, Bertram. Nicht in der Jugend, wenn man noch voller Kraft ist. Aber Ritter Hermann blickte schon auf ein halbes Jahrhundert voller Lebenskraft zurück. Der Tod seiner Geliebten brachte ihn anscheinend um den Verstand, sonst hätte er so etwas nicht getan. Dafür nahm ihm Gott die Beweglichkeit seines Körpers. Vielleicht schenkte dieser Zustand ihm die Möglichkeit, zu seinem Seelenheil zurückzufinden und eine andere Form der Liebe und Mildtätigkeit zu erfahren, als es die reine Fleischeslust ist.«

»Ich hatte mir geschworen, mich niemals von der Fleischeslust verführen zu lassen«, flüsterte Bertram. »Ich hatte ja gesehen, wohin sie einen Mann treiben kann. Aber ich war zu schwach.«

»Du hast bereut, und dir wurde Absolution zuteil. Doch du solltest die Lust nicht grundsätzlich verurteilen, Bertram. Oder willst du dich einem Orden anschließen?«

»Einem Orden?« Bertram riss die Augen auf. »Nein, das Kloster ist nichts für mich.«

»Wenn dem so ist, dann solltest du der Liebe nicht entsagen. Wie willst du sonst jemals eine Gemahlin glücklich machen?«

»Wie kann ich eine Frau glücklich machen, indem ich Sündiges von ihr verlange?«, brachte er verzweifelt hervor.

»In der Ehe ist es keine Sünde, sondern eine heilige Pflicht. Gott sagt: Seid fruchtbar und mehret euch.«

Bertram senkte den Blick.

»Und im Übrigen willst du mir doch nicht etwa einreden, dass es dir in Theas Armen nicht gefallen hat, oder?« Lena zwinkerte Bertram so keck zu, dass der Junge errötete. Dann erhob sie sich und ließ ihn mit seinen Gedanken allein.

41. Kapitel

Nachdem Lena Bertram gefolgt war, zogen sich auch alle übrigen Besucher aus Philips Krankenstube zurück. Nur Thea blieb. Sie hatte lange mit sich gerungen, ob sie warten wollte, bis sie mit ihm allein war, um ihm die Frage zu stellen, die sie so bewegte. Doch zugleich wusste sie, dass sie andernfalls niemals eine Antwort erhalten würde. Und sie musste eine Antwort bekommen, mochte diese noch so schmerzlich sein.

Philip hatte die Augen geschlossen, lange Gespräche strengten ihn noch immer an.

Thea zog sich einen Stuhl heran und nahm Platz. »Philip?«

Er öffnete die Augen. »Du bist noch hier?«

Sie nickte. »Beantwortest du mir eine Frage?«

»Wenn ich es kann.« Er tastete nach dem kleinen Wasserschlauch, und Thea half ihm beim Trinken. Er nahm einige Schlucke und reichte ihr den Schlauch zurück.

»Warum hattest du nie den Mut, mir zu sagen, dass ich nicht gut genug für dich war?«, fragte sie schließlich. »Warum musstest du dich mit Geld loskaufen?«

Aus seinen Augen blitzte Überraschung. Echte Überraschung. Er war viel zu geschwächt, um sich zu verstellen.

»Wie kommst du darauf, dass du nicht gut genug warst?«

»Du hast Lena geheiratet. Die vollkommene Gattin für einen Grafen. Stets selbstbeherrscht, von vollendetem Benehmen, aus tadelloser Familie.«

Philip schloss die Augen. Schon befürchtete Thea, er wolle sich einer Antwort entziehen, aber dann sprach er doch.

»Als ich Lena auf Burg Birkenfeld zum ersten Mal sah, wollte ich weder das Erbe meines Vaters antreten, noch war ich auf Brautsuche. Ich befand mich auf der Flucht.«

»Wovor? In deiner Heimat hattest du doch nichts zu befürchten. Niemand sah im Tod deines Vaters etwas anderes als einen tragischen Unfall.«

»Niemand außer mir«, antwortete Philip. »Es gab eine Zeit, da war mir das Leben nur noch eine Last, und ich wäre gern gestorben. Beinahe hätte ich den Tod gefunden – wäre Said nicht gewesen.«

»Das erklärt mir nicht, warum du dich für Lena entschieden hast.«

»Und gegen dich, das willst du doch hören, nicht wahr?«

Thea nickte.

Philip zögerte eine Weile. »Es gab eine Zeit, da hätte ich mir ein Leben mit dir vorstellen können, da hast du meine Seele berührt. Aber jedes Mal, wenn ich dich darauf ansprach, hast du alles wieder zerstört.«

»Ich habe alles zerstört? Wie?« Thea spürte, wie sich ihre Hände zu Fäusten ballten. Wie konnte Philip so etwas behaupten?

»Weißt du noch, als ich dich fragte, ob du dir jemals ein anderes Leben gewünscht hättest? Du hast mich sofort von dir gestoßen. Jedes Mal, wenn ich ehrlich zu dir sein wollte, hast du mich mit einem Handstreich oder gar mit dem Schwert abgewehrt. Du musstest immer die Fäden in der Hand halten. Dir lag niemals etwas an mir selbst, sondern nur an dem Bild, das du dir von mir gemacht hattest.«

»Warum hast du nie den Mund aufgemacht? Sonst bist du doch auch um kein Wort verlegen!«, fuhr sie ihn an.

»Für mich bedeutet Liebe bedingungsloses Vertrauen. Vertrauen darauf, dass die verletzlichen Seiten des anderen kein Ziel von Angriffen werden. Bei dir wäre ich mir da niemals sicher gewesen. Erinnerst du dich an den Tag, als du nach einem Überfall zu mir kamst? Deine Kleidung war noch mit dem Blut der Opfer besudelt.«

Thea schwieg.

»An dem Tag bin ich dir heimlich gefolgt. Ich kannte bereits den Standort eures Lagers, ehe du mich später dorthin bringen ließest. Und dann beobachtete ich einen Vorfall, der mir jeden Zweifel nahm. Ich sah, wie du Alwin den Kopf abschlugst.«

»Er hatte es verdient!«, zischte Thea.

»Das mag sein«, antwortete Philip. »Aber es bewies mir, wie hart und unnachgiebig du jenen gegenüber bist, die nicht deinen Vorstellungen entsprechen. Der Zauber verflog. Ich wusste, dass ich niemals den Mut hätte, dir rückhaltlos zu vertrauen.«

»Hattest du etwa Angst, ich könnte dir den Kopf abschlagen?«

»Nein«, gestand Philip. »Vor deinen Kampfkünsten habe ich mich nie gefürchtet. Mein Leben weiß ich zu verteidigen. Aber du hättest viel wirkungsvollere Waffen gegen mich in der Hand gehabt, wenn du damals schon gewusst hättest, weshalb ich wirklich nach Burg Birkenfeld gekommen war. Und du bist gnadenlos genug, diese Waffen auch zur Vernichtung einzusetzen. Das hast du sogar noch hier in Ägypten versucht – in der ersten Nacht auf der Reitbahn. Und damit meine ich nicht deinen gehässigen Tritt.«

»Warum hast du dich dann überhaupt mit mir belastet?«, stieß sie voller Bitternis hervor. »Warum hast du mich nicht einfach in Hamburg zurückgelassen? Und behaupte bloß nicht, das schlechte Gewissen hätte dich geplagt, weil du mich verraten hattest.«

Ein Lächeln huschte über Philips Gesicht. »Nein, nicht deshalb. Hast du dich eigentlich nie gefragt, warum ich dir gegenüber Schuldgefühle hatte?«

»Wegen deines Verrates.«

»Nein, sondern weil ich dich mag, Thea. Ich habe dich immer geschätzt, deine Stärke, deinen Humor. Aber ich habe auch einen Teil von dir gefürchtet. Den Teil, der mich hätte vernichten können. Aus diesem Grund habe ich dich verlassen.«

»Weil du mir nicht vertraut hast.« Thea senkte den Blick, die Hände immer noch zu Fäusten geballt.

»Ebenso wenig wie du mir«, gab er erstaunlich ruhig zurück. »Du willst immer die Herrschaft behalten, und wenn sie dir zu entgleiten droht, wirst du gefährlich. Sehr gefährlich. Zu gefährlich für mich.«

»Du hast also Angst.«

»Wenn du es so nennen willst … Das ist der Unterschied zwischen dir und Lena. Ihr gelang es, mir Worte zu entlocken, die ich niemals äußern wollte. Allein ihre Nähe flößte mir Vertrauen ein. Niemals zuvor fühlte ich mich in der Nähe eines Menschen so sicher und geborgen wie bei ihr. Für mich gab es nur eine Wahl.«

Thea erhob sich von ihrem Stuhl. »Ich danke dir für deine Offenheit«, sagte sie und schickte sich an zu gehen.

»Warte!«, rief Philip ihr nach. Sie verharrte und wandte sich zu ihm um.

»Was gibt es noch?«, fuhr sie ihn an und erschrak über ihre eigene Schroffheit. Doch er lächelte nur.

»Eines solltest du noch wissen. Ein Teil meines Herzens wird immer dir gehören. Zwar nicht jener Teil, der einer Ehefrau gebührt, aber der, den man seinen Freunden schenkt.«

In Theas Augen brannte es verdächtig. Nun hatte er es doch geschafft, sie aus der Fassung zu bringen. Hastig wandte sie sich um und verließ den Raum.

Während des ganzen restlichen Tages hielt sie sich vom Palast fern, wollte niemanden sehen. Philips Worte hatten sie tiefer getroffen als erwartet. Weil sie der Wahrheit entsprachen. Sie hätte versuchen können, diese Wahrheit zu leugnen, aber darüber war sie längst hinaus. Es hatte eine Zeit gegeben, da hatte sie all jenen mit dem Tod gedroht, die ihr Unliebsames ins Gesicht gesagt hatten. Das hatte die Männer zum Schweigen gebracht, aber die Wahrheit der Worte hatte Bestand gehabt. War sie wirklich für die Wahrheit bereit gewesen? Oder hatte sie in ihrem Innersten doch noch gehofft, dass Philip ihr seine Liebe offenbarte?

Nein, dachte sie bei sich. Hätte er das getan, wäre er ein Schwächling gewesen, den ich nicht mehr achten könnte. Aber er ist kein Schwächling.

Wieder einmal erinnerte sie sich an Gundulas Prophezeiung.

Er würde an ihrer Seite kämpfen, wenn sie fände, was ihr bestimmt sei, aber er würde nicht bei ihr bleiben.

Was mir bestimmt ist, dachte Thea bitter. Und nicht das, was ich mir wünsche.

Sie wanderte ruhelos durch die Straßen von Djeseru-Sutech, blind für das Geschehen ringsum. Erst als sie den runden See mit dem goldenen Steg erreichte, erwachte sie aus ihren trüben Gedanken. Das Wasser glitzerte hell und verlockte sie zu einem Bad.

Sie sah sich um. Auf der Reitbahn galoppierten einige Männer auf ihren Pferden, aber niemand blickte zum See herüber. Ob das Schwimmen hier wohl verboten war? Sie hatte noch immer nicht herausgefunden, ob er als heiliger Ort galt oder nicht. Was würde geschehen, wenn sie den goldenen Steg betrat?

Er reichte bis zur Mitte des Sees. An seinem Ende führten Stufen ins Wasser. Thea streifte die Sandalen ab und ließ die Füße vom Wasser umspülen. Es war angenehm kühl, ein wohltuender Gegensatz zur Hitze des ausklingenden Tages.

Sie überlegte, ob sie nicht einfach die Kleidung ablegen und hineinspringen sollte. Doch noch zögerte sie. Was, wenn dieser Ort tatsächlich ein Heiligtum war? Ein Sakrileg konnte empfindliche Strafen nach sich ziehen.

Hinter ihr hallten Schritte, so fest, dass die hölzernen Bohlen erzitterten. Sie fuhr herum. Sethemhat stand vor ihr. Nicht in seinem königlichen Ornat, sondern in einer schlichten weißen Tunika. Er sah verschwitzt aus und roch nach Pferden.

»Der heilige See ist allein den Göttern vorbehalten«, sagte er mit Blick auf ihre Füße, die sie noch immer ins Wasser hielt.

»Und wenn ich dir drohe, dennoch hineinzuspringen?« Sie lächelte ihn herausfordernd an.

Seine Miene blieb unbewegt. Schon glaubte Thea, ihn in die Enge getrieben zu haben, da versetzte er ihr plötzlich einen kräftigen Stoß, und sie stürzte rücklings in den kleinen See. Prustend tauchte sie wieder auf.

»Du Schuft!«, schrie sie. »Warte, bis ich dich erwische!«

Sethemhat lachte, streifte seine Tunika ab und sprang hinterher.

»Los, dann zeig es mir doch!«, rief er. Thea war vollkommen verblüfft von seinem Verhalten. Erst recht als er sie in die Arme schloss und küsste. Sie überlegte kurz, ob sie ihn ertränken sollte, hielt dies letztlich aber für Verschwendung. Ein Mann, der so gut küssen konnte, war schließlich auch anderweitig zu gebrauchen.

»Nun, meine kleine Raubkatze, habe ich dich endlich zum Schweigen gebracht?«

»Nur vorläufig«, antwortete sie. »Es ist also gar kein heiliger See?«

»O doch. Aber ich bin der Herr über Djeseru-Sutech und treffe alle Entscheidungen. Zumal du selbst den Namen der Göttin trägst.«

Sie sah ihn erstaunt an. »Von welcher Göttin sprichst du?«

»Von Thea – das ist das griechische Wort für Göttin. Sehr passend, denn genauso führst du dich stets auf.«

»Dann hatte ich recht, als ich sagte, wir seien gleichgestellt.« Sie legte Sethemhat die Arme um den Nacken, schmiegte sich eng an ihn und genoss es, seine Wärme durch die Kühle des Wassers zu spüren. Er strich ihr das feuchte Haar aus dem Gesicht und betrachtete sie mit nachdenklichem Blick.

»Du hast mir von Anfang an gefallen«, sagte er. »Schon als du mir mit dem Schwert in der Wüste gegenübergetreten bist.«

»Hast du uns deshalb nach Djeseru-Sutech gebracht?«

»Vielleicht.«

»Soll ich mich nun geschmeichelt fühlen?«

»Gewiss. Es ist eine Ehre, die Aufmerksamkeit eines Gottes zu erregen.«

»Und was sagt die Göttin an deiner Seite?«

Er stutzte. »Was meinst du damit?«

»Spiel mir nichts vor! Ein Mann wie du hat sicher längst eine Ehefrau, wenn nicht gar mehrere. Also?«

Auf einmal verschwand der feurige Glanz aus seinen Augen. »Es hat den Göttern gefallen, sie zu sich zu rufen.«

»Sie ist tot?«

Er nickte kaum merklich.

»Das tut mir leid«, entgegnete Thea und spürte zu ihrem eigenen Erstaunen, dass sie es tatsächlich so meinte.

»Es war meine Schuld«, sagte er schließlich. »Ich hätte sie nicht heiraten dürfen. Tenem hatte mich gewarnt.«

»Tenem?«

»Der Hohepriester des Seth, mein Vetter. Es gibt eine alte Prophezeiung, derzufolge ein Herrscher nur eine Frau zum Weib nehmen darf, die von den Göttern erwählt wurde. Ich habe mich darüber hinweggesetzt und Iras trotzdem zur Gattin genommen. Sie starb kurz vor der Geburt unseres ersten Kindes.«

»Woran?«

Sethemhat hob die Schultern. »Man fand sie tot in ihren Gemächern.« Er atmete tief durch. »Danach schenkte ich mein Herz noch einmal einer Frau. Meharit. Sie war wie ein Sonnenstrahl. Doch auch sie starb vor der Geburt ihres ersten Kindes.«

»Lass mich raten: Man fand auch sie leblos in ihren Gemächern, und niemand wusste, woran sie gestorben war.«

»Woher weißt du das?«

»Wer hat einen Vorteil davon, dass du keine Nachkommen hast?«, fragte Thea, statt ihm zu antworten.

»Niemand.«

»Niemand?« Thea hob die Brauen. »Du hast also keine Verwandten, denen der Thron sonst zufallen würde? Hast du nicht gerade erwähnt, dass Tenem dein Vetter ist?«

»Er ist der Hohepriester des Seth.«

»Ist er deshalb von der Thronfolge ausgeschlossen?«

»Du sprichst eine ungeheuerliche Verdächtigung aus.«

»Ich spreche gar nichts aus. Du hast das gesagt.« Thea löste sich aus Sethemhats Armen und schwamm zum Steg. Dort stieg sie aus dem Wasser und setzte sich auf die oberste Stufe.

Er folgte ihr und nahm neben ihr Platz.

»Du glaubst also, dass der Tod von Iras und Meharit Mord sein könnte?«, fragte er.

»Hast du niemals daran gedacht?« Thea musterte ihn kritisch.

Eine Weile herrschte Schweigen.

»Bei Meharits Tod hatte ich einen Verdacht«, gab er schließlich zu. »Aber es gab keinerlei Beweise.«

»Wen traf dein Verdacht?«

»Niemand Bestimmten. Aber es gab viele Parallelen zu Iras' Tod. Zu viele, als dass ich sie übersehen konnte.«

»Erzähl mir davon!«

»Beide standen kurz vor der Entbindung. Es wäre nur eine Frage von Tagen gewesen. Iras fühlte sich schon einige Tage zuvor nicht wohl. Sie litt an Kopfschmerzen und hatte schlechte Träume. Niemand machte sich jedoch ernsthafte Sorgen. Am Tag vor ihrem Tod klagte sie, ihr Herz rase, als wolle es davonfliegen wie ein Vogel. Sie zog sich früh zurück. Am nächsten Morgen war sie tot.«

»Wies Meharit vor ihrem Tode die gleichen Anzeichen auf?«

»Nicht ganz. Auch sie litt an Kopfschmerzen und Übelkeit. Außerdem hatte sie den Eindruck, dass die Farben sich vor ihren Augen veränderten. Sie sah grüne und gelbe Sterne. Ich ließ Horeb kommen. Er wurde sehr ernst und fragte sie, was sie gegessen habe. Doch Meharit hatte das Gleiche zu sich genommen wie ich. Er empfahl ihr, viel zu trinken, verabreichte ihr abführende Tränke und riet ihr zur Schonung. Zwei Tage später war sie tot.«

»Äußerte Horeb einen Verdacht?«

Sethemhat senkte den Blick. »Er meinte, vielleicht habe sie versehentlich giftige Kräuter zu sich genommen.«

Thea erinnerte sich daran, was Gundula ihr beigebracht hatte: dass jede Heilpflanze im Übermaß tödlich sein könne. Und Gundula war bekannt dafür, tödliche Gifte zu brauen. Tödlich und doch so heimlich, dass ein Uneingeweihter an eine schwere Krankheit glauben musste.

»Es gibt Gifte, die so wirken, wie du es bei deinen Gemahlinnen beobachtet hast.«

»Du glaubst also, Iras und Meharit seien absichtlich getötet worden?«

Thea nickte.

»Aber das ergibt keinen Sinn! In Djeseru-Sutech wurde seit Urzeiten kein Mord begangen. Einige Diebstähle und Schlägereien, vorwiegend unter hitzköpfigen jungen Männern, sonst nichts. Seth mag der Gott des Chaos sein, aber in Djeseru-Sutech leben wir in Frieden. Niemand würde die Maat durch einen Mord stören.«

»Ich habe zwar keine Ahnung, wer Maat ist, aber ich kenne die Menschen gut genug und weiß, dass sie für Macht und Reichtum nur allzu gern töten. Also, wer hätte einen Vorteil davon, wenn du kinderlos bleibst? Dein Hohepriester Tenem?«

Sethemhat schüttelte den Kopf. »Er hat schon den höchsten Rang nach mir inne. Und ein Priester kann niemals Herr über Djeseru-Sutech werden.«

»Leben eure Priester keusch?«

»Nein, er hat zwei Töchter.«

»Ist es Töchtern erlaubt, den Thron von Djeseru-Sutech zu besteigen?«

Sethemhat nickte. »Es ist möglich, aber Tenems Töchter sind Priesterinnen der Isis und der Nephthys.«

»Und damit ebenfalls von der Thronfolge ausgeschlossen. Gut, wer hätte sonst einen Vorteil? Du hast doch gewiss weitere Verwandte. Brüder?«

»Nein.«

»Was ist mit Schwestern?«

»Meine einzige Schwester ist unserer Mutter nachgefolgt. Sie ist die Hohepriesterin der Isis.«

Thea seufzte. »So kommen wir vermutlich nicht weiter.«

»Wie ich schon sagte – jeder Verdacht löste sich in nichts auf. Möglicherweise waren es tatsächlich unglückliche Zufälle.«

»Aber der Hohepriester des Seth warnte dich, dir eine unpassende Gattin zu nehmen.«

»Ja.«

»Möglicherweise liegt hier der Schlüssel. Tenem hat zwei Töchter. Wie alt sind sie?«

»Selena ist einundzwanzig, Heket dreiundzwanzig.«

»Deine Mutter war einst Hohepriesterin der Isis. Also dürfen Priesterinnen Kinder haben.«

»Willst du damit sagen, Tenems Wunsch zufolge sollte ich eine seiner Töchter zur Frau nehmen?«

»Warum nicht? Damit wären seine Enkel die künftigen Herrscher Djeseru-Sutechs.« Thea erwartete, dass Sethemhat wieder abwiegeln und ihr erzählen würde, dass die beiden längst glücklich mit anderen Priestern verheiratet seien, doch er schwieg. Eine nachdenkliche Falte hatte sich zwischen seinen Brauen gebildet.

»Hat er dir jemals eine seiner Töchter angeboten?«, hakte Thea nach. Ein kaum merkliches Nicken war die Antwort.

»Damit hätten wir einen Fingerzeig.«

»Aber noch keinen Beweis.«

»Du hältst es jedoch für möglich?«

»Ich kann es zumindest nicht ausschließen«, gab er zu. »Zumal es da einige Vorfälle gab, wenn er die Maske des Gottes trug …«

»Vorfälle?« Thea horchte auf.

Ein Lächeln huschte über Sethemhats Züge. »Du bist wirklich außergewöhnlich. Mit wenigen Worten bringst du einen Mann zum Offenbaren fast aller seiner Geheimnisse.«

Unwillkürlich musste Thea an das Gespräch mit Philip denken. »Das glaubst auch nur du«, entgegnete sie und konnte nicht verhindern, dass ihre Stimme bitter klang.

»Dann bist du an der Reihe«, sagte er. »Was trägst du mit dir herum?«

»Das Übliche«, antwortete sie ausweichend.

»Das Übliche?« Sethemhat legte ihr einen Arm um die Schultern. Um ein Haar wäre sie vor ihm zurückgewichen – sie, die sich nie gescheut hatte, einen Mann zu berühren oder von ihm berührt zu werden. Aber dies war eine Geste, die Fürsorge und Schutz versprach. Nichts, das ein Mann ihr jemals geben konnte.

»Was willst du hören?«, fragte sie barsch.

»Du bist eine seltsame Frau, Thea.« Er zog seinen Arm zurück, und sofort bedauerte Thea ihre Schroffheit.

»Weil ich ein Schwert zu führen weiß?«

Er schüttelte den Kopf. »Es ist zwar ungewöhnlich, aber auch in meiner Welt gibt es Frauen, die sich auf Waffen verstehen. Das Bogenschießen ist sehr beliebt.«

»Warum bin ich dann seltsam?«

»Du willst nicht, dass dir ein Mann nahekommt.«

Thea schwieg. Sethemhats Worte erinnerten sie an das Gespräch mit Philip.

»Es ist gut, immer einen gewissen Abstand zu wahren«, antwortete sie ausweichend.

»Zu viel Abstand macht einsam.«

»Du musst es wissen – als lebender Gott deines Volkes.«

Sethemhat lachte. »Frechheit ist ein guter Weg, andere auf Abstand zu halten.« Er strich ihr das nasse Haar zurück. »Aber mich wirst du durch deine Frechheit nicht los.«

»Dich müsste ich also beißen?«

»Nur Hunde, die Angst haben, beißen in die Hand, die sie liebkost. Hast du Angst?«

»Etwa vor dir?« Thea schnaubte. »Das glaubst du doch selbst nicht.«

»Vor der Liebe«, flüsterte er.

»Liebe?« Thea lachte laut auf. »Willst du mir etwas über die Liebe erzählen, weil du mich in diesem Tümpel geküsst hast? Glaubst du, ich sei eine unerfahrene, keusche Jungfrau, der man Unsinn ins Ohr flüstern kann?« Sie stieß ihn so heftig gegen die Brust, dass er auf dem Rücken landete. Dann schob sie sich über ihn. »Ich habe noch jede Beute geschlagen, die ich begehrte. Und wenn ich dich wollte, nähme ich dich auf der Stelle«, zischte sie.

»Hier, vor aller Augen?« Sethemhat schlang ihr die Arme um die Hüften und zog sie an sich. »Die Vorstellung gefällt mir, meine kleine Göttin.«

Thea wollte sich losreißen, doch er hielt sie fest. »Fang nie ein Spiel an, das du nicht beenden willst!«, warnte er, und seine Stimme klang auf einmal so sanft, dass Thea einen Anflug von Geborgenheit verspürte. Sie gab ihren Widerstand auf, ließ sich von ihm halten, ruhte auf seiner Brust und betrachtete sein Gesicht.

»Und wie geht es weiter?«, flüsterte sie.

Er löste seine Arme von ihren Hüften und streichelte ihr über die Wange. »Wie möchtest du, dass es weitergeht?«

»Entscheide du, du bist doch der erhabene Herrscher.«

»Höre ich da Spott in deiner Stimme?« Er hob die Brauen.

Thea lachte. »Ein wenig.«

Er schob sie sanft von sich, richtete sich auf und griff nach seiner Tunika.

»Hat dich der Mut verlassen?« Thea starrte ihn enttäuscht an.

»Ganz im Gegenteil.« Er streifte die Tunika über, ergriff mit ungewohnter Festigkeit ihre Hände und zog sie hoch. »Das eine oder andere tun auch Götter lieber im Verborgenen.« Und ehe Thea widersprechen konnte, hob er sie hoch. »Vor allem wenn sie eine Beute ausfindig gemacht haben, die ihrer würdig ist.«

»Ich kann eigenständig gehen.«

»Ich weiß.« Sethemhat lachte. »Aber du solltest es auch zu schätzen lernen, auf Händen getragen zu werden.«

42. Kapitel

»Ich brauche deine Hilfe.«

Lena fuhr herum. Bis eben hatte sie versonnen die Libellen beobachtet, die über den Seerosen des kleinen Gartenteiches schwebten, und sich gewundert, dass es inmitten der Wüste etwas so Schönes geben konnte. Thea stand hinter ihr, die Arme vor der Brust verschränkt. Sie wirkte allerdings weniger hilfsbedürftig als fordernd.

»Was kann ich für dich tun?«

Sofort entspannte sich die Haltung der Räuberin, die Arme lösten sich.

»Ich habe Neuigkeiten, die uns bei unseren Fluchtplänen helfen könnten.«

Lena sah sich um. Sie waren allein im Garten. Aber selbst wenn jemand sie gehört hätte – Thea hatte Deutsch gesprochen, es bestand also keine Gefahr.

»Setz dich!« Lena berührte den leeren Platz neben sich auf der Bank. Thea ließ sich nieder.

»Also, was hast du erfahren? Was kann ich für dich tun?«

»Sehr viel über Sethemhat.« Plötzlich wirkten Theas Züge ungewöhnlich weich und liebevoll.

»Er gefällt dir?«

»Das tut nichts zur Sache!« Die Weichheit schwand unvermittelt. »Ich weiß, welche Last Sethemhat beschwert.«

»Berichte mir!«

Thea nickte und erzählte Lena die Geschichte vom Tod der beiden Ehefrauen.

»Ich bin ganz sicher, dass dieser Tenem dahintersteckt«, schloss sie ihren Bericht. »Aber niemand kann es beweisen. Deshalb wollte ich dich bitten, ihn in ein Gespräch zu verwickeln. Du erkennst doch die Seele eines Menschen in seinen Augen. Ich möchte wissen, ob du Tenem für einen ehrlichen Mann oder für einen Mörder hältst.«

»So einfach ist das nicht. Ich erkenne nur, ob ein Mensch mit sich im Reinen ist. Auch Mörder können mit sich im Reinen sein.«

»Wirst du ihn dennoch in Augenschein nehmen?«

»Wenn du mir einen guten Vorwand lieferst.«

»Du brauchst einen Vorwand? Fürchtest du um dein Seelenheil, wenn du dich schon wieder in einen heidnischen Tempel wagst?«

»Nein«, gab Lena gleichmütig zurück. »Aber Tenem ist der Hohepriester. Du kannst in Halberstadt auch nicht ohne Anlass auf einem Gespräch mit dem Bischof bestehen. Nur in dringenden Fällen werden Audienzen gewährt, und es bedarf guter Gründe dafür. Wenn ich einfach so den Tempel des Seth betrete, will sich vermutlich Cheribakef wieder um mein Wohl kümmern, der zweite Priester des Seth. Also, was soll ich ihm erzählen?«

»Falls du dich nicht um dein Seelenheil ängstigst, bitte ihn, dich in den Gesetzen seiner Religion zu unterweisen.« Thea lächelte. Lena spürte, wie ihr das Blut in die Wangen stieg.

»Einen heidnischen Tempel zu besuchen, fällt mir nicht schwer, aber ich könnte nie so tun, als wolle ich meinen Glauben verleugnen. Außerdem ist es lächerlich. Cheribakef könnte mich ebenso gut wie Tenem in den heidnischen Gebräuchen unterweisen.«

Thea seufzte. »Du sprichst wie eine Klosterschwester. Und ich dachte, du willst uns allen helfen, aus dieser Stadt zu entkommen. Was spricht schon gegen eine kleine Lüge? Außerdem trägst du längst ein heidnisches Symbol mit dir herum.«

Unwillkürlich glitt Lenas Hand zu dem Isisanhänger.

»Vielleicht ist das die Lösung«, räumte sie ein. »Anuket schlug mir schon einmal vor, die Hohepriesterin der Isis aufzusuchen.«

»Die Hohepriesterin der Isis ist unwichtig!«, brauste Thea auf. »Ich will, dass du dir diesen Tenem ansiehst.«

»Ich weiß schon, was du willst. Aber manchmal führen auch Umwege zum Ziel.« Lena erhob sich.

»Wohin willst du?«

»Zum Tempel der Isis. Vielleicht finde ich dort eine gute Begründung für meinen Besuch im Tempel des Seth.«

Lena verließ den Garten. Doch bevor sie sich zum Tempel der Isis aufmachte, wollte sie noch einmal nach Philip sehen. Sie hatte an seinem Bett gesessen, bis er eingeschlafen war, und sich erst dann in den Garten begeben. In den letzten Tagen war er häufiger wach gewesen, aber es ging ihm nach wie vor nicht besonders gut. Die beiden Ärzte bestanden darauf, dass er viel trank und nur flüssige Nahrung zu sich nahm, kräftige Suppen und Brühen, um den verletzten Darm nicht allzu sehr zu belasten. Lena betrat die Krankenstube und fand ihren Gatten noch immer schlafend. Leise schloss sie die Tür von außen und wandte sich zum Tor des Palastes, als sie plötzlich Bertram bemerkte. Der Junge lehnte an einer Säule und starrte vor sich auf den Boden.

»Bertram!«, rief sie überrascht. »Du bist schon zurück? Ich dachte, du seist mit Rupert und Witold unterwegs.«

»Das war ich«, gab er zu. »Wir haben den üblichen Rundgang unternommen, aber nichts Neues erfahren.«

»Und wo sind die beiden Waffenknechte jetzt?«

»Witold hat vor einigen Tagen eine Schankstube entdeckt. Die Tochter des Wirtes ist ganz vernarrt in sein blondes Haar. Rupert begleitet ihn. Er hofft, dass das Mädchen ihn einer Freundin vorstellt.«

»Ja, wenn das so ist …«, sagte Lena gelassen.

Bertram hob den Blick. »Ihr seid nicht entsetzt, Frau Helena?«

»Warum sollte ich?«

»Weil … weil die Frauen hier so zügellos sind. Keuschheit scheint ihnen nicht viel zu bedeuten.«

»Weißt du, Bertram, solche Frauen gibt es überall.«

»Ihr sprecht, als wäre es keine Sünde.«

»Du sorgst dich ein wenig zu sehr um die Sünden anderer. Wenn Witold der jungen Schankmaid gefällt, warum nicht? So etwas kommt auch bei uns vor. Denk nur an die Bademägde!«

»Frau Helena!«, rief der Knappe entrüstet.

»Ja, Bertram?« Sie lächelte ihn freundlich an. »Wolltest du mir noch etwas sagen?«

»Ich … ich … dachte immer … Frauen … und vor allem Ihr … wärt entsetzt, wegen der Bedürfnisse der … Männer.«

»Vielleicht solltest du die Welt allmählich so sehen, wie sie ist. Sprich später mit Philip darüber – im Augenblick schläft er noch.«

»Aber ich kann ihn doch nicht mit meinen Kümmernissen belasten, nachdem es ihm so schlecht geht.«

»Das wird er schon aushalten, denn damit kennt er sich gut

aus.« Mit diesen Worten ließ sie Bertram stehen und machte sich auf den Weg zum Tempel der Isis.

»Du bist gekommen!« Anuket lief Lena freudestrahlend entgegen. Seit es Philip besser ging, kümmerten sich die Diener des Palastes um sein Wohlergehen, und Anuket war in den Tempel zurückgekehrt.

»Komm! Ich begleite dich zur Hohepriesterin.«

Der Tempel der Isis war nicht ganz so groß wie das Heiligtum des Seth, aber nicht weniger prachtvoll. Hier gab es nur wenige Säulen, dafür reihten sich an den Wänden zahlreiche Statuen, die so naturgetreu bemalt waren, dass Lena im ersten Augenblick lebendige Menschen zu sehen glaubte. Zwischen den Standbildern waren brennende Feuerschalen aufgestellt, deren flackerndes Licht den verwirrenden Eindruck noch verstärkte.

Anuket führte Lena durch die Halle der Statuen bis zu einem weiteren Portal.

»Bitte, warte hier! Nur die Priesterinnen dürfen das Allerheiligste betreten.«

Lena blieb stehen und sah sich um, während Anuket im Tempelinnern verschwand. Auch im Tempel der Isis waren die Wände über und über mit ägyptischen Schriftzeichen bedeckt. Lena fragte sich, welche Geschichten sie wohl erzählten, und dachte sogleich an Said, der sich auch an diesem Tag wieder in aller Frühe in die Bibliothek zurückgezogen hatte. Wissen sei ein Schatz, den zu heben sich lohne, hatte er mit leuchtenden Augen gesagt.

Das Geräusch nahender Schritte riss Lena aus ihren Betrachtungen. Anuket kehrte zurück, gefolgt von vier weiß gekleideten Frauen. In deren Mitte die Hohepriesterin, unverwechselbar in ihrem zarten Gewand aus Silberfäden, dem großen Kragen aus Juwelen und der goldenen Schnur um die Mitte. Den auffälligsten Schmuck aber bildete ihr Kopfputz. Eine runde Goldscheibe, fast so groß wie ihr Gesicht, umrahmt von zwei Hörnern, ragte über ihrem Scheitel auf. Ob sie wohl immer derartig ausgestattet auftrat, oder hatte sie das Geschmeide angelegt, um Besucher wie Lena zu beeindrucken?

Anuket verneigte sich vor der Hohepriesterin, während diese aus dem Kreis ihrer Frauen hervortrat und auf Lena zuschritt.

»Die ehrwürdige Pachet, Hohepriesterin der Isis«, verkündete Anuket.

Ob man von Lena erwartete, dass sie das Haupt senkte? Sie war sich unsicher, und so hielt sie dem Blick der Hohepriesterin stand. Ein seltsamer Blick, dachte sie. So etwas war ihr bislang noch nicht begegnet. Sie hatte den Eindruck, die Frau schaue auf den Grund ihrer Seele. Erst als sie das weiße Feuer im Innern ihrer Augen entdeckte, begriff sie. Sie hatte nicht Pachets Seelenflamme gesehen, sondern ihre eigene. Die Hohepriesterin war mit derselben Gabe gesegnet wie sie selbst.

Auch Pachet zuckte zurück und senkte die Lider. Nach einer Weile hob sie die Augen wieder und sah Lena an.

»Du trägst die Gabe in dir«, hauchte sie. »Du kannst den Ka sehen.«

Den Ka? War dies der ägyptische Begriff für die Seelenflamme?

»Ich nenne es die Seelenflamme oder den Lebensfunken«, erwiderte Lena.

Pachet trat einen weiteren Schritt auf Lena zu, musterte sie, ohne ihr dabei in die Augen zu sehen. Fürchtete die Hohepriesterin sich vor der Erkenntnis, die ihr aus diesen Augen zuteil geworden war? Dass sie nicht den Anblick der Lebenskraft eines anderen wahrgenommen hatte, sondern den Spiegel der eigenen Seele?

»Anuket berichtete mir schon, dass du das Zeichen der Isis trägst.« Mit sanfter Hand berührte Pachet den Anhänger um Lenas Hals. »Aber davon, dass du die Gabe in dir trägst, wusste sie nichts.«

»Und was bedeutet das für dich?«, fragte Lena.

»Du hast Sonnenhaar. Du trägst das Zeichen der Isis. Du hast die Macht, den Ka zu sehen. Und in deinem Leib wächst ein Kind aus dem Blut unserer Vorfahren heran.«

Lena erstarrte. Was behauptete die Frau da? Ihre Hand glitt zu ihrem Leib.

»Es ist, wie ich sage.« Pachet lächelte. »Ich sah es kurz in deinen Augen, ehe das Spiegelbild meiner eigenen Flamme es überdeckte. In dir leuchtet die reine weiße Flamme derer, die zwei Seelen hüten.«

43. Kapitel

War es ein Sohn oder eine Tochter?« Sethemhats Hand strich sanft über die feinen weißen Streifen unterhalb von Theas Nabel.

»Was?« Sie fuhr aus den Kissen hoch und hätte beinahe seine Hand weggestoßen. Er blieb unbeeindruckt, zog sie an sich und drückte sie zurück auf das Laken.

»Du hast schon einmal ein Kind geboren«, sagte er.

»Was kümmert es dich?«, fauchte sie.

Statt einer Antwort küsste er ihren Bauch. Um ein Haar hätte Thea sich ihm entzogen und ihn mit aller Kraft von sich gewiesen. Er war ein guter Liebhaber, gewiss, sie hatte die Stunden in seinen Armen genossen. Mehr als bei den meisten Männern. Aber hier ging er zu weit …

Dann kamen ihr Philips Worte in den Sinn. Sie habe alles zerstört, immer wenn er ihr nahekommen wollte. Thea schluckte. Diesen Fehler wollte sie nicht wiederholen. Nicht Sethemhat gegenüber.

»Ein Mädchen«, sagte sie leise.

»Und es ist gestorben«, antwortete er ebenso leise. Dann schob er sich weiter über sie. »Und du hast dein Herz verschlossen.«

»Hör auf damit!«

»Womit?« Er lächelte. »Dein Herz mit einem Stemmeisen

aufzubrechen? Ich hätte es einfacher, wenn du mir freiwillig den Schlüssel gäbst.«

»Warum sollte ich das wohl tun?«

»Weil ich dich will. Weil ich dich von Anfang an wollte.«

»Und was ich will, ist unwichtig?«

»Ich gebe dir alles, was du dir wünschst.«

»Wenn ich dafür bei dir bleibe?«

Er nickte.

»Dann lass Philip, Lena und die anderen gehen, sobald Philip genesen ist! Sie werden das Geheimnis von Djeseru-Sutech für immer bewahren.«

»Und du?«

Sie zögerte kurz, dann schmiegte sie sich eng an ihn. »Ich bleibe bei dir.«

»Warum?«

»Weil deine Stadt mir gefällt.«

»Meine Stadt?«

»Du bist auch recht ansehnlich.«

»Recht ansehnlich?« Er verzog das Gesicht.

»Ich meinte natürlich *sehr* ansehnlich.«

»Ist das etwa alles?«

»Was möchtest du noch hören?«

»Ich sage es dir nicht vor.« Er grinste. »Aber ich verrate dir, warum du bei mir bleiben sollst.«

»Ich höre.«

»Du bist das schönste und zugleich unverschämteste weibliche Wesen, das mir jemals begegnet ist. Und ich bin dir mit Haut und Haaren verfallen, meine kleine Göttin.«

»Ist das alles?«

»Was möchtest du noch hören?«, wiederholte er mit verschmitztem Lächeln ihre Worte.

»Ich sage es dir auch nicht vor.«

»Ich liebe dich, Thea. So sehr, dass du mein Herz zerreißt, wenn du mich verlässt.«

Bei diesen Worten rieselte Thea ein Schauer über den Rücken.

»Du meinst es wirklich ernst?«, flüsterte sie und wusste zugleich, dass er die Wahrheit sagte. Seit ihrer Begegnung am runden See waren nur wenige Tage vergangen, dennoch schien es Thea, als befände sie sich schon seit einer Ewigkeit an Sethemhats Seite. Es war anders als mit Philip. Ganz anders. Zum ersten Mal versuchte sie die Gefühle eines Liebhabers zu verstehen und nicht zu beherrschen.

»Du darfst mir das Herz bei lebendigem Leib aus der Brust schneiden, wenn ich dich belogen habe.«

»Nein.« Sie streichelte ihm über die Brust, dort, wo sie sein Herz schlagen fühlte. »Das täte ich niemals. Weil ich dir vertraue.«

»Ist das alles? Vertrauen?«

»Jemand sagte mir einmal, ohne Vertrauen könne es keine Liebe geben.« Sie küsste ihn, und gleichzeitig spürte sie, wie der eiserne Ring zerbrach, der sich, seit Philip sie verlassen hatte, um ihr Herz gelegt hatte. »Ich liebe dich, Sethemhat«, flüsterte sie und wunderte sich, wie leicht ihr die Worte von den Lippen kamen. Vorbei die Zeit, da sie sich damit gebrüstet hatte, Liebe sei nur etwas für Schwächlinge. Sethemhat hatte recht gehabt – es war ihre Furcht gewesen. Die Furcht, sich auszuliefern und verletzbar zu machen. »Und ich werde bei dir bleiben, solange du mich liebst.«

»Also bis in alle Ewigkeiten.« Er drückte sie wieder an sich. »Ich werde es Pachet sagen. Du bist die Frau, die ich mir an meiner Seite wünsche, und du bist jene, die von den Göttern erwählt wurde.«

»Das hast du aber schnell beschlossen.«

Er lachte. »Ich habe viel zu lange gewartet.«

»Und wirst du mir meinen Wunsch erfüllen und meine Gefährten ziehen lassen?«

Das Leuchten seiner Augen erstarb. »Ich kann mich nicht gegen die Gesetze Djeseru-Sutechs stellen.«

»Du bist der Herrscher, die Verkörperung des Gottes Seth. Weshalb ist dein Wort dann nicht Gesetz?«

»Es würde die Maat stören.«

»Immer wieder diese Maat!«, fauchte Thea. »Es muss doch eine Möglichkeit geben, das Gesetz zu beugen.«

»In unserer Geschichte hat erst ein Mann gegen den Willen des Herrschers die Stadt verlassen.«

»Das wäre doch schon ein Anfang. Wie hat er es angestellt?«

»Er floh mit der Tochter des Herrschers.«

»Also ist Flucht doch möglich.«

»Damals. Heute nicht mehr.«

»Du könntest es ermöglichen.«

»Nein. Die Sethi fassen und töten jeden Flüchtling.«

»Dieser Mann, der damals mit der Tochter des Herrschers entkam – war er Philips Urahn?«

Sethemhat nickte. »Das Paar hieß Meret und Pertinax.«

»Könnte man daraus nicht etwas ableiten? Irgendein altes Gesetz ausgraben, demzufolge die Nachfahren des Herrscherhauses freies Geleit erhalten?«

Sethemhats Blick schweifte nachdenklich in die Ferne. »Möglicherweise«, räumte er ein. »Wenn die Priesterschaft zustimmt.«

»Tenem?«, fragte Thea misstrauisch. Es war Lena noch immer nicht gelungen, den Hohepriester des Seth in Augenschein zu nehmen. Seit einigen Tagen befand sie sich offensichtlich jenseits von Gut und Böse und schien auf Wolken zu schweben. Was auch immer ihr im Heiligtum der Isis widerfahren war, es hatte ihr gewiss nicht gutgetan. Leider schwieg Lena sich darüber aus.

»Du misstraust ihm noch immer?«

»Du etwa nicht?«

»Iras und Meharit sind tot. Niemand kann beweisen, ob es tatsächlich ein Mord oder eine Krankheit war.«

»Nun, ich nehme mich auf jeden Fall in Acht«, versicherte Thea. »Wer weiß, sonst findest du mich eines Tages ebenfalls leblos in meinem Bett.«

»Hör auf, das Unheil heraufzubeschwören!«

Thea nickte. »Dann sprichst du also mit der Priesterschaft darüber, ob sie meinen Gefährten die Heimkehr gestatten?«

»Ich verspreche es dir.«

»Ich danke dir.« Sie küsste ihn und schmiegte sich eng an ihn. Zum ersten Mal in ihrem Leben genoss sie das Gefühl, sich wirklich geborgen fühlen zu dürfen, darauf vertrauen zu können, dass ihr Wohl einem Mann etwas bedeutete. Womöglich mehr als das eigene.

Du hattest recht, Gundula, dachte sie bei sich. Hier habe ich gefunden, was mir bestimmt ist.

44. Kapitel

»Es ist also wahr?« Immer wieder stellte Lena Horeb diese Frage, bis der Arzt abwehrend die Hände hob.

»Es ist wahr. Das Samenkorn hat gekeimt, du bist schwanger.«

Eine Woge warmen Glücks durchfuhr Lena. Seit Pachet ihr die Nachricht verkündet hatte, hatte sie sie gespürt, diese Freude, die das Herz fast zu sprengen drohte, wenn der sehnlichste Wunsch endlich in Erfüllung ging. Doch zugleich hatte sie dagegen angekämpft, wollte sich ihrer Freude nicht hingeben, ehe sie sich ganz sicher war. Und so hatte sie allen gegenüber geschwiegen, selbst Philip nichts verraten, bis sie an diesem Tag die Gewissheit erhielt. Ein seltsamer Brauch, ein Samenkorn mit dem Urin einer Frau zu begießen, um zu sehen, ob es auskeimte und so die Schwangerschaft bestätigte. Eigentlich hätte sie es längst wissen müssen – die monatliche Blutung war seit ihrer Ankunft in Djeseru-Sutech ausgeblieben. Aber aus Sorge um Philip hatte sie nicht auf den eigenen Körper geachtet.

Sie verließ Horebs Gemach und glaubte eine gewisse Erleichterung in seiner Miene zu entdecken. War sie allzu fordernd und ungestüm gewesen? Wie auch immer, sie hatte allen Grund dazu. Nun wollte sie Philip rasch die frohe Botschaft überbringen. Doch noch während sie durch die Gänge des Palastes eilte, wurde sie unsicher. Würde er es wirklich als gute Nachricht aufnehmen? Sie saßen in Djeseru-Sutech fest, er war noch immer schwach, konnte das Bett wahrscheinlich noch lange nicht verlassen. Was, wenn die Schwangerschaft bis zu seiner Genesung weit fortgeschritten und somit ein Hindernis für die Flucht wäre? Und mit einem Säugling bedeutete die Durchquerung der Wüste ohnehin ein tödliches Wagnis. Mit Schaudern erinnerte Lena sich an den Sandsturm.

Als sie Philips Gemach betrat, erlebte sie eine Überraschung. Er saß auf der Bettkante, die Füße berührten den Boden. Erschrocken eilte sie zu ihm. »Was tust du da? Horeb hat dir doch noch immer strenge Bettruhe verordnet.«

»Ich wollte nur sehen, ob ich allein aus den Kissen hochkomme.« Er lächelte sie entschuldigend an.

»Und nimmst damit in Kauf, dass die Wunde aufbricht?«

»Ach was! Ich bewege mich doch ganz vorsichtig.«

»Dann leg dich sofort wieder hin!«

»Zu Befehl, erhabene Gebieterin.« Er deutete eine spöttische Verbeugung an, ehe er ihrer Aufforderung nachkam.

»Eigentlich wollte ich dir etwas Schönes erzählen. Aber wenn du so frech zu mir bist …« Sie drohte ihm scherzhaft mit dem Finger und ließ sich auf der Bettkante nieder.

»Etwas Schönes? Erlaubt Horeb mir endlich wieder, eine fette Hammelkeule zu essen?«

»Heute bist du ja richtig übermütig.«

»Ja, mir geht es schon viel besser als in den letzten Tagen.« Er lächelte sie liebevoll an. »Also, was willst du mir erzählen?«

»Ich bin endlich schwanger.«

»Oh!«

»Nun zieh kein Gesicht, als sei dir eine fette Hammelkeule lieber«, fuhr sie ihn an.

»Ähm … nein, gar nicht. Ich … äh … habe nur nicht damit gerechnet.«

»Du freust dich also nicht. Das habe ich befürchtet.« Sie seufzte.

Er ergriff ihre Hand. »Nein, Lena, so ist es nicht. Ich bin nur so … überrascht. Ja, also … ähm … wie schön.«

Er sah sie hilflos an, und auf einmal musste Lena lachen. »Ich hoffe, du gewöhnst dich an den Gedanken und verwandelst dich nicht dauerhaft in einen stammelnden Trottel.«

»Trottel?« Er hob die Brauen. »Du hast wirklich eine liebevoll wertschätzende Art im Umgang mit mir.«

»Nun, immerhin kannst du noch ganze Sätze aussprechen.« Sie beugte sich zu ihm hinunter und gab ihm einen Kuss.

In diesem Augenblick betrat Said den Raum.

»Ich habe etwas gefunden!«, rief er, die Arme voller Papyrusrollen. »Oh, störe ich?«

»Wie man es nimmt. Mein treues Eheweib hat mich gerade als Trottel bezeichnet.«

»Sie wird ihre Gründe haben. Und anscheinend hat sie eine Schwäche für Trottel, wenn ich euer Verhalten richtig deute … Lena, nimm ihm schnell das Kissen weg, er will damit werfen!«

»Ihr seid Kindsköpfe, alle beide«, seufzte Lena, musste aber nicht mehr eingreifen, denn Philip hatte das Kissen schon losgelassen.

»Und du bist wirklich ein taktloser Trottel, Philip«, fügte sie hinzu.

»Ich weiß«, gab er schuldbewusst zu. »Aber es kam so überraschend.«

»Was kam so überraschend?«, wollte Said wissen.

»Lena ist schwanger.«

»Oh!«

»Siehst du?« Philip deutete auf Said. »Er zieht auch ein Gesicht!«

»Aber er ist im Gegensatz zu dir nicht der Vater.«

»Das will ich hoffen.«

»Ähm … ich glaube, ich erzähle euch lieber später, was ich gerade entdeckt habe.« Said raffte die Papyrusrollen zusammen und wollte gehen.

»Nein, bitte bleib!«, riefen Philip und Lena wie aus einem Mund. »Also, was hast du entdeckt?« Philip richtete sich ein wenig weiter auf.

»Alte lateinische Aufzeichnungen über die Gesetze Djeseru-Sutechs.«

»Lateinisch? Nicht Ägyptisch?«, fragte Philip. »Ich bin überrascht.«

»Das wirst du nicht mehr sein, wenn du die Hintergründe erfährst.« Said legte die Schriftrollen wieder ab und zog sich einen Stuhl ans Bett.

»Es begann vor langer Zeit, als das Römische Reich die Oberherrschaft über die Welt innehatte und die Menschheit noch überwiegend aus Heiden bestand. Irgendwann in jenen Jahren muss sich irgendwo in Italien eine große Katastrophe ereignet haben, denn diese Schriften berichten von einer Göttin, die aus der Asche kam.«

»Die Göttin, die aus der Asche kam?«, wiederholte Lena. Said nickte. »Es heißt, ihre Heimat sei in Feuer und Schwefel untergegangen, und so geleitete die Göttin Isis sie in ihr wahres Heiligtum, auf dass sie als ihre Verkörperung Seth zähme.«

Der Araber legte eine kurze Pause ein. »Die weiteren Schriften sind von dieser Frau verfasst worden, einer gewissen Lydia Aquiliana. In lateinischer Sprache. Ich habe nicht alles gelesen, dazu fehlte mir die Zeit, aber sie wurde die Urmutter der derzeitigen Dynastie, und Sethemhat stammt in gerader Linie von ihr ab. Irgendwann nahm sie sich die Zeit und sammelte die alten Gesetze Djeseru-Sutechs. Darunter auch das Gebot, dass jeder Fremde, der die Stadt betritt, sie nie wieder verlassen dürfe, um das Geheimnis für immer zu wahren. Andernfalls drohe ihm der Tod.«

»Das klingt nicht gerade tröstlich.« Philip rückte sich sein Kissen zurecht.

»Es gibt jedoch eine Ausnahme, und die wurde viele Jahre später begründet, damals als die erste Meret mit ihrem römischen Geliebten aus Djeseru-Sutech flüchtete. Merets Nachfahren sollten niemals als Fremde gelten, sondern als Blut vom Blut der Herrscher. Es sollte ihnen erlaubt sein, zwischen den Welten zu wandeln. Doch die Zeiten waren schwierig, Merets Söhne dienten im römischen Heer, und so entstand die Sitte, dass nur die Töchter zu Hüterinnen des Geheimnisses wurden. Sie konnten nämlich niemals in Gewissenskonflikte geraten, wie es womöglich einem Sohn widerfahren wäre, der seinem soldatischen Eid verpflichtet war.«

»Das heißt, nach diesem Gesetz sind wir frei?«, fragte Philip.

»Ganz so einfach ist es nicht«, entgegnete Said. »Es heißt weiter, dass sich ein wahrer Nachfahre der Probe der Götter stellen müsse, um seinen Anspruch zu beweisen. Nur der Würdige dürfe ein Geheimnisträger werden.«

»Und worin besteht diese Probe der Götter?«

»Das gilt es noch herauszufinden.« Said wählte drei Papyrusrollen aus und reichte sie Philip. »Ich schaffe es nicht allein, dazu sind die Schriftsammlungen zu umfangreich. Du musst mir helfen.«

»Ob mein Latein dafür noch ausreicht?«

»Die Texte sind auf jeden Fall spannender als Cäsars *Gallischer Krieg*. Und du hast ohnehin nichts Besseres vor.«

Philip seufzte. »Welch eine Strafe! Verwundet daniederzuliegen und alte Schriften entziffern zu müssen.«

»Kann ich auch etwas tun?«, fragte Lena.

»Kannst du Latein lesen?«

Sie schüttelte den Kopf. »Aber ich könnte Pachet nach der Probe der Götter befragen.«

»Die derzeitige Hohepriesterin der Isis?« Said horchte auf. »Das wäre in der Tat hilfreich.«

»Ich könnte sie sogleich aufsuchen.«

»Du willst mich schon wieder allein lassen?«, tadelte Philip.

»Du hast doch genügend zu lesen.«

»Wer den Schaden hat …«, entgegnete er schicksalsergeben. »Also gut, dann widme ich mich den alten Schriften, und du besuchst Pachet. Und du, Said?«

»Es gibt einige Schriften, die darf ich nur in der Bibliothek studieren, weil es Einzelstücke sind. Bertram fertigt zwar schon eifrig Abschriften an, aber das braucht seine Zeit.«

»Du hast den armen Jungen zum Schreibdienst vergattert?«

»So arm ist er gar nicht. Es scheint ihm durchaus Freude zu bereiten. Außerdem muss er sich währenddessen nicht über die Sünden der Welt ereifern.«

Philip verzog das Gesicht. »Daran müssen wir auch noch arbeiten – Bertrams hohe Moralvorstellungen auf ein gesundes Maß zu stutzen.«

»Und ihn somit um das Himmelreich zu bringen?« Said grinste.

»Im Gegenteil«, antwortete Philip. »Nur wer das Leben kennt und nicht vor ihm davonläuft, wird dereinst das Himmelreich erfahren.«

»Wo steht denn das geschrieben?«, fragte Lena.

»Nirgendwo. Aber ich finde, es klingt gut.«

Lena seufzte. »Und jetzt statte ich Pachet einen Besuch ab.«

Die Hohepriesterin der Isis war sofort bereit, Lena zu empfangen. Ja, mehr noch, sie erlaubte ihr sogar, das Innere des Heiligtums zu betreten, das Außenstehenden für gewöhnlich verschlossen blieb.

»Womit habe ich diese Ehre verdient?«, wollte Lena wissen.

»Mit dir schließt sich ein alter Kreis«, lautete die Antwort. »Möglicherweise bist du diejenige, auf die wir seit Langem warten.«

»Auf mich?«

Pachet nickte. »Du hast die Gabe. Du trägst das Zeichen der Isis. Du erwartest ein Kind, in dem das Blut der ehemaligen Herren von Djeseru-Sutech fließt. Wir hatten lange kein starkes Gegengewicht mehr zum Hohepriester des Seth.«

Der Hohepriester des Seth! Lena erinnerte sich an Theas Verdacht. Die Räuberin hatte sie gebeten, sich diesen Tenem anzusehen, doch nachdem sie erfahren hatte, dass sie womöglich schwanger war, hatte diese Neuigkeit alles andere in den Hintergrund gedrängt. Bisher.

»Was meinst du damit?« Sie versuchte, Pachet in die Augen zu sehen, doch die Hohepriesterin wich ihrem Blick aus.

»Es gab in Djeseru-Sutech schon immer zwei Arten von Priestern«, erklärte sie. »Die einen waren die gefälligen Diener ihrer Gottheit. Andere hingegen die wahre Verkörperung.«

»Die wahre Verkörperung? Du meinst, sie waren diese Götter?«

»Nein, so einfach ist es nicht. Aber es gab schon immer Priester, die konnten ihren Körper ihrem Gott überlassen, wenn sie seine Maske trugen. Dann sprach der Gott aus ihnen. Aus mir hat die Göttin nie gesprochen. Sie beschränkte sich darauf, mir die Gabe des Sehens zu schenken. So wie dir. Aber wenn Tenem die Maske des Seth trägt, spürt er die Gewalt des Gottes in sich.«

Alberner Mummenschanz, dachte Lena, doch sie zeigte ihre Gefühle nicht, sondern fragte unbeirrt weiter. »Was bedeutet das?«

»Seth ist der Schutzgott unserer Stadt. Seine wahre Verkörperung ist Sethemhat als unser Herrscher. Aber Tenem hat die Macht, der dunklen Seite des Seth eine Heimstatt zu geben.«

»Ich verstehe immer noch nicht ganz …«

»Von Zeit zu Zeit hört der Hohepriester des Seth die Stimme des Gottes in sich. Und dann erfüllt ihn die Stärke Seths, er greift zur göttlichen Maske und verkündet den Willen des Gottes. Niemand wagt sich Tenem zu widersetzen.«

»Nicht einmal Sethemhat?«

Pachet senkte den Blick. »Er hat es nie versucht, denn es entspräche nicht der Maat. Nur ein Gott kann sich dem Gott entgegenstellen.«

»Einerseits sagst du, Sethemhat sei die wahre Verkörperung Seths und Tenem sei kein Gott. Weshalb darf Sethemhat sich dann nicht gegen den Hohepriester stellen?«

»Sethemhat kann sich nicht gegen eine andere Verkörperung seiner selbst stellen, die Tenem darstellt. Das ist gegen die Maat.

Nur ein anderer Gott könnte Seth Einhalt gebieten. Oder ein Mensch, dem die Kraft des Gottes innewohnt.« Pachet atmete tief durch. »Aber genug davon. Es soll nicht deine Aufgabe sein, Seth in der Maske der Isis zu zähmen.«

»Sondern? Was soll meine Aufgabe sein?«

»Es gibt viele Wege, die dunkle Seite des Seth zu bändigen«, wich Pachet aus. Die Blicke der beiden Frauen trafen sich, und einen Wimpernschlag lang erkannte Lena Pachets Seelenflamme, ehe sie wieder von ihrer eigenen weißen Flamme überdeckt wurde. Pachets Feuer war erstaunlich schwach, kaum mehr als ein Glimmen.

»Du trägst großes Leid in dir!«, rief Lena erschrocken aus.

»Du hast meinen Ka gesehen?« Sofort senkte Pachet die Lider.

»So wie du gestern den meinen.« Lena atmete tief durch. »In meiner Heimat heißt es, ich könne den Beladenen Linderung verschaffen, wenn sie sich mir öffnen.«

»Du willst, dass ich, die Hohepriesterin der Isis, mich dir öffne?« Es klang hochmütig, doch dahinter spürte Lena Angst.

»Ich will gar nichts. Ich biete dir lediglich meine Hilfe an.«

»Niemand kann mir helfen.«

»Das habe ich schon des Öfteren gehört. Auch wenn ich nicht jedes Leid lindern konnte, so fanden die meisten doch Hilfe.«

Pachet schwieg.

»Aber deshalb bin ich nicht gekommen«, sagte Lena schließlich. »Eigentlich bin ich hier, um dich nach dem Gesetz von Djeseru-Sutech zu fragen. Es heißt, dass die Nachfahren der Meret das Recht haben, sich der Probe der Götter zu stellen, um Djeseru-Sutech wieder verlassen zu dürfen.«

»Du willst vom Gottesgericht hören?« Pachet schien überrascht.

»Ja. Verstehst du, wir können nicht für alle Ewigkeiten in Djeseru-Sutech bleiben. Wir haben Familien, die uns brauchen und vermissen. Aber wir möchten im Einvernehmen mit euch gehen. Bitte, Pachet, gibt es eine Möglichkeit? Du weißt, dass Philip ein Nachfahre der Meret ist.«

»Die Probe der Götter ist sehr gefährlich. Und nur der unmittelbare Nachfahre darf sich ihr stellen. Dein Gatte ist noch immer schwer krank.«

»Aber er wird genesen. Und er ist bereit dazu.«

»Er ist bereit dazu?« Auf einmal wirkte Pachets Miene wieder hart und unnahbar. »Nun, dann solltest du mit dem Hohepriester des Seth sprechen. Er entscheidet, ob ein Mann würdig ist, die Probe anzutreten.«

»Wie sieht die Probe aus?«

»Er muss den Pfad der Götter lebend überqueren.«

»Wie ist das zu verstehen?«

»Das wird er an jenem Tag erfahren, da die Probe stattfindet.«

Pachet erhob sich. »Und nun muss ich dich bitten zu gehen. Meine Pflichten der Göttin gegenüber rufen mich.«

Lena war erstaunt. Was war geschehen? Wann hatte sie Pachets Wohlwollen verloren? Als sie nach der Probe der Götter fragte? Oder schon als sie den Schmerz in den Augen der Priesterin entdeckt hatte?

Immerhin hatte sie mittlerweile einen Grund, Tenem aufzusuchen. Und einen Ansatzpunkt für Philip und Said. Der Pfad der Götter … Wie auch immer dieser beschaffen sein mochte.

Im Tempel des Seth wurde sie freundlich von Cheribakef empfangen.

»Ich freue mich, dass du uns erneut die Ehre deines Besuches erweist.«

»Ich danke dir.«

»Was kann ich für dich tun?«

»Die Hohepriesterin der Isis riet mir, mich an den Hohepriester des Seth zu wenden. Es geht um die Probe der Götter.«

Cheribakefs eben noch leuchtendes Gesicht verfinsterte sich. »Die Probe der Götter? Ihr wollt Djeseru-Sutech verlassen?«

»Ist das so schwer zu verstehen? Auf uns alle warten Familienangehörige. Ich habe einen kleinen Ziehsohn, der mich braucht.«

»Das verstehe ich gut. Aber die Probe birgt große Gefahren.«

»Das erwähnte Pachet bereits. Sie sprach vom Pfad der Götter.«

Cheribakef nickte. »Warte hier! Ich frage den edlen Tenem, ob er dich empfängt.«

Lena musste nicht lange warten. Der Hohepriester des Seth war bereit, sie anzuhören. Cheribakef führte sie in ein fensterloses kleines Gelass am Ende des Tempels. Zwei große Feuerschalen erhellten den dunklen Raum, der ansonsten völlig leer war. Tenem stand zwischen den Feuerschalen, in einen kurzen Schurz gekleidet und mit einem prächtigen Kragen aus Edelsteinen um den Hals, der ihm bis über die Brust reichte. Sein kahl geschorenes Haupt glänzte im Schein der Flammen.

Einen Augenblick lang überlegte Lena, welches wohl die angemessene Begrüßung für den Hohepriester des Seth war, doch er ließ ihr keine Zeit dazu. »Du warst bei Pachet?«, fuhr er sie auf Arabisch an.

Lena zuckte zusammen. »Ja, ehrwürdiger Tenem«, bemühte sie sich so höflich wie möglich zu antworten. Sie sah ihm in die Augen. Sein Blick wirkte seltsam starr. Plötzlich fühlte Lena sich an einen anderen Blick erinnert. Lange war es her, noch vor der Zeit, da sie Philip begegnet war. Eines Tages hatten die Nonnen ihr ein junges Mädchen gebracht. Niemand wisse, so die Ordensschwestern, ob es die Stimme der Mutter Gottes oder die des Teufels in sich höre. Vielleicht sei die Kleine auch schlichtweg irrsinnig. Sie hatte dem Mädchen in die Augen gesehen und etwas bemerkt, das ihr nie zuvor in der Flamme eines Menschen aufgefallen war: Der Blick war ebenso starr wie der des Hohepriesters gewesen, doch auf seltsame Weise entrückt von der Welt. Die Seelenflamme leuchtete hell, aber sie besaß nicht das kräftige Gelb derer, die mit sich im Reinen waren, und zeigte auch nicht das bunte Schillern jener, die eine reiche Phantasie besaßen. Nein, die Flamme wies einen grünlichen Schimmer auf, und er verstärkte sich, als das Mädchen Lena von den Stimmen erzählte, die es hörte. Verworrene Geschichten, bar jeglichen Sinnes. An jenem Tag hatte Lena zum ersten Mal das leuchtende Grün des Wahnsinns in den Augen eines Menschen gesehen.

In Tenems Augen leuchtete eine starke gelbe Flamme.

»Warum hat Pachet dich zu mir geschickt?«, fragte er.

»Ich bat sie, mir etwas über die Probe der Götter zu erzählen.«

»Die Probe der Götter, ich höre. Wer ist der Abkömmling? Dein Gatte?«

Lena nickte.

»Dein Gatte ist schwer verwundet. Er würde die Probe niemals überstehen.«

»Noch nicht, aber er wird genesen. Und er ist bereit, alles zu wagen, um zu seiner Familie zurückkehren zu können.«

Auf einmal ging ein Ruck durch Tenems Körper. »Du meinst, ich solle es gestatten?«, fragte er. Lena war sicher, dass er nicht zu ihr gesprochen hatte, denn seine Augen starrten an ihr vorbei, so als stünde ein Dritter im Raum. Doch da war niemand. Tenems Blick fiel wieder auf Lena. So kalt, als könne er die Wüste in Eis verwandeln.

»Der Gott ist einverstanden«, erklärte er. »Aber betrachte es nicht als Gnade, denn das Blut der Frevler wird die heilige Erde tränken.« Lena fröstelte. Und dann sah sie, wie sich das helle Gelb seiner Seelenflamme in ein giftiges Grün verwandelte …

45. Kapitel

Einstmals gab es in dieser Stadt ein Heiligtum der Sachmet«, sagte Sethemhat, während er den Löwen kraulte, als wäre er ein harmloses Kätzchen. »Komm, er tut dir nichts!«, forderte er Thea auf. Zögernd trat sie näher und ging neben dem liegenden Löwen in die Hocke, um vorsichtig die dunkle Mähne zu berühren. Der Löwe rührte sich nicht, und Thea wurde mutiger, vergrub ihre Hand in seinem Fell und kraulte ihn auf die gleiche Weise wie Sethemhat.

»Wer ist Sachmet?«

»Die löwenköpfige Göttin des Krieges, der Krankheit, aber auch der Heilung. Die Götter fürchten sie, denn wenn Sachmet erwacht, braucht sie Blut, um ihren Hunger zu stillen. In den alten Legenden heißt es, einstmals habe die wilde Sachmet beinahe die ganze Welt vernichtet, hätte man ihr nicht rot gefärbtes Bier vorgesetzt, das mit Schlafmohn versetzt war. Sie glaubte, es sei Blut, trank es, fiel in einen tiefen Schlaf, und die Welt war gerettet.«

»Diese Göttin gefällt mir.« Thea lächelte. »Warum ist ihr kein Heiligtum mehr gewidmet?«

»Es gab keine würdige Priesterin mehr. Sachmet wählt sich ihre Priesterin selbst, doch irgendwann wagte kein Mädchen mehr, dem Ruf der Göttin zu folgen.«

»Was befürchteten sie?«

»Die Gewalt der Löwenköpfigen. Unsere Frauen sind durchaus in der Lage, Waffen zu führen. Ich erwähnte schon, dass sie gern mit dem Bogen schießen. Aber Sachmet verlangt mehr. Eine Priesterin der Sachmet müsste den Mut haben, die Kraft der Göttin in sich aufzunehmen und sich ihr hinzugeben. Eine Priesterin der Sachmet muss in der Lage sein, das Schwert zu führen.«

»Und warum fürchten eure Frauen sich vor dem Schwert?«

»Weil es in der Vergangenheit vorkam, dass die Hohepriesterin der Sachmet den Herrn der Wüste begleiten musste, um Djeseru-Sutech zu schützen. Und den Boden der Wüste mit dem Blut unserer Feinde tränkte.«

»Dann sind eure Frauen doch nicht so stark, wie du behauptest.«

»Ich weiß, du hättest keine Angst, dein Schwert gegen einen Gegner zu erheben.«

»Aber ich werde niemals irgendwelche heiligen Rufe vernehmen, die mich zur Dienerin irgendeines Gottes oder einer Göttin machen. Sonst hätte ich gleich das Kloster wählen können.«

»Das Heiligtum der Sachmet gibt es ohnehin nicht mehr. Nur noch Relikte, die an sie erinnern.«

Sethemhat ließ von dem Löwen ab und erhob sich. »Du wolltest doch auch die anderen Raubkatzen sehen«, sagte er mit Blick auf die Käfige. Thea nickte.

»Sind das Leoparden?«, fragte sie. Sethemhat schüttelte den Kopf. »Nein, Geparde, bekannt für ihre Schnelligkeit. Manchmal jagen wir mit ihnen gemeinsam Gazellen in der Wüste.«

»In dieser Wüste leben Gazellen?«

»Auf der anderen Seite hinter den dunklen Felsen liegen zahlreiche Oasen. Und sie alle unterstehen der Macht der Sethi.«

»Also deiner Macht.« Thea schmiegte sich eng an Sethemhat. Er legte die Arme um sie. »Ich habe der Priesterschaft heute verkünden lassen, dass du künftig die Frau an meiner Seite bist, die große königliche Gemahlin.«

Thea lachte. »Große königliche Gemahlin, wie das klingt! Und was haben die Priester dazu gesagt?«

»Meine Schwester Pachet wünschte mir viel Glück, doch ihr Blick war nach innen gekehrt. Der Hohepriester des Seth meinte, es werde sich noch zeigen, ob es dir bestimmt sei, den Platz an der Seite eines Gottes einzunehmen.«

»Vielleicht solltest du dem Hohepriester des Seth künftig die Ehre zukommen lassen, meine Speisen vorzukosten.«

Das Lächeln aus Sethemhats Gesicht schwand. »Ich weiß, dass einiges gegen ihn spricht.«

»Warum beseitigst du ihn dann nicht?«

»Du meinst, ich sollte ihn töten lassen?«

Thea nickte. »So wie er deine Frauen tötete.«

»Wir haben keine Beweise gegen ihn.«

»Wer soll es sonst gewesen sein? Ich habe jedenfalls nicht die Absicht, mich von ihm vergiften zu lassen.«

»Das wird nicht geschehen. Ich werde es zu verhindern wissen.«

»Warum schickst du ihn nicht in die Wüste zu den Sethi? Dort kann er dir nicht gefährlich werden.«

»Es ist besser, wenn er unter meiner Aufsicht steht. Meine Schwester Pachet verfügt über die Gabe, den Ka der Menschen zu sehen. Und sie sagt, in Tenem leben zwei Seelen. Seine eigene und die dunkle Seite des Seth.«

»Was ist der Ka?«

»Die Seele des Menschen, die über den Tod hinaus lebendig bleibt.«

»Und das kann deine Schwester in den Augen der Menschen sehen?«

»Sie sieht das Feuer des Ka.«

»Das Feuer des Ka …«, wiederholte Thea ernst. Verfügte die Hohepriesterin über die gleiche Gabe wie Lena?

Sethemhat bemerkte ihre Nachdenklichkeit nicht. »Komm! Ich zeige dir noch etwas«, sagte er. Unweit der Käfige erhob sich ein kleiner Bau aus hellem Sandstein. In heimatlicher Umgebung hätte Thea ihn für eine Kapelle gehalten. Und tatsächlich schien es sich um ein Heiligtum zu handeln. Als Sethemhat die Tür öffnete, erkannte sie lediglich einen kleinen Altar, auf dem eine goldene Maske in Form eines Löwinnenkopfes und zwei sichelförmige kurze Schwerter lagen.

»Mehr ist von Sachmets Tempel nicht geblieben«, erklärte er. »Die Maske der Göttin und ihre Waffen.«

»Seltsame Waffen«, stellte Thea fest. »Darf ich sie berühren?« Sethemhat nickte. Thea griff nach den beiden Schwertern und schwang sie durch die Luft. »Sie haben einen höchst ungewöhnlichen Schwerpunkt. Worin liegt der Vorteil?«

»Sie stammen noch aus den alten Zeiten. Wenn du ein solches Schwert in Händen hältst, gelangst du leichter hinter den Schild eines Gegners. Wenn du zwei dieser Schwerter führst, kannst du eins zur Verteidigung nutzen. Die gebogene Klinge lenkt das Schwert des Angreifers ab.«

»Zeig es mir!«

»Hier und jetzt?«

Thea nickte.

»Gut, aber nicht mit den heiligen Waffen. Komm! In der Waffenkammer hinter der Reitbahn bewahren wir ähnliche Schwerter aus Holz auf.«

»Es stört dich nicht, dass ich den Umgang mit diesen Waffen erlernen will?«

»Warum sollte es mich stören?« Sethemhat wirkte aufrichtig verblüfft.

»Philip war immer verunsichert, wenn er mich mit Waffen in der Hand sah.«

»Philip?« Sethemhat hob die Brauen. »Ich höre da ein gewisses Bedauern in deiner Stimme. Was bedeutet er dir wirklich?«

»Das ist eine lange Geschichte.«

»Ich habe Zeit.«

»Ich aber nicht. Ich möchte lernen, wie es sich mit diesen krummen Schwertern kämpfen lässt.«

»Du liebst ihn?« Sethemhat blieb stehen. Flackerte da etwa Eifersucht in seinem Blick?

Thea seufzte. »Nein«, beteuerte sie. »Jedenfalls nicht so wie dich. Es gab eine Zeit, da glaubte ich ihn zu lieben. Er verließ mich und entschied sich für Lena. Danach dachte ich, ich würde ihn hassen. Erst hier, in Djeseru-Sutech, habe ich begriffen, was ich tatsächlich für ihn empfinde.«

»Und was empfindest du?«

Sie atmete tief durch. »Wenn ich sage, es sei Freundschaft, dann klingt es so abgedroschen. Es ist vielmehr das sichere Gefühl, mich auf ihn verlassen zu können, denn es gibt ein Band, das auch noch jenseits der Leidenschaft besteht. Er wird Lena immer treu sein, aber ich weiß, dass er alles für mich täte, wenn ich mich in Gefahr befände. Und auch ich wäre bereit, ihm in allen Lebenslagen zur Seite zu stehen.«

»Ein Band jenseits der Leidenschaft«, wiederholte Sethemhat und nahm sie in die Arme. »Ich hoffe, das wirst du niemals über mich sagen.«

»Dann wäre ich dumm.« Sie schmiegte sich an ihn.

»Willst du immer noch wissen, wie man diese Waffen führt?

Oder steht dir der Sinn eher nach etwas anderem?« In seinen Augen blitzte es verführerisch.

»Die Waffen«, entgegnete sie bestimmt. »Das andere danach …«

46. Kapitel

Welche Ehre – die künftige Herrscherin von Djeseru-Sutech!« Philip deutete eine scherzhafte Verbeugung an, als Thea sein Gemach betrat.

»Hätte ich geahnt, dass dir die nötige Hochachtung fehlt, hätte ich den ehrenwerten Sethemhat nicht gebeten, unser festliches Vermählungsmahl erst nach deiner Genesung zu feiern.«

»So? Möchtest du, dass ich mich ebenso würdevoll verhalte, wie es mich dein Beispiel lehrt? Vor allem deine ausgesprochene Höflichkeit beeindruckte mich stets.«

Sie lachten beide. Philip musste sich eingestehen, dass Thea sich stark verändert hatte. Vielleicht aber auch nicht … Womöglich war dies die wahre Thea, die sich schon immer hinter der Maske der wilden Räuberin verborgen hatte. Irgendwann hatte sie den inneren Kampf aufgegeben. War die Verwandlung nach ihrem Gespräch geschehen? Als er ihre Fragen so ehrlich wie möglich beantwortet hatte? Zwei Monate lag es inzwischen zurück. Zwei Monate, in denen viel geschehen war. Er hatte seine alte Kraft zurückgewonnen, von der Verwundung war ihm kaum noch etwas anzumerken, nur die Narbe schmerzte bisweilen noch.

»Was kann ich für dich tun, Thea?«

»Du für mich?« Sie lächelte ihn an. »Ich gedachte eigentlich etwas für dich zu tun.«

Früher hätte er nach einer solchen Antwort sofort alle seine Sinne auf Verteidigung ausgerichtet. Doch inzwischen gab es keine Doppeldeutigkeiten mehr. Das Feuer war erloschen – auf beiden Seiten. Seit Lena schwanger war, hatte sich auch für ihn vieles verändert. Anfangs hatte er sich eine noch innigere Verbindung zu seiner Frau nicht vorstellen können, doch tatsächlich fühlte er sich ihr tiefer verbunden als je zuvor. Das Begehren, das er früher bei Theas Anblick empfunden hatte, war vollständig verschwunden. Und Thea hatte ohnehin nur noch Augen für einen einzigen Mann – für Sethemhat. Zunächst war Philip argwöhnisch gewesen, doch dann hatte er erkannt, dass Thea tatsächlich gefunden hatte, wonach sie immer gesucht hatte. Einen Mann, der ihre Fähigkeiten in jeder Hinsicht schätzte und ihr stets furchtlos entgegentrat. Einen Mann, der ihr Geborgenheit und eine Heimat bot.

»Und was gedachtest du für mich zu tun? Ich hoffe, nichts Unmoralisches.«

Sie lachte. »Womöglich doch. Sethemhat möchte dich sprechen.«

»Und das ist unmoralisch?«

»Warte es ab! Wo steckt Lena eigentlich?«

»Im Bad. Sie bereitet sich auf das große Festmahl zu deinen Ehren vor.«

Er bemerkte, wie Thea ihn von oben bis unten musterte. »Die ägyptische Tracht steht dir«, stellte sie fest.

»Passend zu meinen Wurzeln, wie?« Philip grinste und strich sich über die weiße Tunika mit den dunkelblauen Borten. Selbst Bertram hatte sich inzwischen an die in Djeseru-Sutech vorherrschende Mode gewöhnt. Einzig Said wehrte sich dagegen und hatte auf der Kleidung der Sethi bestanden. Vermutlich würde er stets nur die Tracht seiner eigenen Kultur tragen, ganz gleich, wo er sich befand. Bei dem Gedanken daran musste Philip lächeln. Im Grunde tat er dasselbe, nur war er im Gegensatz zu Said ein Kind vieler Kulturen.

»Deine Wurzeln, du sagst es. Und genau darüber will Sethemhat mit dir sprechen.«

»Die Priester haben der Prüfung der Götter zugestimmt?«

Thea nickte. »Sie werden es heute beim Festmahl verkünden.«

Philip fuhr sich über die Stirn. Obwohl er sich wieder stark genug fühlte, allen Herausforderungen zu trotzen, war ihm nicht ganz wohl. Noch wusste er nicht, was ihn erwartete. Den Pfad der Götter schien ein großes Geheimnis zu umgeben. Sosehr er und seine Gefährten sich bemüht hatten, es zu lüften, waren sie doch nur auf Mauern des Schweigens gestoßen.

Thea führte Philip in eine kleine Stube unweit der großzügigen Wohnräume des Herrschers, die sie mittlerweile mit ihm teilte. Sethemhat wartete schon.

»Ich lasse euch allein«, sagte sie und verschwand. Philip blickte ihr verwundert nach. Es war sonst nicht ihre Art, nur als Botin aufzutreten und sich dann zurückzuziehen.

»Nimm Platz!« Sethemhat wies auf den zweiten Scherenstuhl ihm gegenüber. Philip folgte der Aufforderung.

»Wie ich sehe, hast du dich erholt.«

»Dank der Kunst deiner Ärzte.«

Eine Weile maßen sich die beiden Männer mit Blicken. Es war das erste Mal, dass sie unter vier Augen miteinander sprachen, und Sethemhat machte einen bedrückten Eindruck auf Philip.

»Warum hast du mich kommen lassen?«

»Thea hat mir viel von dir erzählt.«

»So?«

»Sie hat mich davon überzeugt, dass du ein vertrauenswürdiger Mensch bist und das Geheimnis von Djeseru-Sutech bei dir und deinen Gefährten für alle Ewigkeiten sicher wäre. Allerdings bin ich nach wie vor den Gesetzen Djeseru-Sutechs gegenüber verpflichtet. Ich darf sie nicht brechen.«

»Ich bin bereit, mich dem Gottesurteil zu stellen.«

»Ich weiß. Aber du ahnst nicht, welche Gefahren dir drohen. Es gab nur wenige, die die Probe lebend überstanden.«

»Willst du sie mir ausreden?«

»Nein, ich will dir helfen, sie zu bestehen.«

»Ist das etwa nicht gegen das Gesetz von Djeseru-Sutech?«

Sethemhat lächelte. »Was im Verborgenen geschieht, berührt die Maat nicht.«

»Ich höre dir zu.«

Sethemhat straffte sich. Anscheinend fiel es ihm doch nicht so leicht, über das Geheimnis zu sprechen.

»Der Pfad der Götter ist ein Weg aus Holzbohlen, die senkrecht in den Boden geschlagen wurden. Der Untergrund ist mit aufragenden Speerspitzen gespickt, die jeden durchbohren, der stürzt.«

»Ist das alles?«

»Nein. Nicht alle diese Holzbohlen ruhen fest in ihrer Verankerung. Viele sinken in den Boden, wenn sie betreten werden, und führen unweigerlich zum Sturz und damit zum Tod dessen, der darüber hinwegschreiten will.«

»Das klingt nicht angenehm.«

»Ich bewundere deine Gelassenheit.«

»Bleibt mir etwas anderes übrig?«

»Es stehen immer drei Bohlen nebeneinander. Eine Bohle in jeder Reihe ist fest. Wenn du auf den Weg trittst, ist zunächst die mittlere fest, dann die linke, dann die rechte. Dann wieder die mittlere. Auch wenn du das weißt, ist es immer noch schwierig, den Pfad zu überwinden, denn er misst mehr als zwanzig Pferdelängen, und es bedarf erheblichen körperlichen Geschickes.«

»Wie breit sind die Bohlen?«

»Breit genug für einen Fuß. Die Schwierigkeit liegt darin, dass sie mehr als zwei Mannshöhen über dem Boden schwanken.«

»Mitte, links, rechts«, wiederholte Philip. »Ich danke dir.«

»Du solltest Thea danken. Sie hat mir so lange in den Ohren gelegen, bis mir keine andere Wahl mehr blieb.«

»Thea ist eine großartige Frau«, bestätigte Philip. »Schätz dich glücklich, dass sie dir ihr Herz geschenkt hat!«

»Weil du es nicht wolltest.«

Philip schüttelte den Kopf. »Mir hat sie einst ihre Leidenschaft geschenkt, aber nicht ihr Herz. Das ist nur dir gelungen.«

Einen Augenblick lang glaubte Philip, ein zufriedenes Lächeln über Sethemhats Miene huschen zu sehen.

Das Bankett anlässlich der Vermählung des Herrn von Djeseru-Sutech mit Thea fand in der großen Eingangshalle statt. Der Raum war völlig verändert worden. Man hatte neben Bänken auch Tische aufgestellt und überall Liegen und Kissen verteilt. Eine seltsame Mischung aus orientalischem Prunk und längst vergessenen Sitten. Die Stimmen der Gäste hallten durch den Saal. Man lachte, neckte sich und kostete von den köstlichen Speisen, die in Hülle und Fülle aufgetragen wurden. Trotz der bevorstehenden lebensgefährlichen Probe fühlte Philip sich wohl. Es war, als seien die Träume seiner Jugend wahr geworden. Er hatte die verborgene Stadt entdeckt, Einlass in eine längst vergessene Welt voller Zauber gefunden. Lena schien es ähnlich zu ergehen, sie strahlte geradezu, während sie am anderen Ende des Saales mit Pachet sprach. Allerdings hatte er den Eindruck, ihr inneres Leuchten beruhe vor allem auf der Gewissheit ihrer lang ersehnten Schwangerschaft. Hoffentlich nahm die Hohepriesterin der Isis Lena nicht allzu lange in Beschlag. Er sehnte sich nach ihrer Gegenwart. Ein Blick nach links verriet ihm, dass selbst Bertram seine Steifheit abgelegt hatte und nicht mehr verlegen die Lider senkte, als ein leicht bekleidetes Mädchen ihm Wein nachschenkte.

»Gefällt sie dir?«, fragte Philip seinen Knappen. Ein leichtes Rot überzog dessen Gesicht.

»Eigentlich darf es nicht sein«, antwortete er leise. »Aber ich habe mich in den letzten Tagen immer häufiger gefragt, ob diese Menschen wirklich alle der Hölle verfallen sind, nur weil sie nicht unseren Glauben teilen.«

»Das sind sie nicht«, versicherte Philip. »Gott misst die Menschen an ihren Taten, nicht an ihrem Bekenntnis.«

»Die Kirchenväter lehren etwas anderes.«

»Es ist einfacher, einem äußeren Gesetz zu folgen, als nur dem Gewissen und der Moral verpflichtet zu sein. Viele Menschen brauchen die Furcht vor der Höllenstrafe, um auf dem rechten Pfad zu bleiben. Aber du gehörst nicht dazu, Bertram.«

»Wollt Ihr damit sagen, dass die Kirchenväter uns nicht die Wahrheit kundtun?«

Philip sah Bertram in die Augen. Es lag keine Empörung im Blick des Jungen, sondern eine aufrichtige Frage.

»Es gibt viele Arten, Wahrheiten zu verkünden«, entgegnete er. »Ich glaube, die einzige Wahrheit liegt bei Gott, und er hat jedem von uns die Fähigkeit mitgegeben, die Wahrheit zu erkennen. Doch viele Menschen verschließen sich dieser Gabe und brauchen deshalb den Rat anderer. Aber diese anderen verbreiten nicht Gottes Wahrheit, sondern nur ihre eigene Auffassung von Wahrheit. Kannst du mir folgen?«

Bertram nickte.

»Ich glaube weiter, dass Gott viel größer ist, als es ein Mensch jemals zu erfassen vermag. Und weil er so groß ist, hat er viele Gesichter und viele Fürsprecher. Die einen nennen sie Engel, die anderen geben ihnen die Namen eigener Götter. Noch andere bitten die Heiligen um Fürsprache. Am Ende, Bertram, zählen nur die Taten.«

»Ihr meint, die Götter, an die die Menschen dieser Stadt glauben, stehen selbst im Dienst des Allmächtigen? So wie die Engel?«

»Menschen geben den Dingen viele Namen, Bertram. Jede Sprache hat ihre eigenen Worte. Warum sollte es mit der göttlichen Wahrheit nicht ebenso sein?«

Der Junge schluckte. »Aber was ist mit den unumstößlichen Gesetzen? Ich habe gesehen, wie die Mädchen und Frauen sich hier gebärden.«

»Du meinst die unverheirateten Frauen und Mädchen, nicht wahr?«

Bertram nickte. »Sie messen ihrer Keuschheit anscheinend keine besondere Bedeutung bei.«

»Dafür, dass du so auf Sittenstrenge bedacht bist, hast du sie aber sehr genau beobachtet.« Philip grinste. Bertram errötete abermals.

»Ehebruch wird nirgendwo gern gesehen«, fuhr Philip fort. »Aber wenn sich zwei Menschen zugetan sind, die beide noch frei sind – was ist daran verwerflich?«

»Das Mädchen wäre entehrt.«

»Warum?«

»Aber Herr Philip!« Bertram starrte seinen Herrn an, als wäre die Welt am Einstürzen. »Es ist doch klar … dass … dass …«

»Weißt du, Bertram, eigentlich geht es doch gar nicht um die Ehre des Mädchens, sondern um die Ehre des Mannes.«

»Das verstehe ich nicht.«

»Wirklich nicht?«

Bertram schüttelte den Kopf.

»Nun, dann erzähle ich dir, was mir einst eine kluge Frau beibrachte, als ich ungefähr in deinem Alter war. Sie sagte, die Ehre der Frau sei eine Erfindung von uns Männern, denn wir Männer hätten nur zwei Möglichkeiten, uns unserer Vaterschaft sicher zu sein. Entweder halten wir alle Nebenbuhler von unseren Frauen fern, oder aber wir verstehen es, das Herz unserer Gattinnen zu gewinnen, auf dass wir als Einzige einen Platz darin einnehmen. Mauern können von Nebenbuhlern überwunden werden, Herzen nicht. Aber es ist viel schwieriger, ein Herz zu erobern, als eine Mauer zu errichten. Und eine Frau, die die Liebe kennt, stellt höhere Ansprüche als eine unerfahrene Jungfrau.«

Bertram starrte Philip fassungslos an.

»Ich fand diese Erklärung damals durchaus nachvollziehbar«, fuhr Philip fort.

»Aber wenn wir uns auch von den unverheirateten Frauen fernhalten, bringen wir sie nicht in Schwierigkeiten«, bemerkte Bertram. »Schließlich denken nicht alle Männer so wie Ihr, Herr Philip.«

»Das ist richtig. Aber manchmal brächten wir sie auch um ihr Vergnügen.« Philip beobachtete die hübsche kleine Dienerin, die Bertram auffällig häufig Wein nachschenkte.

»Du gefällst ihr«, raunte er seinem Knappen zu. »Und ich glaube nicht, dass du sie in Schwierigkeiten brächtest.«

Bertram räusperte sich. »Aber … aber wenn sie noch unberührt ist?«

»Das halte ich für unwahrscheinlich, so wie sie dich gerade ansah.«

»Aber …« Bertram räusperte sich erneut.

»Ich glaube auch nicht, dass du dafür in die Hölle kämst«, fügte Philip leise hinzu.

»Ihr meint …«

»Ich meine, es wird Zeit, dass du endlich erwachsen wirst. Und der Umgang mit Frauen gehört dazu.«

Bertram starrte verlegen in seinen Weinbecher. Als die hübsche Dienerin zum dritten Mal neben ihn trat und durch eindeutige Blicke und Gesten zu verstehen gab, wie sehr er ihr gefiel, stand er auf und folgte ihr.

»Ich hoffe, Bertram geht nicht, weil ich komme.« Lena ließ sich neben Philip nieder, nachdem sie eine Weile mit Pachet gesprochen hatte.

»Keine Sorge.« Er legte den Arm um seine Frau. »Bertram wird gerade erwachsen – endlich.«

»So?« Sie musterte ihn zweifelnd. »Es scheint mir eher, als hättest du ihm unzüchtige Gedanken schöngeredet.«

Philip lachte.

»Nun ja«, sagte Lena und lehnte sich an ihn, »ich habe auch schon versucht, ihm klarzumachen, dass manches nicht so schlimm ist, wie er glaubt.«

»Du?«

»Du hast eben einen schlechten Einfluss auf mich.« Sie blitzte ihn mutwillig an.

»So soll es sein.« Er hauchte ihr einen Kuss auf die Wange, doch dann wurden sie wieder ernst, denn soeben erhob sich der Hohepriester des Seth von seinem Platz inmitten der Priesterschaft.

»Dies ist der Tag, an dem unser erhabener Sethemhat, die

lebende Verkörperung des Gottes Seth, seine neue Gefährtin erwählt hat«, sagte er in der alten Sprache Djeseru-Sutechs. Während der vergangenen Wochen hatte Philip sich so sehr an den Klang dieser Sprache gewöhnt, die dem Koptischen ähnelte, dass er Lena den Wortlaut mühelos übersetzen konnte.

»Preisen wir die neue Herrin von Djeseru-Sutech, die große königliche Gemahlin an der Seite unseres Herrschers!«

Alle erhoben sich. Philip betrachtete die Braut. Thea trug die Kleidung einer ägyptischen Königin, ein langes weißes Kleid ohne Ärmel, das mit aufwendiger Goldstickerei verziert war. Darüber einen Kragen aus Karneol, Gold und Lapislazuli. Ihr langes rotes Haar wurde von einem goldenen Reif gebändigt, an dem der Kopf einer Königskobra befestigt war. Sie war wunderschön, schöner noch, als er sie aus der Zeit in Erinnerung hatte, als er sie noch leidenschaftlich begehrt hatte. Auf einmal begriff er, dass nichts im Leben zufällig geschah. Dies war ihr Weg gewesen, ihre Reise, ihr Ziel. Sie hatte gefunden, was ihr bestimmt war. Genauso, wie die alte Gundula es ihr damals in seinem Beisein am heiligen Stein prophezeit hatte. Er würde an ihrer Seite kämpfen, aber nicht bei ihr bleiben.

»Ich habe Thea noch nie so glücklich gesehen«, flüsterte Lena.

»Sie hat allen Grund dazu«, antwortete er ebenso leise.

»Die Götter aber haben uns noch ein weiteres Schauspiel versprochen«, fuhr der Hohepriester fort. »Die Gäste unseres erhabenen Herrschers haben sich auf das alte Gesetz berufen, das den Nachfahren der Meret erlaubt, Djeseru-Sutech wieder verlassen zu dürfen, nachdem sie diese Stadt einmal betreten haben. Doch nur der Würdige findet Gnade vor den Augen der Götter, wenn er den Pfad der Götter unversehrt überschreitet. In drei Tagen soll es geschehen. Dann wird sich zeigen, ob Philip ein wahrer Nachkomme des alten Herrschergeschlechtes ist.«

»In drei Tagen schon!« Erschrocken drückte Lena Philips Hand.

»Keine Sorge!«, raunte er ihr auf Deutsch zu. »Sethemhat hat mir verraten, wie ich die Probe bestehen kann.«

»Das hat er getan?«

Philip nickte. »Thea hat ihn darum gebeten. Du siehst, wir haben nichts zu befürchten.«

47. Kapitel

»Wo ist Herr Philip?« Ohne anzuklopfen, stürzte Witold in das Gemach, das Lena mit Philip teilte.

»Was fällt dir ein?« Lena warf sich hastig ein Laken über, denn sie wollte sich gerade ankleiden.

Der Waffenknecht wandte sogleich den Blick ab. »Verzeiht, aber ich muss dringend mit Herrn Philip sprechen.«

»Er ist schon auf dem Weg zum Gottesurteil.«

»Dann müssen wir ihn warnen!«

Lena erschrak. »Was ist geschehen?«

»Ich … ich bekam heute früh zufällig mit, wie zwei Männer in die Schenke kamen. Ihr wisst doch, ich bin oft bei Nefret …« Er räusperte sich verlegen. »Sie wollten Bier, aber Nefret hat sie fortgeschickt. Es sei noch zu früh. Da haben die beiden getobt und geschimpft, sie hätten die ganze Nacht gearbeitet und sich ihr Bier verdient. Ich habe nicht alles verstanden, aber genug, um mir zusammenzureimen, von welcher Arbeit sie sprachen. Der Hohepriester hatte ihnen befohlen, die Reihenfolge der Balken zu verändern, aus denen der Pfad der Götter besteht.«

»Die Reihenfolge?« Lena blieb schier das Herz stehen. »Weißt du, wie sie nun lautet?«

Witold schüttelte den Kopf. »Ich weiß nur, dass Herr Philip sie zu kennen glaubt. Wir müssen ihn warnen!«

»Lauf zu ihm, so schnell du kannst!«

Witold gehorchte sofort. Lena zog sich eilig an und folgte dem Waffenknecht. Im Flur stieß sie fast mit Thea zusammen.

»So aufgeregt?« Die einstige Räuberin lächelte. »Er wird es schaffen.«

»Nein!«, rief Lena. »Witold fand heraus, dass der Hohepriester heute Nacht die Reihenfolge der losen Balken verändern ließ.«

»Dieser Dreckskerl!«

»Witold will ihn warnen, aber was nutzt es, wenn er nicht mehr weiß, welcher Balken fest verankert ist und welcher nicht?«

»Komm! Wir sagen Sethemhat Bescheid.« Thea griff nach Lenas Hand. »Die Probe der Götter beginnt nicht, bevor er an Ort und Stelle eingetroffen ist.«

Sie rannten durch den Palast, doch einige Schritte vor Sethemhats Gemächern hielt Thea inne. Aus der Zimmerflucht drangen laute Stimmen. Lena erkannte die weibliche Stimme sofort. Pachet! Thea riss die Tür auf, Lena folgte ihr. Die Hohepriesterin der Isis war völlig aufgelöst, redete in ihrer eigenen Sprache auf Sethemhat ein. Der Herr von Djeseru-Sutech war blass geworden.

»Streitet ihr? Oder warum redet ihr so laut?«, fragte Thea.

»Tenem trägt die Maske des Seth!«, rief Pachet. »Er will den Pfad der Götter verteidigen.«

»Was soll das heißen?«

»Er will Philip am Ende der Pfähle erwarten und töten«, erklärte Sethemhat mit versteinerter Miene.

»Das darf er nicht!«, schrie Thea. »Gib Philip eine Waffe, damit er sich wehren kann!«

»Das ist gegen die Maat. Kein Sterblicher darf einen Priester in der Maske des Gottes angreifen.«

Vor Lenas Augen drehte sich alles. Nur nicht ohnmächtig werden! Sie stützte sich an der Wand ab.

»Ich habe dir von Anfang an gesagt, dass dieser Tenem ein Schurke ist!«, schrie Thea. »Schlimmer noch, er ist verrückt! Lena hat es in seinen Augen gelesen.«

Pachet warf den Kopf herum und starrte Lena an. »Du hast Tenems Ka gesehen?«

Lena war noch immer schwindelig. Vergeblich hoffte sie, aus einem bösen Traum zu erwachen.

»Ich blickte ihm in die Augen, als er die Stimme des Gottes

hörte«, flüsterte sie. »Seine Flamme war grün wie die eines Wahnsinnigen.«

»Grün«, hauchte Pachet. »So wie an den Tagen, als Iras und Meharit starben.«

Sethemhat horchte auf. »Was willst du damit sagen, Pachet?«

Doch er erhielt keine Antwort, denn die Hohepriesterin brach in Tränen aus. Auf einmal erkannte Lena die Zusammenhänge und begriff, warum Pachets Seelenflamme nur noch ein schwaches Glimmen war. Die Priesterin wusste um Tenems Gefährlichkeit, wusste, dass er für den Tod ihrer Schwägerinnen verantwortlich war. Sie hatte alles durchschaut, aber geschwiegen. Warum? Aus Angst? Oder wieder wegen dieser unheimlichen Maat, dieses verfluchten Gleichgewichtes, das Sethemhat daran hinderte, Tenem zu verjagen?

Thea hatte inzwischen ihre Ruhe wiedergefunden. »Sethemhat, du lässt Philip warnen. Um Tenem kümmere ich mich höchstpersönlich.«

»Du darfst die Maat nicht zerstören!«, rief er.

»Das habe ich auch nicht vor«, lautete ihre Antwort. »Im Gegenteil, ich stelle sie wieder her.«

Mit diesen Worten verließ sie den Raum. Pachet lag noch immer schluchzend am Boden.

»Du hast es also gewusst«, sagte Lena. »Deshalb hast du meine Hilfe abgelehnt. Aus Furcht, ich könnte deine Schuld entdecken.«

Pachet nickte stumm.

»Wovon im Namen Seths sprecht ihr?«

»Du musst es ihm sagen, Pachet.«

»Was musst du mir sagen?« Sethemhat zog seine Schwester auf die Füße.

»In Tenems Leib leben zwei Seelen«, antwortete die Hohepriesterin mit zitternder Stimme. »Sein eigener Ka wird vom dunklen Geist des Seth verdrängt, wenn er die Stimme in sich hört und zur Maske des Gottes greift. Dann herrscht die dunkle Seite des Seth, des vernichtenden Gottes, der das Chaos bringt.«

»Aber was hat das mit Iras und Meharit zu tun?« Sethemhat durchbohrte seine Schwester mit Blicken. »Thea hatte von Anfang an den Verdacht, Tenem habe sie vergiftet. Ist das wahr?«

»Ich vermute es«, flüsterte Pachet. »Ich kann es nicht beweisen. Aber wenn die grüne Flamme von ihm Besitz ergreift und die Stimme des Gottes ihm den Befehl erteilt, dann ist er zum Töten bereit.«

»Es ist nicht die Stimme des Gottes«, widersprach Lena. »Ich bin schon einmal einem Menschen mit grüner Seelenflamme begegnet. Sie ist das Zeichen des Wahnsinns, nicht der göttlichen Stimmen. Aber nicht alle Menschen, deren Seelenflamme grün leuchtet, sind bösartig.«

»Warum hast du mir nie davon erzählt, Pachet? Warum hattest du so wenig Vertrauen zu mir?«

»Ich konnte es nicht«, flüsterte sie. »Ich wollte es, aber ich konnte es nicht.«

»Warum nicht?«

»Weil ich dich kenne, Bruder. Du hättest nicht gegen die Maat handeln können, aber das Wissen um die Morde hätte dich zerrissen. Dann hätte Tenem gewonnen. Er hätte deine Seele zerstört. Deshalb habe ich geschwiegen und mit der Last gelebt.«

Sethemhat ließ Pachet los. »Möglicherweise kennst du mich doch nicht so gut, wie du glaubst, Schwester.« Dann wandte er sich an Lena. »Wir müssen Philip warnen!«

»Witold ist schon auf dem Weg zu ihm.«

»Er wusste davon?«

»Wir haben keine Geheimnisse voreinander«, entgegnete Lena. »Philip vertraut seinen Männern blind. Er hat ihnen gestern alles über das Gottesurteil erzählt.«

Zu Lenas Überraschung zeigte sich Sethemhat nicht verärgert, sondern nickte nur. »Wenn die Pfähle ausgetauscht wurden, müssten wir Spuren am Holz finden«, sagte er. »Komm! Wir sehen uns den Pfad der Götter noch einmal genau an.«

Der Pfad der Götter war zwischen der Reitbahn und dem künstlichen See angelegt worden. Ringsum hatte man Bänke aufgestellt und Tribünen für die Zuschauer errichtet.

Sowohl am Anfang als auch am Ende des Pfades der Götter erhoben sich hohe Plattformen, wobei jene, die das Ziel darstellte, von einem Zelt überspannt wurde, das den Eintritt in die Welt der Götter symbolisieren sollte.

Die Bohlen waren so hoch, dass zwei Männer übereinanderstehend gerade eben ihre Spitzen berühren konnten. Am erschreckendsten aber waren die Speerspitzen, die dicht an dicht aus dem Boden ragten. Sie befanden sich so eng nebeneinander, dass dazwischen kein Fuß mehr Platz fand. Wer hier stürzte, fand unweigerlich den Tod. Lena fröstelte.

»Erkennst du etwas?«

Sethemhat schüttelte den Kopf. »Wenn die Reihenfolge der lockeren Pfosten tatsächlich vertauscht wurde, haben die Burschen gute Arbeit geleistet.«

»Wie locker sind die Pfosten?«

»Ein einfacher Tritt genügt noch nicht. Erst wenn ein Mann mit seinem ganzen Gewicht darauf steht, geben sie nach. Aber dann sinken sie sofort in sich zusammen und rutschen aus der Verankerung. Sie sind nämlich hohl.«

»Gibt es eine weitere Möglichkeit, sie zu unterscheiden?«

»Nein, sie sehen von oben alle völlig gleich aus.«

»Wer also nicht weiß, welche Pfosten locker sind und welche nicht, der ist verloren?«

Sethemhat senkte die Lider. »Das Schicksal liegt in den Händen der Götter.«

Philip stand in der Nähe des Aufganges. Witold war bei ihm.

»Geh du allein zu ihm!«, raunte Sethemhat Lena zu. »Besser, man sieht mich nicht in seiner Nähe.«

Lena nickte stumm und folgte Sethemhats Aufforderung.

»Witold hat mir alles erzählt«, begrüßte Philip sie mit ernster Miene.

»Was hast du vor?«, fragte Lena.

»Ich versuche einfach, die Bohlen so rasch zu überwinden, dass sie nicht einsinken können.«

»Das wird nicht möglich sein. Sethemhat hat mir gerade erklärt, dass die lockeren Pfähle sich erst bewegen, wenn ein Mann mit seinem ganzen Gewicht darauf steht. Dann aber sinken sie sofort in sich zusammen, denn sie sind hohl.«

»Hohl?« Philip horchte auf. »Hat er wirklich *hohl* gesagt?«

Lena nickte und begriff nicht, warum Philip plötzlich lachte.

»Mach dir keine Sorgen! Wenn die Pfähle hohl sind, ist alles in Ordnung.«

»Ich verstehe nicht …«

»Ein hohler Stamm klingt anders als ein fest gefügter.«

»Merkst du denn den Unterschied?«

»Ich höre und fühle ihn. Und ich habe alle Zeit der Welt, um den Pfad zu überqueren. Die einzige Regel lautet, unbeschadet hinüberzukommen.«

»Da gibt es noch etwas zu bedenken«, warf Lena ein. »Auf der anderen Seite wird dich Tenem in der Maske des Gottes erwarten. Und er hat die Absicht, dich zu töten.«

Philip hob die Brauen. »Um den kümmere ich mich, wenn ich drüben bin.«

»Sethemhat wusste nichts davon. Dieser Tenem ist wahnsinnig, aber kein Mensch darf ihn töten, solange er als Verkörperung der dunklen Seite des Seth gilt.«

Philip nahm Lena in die Arme und drückte ihr einen Kuss auf die Stirn. »Ich schaffe es. Das verspreche ich dir.«

»Nimm es nicht zu leicht! Ich habe Angst um dich.«

Philip ließ sie los.

»Wo stecken eigentlich Said und Bertram?« Er spähte über die Menschenmenge hinweg, die inzwischen die Tribünen und Stehplätze rings um den Pfad der Götter besetzt hatte.

Erst jetzt fiel Lena auf, dass sie die beiden Gefährten an diesem Tag noch nicht gesehen hatte. Auch der Platz neben Sethemhat, der Thea gebührt hätte, war frei geblieben.

»Ich weiß es nicht. Aber Thea war sehr aufgebracht, als sie von Tenems Verrat erfuhr. Sie wollte etwas dagegen unternehmen. Möglicherweise hat sie Bertram und Said zu Hilfe geholt.«

»In dem Fall solltest du dir mehr Sorgen um Tenem als um mich machen. Nun geh – es wird alles gut.«

»Das hast du schon einmal zu mir gesagt – kurz vor dem Sandsturm.«

»Und ich behielt recht, nicht wahr?«

Zwei kahl rasierte Priester kamen ihnen entgegen. Lena erkannte Cheribakef.

»Es ist so weit!«, rief der zweite Priester des Seth. »Der Pfad der Götter erwartet dich.«

Philip warf Lena und Witold einen letzten Blick zu, dann stieg er die Leiter hinauf. Er wartete, bis Lena auf der Tribüne Platz genommen hatte. Dann stellte er sich der Herausforderung. Lena hielt den Atem an.

48. Kapitel

Schon vor Beginn der Prüfung hatte Philip darüber nachgedacht, ob Tenems Männer tatsächlich alle Pfähle versetzt hatten oder nur einige ausgewählte. Dennoch konnte es ihm schon zum Verhängnis werden, wenn er ein einziges Mal aus dem Tritt geriet. Wann wäre es am gefährlichsten? Vermutlich wenn die ersten Schritte sicher gewesen waren und er das Gleichmaß gefunden zu haben glaubte. Oberflächlich betrachtet, sahen alle Pfähle gleich aus. Er trat nicht sofort auf den ersten Pfosten, sondern ging in die Hocke und berührte die Pfähle. Die Menge raunte. Philip hielt kurz inne und ließ die Blicke über die dicht besetzten Tribünen und Ränge schweifen. Es sah so aus, als habe sich ganz Djeseru-Sutech anlässlich dieses Ereignisses versammelt. Wurden die Zuschauer etwa ungeduldig, weil er zögerte? Einerlei, es ging nicht darum, sie zu unterhalten, sondern ausschließlich um sein eigenes Leben. Als er die Pfosten an der Oberseite berührte, klangen alle gleich. Er klopfte mit den Fingerknöcheln gegen die Seiten. Tatsächlich, der linke und der rechte Pfahl waren hohl, der mittlere schien fest zu sein. Noch stimmte die Reihenfolge, die Sethemhat ihm verraten hatte. Er betrat den Pfahl. Nichts geschah. Reichlich ungewohnt war es allerdings, so hoch über dem Boden auf nur einem Bein zu stehen. Wäre er sicher gewesen, welcher Pfosten der nächste war, hätte er alles als halb so schlimm empfunden. Aber er musste jeden einzelnen überprüfen. Und hier konnte er nicht mehr in die Hocke gehen. Er musste sich auf sein Gehör verlassen, wenn er mit dem frei schwebenden Fuß gegen die Pfosten trat.

Der linke war massiv. Die Reihenfolge stimmte noch immer. So ging es eine ganze Weile weiter, bis er zur sechsten Pfahlreihe kam. Eigentlich hätte der rechte Pfahl massiv sein müssen, aber er klang hohl. Und nicht nur das, auch der linke und der mittlere waren hohl!

Einen Augenblick lang stockte Philip der Atem. Wenn er keinen der Pfähle betreten konnte, war es unmöglich, die Reihe dahinter abzuklopfen. Er musste einen großen Schritt tun, um die nächste Reihe überhaupt zu erreichen. Was, wenn die Pfähle dahinter auch alle hohl waren? Vielleicht erwiesen sich aber auch zwei als massiv. Der mittlere wäre wieder an der Reihe gewesen. Ob die Täter nur die beiden rechten Pfähle ausgetauscht hatten? Philip nahm allen Mut zusammen, übersprang die Reihe und landete auf dem mittleren Pfahl. Im ersten Moment wollte er erleichtert ausatmen, aber da brach der Pfahl unter ihm zusammen. Ein lauter Schrei erhob sich in der Menge. Philip handelte sofort, griff nach dem rechten Pfosten und klammerte sich daran fest. Gott sei Dank, der war fest! Er umfasste ihn wie ein Affe einen Palmenstamm. Keine zwei Fuß unter ihm ragten die tödlichen Speerspitzen auf. Ein kurzer Blick zur Tribüne zu Lena. Sogar von hier aus erkannte er, dass sie erbleicht war. *Ich habe dir versprochen, dass ich es schaffen werde!* Er zog sich hoch, kletterte an dem glatten Stamm hinauf und erreichte die Spitze. Oben angelangt, verschnaufte er eine Weile, musste sich selbst wieder zur Ruhe zwingen. Vor ihm lagen noch mehr als drei Viertel des Weges. Die nächsten festen Pfähle waren wieder ohne Mühe zu finden. Bald darauf hatte er immerhin die Hälfte des Weges zurückgelegt. Dann traf er auf zwei feste Pfosten in einer Reihe. Vermutlich erwarteten ihn also in der nächsten Reihe wieder drei hohle. Tatsächlich. Wieder alle drei. Sollte er noch einmal einen Sprung wagen? Und wenn er diesmal kein Glück hatte? Oder wenn sogar zwei Reihen hintereinander aus hohlen Pfählen bestanden? Nach Sethemhats Warnung wäre der sichere Pfahl der linke gewesen. Was, wenn seine Gegner ihn absichtlich vertauscht hatten? So wie beim letzten Mal? Aber vielleicht auch nicht. Möglicherweise hofften seine Gegner, dass er so dachte. Andererseits – dachten sich Männer, die nachts Pfähle austauschten und am Morgen darauf gleich die nächste Schenke ansteuerten, überhaupt irgendetwas? Lag die Gefahr nicht viel eher darin, dass sie wahllos irgendwelche Pfähle ausgetauscht hatten? Aber dann hatten sie sich vermutlich wenig Mühe gegeben. Es gab also zwei Möglichkeiten. Entweder sie hatten die Pfähle nach eigenem Gutdünken vertauscht, oder aber sie folgten einem Plan, den Tenem ausgeheckt hatte. Wenn dem so war, sprach mehr dafür, dass diesmal der linke Pfosten fest war. Es sprach auch mehr für den linken, wenn die Männer frei entscheiden durften – warum sollten sie sich mit der dritten Reihe noch einmal so viel Mühe machen? Philip holte dreimal tief Luft, dann sprang er. Der linke Pfosten hielt! Ein Raunen lief durch die Reihen der Zuschauer. Philip warf erneut einen Blick zu Lena hinüber. Sie hatte die Hände in den Stoff ihres Kleides gekrallt.

Ich habe es dir versprochen! Ich werde es schaffen!

Mittlerweile lag ein Großteil des Weges hinter ihm. Noch sechs Pfahlreihen, dann hätte er das Ziel erreicht. Die hohlen Pfähle aufzuspüren, fiel ihm inzwischen nicht mehr schwer. Was blieb, war die Angst, wieder auf drei hohle Pfähle nebeneinander zu treffen. Aber genau das geschah kurz vor dem Ziel. Noch drei Reihen, aber die Reihe unmittelbar vor ihm war wieder hohl.

Philip zögerte. Sollte er es abermals auf gut Glück versuchen? Sich überlegen, was seine Gegner sich wohl gedacht hatten? Noch drei Pfahlreihen. Dahinter befand sich das Ende der lebensgefährlichen Strecke. Die Plattform mit dem Zelt, das den Eingang in die Welt der Götter symbolisierte. Eine Pferdelänge Abstand bis zum Ziel. Konnte er das aus dem Stand heraus schaffen? Einen Sprung, nur mit Kraft des rechten Beines? Vermutlich war es weniger gefährlich als das Rätselraten um die sicheren Bohlen. Noch einmal tief Luft holen, mit den Armen Schwung gewinnen, dann sprang er. Und rutschte ab! Gerade eben konnte er sich am Rand der Plattform festhalten und schlug gegen den mittleren Pfosten der letzten Reihe, der mit Getöse unter ihm zusammenbrach. Er hing in der Luft, seine Hände krallten sich ins Holz der Plattform. Nur nicht loslassen! Einen Klimmzug hoffte er noch zu schaffen. Er holte Schwung mit den Beinen, zog sich hoch und war schon halb auf der Plattform, als eine Gestalt mit einer seltsamen Tiermaske aus dem Zelt der Götter hervortrat. Tenem, der Hohepriester des Seth.

»Du hast den Göttern lange genug getrotzt«, zischte er. »Nun wirst du sterben.«

Philip sah, wie Tenem den Fuß hob, um ihm ins Gesicht zu treten. Er konnte ihm nicht ausweichen, hing immer noch hilflos an der hölzernen Plattform. Die Zuschauer schrien laut auf. Philip glaubte, Lenas Stimme zu hören. Jeden Moment erwartete er den Tritt, der ihn in die scharfen Spitzen schleudern würde. Doch dann barst die Luft.

Tenem warf sich herum. Philip war sicher, dass der Hohepriester hinter seiner Maske die Augen vor Schreck weit aufgerissen hatte. Schwefeliger Geruch breitete sich aus. Ein Geruch, den Philip gut kannte. War Said deshalb seit Tagen verschwunden gewesen? Hatte er schwarzes Pulver hergestellt, um für Notfälle gerüstet zu sein? Noch während Philip sich auf die Plattform hievte, bereit, sich mit allen Mitteln gegen den Hohepriester zu verteidigen, betrat eine zweite Gestalt die Bühne. Sie trug die Maske einer Löwin und hielt zwei seltsam gebogene Schwerter in den Händen.

Thea! Er hätte sie überall und jederzeit erkannt, auch ohne ihre rote Mähne, die die Löwenmaske umwehte.

Tenem brüllte, zog zwei ebensolche Schwerter aus den Scheiden am Gürtel hervor und stürzte sich auf Thea.

Philip stand am Rand, überlegte sich, wie er am wirksamsten eingreifen sollte, doch zugleich begriff er, dass dies nicht mehr sein Kampf war.

Der Hohepriester des Seth war geübt im Umgang mit den krummen Schwertern, doch Thea stand ihm an Geschicklichkeit in nichts nach. Gebannt verfolgte Philip den Kampf, der trotz des tödlichen Ernstes etwas Anmutiges hatte. Wo und wann hatte Thea gelernt, zwei Schwerter gleichzeitig zu führen? So harmonisch, wie es sonst nur Harun und Said mit zwei Säbeln zugleich vermocht hatten?

Sie drängte Tenem bis zum äußersten Rand der Plattform.

»Jetzt!«, rief sie auf Deutsch nach unten. Ein weiterer Knall, schwefeliger Geruch. Die Menge schrie. Und Thea schlug zu! Traf Tenems Hals mit einem gut gezielten Schlag und trennte ihm den Kopf von den Schultern. Der Körper des Priesters stürzte von der Plattform, sein Kopf rollte Thea vor die Füße. Sie warf die blutigen Schwerter zu Boden, hob den Kopf auf, riss die Maske herunter und hielt ihn den Zuschauern entgegen.

»Er war kein Gott!«, schrie sie in der alten Sprache Djeseru-Sutechs. »Sachmet hat die Maat wiederhergestellt!« Sie schleuderte den Kopf des Priesters zwischen die Speerspitzen. Ein hässliches Knirschen, als ein metallener Dorn die Schädeldecke durchbohrte. Philip kämpfte kurz gegen aufsteigende Übelkeit an.

»Ich war gut, nicht wahr?«, raunte Thea ihm zu. Obwohl sich das Gesicht hinter der Maske verbarg, nahm er ihr Lächeln wahr.

»Aufs Kopfabschlagen verstehst du dich jedenfalls«, antwortete er, unfähig, lobende Worte zu der blutigen Tat zu finden.

Sie klopfte ihm lachend auf die Schulter, rief noch einmal »Jetzt!« nach unten, und zum dritten Mal krachte es ohrenbetäubend. Dann verschwand Thea im aufsteigenden Qualm.

Philip straffte die Schultern, bevor er selbst von den Bohlen hinunterstieg. Thea war verschwunden, dafür erwarteten ihn Said und Bertram.

»Gut gemacht«, sagte Said und drückte Philip an sich. Er erwiderte die Umarmung des Freundes. »Dann habt *ihr* also das Feuerwerk veranstaltet.«

»Thea erzählte uns von Tenems hinterhältigem Plan. Ein Priester, der von einem Gott besessen ist, darf nur von einem anderen Gott getötet werden. Deshalb schlüpfte Thea in die Maske der Kriegsgöttin Sachmet.«

»Hoffentlich nimmt Sethemhat ihr diesen Auftritt nicht übel«, gab Philip zu bedenken.

»Wohl kaum. Sieh nur!« Said zog den Vorhang beiseite, der die Leiter unter der Plattform vor den Blicken der Zuschauer verbarg, und wies auf das eng umschlungene Paar hinter der Tribüne.

»Philip!« Lena war ebenfalls von der Tribüne herübergeeilt und warf sich ihrem Gatten in die Arme. »Gott sei gedankt! Ich habe Todesängste um dich ausgestanden!«

Er drückte sie an sich. »Ich hatte dir versprochen, dass ich es schaffen werde.«

»Ja, und du hast Wort gehalten.« Sie schmiegte sich eng an ihn. »Ich liebe dich, Philip.«

49. Kapitel

Der Abschied von Djeseru-Sutech fiel Lena schwerer als erwartet. Sie hatte sich an die Menschen gewöhnt, an ihre Lebensart, ja, sogar an ihren Brauch, fremden Götzen zu huldigen. Und sie wusste, dass sie Thea vermissen würde. Thea, die endlich gefunden hatte, wonach sie sich so lange gesehnt hatte.

Vermutlich den einzigen Ort auf der Welt, an dem eine Frau mit ihren Fähigkeiten aufrichtig geschätzt wurde.

Es gab einen weiteren Reisegefährten, der mit sich gerungen hatte. Witold. Die hübsche Wirtstochter Nefret war ihm nicht mehr aus dem Kopf gegangen, und er hatte lange überlegt, ob er bei ihr in Djeseru-Sutech bleiben sollte. Schließlich hatte ihm Nefret die Entscheidung abgenommen und ihn fortgeschickt. Nicht aus Ablehnung, sondern aus Liebe, wie sie sagte.

»Sie meinte, ich würde hier auf Dauer nicht glücklich«, hörte Lena ihn zu Rupert sagen. Der nickte verständnisinnig.

Djeseru-Sutech hatte sie alle verändert, ihnen Blickwinkel eröffnet, die sie in ihrem bisherigen Leben nicht einmal erahnt hatten. Said schleppte einen ganzen Sack voller Papyrusrollen mit. Abschriften von Werken aus der großen Bibliothek, die es nirgendwo sonst auf der Welt noch gab.

»Du bist jederzeit willkommen, wenn du dich erneut der Bibliothek widmen möchtest«, versprach Sethemhat ihm. »Solange du dafür sorgst, dass niemand sonst unser Geheimnis erfährt.«

»Wie lange werdet ihr noch in Alexandria bleiben?«, fragte Thea Lena beim Abschied.

»Nur noch so lange, bis Philip seinen Großvater überzeugen konnte, dass Said und Sophia ein Paar werden dürfen. Wir wollen, dass unser Kind auf Birkenfeld geboren wird.« Lena strich sich über den Leib, der sich bislang noch kaum wölbte.

»Wie gut, dass ich diesen miesen Schakal erwischt habe.« Thea lächelte. »Der bereitet euch wenigstens keinen Ärger mehr.«

»Khalil?«

Thea nickte.

»Das hast du uns schon oft versichert. Aber du hast nie erzählt, an welcher Stelle du ihn getroffen hast.«

»Dort, wo es einem Mann besonders wehtut. Ich glaube, er eignet sich inzwischen als Haremswächter, sofern er überhaupt noch lebt.«

»Thea!«

»Du hast mich gefragt. Ich habe nur geantwortet.« Sie zwinkerte Lena zu, dann nahm sie sie zum Abschied in die Arme. »Leb wohl!«

Eine Abordnung der Sethi begleitete sie bis zu jener Oase, in der sie seinerzeit Ibrahim getroffen hatten. Als die Männer in den himmelblauen Umhängen wieder in den Weiten der Wüste verschwanden, kam es Lena vor, als seien ihre Erlebnisse in diesem Land nur ein Traum gewesen.

»Die wirkliche Welt hat uns wieder«, sagte Philip mit Blick auf die Zelte der Händler, die Kamele und den Esel, der unter den Dattelpalmen graste.

»Aber wir haben Djeseru-Sutech gefunden«, entgegnete Lena und berührte den goldenen Isisanhänger am Hals. »Das hast du dir immer gewünscht, und die Erinnerungen kann uns niemand nehmen.«

Am Abend des folgenden Tages erreichten die Reisenden Alexandria.

»Ich hoffe, meine Familie hat sich nicht allzu große Sorgen gemacht oder hält uns gar für tot«, meinte Philip, während sie durch die Straßen der Stadt ritten.

»Dann steht ihnen eine freudige Überraschung bevor«, antwortete Lena gut gelaunt.

Das Tor war um diese Stunde schon geschlossen, und es dauerte eine Weile, bis ihnen geöffnet wurde, nachdem Philip kräftig gegen die Tür gepocht hatte.

»Herr Philip!«, rief der alte Cyril. Seit dem Tod seines Sohnes schien er um Jahre gealtert, wirkte abgemagert und verhärmt. »Gott sei gepriesen, wir dachten, Ihr wärt tot!«

Er ließ die Ankömmlinge stehen und rannte ins Haus. Lena hörte, wie er lauthals ihre Rückkehr verkündete. Im Hausinnern flammten Lichter auf, dann stürmte Meret nach draußen, gefolgt von Sophia, dahinter etwas gemesseneren Schrittes Mikhail. Philip war derweil vom Pferd gestiegen und half Lena aus dem Sattel. Witold und Rupert brachten die Pferde in den Stall.

»Philip, du lebst!« Meret riss ihren Sohn in die Arme und küsste ihn stürmisch auf beide Wangen. »Es hieß, ihr wärt tot!«

»Wer behauptet so etwas?« Philip erwiderte die Umarmung seiner Mutter.

»Eine Nachricht, die mit Blut geschrieben und unter einer Schakalpfote festgenagelt war«, antwortete Mikhail mit ernster Miene.

»Schakalpfote?« Philip erblasste. »Ich dachte, Khalil sei endgültig tot!«

»Wer weiß, ob er es war oder nur seine Anhänger.« Mikhail wiegte den Kopf. »Es war die einzige dieser Botschaften in den vergangenen zwei Monaten. Vielleicht nur ein letztes Aufbäumen seiner alten Anhänger. Dennoch mussten wir Entscheidungen treffen. Meret wird Ritter Heinrich zum Mann nehmen. Es ist wichtig, dass wir christlichen Familien untereinander verbunden bleiben.«

»Du willst wirklich Heinrichs Frau werden?« Verblüfft starrte Philip seine Mutter an. Sie nickte und errötete wie ein verliebtes junges Mädchen.

»So ist es. Ich hätte mich auch dafür entschieden, wenn es nicht den Notwendigkeiten entsprochen hätte.« Das Rot ihrer Wangen vertiefte sich. »Aber nun erzählt! Wo seid ihr so lange gewesen? Wir sind beinahe gestorben vor Sorge!«

Sie zog ihren Sohn ins Haus, wollte ihn gar nicht mehr loslassen. Lena folgte ihnen lächelnd. Dabei bemerkte sie, wie Sophia sich unauffällig Said näherte und ihm etwas ins Ohr flüsterte. Er erstarrte. »Weiß es schon jemand?«, fragte er leise. Sophia schüttelte kaum merklich den Kopf. Lena blieb stehen und musterte Sophia. Ihr Blick und der ernste Ausdruck in Saids Augen ließen nur einen Schluss zu.

»Sophia«, raunte sie ihrer Schwägerin zu, »bist du schwanger?«

Philips Schwester errötete. »Ist es mir etwa schon anzusehen?«

Lena schüttelte den Kopf. »Nein. Ich habe es nur aus Saids Verhalten geschlossen.«

»Ich bitte deinen Großvater noch heute um deine Hand«, erklärte Said entschlossen.

»Du weißt, dass er der Ehe niemals zustimmen wird.«

»Dann heiraten wir eben ohne sein Wissen. Ich kenne einen Imam, der bereit wäre, den Ehevertrag aufzusetzen.«

»Eine solche Heirat wird meine Familie niemals anerkennen.«

»Sprich mit Philip!«, riet Lena. »Er findet Mittel und Wege, das Herz eures Großvaters zu erweichen.«

Sophia nickte schwach. »Wo steckt eigentlich Thea?«, fragte sie plötzlich. »Ich habe sie noch gar nicht gesehen.«

»Thea ist in Djeseru-Sutech geblieben. Sie hat dort ihre große Liebe gefunden.«

»Djeseru-Sutech?« Sophias Augen weiteten sich. »Ihr wart wirklich in Djeseru-Sutech?«

Lena nickte. »Kommt herein! Philip wird euch gewiss auf unnachahmliche Weise davon erzählen. Und um alles Weitere kümmern wir uns morgen.«

In der Tat berichtete Philip bereits von den Reiseabenteuern, während seine Mutter dem Gesinde befohlen hatte, ein Festmahl zuzubereiten.

»Ich wusste immer, dass es diese Stadt noch gibt«, sagte Meret. »Aber dass sie noch bewohnt ist und die Bewohner an die alten Götter glauben … Wie kann Thea dort glücklich werden?«

»Glaub mir, Mutter, sie ist glücklich. Thea war schon immer eine ganz besondere Frau.«

»Nun, immerhin ist damit die Frage beantwortet, was aus ihr werden soll«, bemerkte Mikhail auf seine sachliche Art. »Zu schade, dass eine Verbindung zwischen Sophia und Guntram nicht mehr infrage kommt. Dann hätten wir wirklich alle Schwierigkeiten gelöst.«

»Du weißt, wem mein Herz gehört, Großvater.« Sophia blickte Mikhail trotzig entgegen. »Und nun ist er wieder hier. Es gibt also keine Schwierigkeiten.«

»Er kann nicht dein Ehemann werden.«

»Doch, ich werde Said heiraten. Ob es dir gefällt oder nicht!«, brauste Sophia auf.

»Du redest irre!«, fuhr ihr Großvater ihr über den Mund. »Du nimmst keinen Muslim zum Gatten!«

»Ich bekomme ein Kind von ihm.«

»Sophia!«, schrie Meret auf. »Sag, dass es nicht wahr ist!«

Mikhail vergrub das Gesicht in den Händen. »Wie konntest du nur?«

Philip starrte erst seine Schwester, dann Said an. Schließlich brach er in Gelächter aus.

»Philip, hast du den Verstand verloren?«, rief seine Mutter. »Was gibt es über die Tragödie deiner Schwester zu lachen?«

»Das müssen günstige Sternenkonstellationen gewesen sein«, entgegnete er immer noch lachend. »Und um das Maß der Tragödien voll zu machen: Lena ist gleichfalls schwanger.«

Meret wandte sich an Lena, und die nickte lächelnd.

»Was sagst du nun? Auch eine Tragödie oder etwas Wunderbares?«, fragte Philip.

»Ja … aber ihr seid verheiratet …« Meret starrte ihren Sohn noch immer fassungslos an.

»Ich weiß, Mutter. Aber Said und Sophia wollen auch heiraten. Und ich bin das scheinheilige Gerede allmählich leid. Meinen Segen haben die beiden längst. Die Mitglieder unserer Gemeinde werden sich gewiss das Maul zerreißen. Lasst sie! Dann ziehen sie eben drei Monate lang über unsere Sittenlosigkeit her, bis es ihnen langweilig wird und der Alltag wieder einkehrt.«

»Aber Vater Antoninus wird einer solchen Ehe niemals seinen Segen geben«, warf Meret ein.

»Das ist mir bekannt«, bestätigte Philip. »Er ist sehr streng in seinen Ansichten. Aber es gibt andere Möglichkeiten. Bruder Eustache hat ebenfalls das Recht, Trauungen zu vollziehen. Wir werden einen Ehevertrag vom Imam ausarbeiten lassen, und zusätzlich wird Bruder Eustache die Ehe christlich schließen.

Damit ist allen Vorschriften Genüge getan. Und nun will ich nichts mehr davon hören. Freut euch lieber, dass wir alle gesund und munter zurückgekehrt sind!«

»Es gehört sich nicht, sich derart über die Meinung der Älteren hinwegzusetzen«, grummelte Philips Großvater.

»Du meinst also, ich hätte dir gegenüber keine Achtung an den Tag gelegt?«

»Genau wie dein Vater. Es hätte nur gefehlt, dass du mit der Faust auf den Tisch schlägst. Auf die gleiche Weise brachte Otto mich damals dazu, ihm Meret zu geben.« Lena beobachtete, wie sich um Mikhails Augen Lachfältchen bildeten. »Also gut, ihr habt meinen Segen. Das Getuschel der Gemeinde werden wir ertragen. Man würde ohnehin reden, wenn Sophia ein Kind zur Welt brächte, ohne verheiratet zu sein. Dann soll sie lieber den Mann bekommen, den sie sich wünscht, damit die Klatschbasen ausreichend Grund haben, sich das Maul zu zerreißen. Bittet Bruder Eustache, die Trauung zu vollziehen! Und danach sucht meinetwegen auch den Imam auf.«

»Großvater, ich liebe dich!« Sophia sprang auf und fiel Mikhail um den Hals. Er lächelte nachsichtig, so als hätten ihm Philips scharfe Worte einen triftigen Grund zum Nachgeben geliefert.

»Was wirst du eines Tages sagen, wenn dir dein Sohn so entschlossen entgegentritt wie du heute deinem Großvater?«, fragte Lena Philip später, als sie im Bett lagen und sie sich an ihn schmiegte.

»Falls mich bis dahin der Altersstarrsinn nicht heimsucht, wäre ich ihm dankbar.«

»Said hat nur geschwiegen. Dabei ist er sonst nie um ein Wort verlegen.«

»Es war ihm unangenehm. Er hat Sophia in Schwierigkeiten gebracht.«

»Wenn ich es recht bedenke, hat sie durchaus ihren Anteil an den Schwierigkeiten«, spottete Lena.

»Trotzdem gibt Said sich die Schuld. Er ist immer standhaft, immer ehrenvoll, immer zurückhaltend. Nur dieses eine Mal war er es nicht.«

»Thea hielt ihn für so vollkommen, dass sie sich fragte, ob er überhaupt ein Mensch sei. Gott sei Dank – er ist ein Mensch.«

»Das hättest du bei den Worten, die er mir schon an den Kopf geworfen hat, längst wissen müssen. Manchmal habe ich eher den Eindruck, du bist so vollkommen, dass ... He, Lena! Wehe, du schlägst mir das Kissen um die Ohr...«

»Ha, schneller!«, lachte sie.

Er riss sich das Kissen vom Gesicht. »So geht eine ehrbare Frau nicht mit ihrem Mann um.«

»Das will ich hoffen. Du kannst mit ehrbaren Frauen nämlich gar nichts anfangen. Und außerdem habe ich die Absicht, dich zu ganz unanständigen Handlungen zu verleiten.«

»Oh!«

»Wehe, du stammelst wieder wie ein Trottel.«

»Darf ich wenigstens stöhnen?«

»Nur wenn du Grund dazu hast«, entgegnete Lena und schob sich langsam über ihn ...

50. Kapitel

Was Bruder Eustache wohl sagen wird?« Saids Stimme klang unsicher, während er neben Philip durch die Straßen von Alexandria schritt. Es war noch zeitig am Morgen, und die aufgehende Sonne tauchte die Stadt in ein rotes Licht.

»Dass wir ein wenig zu früh vor seiner Tür erscheinen.«

»Du weißt genau, was ich meine.«

»Du kennst den Bruder doch. Er ist der weltlichste Geistliche, den du dir vorstellen kannst. Er wird euch trauen, darauf bestehen, euer Kind zu taufen, und später darüber hinwegsehen, wenn es islamisch erzogen wird.«

»Über die Taufe müssen wir noch einmal reden«, grummelte Said.

»Warum?«

»Du kennst die Regeln des Islam. Eigentlich breche ich sie schon durch eine christliche Eheschließung.«

»Ja und? Sophia bricht mit ihrer ganzen Gemeinde. Mach doch nicht so viel Aufhebens davon!«

»Aber das mit der Taufe ...«

»Wo siehst du ernsthafte Schwierigkeiten?« Philip blieb stehen. »Wenn deine Kinder christlich getauft sind und sprechen gelernt haben, können sie immer noch das islamische Glaubensbekenntnis aufsagen und sind damit in den Augen des Propheten Muslime, bleiben für Bruder Eustache jedoch Christen.«

»Du weißt, dass es Muslimen streng verboten ist, sich vom Glauben abzuwenden. Wenn herauskommt, dass meine Kinder getauft werden, könnte es ein Todesurteil nach sich ziehen.«

»Ist das deine einzige Sorge?«

»Reicht das nicht?« Said runzelte die Stirn. »Oder legst du Wert darauf, dass Sophia Witwe wird?«

»Niemand muss es erfahren, Said. Bruder Eustache wird es für immer in seinem Herzen verschließen.«

»Dann soll es mir recht sein.«

Trotz der frühen Stunde war Bruder Eustaches Hütte schon von einer Horde hungriger Kinder umlagert. Der Mönch hatte die Ärmel seiner Kutte hochgekrempelt und schöpfte Brei in die Näpfe, die ihm entgegengehalten wurden. Als er Philip und Said entdeckte, fiel ihm fast die Kelle aus der Hand.

»Ihr seid zurück!«, rief er. »Meine Gebete wurden erhört!«

»Sei gegrüßt, Bruder Eustache. Deine Gebete haben wahrlich geholfen. Wir kehrten gestern Abend zurück.«

»Der Herr wird es euch vergelten, dass ihr einen alten Mann wie mich nicht länger im Ungewissen lasst.«

Rasch füllte er die letzten Schüsseln und ließ die Kelle in den leeren Kessel fallen.

»So, und jetzt berichtet! Was ist euch widerfahren?«

»Mancherlei«, antwortete Philip. »Um alles zu erzählen, bräuchten wir mehrere Tage. Doch wir kommen wegen einer familiären Angelegenheit, die wir gern mit dir geklärt hätten.«

»Ich hörte, deine Mutter gedenkt Ritter Heinrich zu heiraten. Hat es damit zu tun?«

»Nein. Es handelt sich um Sophias Hochzeit.«

»So hat sie endlich Guntram ihr Jawort gegeben?« Die Augen des Mönchs blitzten erfreut.

Philip schüttelte den Kopf. »Nein, Bruder Eustache. Meine Schwester und Said wollen den Bund der Ehe eingehen.«

Eustache schüttelte entschieden den Kopf. »Das wird die koptische Gemeinde niemals billigen.«

»Deshalb kommen wir zu dir.«

»Soll ich etwa die Trauung vollziehen?«

»Richtig.«

»Unmöglich, solange Said Muslim ist! Es wäre besser, von dieser Ehe abzusehen.«

»Dazu ist es zu spät«, entgegnete Philip. »Sophia erwartet ein Kind.«

Der Mönch durchbohrte Said förmlich mit Blicken. »War das nötig?«, fuhr er ihn an. »Hättest du die Ehre des Mädchens nicht besser achten sollen? Sie war dir doch wie eine Schwester. Wie konntest du sie zum Opfer deiner Fleischeslust machen?«

Said senkte betreten die Lider.

»Sophia war daran nicht ganz unschuldig«, sprang Philip seinem Freund bei. »Also, Bruder Eustache, machst du in diesem Fall eine Ausnahme? Said ist damit einverstanden, dass du das Kind später taufst.«

»Einem Muslim, der sich dem Christentum zuwendet, droht meines Wissens der Tod.«

»Du sollst nicht *ihn* taufen, sondern das Kind. Still und heimlich. Gott genügt es, wenn er es weiß.«

»Also gut. Ich nehme an, die christliche Trauung soll im engsten Kreis stattfinden.«

»Es wäre uns lieb, wenn du die Feierlichkeit in aller Stille in unserem Haus durchführen könntest. Für die Öffentlichkeit wird es einen Ehevertrag geben, der vom Imam gesiegelt wurde.«

»Von welchem Imam?« Bruder Eustache legte die Stirn in Falten. Er hatte gelegentlich schlechte Erfahrungen mit Imamen gemacht.

»Faruk al-Hamsa«, erklärte Said.

Die Züge des Mönches glätteten sich. »Faruk al-Hamsa ist ein aufrechter Mann. Ich bin einverstanden, auch wenn wir alle dafür in der Hölle enden werden.«

Philip lächelte. »Wenn ich mir so ansehe, wer alles das Himmelreich für sich beansprucht, könnte es in der Hölle recht unterhaltsam werden.«

»Mir scheint, ich habe einen Ketzer erzogen.« Der Mönch schüttelte missbilligend den Kopf, doch hinter dieser Geste erkannte Philip das Lächeln in den Augen des alten Ordensmannes.

»Gott wird es dir vergeben«, entgegnete Philip.

»So, und nun erzählt, wo ihr so lange wart!«

»Bitte verzeih uns, Bruder Eustache, ein andermal gern. Aber heute haben wir noch viel zu erledigen.«

»So sind die jungen Leute«, seufzte der Mönch. »Stets in Eile. Und in mancher Hinsicht sogar zu eilig«, fügte er mit einem Seitenblick auf Said hinzu und hob scherzhaft drohend den Finger.

»Das wäre geklärt«, sagte Philip, nachdem sie sich von Bruder Eustache verabschiedet hatten. »Meinst du, Faruk al-Hamsa empfängt uns schon so früh?«

Said nickte. »Ich könne jederzeit zu ihm kommen, versicherte er mir am Tag der Beisetzung meines Vaters.«

»Nun, dann wird er sich freuen, wenn wir diesmal in einer erfreulicheren Angelegenheit vorstellig werden.«

»Vielleicht hätten wir doch die Pferde nehmen sollen«, meinte Said, denn das Haus des Imam lag am anderen Ende der Innenstadt, in einer Straße, die es an Pracht zwar nicht mit der Straße der Laternen aufnehmen konnte, aber doch vom Wohlstand der Bewohner zeugte.

»Ich wusste gar nicht, dass du so träge geworden bist«, hielt Philip ihm entgegen. »Wenn ich sagen würde, dass ich …« Er hielt inne.

»Was gibt's?«, fragte Said.

»Da war etwas.« Philip wies in die dunkle Gasse, die in die Straße einmündete.

»Ja und?«

Philip blieb keine Zeit für eine Antwort, denn unvermittelt stürmten mehrere Männer um die Ecke und stürzten sich auf die beiden. Philip wollte zum Schwert greifen, doch schon hatten sie ihn gepackt. Er versuchte ihre Gesichter zu erkennen, hörte Said schreien, dann brach die Stimme ab. Philip sah, wie sein Freund zusammenbrach, wusste nicht, ob man ihn nur niedergeschlagen oder getötet hatte. »Said!«, brüllte er, trat um sich, wehrte sich gegen die Hände, die ihn umklammerten. »Said!«, rief er erneut, wurde zu Boden gerissen und fiel in den Straßenschlamm. Jemand rammte ihm ein Knie in den Rücken. Er bäumte sich auf, kämpfte noch immer, bis er einen heftigen Schlag gegen den Schädel verspürte und ein weißes Blitzen vor den Augen sah. Dann umgab ihn nur noch Dunkelheit …

Als er wieder zu sich kam, war es immer noch dunkel. Er brauchte eine Weile, bis er seinen Körper spürte. Er lag auf kaltem Stein, ein widerwärtiger Geruch nach Moder, verfaultem Stroh, Fäkalien und alten Lumpen stieg ihm in die Nase. Sein Kopf schmerzte. An der Stelle, wo ihn der Schlag getroffen hatte, fühlte er Feuchtigkeit. War es Blut? Er wollte mit dem Finger darüberfahren, da merkte er, dass seine Hände mit schweren Ketten gefesselt waren. Mühsam versuchte er sich aufzurichten. Die Kette, die seine Handfesseln hielt, war an einem Eisenring in der Mauer befestigt. Von irgendwoher drang ein dünner Lichtschein zu ihm. Allmählich gewöhnten sich seine Augen an die Finsternis, er nahm Umrisse wahr, erkannte eine gemauerte Kerkerzelle. Nicht weit von ihm entfernt lag ein Körper, ebenso wie er an die Wand gekettet. Said? Philip nutzte den geringen Spielraum der Kette und kroch auf den Mann zu. Doch sofort erkannte er, dass es nicht Said war, sondern ein schmächtiges Männlein, dessen verfilztes Haar ihm bis über die Schultern reichte. Das Gesicht verbarg sich hinter einem Bart, der ebenso lang war wie das Haupthaar.

Der Mitgefangene regte sich. »Ah, das Söhnchen ist wach.« Er kicherte albern. Seine Stimme war fast so hoch wie die einer Frau.

»Wo … wo sind wir hier?«

»Das weißt du nicht?« Der seltsame Mann richtete sich auf, Ketten klirrten. »Ah ja, trägst feine Kleider. Wie ich früher auch.« Er kicherte erneut. »Hast noch nie den Kerker des Emirs von innen gesehen, wie?«

»Den Kerker des Emirs? Was soll das heißen?«

»Musst wohl was Schlimmes angestellt haben oder hast einfach nur das Missfallen des hohen Herrn erregt.« Wieder dieses alberne Keckern. War er über seine lange Gefangenschaft wahnsinnig geworden?

»Warum bist du hier?«, fragte Philip.

»Warum? Warum?«, sang der Alte mit seiner Fistelstimme. »Vermutlich weil sie an mein Geld wollten.«

»Wie ist dein Name?«

»Abram ben Levi.«

»Du bist Jude?«

»Stört das die Ehre eines gläubigen Anhängers des Propheten?« Wieder ein Kichern. Philip hatte plötzlich die Eingebung, eins der verfaulten Strohbündel zu packen und Abram ben Levi damit den Mund zu stopfen.

»Ich bin Christ«, entgegnete er so ruhig wie möglich.

»Ah, Christ. Aus reichem Haus?«

»Mein Großvater ist Mikhail der Pferdezüchter.«

»Ah, Mikhail. Ja, der hat Geld.«

»Du kennst ihn?«

»Dem Namen nach. Der Neffe meines Schwagers hat ab und an Geschäfte mit ihm abgeschlossen.«

In Philips Kopf dröhnte es noch immer. Es fiel ihm schwer, seine Gedanken zu ordnen. Wenn dieser Abram die Wahrheit sagte, befand er sich im Kerker des Emirs. Aber warum? Er hatte sich niemals etwas zuschulden kommen lassen. Und es war auch nicht üblich, dass die Angehörigen wohlhabender Christen und Juden festgesetzt wurden. War dies wirklich der Kerker des Emirs? Oder spielte man ihm etwas vor? Und wo war Said geblieben?

Das Geräusch eines Schlüssels, der in das Schloss der Kerkertür gestoßen wurde, riss ihn aus seinen Überlegungen. Zwei Männer traten ein, der eine trug eine Öllampe, den anderen kannte Philip. Es war der Hauptmann der Stadtwache, mit dem er zuletzt gesprochen hatte, als man ihm Constantins Tod gemeldet hatte.

»Sieh an, du lebst noch!«, sagte der Hauptmann. Seine Stimme war ebenso kalt wie vor geraumer Zeit, als er Philip den ungesühnten Vatermord vorgeworfen hatte. Trotz der Dunkelheit erkannte Philip die Verachtung in den Augen des Mannes.

»Warum bin ich hier?«

»Warum? Glaubst du wirklich, ein räudiger Christ wie du hätte das Recht, ungestraft einen gläubigen Anhänger des Propheten zu erschlagen?«

»Wen soll ich erschlagen haben?«

»Said al-Musawar.«

»Said!«, schrie Philip. »Das ist nicht wahr!« Er versuchte aufzuspringen, wurde aber von den Ketten zurückgehalten. Rote Funken tanzten ihm vor den Augen, er drohte außer sich zu geraten. »Wo ist Said? Wir wurden überfallen, ich wurde niedergeschlagen! Wo ist er?«

»Der ehrwürdige Abd al-Hisâb hat gesehen, wie du Said al-Musawar im Streit erschlagen und die Leiche in den Nil geworfen hast. Seine Männer haben dich überwältigt und hergebracht.« Der Hauptmann spie vor Philip aus.

»Das ist eine Lüge!«, brüllte Philip. »Said ist mein bester Freund! Ich hätte mein Leben für ihn gegeben.«

»Auch dann noch, nachdem er deine Schwester geschwängert hatte?«

Philip erstarrte. »Woher weißt du davon?«

Der Hauptmann lachte nur. Dann wandte er sich um und verließ die Zelle.

51. Kapitel

Sie sind schon viel zu lange weg.« Lena lief unruhig vor Meret auf und ab. Bei Sonnenaufgang waren Philip und Said aufgebrochen, um mit Bruder Eustache zu sprechen und danach den Imam um das Aufsetzen eines Ehevertrages zu bitten. Inzwischen war die Mittagsstunde vorüber.

»Faruk al-Hamsa ist ein gewissenhafter Mann«, beruhigte Meret ihre Schwiegertochter. »Um Verträge auszuarbeiten, braucht er immer eine kleine Ewigkeit. Und womöglich haben sich Philip und Said auch länger bei Bruder Eustache aufgehalten. Es gab doch so viel zu erzählen.«

»Das mag sein, aber Philip hätte weder Bruder Eustache noch dem Imam erzählt, wo wir in den vergangenen beiden Monaten waren. Wir haben geschworen, das Geheimnis von Djeseru-Sutech zu bewahren.«

Vom Hof her waren Hufschläge und laute Männerstimmen zu hören. Rasch verließ Lena Merets Zimmer und lief über die Treppe nach unten. In der Halle standen drei Männer in der Tracht der Stadtwache vor Mikhail. Einen von ihnen kannte Lena. Es war der Hauptmann, der schon nach Haruns und Constantins Tod bei ihnen gewesen war. Ihr stockte der Atem – würden sich ihre Sorgen bewahrheiten? War Philip und Said etwas Schlimmes widerfahren?

»Nein!«, hörte sie Mikhail brüllen. »Nein, das ist nicht wahr!«

Sie rannte zu ihm, packte ihn am Arm. »Was ist geschehen?«

Mikhail nutzte ihre Gegenwart, um sich auf ihre Schulter zu stützen. Noch nie hatte sie ihn so gesehen, so kraftlos, so voller Schmerz und Verzweiflung, unfähig, ihre Frage zu beantworten.

»Welche Nachricht bringt ihr uns?«, sprach sie also den Hauptmann selbst an. Der maß sie mit verächtlichem Blick von oben bis unten. Erst fürchtete sie, er werde sie als Frau keiner Antwort würdigen, aber dann ließ er sich doch zu einer Erklärung herab.

»Von einem Vatermörder war nichts anderes zu erwarten«, zischte er. »Philip wurde von Zeugen beobachtet, wie er Said al-Musawar erschlug und in den Nil warf. Für diese ruchlose Tat wird er seine gerechte Strafe erhalten.«

Lena starrte den Hauptmann fassungslos an. »Welch ein Unsinn! Philip wäre für Said gestorben, er ist sein bester Freund.«

Der Hauptmann schnaubte verächtlich. »Der edle Abd al-Hisâb wurde Zeuge, wie die beiden in Streit gerieten. Wenn es um die Ehre der Schwester geht, gilt Freundschaft nichts mehr.«

»Was soll das heißen?« Lena sah dem Mann in die Augen, suchte nach seiner Seelenflamme, wollte wissen, ob er sie belog. Doch sie entdeckte nur die gelbe Flamme derer, die mit sich im Reinen waren, wenngleich sie auch einen leichten roten Zornesstich wahrnahm. Dieser Mann glaubte, was er sagte, und hielt Philip für schuldig.

»Der edle Abd al-Hisâb hörte, wie Philip Said vorwarf, seine Schwester geschwängert zu haben.«

Lena erstarrte. Wie konnte jemand davon erfahren haben? Sophia hatte bislang nur die engsten Mitglieder ihrer Familie in Kenntnis gesetzt. Hatten Philip und Said sich auf dem Weg darüber unterhalten und waren belauscht worden? Aber von wem?

»Was genau hat sich abgespielt?«, fragte sie.

»Darüber bin ich dir keine Rechenschaft schuldig, Weib!«, fuhr der Hauptmann sie an. »Ich habe euch die Botschaft überbracht. Eigentlich sollte man diesen feigen Hund auf der Stelle totschlagen, aber der Emir ist ein gerechter Mann. Er wird ihn in sieben Tagen vor Gericht stellen. Doch sollte er schuldig sein, dann ist ihm nicht einmal euer Gott gnädig. Und euch ebenso wenig.«

»Was willst du damit sagen?«

»Er meint, dass unser Besitz an den Emir fällt«, erklärte Mikhail, der sich langsam wieder gefasst hatte.

»Unser Besitz? Ich verstehe nicht …«

»Das wäre von einem Weib auch zu viel erwartet.« Der Hauptmann schien vor ihr ausspeien zu wollen, doch dann wandte er sich um und ging.

Mikhail atmete tief durch, ließ sich auf einer Polsterbank nieder und vergrub das Gesicht in den Händen. »Gott hat uns verlassen«, klagte er. »Sonst hätte er dieses Unglück nicht zugelassen.«

»Was wolltest du damit sagen, dass euer Besitz dem Emir verfällt?«

»Wenn Philip wegen Mordes an einem Muslim zum Tod verurteilt wird, hat der Emir das Recht, seine Besitzungen einzuziehen.«

»Aber Philip ist unschuldig! Und das Gut gehört dir.«

»Philip ist mein Enkel und Erbe. Es geschähe nicht zum ersten Mal, dass auf diese Weise Besitztümer an das Herrscherhaus fallen.«

Inzwischen waren auch Meret und Sophia nach unten gekommen. Sie hatten die letzten Worte mitgehört. Sophia war blass, kämpfte mühsam gegen die aufsteigenden Tränen an.

»Ich glaube nicht, dass Said tot ist«, sagte sie. »Nicht, solange ich seinen Leichnam nicht gesehen habe.«

»Seinen Leichnam …«, wiederholte Lena nachdenklich. »Der Hauptmann behauptet, Abd al-Hisâb habe beobachtet, wie Philip Said erschlagen und in den Nil geworfen habe. Das bedeutet – es gibt keinen Leichnam.«

Alle Augen waren auf Lena gerichtet. »Und was schließt du daraus?«, fragte Mikhail. Seine Kräfte waren aufgezehrt, und er schien dankbar, dass Lena trotz der schrecklichen Nachricht noch klare Gedanken fassen konnte.

»Abd al-Hisâb hat nach allem, was wir wissen, mit Khalil Geschäfte gemacht. Der Diener der Rechnung. Möglicherweise soll die Rechnung jetzt beglichen werden. Es würde mich nicht wundern, wenn dieser Abd al-Hisâb Said in seiner Gewalt hätte.«

»Aber warum? Warum sollte er behaupten, Philip habe Said getötet, und ihn dennoch am Leben lassen und gefangen halten?« Meret senkte den Blick, kaum dass sie diese Worte ausgesprochen hatte.

»Ich weiß es nicht. Aber wir benötigen Hilfe. Schickt zu Ritter Heinrich! Vielleicht bringt er etwas in Erfahrung oder erreicht eine Audienz beim Emir.«

»Ich schicke sogleich nach ihm«, versprach Meret und ging, einen Boten zu rufen.

»Und was sollen wir tun?«, fragte Sophia und wischte sich eine Träne aus dem Augenwinkel.

»Hat es Sinn, dass ich Philip im Kerker besuche?« Lena warf Mikhail einen fragenden Blick zu.

»Du könntest es versuchen«, erwiderte er leise. »Sag, du willst ihm etwas zu essen bringen. Es ist üblich, dass die Familien für das Wohl der Gefangenen aufkommen.«

»Dann mache ich mich sofort auf den Weg.«

»Ich begleite dich!«, rief Sophia.

»Nein«, widersprach ihr Großvater. »Du bleibst hier.«

»Warum?«

»Hast du es nicht gehört? Dein Zustand ist bekannt geworden. Ich will nicht, dass man dich als Hure beschimpft.«

Sophia senkte beschämt die Lider und nickte.

»Witold und Rupert sollen mich begleiten«, erklärte Lena. »Nur für den Fall, dass die Wächter mir nicht die rechte Achtung erweisen.«

Die Wächter ließen es tatsächlich an der nötigen Achtung fehlen und verweigerten Lena den Zutritt zum Kerker. Sie musste sich derbe Beschimpfungen über ihren Glauben anhören, die sie mit unbewegtem Gesicht über sich ergehen ließ. Dann riss ihr einer der Männer den Korb aus der Hand.

»Lass sehen, was du da Leckeres eingepackt hast!« Er schob das Tuch beiseite und wollte mit schmierigen Fingern nach den Speisen greifen.

»Hab nur gut acht, dass du dich nicht verunreinigst!«, riet ihm Lena. »Oder willst du als gläubiger Anhänger des Propheten wirklich Fleisch vom Schwein essen oder dich mit Brot verunreinigen, das mit Wein gebacken wurde?«

Sofort zog der Mann seine Hände zurück.

»Ihr Christen seid verderbt!« Er spie vor ihr aus.

»Ich vergebe dir«, entgegnete Lena und setzte eine Miene auf, die jeder Klosterschwester zur Ehre gereicht hätte. »Möge Gott dich schützen, dir Reichtümer bescheren und dich vor der Hölle bewahren.«

Der Mann starrte sie verblüfft an. Hinter ihr hustete Witold und unterdrückte ein Lachen.

»Ich dachte, es sei Hammel«, flüsterte Rupert Lena zu, nachdem sie den Rückweg angetreten hatten. »Und dass Brot mit Wein gebacken wird, ist mir auch neu.«

»Das wissen diese Tölpel doch nicht«, entgegnete Lena. »Lieber sollen sie alles wegwerfen, falls Philip nichts davon bekommt, als sich selbst daran fett zu fressen.«

»Und was jetzt?«, fragte Witold. »Wir können doch nicht tatenlos zusehen, wie Herr Philip im Kerker festgehalten wird.«

»Wir müssen herausfinden, ob Said noch am Leben ist. Und uns diesen Abd al-Hisâb näher ansehen …« Unvermittelt blieb Lena stehen.

»Was ist, Frau Helena?« Rupert musterte sie besorgt.

»Thea! Sie kennt Khalil und war auf seiner Barke. In Djeseru-Sutech erzählte sie mir, dass sie eines Nachts sogar in Abd al-Hisâbs Haus eingestiegen sei. Sie hatte ihn auf Khalils Barke gesehen und wollte wissen, in welchem Zusammenhang die beiden Männer standen.«

»Wer Thea zur Feindin hat, stellt sich vermutlich lieber einem Heerzug männlicher Gegner als ihr«, bemerkte Witold und rieb sich in Erinnerung an ihre Schlagkraft den Magen.

»Wir drei können hier in Alexandria nicht viel erreichen«, gab Lena zu bedenken. »Also lasst uns nach Djeseru-Sutech zurückkehren und Thea um Hilfe bitten.«

»Aber wie soll sie uns weiterhelfen?«, fragte Rupert.

»Sie kennt sich in Abd al-Hisâbs Haus und auf Khalils Barke aus. Wenn Said noch lebt, dann hält man ihn vermutlich an einem dieser beiden Orte gefangen. Und wenn er, was Gott verhüten möge, nicht mehr am Leben ist, dann hilft uns ihr Wissen womöglich, Abd al-Hisâb und Khalil als die Schurken zu überführen, die sie sind.«

»Wann brechen wir auf?« Witold schien keine Zeit verlieren zu wollen.

»Sobald wir zurück sind. Auch Bertram soll uns begleiten. In eurer Begleitung fühle ich mich auch in der Wüste sicher.« Sie lächelte den beiden Waffenknechten zu und sah, wie ihre Augen vor Stolz aufblitzten. Die beiden würden sie mit ihrem Leben verteidigen.

Als sie zu Mikhails Anwesen zurückkehrten, waren Ritter Heinrich, sein Sohn und weitere Männer bereits eingetroffen.

»Ich ersuche den Emir sogleich um eine Audienz«, hörte Lena Ritter Heinrich sagen. »Er kann Philip nicht aufgrund der Aussage eines einzelnen Mannes festhalten. Jeder weiß, wie eng Philip und Said befreundet waren.«

»Habt ihr Philip gesehen?« Meret lief Lena entgegen. Lena schüttelte den Kopf. »Sie haben uns nicht zu ihm gelassen, sondern nur den Korb entgegengenommen.«

Meret senkte den Blick. »Dann wird er nichts davon bekommen.«

»Abwarten.« Lena legte ihrer Schwiegermutter tröstend die Hände auf die Schultern. »Ich habe behauptet, der Braten sei Schweinefleisch.«

Trotz aller Sorgen huschte ein Lächeln über Merets Gesicht. »Ich wusste schon lange, was er an dir so schätzt, Lena. Und heute beweist du ein weiteres Mal deine Stärke.«

Von der Straße her hörten sie Lärm. Eine Kinderstimme schrie, einer der Diener wollte einen Jungen fortscheuchen.

»Was geht hier vor?« Lena eilte auf das Geschrei zu.

»Verzeih, dieser verlauste Bengel will unbedingt den Hausherrn sprechen.«

»Ja!«, rief der Knabe, der zehn oder zwölf Jahre alt sein mochte. »Ich bin Ali. Herr Philip hat gesagt, wenn ich etwas weiß, soll ich zu ihm kommen.«

Lena zuckte zusammen »Herr Philip?« Dann warf sie dem Diener einen strafenden Blick zu. »Lass den Jungen herein!«

Sie führte ihn ins Haus, sah, wie Alis Augen immer größer wurden. Vermutlich hatte er bisher nichts anderes als die schäbigen Hütten der Armenviertel von innen gesehen.

»Also, mein Kleiner, was hast du uns zu sagen?«

»Wen bringst du da?« Meret gesellte sich zu Lena und musterte den Jungen. In ihren Augen spiegelten sich Mitleid und Fürsorge für das zerlumpte Kind.

»Er sagt, Philip habe ihn geschickt.«

»Nein, heute hat er mich nicht geschickt«, widersprach der Junge. »Es ist schon länger her, da suchte er die rothaarige Frau und hat mir drei Kupferstücke gegeben. Er sagte, ich soll herkommen, wenn ich etwas weiß. Dann kriege ich noch ein Kupferstück.«

»Und was weißt du?«

»Niemand darf herausbekommen, dass ich es euch gesagt habe. Aber ich muss es einfach loswerden.«

»Hab keine Furcht, Ali! Keiner erfährt, was du uns erzählst. Also, was liegt dir auf der Seele?«

»Ich war … ich war …« Der Junge schluckte und erinnerte Lena an Bertram, der etwas gesehen hatte, wofür ihm die Worte fehlten. »Ich war bei dem Mönch, der den Kindern zu essen gibt.« Er senkte den Blick, als sei ihm dies als Muslim verboten.

Dann sprach er mit fester Stimme weiter. »Ich habe Raschid gesehen, der schleicht dort immer herum. Er hätte es aber gar nicht nötig, weil er alles vom … vom Schakal bekommt.«

»Vom Schakal? Du meinst Khalil?«

Ali erblasste. »Sprich den Namen nicht aus!«

»Ich dachte, der sei tot.«

»Der Schakal hat viele Leben«, flüsterte Ali. »Ich habe gesehen, dass Herr Philip bei dem Mönch war, zusammen mit einem Araber. Sie haben gesprochen und gelacht, aber was sie geredet haben, konnte ich nicht verstehen. Raschid muss es gehört haben, denn plötzlich rannte er davon. Herr Philip und der Araber verließen den Mönch und machten sich auf den Weg ans andere Ende der Stadt. Ich wurde neugierig, weil Raschid so eilig fortgelaufen war, und bin Herrn Philip heimlich gefolgt.« Ali schluckte.

»Was geschah dann?« Mittlerweile hatten sich alle um den Jungen versammelt und lauschten gebannt seinen Worten.

»Die Männer des Schakals lauerten ihm und dem Araber bei der Gasse der Weber auf. Sie haben die beiden überfallen und niedergeschlagen. Dann haben zwei von ihnen den Araber mitgenommen, während die übrigen Herrn Philip fortschafften.«

»Weißt du, ob der Araber noch lebt?«

Ali nickte. »Er hat gestöhnt. Einer der Männer wollte, dass man ihm einen zweiten Schlag verpasste. Aber der andere sagte, der Herr wolle ihn lebend. Er habe mit ihm noch eine Rechnung offen.«

»Und der Herr ist der Schakal? Der, dessen Name nicht genannt werden soll?«

Ali nickte.

»Das heißt also, Said lebt!«, rief Ritter Heinrich. »Weißt du, wohin sie ihn gebracht haben könnten, mein Junge?«

»Vielleicht auf die Barke.«

»Auf die Barke …«, wiederholte Heinrich. »Wo liegt sie vor Anker?«

Ali schüttelte den Kopf. »Früher im Nildelta, aber ich war lange nicht mehr dort.«

»Bring uns hin! Es soll nicht zu deinem Nachteil sein. Diesmal wird es kein Kupfer sein, sondern Silber.« Heinrich zog einen Silberdenar aus seiner Börse und gab ihn Ali. »Du bekommst noch mehr, wenn du uns zur Barke führst.«

Während sich alle Blicke auf Ali richteten, wandte sich Witold an Lena. »Wollen wir dennoch nach Djeseru-Sutech aufbrechen, oder ist es nicht mehr nötig?«, fragte er leise.

Lena zupfte sich am Ohrläppchen. Ritter Heinrich und Guntram kannten sich aus. Sie würden alles in die Wege leiten, um Said zu retten und für Philip Fürsprache zu halten. Aber was wäre, wenn diese Bemühungen nicht ausreichten? Wenn Khalil ihren Überlegungen einen Schritt voraus war?

»Lass uns sofort aufbrechen!«, raunte Lena Witold zu. »Es kann nur von Nutzen sein, wenn sich eine Löwin dem Schakal entgegenstellt.«

52. Kapitel

Said dröhnte der Schädel. Ringsum war alles dunkel, und der Boden unter ihm schien zu schwanken. Er wollte sich aufrichten, da spürte er, dass ihm die Hände auf dem Rücken gefesselt waren. Der Überfall …

»Philip?«, rief er in die Dunkelheit hinein. Keine Antwort. Er versuchte sich aufzusetzen. Immerhin, die Füße waren frei. Mühselig tastete er umher und stellte fest, dass man ihn in einen winzigen Raum eingesperrt hatte. Gerade groß genug, dass ein Mensch sich darin ausstrecken konnte. Inzwischen wieder Herr seiner Sinne, hatte Said dennoch den Eindruck, dass sich der Boden unter ihm bewegte. Anfangs hatte er das Gefühl gehabt, alles sei totenstill, doch je angestrengter er in die Dunkelheit hineinlauschte, umso deutlicher hörte er die verschiedensten

Geräusche. Weit entfernte Stimmen, Rufe, wie sie unter Schiffsleuten gebräuchlich waren. Schiff? Rührte daher das Schwanken? Wem konnte daran gelegen sein, ihn auf ein Schiff zu verschleppen?

Khalil! Die Schakalpfote an Mikhails Tor! Said hatte geglaubt, der Schakal sei tot, aber Thea hatte ihn wohl ebenso verfehlt wie er selbst vor sieben Jahren. Khalil besaß eine Barke. Auf dieser Barke hatte er Constantin zu Tode gefoltert. Thea hatte es beschrieben. Eine eisige Faust drosch in Saids Magen. Ihm wurde übel. Wo war Philip? Lebte er noch? Und was würde aus ihm selbst werden? Thea hatte von einem engen Verlies auf der Barke gesprochen. Sie hatte ihren Folterknecht überlistet und getötet. Aber ihre Hände waren nicht gefesselt gewesen, und sie hatte ein Messer bei sich gehabt. Ob er sich in derselben Kammer befand, aus der sie geflohen war?

Ungewollt schob sich die Erinnerung an Constantins verstümmelten Leib in sein Gedächtnis. Khalil hatte nichts von Constantin erfahren wollen. Es war ihm nur ums Quälen und Töten gegangen. Said schluckte trocken. Er hatte Khalil seinerzeit von hinten niedergestochen, um Philip zu retten. Gab es Schlimmeres als die Martern, die man Constantin angetan hatte? Falls es noch grausamere Foltern gab, hatte Khalil sie sich gewiss für ihn aufgespart.

Hör auf!, mahnte er sich. Bleib ruhig! Nur ruhig bleiben. Es gibt immer einen Ausweg.

Noch während er seiner Furcht Herr zu werden versuchte, wurde die Tür zu seinem Gefängnis aufgerissen. Ein Lichtstrahl traf ihn, so hell, dass er die Gesichter der beiden Männer zunächst kaum erkennen konnte, nur ihre groben Hände an seinem Leib spürte. Sie zerrten ihn auf die Füße und zogen ihm mit Gewalt das Hemd herunter. Ihm war, als stünde er neben sich, unfähig zur kleinsten Bewegung. Nicht nur deshalb, weil er gefesselt war und zwei Gegnern gegenüberstand – zum ersten Mal im Leben spürte er, wie die Furcht seinen Körper lähmte. Furcht, die ihm schlimmste Schreckensbilder vorgaukelte. Einen verstümmelten

Leichnam. Den verstümmelten Leichnam eines Mannes, der Khalil nichts angetan hatte, der ihm keinen Säbel in den Rücken gerammt hatte.

Hör auf!, ermahnte er sich erneut, während die beiden Männer ihn aus der Zelle stießen. Sei kein verdammter Feigling!

Die Männer lösten ihm die Fesseln, aber nur um ihm die Hände vor dem Leib zusammenzubinden und sie dann hoch über dem Kopf an einen Balken zu fesseln. Said erkannte dunkle Flecken auf den Planken zu seinen Füßen. Getrocknetes Blut …

Die beiden Männer gingen, er war wieder allein. Ein Öllämpchen spendete ein schwaches Licht. Ja, dies musste die Folterkammer sein, von der Thea erzählt hatte. Said schloss die Augen, atmete tief durch, versuchte das aufsteigende Entsetzen zu bannen, der schleichenden Furcht zu trotzen. Ganz gleich, was geschehen mochte, er wollte Khalil seine Angst nicht zeigen.

Augenblicke vergingen, die in Saids Empfinden zu Stunden wurden. Vermutlich gehörte dies alles zu Khalils heimtückischem Plan, ihn zu quälen. Nun gut, dachte Said. Am Warten ist noch niemand gestorben. Je länger niemand kommt, umso besser. Meine Familie wird mich schon vermissen und nach mir suchen.

Er versuchte die Handgelenke in den Fesseln zu bewegen. Vergeblich, die Stricke umklammerten ihn so fest, dass sie ins Fleisch schnitten.

Schritte auf dem Deck über ihm, die Luke wurde aufgeschoben, jemand stieg die Leiter herab. Said unterdrückte den Wunsch, den Kopf zu wenden und dem Ankömmling entgegenzuzusehen.

»Er ist es also tatsächlich!«

Khalil! Obwohl Said damit gerechnet hatte, traf ihn das Erscheinen seines Feindes wie ein körperlicher Schlag. Die Bilder von Constantins Leichnam drohten ihn zu überwältigen. Bleib ruhig! Zeig dem Hund keine Furcht!

Khalil schritt langsam um seinen Gefangenen herum. Hinkte

er ein wenig? Dann blieb er unvermittelt stehen, so dicht, dass Said seinen Atem im Gesicht spürte.

»Said al-Musawar, Philips bester Freund. Ich fühle mich geehrt, dass du meine Gastfreundschaft so bereitwillig angenommen hast.« Khalil lächelte böse.

Philip hätte gewiss eine passende Antwort gewusst. Auch Said lagen boshafte Worte auf der Zunge, aber er schluckte sie hinunter. Es brachte nichts, den Feind zu reizen. Je länger er unversehrt blieb, umso besser. Hier galt es nur noch Zeit zu gewinnen.

»So schweigsam? Dein Freund Philip hätte längst die erste Unverschämtheit ausgestoßen, da bin ich mir sicher.«

Said unterdrückte weiterhin jede Antwort.

»Oder hat dir die Furcht die Sprache geraubt?«

»Ich bin nur höflich und wollte abwarten, was du mir zu erzählen hast«, entgegnete Said, dankbar, dass seine Stimme ruhig blieb.

»Was ich dir zu erzählen habe?« Khalil lachte. »O ja, ich könnte dir so manches erzählen. Du möchtest also ein wenig plaudern?«

»Wir haben uns schließlich lange nicht gesehen.«

»Das liegt vermutlich an deiner Vorliebe, Menschen von hinten anzugreifen.«

Said zuckte innerlich zusammen. Er hätte den Mund halten sollen. Andererseits würde Khalil ohnehin nach eigenem Gutdünken mit ihm verfahren, ganz gleich, wie er sich verhielt. Vielleicht sollte er doch größere Frechheit in seine Antworten legen? Zu verlieren hatte er nichts mehr. Nichts außer dem Leben … Versuch, Zeit zu gewinnen!, ermahnte er sich. Schluck deinen Stolz hinunter und lass ihn reden! Was ist schon ein kurzer Triumph gegen einen langsamen Tod?

»Du sagst gar nichts dazu?« Khalil schritt noch einmal um Said herum. Er hinkte tatsächlich. War dies eine Folge der Verletzung, die Thea ihm zugefügt hatte? »Die Furcht hat dich also doch stumm gemacht, Said al-Musawar.«

»Ach, du erwartest eine Antwort? Ich dachte, du hättest eine Feststellung getroffen.«

»Du bist ein Feigling.«

»So?« Said sah Khalil unverwandt in die Augen. »Wenn ich ein Feigling bin, wie nennst du dann einen Mann, der andere immer nur angreift, wenn er Helfershelfer um sich hat?«

Ein verschlagenes Lächeln huschte über Khalils Züge. »Mahud!«, rief er. Ein bulliger Mann erschien. »Verpass ihm für seine Unverschämtheit zehn Hiebe. Danach unterhalten wir uns weiter.«

»Jawohl, Herr.«

Said sah, wie der Mann zur Peitsche griff. Ich tue ihm nicht den Gefallen und schreie, schwor er sich. Niemals!

Der Riemen sauste auf seinen bloßen Rücken nieder, schnitt ihm in die Haut, alles in ihm brannte. Er biss die Zähne zusammen. Ich werde es aushalten! Der zweite Schlag. Seine Hände ballten sich zu Fäusten. Er sah Khalils Gesicht, das widerwärtige Lächeln seines Todfeindes, der nur darauf wartete, dass er seinen Schmerz zeigte. Es war ausgerechnet dieses Lächeln, das Said Kraft verlieh, während er die Zähne aufeinanderpresste und der Riemen immer wieder über seinen Rücken fuhr, als wäre er Feuer, ihm die Haut aufriss, ihm Tränen in die Augen trieb. Doch er schrie nicht, hielt den Blick starr auf Khalil gerichtet, dem das Lächeln gefror, weil Said ihm die letzte Genugtuung verweigerte. Doch zugleich wusste Said, dass er irgendwann keine Kraft mehr hätte. Der neunte Hieb. Er biss sich so hart auf die Lippen, dass er Blut schmeckte. Ein weiterer Schlag. Den werde ich auch aushalten! Seine Fingernägel gruben sich in die Handballen. Ich werde nicht schreien, niemals! Der Schlag sauste auf seinen Rücken nieder, schnitt in die offenen Wunden. Dann war es endlich vorbei. Saids Fäuste lösten sich.

»Ich hoffe, du benimmst dich nun ein wenig besser«, spottete Khalil. Said schwieg. Funken tanzten ihm vor den Augen, aber eine gnädige Ohnmacht jenseits der Schmerzen blieb ihm versagt.

»Dann können wir unsere Plauderei fortsetzen.« Khalil schnippte mit den Fingern. Ein schwarzer Sklave brachte ein

Sitzkissen und legte es auf eine hölzerne Bank. Khalil ließ sich darauf nieder. »Du willst sicher wissen, warum ich bislang so gnädig mit dir verfahren bin, nicht wahr?«

»Weil du heute gute Laune hast?«, keuchte Said. Sein Rücken brannte wie Feuer, und er spürte, wie ihm das Blut über die Haut rann.

Khalil lachte. »In der Tat bin ich bestens aufgelegt. Du musst wissen – eigentlich bist du schon tot.«

»Das dachte ich mir.«

»Nein, nicht so, wie du vermutest. Willst du gar nicht wissen, wo sich dein Freund Philip aufhält?«

Philip! Saids Hände ballten sich erneut zu Fäusten. »Was hast du mit ihm angestellt?«

»Ich? Ich habe nichts mit ihm angestellt. Das wird der Emir übernehmen. Philip liegt nämlich im Kerker des Emirs. Weil er dabei beobachtet wurde, wie er dich erschlug und deinen Leichnam in den Nil warf.«

»Das wird dir niemand glauben!«, schrie Said.

»O doch, mein lieber Freund.« Khalil erhob sich und trat so dicht an Said heran, dass der wieder den Atem des verhassten Feindes spürte. »Er hat dich erschlagen, weil du seine Schwester geschwängert hast. Und dass Sophia in anderen Umständen ist, lässt sich nicht mehr allzu lange verheimlichen. Er hatte also Grund genug für seine Tat, und du bist tot.«

Saids Gedanken überschlugen sich. Woher wusste Khalil von Sophias Schwangerschaft? Unterhielt er noch immer Spione in Mikhails Haus? Oder waren sie bei Bruder Eustache belauscht worden? Aber von wem? Dort hatten doch nur die Kinder um Suppe angestanden. Die Kinder …

»Ich lese deine Gedanken«, fuhr Khalil fort. »Du fragst dich, woher ich das weiß. Nun, ich habe meine Ohren überall. Und vielleicht fragst du dich auch, warum ich dich noch nicht getötet habe. Vielleicht sinnst du auf Flucht. Nun, für meine Schonung gibt es Gründe. Du bist mir ebenso verhasst wie dein Freund Philip. Und deshalb sollst du am Leben bleiben und Zeuge werden, wie Philip für den Mord an dir hingerichtet wird. Dann kannst du ihn beneiden, denn unter dem Henkersbeil findet er einen schnellen Tod. Du aber sollst leiden. Erinnerst du dich an Constantin?«

53. Kapitel

Meret und Mikhail waren entsetzt über Lenas Absicht, mit den beiden Waffenknechten und Bertram erneut nach Djeseru-Sutech aufzubrechen.

»Wie sollte Thea uns helfen können?«, rief Meret zweifelnd. »Und du solltest dich schonen, du erwartest Philips Kind.«

»Gerade weil ich Philips Kind erwarte, tue ich alles, damit es nicht vaterlos aufwächst. Ich will nicht einfach nur abwarten und die Hände in den Schoß legen. Heinrich und Guntram werden nach Said suchen. Falls sie scheitern, brauchen wir Thea an unserer Seite. Sie kennt Khalils Vorlieben und hegt einen ebenso tödlichen Hass gegen ihn wie wir.«

»Aber Thea ist eine Frau ...«

»Ja, das ist womöglich ihre Stärke.«

Lena warf sich den Burnus über und trat in den Hof hinaus. Dort warteten die beiden Waffenknechte und Bertram bereits mit den Pferden.

»Wir werden ohne Pause reiten, bis wir den Brunnen der Sethi erreicht haben«, verkündete sie, während sie in den Sattel stieg.

Die Männer nickten entschlossen. Seit sie Thea in der Maske der Sachmet hatten kämpfen sehen, hielten sie die Räuberin für fähig, das Unmögliche möglich zu machen. Vermutlich war Thea in ihren Augen keine Frau mehr, sondern tatsächlich eine zornige Gottheit, der sich niemand entgegenzustellen wagte. In gewisser Weise schloss sich Lena dieser Vorstellung gern an, nahm sie ihr doch etwas von der Furcht um Philip und Said. Sie hätte es nicht ertragen, in Philips Bett zu ruhen und zu wissen, dass er im Kerker des Emirs schmachtete.

Am frühen Nachmittag waren sie aufgebrochen, kurz nach Mitternacht erreichten sie die Oase, in der sie das letzte Mal genächtigt hatten. Diesmal begnügten sie sich damit, die Pferde zu tränken und die eigenen Wasservorräte aufzufüllen, dann folgten sie weiter dem Pfad der Gazelle. Es war schwierig, die Wegbegrenzungen im Schein der Fackeln nicht aus den Augen zu verlieren. Umso erleichterter war Lena, als sich die Sonne endlich wieder erhob. Sie hätte erschöpft sein müssen, doch sie verspürte keinerlei Müdigkeit. Die Sorge um Philip und ihr unbändiger Wille, alles für ihn zu wagen, schenkten ihr ungeahnte Kräfte. Die Morgensonne tauchte die Wüste in ein magisches rotes Licht, das Lena mit Zuversicht erfüllte. Auch die finsterste Nacht nimmt irgendwann ein Ende, wenn man sich ihr stellt, dachte sie.

Kurz nachdem die Sonne ganz aufgegangen war, erreichten sie den Brunnen der Sethi. Lena stieg vom Pferd, ihre Begleiter folgten ihr.

»Laut Sethemhat bewachen die Krieger der Sethi den Brunnen Tag und Nacht, auch wenn sie nicht zu sehen sind«, erklärte sie. »Vielleicht zeigen sie sich, wenn sie uns entdecken.«

»Und schicken dann einen Boten nach Djeseru-Sutech«, ergänzte Bertram. »Unsere Pferde brauchen dringend Ruhe.«

Lena nickte. Genau darauf hoffte sie.

Während die Waffenknechte die Steine vom Brunnen wegräumten, um die Wasservorräte aufzufüllen, erkannte Lena einen hellblauen Fleck am Horizont. Sie kniff die Augen zusammen, um deutlicher zu sehen. War es tatsächlich ein Krieger der Sethi in seinem leuchtend blauen Umhang? Der ferne Reiter schien die Gruppe der Rastenden ebenfalls bemerkt zu haben, denn er trieb sein Pferd an und galoppierte auf den Brunnen zu.

Witold zog den letzten Wasserschlauch herauf, und Rupert verzurrte alles hinter den Sätteln. Bertram stand neben Lena und streifte die Kappe mit den Augengläsern über.

»Er trägt den blauen Umhang der Sethi«, stellte er fest.

Der Reiter näherte sich rasch, doch sein Gesicht wurde durch das lose Ende eines roten Turbans verhüllt. Dessen ungeachtet kam er Lena irgendwie vertraut vor. Es war die Art, wie er im Sattel saß.

»Thea!«, rief sie und lief der Reiterin entgegen.

»Also brauche ich doch noch keine solche Kappe wie Bertram!« Lachend zog Thea den unteren Zipfel ihres Turbans vom Gesicht und sprang vom Pferd. »Was führt euch hierher zurück?«

»Wir suchen dich.«

»Mich?«

Lena nickte. »Allerdings dachten wir, du seist in Djeseru-Sutech, und hofften, hier auf Sethi zu treffen, die dir eine Botschaft schicken könnten.«

»Der Scheik der Sethi bat mich, ihn zu begleiten.« Thea lächelte verschmitzt. »Ich mag es, wenn Sethemhat in die Rolle des unüberwindlichen Wüstenkriegers Tariq schlüpft.« Lena blieb der leidenschaftliche Ausdruck in Theas Augen nicht verborgen. »Ihr seht aus, als wärt ihr die ganze Nacht geritten.«

»So ist es«, bestätigte Lena.

»Was ist geschehen?«

»Du hast den feigen Schakal leider doch nicht getötet. Philip und Said schweben in großer Gefahr.«

»Erzähl!«

Und so erfuhr Thea von Philips Festnahme, Saids Verschwinden und den düsteren Schatten, die sich über Mikhails Haus erhoben.

»Dieser Schuft!«, zischte Thea. »Kommt, wir haben unser Lager nicht weit von hier aufgeschlagen. Ihr müsst Sethemhat von den Vorfällen berichten.«

Sethemhat hörte aufmerksam zu, während Lena ihm die Geschichte noch einmal erzählte. Sie erwähnte auch den Hauptmann der Stadtwache, der gedroht hatte, dass Mikhails Besitz nach Philips Hinrichtung an den Emir fallen werde.

»Kennst du den Namen dieses Hauptmannes?«, fragte Sethemhat. Lena schüttelte den Kopf.

»Hat er eine Narbe unter dem linken Auge? So klein, dass sie leicht zu übersehen ist?«

Lena rief sich das Bild des Hauptmannes erneut ins Gedächtnis. »So groß wie der Halbmond eines Fingernagels?« Sie deutete in ihrem eigenen Gesicht auf die Stelle, wo sie sich der winzigen Narbe erinnerte.

»Genau dort. Dann ist es Rami ben Azmi. Das trifft sich gut.«

»Warum? Er war sehr unhöflich zu uns.«

»Das mag sein, aber trotzdem ist Rami ben Azmi ein Mann von Ehre. Er ist so gut wie unbestechlich. Außerdem schuldet er dem Scheik der Sethi noch eine Gefälligkeit.«

»Du hast einen Plan?« Thea griff so zärtlich nach Sethemhats Hand, wie Lena es nie zuvor bei ihr beobachtet hatte. Er erwiderte ihren liebevollen Blick.

»Ja, doch dazu müssen wir alles erfahren, was du über Khalil und Abd al-Hisâb weißt.«

»Khalil ist das Oberhaupt«, erklärte Thea und berichtete von ihren Erlebnissen auf der Barke und im Haus des Abd al-Hisâb. »Und sie arbeiten mit gefälschten Siegeln des Sultans. Ich fand die Siegel in Abd al-Hisâbs Schlafgemach. Auf diese Weise ergaunern sie sich vermutlich herrschaftliche Abgaben.«

»Bist du dir sicher?«

Thea nickte.

»Gefälschte Siegel …«, wiederholte Sethemhat nachdenklich. »Damit ließe sich etwas anfangen.«

»Was geht in deinem Kopf vor?« Thea trat hinter ihren Gatten und legte ihm die Hände auf die Schultern. »Was brütest du aus?«

»Abd al-Hisâb behauptet, Philip bei einem Mord beobachtet zu haben. Was ist die Aussage eines Mannes wert, der des Sultans Siegel fälscht? Vielleicht sollte ich Rami ben Azmi um die Einlösung der Gefälligkeit bitten. Er könnte Abd al-Hisâbs Haus durchsuchen lassen.«

»Ist er dir so viel schuldig?«, wandte Lena ein. »Es heißt, Abd al-Hisâb sei ein Freund des Emirs. Kann ein einfacher Hauptmann es wagen, das Haus eines mächtigen Mannes durchsuchen zu lassen?«

»Niemand hält es für einfach.« Sethemhat lächelte. »Aber ich habe einen Plan.«

»Wie sieht der aus?«, wollte Lena wissen.

»Das erfährst du noch früh genug. Erst einmal solltet ihr euch ausruhen. Ihr wart die ganze Nacht unterwegs. Thea und ich brechen sogleich nach Alexandria auf. Ihr folgt uns, wenn ihr euch erholt habt.«

»Aber …«, wollte Lena widersprechen.

»Kein Aber«, schnitt Sethemhat ihr das Wort ab. »Vertraust du uns?«

Lena nickte.

»Dann hör auf mich! Alles wird gut, das verspreche ich dir.«

Auf einmal hatte Lena den Eindruck, Philip spräche aus Sethemhats Mund zu ihr. Es waren nicht nur seine Worte. Sogar das Lächeln des Wüstenherrn erinnerte sie an Philip.

»Ich danke dir«, sagte sie und spürte zugleich, dass er recht hatte. Die Müdigkeit ließ sich nicht länger verdrängen.

54. Kapitel

Du wolltest deine Schwester wirklich einem Muslim geben?« Mittlerweile hatte Philip sich an Abrams Kichern gewöhnt und nahm es kaum noch wahr. »Das widerspricht doch sonst den christlichen Vorschriften.«

»Sophia liebt ihn«, beteuerte Philip. »Und Said ist mein bester Freund.«

»*War.* Er war dein bester Freund – er ist doch tot.«

Diesmal hätte nicht viel gefehlt, und Philip hätte dem Alten tatsächlich das Kichern aus dem Gesicht geschlagen. »Ich glaube nicht eher an seinen Tod, bis ich seinen Leichnam gesehen habe.«

»Der Überschwang der Jugend.« Ein tiefer Seufzer entrang sich Abrams Brust. »Es bringt immer Unglück, wenn sich die Völker mischen. Meiner Schwester hat es den Tod gebracht. Durch ihres eigenen Sohnes Hand.«

»Er hat sie getötet?« Durch die Düsternis der Kerkerzelle starrte Philip den Alten an. Zum ersten Mal spürte er den wahren Abram ben Levi, nicht diesen halb vom Wahnsinn zerfressenen Narren. Abram nickte. Kein Kichern mehr. Tiefe Trauer erfüllte das Verlies.

»War es ein Unfall?« Philip konnte sich keinen anderen Grund denken, warum ein Sohn seine Mutter töten sollte.

»Kein Unfall«, murmelte der alte Jude. »Nur die Bösartigkeit eines Sohnes, der es nicht ertrug, Kind zweier Welten zu sein.« Er keuchte auf. »Lange ist es her, sehr lange. Und es war der Beginn der Verderbtheit, die ihm den Beinamen *Der Schakal* eintrug.«

Philip fuhr hoch. »Der Schakal? Sprichst du von Khalil?«

»Von ihm. Und deshalb bin ich hier.« Abrams Stimme schien an Kraft zu gewinnen. »Willst du die Geschichte hören?«

Philip nickte. Der alte Kadir war also mit einer Jüdin verheiratet gewesen. Im Nachhinein wunderte Philip sich nicht darüber. Kadir war ein Mann gewesen, der die Menschen nach ihrem Herzen und nicht nach ihrem Glauben beurteilt hatte. Er hatte Philip trotz seines christlichen Glaubens wie den eigenen Enkel geliebt. Und Philip hatte damals keinen Gedanken daran verschwendet, ob Kadir eine Familie hatte. Erst kurz vor Kadirs Tod hatte er von Khalil erfahren, dem verstoßenen Sohn, dem der Vater das Erbe verweigerte – jenes *Buch des Wissens,* in dem alle Geheimnisse des Orients verzeichnet waren. Sein Sohn sei von böser Gesinnung, hatte Kadir erklärt, als er Philip zu seinem Erben gemacht hatte, diese Behauptung aber nicht weiter ausgeführt. Hatte Khalil zu jener Zeit die eigene Mutter bereits ermordet? Hatte der Vater ihn deshalb verstoßen?

»Zipora war meine jüngste Schwester«, begann Abram mit erstaunlich klarer Stimme. »Unsere Eltern waren bereits tot, und so oblag mir als ältestem Sohn der Familienvorstand. Womöglich habe ich zu wenig auf Zipora geachtet, denn sie ging schon als kleines Mädchen eigene Wege und verließ den Bereich, der den Frauen vorgeschrieben ist. Nur so konnte es geschehen, dass sie Kadir erblickte und sofort in heißer Liebe zu ihm entbrannte.«

»Kadir war ein guter Mensch«, bemerkte Philip.

»Du hast ihn gekannt?«

»Er war mir wie ein zweiter Großvater.«

»Und doch wusstest du nichts von seiner Vergangenheit.« Es war eine Feststellung, keine Frage.

»Nein«, gab Philip zu. »Bitte, sprich weiter!

»Nun, auch mir gefiel Kadir, doch es war unmöglich, ihm meine Schwester zum Weib zu geben. Eine Jüdin durfte keinen Muslim ehelichen, selbst wenn er ihr gestattete, ihrem Glauben treu zu bleiben. Niemals hätte die Gemeinde geduldet, dass die Kinder muslimisch erzogen wurden.«

»Ich dachte immer, bei euch Juden entscheidet die Abkunft der Mutter über die Zugehörigkeit.«

Abram nickte. »Mit dem Hinweis darauf überredete mich Zipora. Und Kadir kam uns entgegen, indem er die Beschneidung seines Sohnes schon am siebten Tage gestattete, so wie es Vorschrift ist. Ich gab also mein Einverständnis und glaubte, das Richtige zu tun. Doch die Frucht, die aus der Verbindung zweier so guter Menschen hervorging, war von Anfang an verderbt, denn der Herr will nicht, dass sich die Rassen mischen.«

»Wenn dies der Wille des Herrn wäre, dann würde er den Menschen keine Liebe schenken«, entgegnete Philip. »Wir Menschen ziehen die Grenzen, nicht Gott.«

»Nun, wie es auch sein mag, anfangs waren Zipora und Kadir voll des Glücks und galten als leuchtendes Beispiel für alle, die an eine Verständigung glaubten. Ihr Sohn erhielt den Namen Khalil – Freund –, damit er als lebender Beweis Zeugnis ablegen sollte für die Güte Gottes und die Versöhnung unter den Völkern.«

Abram hielt für einen Augenblick inne, ehe er weitersprach. »Doch Khalil war kein Freund der Welt. Schon als junger Knabe fand er Freude am Quälen. Er tötete Tiere auf grausamste Weise, warf mit Steinen nach anderen Kindern, bis sie bluteten. Und als Zipora ihn zur Ordnung rief, brach er ihr schon als Neunjähriger den Arm. Zipora verschwieg Kadir den Vorfall, denn sie wollte nicht, dass er den Sohn bestrafte. Und so erduldete sie alles, was Khalil tat, nahm es hin, dass er sie schlug, um sich vor seinen Freunden, muslimischen Knaben, als echter Moslem zu zeigen. Er wollte nichts mit seiner jüdischen Familie zu tun haben. Kadir war oft unterwegs und widmete sich seinen Studien. Er bemerkte erst, als es zu spät war, was aus seinem Sohn geworden war. Doch da war Zipora bereits tot. Khalil hatte sie im Streit die Treppe hinuntergestoßen. Da war er gerade sechzehn Jahre alt. Kadir wusste nicht ein noch aus. Khalil war immer noch sein Sohn, aber auch der Mörder seiner Mutter. Und so wies er ihn aus dem Haus, drohte ihm mit dem Tod, sollte er ihm jemals wieder unter die Augen treten.«

»Und was unternahmst du als Onkel?«

»Ich lebte in einem anderen Haus, wusste lange nicht, was Zipora durchlitt. Erst als es zu spät war. Und da gab ich Kadir recht. Kadir sah seinen Sohn nie wieder. Ich schon. Vor einem Jahr.«

»Sitzt du seither im Kerker?«

Abram nickte.

»Aber warum? Was wirft man dir vor?«

»Ich weiß es nicht. Angeblich gab es einen Erlass des Sultans, der meine Festnahme zur Folge hatte. Man zeigte mir ein von ihm gesiegeltes Pergament, das war alles.« Abram lehnte sich gegen die Kerkerwand und schloss die Augen. Vermutlich hatte er an diesem Tag mehr gesprochen als im ganzen vergangenen Jahr. Philip senkte den Kopf und dachte an Said. Said … War er wirklich tot? Nein, das konnte nicht sein. Wäre er tot gewesen, hätte es eine Leiche gegeben. Aber Abd al-Hisâb hatte behauptet, er habe ihn in den Nil geworfen. Warum? Weil Said noch lebte? Die Ungewissheit war das Schlimmste …

Auch Said kämpfte mit der Ungewissheit. Nachdem Khalil ihm sein Ende in grässlichsten Farben ausgemalt hatte, hatten sie ihn allein gelassen. Stundenlang verharrte er in der Haltung, in der man ihn an den Deckenbalken gefesselt hatte. Seine Füße waren frei, doch das brachte kaum Erleichterung. Er spürte, wie sie ihm allmählich den Dienst versagten. Jedes Mal, wenn er die Füße zu entlasten versuchte, schnitten ihm die Fesseln in die Handgelenke. Seine Finger waren längst taub, sie drohten ihm abzusterben, und er bewegte sie, bis sie kribbelten. Dazu kam der Schmerz, den die Peitschenhiebe auf seinem Rücken hinterlassen hatten. Jede Bewegung peinigte ihn, riss die feine Blutkruste auf, die sich über den Striemen gebildet hatte. Und dabei war dies erst der Anfang. Was waren schon zehn Hiebe? Dennoch hatten sie ihm alle Selbstbeherrschung abverlangt. Wie gut, dass Khalil nichts von ihm wissen, ihn nur quälen wollte. Wie lange hätte er noch schweigen können, wenn es um ein echtes Geheimnis gegangen wäre?

Und wenn er doch ahnte, dass sie in Djeseru-Sutech gewesen waren? Der Gedanke erschreckte Said. Khalil durfte die Stadt niemals entdecken. Aber wieso sollte er glauben, sie seien dort gewesen? Nur weil sie zwei Monate fort gewesen waren? Wenn Said das Hinken des Schakals richtig deutete, hatte er selbst sich erst vor Kurzem von der Wunde erholt, die Thea ihm zugefügt hatte.

Ich könnte lügen, dachte Said. Ihm erzählen, die Sethi hätten uns am Brunnen gefunden und bei sich aufgenommen. Wenn sich Wahrheit mit Lüge mischt, wird die Geschichte glaubhaft. Djeseru-Sutech ist nur ein Mythos.

Die Luke über ihm knarrte. Said zuckte zusammen, seine Hände ballten sich zu Fäusten. Hätte er die Kraft, Khalil weiterhin zu widerstehen?

Es war nicht Khalil, es waren die beiden Männer, die ihn zuvor aus dem kleinen Verschlag gezerrt hatten. Sie starrten ihn grinsend an, dann lösten sie seine Fesseln vom Deckenbalken.

»Der Herr will, dass du ihm noch ein Weilchen erhalten bleibst«, höhnte einer der beiden. Sie brachten ihn zurück in die winzige Zelle. Mit ungefesselten Händen. War dies wieder ein falsches Spiel von Khalil, um seine Hoffnung zu nähren und sie danach umso grausamer zu zerschlagen? Oder eine winzige Möglichkeit, ihm doch noch zu entkommen? Aber noch nicht. Er war in viel zu schlechter körperlicher Verfassung. Er brauchte Ruhe, musste Kräfte sammeln. Niemals zuvor war ihm ein einfacher Holzboden verlockender vorgekommen als das weichste Bett.

55. Kapitel

Als Ersten suchen wir Emad auf«, sagte Sethemhat zu Thea. Es war bereits kurz nach Mitternacht und kostete sie einige Kupferstücke, damit die Wächter ihnen das Stadttor von Alexandria öffneten.

»Wird Emad uns so spät noch einlassen?«, fragte Thea.

»Selbstverständlich.« Im Halbdunkel sah sie Sethemhat lächeln. »Er ist einer von uns. Wir haben in vielen Orten Angehörige unseres Volkes angesiedelt. Sie versorgen uns mit Nachrichten und bahnen die Handelsbeziehungen zu den Sethi an, damit wir unbemerkt Waren nach Djeseru-Sutech liefern können.«

»Ich wundere mich immer wieder, wie wenig ich über dich und dein Volk weiß.«

»Unser Volk.« Über den Sattel hinweg griff er nach ihrer Hand. »Für immer unser Volk, Thea.«

Ein wohliger Schauer rieselte ihr über den Rücken. Unser Volk …

»Und wenn wir bei Emad sind? Du sagtest, du hättest einen Plan?«

»Ich werde Rami ben Azmi eine Einladung schicken. Der Scheik der Sethi hat seinem alten Freund eine wichtige Botschaft zu überbringen.«

»Die wäre?«

»Wir haben herausgefunden, dass Dokumente mit gefälschten Siegeln des Sultans im Umlauf sind.«

Thea zog die Stirn in Falten. »Wir haben keine Beweise.«

»Das ist nicht wichtig. Wenn ich den Sachverhalt überzeugend darlege, wird er mir glauben. Zumal du ihm zeigen kannst, wo die gefälschten Siegel verwahrt werden.«

»Aber wird er auf eine Frau hören? Du hast doch gehört, wie er Lena behandelt hat. Vermutlich sieht er Frauen lieber im Harem als an der Seite der Männer.«

Sethemhat grinste. »Die Wüstenstämme sind für die Eigenwilligkeit ihrer Frauen bekannt. Es heißt, die Frauen der Sethi seien niemals zu sehen. Du wirst für Rami ein kleines Geheimnis lüften.«

»Und wie?«

»Du wirst an meiner Seite sein, wenn ich mit ihm spreche. Ich werde dich nicht vorstellen, sondern nur sagen, dass ich dir vertraue, ohne dein Geschlecht zu offenbaren.«

»Angeblich hat dieser Rami die kleine Narbe doch nicht *im* Auge, sondern darunter«, schnaubte Thea. »Oder ist er blind?«

»Das nicht, aber wenn du so wie in der Wüste auftrittst, mit dem blauen Burnus und dem Turban, der nur deine Augen freilässt, merkt er nicht, dass du eine Frau bist. Du lüftest das Tuch, wenn ich ihm sage, dass du den Weg kennst. Rami wird sich hüten, deine Hilfe abzulehnen. Er weiß, dass die Söhne der Wüste sehr stolz und leicht zu kränken sind. Vor allem da du meine Frau bist.« Er lachte.

Sie hatten die Straße der Karawansereien erreicht. Vor einem der Häuser zügelte Sethemhat sein Pferd. »Wir sind am Ziel.« Er klopfte kräftig gegen das Tor. Es dauerte eine Weile, bis ihnen ein verschlafener Diener öffnete.

»Wollt ihr ein Lager für die Nacht?«, murmelte er mit halb geschlossenen Augen.

»Ich bin Tariq, Scheik der Sethi. Emad hält stets ein Lager für mich und die Meinen bereit.«

»Tariq, verzeih! Ich habe dich nicht sofort erkannt.« Der Mann verneigte sich. Ob er ebenfalls eingeweiht war? Wie viele Menschen mochten aus Djeseru-Sutech stammen? Eine Handvoll Vertrauenswürdiger? Oder mehr? Nach und nach begriff Thea, dass Djeseru-Sutech weit mehr war als ein verborgener Ort. Ohne die Sethi und ihre Verbündeten in den großen Städten wäre er über die Jahrhunderte hinweg nicht überlebensfähig geblieben. Umso erstaunlicher, dass bislang niemand das Geheimnis verraten hatte.

Der Diener nahm ihnen die Pferde ab. Sethemhat führte Thea über eine Treppe in ein großes Schlafgemach. »Hier lebe ich, wenn ich mich in Alexandria aufhalte«, erklärte er. »Ruh dich aus! Ich komme zu dir, sobald ich Emad über alles in Kenntnis gesetzt habe.«

»Du vertraust Emad?«

»Natürlich. Er gehört zu uns, hat wie wir den Schwur geleistet, sich nach Kräften den Belangen von Djeseru-Sutech zu widmen. Und das tut er seit mehr als zwanzig Jahren hier in Alexandria. Nur seine Frau und seine Kinder wissen Bescheid, denn auch sie tragen das Erbe Djeseru-Sutechs in sich.«

»Ist dieses Erbe nun eine Ehre oder ein Opfer?«

»Jeder von uns bringt freiwillig Opfer für Djeseru-Sutech.«

Rami ben Azmi, Hauptmann der Stadtwache, folgte der Einladung des Scheiks der Sethi am folgenden Nachmittag. Die Vormittagsstunden hatte Sethemhat genutzt, um weitere Erkundigungen einzuziehen. Thea war auf seine Bitte hin in Emads Haus geblieben. Dabei hätte sie lieber Sophia besucht und ihr Trost gespendet.

Nun saßen sie also in dem Gemach, in dem der Hausherr seine vornehmen Besucher zu empfangen pflegte. Thea hatte sich neben Sethemhat auf einem Sitzkissen niedergelassen und betrachtete den Hauptmann der Stadtwache. Die kleine Narbe unter seinem Auge fiel ihr sofort auf, ebenso der leicht überhebliche Gesichtsausdruck, der durch den sorgfältig gestutzten Bart noch betont wurde. Er trug einen dunkelblauen Turban, der zum Zeichen seines Ranges mit einer goldenen Schnur umwunden war. Auch seine Kleidung war dunkelblau – in der Farbe der Stadtwache. Thea selbst hatte sich verhüllt wie ein Krieger der Sethi. Rami bedachte sie lediglich mit einem beiläufigen Blick. Sie schien ihm keine Nachfrage wert zu sein.

»Dein Bote sagte, du wolltest mich warnen.« Rami ergriff das Teeglas, das vor ihm auf dem kleinen Tisch stand. Ein Mann blumiger Worte war er jedenfalls nicht.

»So ist es. Sind dir in letzter Zeit Unregelmäßigkeiten in der Stadt aufgefallen?«

»Unregelmäßigkeiten? Was meinst du damit?«

»Nun, den Ohren der Sethi entgeht bekanntlich nichts. Wir wissen alles, was sich zwischen Alexandria und Kairo ereignet.«

»Was habt ihr erfahren?« Der Hauptmann warf ein Stück Zucker in seinen Tee und rührte ihn um.

»Jemand hat das Siegel des Sultans gefälscht und benutzt es, um im Namen des allerhöchsten Herrn Abgaben einzutreiben.«

»Bist du dir sicher? Das wäre Hochverrat.«

Sethemhat nickte. »Vor allem wenn der Täter das Wohlwollen des Emirs genießt.«

»Wer?«

Sethemhat griff nach seinem Teeglas und drehte es nachdenklich zwischen den Fingern. »Es ist schwierig, Namen zu nennen, wenn man sich damit in heikle Gefilde begibt.«

»Ich mag es nicht, wenn man sich in Andeutungen ergeht, und das weißt du.« Die Stimme des Hauptmannes klang ungehalten, doch Sethemhat ließ sich nicht beirren.

»Das ist mir wohlbekannt«, sagte er und trank einen Schluck Tee. »Es gibt einen Mann in Alexandria, den vor zwei Jahren noch niemand kannte. Innerhalb eines Jahres wurde er zu einem einflussreichen, gern gesehenen Gast an der Tafel des Emirs.«

»Wer?«, wiederholte Rami ben Azmi.

»Abd al-Hisâb.«

Beinahe wäre dem Hauptmann das Teeglas aus der Hand gefallen.

»Würde ich dich nicht so gut kennen, müsste ich dich einen Lügner nennen. Abd al-Hisâb ist ein treuer Freund des Emirs.«

»Weil er ihn unterhält und mit ihm gemeinsam gebratenen Hammel verzehrt? Was hat er bislang für den Emir getan, um sich den Titel eines treuen Freundes zu verdienen?«

Der Hauptmann war wie erstarrt. Abd al-Hisâb schien mehr Einfluss zu haben, als Thea befürchtet hatte.

»Du sprichst eine schwere Anschuldigung aus. Kannst du sie beweisen?«

»Lass sein Haus durchsuchen! Dann wirst du die gefälschten Siegelstempel finden. Wir wissen, wo sie versteckt sind.«

»Ihr wisst es? Woher?«

»Manche Diener reden zu viel.«

»Du hörst auf das Geschwätz eines Dieners?«

»Nein, aber manchmal ist es von Vorteil, solches Geschwätz ernst zu nehmen. Du weißt, dass die Sethi dir stets treu zur Seite standen. Wir haben dich niemals belogen.«

»Das ist wahr«, gab Rami zu. »Aber verlang nicht von mir, das Haus eines der einflussreichsten Freunde des Emirs durchsuchen zu lassen! Zumal der einzige Anhaltspunkt das Gerede seiner Dienerschaft ist.«

»Würdest du dem Wort eines Menschen glauben, dem ich wie keinem zweiten vertraue?« Sethemhat wies auf Thea. Nun erst betrachtete Rami Thea ein wenig genauer. Als er ihrer grünen Augen ansichtig wurde, hob er erstaunt die Brauen.

»Wer bist du?«

Sie zog den Schleier vom Gesicht.

»Eine Frau!« Rami starrte Sethemhat verwirrt an. »Was hat das zu bedeuten?«

»Thea ist mein Weib. Sie lebt in der Tradition der alten Wüstenstämme. Sie kann kämpfen wie ein Mann und lautlos schleichen wie eine Katze. Thea hielt sich in Abd al-Hisâbs Haus auf, um die Worte des Dieners zu überprüfen.«

»Ein Weib? Du hast dein Weib in das Haus eines anderen Mannes geschickt?«

»Niemand bewegt sich so leise durch verbotene Zimmer wie sie. Wer würde schon glauben, dass ein Weib handelt und kämpft wie ein Mann? Sie wird dich unbemerkt in Abd al-Hisâbs Haus führen und dir die gefälschten Siegel zeigen. Dann hast du es in der Hand, ihn festzunehmen und dafür Ruhm zu ernten, denn dann hast du die Ehre des Emirs und des Sultans wiederhergestellt.«

»Warum liegt dir so viel an meinem Ruhm?« Ein Hauch von Misstrauen blitzte in Ramis Augen auf.

»Du bist mein Freund. Aber mehr noch liegt mir daran, die falsche Schlange zu zertreten, die sich an der Tafel des Emirs mästet. Abd al-Hisâb hat wiederholt falsches Zeugnis gegen ehrenwerte Männer abgelegt.«

»Gegen ehrenwerte Männer?« Rami verzog spöttisch den Mund. »Du sprichst doch nicht etwa von Philip, dem Enkel des Mikhail?«

»Philip ist ein ehrenwerter Mann.« Sethemhats Stimme klang gelassen, doch Thea spürte, dass ihm die Wendung des Gespräches nicht gefiel.

»Er hat seinen eigenen Vater getötet!«, schrie Rami. »Ein Sohn soll niemals die Hand gegen Vater oder Mutter erheben!«

»Soweit ich weiß, war es ein Unfall«, mischte sich Thea ein. »Sie übten sich im Kampf, so wie es die Franken zu tun pflegen. Warum zürnst du Philip deswegen so sehr?«

Eine flammende Röte überzog Ramis Gesicht. »Was versteht ein Weib schon davon?«

»Immerhin genügend, um einem Mann die Röte ins Gesicht zu treiben.«

Sethemhat warf Thea einen warnenden Blick zu.

»Was fällt dir ein?« Rami ben Azmi sprang auf. Doch Thea war genauso schnell und packte ihn am Handgelenk.

»Wovor willst du fliehen? Kann ein Weib dich wirklich so in die Enge treiben? Oder fliehst du vor deinen eigenen Gedanken?« Jetzt rede ich schon wie Lena, dachte sie. Doch zugleich erkannte sie die Macht, die in ihren Worten lag, und aus den Augenwinkeln sah sie, dass Sethemhats Züge sich entspannten.

»Du verstehst es nicht!«, rief Rami. »Otto war ein aufrechter Mann! Wenn ich einen Christen meinen Freund genannt hätte, dann ihn.«

»Und deshalb verachtest du seinen Sohn? Weil er die Schuld an einem schrecklichen Unglück trug, das ihn weit mehr peinigte als dich? Wenn Otto dir wirklich so nahestand, dass du ihn Freund genannt hättest, dann ist es deine Pflicht, seinem Sohn Gerechtigkeit widerfahren zu lassen und ihn nicht aufgrund der Worte eines Siegelfälschers vorab zu verurteilen.« Thea ließ Ramis Handgelenk los und setzte sich wieder.

»Du hast einen Dscheitan zum Weib genommen«, zischte Rami.

»Ein starker Mann braucht eine starke Frau.« Sethemhat grinste und griff nach Theas Hand. »Glaubst du nun, dass diese Frau in der Lage ist, allein in das Haus eines Feindes zu schleichen und seine Geheimnisse zu lüften?«

Rami zögerte eine Weile, dann nickte er. »Was liegt dir an diesem Philip?«, fragte er.

»Nichts. Mir liegt nur etwas an der Gerechtigkeit. Wenn dem nicht so wäre, dann würdest du nicht mehr leben. Erinnerst du dich?«

Rami senkte betreten den Kopf. »Gib mir dein Wort, dass ich im Hause des Abd al-Hisâb fündig werde!«

»Du hast mein Wort. Und mein Weib wird dich führen.«

»Nein«, wehrte Rami ben Azmi ab. »Ein Weib soll sich nicht in die Angelegenheiten der Männer einmischen. Es genügt mir, wenn sie mir sagt, wo ich die Siegel finde.« Er sah Thea auffordernd an, und sie beschrieb ihm die Truhe mit den Schlössern im Schlafgemach des Abd al-Hisâb. »Ich glaube, der Schlüssel liegt in einer der Vasen. Ich hatte mich unter seinem Bett versteckt, als ich ihn beobachtete. Dabei hörte ich ein Klirren, nachdem er die Truhe wieder verschlossen hatte.«

»Gut, ich will euch vertrauen. Weil ich dir mein Leben schulde, Tariq. Nur deshalb.«

»Noch etwas«, sagte Thea. »Höchstwahrscheinlich lebt Said al-Musawar noch. Und Abd al-Hisâb hat auch nicht auf eigene Veranlassung gehandelt.«

»Thea!«, raunte Sethemhat ihr zu. Vermutlich wollte er nicht, dass sie ihr ganzes Wissen preisgab. Doch sie hatte sich bereits entschieden. »Vielleicht erinnerst du dich, dass Otto einst gegen den Schakal zu Felde zog, nachdem jener seinen Sohn Philip beinahe umgebracht hätte. Es hieß, Said al-Musawar habe Khalil damals getötet, um Philip zu retten.«

Rami nickte. »Ich war dabei, als wir den Männern des Schakals Seite an Seite das Handwerk legten.«

»Nun, dann solltest du wissen, dass Khalil damals überlebte. Er steckt hinter dem ganzen Unheil. Er hat Philip den Tod geschworen. Er hat Grund, Said zu töten. Und was könnte hinterhältiger sein, als einen Mann unschuldig als Mörder seines besten Freundes auf den Richtblock zu schicken?«

»Woher weißt du das?«

»Ich kenne den Namen, unter dem der Schakal mittlerweile lebt. Er nennt sich Omar. Ihm gehört die große Barke im Nildelta.«

»Im Nildelta liegt schon seit Wochen keine Barke mehr«, erwiderte Rami. »Du sagst, er nennt sich Omar. Viele Männer heißen Omar. Hat er einen Beinamen, oder nennt er sich nach seinem Vater?«

Thea schüttelte den Kopf. »Ich habe ihn nur als Omar kennengelernt.«

Rami warf Sethemhat einen Blick zu. »Du solltest deine Frau im Auge behalten. Sie scheint schlechte Gesellschaft anzuziehen.«

»Du wirst das Haus von Abd al-Hisâb durchsuchen?«, fragte Sethemhat, ohne auf die Bemerkung einzugehen.

»Ich habe es dir versprochen.«

»Wann?«

»Das muss gut überlegt sein …«

»Es muss schnell geschehen«, unterbrach Sethemhat ihn. »In drei Tagen wird der Emir über Philips Leben richten.«

»Dafür, dass dir dieser Philip angeblich nichts bedeutet, liegt dir aber viel an seinem Wohl.«

»Er tut es für mich«, warf Thea ein. »Wie du schon erwähntest, gerate ich leicht in schlechte Gesellschaft. Philip hat mich einst aus sehr schlechter Gesellschaft gerettet.«

»Du bist ihm also etwas schuldig?«

»So wie du Tariq etwas schuldig bist. Leben um Leben.«

Um die gleiche Stunde kamen Lena und ihre Begleiter in Alexandria an. Wieder hatten sie sich kaum Ruhe gegönnt, dennoch fühlte Lena sich trotz ihrer Schwangerschaft stark und bereit, den Kampf aufzunehmen. Auf dem Weg zu Mikhails Anwesen begegneten sie Heinrich, der das gleiche Ziel hatte.

»Willkommen zu Hause!«, begrüßte sie der Ritter. »Wart ihr erfolgreich mit eurer Suche?«

Lena nickte. »Thea wird uns helfen. Gibt es Neuigkeiten?«

Heinrich senkte betreten den Blick. »Ich wollte für Philip Fürsprache einlegen und bat um eine Audienz beim Emir. Sie wurde mir verweigert.«

»Und Said?«

Kopfschütteln.

»Aber Ali sprach von der Barke …«

»Wir sind einigen Nebenarmen des Nils gefolgt. Aber ein entsprechendes Schiff haben wir nirgends entdeckt.«

»Das heißt, ihr habt rein gar nichts erreicht?« Lena spürte das Brennen aufsteigender Tränen.

»Guntram ist noch unterwegs. Er will nicht eher ruhen, bis er diese Barke aufgespürt hat.«

Gemeinsam erreichten sie Mikhails Gut. Sophia eilte ihnen entgegen.

»Habt ihr ihn gefunden?«, rief sie Heinrich schon von Weitem zu.

Als er nur stumm den Kopf schüttelte, erstarb alle Hoffnung in ihren Augen. Weinend brach sie in die Knie.

Lena sprang vom Pferd, hob ihre Schwägerin auf und drückte sie an sich, bemüht, die eigenen Tränen hinunterzuschlucken.

»Wir haben dafür Thea gefunden. Sie wird uns helfen.« Lena sprach die Worte aus wie ein Gebet, eine letzte Hoffnung, an die sie sich klammerte.

»Thea? Wo ist sie?« Sophia wischte sich die Tränen von den Wangen.

»Sie ist mit Set … Tariq …«, begann Lena und verbesserte sich mit Blick auf Ritter Heinrich. »Sie ist bereits gestern nach Alexandria aufgebrochen. Wir werden noch früh genug von ihr hören.«

Wer hätte je gedacht, dass ausgerechnet Thea zu unserer letzten Hoffnung würde?, dachte Lena. Einer verzweifelten Hoffnung. Einer Hoffnung, die der ehemaligen Räuberin mehr Macht verlieh, als sie tatsächlich besaß. So wie die Hoffnung der Gläubigen, die eine Kerze entzünden und den Beistand eines Heiligen erflehen, weil die eigenen Kräfte nicht mehr ausreichen, das Leid zu tragen.

56. Kapitel

Philip hatte längst jedes Gefühl für die Zeit verloren. Er zählte die Wachablösungen, lauschte den Stimmen der Aufseher. Viermal hatte man ihm zu essen gebracht. Er hatte das Brot am Geschmack erkannt – seine Mutter hatte es gebacken. Einmal hatte man ihm sogar ein Stück Hammelkeule hingeworfen. Er vermutete, dass seine Familie ihn stets mit Fleischspeisen bedachte, dass sich die Wächter die besten Bissen jedoch selbst einverleibten. Wie mochte es Lena ergehen? Und Sophia? Für sie musste die Ungewissheit über Saids Schicksal besonders schrecklich sein, war sie doch mit seinem Kind schwanger. So wie Lena unser Kind erwartet, dachte er bei sich. Sie hatten die Gefahren der Reise nach Djeseru-Sutech überstanden. Sollte alles umsonst gewesen sein? Sollte ihm und Said lediglich vergönnt sein, durch ihre Nachkommen weiterzuleben? War dies der Anfang vom Ende? Würde man ihn tatsächlich für den angeblichen Mord an Said hinrichten?

Der Schlüssel drehte sich im Schloss der Zellentür. Gewöhnlich kamen die Wächter zu anderen Zeiten, um ihnen Nahrung und Wasser zu bringen.

Wie jedes Mal blendete ihn die Lampe, raubte ihm für einen kurzen Augenblick die Sicht.

»Mach den Alten los!« Die Stimme des Hauptmannes. Philip erinnerte sich dunkel an seinen Namen. Rami ben Azmi. Einer der Wächter trat auf Abram ben Levi zu und löste seine Ketten.

»Du bist frei«, sagte der Hauptmann zu Abram.

»Frei?« Der alte Jude starrte ihn ungläubig an und schien selbst das Kichern vergessen zu haben. »Frei? Nach so langer Zeit?«

»Nun geh schon!«

Der Wächter stieß Abram aus der Zelle. Philip erwartete, dass auch Rami ben Azmi gehen werde, doch der blieb und leuchtete ihm weiterhin ins Gesicht.

»Du hast bemerkenswerte Fürsprecher.«

»Ihre Bemühungen scheinen nicht sonderlich erfolgreich zu sein – schließlich bin nicht *ich* freigelassen worden«, gab Philip bitter zurück. Er legte keinen Wert auf eine belanglose Plauderei.

»Weißt du, warum ich seine Freilassung befohlen habe?«

»Irgendwer wird wohl dafür bezahlt haben.«

»Jemand hat das Siegel des Sultans gefälscht und einen falschen Haftbefehl gegen Abram ben Levi ausgestellt.«

»Und warum erzählst du mir das?«

»Du hast mehrere Tage lang mit ihm die Zelle geteilt. Ich bin auf der Suche nach der Wahrheit. Hat er dir etwas erzählt? Über seine Feinde?« Der Hauptmann ließ sich neben Philip auf dem Boden nieder und stellte die Lampe so auf, dass sie nicht mehr blendete.

»Womit habe ich deine plötzliche Aufmerksamkeit verdient?«

»Wie ich schon sagte, hast du bemerkenswerte Fürsprecher. Und nun heraus mit der Sprache – was hat der alte Jude dir erzählt?«

Philip zögerte. Was er hier erlebte, kam ihm unwirklich und vollkommen aberwitzig vor. Der Mann, der vor ihm ausgespien, ihn Vatermörder genannt hatte, hockte beinahe freundschaftlich neben ihm in der schmutzigen Zelle und wollte mit ihm sprechen.

»Ehe ich etwas sage, möchte ich wissen, wer die bemerkenswerten Fürsprecher sind, die du wiederholt erwähnst.«

»Der Scheik der Sethi und sein Weib.«

»Thea!«, rief Philip.

»Du kennst sie also. Und nun erzähl mir alles, was du weißt! Vielleicht rettet dir dein Bericht das Leben.«

Saids Kehle war wie ausgedörrt. Seit er sich in Khalils Gewalt befand, hatte er nichts zu essen und nur einige Becher Wasser zu trinken bekommen. Viel zu wenig. So wenig, dass er über dem Durst seine übrigen Schmerzen vergaß. Am schlimmsten war das Geräusch des Wassers, das gegen den Schiffsrumpf plätscherte, ihn lockte und doch unerreichbar blieb. Er versuchte, seine Aufmerksamkeit auf andere Laute zu lenken. Auf die Rufe der Schiffsleute, das Knarren des Holzes. Nur nicht mehr an Wasser denken! Wasser, so herrlich kühl. Er wollte trinken, nie mehr aufhören zu trinken, seine Wunden kühlen, ins kühle Nass eintauchen …

Schritte vor der Tür zu seinem Verschlag. Kamen Männer, um ihn erneut zu quälen, oder brachte ihm jemand Wasser? Er lauschte auf die Schritte, gefangen zwischen Furcht und Hoffnung. Ungefähr so muss es sich anfühlen, wenn man den Verstand verliert, dachte er.

»Said, bist du hier?«

Said fuhr hoch. Diese Stimme – hatte er sie wirklich vernommen? Oder war sie ein Hirngespinst? Ein Kind des Wahnsinns, geboren aus Schmerz und Durst?

»Guntram?« Seine Stimme war nur noch ein trockenes Krächzen.

Der Riegel wurde zurückgeschoben. Guntram! Die nasse Kleidung ließ keinen Zweifel offen, wie der junge Ritter auf die Barke gelangt war.

»Schnell!« Er zerrte Said auf die Füße. »Uns bleibt nicht viel Zeit.«

Tausend Fragen lagen Said auf der Zunge, doch er sprach sie nicht aus. Guntram hatte recht. Höchste Eile war geboten.

»Kannst du gehen?«

»Ich will's versuchen«, keuchte Said. »Bist du allein?«

Guntram nickte, während er den Gefangenen bis zur Luke stützte. »Wir waren zu dritt, meine Begleiter sind den anderen Nebenarmen des Nils gefolgt.«

»Du hättest auf sie warten sollen.«

»Dann wäre es für dich vielleicht zu spät gewesen.« Guntram schob vorsichtig die Luke auf. »Sophia braucht dich, Said. Und nun komm!«

Er wollte Said helfen, die Leiter hinaufzusteigen, als sie plötzlich Schritte hörten.

»Verdammt!« Guntram zog seinen Dolch. »Ich habe das Schwert beim Pferd zurückgelassen, weil es mich beim Schwimmen behindert hätte.«

»Guntram«, flüsterte Said, »bring mich zurück in die Zelle! Verriegle sie und verschwinde!«

»Ich lasse dich nicht zurück!«

»Ich kann mich kaum auf den Beinen halten, geschweige denn kämpfen. Ruf deine Männer zusammen und komm zurück!«

Said sah, wie Guntram mit sich rang.

»Wieso steht die Luke offen? He, kommt her!« Einer der Schiffer stieg herab. Guntram packte ihn, rammte ihm den Dolch in die Kehle, doch es war zu spät. Said konnte die Männer kaum zählen, die sich auf Guntram stürzten. Verzweifelt sah er sich in der Folterkammer um, griff nach einem Schürhaken und schlug ihn einem der Angreifer über den Schädel. Doch obwohl Said und Guntram sich tapfer wehrten, dauerte es nicht lange, bis sie überwältigt und gebunden am Boden lagen. Wieder waren Schritte zu hören. Ein weiterer Mann stieg die Leiter herunter. Khalil.

»Sieh einer an!« Khalil versetzte Guntram einen Tritt in die Rippen. »Ein Christ, der sein Leben für einen Muslim wagt.«

»Der Christenhund hat zwei unserer Leute getötet!«, brüllte jemand.

»Ist das wahr? Nun, dann wird er sein Blut für das der Toten geben.«

Khalils Blicke schweiften von Guntram zu Said. »Zweifellos wirst du liebend gern Zeuge, wie dein Retter vor dir den Weg beschreitet, den ich dir zugedacht habe. Bindet ihn an den Pfahl!«

»Nein!«, schrie Said. »Lass ihn frei! Diese Auseinandersetzung geht nur uns beide etwas an.«

»Wie ergreifend!« Khalil lachte. »Nun, dann wollen wir sehen, ob dieser Christ genauso schreit wie Constantin.«

57. Kapitel

Es war ein Schrei, den Lena niemals mehr vergessen sollte. Sie wusste nicht, wer ihn ausgestoßen, wer sie auf diese Weise geweckt hatte. Die Sonne war noch nicht aufgegangen, aber ihr roter Schein erhob sich bereits über dem Horizont. Rasch warf Lena ihren Umhang über und rannte nach draußen. Vor dem Tor hatten sich mehrere Bewohner des Gutes versammelt. Sie hielten Lampen und Fackeln in Händen, hatten sich um ein Bündel am Boden geschart.

»Geht nicht weiter, Frau Helena!« Witold stellte sich ihr in den Weg.

»Was gibt es? Wer hat so laut geschrien?«

Witold schluckte. »Guntram ist tot. Die Mörder haben seinen Leichnam vors Tor geworfen.«

»Guntram?«, rief Lena. »Wieso Guntram? Wer … wie konnte das …« Sie wollte an Witold vorbeieilen, doch er hielt sie fest.

»Er wurde so entsetzlich zugerichtet wie Constantin. Erspart Euch den Anblick! Er ist grauenvoll.«

»Nein!«, schrie Lena. »Nein, nicht Guntram!«

Hinter ihr erschien Sophia, totenbleich. »Guntram?«, flüsterte sie. Tränen rannen ihr über die Wangen. »O Gott, warum nur?«

Lena nahm ihre Schwägerin in die Arme, drückte sie an sich. Sie wollte nicht nur trösten, sondern auch selbst Trost erfahren in diesem immerwährenden Albtraum, aus dem es kein Erwachen zu geben schien.

Die Diener bedeckten Guntrams verstümmelten Leib mit Leinentüchern und trugen ihn ins Haus. Ein Bote eilte davon, um Ritter Heinrich die Schreckensmeldung zu überbringen. Meret war ebenso bleich wie ihre Tochter, Mikhail indes zu einem gebrechlichen Greis geworden.

»Wir müssen die Stadtwache über den Mord in Kenntnis setzen«, murmelte er mit schwacher Stimme. »Auch wenn sie vermutlich nicht viel unternehmen wird.«

In das Wehklagen und Seufzen mischten sich auf einmal andere Laute. Hufschläge. Lena ließ Sophia los und blickte den Ankömmlingen entgegen.

»Thea!«, rief sie, als sie die ehemalige Räuberin in Begleitung Sethemhats erkannte. »Wir warten schon seit gestern auf euch.«

Die beiden stiegen von den Pferden.

»Wir waren nicht untätig und wollten auch früher kommen«, erklärte Sethemhat. »Aber wir mussten uns erst ganz sicher sein, dass Rami ben Azmi auf unserer Seite steht.«

Theas Blick fiel auf die blutige Schwelle. »Wer war es diesmal?«

»Guntram«, flüsterte Lena. »Er wurde so zugerichtet wie Constantin.«

»Guntram!« Zum ersten Mal geriet Theas unerschütterliche Haltung, die Lena stets bewundert hatte, beträchtlich ins Wanken. »Wann habt ihr ihn zum letzten Mal lebend gesehen?«

»Gestern. Sein Vater sagt, er habe den Läufen des Nildeltas folgen und nicht eher zurückkehren wollen, bis er die Barke gefunden hätte.«

»Wie es aussieht, hat er sie gefunden«, zischte Thea. »Weiß jemand, welchen Weg er einschlug?«

Die Antwort bekamen sie kurz darauf, als Ritter Heinrich eintraf. Lena sah das Flackern seiner Seelenflamme. Guntram war sein einziger Sohn gewesen, die Hoffnung seiner Zukunft. Ihn tot zu sehen, auf diese grauenvolle Weise, war mehr, als er ertragen konnte.

»Die Gefährten trennten sich bei den drei Flussarmen«, berichtete er, und seiner Stimme war anzuhören, wie verzweifelt er um Fassung rang. »Guntram folgte dem linken Flussarm.«

»Dann ankert die Barke dort!«, rief Thea. »Ich breche sogleich auf.«

»Ich begleite dich«, entschied Heinrich. »Selbst wenn wir Said nicht finden, so stoßen wir doch auf Guntrams Mörder.«

»Und was wirst du tun?« Thea warf Sethemhat einen Blick zu.

»Rami ben Azmi versprach, am heutigen Tag das Haus des Abd al-Hisâb zu durchsuchen«, antwortete er. »Ich will sichergehen, dass er sein Wort hält.«

»Tu das! Mit dem Schakal werde ich allein fertig.«

»Ich weiß, meine Löwin.«

»Wie kann ich euch helfen?«, fragte Lena. Ihre Gedanken ordneten sich nur langsam. Zu groß war das Entsetzen über Guntrams Tod.

Sethemhat legte ihr die Hände auf die Schultern. »Bitte darum, Philip im Kerker besuchen zu dürfen!«

»Man hat mich schon einmal fortgeschickt.«

»Diesmal gewährt man dir Zutritt, dafür hat Rami ben Azmi gesorgt. Philip braucht frische Kleidung, wenn er sich vor dem Gericht des Emirs verantworten muss. Wir werden derweil alles Menschenmögliche tun, um einen Freispruch zu erreichen.«

»Der Tag des Gerichtes ist erst morgen.«

»Wenn wir in Abd al-Hisâbs Haus die gesuchten Beweise finden, muss der Emir noch heute handeln. Hab Vertrauen!« Sethemhat strich ihr über die Wange, dann stieg er in den Sattel und galoppierte davon.

Meret trat neben Lena. »Ein beeindruckender Mann«, sagte sie.

Lena nickte nur.

»Komm!« Meret ergriff ihre Hand. »Wir befolgen seinen Rat und bringen Philip frische Kleidung ins Gefängnis.«

Said litt noch immer Durst. Höllischen Durst. Aber es war nicht allein der Durst nach Wasser. Vor allem dürstete ihn nach Rache. Rache an Khalil. Er wollte ihn leiden sehen, so sehr, wie er Guntram hatte leiden sehen. Guntrams Blut bedeckte noch immer den Boden. Er war ein tapferer Mann gewesen. Said bezweifelte, dass er selbst so würdevoll in einen derart grauenvollen Tod gehen könnte. Er vermochte Schmerzen nur schwer zu ertragen, das hatten ihm die lächerlichen zehn Peitschenhiebe bewiesen. Guntram hatte seine Schmerzensschreie in Gebete und Flüche gekleidet, seine Peiniger verhöhnt, beschimpft, niemals gewinselt. Said verfluchte das Schicksal. Wo blieb Allahs Gerechtigkeit? Warum stand Allah Khalil zur Seite? Said zerrte an seinen Fesseln. Seit Stunden war er an den Pfahl gebunden und hatte von dort aus Guntrams Folterung mit ansehen müssen.

Wenn ich sterben muss, dann will ich ebenso würdevoll von dieser Welt gehen wie Guntram. Nichts währt ewig, nicht einmal die größte Qual.

Schritte über ihm. Das Klappen der Luke. Männer, die die Leiter herabstiegen.

»Ich wünsche dir einen wunderschönen guten Morgen.« Khalil lächelte tückisch. »Ich hoffe, die Nacht ist dir wohl bekommen.«

Said maß seinen Feind von oben bis unten. Es gab keinen Anlass zur Zurückhaltung mehr. Khalil würde ihm jedes Wort nur als Feigheit auslegen.

»Sag, teurer Khalil, ist es wahr, was man sich erzählt? Dass du in der Wüste im Kampf gegen eine Frau deine Männlichkeit eingebüßt hast?«

Für einen Augenblick gefror Khalil das Lächeln im Gesicht.

»Bindet ihn dort an, wo wir gestern den Christen heulen ließen!«

Said wehrte sich nicht. Zum einen fehlte ihm längst die Kraft dazu, zum anderen gönnte er dem Feind diese Genugtuung nicht.

»Wir gewähren dir einen kleinen Vorgeschmack darauf, was dich erwartet, sobald Philip gerichtet wurde«, zischte Khalil.

»Sag, hinkst du, weil Theas Schwerthieb dir die Hoden abtrennte?«

»Mahud! Das Eisen!«

Said zwang sich zu einem Lächeln. »Vermutlich bedeutet das Ja.«

»Wenn du tot bist, dann werde ich mir deine kleine Hure holen und ihr beweisen, was Männlichkeit ist!«

Said lachte, und diesmal war es nicht erzwungen, denn er hatte Khalils empfindliche Stelle getroffen. »Wirst du ihr dann sagen, dass die Beschneidung bei dir misslungen ist?«

Einer von Khalils Männern gluckste. Auf der Stelle fuhr der Schakal herum, zog seinen Dolch und stieß ihn dem Mann ins Herz.

Totenstille.

»Schafft ihn fort!«, schrie Khalil. »Mahud, wann ist das Eisen endlich heiß genug?«

Said wandte seinen Kopf zu der Feuerstelle und sah, wie Mahud ein Brandeisen zum Glühen brachte. Die Furcht drohte ihn erneut zu übermannen, doch sofort rief er sich die grauenhaften Bilder von Guntrams Ende ins Gedächtnis, und sein Hass auf Khalil löschte jede Angst, wärmte seinen Leib, schützte ihn vor Schwäche. Hass war ein mächtiger Verbündeter.

»Sieh es dir gut an!« Khalil wies auf das Brandeisen. »Damit du noch am Jüngsten Tag, wenn Allah die Toten aus den Gräbern ruft, deinen Meister kennst.«

Ein rot glühender, handtellergroßer Schakalkopf loderte vor Said auf, die Hitze des Metalls schlug ihm entgegen, er zuckte zurück. Mahud grinste und presste ihm das heiße Eisen auf die Brust. Said biss die Zähne zusammen, wollte nicht schreien, wollte es ertragen, doch der Schmerz war so entsetzlich, dass sein Körper ihm den Gehorsam verweigerte und sich aus der Tiefe seiner Kehle ein Schrei entrang, so laut, so gellend, dass er das Zischen des Brandeisens und Khalils Gelächter übertönte.

»Hat das etwa wehgetan?« Khalil lachte noch immer. Said hielt die Augen geschlossen, kämpfte gegen die Schmerzfunken an, die ihm fast die Besinnung raubten. Vielleicht wäre es besser gewesen, sich ihnen hinzugeben, fortzugleiten in die Welt jenseits der Schmerzen. Doch er befürchtete, dann niemals wieder aufzuwachen. Er wollte standhalten, wollte kämpfen, so lange wie möglich. Für Sophia. *Sophia braucht dich*, hatte Guntram gesagt. Guntram hatte sein Leben für ihn geopfert. Obwohl er sein Nebenbuhler gewesen war. Für Sophia.

»Erhabener!« Ein Mann hastete die Leiter herunter. Said öffnete die Augen und sah, wie der Ankömmling sich vor Khalil auf den Boden warf. »Man hat Abd al-Hisâb festgenommen. Der Emir hat das Gericht schon heute einberufen. Es heißt, Abd al-Hisâb habe sich schwerer Verbrechen schuldig gemacht, so schwerwiegend, dass man an seiner Aussage gegen Philip zweifelt.«

»Was sagst du da?«, brüllte Khalil. »Lasst das Boot hinunter und sattelt mir ein Pferd! Ich muss zurück nach Alexandria!«

»Jawohl, Herr.«

»Was wird aus ihm?« Mahud wies auf Said.

»Er wird den langsamen Tod sterben, sobald ich zurück bin.« Khalil eilte zur Leiter und verließ die Folterkammer. Said atmete auf. Er erwartete, dass sie ihn wieder allein lassen würden, aber Mahud blieb und grinste bösartig. »Der Herr hat gewiss nichts dagegen, wenn ich dich schon ein wenig auf den Tod einstimme.«

»Im Zweifelsfall wird er dich töten«, entgegnete Said, doch er konnte das Zittern seiner Stimme nicht verhindern.

»Du hast Angst«, lachte Mahud. »Und du hast Grund dazu.« Der Folterknecht wandte sich wieder den Brandeisen zu, zog eines aus der Glut und näherte sich damit Saids Oberkörper. Im nächsten Moment handelte Said. Seine Hände waren hoch über dem Kopf an den Deckenbalken gefesselt, seine Füße aber waren frei. Er hatte nichts mehr zu verlieren, ganz gleich, was er tat. Und so stieß er Mahud mit aller Kraft das Knie in die Männlichkeit. Der Folterknecht schrie auf, ließ das Brandeisen fallen und brach schmerzverzerrt zusammen. Sofort trat Said ihm ins Gesicht. Mahud flog gegen die Wand und blieb regungslos liegen. Verzweifelt zerrte Said an seinen Fesseln, so heftig, bis seine Handgelenke bluteten. Vergeblich. Er konnte sie nicht lockern. Mahud stöhnte, kam langsam wieder zu sich.

»Warte, du Hund!« Er rappelte sich auf und packte das Brandeisen, das einen schwarzen Fleck auf dem hölzernen Schiffsboden hinterlassen hatte. Said spannte die Muskeln an, bereit, erneut zuzutreten. Mahud warf das Brandeisen zurück ins Kohlebecken und griff stattdessen zur Peitsche. Die Luke knarrte. Hatte jemand Mahuds Schrei gehört und wollte ihm zu Hilfe eilen? Der Folterknecht hob die Peitsche. Said stellte sich auf den Schmerz ein, biss die Zähne zusammen. Im gleichen Augenblick brach Mahud zusammen. In seiner Kehle steckte ein Messer.

Said wandte sich um.

»Thea!«

Sie stieg die Leiter herunter, trat auf den Toten zu, zog ihm das Messer aus der Kehle, wischte es an seiner Kleidung sauber und durchtrennte Saids Fesseln.

»Es scheint mein Schicksal zu sein, unvorsichtige Männer zu retten.«

»Darin bist du wirklich gut.«

Ein kurzes beiderseitiges Lachen, Said rieb sich die wunden Handgelenke. »Bist du allein?«

»Nein«, antwortete sie und steckte das Messer in ihren Stiefel. »Ritter Heinrich und seine Männer sind dabei. Sie wollten abwarten, ob ich es schaffe, dich allein zu befreien. Schließlich kenne ich mich auf diesem Schiff aus.«

»Ritter Heinrich … Guntram ist …«

»Ich weiß«, unterbrach Thea ihn. »Sein Leichnam lag vor Mikhails Tor. Die Mörderbande glaubte wohl, uns damit zu brechen, aber tatsächlich verriet sie uns den Weg zu dir. Und nun komm!«

Thea kletterte die Leiter hinauf. Said folgte ihr mit Mühe. Er konnte sich kaum noch aufrecht halten, seine Brust brannte, die Wunden auf dem Rücken pochten, seine Kehle schrie nach Wasser.

»Ritter Heinrich scheint wütend gewesen zu sein«, stellte Thea fest, als sie an Deck kamen. Überall lagen Tote. Anscheinend hatten Heinrichs Männer sich aufs Schiff geschlichen und die gesamte Besatzung hinterrücks niedergemacht. Sie hatten keine Gnade gekannt. Nach Guntrams Tod keineswegs verwunderlich.

»Du hast ihn gefunden!«, rief Heinrich. »Das ist gut.« Er ging auf Said zu, legte ihm beide Hände auf die Schultern, als wäre er sein eigener Sohn. Eine tiefe Scham durchzuckte Said. Er hatte es nicht verdient. Seinetwegen war Guntram tot.

»Hältst du es noch eine Weile durch?« Heinrich betrachtete Saids Wunden. »Wir müssen nach Alexandria, um Philip zu retten.«

»Ich weiß, Khalil hat es mir erzählt.« Saids Stimme war kaum mehr als ein Krächzen.

»Wo steckt Khalil?«

»… Alexandria … weil Abd al-Hisâb festgenommen wurde«,

keuchte Said und setzte sich auf eine Taurolle neben der Reling. Er war am Ende seiner Kräfte. »Wie weit ist es von hier bis Alexandria?«

»Zu Pferd eine gute Stunde.«

»Du siehst doch – er ist nicht imstande zu reiten«, gab Thea zu bedenken. »Lass uns die Barke nehmen. Oder hast du die Ruderer auch abgeschlachtet?«

»Wir haben die Mörder bestraft, nicht die Sklaven«, fuhr Heinrich sie an. »Mit der Barke brauchen wir mindestens zwei Stunden.«

»Das genügt«, beschied Thea. »Der Scheik der Sethi wird schon dafür sorgen, dass Philip vor dem Gericht des Emirs Gerechtigkeit widerfährt.« Sie griff nach einem der Wasserschläuche, feuchtete ein Tuch an und legte es auf Saids frisches Brandmal. »Man könnte sagen, ab sofort stehst du unter dem Schutz von Anubis, der dich noch lange nicht in der Unterwelt sehen will«, sagte sie mit einem Lächeln. Said nahm ihr den Wasserschlauch aus der Hand und setzte ihn an die trockenen Lippen. Im Moment war ihm alles gleich, solange er nur genügend trinken konnte.

58. Kapitel

Keine Angst!«, flüsterte Philip Lena ins Ohr. »Man wird mich nicht verurteilen.« Er drückte sie fest an sich, womöglich zum letzten Mal, wie er insgeheim befürchtete. Aber das verschwieg er ihr. Rami ben Azmi hatte den Wächtern befohlen, ihn aus dem Kerker zu holen, und ihm erlaubt, in der Wachstube die frische Kleidung anzulegen, die Lena ihm gebracht hatte. War dies eine Gunstbezeugung? Oder sollte dem Emir der Anblick eines verdreckten Kerkerhäftlings erspart bleiben?

»Und nun geh!«, verlangte der Hauptmann von Lena. »Du kannst der Verhandlung von der Seite der Frauen aus beiwohnen.« Nach kurzem Zögern nickte sie und folgte der Aufforderung. Als sie draußen war, griff der Hauptmann nach den eisernen Handfesseln und sah Philip auffordernd an. Natürlich, die Demütigung, in Ketten vor Gericht zu erscheinen, wurde ihm nicht erspart. Mit einem tiefen Seufzer fügte Philip sich in sein Schicksal und streckte die Hände aus.

»Tariq hat in der Ulema gebeten, für dich sprechen zu dürfen«, sagte der Hauptmann, während er die Schellen schloss.

»Die Rechtsgelehrten? Und sie haben es ihm erlaubt?« Philip starrte Rami verblüfft an.

»Er war jahrelang ein Schüler der Ulema.«

»Tariq, der Scheik der Sethi?« Philip konnte kaum glauben, was er da hörte. Wie viele Masken trug Sethemhat wohl sonst noch?

Rami ben Azmi nickte. »Er ist nicht der einzige Sohn der Wüste, der die Schulen der Städte besucht hat.«

Aber ganz bestimmt der einzige Heide, dachte Philip.

Zwei Wächter führten Philip durch einen unterirdischen Gang zu einer Treppe, die geradewegs in einen Vorraum der großen Halle führte, in der die Verhandlung stattfinden sollte. Sethemhat in seiner Gewandung als Tariq erwartete ihn schon.

»Es wird schwierig werden«, raunte er Philip zu. »Hat Lena dir von den gefälschten Siegeln und Abd al-Hisâb erzählt?«

Philip nickte stumm.

»Nun, Abd al-Hisâb behauptet, dein Großvater habe sie ihm untergeschoben. Damit solle er in Verruf gebracht und seine Aussage gegen dich unglaubwürdig gemacht werden.«

»Das ist Unsinn!«

»Ja, blanker Unsinn. Aber dennoch gefährlich für uns. Ein Muslim, noch dazu ein Freund des Emirs, der einen Christen beschuldigt, einen anderen Muslim getötet zu haben, genießt in den Augen der Richter größeres Ansehen und Vertrauen als du.«

»Und dennoch willst du mein Fürsprecher sein? Ein ehemaliger Schüler der Ulema? Ich bin beeindruckt.«

Sethemhat lächelte. »Wer die Vergangenheit bewahren will,

pflegte mein Vater zu sagen, der muss die Gegenwart beherrschen, um in der Zukunft bestehen zu können. Und so schickte er mich in die Welt, auf dass ich alles lernen möge, was unserem Geheimnis dienlich ist. Dazu gehört die Fähigkeit, in beiden Welten zu bestehen.«

Das Tor zur großen Gerichtshalle wurde geöffnet. Einen Augenblick lang zögerte Philip, in das Licht und vor die vielen Menschen hinauszutreten. Er wusste, was ihn erwartete, hatte er doch früher selbst als Zuschauer auf den hinteren Rängen vielen Verhandlungen beigewohnt. Wenn einem Christen der Mord an einem Muslim vorgeworfen wurde, heizte die Stimmung sich stets auf. In seinem Fall war es noch schlimmer, denn Abd al-Hisâbs Vergehen hatte den Emir gezwungen, den Rat der weisen Männer – die Schura – schon einen Tag früher als geplant zusammenzurufen.

Die Gegenwart der zischenden Menschenmenge drohte ihn schier zu erdrücken. Es waren nicht ganz so viele Zuschauer anwesend wie bei dem Gottesurteil in Djeseru-Sutech oder bei seinem letzten Turnier. Dennoch war diesmal alles anders. Im Turnier wie auf den Balken von Djeseru-Sutech hatte Philip sich ganz seiner Aufgabe widmen und die Menschen vergessen können. Hier jedoch, hier war er kein Kämpfer. Hier war er das Schlachtvieh, das vor den Metzger gezerrt wurde. Die Menschenmenge verschwamm vor seinen Augen zu einem Gemisch aus bunten Farben. Er nahm die Gesichter nicht wahr, hörte nur das Raunen der Zuschauer.

Der Emir saß auf einem Thron, zu beiden Seiten waren niedrigere Sessel für die Gelehrten der Schura bereitgestellt worden. Ehrwürdige Männer mit weißen Bärten. Mehr als einer von ihnen trug einen grünen Turban, der ihn als Abkömmling des Propheten auswies.

Die Wächter führten Philip vor den Thron des Emirs und stießen ihn zu Boden. Eine weitere Demütigung, die dem Christen galt. Ein Blick zur Seite verriet, dass Abd al-Hisâb etwas abseits auf einem hölzernen Schemel sitzen durfte. Ohne Ketten.

Einer der Weisen erhob sich, während Philip auf Knien verharren musste.

»Dem Ungläubigen Philip, Sohn des Otto, Enkel des Mikhail, wird vorgeworfen, einen Rechtgläubigen heimtückisch erschlagen und seinen Leichnam im Nil versenkt zu haben. Und was den Fall noch verwerflicher macht – der Mann, den er tötete, galt als sein bester Freund. Als ein Mann, der ihm wiederholt das Leben gerettet hatte. Die schändliche Tat wurde bezeugt durch Abd al-Hisâb.« Philip fiel auf, dass der Ankläger bei der Nennung des Abd al-Hisâb auf den Beinamen *der Ehrenwerte* verzichtete. Womöglich waren die Richter doch nicht so unerbittlich in ihren Vorurteilen, wie Sethemhat befürchtete.

»Doch wir sind gerecht«, fuhr der Ankläger fort. »Dieses Gericht hört auch die Beschuldigten an, um ihnen Gelegenheit zur Rechtfertigung oder Reue zu geben. Was also hast du zu deiner Schuld zu sagen?«

»Ich bin unschuldig«, antwortete Philip mit fester Stimme. »Es ist wahr, Said al-Musawar ist mein bester Freund, ja, mehr noch, er steht mir nahe wie ein Bruder. Er rettete mir wiederholt das Leben. Ich hätte mein Leben für das seine gegeben. Wir wurden hinterrücks überfallen und niedergeschlagen, als wir auf dem Weg zu Faruk al-Hamsa waren.«

»Was will ein Christ bei einem angesehenen Imam?«

»Wir wollten ihn bitten, einen Ehevertrag aufzusetzen. Zwischen meiner Schwester Sophia und Said al-Musawar.«

Ein erregtes Murmeln erhob sich unter den Anwesenden.

»Du, ein Christ, warst bereit, deine Schwester einem Muslim zum Weib zu geben?«

»Ja.«

»Das ist eine Lüge!«, brüllte Abd al-Hisâb. »Ich habe gehört, wie die beiden in Streit gerieten. Es ging um Sophias Ehre. Als Philip erfuhr, dass sie Saids Kind erwartet, erschlug er seinen Freund und warf ihn in den Nil.«

»Schweig! Du bist noch nicht an der Reihe!« Der Ankläger funkelte Abd al-Hisâb zornig an.

»Ehrwürdiger Abu Reza!« Sethemhat trat einen Schritt vor. »Erlaub mir, dem Zeugen dennoch eine Frage zu stellen!«

Die Miene des Anklägers entspannte sich. »Es sei dir gestattet.«

»Abd al-Hisâb, du hast also gesehen, wie Philip im Zorn seinen Freund erschlug?«

»Ja.«

»Mit welcher Waffe?«

»Mit einem Knüppel.«

»Den er schon während der ganzen Zeit bei sich trug?«

»Das weiß ich nicht, ich sah nur, wie er zuschlug.«

»Wo geschah es?«

»In der Nähe des Deltas, bei den Flussfischern.«

»Und du warst der einzige Zeuge des Vorfalles?«

»Meine Diener begleiteten mich. Sie können es gleichfalls bestätigen. Sie haben Philip danach überwältigt und der Stadtwache übergeben.«

»Aber deine Diener haben Philip zuvor noch die Zeit gelassen, den Leichnam im Fluss zu versenken?«

»Wir waren zu weit fort, um schneller einzuschreiten.

»Ihr hättet den Leichnam ohne Schwierigkeiten bergen können. Das Delta der Flussfischer fällt flach ab. Es wäre nahezu unmöglich für einen Mann, dort unbemerkt einen Toten zu versenken.«

»Zeihst du mich der Lüge?«

»Ich führe nur Tatsachen an. Und Tatsache ist, dass es zum einen keinen Leichnam gibt, zum anderen dass Philip gar keinen Grund zum Mord an seinem Freund gehabt hätte, da er ihm seine Schwester willig zum Weib versprochen hatte. Und zum Dritten hatte er nicht den geringsten Anlass, mit Said al-Musawar das Delta der Flussfischer aufzusuchen, da er auf dem Weg zu Faruk al-Hamsa war.«

»Er war nicht auf dem Weg zu Faruk al-Hamsa!«

»Nein? Ach, da fällt mir ein – was wolltest du mit deiner zahlreichen Dienerschaft eigentlich im Delta? Etwa Fische fangen, nachdem die Preise auf dem Markt derzeit so hoch sind?«

Spöttisches Gelächter hallte durch den Saal.

»Meine Beweggründe tun nichts zur Sache.«

»Gemach, gemach!« Sethemhat hob beschwichtigend die Hände. »Ich fasse noch einmal zusammen: Du hast gesehen, wie Philip mit seinem Freund in Streit geriet, ihn dann mit einem Knüppel erschlug und die Leiche im Fluss versenkte. An einer Stelle, die so flach war, dass er selbst bis über die Hüften im Wasser hätte stehen müssen, um die Leiche abtreiben zu lassen.«

Abd al-Hisâb schwieg.

»Weiter sagst du, du befandest dich zu weit entfernt, um den Mord zu verhindern und den Leichnam eines Glaubensbruders zu bergen. Gestatte mir noch eine letzte Frage, Abd al-Hisâb: Wenn du so weit entfernt warst, wie konntest du dann hören, worüber die beiden sich angeblich stritten?«

»Ich … ich … meine Diener können es ebenfalls bezeugen!«, schrie Abd al-Hisâb. »Was erdreistet sich dieser Mann überhaupt?«, brüllte er weiter. »Ich habe meinen Pflichten Genüge getan und einen ruchlosen Mörder der Gerechtigkeit ausgeliefert. Dafür bewirft man mich mit Schlamm, lässt mein Haus durchsuchen, um dort Dinge zu finden, die mir untergeschoben wurden, um meinen Ruf zu vernichten. Gälte diese Schande nur mir allein, so wäre ich bereit, sie in Demut zu ertragen. Doch hier wird auch die Ehre des Emirs verletzt, er selbst in den Schmutz getreten, indem seine Freunde als Verräter dargestellt werden.«

Abd al-Hisâb stand von seinem Schemel auf, trat vor den Emir und fiel auf die Knie. »Ehrwürdiger Beherrscher der Gläubigen, willst du wirklich deinen Ruf beschmutzen lassen und hinnehmen, dass einem deiner treuesten Diener solches Unrecht widerfährt? Um einen Christen reinzuwaschen, der einen Rechtgläubigen heimtückisch ermordete? Ich schwöre dir bei den Gärten des Paradieses, bei allen Freuden, die Allah den Rechtgläubigen verspricht, dass keine der Anschuldigungen gegen mich der Wahrheit entspricht. Ich will in den tiefsten Winkeln der Dschehenna brennen, meine Eingeweide von bösen

Dschinnen zerreißen lassen, wenn ich dir hier und heute falsches Zeugnis abgelegt habe.«

Philips Hände ballten sich zu Fäusten, als er bemerkte, wie die Worte des Verräters auf den Emir wirkten. Voller Versöhnung blickte der Beherrscher der Gläubigen auf den Mann vor sich.

»Erhebe dich, Abd al-Hisâb!«, sagte er sichtlich beeindruckt. »Du bist …«

»Ein verdammter Lügner, der in der Dschehenna braten wird!«, schrie jemand. Philip fuhr herum. Obwohl die Stimme viel von ihrer gewohnten Kraft verloren hatte, erkannte er sie sofort.

»Said!«, rief er, erhob sich aus der knienden Haltung des Angeklagten und eilte dem Freund entgegen.

Said wankte in die Mitte der Halle, an seiner Seite ein Krieger der Sethi in blauem Burnus, das Gesicht hinter einem roten Turban verhüllt.

Wie aus einer Kehle schrie die Menge auf.

»Ja, ich bin Said al-Musawar! Und ich klage Abd al-Hisâb und seine Diener an, uns überfallen zu haben.« Said drohte die Stimme zu versagen. Philip erkannte die Erschöpfung in den Augen des Freundes. Dennoch sprach Said unbeirrt weiter.

»Wir waren auf dem Weg zu Faruk al-Hamsa, um den Ehevertrag aufsetzen zu lassen. Dann wurden wir überfallen. Mich schleppte man auf die Barke des Khalil, auch bekannt als der Schakal, der Schrecken der nächtlichen Gassen.« Said ließ den Umhang fallen und gab den Blick auf die Wunden auf seinem Oberkörper frei. Wieder lief ein Raunen durch die Reihen der Schaulustigen.

Philip starrte entsetzt auf den geschundenen Körper seines Freundes. Plötzlich schrie Saids Begleiter auf. »Da ist ja der feige Schakal!«

Thea! Philip sah, wie sie in die Menge der Zuschauer stürzte, geradewegs auf einen Mann mit blauem Turban zu. Alles Weitere ereignete sich so schnell, dass Philip dem Geschehen kaum folgen konnte. Die Palastwache stürmte die Halle, der Mann mit dem blauen Turban versuchte zu entkommen, Säbel klirrten. Die weisen Männer der Schura sprangen von ihren Sitzen auf, suchten im Hintergrund der Halle Schutz, denn wie es schien, war Khalil nicht allein, und ein wilder Kampf entbrannte. Immer mehr Wächter stürzten herbei, die Zuschauer versuchten zu fliehen. Philip warf einen raschen Blick zur Seite der Frauen, doch er konnte Lena in dem Gewühl nicht erkennen. Auch Thea war in dem Knäuel der Kämpfer verschwunden, ja, selbst von Sethemhat war nichts mehr zu sehen. Nur Philip und Said waren stehen geblieben. Und der Emir, der vor seinem Thron verharrte und fassungslos auf das Geschehen ringsum starrte.

Schon bald überwog die blaue Tracht der Stadtwache. Da löste sich aus der Menge der Kämpfenden ein Mann. Philip erkannte den blauen Turban sofort wieder. Es war Khalil! Doch das Ziel des Schakals war nicht der Ausgang. Er stürzte sich auf den Emir, der immer noch unbeweglich vor seinem Thron stand, so als begreife er nicht, was hier vor sich ging. Philips Muskeln spannten sich an, alles in ihm schrie danach, sich trotz seiner Handfesseln auf Khalil zu stürzen, doch da hatte der Schakal den Emir bereits gepackt und hielt ihm ein Messer an die Kehle.

»Haltet ein!«, brüllte er. »Oder der Emir stirbt!«

Die Wächter fuhren herum, noch waren vereinzelte Schreie zu hören, doch dann wurde es totenstill.

»Werft die Waffen weg und gebt den Weg frei, sonst könnt ihr sein Totengebet anstimmen!« Zur Bestätigung seiner Worte drückte Khalil das Messer gegen die Kehle des Emirs. Ein Blutstropfen quoll aus dem unbedeutenden Schnitt, dennoch schrie die Menge auf.

»Tut, was er sagt!«, keuchte der Emir, blass wie der weiße Marmor der Halle.

Ein banger Augenblick verging, dann warf der erste Palastwächter seine Waffen zu Boden. Die übrigen folgten seinem Beispiel. Khalils Kumpane jubelten. Philip zählte sechs Männer, die sich aus der Menge lösten und auf Khalil und den Emir zugingen. Khalil achtete nur auf seine Gefolgsleute. Philip bewegte sich behutsam auf Khalils Rücken zu. Niemand bemerkte es.

»Yusuf, hol die Pferde!«, rief Khalil einem seiner Handlanger zu. »Der Emir wird uns begleiten, bis wir in Sicherheit sind.«

Philip tat einen weiteren Schritt auf Khalils Rücken zu. Der Schakal genoss seinen Triumph, hatte den Arm mit der Waffe ein wenig gesenkt – das Messer saß nicht mehr unmittelbar an der Kehle des Emirs.

Wenn nicht jetzt, dann nie! Khalil lachte noch, da warf Philip ihm von hinten die Kette, die seine Handfesseln zusammenhielt, über den Kopf, riss ihn zurück und schnürte ihm die Kehle zu. Vor Schreck ließ Khalil den Emir los, das Messer glitt ihm aus der Hand. Vergebens versuchte er, die Kette um den Hals zu packen und zu lockern.

»Nun wirst du endgültig sterben!«, zischte Philip dem Schakal ins Ohr. Khalil versuchte ihn zu treten, sich zu wehren, doch nach und nach schwanden ihm die Kräfte. Die Welt um Philip herum verschwamm, während er seinem Hass freien Lauf ließ. Er spürte geradezu, wie er das Leben aus Khalil herauspresste, nahm nichts anderes mehr wahr, nicht die Schreie, nicht den wiederauflebenden Kampfeslärm, als die Palastwache Khalils Männer überwältigte. Auf einmal stand Said vor Philip und Khalil. In der Hand das Messer, das Khalil fallen gelassen hatte.

»Das ist für Guntram!«, schrie er, rammte Khalil das Messer in den Bauch und drehte die Klinge um. Obwohl Philip dem Schakal weiterhin die Luft abschnürte, entrang sich der Kehle des Sterbenden ein grauenvoller Laut.

Said zog die Klinge aus Khalils Leib. »Grüß mir die Dschehenna!«, rief er und stieß erneut zu. Diesmal mitten ins Herz. Philip spürte, wie der Körper des Schurken erschlaffte, dennoch zog er die Kette noch einmal fest zusammen. So fest, dass er das Genick knacken hörte. Erst dann ließ er los.

»Der Schakal mag viele Leben haben, aber dies war sein letztes«, stieß Philip hervor und versetzte dem Leichnam einen Fußtritt.

Dann erst fiel sein Blick auf den Emir, der ihn und Said mit glasigem Blick anstarrte. Rami ben Azmi stand neben dem Beherrscher der Gläubigen, in der Hand eine blutige Säbelklinge, zu seinen Füßen den Leichnam eines Anhängers von Khalil.

Wortlos steckte der Hauptmann den Säbel weg, zog den Schlüssel für Philips Handfesseln aus einem Bund am Gürtel und schloss sie auf.

»Allah ist mit den Gerechten«, sagte er. Mit lautem Klirren fielen die Ketten zu Boden. »Du bist frei.«

Der Emir schwieg. Sein Gesicht wirkte wie versteinert.

»Er hätte sich wenigstens bedanken können«, raunte Said Philip zu, nachdem der Emir sich zurückgezogen hatte. »Immerhin hast du ihm das Leben gerettet.«

»Ein Emir bedankt sich vermutlich nicht bei einem Ungläubigen«, gab Philip leichthin zurück.

»Philip!« Lena stürzte auf ihren Gatten zu und fiel ihm in die Arme. Er drückte sie fest an sich. »Ich dachte, du hättest dich längst in Sicherheit gebracht.«

»Wie hätte ich mich davonstehlen sollen? Ich durfte meinen Gatten doch nicht aus den Augen lassen, während er um sein Leben kämpfte!« Sie schmiegte sich vertrauensvoll in seine Arme.

»Ist Sophia auch hier?«, fragte Said.

»Nein.« Lena löste sich aus Philips Armen. »Ihr Großvater befürchtete, ihr Ruf könne Schaden nehmen, falls bei der Verhandlung gewisse Umstände zur Sprache kämen. Und nachdem ich deinen todesmutigen Auftritt gesehen habe, bin ich nur froh darüber. Sie wäre gewiss in Ohnmacht gefallen.«

»Vor Freude oder vor Entsetzen?« Said zwang sich zu einem Lächeln.

»Das hätte sie vermutlich nicht zu unterscheiden gewusst.« Lena hob den Umhang auf, den Said abgeworfen hatte, und reichte ihn ihm. »Lasst uns nach Hause gehen!«, sagte sie dann.

Am folgenden Morgen erschien ein Bote des Emirs im Haus des Mikhail und bat um eine Unterredung mit Philip und Said.

»Said schläft noch«, antwortete Philip. »Und ich will ihn nicht wecken. Nach den Strapazen der letzten Tage braucht er dringend Ruhe.«

»Aber der Emir …«

»Sobald er wach ist, richte ich ihm deine Mitteilung aus. Es steht dir natürlich auch frei, hier zu warten, wenn du ihm die Botschaft unbedingt selbst ausrichten willst.«

Der Mann schluckte. Einen so selbstbewussten Ton schien er nicht gewohnt zu sein.

»Ja, also …« Der Bote räusperte sich und zog umständlich zwei Schriftrollen aus der Tasche. »Der Emir verfügt, dass ein Teil der Besitzungen, die Khalil unter dem Namen Omar erwarb, Said al-Musawar als Entschädigung für erlittene Qualen überschrieben wird.« Er reichte Philip die erste Schriftrolle. »Des Weiteren überlässt er dir das Haus des Verräters Abd al-Hisâb als Lohn für deinen selbstlosen Einsatz bei der Rettung seines Lebens und zum Ausgleich für das Unrecht, das dir durch Abd al-Hisâb zugefügt wurde.« Er drückte Philip die zweite Schriftrolle in die Hand. Philip schluckte. Damit hatte er nicht gerechnet.

»Bitte … bitte richte dem Emir meinen untertänigsten Dank aus! Sag ihm, seine Großmut übersteige alles, was ein Mensch sich vorstellen kann, und der Schutz Allahs möge stets über ihm sein«, stammelte er hastig.

Der Bote nickte befriedigt und ging. Nun konnte Philip sich doch nicht mehr zurückhalten und eilte in Saids Zimmer.

»Said, bist du schon wach?«

»Hm«, murmelte es verschlafen unter der Decke hervor.

»Hier, das schickt dir der Emir.« Er warf die Pergamentrolle aufs Bett.

»Was soll das?« Said richtete sich mühsam auf.

Philip setzte sich zu seinem Freund auf die Bettkante. »Der Emir überschreibt dir als Entschädigung einige von Khalils Besitzungen. Und ich bekomme das Haus von Abd al-Hisâb.«

»Was willst du damit? Du kehrst doch bald nach Birkenfeld zurück.«

Philip hob die Schultern. »Vielleicht sollte ich das Anwesen Bruder Eustache überschreiben. Dann hätte er endlich ein großes Haus für seine Waisenkinder.«

»Das klingt gut«, meinte Said. »Obwohl sich die Anwohner vermutlich belästigt fühlen, wenn es in der Straße der Laternen von zerlumpten Straßenkindern wimmelt.«

»Gebietet der Prophet nicht, den Armen Mitgefühl und Almosen zu geben?« Philip lächelte. »Ich denke, genau das werde ich tun.«

Said hatte inzwischen das Siegel gelöst und seine Schriftrolle geöffnet.

»Oha!«, rief er. »Wenn dies nur ein Teil von Khalils Besitzungen ist, kann ich mir ausrechnen, wie viele krumme Geschäfte er sonst noch getätigt hat.«

»Lies vor!«

»Drei gut verpachtete Geschäfte – ein Schuhmacher, ein Weber und ein Goldschmied.«

»Nicht schlecht.«

»Das ist noch nicht alles. Hinzu kommen ein Gestüt in Kairo und diese verfluchte Barke.«

»Ein Gestüt in Kairo? Da ich Alexandria demnächst verlasse, musst du ohnehin die Geschäfte meines Großvaters übernehmen. Ein Gestüt in Kairo bringt frisches Blut in die Zucht.«

»Die Barke hingegen ist eine bodenlose Unverschämtheit.«

»Said …«

»Glaubt der Emir wirklich, ich wolle ausgerechnet dieses Schiff besitzen? Wo Guntram vor meinen Augen zu Tode gefoltert wurde?«

»Vielleicht vermachte er sie dir genau aus diesem Grund. Damit du das Schiff in Brand setzt.«

»In Brand setzen …«, wiederholte Said nachdenklich.

»Du könntest es natürlich auch verkaufen und das Geld Bruder Eustache spenden. Wenn er nun schon ein großes Haus für seine Waisenkinder bekommt, würde er sich über einen prall gefüllten Geldbeutel sicher freuen.«

»Ich denke darüber nach.«

»Sehr gut. Und wenn du endlich ausgeruht bist, können wir Faruk al-Hamsa aufsuchen.«

»Diesmal nehmen wir aber die Pferde«, verlangte Said. »Hätten wir das letzte Woche schon getan, wäre das alles vielleicht nicht geschehen.«

»Wer weiß«, sagte Philip. »Aber du hast recht, wir reiten.«

Sieben Tage später gab es gleich zwei Hochzeiten im Haus des Mikhail. Sophia und Said ließen sich in einer heimlichen Zeremonie von Bruder Eustache christlich trauen, nachdem sie zuvor für die Öffentlichkeit schon den von Faruk al-Hamsa ausgearbeiteten Ehevertrag unterzeichnet hatten. Anschließend traute Bruder Eustache auch Meret und Heinrich. Das Paar hatte zunächst gezögert, denn eine Heirat kam den beiden so kurz nach Guntrams Tod nicht angemessen vor. Doch Philip meinte, es sei nicht in Guntrams Sinn, wenn das Leben künftig nur noch aus Trauer und Trübsinn bestünde. Wenn sie nicht in Bälde heiraten würden, dann könnten er und Lena vor ihrer Abreise nicht mehr an den Feierlichkeiten teilnehmen. Daraufhin stimmten sie zu. Allerdings fand kein großes Fest statt, da Guntram erst kürzlich beigesetzt worden war. Es erfolgten zwei stille Eheversprechen, und nur wenige Gäste waren geladen. Thea und Sethemhat gehörten dazu.

»Allmählich habe ich das Gefühl, hier wird nur noch geheiratet«, raunte Thea Philip zu, kurz bevor das Mahl eröffnet wurde.

»Du hast in Djeseru-Sutech damit angefangen«, flüsterte er.

»Du hast in Halberstadt damit angefangen.« Sie stieß ihm den Ellbogen in die Rippen und lächelte.

»Ich hätte also dich heiraten sollen?«

»Wie gut, dass du es nicht getan hast. Ich hätte dich spätestens jetzt betrogen«, gab sie schnippisch zurück. Dann schritt sie auf die große Tafel zu und nahm an Sethemhats Seite Platz.

Philip blieb noch eine Weile stehen und beobachtete die Menschen, die sich hier versammelt hatten. Jeder Einzelne von ihnen war ihm lieb und teuer geworden. Er atmete tief durch.

»Was ist mit dir?«, hörte er plötzlich Lenas Stimme. Er wandte sich zu ihr um.

»Ich dachte nur darüber nach, dass ich bald die meisten dieser Menschen verlassen muss, die mir so viel bedeuten.«

»Ja«, bestätigte sie. »Mir geht es genauso. Aber wir kehren dafür auch zu Menschen zurück, die wir lieben. So sieht das Schicksal jener aus, die zwischen den Welten wandern. Sie haben überall in der Welt Freunde.«

Sie legte ihm die Arme um den Hals und küsste ihn.

Epilog

In der Nacht war der letzte Schnee geschmolzen, und die Vögel sangen das Lied der ersten Liebe. Gundula trat wie jeden Morgen aus ihrer Hütte, um aus dem kleinen Verschlag Holz für den Kamin zu holen. Da bemerkte sie den Reiter, der sich ihrem Haus näherte. Obwohl er noch weit entfernt war, erkannte sie ihn sofort an seinem Rappen. Philip, der Graf von Birkenfeld. Was führte ihn um diese frühe Stunde zu ihr? Manchmal kamen selbst hohe Herrschaften zu ihr, um ihre Tränke zu kaufen oder sich die Zukunft weissagen zu lassen.

Sie wartete an der Tür auf ihn, bis er die Hütte erreicht hatte und vom Pferd stieg.

»Ich grüße dich, Gundula«, sagte er und band sein Pferd am Zaun fest. »Darf ich eintreten?«

»Sicher.« Sie hielt ihm die Tür auf. »Nimm Platz!«, forderte sie ihn dann auf und wies auf einen der beiden Schemel, die an dem kleinen Tisch standen.

»Was kann ich für dich tun? Ich habe gehört, deine Frau hat vor drei Tagen einen gesunden Jungen zur Welt gebracht. Möchtest du, dass ich in seine Zukunft blicke?«

Philip schüttelte den Kopf. »Nein, Alexanders Zukunft soll ihm selbst gehören. Ich bin aus einem anderen Grund zu dir gekommen.«

»So?«

Philip zog ein goldenes Figürchen aus seinem Beutel und stellte es vor Gundula auf den Tisch.

»Ist das echtes Gold?« Gundula nahm die Figur in die Hand. Sie stellte eine Frau mit einem Löwenkopf dar.

»Ja, echtes Gold – und ein Geschenk für dich. Aber nicht von mir, sondern von Thea.«

»Thea? Dann hat sie euch in Hamburg gefunden?« Gundulas Herz schlug schneller. Wie oft hatte sie in den letzten Monaten an ihre Ziehtochter gedacht und sich um sie gesorgt.

»Nicht nur das. Sie hat das Erbe des Löwen angetreten. Aber es kam alles ganz anders, als wir es uns jemals vorgestellt hätten.« Philip lächelte. »Soll ich dir davon erzählen, wie Thea den Ursprung durchschritt, wie wir Seite an Seite kämpften und wie sie schließlich fand, was ihr immer bestimmt war?«

»Dann hat sie ihr Glück gefunden?«

»Willst du nur das Ende der Geschichte hören oder auch den Anfang?« Philips Augen blitzten wie die eines Spitzbuben.

»Erzähl es mir!«

»Also gut. Alles begann in Hamburg, an einem der ersten heißen Tage des Aprils, als wir vor den Toren der Stadt auf Einlass warteten, nicht ahnend, welche Abenteuer uns erwarteten …«

Nachwort

Historische Romane sollen die Vergangenheit abbilden, ein Bild zeichnen, wie es gewesen sein könnte. Aber manchmal dürfen historische Romane auch mehr sein. Geschichten voller Abenteuer, in denen es um Menschen geht. Menschen mit ihren Leidenschaften und ihren charakterlichen Entwicklungen.

Im vorliegenden Buch mischt sich die Historie mehr als in meinen bisherigen Romanen mit der Fiktion. Der Mythos der verborgenen Stadt hat die Menschheit schon immer begleitet. Der Traum, in eine längst vergessene Welt zu blicken, die sich scheinbar in ihrer Reinheit erhalten hat.

Für mich war es eine große Herausforderung, diesen Mythos zu beleben und zu beobachten, wie sich Menschen des Mittelalters in einer solchen Welt zurechtfinden. Menschen, für die ihre Religion einen anderen Stellenwert hat als für viele unserer Zeitgenossen. Menschen, die dennoch tolerant sind – denn Toleranz und Freidenker gab es schon immer. Ohne sie wäre kein Fortschritt möglich gewesen.

Bis auf die Stadt Djeseru-Sutech, die meiner Phantasie entspringt, sind die übrigen Stationen der Reise so genau wie möglich recherchiert und beschrieben.

Der im Roman erwähnte Friedensvertrag des Königs von Kastilien mit Muhammad Alhamar von 1232 ist historisch belegt. Und dass es im Interesse der verschiedenen Nationen war, Handelsschiffen eine sichere Reise zu gewähren und sie gegen Piraten zu schützen, dürfte damals nicht anders gewesen sein als heute.

In der Zeit, da diese Geschichte spielt, war der Islam noch deutlich toleranter als das Christentum. Zwar hatten Christen und Juden in muslimischen Ländern nicht die gleichen Rechte wie Muslime und mussten besondere Abgaben entrichten, aber im

Allgemeinen lebten sie friedlich nebeneinander. Eheschließungen zwischen Christinnen und Muslimen oder Jüdinnen und Muslimen waren seitens des Islam erlaubt. Der Ehemann war verpflichtet, seiner Frau die ungestörte Ausübung ihres Glaubens zu gestatten, sofern die Kinder islamisch erzogen wurden. Allerdings wurden derartige Eheschließungen seitens der Christen und Juden nur in seltensten Fällen anerkannt.

Die arabische Welt galt zu jener Zeit auch als Hort des Wissens. Augengläser und Lesesteine, um die Altersweitsichtigkeit zu korrigieren, waren bereits weit verbreitet. Die Zerstreuungslinsen, die Abu al-Uyûn für den kurzsichtigen Bertram entwickelt, wurden allerdings erst ein Jahrhundert später erstmals schriftlich überliefert. Es ist jedoch nicht ausgeschlossen, dass manche Erfindungen schon gemacht wurden, ehe man sie schriftlich niederlegte, sodass ich mir diese Freiheit genommen habe.

Die Medizin der alten Ägypter war im Altertum hochgeschätzt. Manche medizinischen Papyri legen den Verdacht nahe, dass die alten Ägypter bereits um die Kraft des *Penicillium chrysogenum* wussten, jenes Schimmelpilzes, aus dem unser heutiges Penicillin hergestellt wird. Stichverletzungen im Bauchraum, wie Philip sie im Kampf erlitten hat, führen unbehandelt aufgrund der im Darm befindlichen Bakterien zu einer eitrigen Bauchfellentzündung, die ohne Antibiotika fast immer tödlich endet.

Wie schon in *Die Sündenheilerin* kommen auch in dieser Geschichte mehrere psychiatrische Störungen vor. So leidet Philips Knappe Bertram im Rahmen einer Anpassungsstörung an übermäßigen Schuldgefühlen, ausgelöst durch seine heimlichen Beobachtungen. Derartige Störungen kommen unter Belastungssituationen recht häufig vor und lassen sich gut behandeln.

Tenem, der Hohepriester des Seth, der die Stimme des Gottes in sich hört, leidet an einer Schizophrenie. Typisch für die Erkrankung sind akustische Halluzinationen in Form von Stimmen. Spezielle Untersuchungen haben ergeben, dass das Hörzentrum im Gehirn durch ein Botenstoffungleichgewicht erregt wird. Da die Betroffenen wirklich etwas hören, sind sie unkorrigierbar in ihrem Wahn und davon überzeugt, dass ihre Wahrnehmungen der Realität entsprechen. In unserer Zeit kann man diese Erkrankung medikamentös sehr gut behandeln.

Bei Khalil, dem Schurken dieser Geschichte, liegt eine narzisstisch-sadistische Persönlichkeitsstörung vor, die man in dieser Ausprägung auch als Psychopathie bezeichnet. Diese wird in vielen Fällen bereits im Kindesalter ausgebildet, die Ursachen sind weitestgehend unbekannt. Erziehungsdefizite oder frühkindliche Misshandlungen können den Verlauf negativ beeinflussen, sind aber nicht allein verantwortlich. In manchen Fällen gibt es gar keine Hinweise auf Erziehungsdefizite, sondern die Täter stammen aus ganz normalen Familien. Menschen wie Khalil findet man in unserer Zeit in Gefängnissen oder im psychiatrischen Maßregelvollzug.